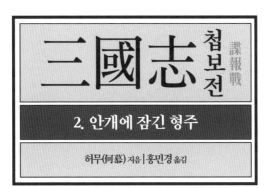

三國志 첩보전 諜報戰

2. 안개에 잠긴 형주

허무(何慕) 지음 | 홍민경 옮김

三國志 첩보전 諜報戰

2. 안개에 잠긴 형주

허무(何慕) 지음 | 홍민경 옮김

살림

위·촉·오 삼국시대의 세력도(2세기 말~3세기 중반)

『**삼국지 첩보전』 제2권**

한선의 도움으로 위기를 넘긴 가일은 위나라 진주조에서 오나라 해번영으로 이적한다. 마침 관우가 형주에서 조인을 물리치고 승리하지만 이에 자만해 있는 사이, 형주성 안에서는 비밀스러운 움직임이 포착된다. 강동파와 회사파의 암투, 관우의 북벌, 오왕 손권에게 패한 관우의 최후(219년 맥성 전투)를 맞닥뜨리며 긴박한 상황은 점점 꼬리에 꼬리를 물고 일어난다.

한편 가일은 정체불명의 여자 자객과 함께 삼국 첩보전의 소용돌이 속으로 빠져 들어간다. 과연 이들은 안개 속에 갇힌 형주에서 살아남을 수 있을까?

삼국 첩보 기구

위 魏

진주조(進奏曹)

수장[主官]: 공석(空席)

동조연(東曹掾): 사마의(司馬懿)

서조연(西曹掾): 장제(蔣濟)

촉 蜀

군의사(軍議司)

수장[主官]: 제갈량(諸葛亮)·법정(法正)

좌도호(左都護): 이회(李恢)

우도호(右都護): 비의(費禕)

공안성 장사(公安城 長史): 조루(趙累)

오 吳

해번영(解煩營)

수장[主官]: 공석(空席)

좌부독(左部督): 호종(胡綜)

우부독(右部督): 서상(徐詳)

상봉교위(翔鳳校尉): 우청(虞靑)

응양교위(鷹揚校尉): 가일(賈逸)

II. 안개에 잠긴 형주

앞이야기

◆

까마귀 우는 밤

소년은 안간힘을 쓰며 간신히 망루로 기어 올라갔다.

그는 한 손에 목검을 쥐고 다른 손으로 난간을 움켜쥔 채 몸을 굽혀 아래쪽을 내려다보았다. 성안 곳곳에서 짙은 연기가 피어오르고, 추격군의 무자비한 칼날을 피해 개미 떼처럼 새까맣게 보이는 백성들이 사방으로 흩어지며 도망을 쳤다. 망루가 있는 태수부 담장 너머로 숙부들이 한 장(丈) 너비의 골목길을 가로막으며 죽을힘을 다해 적과 싸우고 있었다.

즐비하게 늘어선 창과 방패, 갑옷 입은 병사와 철갑을 두른 전투마……오랫동안 꿈꿔왔던 장면이 마침내 소년의 눈앞에 펼쳐졌다. 다만 그 광경은 상상과 달리 너무 참혹했다. 잠시 고심하던 소년의 표정은 다부지면서도 나이답지 않게 침착했다. 그가 큼직한 비단 겉옷을 벗어 던진 후 허리띠를 조여 매더니 하얀색 저고리의 소맷부리를 걷어 올렸다. 풀어 헤친 머리카락도 하나로 모아 묶었다. 그는 고작 열서너 살짜리 어린 소년에 불과했다. 제아무리 기민하다 해도 힘이 부족해 장정들과 맞붙어 싸우기에 아직 역부족이었다. 하지만 그에게 다른 선택의 여지가 없었다. 그는 이 태수부에 남아 있는 유일한 사내였고, 힘없는 부녀자와 아이들을 지켜야 할 책임이 있었다.

담장 밖에서 숙부와 백부들이 손권(孫權)의 병사들을 5, 6장 밖까지 몰아냈다. 소년이 두 주먹을 불끈 쥐며 환호하는 사이, 집안 어른들은 칼과 창을 움켜쥔 채 거친 숨을 몰아쉬며 골목 어귀를 노려보고 있었다.

검은 갑옷을 두른 기병이 이미 백여 명이나 그곳에 몰려 있었다. 그들이 들어 올린 창이 석양 아래 서늘한 빛을 띠었다. 검은 군복 차림의 병사들이 물러서기 무섭게, 묵직한 호각 소리와 함께 징이 박힌 편자가 바닥을 치며 일사불란하게 움직였다. 눈 깜짝할 사이에 비열한 검은 무리가 문중 어른들을 덮쳤고, 창을 든 기병 대오가 휩쓸고 지나간 땅이 핏빛으로 물들었다. 소년은 어른들이 하나둘씩 쓰러지는 모습을 보며, 이들 앞에서 어리광을 부리고 떼를 쓰며 놀던 때를 떠올렸다.

불현듯 바람을 가르는 날카로운 소리가 귓가에 들려왔다. 소년이 고개를 획 돌리기 무섭게 화살 하나가 그의 빰을 스쳐 지나갔다. 뒤이어 한 번에 쏘아 올린 화살이 일제히 날아오자 소년이 얼른 바닥에 납작 엎드렸다. 그의 머리 위로 화살이 날아가며 연이어 바닥에 내리꽂혔다. 소년은 옆에 있는 장대를 꼭 끌어안고 망루에서 미끄러지듯 내려왔다.

고모가 사촌 여동생을 끌어안고 다가와 다급하게 물었다.

"어찌 됐어? 막을 수 있어 보이느냐?"

"얼마 못 버틸 것 같아요. 얼른 후원으로 가야겠어요."

소년이 고모를 잡아끌며 후원으로 달렸다. 등 뒤로 대문을 치는 육중한 소리가 연이어 들려왔다. 후원에 들어서니 사색이 된 채 떨고 있는 부녀자와 아이들이 한데 모여 있었다. 그녀들의 남편은 대부분 태수부 밖에서 목숨을 잃었다. 군대를 이끌고 성을 공격한 '금범적(錦帆賊)' 감녕(甘寧)은 지금까지 전쟁터에 포로를 남겨둔 적이 단 한 번도 없었다.

"저들이 문을 부수고 들어와도 겁먹지 말거라."

고모의 목소리가 떨렸다.

"어린아이까지 죽이지는 않을 거다. 괜찮을 테니 너무 걱정 말렴."

소년은 아무 말 없이 사촌 여동생의 차가운 두 손을 잡으며 며칠 전 일을 떠올렸다. 둘이 성문 밖으로 사냥을 나갔을 때 사촌 여동생이 너무 늦게 달리는 게 화가 나서 하마터면 이 아이를 울릴 뻔했다.

"아버지가 죽었어."

사촌 여동생의 눈빛이 어둡게 가라앉아 있었다.

소년은 아무 말도 할 수 없었다.

"아버지의 머리가 성문에 걸려 있는데, 사람들이 그걸 구경했어."

소년은 소녀를 끌어안아주었다. 그는 목검을 꽉 움켜쥐고 경계하는 눈빛으로 대문을 노려보았다. 대문 밖에서 한바탕 환호성이 터지며 문이 활짝 열렸고, 이내 어지러운 발자국 소리가 들려왔다. 뒤이어 침입자들이 후원으로 향하는 문을 쳐부수기 시작했다. 처음 쿵 소리가 났을 때만 해도 빗장이 버텨주는 듯싶었다. 하지만 두 번째 쿵 소리에 빗장이 갈라지고, 세 번째 쿵 소리가 나자 완전히 산산조각이 나 바닥에 떨어졌다. 문이 열리기 무섭게 검은 복장의 병사들이 밀물처럼 우르르 몰려 들어왔다.

고모가 등을 돌리며 아이들을 품에 안고 나지막이 속삭였다.

"겁먹지 마. 겁먹을 거 없어. 아이들은 해치지 않을 거야."

주변에서 비명 소리, 울부짖는 소리가 들려오는 가운데 고모의 목소리가 뚝 끊겼다. 붉은 피가 잔뜩 묻은 날카로운 칼끝이 그녀의 목을 뚫고 튀어나왔다 다시 빠져나갔다. 뜨거운 피가 뿜어져 나와 소년과 소녀의 얼굴에 흩뿌려졌다.

눈을 부릅뜬 고모의 몸이 서서히 옆으로 기울어졌다. 그 순간 비단옷을 입은 우람한 체구의 사내가 그녀의 뒤에서 모습을 드러냈다. 그는 화려한 비단옷의 앞자락을 풀어 헤치고 호탕하게 웃고 있었고, 움직일 때마다 허리춤에 달린 황금빛 방울이 흔들렸다. 사내는 소년을 쳐다보며 상대할 가치도 없다는 듯 입꼬리를 치켜 올렸다. 그가 또 한 번 장검을 휘두르려 하자, 소년이 울분을 토해내듯 포효하며 사내의 품속으로 있는 힘껏 돌진했다. 그 힘에 밀려 사내가 두 걸음 뒤로 물러났다.

비단옷의 사내가 중심을 잡으며 살짝 놀란 눈빛으로 소년을 바라봤다.

"어린 녀석이 배짱 한번 좋구나! 꼬마야, 이름이 뭐냐?"

소년이 칼을 들고 공격 자세를 취하며 호기롭게 외쳤다.

"곧 죽을 자가 내 이름을 알아 무엇 하겠느냐!"

사내가 호탕하게 웃었다.

"하하! 재미있는 놈일세! 내 지금껏 무수히 많은 자를 죽여봤지만, 너처럼 재미있는 놈은 처음이구나. 그래, 어디 맘껏 해보거라!"

그가 장검을 던져버리고 등 뒤에서 짧은 창을 뽑아 들며 방어 자세를 취했다. 소년은 자신의 앞에 서 있는 자가 천하의 명장이라는 사실을 알면서도 여전히 목검을 움켜쥔 채 감녕을 죽일 듯 노려보았다.

"멈춰라!"

문밖에서 위엄 넘치는 목소리가 들려왔다.

"주공께서 성을 함락한 후 무분별한 살육을 금하라 명하셨거늘, 다들 뭐하는 짓이냐?"

모두의 시선이, 철갑을 두른 정예 부대를 이끌고 문으로 들어서는 건장한 체격의 사내에게 일제히 향했다. 그는 치켜 올라간 눈썹과 짧은 수염을 가지고 있었고, 기개 넘치는 강렬한 눈빛은 분노를 드러내지 않으면서도 충분히 위엄을 드러냈다. 그가 허리춤에 찬 장검에 손을 얹고 후원의 참상에 눈살을 찌푸렸다.

"감녕 장군, 주공의 군령을 거역하겠다는 것인가?"

감녕이 히쭉 웃으며 대답했다.

"누구신가 했더니 여몽(呂蒙) 장군이 납시셨군. 주공이 황조(黃祖)와 지난 수년 동안 대치하며 벌인 크고 작은 전쟁만도 일곱 번이나 되네. 개고생 끝에 드디어 성을 손에 넣었는데, 그간 쌓인 화풀이도 하지 말란 것인가?"

"황조는 주공의 아버지를 죽인 원수다. 하지만 주공께서 아직 성안의 백성을 몰살하라고 명을 내리지 않으셨네. 주공을 위해 고작 며칠 고생해놓고 부녀자와 노약자를 죽여 그 분을 풀겠단 말인가? 감녕, 그런 소인배 짓으로 정녕 천하 영웅들의 비웃음 거리가 되려 하는가?"

감녕이 입가의 수염을 쓸어내리며 거드름을 피웠다.

"나야 지휘관이 하라는 대로 따를 수밖에. 그럼 이곳을 어찌 처리할 생각인가?"

여몽이 잠시 망설이다 입을 열었다.

"황조의 아들 황사(黃射)가 이미 사형을 당했으니, 그의 손녀 황미(黃薇)를 죽여 후환을 없앨 것이네. 성안의 백성은 더 이상 함부로 죽이지 말게."

"알량한 인정이로군."

감녕이 코웃음을 치며 말했다.

"이곳에 사는 자들이 우리 손에 죽은 마당에, 누가 우리를 반긴다고 그러는가? 우리는 저들에게 이미 철천지원수가 되었고, 그 한은 우리를 죽여 가죽을 벗기고 살을 발라내 먹어치워도 풀리지 않을 것이네. 이럴 때일수록 저들의 씨를 말려 후환을 뿌리째 뽑아야 하네."

"이곳 지휘관은 바로 나네!"

여몽이 감정을 억누르며 호통을 쳤다.

"장군이 죽여야 하는 자는 황조라는 것을 잊었는가? 그가 이미 성을 버리고 도망쳤는데, 당장 그를 추격하지 않고 뭐 하고 있는 것인가?"

감녕이 여몽을 한번 흘겨본 뒤 호탕하게 웃으며 휘하 장병을 이끌고 문을 빠져나갔다.

여몽은 뒷짐을 지고 후원을 쭉 둘러보다 바닥에 무릎을 꿇고 있는 부녀자를 향해 쩌렁쩌렁한 목소리로 물었다.

"누가 황조의 손녀냐?"

소년이 사촌 여동생을 등 뒤로 숨기며 고개를 들어 여몽을 노려보았다.

"황조의 손녀 황미는 다른 사람이 다치기 전에 어서 일어나라!"

"나예요."

사촌 여동생이 소년의 등 뒤에서 일어나며 대답했다.

친위병 몇 명이 황미를 끌어냈다. 그 순간 소년이 휘두른 목검에 허리를 찔린 친위병이 바닥에 쓰러졌다. 또 다른 친위병이 소년을 향해 달려들었지만 그 역시 목검에 찔려 목을 부여잡고 신음을 했다. 당황한 친위병들이 서로 눈짓을 주고받으며 한꺼번에 소년을 제압하고 발로 인정사정없이 구타를 했다.

"안 돼요! 오빠를 살려주세요!"

황미가 떨리는 목소리로 소리를 지르며 벌떡 일어나 여몽 앞으로 걸어갔다.

"장군의 가문에서 자란 딸답게 당찬 구석이 있구나."

여몽이 고개를 끄덕였다.

"하나 안타깝게도 네 조부는 내가 모시는 주공의 아버지를 죽인 원수이니, 너를 살려둘 수 없구나."

"어차피 죽일 거면서 괜히 안타까운 척할 필요 없어요."

황미가 고개를 꼿꼿이 세우고 눈시울을 붉혔다.

"그렇구나. 내가 괜한 소리를 했나 보구나."

여몽이 칼을 휘두르자 어린 소녀의 몸에서 뿜어져 나온 피가 사방에 흩뿌려졌다.

칼이 움직이는 소리와 함께 소녀는 바닥에 푹 고꾸라졌다. 눈물이 뺨을 타고 시뻘겋게 고인 피 위로 뚝뚝 떨어지며 차례로 파문을 일켰다. 그녀가 마지막 남은 힘을 끌어모아 소년을 향해 손을 뻗으려 안간힘을 썼다. 소년이 울부짖으며, 제압하던 병사들을 뿌리치고 달려가 여동생을 끌어안았다. 그는 두 손으로 황미의 목을 눌러보았지만 피는 계속해서 손가락 틈새를 타고 흘러내렸다. 소년은 소녀의 입술이 희미하게 움직이는 것을 보며 얼른 고개를 숙여 귀를 가까이 가져다 댔다. 그 순간 끊어질 듯 이어지는 그녀의 가느다란 목소리가 귀를 타고 들려왔다.

"약속해줘. 절대…… 죽지 않겠다고…… 꼭…… 살아서…… 원수를 갚아줘."

그 말을 끝으로 황미의 머리가 소년의 팔을 따라 미끄러지고, 눈동자는 초점을 잃은 채 허공을 향했다. 황미를 끌어안고 울부짖던 소년이 칼을 집어 들고 여몽을 향해 힘껏 손을 뻗었다. 날카로운 칼끝이 여몽의 얼굴에 닿으려는 찰나 그의 손이 칼을 움켜쥐었다. 핏방울이 칼날을 타고 뚝뚝 흘러내렸다. 그와 동시에 친위병들이 칼을 뽑아 드는 소리가 고요한 후원에 요란하게 울려 퍼졌다.

"됐다."

여몽이 칼을 바닥으로 던지며 하얀색 비단 천을 꺼내 오른손을 동여맸다. 그는 오래전의 어떤 일이 떠오르는 듯, 소년과 후원에 모여 무릎을 꿇고 있는 부녀자와 아이들을 쭉 둘러보았다.

"어린 나이에 기개와 배짱이 보통이 아니로구나. 내 너의 그 점을 높이 사 목숨만은 살려주마. 그만 가자!"

여몽이 친위병의 호위를 받으며 몇 걸음 걸어가다 돌연 다시 돌아왔다. 그가 품에서 옥패(玉佩)를 하나 꺼내 소년 앞에 내려놓았다.

"전쟁터에 나온 몸이라 지닌 돈이 없구나. 이거라도 팔아서 관을 사 아이를 묻어주거라."

소년은 아무 말 없이 소녀를 꼭 끌어안은 채 여몽을 매섭게 노려보았다.

"난세를 만나니 사람이 개만도 못해지는구나."

여몽이 탄식을 내뱉었다.

"천하에 전쟁이 벌어진 지 10년이 다 되어가는데, 언제쯤 태평세월을 누리게 될는지."

그가 손을 뻗어 소년의 어깨를 토닥이려다 말고 이내 벌떡 일어나 자리를 떴다. 친위병이 그를 바싹 뒤쫓았고, 이들의 군화가 청석판(푸른빛을 띠는 넓은 돌)을 밟고 지나가는 묵직한 소리가 점점 멀어져갔다. 이 소리가 완전히 사라지자, 부녀자와 아이들이 주저하듯 몸을 일으켜 문밖을 살핀 뒤 다들 뒤도 돌아보지 않고 사방으로 흩어졌다. 그들은 소년에게 눈길 한번 주거나 말 한마디 건네지 않은 채 떠나갔다. 소년은 돌부처럼 꼼짝도 않은 채 여전히 소녀를 품안에 꼭 끌어안고 있었다.

그렇게 한참 지나자 사방에 어둠이 내려앉았다. 처량한 달빛만이 먹구름 사이로 새어 나와 선혈로 물든 후원을 어슴푸레 밝혔다. 소년은 선혈이 낭자한 바닥에서 몸을 일으키더니, 두 동강 난 칼을 집어 들고 죽을힘을 다해 땅을 파기 시작했다.

그때 느닷없이 까마귀 울음소리가 들려왔다. 그는 초점 잃은 눈빛으로 고개를 들어 후원을 둘러보았다. 셀 수 없이 많은 까마귀가 처마·담장·나무 위로 내려앉아 그를 내려다보며 목청껏 울어댔다.

부서진 문이 끼익 소리를 내며 열리더니, 그 틈새로 누군가가 소년을 지켜보았다. 소년이 칼을 움켜쥐며 조금도 위축되지 않은 눈빛으로 그를 주시했다.

사내의 서늘한 목소리가 들려왔다.

"무엇을 하는 것이냐?"

"무덤을 파는 중입니다."

"여몽이 옥패를 주지 않았느냐? 내일 날이 밝는 대로 장의사에 가서 관을 사 묻어달라고 하면 되지 않느냐?"

"원수의 물건은 필요 없습니다."

사내는 원하는 대답이라도 들은 듯 앞으로 다가갔다. 쓸쓸한 달빛 아래 모습을 드러낸 그는 백발이 성성한 노인이었다.

"당찬 구석이 있는 아이로구나. 복수를 원하느냐?"

소년의 눈이 반짝였다.

"저 대신 그자들을 죽여주실 겁니까?"

"복수를 어찌 남의 손을 빌려 할 수 있겠느냐? 나에게 10년 동안 무술을 배우면 네 손으로 직접 원수를 베어 죽일 수 있다. 정말 통쾌할 거 같지 않느냐?"

소년이 잠시 주저하다 물었다.

"왜 저를 도와주려 하십니까?"

"하늘의 뜻이겠지."

노인이 손을 내젓자 구리로 만든 패 하나가 포물선을 그리며 소년 앞에 떨어졌다.

"신변 정리가 다 되면 이 패를 가지고 성 동쪽에 있는 헌옷 가게로 가서 왕서(王瑞)를 찾거라. 그가 너를 나에게 데려다줄 것이다."

소년이 동패를 집어 들고 바닥에 엎드려 절을 올렸다. 그가 고개를 들었을 때 노인은 이미 사라지고 없었다. 소년은 잠시 대문 쪽을 멍하니 바라보다 달빛 아래서 동패를 자세히 들여다보았다.

그것은 정교하게 만들어진 영패(令牌)로, 잎이 다 떨어진 나뭇가지 위에 매미 한 마리가 고즈넉이 앉아 있는 모습이 새겨져 있었다.

제1장

◆

금범적(錦帆賊)

가일(賈逸)은 술잔을 들어올려 호박색 벽옥청(碧玉靑)을 살살 흔든 후 한 모금 맛보았다.

향기가 짙고 부드러운 맛이 입안에 오래도록 남는 것이, 과연 최상급의 강동(江東) 명주다웠다. 하지만 북방의 독한 술에 익숙하다 보니 남방의 이런 술이 아무래도 성에 차지 않았다. 그는 술잔을 내려놓고 떠들썩한 주루의 식객들과 앞자리에 앉아 있는 여인을 주시했다.

남장을 한 그 여인은 스무 살 남짓한 듯했고, 눈매가 매서우며 범접하기 힘든 인상을 풍겼다. 그녀는 얇고 부드러운 갑옷을 입고 허리에 단검을 찬 채 탁자에 비스듬히 기대 자작을 하고 있었다.

그녀가 바로 동오(東吳) 해번영(解煩營)의 상봉교위(翔鳳校尉) 우청(虞靑)이었다. 가일은 건안 21년에 석양성(石陽城)에서 진주조(進奏曹) 도위로 있을 때 그녀와 한 번 맞붙어 싸워본 적이 있었다. 그때 우청은 그에게 깊은 인상을 남겼다. 비록 여자였지만 생각과 행동이 지나치게 과격하고 악랄했다. 가일조차 하마터면 그 손에 목숨을 잃을 뻔했다.

세상일은 한 치 앞도 예측할 수 없다더니, 서로 칼을 겨누던 두 사람이 고작 한 달 사이에 한자리에서 술잔을 기울이게 될 줄 누가 알았겠는가? 한 달 전만 해도 가일은 자신의 신분이 진주조 교위에서 해번영 교위로 바뀔 거라고 상상조차 하지 못했다. 요 몇 년 제후들 사이에 혼전이 거듭되면서 배신과 결탁, 협잡이 비일비재해진 것도 사실이었다. 그러나 진주조나 해번영처럼 군사 기밀을 다루는 요처에서 일하다 신분이 바뀌는 일은 극히 드물었다. 이것은 한선(寒蟬)이 단양(丹陽) 호족의 명의를 빌려 손상향(孫尙香)에게 연줄을 댄 결과였다. 손상향은 오후(吳侯) 손권의 여동생이자 해번영의 초대 도독이라, 그녀가 동의한 일에 누구도 왈가왈부할 수 없었다.

그러나 한선이 왜 자신을 오나라 해번영에 집어넣었는지, 가일은 도무지 이해할 수 없었다. 지난날 허도(許都)에 불어닥친 혼란 속에서 가일은 한선에 대해 어느 정도 파악하고 있었다.

한선은 절대 직접 나서서 천하의 대세를 움직이지 않았다. 그는 다양한 사람을 곳곳에 심어두고 바둑판을 들여다보듯 대세를 관전하다, 필요한 시기에 바둑돌을 움직여 자신이 원하는 방향으로 판을 움직인다.

해번영에서도 가일의 관직은 여전히 응양교위(鷹揚校尉)였다. 하지만 그의 처지는 전과 판이하게 달랐다. 모반을 저지르고 도망쳐 나온 교위인 탓에 아무런 힘도 없고 휘하에 거느린 세력도 없었다. 그러다 보니, 그는 늘 주변을 맴도는 신세로 전락하고 말았다. 해번영에 들어간 지 한 달여가 되어가지만 가일은 할 일 없이 무료하게 하루하루를 보냈고, 지난 사건 기록을 볼 기회조차 주어지지 않았다.

결국 손상향이 나서서 가일에게 임무를 주라고 해번영에 압력을 가했다. 우청은 그제야 못 이기는 척, 가일을 이번 작전에 형식적으로 투입해 가장 외곽에 배치했다. 이곳 주루에서 흥청망청 술을 마시며 떠들고 있는 자는 거의 모두 식객으로 변장한 해번위(解煩衛)였다. 지금 이들은 자객을 기다리는 중이었다.

길가에서 이경(二更)을 알리는 야경꾼의 딱따기 소리가 들려왔다. 덩치가 우람한 사내가 애첩 두 명의 부축을 받으며 휘청휘청 자리에서 일어섰다. 사내는 얇은 비단 도포를 입고 허리춤에 황금 방울을 달고 있었다. 그는 옷섶을 풀어 헤치고 가슴에 새겨진 오랜 상처의 흔적들을 자랑스럽게 드러냈다.

이자가 바로 이번 작전에서 반드시 보호해야 하는 목표물, 절충장군(折衝將軍) 감녕이다. 그는 젊은 시절에 협객을 자처하며 마을의 무뢰배들을 모아 장강(長江) 일대에서 온갖 악행을 저지르고 재물을 빼앗았다. 그는 과시하며 존재감 드러내는 것을 즐기는 성격답게 비단으로 돛을 만들어 달기를 좋아했다. 또한 배가 정박할 때 비단으로 배를 매어두었다가 떠날 때 그 비단을 자르고 가는 것으로도 유명했다. 그래서 사람들은 그를 비단으로 돛을 만들어 다니는 도적이라는 의미로 '금범적(錦帆賊)'이라 불렀다. '강표(江表)의 호신(虎臣)'이라고 불리는 지금까지도 그는 그때의 습성을 버리지 못하고 있었다. 동오의 장군들 중에서 감녕은 늘 논란의 중심에 있는 인물이기도 했다. 그를 좋아하는 이들은 그의 결단력과 더불어, 은혜와 원수를 반드시 갚을 줄 아는 됨됨이를 높이 평가했다. 반면에 그를 싫어하는 이들은 그의 저속하고 잔인하며 불같은 성격을 비난했다.

언젠가 감녕의 집에서 일하는 어린 하인이 잘못을 저지른 적이 있었다. 하인은 벌을 받을까 두려워 여몽에게 달려가 도움을 청했다. 여몽은 하인의 죄가 가볍다고 여겨 특별히 감녕을 불러 선처를 부탁했다. 그 자리에서 감녕은 그의 부탁을 받아들이는 척하며 하인을 집으로 데려간 후 바로 목을 베었다. 그의 이런 기행은 한두 번이 아니었다. 그렇다 보니 그는 동오 장군들과의 관계도 그리 좋지 못했다. 다행히 오후 손권의 눈에 들어 단번에 절충장군이 되었고, 지금은 이미 회사파(淮泗派) 2인자 자리에 올라 권력과 지위를 모두 움켜쥐었다.

며칠 전 해번영이 입수한 정보대로라면 누군가 거금으로 자객을 매수해 이 주루에서 감녕을 죽이려 했다. 오후 손권은 우청에게 이 사안을 맡기고, 감녕의 안전에 만전을 기하라고 명을 내렸다.

"장군, 어디 가십니까?"

우청이 일어나 그의 앞길을 가로막았다.

"측간까지 따라올 테냐?"

감녕이 그녀를 향해 눈을 부라렸다.

우청은 그 눈빛에도 흔들림이 없었다.

"오후께서 장군을 보호하라 명하셨으니, 당연히 따라가야지요."

"같잖은 소리! 나 감녕이 누구더냐? 지난 수년 동안 피 튀기는 전쟁터를 누비며 적을 물리치고 살아남은 자다. 고작 여자 따위의 호위를 받을 사람으로 보이느냐?"

감녕의 말투에 살짝 취기가 감돌았다.

우청은 아무 말 없이 계속 감녕을 차갑게 주시했다.

잠시 두 사람 사이에 팽팽한 신경전이 오가더니, 감녕이 우청을 밀치며 애첩 둘을 끌어안고 휘청휘청 뒤채로 걸어갔다. 우청이 냉혹한 표정으로 적정한 거리를 유지하며 그의 뒤를 따랐다. 술자리에 있던 두세 사람도 연이어 자리에서 일어나 측간에 가는 척 문을 나섰다. 가일은 자리에 그대로 앉아 다시 술을 한 모금 들이켰다.

자리를 벗어나 밖으로 나가는 순간이야말로 자객이 공격을 하기에 가장 좋은 기회였다. 내가 자객이라면 당연히 이 기회를 놓치지 않았을 테지. 하지만 우 교위가 나를 열외로 둔 이상, 원하는 대로 행동해주면 그만이다. 괜히 나서봤자 쓸데없이 시빗거리만 생길 뿐이지.

가일은 벽에 기대앉아 주루 바깥 야경을 바라보며 쓸쓸한 기분에 휩싸였다. 오나라 땅에 발을 들여놓은 후 한동안 신중하고 조심스럽게 행동해왔다. 허도의 그날 밤 진상을 모두 알고 있는 도망자인 탓에, 조비(曹丕)가 후환을 없애기 위해서라도 그를 가만둘 리 없었다. 그런데 한 달이 넘도록 자신을 노리는 자객이 아무도 찾아오지 않았다. 예상과 다르게 일이 흘러가자 가일은 마음이 더 복잡해졌다. 조비가 너무 많은 일과 사람을 상대하느라 나의 존재를 잊은 걸까? 아니면 내가 모든 걸 알아챈 사실을 조비가 모르고 있는 걸까? 혹시 한선이 암암리에 뒤를 봐주고 있는 건가? 머릿속에 이런 질문이 가득했지만 대답해줄 사람도 없고, 직접 알아볼 방도도 없었다. 비록 정보를 정탐하고 소문을 조사하는 동오 해번영에 몸담고 있지만 의지할 윗선, 믿을 만한 동료는 물론 말을 섞을 만한 사람조차 하나도 없었다. 그야말로 기댈 곳 하나 없이 외로운 섬처럼 홀로 주변을 맴돌 뿐이었다.

주루 뒤채 쪽에서 방울 소리가 들려오는 것으로 봐서 감녕이 돌아오고 있는 듯했다. 가일이 고개를 돌렸을 때 감녕이 애첩 둘의 부축을 받으며 들어와 탁자 옆에 앉는 것이 보였다. 그는 주변 사람과 술잔을 기울이며 또 술을 진탕 마셔댔다. 우청도 그를 따라 들어와 원래 자리에 앉았다. 그런데 그녀를 따라나섰던 세 사람의 모습이 보이지 않았다. 가일은 이상한 낌새를 챘다. 그자들이 뒤채에서 뭘 하고 있는 거지? 뒤이어 뒤채 쪽에서 하인 네 명이 음식을 들고 들어왔다. 그들은 고개를 숙이고 허리를 굽힌 모습으로 들어오더니 곧장 식객들 쪽으로 가지 않고 사방으로 흩어졌다. 그 순간 가일이 눈을 치켜뜨며 바로 소리를 질렀다.

"자객이다!"

그 말이 떨어지기 무섭게 그들이 식판을 던지며 품에서 단노(短弩: 짧은 활)를 꺼내 들었다. 뒤이어 화살이 허공을 가르는 소리와 함께 비명이 울려 퍼졌다. 식객으로 변장한 해번위들이 몸을 일으킬 틈도 없이 목숨을 잃었다.

가일은 탁자를 발로 차 쓰러뜨린 후 그 뒤로 납작 엎드려 몸을 숨겼다. 화살이 머리 위로 날아가는 소리를 들으며 가일은 문득 이상하다는 생각이 들었다.

쏘는 소리만 들어도 정교하게 잘 만들어진 연노(連弩: 화살을 여러 개 잇달아 쏠 수 있도록 만들어진 활)가 확실했다. 게다가 활을 다루는 자들의 솜씨 역시 제대로 훈련을 받은 듯 명중률이 꽤나 높다. 번화가 주루에서 해번영을 상대할 정도로 수준급인 자객을 여러 명 매수하려면 그 비용도 만만치 않았을 것이다. 그런데 복수를 위해 이 정도 비용을 감당할 수 있는 사람이 과연 몇이나 될까?

화살 날아오는 소리가 잠깐 멈춘 사이, 옷자락이 바람을 일으키며 펄럭이는 소리가 귓가에 들려왔다. 잠시 몸을 사리고 있던 해번위들이 한꺼번에 움직이기 시작했다. 가일이 탁자 뒤에서 조심스럽게 고개를 들어 상황을 살폈다. 해번위 10여 명이 자객들을 향해 달려들고, 뒤채에서 흰옷의 살수(殺手)들이 또 들이닥쳤다. 감녕은 몸에 화살을 맞았고, 그 곁에 있던 애첩 두 명은 이미 목숨을 잃었다. 그런데도 감녕은 가소롭다는 듯 호탕하게 웃으며 탁자를 들어 올려 자객들을 향해 던지고, 바닥에 놓인 칼을 집어 들어 본격적으로 싸움에 합류했다. 우청은 뒤로 물러서서 이 상황을 손놓고 지켜만 볼 뿐이었다. 살수들은 해번위의 상대가 아니었다. 게다가 감녕까지 나서자 이들은 일격도 견디지 못하고 속수무책으로 당하고 말았다. 화살을 쏘던 하인 복장의 자객 네 명이 모두 죽었고, 나중에 들어온 살수 중 여러 명이 붙잡혔다.

감녕은 피로 물든 장검을 던져버리고 조롱하듯 물었다.

"우청, 이런 일을 해결하기 위해서 이곳에 왔다고 하지 않았느냐? 어찌 그리 가만히 지켜만 보고 있는 것이냐?"

우청은 아무 말도 하지 않았다. 그녀는 앞으로 걸어가 살수 중 한 명의 복면을 벗겼다.

"누가 보냈느냐?"

살수는 가라앉은 목소리로 대답했다.

"우리는 돈을 받고 대신 일을 해준 것뿐이다. 그러니 물어도……."

그의 말이 다 끝나기도 전에 우청의 단도가 그의 배를 찔렀다. 그녀는 손목에 힘을 주고 칼날을 비틀었다. 살수의 고통스러운 비명이 주루 안에 울려 퍼졌다. 그녀가 피로 물든 단도를 뽑아 들고 살수의 목을 긋자 그의 몸이 바닥에 풀썩 쓰러졌다.

우청은 두 번째 살수 앞으로 다가가 물었다.

"누가 보냈느냐?"

살수는 침을 꿀꺽 삼키며 다급하게 말했다.

"청강방(淸江幇), 우리는 청강방 사람이다."

청강방은 장강 양옆으로 퍼져 있는 파벌이었다. 처음에는 몇 명의 무뢰배가 부둣가 일을 독점하기 위해 모은 오합지졸에 불과했다. 그러다 그 세력이 점점 커져 선단 상인들과 결탁했고, 지금은 막강한 세력으로 자리 잡게 되었다.

우청의 단도가 살수의 허벅지를 찌르는 순간 돼지 멱을 따는 듯한 비명이 터져 나왔다.

"청강방? 앞서 나타난 자객이 사용한 연노의 질이 뛰어나더구나. 분명 촉한(蜀漢) 군대에서 쓰이는 최상 등급의 병기였다! 그런 무기를 일개 사조직에서 만들어냈다고?"

"정말 모른다. 그 활을 쓴 자들은 우리 쪽 사람이 아니다!"

"불어라!"

우청이 단도를 뽑아 다시 찔렀다.

살수는 고통으로 일그러진 표정으로 이실직고를 했다.

"우리는 그자들을 도와 주루에 있는 자를 모두 죽이라는 명을 받았을 뿐이오. 우리는 명을 받고 움직일 뿐, 자세한 내막은 알 수 없소. 그러니 알고 싶다면 우리 방주(幇主)에게 물어보시오!"

"너희 방주는 어디 있느냐?"

우청이 다시 손을 들어 단도를 내리찍으려 했다.

"합비(合肥)! 합비에 있소!"

"합비?"

감녕이 하품을 했다.

"조조(曹操)의 본거지로구나. 크크, 촉나라에서 만든 무기와 위나라 살수를 쓰다니, 기가 막힌 연막작전이로군."

우청이 비수로 살수의 가슴을 찌르고 시체를 한쪽으로 밀치며 냉혹한 표정으로 명을 내렸다.

"여봐라! 합비에 잠복해 있는 밀정에게 소식을 넣어, 청강방 방주를 찾아내 반드시 이 일의 배후를 자백받으라고 전하라!"

해번위 한 명이 큰 소리로 대답하며 그 즉시 주루를 빠져 나갔다.

감녕이 비아냥거리며 말했다.

"우청, 이번 매복 공격에 이렇게 큰 판을 짠 걸 보니, 그쪽 해번영을 겨냥한 것이 분명해 보이는구나. 너희의 잘못된 정보 때문에 나의 아름다운 여인이 두 명이나 목숨을 잃었으니, 이제 어찌할 것이냐?"

우청의 표정에 변화가 없었다.

"내일 여자를 두 명 사서 보내드리지요."

"쯧쯧, 이 미인들은 둘 다 오랫동안 내 곁을 지켰거늘, 어찌 아무 여자나 그 자리를 대신할 수 있겠느냐?"

"그리 말씀하시는 걸 보니, 저 여인들을 꽤나 총애하셨나 봅니다?"

"그야 당연하지. 내 두 사람을 내 목숨보다 더 중히 여겼느니라. 그런 그녀들을 죽게 만든 책임을 어찌 지겠느냐?"

우청이 차갑게 비웃었다.

"그 말이 사실이라면 장군의 목숨을 내놓지 않고 왜 여자들을 죽게 내버려두셨습니까? 감 장군께서는 자기 목숨보다 소중한 사람을 그리 대하시나 봅니다? 아니면 장군께서 죽는 게 두려워 두 사람을 방패막이로 쓰신 겁니까? 명장으로 추앙받는 분께서 그리 비겁하게 죽음을 모면했을 거라고 믿고 싶지 않군요."

감녕이 잠시 그녀를 쳐다보다 혀를 끌끌 찼다.

"말이 통하지 않는 자로군."

그가 뒤돌아 주루를 나서며 가일의 어깨를 툭 쳤다.

"자네가 제때 알아채지 못했다면 나 역시 저 여인네와 함께 여기서 저세상 사람이 되었을 테지. 이런 능력이 있는 자가 저 여자 밑에서 일해야 하다니, 참으로 그 재주가 아깝구나."

가일이 얼른 고개를 숙이고 우청의 시선을 피해 표정을 숨겼다. 저 여인과 서로 날을 세우고 있는 마당에 나를 칭찬하면 어쩌자는 거지? 나를 우청의 화풀이 상대로 만들 작정인가?

아니나 다를까, 우청이 걸어와 탐탁지 않은 시선으로 가일을 보다 돌연 질문을 던졌다.

"저들이 자객이라는 사실을 어떻게 알았지?"

"장군께서 돌아오셨을 때 함께 따라나섰던 해번위 세 명이 돌아오지 않아 좀 이상하게 생각하던 중이었소. 근데 뒤이어 들어온 하인들의 가죽 신발이 눈에 들어오더군. 이들의 옷차림은 앞서 음식을 나르던 하인들과 하등 다를 바가 없었지만 신발만은 그렇지 않았으니까. 하인들은 대부분 집안 형편이 넉넉지 않아 천으로 된 신발이나 짚신을 신는데, 이들은 검은색 가죽 신발을 신고 있었소. 물론 그중에 그럴 형편이 되는 사람도 있겠지만,

네 명 모두 가죽 신발을 신을 확률은 그리 높지 않지."

우청이 뒤돌아 시체를 자세히 살펴보았다.

"음, 과연 진주조 출신답게 눈썰미가 좋군."

"과찬이시오."

가일이 고개를 숙이며 대답했다.

우청이 그를 빤히 쳐다보며 명령을 내렸다.

"여봐라! 우리 형제들의 시신은 예를 갖춰 묻고, 자객의 시신은 검시관에게 보내 조사를 맡기거라!"

바로 이때 가일이 곁눈질을 하다 시신 하나가 꿈틀대는 것을 감지했다. 설마 아직 살아 있는 건가? 이런 생각을 떠올리는 찰나, 그 시신이 기괴한 자세로 바닥에서 벌떡 일어나 쏜살같이 움직이며 우청의 등을 찌르려 했다.

다급해진 가일이 오른발로 우청의 종아리를 있는 힘껏 가격했다. 우청이 경악하며 주먹을 날려 가일의 복부를 강타했다. 가일은 이를 악물고 고통을 참으며 오른손으로 칼을 뽑아 들었다. 칼이 우청의 살적을 스쳐 지나가는 순간 칼이 부딪히는 소리가 그녀의 귓가에 들려왔다. 우청은 그제야 상황을 알아챈 듯, 두 발로 탁자를 딛고 그 반동을 이용해 가일의 발밑으로 미끄러져 들어가며 자객의 공격 범위에서 벗어났다. 자객은 공격이 실패하자 잽싸게 주루 밖으로 뛰쳐나갔다.

가일은 반사적으로 자객의 뒤를 쫓았다. 달빛 아래 길을 따라 달아나는 자객의 모습이 그의 눈에 들어왔다. 밤이 이미 깊어 거리에는 사람조차 거의 없었다. 자객이 도주하는 속도도 빨랐지만 그 뒤를 쫓는 가일도 만만치 않았다. 저 멀리서 날카로운 대나무 호각 소리가 들려왔다. 해번위가 인근에서 야간 순찰을 도는 경기병(輕騎兵)에게 신호를 보내는 중이었다. 그들이 움직인다면 자객은 얼마 못 가 포위되어 붙잡히게 될 것이다.

두 사람의 거리가 점점 좁혀지자 자객은 방향을 급선회해 좁은 골목으

로 뛰어 들어갔다. 가일은 의아한 생각이 들었다. 골목의 방향이 성문과 정
반대라, 도망칠수록 성 깊숙이 들어가는 꼴이었다. 가일도 자객을 쫓아 골
목 안으로 들어섰다. 그 순간 허공을 가르는 희미한 소리가 들려왔다. 가일
이 재빨리 검을 휘둘러 자객의 공격을 막았고, 어둠 속에서 불꽃이 튀었다.

가일이 몸을 비끼며 앞으로 달려 나가자 자객이 벽을 타고 방향을 틀어
다시 갈림길로 들어갔다. 가일이 뒤쫓아 골목을 도는 순간 흙가루가 얼굴
을 덮쳤다. 그는 몸을 돌려 흙가루를 피한 후 바로 칼을 휘두르며 반격에
나섰다. 어둠 속에서 두 개의 병기 부딪히는 소리가 급박하게 이어졌다. 자
객은 맹공을 퍼부었지만 번번이 가일에게 가로막혔다. 두 사람이 좁은 골
목 안에서 이리저리 몸을 피하며 공격을 하는 탓에 양옆 흙벽이 긁히며 흙
먼지가 일어났다.

대나무 호각 소리가 인근에서 다시 울려 퍼지고 해변위의 호령 소리가
어렴풋이 들려왔다. 자객은 마음이 급해진 듯, 칼로 다가오지 못하게 위협
하며 뒤로 물러섰다. 가일은 그 빈틈을 노려 칼을 뻗어 자객의 얼굴을 겨냥
했다. 자객이 몸을 옆으로 돌려 피했지만 가일의 칼집이 이미 그의 가슴을
가격했다. 그 순간 자객이 비틀거리며 뒷걸음질을 쳤다.

가일이 기선을 잡으며 자객을 몰아붙였다. 자객이 장검으로 땅을 찍으
며 그 반동을 이용해 뒤로 훌쩍 물러섰다. 가일이 훌쩍 솟구쳐 올라 그를
덮치듯 어깨 위로 내려앉으며 복면을 벗겨냈다. 복면이 벗겨지자 달빛 아
래 아리따운 여인의 얼굴이 드러났다.

"너는?"

가일은 너무 놀라 그 자리에서 꼼짝도 할 수 없었다.

자객은 그 틈을 이용해 팔꿈치로 그를 가격했다. 그녀는 가일이 휘청거
리며 뒤로 몇 발자국 밀려나자 바로 뒤돌아 어둠 속으로 달아났다.

하지만 가일은 여전히 충격에 휩싸인 채 그 자리에서 꼼짝도 하지 못

했다.

"내가 뭘 본 거지? 어떻게 이런 일이 가능하지?"

대나무 호각 소리가 어느새 등 뒤에서 들려오더니 어지러운 발자국 소리와 함께 횃불이 골목을 밝혔다. 가일이 놀란 가슴을 진정시킨 후 뒤돌아서서 해번위를 이끌고 온 우청과 대면했다.

"자객은?"

"골목 안이라 운신의 폭이 좁다 보니 그만 놓치고 말았소."

우청이 그를 빤히 쳐다보며 코웃음을 쳤다.

"놓쳐?"

"자객이 워낙 민첩한 데다 이곳 지리를 훤히 꿰뚫고 있는 듯했소."

가일의 표정은 이미 평정을 되찾은 것처럼 차분했다.

"성안에서 상당 기간 살았던 자인 듯하오."

우청은 아무 말 없이 횃불을 들고 토벽을 비춰보았다. 양옆 토벽 위로 칼날이 지나간 흔적이 어지럽게 그어져 있었다. 우청은 손가락으로 토벽 위를 짚으며 무언가를 확인하려는 듯 칼의 흔적을 따라 이리저리 움직였다.

가일이 상황을 더 자세히 설명했다.

"자객의 움직임을 보아하니 여자가 분명하오. 키는 나보다 머리 하나 정도가 작았고, 몸집은 호리호리한 편이었소. 가늘고 긴 칼을 사용했고, 초식(招式: 무술의 동작 형태)이 민첩하기는 하지만 기본기는 그리 탄탄해 보이지 않았소."

우청이 물었다.

"이 벽에 난 흔적을 보니, 두꺼운 것은 교위의 것이고 가는 것은 그녀의 것이겠지? 앞으로 갈수록 두꺼운 선은 적어지고 가는 선은 많아지다, 교위가 서 있는 바로 그곳에 이르면서 두꺼운 선이 아예 없군. 교위 정도라면 무공이 꽤 강한 편인데, 이런 자객을 놓쳤다는 말을 지금 나더러 믿으라는 건가?"

가일은 우청의 말에 아무런 반박도 하지 않았다. 그는 몇 걸음 물러서며 벽에 꽂혀 있던 칼을 뽑아 칼집에 꽂아 넣었다.

"물론 처음에야 그 자객에게 밀릴 이유가 전혀 없었소. 한데 그자가 내 얼굴에 흙을 뿌리는 바람에 시야를 가려 제대로 싸우기가 힘들더군."

우청이 가일을 한참 노려보다 돌연 입을 열었다.

"가 교위, 자객이 나를 급습했을 때 교위의 동작이 그녀보다 훨씬 더 빨랐네."

가일이 대답하기도 전에 그녀가 앞으로 몇 발자국을 걸어갔다.

"이 골목에서 두 사람이 수십 개의 초식을 주고받으며 싸운 후 자객이 어느 방향에서 흙을 뿌린 거지?"

가일이 나지막이 대답했다.

"날이 너무 어두워 나도 잘 보지 못했소. 지금 와 생각해보니 자객이 진흙 환을 미리 몸에 숨겨두었다가 위급한 순간을 모면하기 위해 환을 부숴 나에게 뿌린 것 같소."

"자객이 진흙 환을 미리 숨겨두었다면 왜 두 번이나 모퉁이를 도는 동안 한 번도 뿌리지 않은 거지? 그때가 바로 절호의 기회 아닌가? 서로 무기를 휘두르며 정신없이 싸우는 긴박한 순간에 진흙 환을 부숴 당신에게 뿌릴 틈이 과연 있었을까?"

우청이 급소를 찔렀지만 가일은 당황하지 않고 강경하게 대처했다.

"나도 왜 그런 건지 잘 모르겠소."

우청이 가일을 지나치며 바닥에 떨어져 있던 검은 천을 집어 들었다. 우청이 복면을 코에 대고 냄새를 맡아보다 이내 회심의 미소를 지었다.

가일은 그녀를 힐끗 쳐다보다 심장이 덜컥 내려앉았다. 그것은 자객의 얼굴에서 떨어져 나온 복면이었다.

"이 복면에 향이 남아 있는 걸로 봐서 여자가 확실하군. 가 교위가 주루에서 자객을 상대할 때 보니 상황 판단이 빠르고 칼끝이 매섭더군. 그런 실력이라면 절대 자객을 놓칠 리 없겠지. 그럼에도 이 골목으로 들어와 왜 자객을 도망치게 내버려뒀지? 더구나 이 복면이 여기 있다는 건 도망가기 전에 가 교위가 복면을 벗겨냈다는 의미겠지. 그런데 왜 그 사실을 숨긴 거지? 설마 아는 사람이었나? 그래서 그냥 도망치게 둔 건가?"

"우 교위, 농이 지나치시오. 내가 해번영에 들어온 지 고작 한 달 남짓밖에 되지 않았는데, 아는 사람이 누가 있을 수 있겠소? 설사 안다 해도 감녕 장군을 해치려 한 자객을 어찌 감히 사사로운 감정에 휘말려 풀어준단 말이오?"

"가 교위의 말에도 일리가 있군."

우청이 뒤돌아서며 목청을 높여 명을 내렸다.

"여봐라! 가일을 포박하라!"

가일의 눈이 휘둥그레졌다. 그는 칼을 뽑고 싶은 충동을 간신히 억눌렀다. 해번위들이 그를 포위하며 쇠사슬로 그의 손을 묶었다.

"우 교위, 내가 이번 작전에 투입됐다고 해서 교위의 부하는 아니오. 관직이 같으니 동료에 가까운데, 어찌 함부로 나를 처분하려 하는 것이오?"

"동료? 가 교위가 진주조에서 4년을 일하며 그 손에 묻힌 해번영 정예 대원의 피가 적지 않았지. 우리 사이에 이 빚도 아직 청산하지 못했는데, 지금 감히 나에게 동료라는 말을 쓰는 것이냐? 주루에 잠복해 자객을 습격하려던 작전은 내가 직접 지시했고 절대적으로 신임하는 이들로 배치했다. 가 교위만이 예외였지. 지금 내 계획이 들통났고 상대가 도리어 우리 해번영이 짜놓은 판에 포석을 놓았으니, 누군가 정보를 누설한 게 틀림없다!"

가일이 눈을 치켜떴다.

"그 말은, 그 정보를 누설한 자가 바로 나란 것이오? 하지만 주루에서 자객의 존재를 가장 먼저 알린 것도 나고, 교위의 생명을 구한 것 역시 나였소. 이것은 어찌 설명할 것이오?"

"정보를 누설한 자는 네가 아닐 수도 있을 테지. 하나 너는 분명 그 자객을 알고 있었다. 너의 입으로 직접 그 자객의 신분을 밝힌다면 다른 일은 마음 쓰지 않아도 된다."

"난 그 자객을 정말 모르오."

"그거야 해번영 옥사에 있는 동안 분명해지겠지. 나는 이 일을 위에 보고해야 하니, 반 시진 후 감옥으로 갈 것이다. 그때 내가 원하는 대답을 내놓지 못한다면, 내가 직접 그 입에서 그 말이 나오도록 만들어주지."

해번위는 가일을 옥에 집어넣은 후 손발에 족쇄를 채웠다. 가일은 꽤나 묵직하고 불편한 느낌에 갇혀버렸다.

해번영과 진주조의 감옥은 별반 다르지 않았다. 똑같이 어둡고 습하고 고약한 냄새가 코를 찔렀다. 이 감옥은 딱 봐도 꽤나 오래된 곳이었다. 나무 살창은 곰팡이 천지고, 석벽에도 이끼가 잔뜩 끼어 미끄러웠다. 발밑의 축축한 볏짚을 들춰보니 그 아래 자갈이 깔려 있었다. 죄수들이 도망치는 것을 막기 위해 머리를 쓴 듯했다.

가일이 걸음을 옮겨보니 동서남북으로 각각 열두 걸음 정도로 독방보다 훨씬 널찍했다. 게다가 양옆 방에 죄수가 단 한 명도 없었다. 우청이 특별히 지시를 내려 그를 홀로 가둔 것이 분명했다. 그를 데리고 옥사로 들어온 해번위는 그의 맞은편에 서서 죽일 듯이 그를 노려보고 있었다. 마치 잠시라도 시선을 옮기면 가일이 사라지기라도 할 것처럼 감시했다. 가일이 자조 섞인 웃음을 뱉으며 뒤로 두어 걸음 물러났다.

어둠 속으로 모습을 감추기 무섭게 가일의 얼굴에서 웃음기가 싹 사라졌다. 달빛 아래서 그의 시선을 사로잡았던 그 눈빛이 계속해서 머릿속을 떠나지 않았다. 만약 그때 곧바로 그녀를 쫓아갔다면 분명 잡았을 테고, 우청의 의심을 사는 일도 없었겠지. 하지만 다시 그때로 돌아간다 해도 나는 그녀를 놓아주었을 것이다.

가일은 그녀에게서 전천(田川)의 모습을 보았다.

아니, 전천은 이미 죽었다. 내 품안에서 그녀를 떠나보냈다. 그 자객은 전천과 너무 닮았을 뿐, 전천일 리 없다. 지금 내가 의지할 곳 없이 외로운 처지다 보니 나도 모르게 착각을 한 게지. 그렇다 해도 그의 마음속에서 말도 안 되는 바람이 완전히 사라진 것은 아니었다. 전천이 살아 있는 건 아닐까? 그때 진주조에서 전천의 관만 보았을 뿐, 그녀의 시신을 두 눈으로 직접 보지 못했다. 어쩌면 장제(蔣濟)가 어떤 목적을 위해 전천을 살려놓고 나를 속인 게 아닐까? 비록 말도 안 되는 추측이었지만, 전천을 빼다박은 그 자객의 신분을 확인하기 전까지 그 가능성은 유효했다. 그리고 그 진실을 밝히고 싶지 않은 마음도 컸다. 설사 그것이 자신과 남을 모두 속이는 일이라 해도, 전천이 살아 있을지 모른다는 희망이나마 안은 채 살고 싶었다.

우청의 힐문에도 그는 진실을 감춘 채 그저 속수무책으로 죄인이 되어줄 수밖에 없었다. 그는 이것이 최선이라고 여겼다. 이 상황에서 반항을 한들 이삼십 명의 해번위를 물리치고 도망칠 자신도 없었다. 더구나 도망친다 해도 우청이 성의 병사들을 총동원해 그를 추격할 테고, 어쩌면 그 기회를 이용해 가일을 죽일 수도 있었다. 지난 4년 동안 적으로 지냈고, 그사이 무수히 많은 이의 피로 얼룩진 원한의 골이 너무 깊었다.

우청이 가일을 의심하는 것도 어쩌면 당연했다. 그러나 이번 사건은 미심쩍은 점이 한두 가지가 아니었다. 촉나라의 연노를 쓰는 위나라의 살수가 오나라의 지리를 너무나 잘 알고 있었다. 이 세 나라를 거침없이 넘나들 수 있는 세력은…… 가일의 머릿속에 하나의 이름이 불현듯 떠올랐다.

한선.

그는 얼른 고개를 가로저었다. 이번 매복의 공격은 그 역시 전혀 모르는 사안이었다. 한선이 무슨 계획을 짜고 있는지 모르겠지만, 그는 가일을 허도에서 구해냈고 우여곡절 끝에 해번영에 투입했다. 그런 한선이 그를 주루에서 영문도 모른 채 죽게 내버려두지는 않았을 것이다. 한선이 아니라면 과연 어떤 세력이 이런 짓을 벌인 것일까?

가일은 진주조에서 일하면서 해번영과 여러 차례 교전을 벌였기 때문에 동오의 내부 사정을 누구보다 잘 알고 있었다. 동오의 문신과 무장들은 회사파와 강동파(江東派)로 크게 나뉘었다. 주유(周瑜)·노숙(魯肅)을 중심으로 결성된 회사파는 출신 성분이 다양했다. 이들은 대부분 손씨 가문을 따라 강동에 본거지를 마련한 무장과 책략가들이었다. 반면에 강동파는 고(顧)·육(陸)·주(朱)·장(張) 네 성씨를 중심으로 한 강동의 권문세가 출신이었다. 이들은 강동에서 이미 백 년 가까이 번성하며 막강한 세력을 형성해왔다.

손견(孫堅)·손책(孫策)이 영토를 개척할 때 이들 강동 호족 세력은 자신의 이익을 위해 손씨 가문에 반기를 들었고, 심지어 손책과 전쟁을 벌이기도 했다. 이런 이유 때문에 손씨 가문이 강동을 점거하고 정세를 안정시킨 후에도 회사파가 정무와 병권을 장악했고, 강동 호족 세력은 줄곧 탄압의 대상이 되었다. 지난 몇 년 사이 주유·노숙 등 회사파의 원로 중신들이 하나둘 세상을 떠나면서 강동파가 다시 부각되었지만, 여전히 회사파의 세력을 따라잡기에 역부족이었다. 게다가 회사파가 강동파의 세력 확장에 강력히 맞서면서 두 세력 사이에는 암암리에 충돌이 적잖이 발생했고, 심지어 수차례 살인 사건이 벌어지기도 했다.

이번 감녕 습격 사건은 의심스러운 점이 한두 가지가 아니었다. 이 사건이 회사파와 강동파 사이의 대립과 관련이 있기 때문일까? 하지만 감녕은 회사파 내에서 2인자였다. 강동파가 무모하게 그를 건드릴 이유가 과연 있었을까?

"가일, 왜 앉지 않느냐?"

밖에 있던 해번위가 돌연 입을 열었다. 그의 어투가 상당히 무례했다. 가일의 의아한 시선이 그를 향했다.

"관복이 더러워질까봐 그러느냐? 이곳에 갇힌 마당에, 그따위 관복을 며칠이나 더 입을 수 있을 거라 보느냐?"

"자네의 말투를 듣자 하니, 나에 대해 상당히 적의가 있다고 느껴지는군. 이유가 뭐지?"

"건안 21년 네놈이 석양에서 최의(崔儀)가 개갑도(鎧甲圖: 갑옷 그림) 훔친 사건을 처리하는 과정에서 해번영 강하군(江夏郡) 수령 강철(姜哲)을 포함해 일흔네 명을 죽였고, 그중 내 아우도 포함되어 있었다."

"역시나 피로 얽힌 원한이었군."

해번위가 냉소를 지었다.

"그랬던 자가 주인을 배신하고 강동으로 도망쳐 온 것도 모자라, 해번영에서 또 말단 벼슬을 할 줄이야. 하늘이 원망스러웠는데, 이렇게 감옥에 갇혀주니 내 속이 다 후련하구나. 세상사 참 알다가도 모를 일이지. 크크."

가일은 무겁게 가라앉은 표정으로 아무 말도 하지 않았다.

해번위는 그의 표정 따위는 아랑곳하지 않았다.

"진주조 감옥에는 고문 도구가 넘쳐난다지? 거기서 고문을 당하면 사는 게 죽는 것만 못하다 들었다. 예전에 네놈이 그걸로 괴롭힌 죄인이 한둘이 아니었을 테지. 이제 네놈도 해번영 감옥에 들어와 고문을 당하게 생겼으니, 이왕 이렇게 된 거 어느 쪽 고문이 더 나은지 비교나 실컷 해보거라."

가일이 해번위를 노려보았다.

"원수를 갚고 싶었다면 아우를 죽인 자가 눈앞에 나타났을 때 무슨 수를 써서라도 죽였겠지. 하나 자네는 나를 상대로 아무 짓도 하지 않았네. 지금 내가 감옥에 갇혀 아무 힘도 쓸 수 없다는 것을 알고 나서야 모진 말로 날 능욕하며 화풀이를 하고 있군. 이렇게 하는 게 다 무슨 소용이지? 자네 아우가 바라는 게 과연 이런 것일까?"

해번위의 얼굴이 빨갛게 달아올랐다.

"닥쳐라! 곧 죽을 놈이 어디서 막말을 지껄이느냐! 좀 있다 우 교위에게 고문을 당해봐야 정신을 차릴 놈!"

"좀 있다? 네놈의 얼굴이 시뻘게진 걸 보니 당장이라도 나한테 복수를 할 줄 알았는데, 그럴 배짱도 없나 보구나."

가일이 그를 한껏 조롱했다.

"아직도 우청이 돌아올 때만 기다리느냐? 못난 놈! 두고 보자는 놈치고 무서운 놈을 보지 못했다. 네놈은 사회부연(死灰復燃: 사그라진 재에 다시 불이 붙다)에 얽힌 고사도 모르느냐?"

"사회부연?"

해번위가 의심의 눈초리를 보냈다.

가일은 더 이상 상대하고 싶지 않다는 듯 두 눈을 감았다.

한바탕 부드러운 웃음소리가 옥사 입구에서 들려왔다.

"한(漢)나라 경제(景帝) 때 어사대부(御史大夫) 한안국(韓安國)이 법을 어겨 감옥에 갇혔네. 그때 옥리(獄吏) 전갑(田甲)은 한안국이 곧 죽을 거라 생각해 시도 때도 없이 그를 능멸했지. 그러자 한안국이 다 타버린 재에서도 불길이 살아나지 않느냐며 그에게 경고를 했다네. 그리고 얼마 후 한나라에서 사자를 보내 그를 양나라 내사로 제수했고, 한안국은 죄인의 몸에서 2천 석의 녹봉을 받는 고관이 되었지. 그러자 전갑은 그 소식이 전해지기 무섭게 야반도주를 해야 했다네."

가일이 소리 나는 쪽으로 고개를 돌리자, 어둠 속에서 걸어오는 몇 사람의 모습이 보였다. 가장 앞에 있는 사람은 마흔 정도 되어 보이는 준수하고 훤칠한 모습의 장군이었다. 철갑을 입었는데도 문인의 분위기가 풍겼다. 철갑비늘 옷을 입은 병사 몇 명이 그의 뒤를 따랐다. 얼굴에 서늘한 기운이 서려 있고, 허리춤에 칼을 차고 있는 것으로 보아 오랜 세월 전쟁터를 누빈 자들 같았다.

장군이 가일의 옥사 앞에서 걸음을 멈추자 뒤따르던 병사가 의자를 가져와 맞은편에 놓았다. 장군이 빨간 외투를 걷어 올리며 점잖게 자리에 앉아 아무 말 없이 가일을 쳐다보았다.

가일도 그를 유심히 살폈다. 투구와 갑옷은 최상급의 명광개(明光鎧)였다. 정교하고 아름다운 꽃 문양이 새겨져 있고, 매끄럽고 광이 나며 긁힌 흔적조차 보이지 않았다. 권문세가가 아니라면 입기 힘든 값비싼 갑옷이었다.

그렇다면 이 갑옷의 주인은 전쟁터에 나가 적을 죽이기보다 막사 안에 머물며 전략과 전술을 세울 확률이 더 높았다. 강동에 명장이 넘쳐나고 대부분 삼사십대이다 보니, 가일은 그가 누구인지 금세 알아챌 수 없었다.

장군이 미소를 지으며 말을 꺼냈다.

"가 교위가 주도면밀할 뿐 아니라 위기의 순간에도 흐트러짐이 없다 들었네. 오늘 보니 과연 그런 말을 들을 만한 사람이란 생각이 드는군."

가일이 겸손하게 대답했다.

"별말씀을요. 좀 전에 해변위와 언쟁을 벌이느라 장군께 우스운 꼴을 보였습니다."

"가 교위, 사회부연에 얽힌 이야기를 왜 꺼낸 것인가? 자네 역시 이 감옥에서 벗어날 수 있을 거라 확신하는 것인가?"

"우청이 나를 이곳에 가두었지만, 의심만 할 뿐 확실한 증거가 없습니다. 함부로 죄를 다스려 나에게 벌을 준다면 앞으로 오후를 위해 충성을 바치고자 하는 자가 없을 테지요."

물론 이것은 겉치레 말에 불과했다. 가일은 한선이 있는 한 자신이 오래

간혀 있지 않을 거라고 확신했다. 한선은 그를 해번영에 꽂아 넣을 만큼의 능력이 있는 자였다. 물증도 없이 투옥된 그를 빼내는 일쯤이야 그에게 식은 죽 먹기나 다름없었다.

장군이 담담하게 웃으며 말했다.

"가 교위, 그 정도로는 이유가 충분해 보이지 않는군. 진짜 이유를 말해 줄 수 있겠는가?"

가일의 미간이 좁아졌다. 이자는 대체 누구지? 왜 무언가를 알고 있는 것처럼 말하는 거지?

그가 일부러 화제를 돌렸다.

"장군께서 이곳까지 오신 걸 보면 뭔가 이유가 있을 테지요. 그게 무엇입니까?"

"나는 가 교위에게 호의를 베풀기 위해서 온 것이네."

"호의요?"

"여봐라, 가 교위의 족쇄를 풀어주고 더 좋은 방으로 모시거라."

그의 부하들이 문을 열려고 하자 해번위가 장군 곁으로 다가가 말렸다.

"장군, 이러시면 안 됩니다. 뒷감당을 어찌 하시려고요?"

"뒷감당을 할 게 무엇이 있다고 그러는가?"

장군은 여전히 미소를 짓고 있었다.

"우 교위한테는 내가 말해둘 테니, 자네는 걱정할 거 없네."

해번위가 잠시 주저하다 뒤로 물러섰다. 부하들이 감옥 문을 열고 가일의 족쇄를 풀어주었다.

장군이 뒤돌아 문 쪽으로 걸어갔다.

"이곳은 냄새가 너무 지독해 제대로 말을 나눌 곳이 못 되는군. 가 교위, 나를 따라오게."

가일이 병사들의 호위를 받으며 감옥 문을 나왔다. 장군은 아무 말 없이 빠른 속도로 앞서 갔다. 미로처럼 얽힌 감옥의 복잡한 통로를 거침없이 걸어가는 것을 보니, 이곳을 손바닥 보듯 훤히 알고 있는 듯했다. 그를 따라 이리저리 한참을 돌고 나자 나무 문이 열렸고, 시원한 바람이 훅 불어 들어와 숨통이 트였다.

장군이 유유히 걸어 들어가 창문을 열자 달빛이 그의 얼굴에 내려앉았다. 달빛 아래 보이는 그의 얼굴은 훨씬 침착하고 여유로워 보였다.

"가 교위, 이곳이 마음에 드는가?"

가일이 웃으며 대답했다.

"내가 머물고 있는 여인숙보다 훨씬 좋아 보입니다. 여기에 식사까지 해결이 되면 오래 머문다 해도 괜찮을 듯싶습니다."

"이런, 애석하게도 그것만은 들어줄 수 없다네. 가 교위는 이곳에서 잠시 쉬다 곧 해번영으로 돌아가게 될 것이네."

가일이 놀란 눈으로 그를 쳐다봤다.

"그리 빨리요? 그럼 굳이 방을 바꿀 필요도 없지 않습니까?"

"어떻게 보면 쓸데없는 짓일 수도 있지. 하나 예로부터 부질없는 호의가 더 깊은 인상을 남긴다고 하지 않는가?"

장군이 웃으며 말했다.

"가 교위, 앉게나."

병사들이 나가고 방 안에는 두 사람만 남았다.

가일이 탁자 뒤에 앉아 넌지시 물었다.

"장군의 존함이 어찌 되는지 여쭤도 되겠습니까?"

"오늘 밤 감녕이 자객의 습격을 받았고, 그 수가 수십 명은 족히 되었네. 게다가 촉나라의 연노를 쓴 것으로 봐서 단순히 개인적인 원한만은 아닌 것 같더군. 가 교위는 누구의 소행이라고 생각하는가?"

가일이 잠시 고심하다 말을 꺼냈다.

"강동파 아니면 형주(荊州)의 관우(關羽)일 겁니다."

장군이 놀란 기색을 드러내다 이내 옅은 미소를 지었다.

"가 교위, 강동파 출신의 벼슬아치가 천 명에 가깝고, 군사와 정치를 아우르며 요지 곳곳에 고루 퍼져 있네. 오후 휘하에서 가장 근간을 이루는 파벌 중 하나지. 관우는 유비(劉備)와 도원결의한 의형제고, 오후와는 서로 긴밀하게 동맹을 맺은 사이네. 감녕이 자객의 습격을 당한 것이 어찌 두 세력과 관계가 있단 말인가?"

가일은 즉답을 피한 채 잠시 침묵하며 신중을 기했다. 말투와 태도로 보아하니 이자는 꽤나 관직이 높고 노련하군. 이런 사람이 깊은 밤에 감옥으로 찾아와 방을 바꿔줬다면 단순한 호의를 넘어 무언가 원하는 것이 있어서겠지. 관료 사회에서 호의를 베푼다는 건 자기 편으로 끌어들이기 위한 포석이다. 어리석고 평범한 사람과 손을 잡으려는 사람이 누가 있겠는가?

높은 자리에 있는 사람이 베푸는 호의는 모두 치밀한 계산에서 나온 투자이므로, 값비싼 보답이 뒤따라야 한다. 비록 내가 손상향을 등에 업고 해번영에 들어왔지만, 강동에 온 지 여러 날이 흐른 지금까지도 그녀의 얼굴조차 보지 못했다. 이것만 봐도 그녀는 여전히 나를 의심하고 있는 것이 분명하다.

그렇다면 이자는 손상향의 지시를 받고 나를 시험하러 왔을 가능성이 높다. 가일은 이런 생각을 한 끝에 이번 자객 습격 사건에 대한 자신의 생각을 있는 그대로 다 말하기로 결심했다. 이왕 다른 사람의 울타리에 기대 살게 된 이상, 자신의 재능을 드러내야 이용 가치가 생기고 제대로 주목받게 된다.

장군이 넌지시 말했다.

"이 방에는 나와 가 교위 둘뿐이니 무슨 말이든 해도 되네. 만약 자네가 계속 침묵을 지킨다면 자네가 괜한 말로 나를 놀라게 한 거라 생각하겠네."

가일이 손을 모으며 말했다.

"장군께서 방금 강동파가 천 명 가까이 벼슬길에 올랐고 군대와 정계에 두루 퍼져 오후의 중추 역할을 하고 있다고 하셨지요? 그렇다면 한 가지만 여쭙겠습니다. 이들 중 천하에 이름을 널리 알린 이가 있습니까? 오후 휘하의 문신은 장소(張昭)·노숙, 무신은 주유·여몽이 있고, 그 외에 제갈근(諸葛瑾)·정보(程普)·황개(黃蓋)·한당(韓當) 등의 이름난 신하와 무장들이 있지요. 이들 중 강동파가 하나라도 있습니까? 이들은 모두 회사파입니다. 당초 소패왕(小覇王) 손책이 천하에 이름을 날리고 그의 칼이 강동을 겨냥했지요. 하나 강동 호족 세력은 미천한 출신의 그를 인정하려들지 않았습니다. 그렇다 보니 손책은 이들을 잔혹하게 탄압하는 데 온힘을 쏟아부었고, 적잖은 호족 세력을 죽여 이들과 원한을 맺었지요. 여강(廬江) 전투에서 그는 강동을 대표하는 고씨·육씨·주씨·장씨 집안 중 하나인 육강(陸康)을 격파했고, 그 가문의 종족 백여 명을 학살했습니다. 만약 도중에 암살당하지 않았다면 그는 아마도 계속 살육을 이어갔을 겁니다. 지금은 오후가 권력을 장악하면서 이들과의 갈등을 무마하고자 육씨·고씨·주씨 가문과 인척 관계를 맺고 강동의 사대부를 대거 기용했습니다. 그 땅을 점령했으니 그곳의 인재를 기용하는 것이야말로 당연한 이치겠지요. 지금 와서 돌이켜보면 강동파와 손씨 가문의 원한은 손책의 죽음을 계기로 일부 사라지기는 했습니다. 하나 손책을 따라 강동에 쳐들어와 호족 세력을 죽인 자들은 여전히 군대와 정계에서 요직을 차지한 회사파인데, 어찌 완벽하게 화해를 할 수 있겠습니까?"

"강동파가 손책을 무시한 건 단순히 그의 출신이 미천해서가 아니네. 일찍이 손책이 황제를 참칭한 원술(袁術)을 따른 적이 있었지. 그가 육씨 가문을 무너뜨린 것도 원술의 명을 따른 것이었네."

"그 말은 강동파가 정치적으로 한나라 황실을 옹립해서 손책에게 적의를 품었다는 뜻입니까?"

가일이 눈썹을 치켜떴다.

"그건 아니네. 난세에 군웅이 모두 들고일어나니 자신을 제왕이라 일컫는 자가 나오는 것도 시간문제겠지. 강동파라고 해서 한나라에 무조건 충성을 바치는 것은 아니네. 다만 손책의 부친 손견은 세상 사람들이 모두 한나라 충신이라 칭송한 이가 아닌가? 부친이 죽은 지 얼마 되지도 않아 그 아들이 황위를 찬탈하려는 원술의 편에 섰으니, 그 이유가 어찌 됐든 멸시받을 짓을 한 셈이네."

장군이 고개를 가로저으며 허탈하게 웃었다.

"됐네. 이건 그냥 나 혼자의 생각일 뿐이네. 가 교위, 계속 말해보게."

그의 말을 들어보니 그는 강동파 요직에 앉아 있는 자일지도 모른다는 생각이 들었다.

가일은 자세를 바로잡았다.

"정군산(定軍山) 전투에서 황충(黃忠)이 하후연(夏侯淵)을 죽였고, 유비가 한중(漢中)을 점거하면서 천하는 세 개의 세력으로 나뉘었습니다. 이제 조(曹)·유(劉)·손(孫)씨 사이 싸움은 더 치열해질 겁니다. 이런 상황에서 전쟁은 모략·전술뿐 아니라 돈과 식량, 그리고 인재의 싸움이 될 테지요. 오후는 이미 이 점을 간파했을 겁니다. 강동 호족 세력의 절대적 지지가 없으면 안 된다는 걸 말입니다. 그래서 그가 요 몇 년 동안 강동파 호족 세력에게 벼슬길을 활짝 열어주었던 겁니다. 그러면서 강동파 내부에서도 갈등이 빚어졌죠. 한쪽은 이 기회를 빌려 요직에 진출해야 한다고 주장했고, 또 한쪽은 좀 더 지켜보자고 강력히 맞선 겁니다. 분명한 건 강동파 중 요직을 맡거나 병권을 쥔 자가 아무도 없다면, 그들은 오후의 정치적 명을 겉으로만 복종할 뿐 결코 따르지 않게 되리라는 겁니다. 그래서 오후는 누구도 거절할 수 없는 자리를 내준 것이지요.

회사파이자 군부의 1인자 여몽은 손권과 군신 관계라기보다 절친한 벗이라 할 수 있습니다. 생사를 같이했던 두 사람의 우정이야 장군께서 저보다 더 잘 아실 테니, 이 부분은 더 말하지 않겠습니다. 올해 초 여몽의 병세가 심해져 도독 자리를 스스로 물러났고, 곧이어 손권의 의견을 받아들여 강동파 육손(陸遜)을 그 자리에 추천했죠. 그 소식이 전해지자 회사파가 깜짝 놀라, 감녕을 내세워 그 자리를 빼앗으려 했습니다. 이들은 병권을 순순히 내주면 얼마 안 가 강동파가 회사파와 대등한 지위가 될 거라고 본 겁니다. 장소를 포함한 회사파 원로들이 거듭 항변하자, 오후마저도 육손에게 도독 자리를 맡기려던 마음이 흔들리게 됩니다. 이런 상황이야말로 강동파가 감녕을 암살할 만한 충분한 동기라 할 수 있겠죠.”

　　“음, 일리가 있는 말이군. 그럼 형주 관우는 왜 혐의 선상에 놓은 거지?”

　　장군의 표정은 여전히 담담했고, 그 어떤 표정의 변화도 없었다.

　　“방금 장군께서 오후와 유비가 서로 맹우라 하셨으나, 이거야말로 눈 가리고 아웅 하는 격이 아닐는지요? 지난날 유비가 오나라와 연합해 조조와 맞섰으나 내내 싸움을 피하다 적벽(赤壁) 대전에서 주유가 조조를 무찌르고 나서야 그 기세를 타고 형주를 점거했습니다. 본래 그는 익주(益州)를 탈취한 후 형주를 반환하기로 약속했지요. 하지만 결과는 어찌 되었습니까? 그는 익주를 점거한 후에 여러 차례 약속을 어겼고, 심지어 형주를 천하의 명장 관우에게 맡겼습니다. 오나라와 관우가 형주 변경에서 전쟁을 한 적은 없으나, 소소한 충돌이 10여 차례 벌어졌지요. 4년 전 유비는 한중을 공략하고 후환을 없애기 위해 상수(湘水)를 경계로 형주의 강하군·장사군(長沙郡)·계양군(桂陽郡)을 오후에게 주었습니다. 하지만 관우는 잃어버린 땅을 되찾고야 말겠다고 줄곧 목소리를 높여왔고, 장군도 이 사실을 잘 알고 계실 겁니다.”

　　장군이 고개를 끄덕였다. 그의 낯빛은 어느새 무겁게 가라앉아 있었다.

"올해 들어 유비가 한중에서 큰 승리를 거두며 조조를 장안(長安)으로 물러나게 만들었습니다. 관우 쪽은 멀리서나마 힘을 보태기 위해 조위(曹魏)의 번성(樊城)을 공격하고, 강을 따라 남하하며 동오의 강하를 취할 테지요. 오후도 안심할 수 없지 않겠습니까? 좀 더 대담하게 관우의 목표가 동오라고 추측해본다면, 그가 오나라에 자객을 침투시켜 감녕을 암살하고 얻는 게 무엇일까요? 이 일이 성공하면 오후는 유능한 장군 한 명을 잃게 되고 실패하면 강동파와 회사파의 싸움을 부추기게 되니, 그야말로 일석이조라 할 수 있을 겁니다."

"만약 정말 관우가 그랬다면, 해번영이 그 주루에 포진해 있다는 걸 어찌 안 거지?"

"해번영은 감녕의 원수가 그를 죽이려 한다는 정보를 입수했습니다. 그런데 그 정보를 관우가 일부러 흘린 거라면 모든 의문이 풀리지 않겠는지요? 어쨌든 서로 10년 동안 대립을 하다 보니 변경 지역의 경계도 허술해졌습니다. 해번영이 적진에 암암리에 침투해 있는 것처럼, 저들 군의사(軍議司)에서도 적지 않은 밀정이 잠입해 들어왔을 겁니다."

장군이 손뼉을 치며 감탄했다.

"가 교위, 강동의 정세를 꿰뚫고 있는 것도 모자라 오후와 유비의 관계까지 그리 속속들이 알고 있다니, 정말 보기 드문 인재일세. 하나 가 교위의 말이 일리가 있다 해도 그 또한 추측일 뿐, 확실한 증거를 찾기 전까지 속단은 금물이네."

가일이 웃었다.

"손 군주(郡主)께서 저를 해번영에 들여보낸 지 꽤 시간이 흘렀지만, 지금까지 사건 일지를 볼 기회조차 없었습니다. 하물며 사건에 바로 투입되는 일은 언감생심 꿈도 꿀 수 없었지요. 이번에도 손 군주의 도움으로 간신히 현장에 투입되었지만, 결국 이리 옥에 갇히는 신세가 되고 말았습니다. 장군, 이런 제가 추측을 하는 것 외에 또 무엇을 할 수 있겠습니까?"

장군의 안색이 차갑게 변했다.

"가 교위, 지금 우리 강동의 인재 등용과 용인술을 비난하는 것인가?"

장군이 눈빛이 매서웠다.

가일도 그의 눈빛을 정면으로 맞받아쳤다.

잠시 후 장군이 돌연 웃음을 터뜨렸다.

"가 교위의 말이 맞네. 의심스러운 사람은 처음부터 쓰지 말고, 쓰기로 했으면 전적으로 믿어야겠지. 이런 점에서 보면 우리가 잘못한 게 맞는군. 하나 가 교위, 안심하게. 자네가 강동에 온 이상 그 재능을 썩히게 두지 않을 테니. 아마 며칠 안에 그리될 것이네."

그가 자리에서 일어섰다.

"곧 날이 밝겠군. 더 이상 방해하지 않을 테니 좀 쉬게나."

가일도 따라 일어섰다.

"장군, 무슨 이유로 제게 이런 호의를 베풀어주시는 겁니까?"

"그리 생각하지 말게. 아무 대가 없이 베푸는 호의도 있는 법이지."

장군이 방 밖으로 향했다.

"천하의 영웅은 서로를 알아본다지 않는가? 자네 같은 영웅을 아끼는 마음이 커서 그런 것뿐이네."

영웅? 가일은 과분한 칭찬에 고개를 가로저었다.

그가 다시 한번 그의 이름을 물었다.

"제게 장군의 존함을 알려주실 수 있으신지요?"

장군은 문을 나서며 발걸음을 멈추지 않았다. 그리고 잠시 후 중후한 목소리가 방 밖에서 들려왔다.

"나는 강동의 육손이네."

날이 곧 밝을 시각이었지만 등불이 여전히 훤하게 대청을 밝히고 있었다.

우청은 탁자 뒤에 앉아 명부를 들춰보았다. 이것은 해번영에서 막 정리를 끝낸 문서였다. 주루에서 자객의 습격을 받아 해번위 열한 명이 죽거나 다쳤고, 도백 두 명도 부상을 당했다. 이번 작전은 원래 감녕을 보호하고 덫을 놓아 자객을 유인하는 것이었지만, 도리어 적에게 이용만 당하고 말았다. 만약 가일이 미리 자객의 존재를 알아채지 못했다면 아마 더 많은 사상자가 발생했을지 모른다.

가일을 체포해 옥에 가둔 후 그녀는 해번위와 성을 순찰하는 경기병을 조직해 그 일대를 포위 수색하도록 명했다. 그리고 자신은 곧바로 해번영으로 돌아가 좌부독(左部督) 호종(胡綜)에게 상황을 보고하려 했다. 하지만 호종이 때마침 자리를 비워 어쩔 수 없이 대청에서 그를 기다릴 수밖에 없었다. 사실 자객이 이미 해번영에 물을 먹인 이상, 다시 수색해 잡는다 해도 별 수확이 없을 것이다. 우청도 이 점을 누구보다 잘 알고 있었다. 강동 일대의 세력이 복잡하게 얽혀 있고, 손권도 아직 자기 뜻대로 강동을 제어할 만한 힘을 가지고 있지 않았다. 해번영이 수색과 체포의 직권을 가지고 있어도, 세도가를 체포하기 위해 그 집에 들어가려면 예를 갖춰 상황을 설명하고 허락을 받아야만 했다. 만약 배경이 막강한 권문세가와 연관되어 있다면 그 안에 발도 들여놓지 못한 채 분을 삭이며 발길을 돌릴 수밖에 없었다.

우청은 가일과 여러 차례 적으로 만났고, 그 과정에서 진주조의 권세를 부러워하기도 했다. 위나라에서 진주조는 권문세가나 왕실의 인척을 막론하고 성역 없는 수사권을 행사했다. 물론 이것은 조조가 위나라를 완전히 자기 통제 아래 둔 결과이기도 했다. 강동의 상황은 달랐다. 손권은 강동의 호족 세력에게 줄곧 회유 정책을 펼쳐왔다. 이런 생각이 들자 우청의 입에서 자기도 모르게 한숨이 새어 나왔다. 손씨 가문은 3대째 세력을 잡고 있지만, 강동의 사족들 눈에 그들은 외지인에 불과했다. 결국 손책이 결단을 내리고 악랄한 수단으로 많은 이들을 죽이면서 안하무인이었던 세도가 집단을 뒤흔들었다. 하지만 손권이 다시 회유책으로 돌아서면서 지금까지 손책이 쌓아온 위신을 서서히 무너뜨렸다.

대청 밖에서 묵직한 발자국 소리가 들려오자 우청이 고개를 들었다. 그러나 그녀의 시야에 들어온 것은 제갈근이었다. 제갈근은 촉한 중신 제갈량(諸葛亮)의 형으로, 동오에서 중군사마(中軍司馬) 자리에 있는 자였다. 그는 정무를 관장하며 지금까지 해변영 일에 개입한 적이 없었다. 오늘 그가 직접 이곳에 온 것 자체가 의아할 정도였다. 그녀는 매의 눈으로 얼른 제갈근을 살펴보았다. 야심한 시각인데도 그는 여전히 관복 차림이었고, 유난히 길쭉한 얼굴에 무슨 근심이라도 있는지 먹구름이 잔뜩 끼어 있었다. 제갈근은 곧장 상석으로 가 앉으며 종복들을 향해 나가라고 손짓을 했다.

우청도 아예 자리에서 일어나 나갈 채비를 했다. 품계를 따져도 그녀는 제갈근과 사안에 대해 의견을 나눌 위치에 있지 않았다.

"우 교위, 오늘은 자네를 보러 온 것이니 그냥 있게."

우청이 걸음을 멈추고 고개를 돌려 힐끗 그를 쳐다봤다. 등불에 비친 그의 눈빛이 꼭 물어볼 말이 있다는 듯 예리하게 빛났다. 그녀는 예를 갖추며 다시 자리로 돌아가 탁자에 앉았다.

제갈근이 몸을 앞으로 기울이며 물었다.

"자네가 가일을 옥에 가두었는가?"

우청은 생각지도 못한 질문에 어안이 벙벙해졌다.

제갈근이 계속 물었다.

"내가 이미 명을 내려 그를 풀어주라고 했네. 가일이 감녕 습격 사건과 아무 상관이 없다는 것을 알면서 왜 가둔 것인가?"

"그건……"

우청이 잠시 고심한 후 상황에 대처했다.

"이건 해번영의 사안이옵니다. 제갈 장사(長史)께 아뢸 만한 일이 못 되옵니다."

"괜찮네. 오후께서 이미 자네를 잠시 내 휘하에 두도록 허락하셨네. 그리고 호종 쪽에도 이미 이 사실을 통보했네. 이제부터 자네는 내 명을 바로 따르면 되네."

영문을 알 수 없었지만 우청은 그 이상의 의심을 접어두었다.

"이번에 감녕 장군이 자객의 습격을 당한 사건을 제갈 장사께서도 이미 아실 겁니다. 비밀리에 작전을 수행했는데도 적이 이미 모든 사실을 알고 도리어 우리를 공격했습니다. 아무래도 우리 해번영 안에 첩자가 있는 것 같습니다. 우리가 첩자를 찾고 있다는 사실이 새어 나가는 순간 적이 경계할 수 있으니, 일단 모든 혐의를 대신 뒤집어쓸 속죄양이 필요합니다."

제갈근이 수염을 쓸어내렸다.

"자네가 가일을 감옥에 가두는 바람에 손 군주께서 호종을 불러들여 견책을 하고 계시네."

"손 군주께서 지금 호종 부독을 궁으로 불러들여 견책을 하신단 말씀이십니까?"

우청이 놀라 되물었다.

"가일은 위나라를 도망쳐 나온 배신자에 불과한데, 왜 손 군주께서 그렇게까지……."

제갈근이 손을 내저었다.

"그 이유는 자네가 알 것 없네. 손 군주의 뜻은 명확하네. 가일은 그분의 사람이니 자네가 함부로 대해서는 안 된다는 것이지. 그 뜻을 거역하면 그분과 적이 되는 것임을 명심하게."

우청이 기가 막힌 듯 웃음을 터뜨렸다.

"해번영이 가일에게 원한이 깊다는 것을 왜 모르겠는가? 자네가 받아들이기 힘든 것도 잘 아네. 하나 이 해번영은 손 군주가 직접 만들고 키운 곳인 만큼, 그 어떤 상황에서도, 설사 오후 앞에서 벌어진 일이라 해도 손 군주의 체면을 살려줘야 하네."

제갈근은 이 문제로 더 이상 왈가왈부하고 싶지 않았다.

"이번 매복 습격이 실패한 원인은 제대로 파악했는가?"

"주루의 주인이 원래 우리 편이라, 이번 매복 작전의 구체적인 상황을 대부분 파악하고 있었습니다. 사건이 일어난 후 해번위를 시켜 그를 찾았지만 보이지를 않더군요. 좀 전에 들어온 소식에 따르면 그의 일가가 전부 사라졌다고 합니다. 아무래도 사전에 적에게 매수된 듯합니다."

"꽤나 믿을 만한 자였으니 그 주루에 매복을 한 거겠지. 그런 자가 무슨 연유로 갑자기 등을 돌린 거지?"

"열 길 물속은 알아도 한 길 사람 속은 모른다 했지요. 지금 와서 생각해보니 그럴 기미가 보이기는 했습니다. 습격을 받던 날 오전에 그의 가족이 전부 성 밖으로 바람을 쐬러 간다고 나가 돌아오지 않았다더군요. 이 모든 게 제 불찰입니다. 그의 배신을 짐작조차 하지 못한 탓에, 그 일가를 감시하는 일조차 소홀히 하고 말았습니다. 하지만 이미 사방 백 리 안의 관문마다 방을 붙이고 수색 작전을 벌이고 있으니 곧 잡힐 겁니다."

우청은 분위기가 묘하게 흘러간다는 느낌이 들었다. 제갈근이 해번영의 보직을 맡게 된 건가? 왜 이 사건에 이렇게까지 관심을 갖는 거지?

제갈근이 고개를 끄덕였다.

"죽은 척했던 그 자객이 갑자기 자네를 죽이려 덤벼들었다지? 그 이유가 뭐라 생각하는가?"

우청이 잠시 고심한 후 대답했다.

"그 자객은 복장과 몸놀림으로 봤을 때 앞서 들이닥친 자객들과 달랐습니다. 그녀는 한바탕 격전이 끝난 후 모든 사람이 방심한 틈을 타 갑자기 덤벼들더군요. 게다가 공격에 실패하자 바로 도망을 칠 만큼 판단력도 빨랐습니다. 이곳 지리도 훤히 꿰뚫고 있는 것으로 보아 사전에 그 길을 미리 익혀둔 것이 분명합니다. 소인이 보기에 자객은…… 어쩌면 강동파와 관련이 있을지도 모르겠습니다."

"왜 그리 생각하는가?"

"해번영의 주루 매복 작전은 어젯밤에야 결정이 난 사안이었습니다. 고작 하루 만에 상대가 이 정보를 입수하고, 궁수를 주루의 하인으로 변장시켜 매복시켰지요. 우리가 주루에 들어갔을 때 전혀 이상한 낌새를 채지 못할 정도였습니다. 이 정도로 치밀한 준비는 사전에 정보를 입수하지 않는 이상 외부인이 짧은 시간 안에 절대 해낼 수 없는 일이지요."

우청이 잠시 멈추었다 다시 말을 이어갔다.

"게다가 그 자객은 도주할 때 근방 지리를 꿰뚫고 있었지요. 이 또한 하루 반나절 만에 가능한 일이 아닙니다. 그녀는 분명 건업성(建業城)에서 계속 살았을 겁니다. 강동 땅에서 감녕과 해번영을 동시에 겨냥할 만한 자들은 강동파뿐입니다. 더구나 이들에게는 이런 일을 벌일 만한 동기가 충분합니다."

"계속 말해보게."

"여몽은 회사파의 최고 무장입니다. 지금 그가 중병에 걸렸으니, 파벌 세력을 온전히 지키기 위해서라면 도독 자리에 마땅히 감녕을 추천해야 합니다. 그런데 그가 오후의 명을 받들어 강동파 육손을 추천한 겁니다. 이 일은 회사파의 극심한 반대에 부딪혔고, 여러 차례 간언까지 올라갔습니다. 결국 오후도 이들의 말에 마음이 많이 기울어졌죠. 어쩌면 강동파가 병권을 장악할 수 있는 이 기회를 잡기 위해 위험을 무릅썼을 수도 있습니다. 또 하나, 이번에 청강방이 사용한 무기가 단양에서 생산된 철검이었습니다. 단양의 철검은 특히 단단해 궁중 호위에게만 지급될 뿐 일반 병사에게는 보급되지 않습니다. 한 번에 이렇게 많은 단양 철검으로 무장할 수 있다는 건 동오에서 그자의 지위가 결코 낮지 않다는 것을 의미합니다."

"이치에 맞는 분석이로군. 이것이 바로 자네가 생각하는 이 사건의 진상인가?"

제갈근이 의미심장한 눈빛으로 우청을 힐끗 쳐다보았다.

우청은 그의 눈빛을 피하지 않았다.

"또 하나의 가능성은 바로 형주의 관우입니다. 이번에 하인으로 변장한 그 자객들이 사용한 활은 촉나라의 연노였습니다. 그 연노는 최근에 만들어진 것으로, 서촉(西蜀)의 천하무적 비군(飛軍)만이 쓸 수 있는 것이지요. 촉나라 군정에 소속된 자가 아니라면 손에 넣기조차 힘든 물건입니다. 관우는 10년 동안 형주를 지키며 줄곧 한나라의 부활을 도모해온 자입니다. 얼마 전 허도의 한제(漢帝)가 야밤을 틈타 도망친 사건에도 연루되어 있지요. 또한 감녕을 암살하려는 시도는 성공 여부를 떠나 우리 동오의 내부 갈등을 부추기기에 충분합니다. 비록 오후와 유비가 동맹을 맺고 함께 조조에게 맞선다 하나, 이것은 단지 미봉책에 불과하다는 걸 모르는 이가 없지요. 요 몇 년 동안 상수 변경 지역에서도 수차례 마찰이 일어났고, 두 세력의 관계도 그리 좋지만은 않습니다. 우리 해번영과 서촉의 군의사가 경쟁하듯 첩자를 보내 염탐을 하고 있고, 첩보에 의하면 군의사 쪽에서 사람들을 끌어들인 정황이 포착되었습니다. 이번 암살 사건에 군의사가 연루되어 있을 가능성을 배제할 수 없는 이유가 바로 여기에 있습니다."

"두 번째 가능성은 그리 크지 않네."

제갈근이 말했다.

"어찌 그리 말씀하시는지요?"

비록 제갈근의 의중을 짐작하고 있었지만 우청은 냉정하게 반문했다.

"감녕이 자객의 공격을 받은 후 오후가 왜 나를 불러들였는지 자네도 대충 짐작이 갈 것이네. 자네 역시 우씨 성을 가졌으나 강동파 우번(虞翻)과는 전혀 상관이 없지. 그러니 몇 해 전에 회사파로 들어간 것이겠지. 아니 그런가?"

우청의 눈빛이 흔들렸다.

"소인은 오후에게만 충성을 바칠 뿐, 파벌 따위에는 아무런 관심도 없습니다."

"그런 말이야 누구나 할 수 있는 것 아닌가? 조정의 문무 대신들 중 나와 보즐(步騭)·엄준(嚴畯)·시의(是儀) 등 극소수만이 이런 붕당 싸움에 발을 들여놓지 않고 있네. 그런 이유 때문에 오후가 나를 이 사건에 직접 개입하도록 한 것이겠지."

제갈근이 또 한 번 물었다.

"알아듣겠는가?"

"네."

우청이 즉각 대답했다. 제갈근은 회사파와 강동파 어느 쪽과도 이익으로 얽혀 있지 않았다. 그런 그가 이 사건을 맡아야 진상을 제대로 밝혀 오후에게 보고를 올릴 수 있을 터였다. 호종이 회사파라는 것을 모르는 이가 없으니, 제갈근만큼 적임자도 없었다. 사실 우청은 자신이 회사파에 들어간 것까지 오후가 꿰차고 있을 거라 생각지도 못했다.

"이 두 가지 가능성 중 어느 것을 먼저 조사해야 할까요?"

우청이 물었다. 이미 자신의 신분이 노출된 이상, 중립적인 태도로 움직인다면 적어도 오후의 눈 밖에 나는 일은 없을 듯했다. 비록 이익을 좇아 회사파에 발을 들여놓았지만, 그 일로 자신의 앞길까지 망칠 수 없었다.

"딱 한 가지만 조사하면 되네. 촉나라 연노부터 알아보게. 암살 사건의 배후가 강동파인지 아니면 관우인지, 연노의 출처를 조사하다 보면 알게 되겠지."

"하오나 연노를 조사하려면 촉나라 땅으로 들어가야 하는데…….."

"주공께서 이미 나에게 형주로 가라 명을 내리셨으니, 내일 출발할 예정이네."

제갈근이 계속 말을 이어갔다.

"관우는 천하 명장이고 형주에 주둔한 지 10년이 되지 않았는가? 그가 오후의 근심거리가 된 지도 꽤 오래되었네. 유비가 한중에서 대승을 거두며 촉군의 사기가 하늘을 찌를 듯하네. 이번 감녕 사건이 정말 관우의 소행이라면, 우리와 조조가 합비에서 격전을 벌이는 틈을 타 상수 동쪽의 형주 3군(郡)을 빼앗으려들 것이네. 이번 사신 행차의 명목은 혼담이지만, 진짜 목적은 바로 관우의 말투를 살피고 감녕 암살 시도 사건을 조사해 증거를 찾는 것이네."

우청은 그제야 제갈근이 깊은 밤에 찾아와 그녀와 이렇게 많은 말을 나눈 이유를 알 수 있었다. 사실 그는 이번 출행에 그녀를 데리고 갈지 알아볼 요량이었다. 만약 방금 그녀의 대답에 조금이라도 사심이 있었다면 그는 분명 다른 선택을 했을 것이다. 한숨 돌리고 나니 문득 제갈근이 방금 한 말이 떠올랐다.

"방금 혼담이라고 하셨습니까? 누구의 혼담을 말하시는 겁니까?"

"오후께서는 손등(孫登) 공자를 관우의 딸 관봉(關鳳)과 맺어주고 싶어 하시네."

"그게 말이 됩니까?"

우청은 자기도 모르게 언성이 높아졌다.

"그런 건 우리가 따질 일이 아니네. 이번 사신 행차는 관우의 허와 실을 파헤치는 것이 주된 목적이고, 혼담은 그다음이지. 이번 행차에 따라갈 호위는 자네와 가일이 맡게 될 것이네."

"가일요? 가일은……."

"그를 신임할 수 없지만, 손 군주의 뜻이니 오후께서도 동의할 수밖에 없었네."

"오후께서 동의하셨다고요?"

"해번영이 칼이라면, 그 칼을 쥔 자의 명을 따를 수밖에. 지난 원한이 지금의 이익과 아무 상관이 없다면 눈 딱 감고 잠시 내려놓게."

제갈근이 충고를 했다.

"그럴 수 없다면요?"

우청이 넌지시 물었다.

"그럴 수 없다 해도 그리하게. 더 큰 일을 위해서라면 사적인 원한은 금물이네."

제갈근이 잠시 말을 멈췄다.

"하나 나 역시 배신을 일삼는 자들을 증오한다네. 형주 땅에서 그자가 촉나라 사람의 손에 죽는다면 누구도 자네를 탓할 수 없겠지."

우청은 아무 말 없이 허리춤에 찬 패검을 꼭 움켜쥐었다.

가일은 새것 같은 대나무 침상에 누웠다. 은은한 향이 나고 창 밖에서 시원한 바람까지 불어오는데도 그의 마음은 전혀 편하지 않았다.

이곳의 조건은 그가 머물던 여인숙보다 훨씬 좋았다. 이런 대접을 받을 수 있는 것도 육손 덕이지만, 결국 따지고 보면 손상향의 입김이 작용했을 것이다. 천하의 영웅은 서로를 알아본다고? 그 말은 그저 인사치례에 불과하다. 만약 손상향의 비호가 없었다면 육손이 도망쳐 나온 진주조 교위 따위에게 호의를 베풀 이유가 과연 있을까?

그렇다면 손상향이 나를 감옥에서 빼내려 한다는 것을 알고 먼저 찾아와 호의를 베푼 것이겠지. 이것 역시 손상향에게 잘 보이기 위한 행동에 불과할 것이다. 손상향은 군주이자 해번영의 초대 도독이었다. 이번 일로 육손은 손권에 대한 충성을 드러내고 암살 혐의에서 벗어났으니, 그야말로 일석이조의 효과를 거둔 셈이다.

가일은 손상향에 대해 잘 알고 있었다. 건안 13년 유비가 손권과의 연맹을 공고히 하려고 손상향을 아내로 맞이했다. 그러나 두 사람의 혼인 생활은 결코 순탄하지 않았고, 결국 성을 나눠 별거에 들어갔다. 그사이 손권과 유비는 형주를 둘러싸고 여러 차례 충돌을 일으켰다. 2년 후 손권은 유비가 촉(蜀) 땅으로 들어간 틈을 타 손상향을 다시 데리고 돌아왔다.

손상향은 돌아온 지 5개월이 지난 후 손권의 의중에 따라 해번영을 조직했다. 같은 해 해번영을 움직여 음모와 반역을 일삼은 강동의 명사 열일곱 명을 죽였고, 유수(濡須) 전투와 환성(皖城) 전투에서 혁혁한 공을 세우며 진주조·군의사와 함께 천하에 그 이름을 알렸다. 하지만 3년 전에 손상향이 돌연 자리에서 물러나면서 해번영도 두 개로 나뉘었고, 호종과 서상(徐詳)이 각각 좌·우부 도독을 맡았다.

관직에서 물러난 후 손상향은 지금까지와 전혀 다른 길을 걸었다. 그녀는 평소 성을 나가 사냥을 하거나 경치 좋은 곳을 찾아다녔고, 군정의 중요한 일에 전혀 개입하지 않았다. 그런데도 그녀와 손권의 우애가 유독 깊다는 이유 하나만으로 그녀를 출세의 지름길로 여겨 달라붙는 이들이 적지 않았다. 하지만 그녀는 지금까지 손권 앞에서 누군가를 추천한 적이 단 한 번도 없었다. 그러다 보니 반역자 출신의 진주조 교위가 그녀의 추천을 받아 해번영에 들어오는 것 자체가 결코 쉬운 일이 아니었다. 그 말은 한선의 역할이 컸다는 의미이기도 했다.

그렇다고 해서 한선의 영향력이 새삼스러울 것도 없었다. 9백 년의 역사를 지닌 비밀 조직이 이런 영향력조차 행사하지 못한다면 그게 더 이상하게 느껴질지 모른다. 다만 한선에 예속된 세도가 중 그 가문의 수장을 제외하면 누구도 한선의 존재를 모르고 있었다. 손상향이 이들과 무슨 거래를 했기에 가일을 자기 편으로 끌어들여 비호하는지 모르겠지만, 그녀조차 가일의 진짜 신분을 알 리 없었다.

이런 생각이 들자 가일은 자기도 모르게 기분이 가라앉았다. 진주조에 있을 때만 해도 자신의 능력을 과신하며 하루라도 빨리 출세해 사마의(司馬懿)에게 복수하고 싶어 안달이 나 있었다. 그러다 복수도 하지 못한 채 새로운 사실과 맞닥뜨려야 했다. 그것은 바로 그의 부친이 부패한 관리일지 모른다는 것이었다. 하지만 그는 상관없었다. 만약 한제를 위해 부정부패를 저지르고 그 돈을 군수 물자를 모으는 데 썼다면 그게 죄가 될 리 없었다.

허도에 있을 때 가일은 장제에게 한선을 위해 일하겠다고 약속했다. 물론 한선의 사상에 동조해 이런 결정을 내린 것은 아니었다. 그것은 그저 일단 살고 보자는 생각에서 나온 미봉책에 불과했다. 하지만 가일은 한선이 자신을 해번영에 꽂아놓고 정탐을 시킬 줄은 생각지도 못했다. 더구나 한선의 일 처리 방식이 그를 무척 불편하게 만들었다. 한선을 위해 첩자 노릇을 하게 된 이상, 일을 좀 더 수월하게 처리할 수 있도록 신분이나 임무와 관련된 사항을 명확히 알려주어야 마땅했다. 지금은 그나마 나은 편이었다. 이미 해번영에 들어온 지 한 달여가 되었으니 말이다.

가일은 아직 한선의 사람과 접촉한 적이 한 번도 없었다. 몇 개의 지령을 받기는 했지만, 그마저도 그다지 중요한 임무는 아니었다. 한선이 자신을 해번영에 집어넣기만 하고 잊어버린 게 아닐까 하는 생각이 들 정도였다. 앞으로 어떻게 해야 한선에게 도움이 될까? 해번영을 위해 최선을 다하면 될까? 아니면 겉으로만 추종하는 척해야 하나? 이런 기본적인 것조차 알려주는 이가 아무도 없었다. 주루에서 자객의 존재를 알리고 자객의 뒤를 쫓아간 일 역시 본능에 따른 것뿐이었다. 지금 생각해보니 그때 내 행동이 맞는 것이었는지도 알 수 없었다. 자객이 감녕과 우청을 죽이게 그냥 내버려

됐어야 했나? 그래야 한선의 이익에 더 부합하는 것이 아니었을까?

그만하자. 지령을 받지 않은 이상, 혼자 그 답을 고민해봐야 무슨 의미가 있지? 지금은 일단 몸부터 사리고 보자.

문을 가볍게 두드리는 소리가 들리더니 해번위가 그의 석방 소식을 알려주었다. 과연 육손의 말이 맞았구나. 이 방에서 잠깐 휴식을 취하고 있으라더니 정말 그리되는군.

가일이 침상에서 일어나 방을 나서며 사방을 둘러보았다. 아까 그에게 이곳에서 실컷 고문을 당하다 죽게 될 거라고 호언장담했던 해번위는 코빼기도 보이지 않았다. 가일이 헛웃음을 터뜨리며 느긋하게 감옥을 나섰다. 저 멀리 성곽을 따라 붉게 떠오르는 태양빛이 눈부셨다. 가일은 손을 올려 그 빛을 가렸다. 그때 감옥 입구에 서 있는 호사스러운 마차 한 대가 눈에 들어왔다.

그 마차는 유별나게 시선을 사로잡았다. 눈처럼 새하얀 갈기털의 말 네 필, 오동나무 기름을 먹인 새까만 고삐, 최상급 박달나무로 만든 마차, 지붕 가장자리에 늘어뜨린 빨간색 느림까지 어느 것 하나 예사롭지 않았다. 고관대작이나 타는 이런 마차가 감옥 앞에 있는 것이 어울리지 않았다.

한창 이런 생각을 하는 사이, 마차 안에서 호리호리한 몸매의 여인이 내리더니 오만한 표정으로 가일을 불렀다.

"가 교위, 올라타시지요."

가일은 번개라도 맞은 듯 멍하니 그녀를 바라만 본 채 아무 말도 하지 못했다. 떠오르는 태양빛이 그녀의 뒤로 쏟아져 내리며 주위를 온통 황금빛으로 물들이고, 수도 없이 머릿속에 떠올랐던 그 익숙한 얼굴을 비췄다. 가일은 두 눈을 감은 채 이 꿈에서 깨어나고 싶지 않았다.

여인이 미심쩍은 눈빛으로 그를 보며 목청을 높였다.

"가 교위, 타십시오!"

가일의 온몸이 미세하게 떨리고, 쓰러질 듯 현기증이 몰려왔다. 식은땀이 이마에서 배어 나와 얼굴선을 따라 흘러내리더니 줄 끊어진 구슬처럼 바닥에 뚝뚝 떨어졌다. 그는 간신히 몇 발자국을 걸어 나가 마차에 쓰러질 듯 기대 갈라진 목소리로 그녀의 이름을 불러봤다.

　"전천?"

　마차에 타고 있던 여인이 고개를 비스듬히 숙이며 황당하다는 눈빛으로 물었다.

　"뭐라고요?"

　가일의 목소리가 살짝 떨렸다.

　"어젯밤에도 너를 봤다. 죽지 않고 살아 있었느냐?"

　여인이 어이없다는 듯 웃음을 터뜨렸다.

　"가 교위, 이른 아침부터 실성하신 겁니까? 얼른 타기나 하십시오. 함대가 부두에서 우리를 기다리고 있습니다."

　눈 깜짝할 사이에 가일의 머릿속에서 무수히 많은 생각이 스쳐 지나갔다.

　"낭자의 이름을 물어봐도 되겠소?"

　여인이 손을 내저었다.

　"손몽(孫夢)이에요. 손 군주의 먼 친척 동생뻘 되죠."

　가일은 한참 동안 손몽을 뚫어져라 쳐다보고서야 서서히 냉정을 되찾을 수 있었다. 닮았다. 확실히 닮았어. 눈썹·눈·콧대·입매·턱…… 거의 모든 이목구비가 전천과 똑같았다. 하지만 또 어딘지 모르게 미묘하게 달랐다. 마치 같은 여자인데 나이만 다른 듯한 그런 느낌이었다. 전천이 아니었어? 세상에 정말 이렇게 닮은 사람이 존재할 수 있는 걸까? 진주조에 있을 때 처음에는 그녀를 탐탁지 않게 생각했었다. 하지만 오랜 시간 동고동락하다 보니 어느새 혼인까지 약속하는 사이가 되었다. 다시 만나면 서로 얼싸안고 눈물을 흘리지 못하더라도, 두 손을 맞잡고 지난 이야기를 하며 회포라도 풀어야 하지 않을까? 하지만 지금 눈앞에 있는 손몽은 전혀 모르는 사람 대하듯 나를 대하고 있다. '같은 사람이 아니라는 것' 외에 다른 가능성이 존재할 수 있을까?

슬픔이 최고조에 달하면 스스로 자신을 속이며 현실을 외면하게 된다. 천하제일의 검객 대검사 왕월(王越)이 실수로 숨통을 완전히 끊어놓지 못했다면? 장제와 진주조 내부에서 어떤 필요에 의해 전천이 살아 있다는 소식을 내게 숨긴 것은 아닐까? 전천은 전주(田疇)의 딸로 어릴 때부터 변방에서 자랐는데 어떻게 갑자기 강동으로 들어와 손상향의 사람이 된 거지?

나란 놈이 참으로 바보 같구나.

그가 말없이 마차에 올라 자리에 앉자 손몽도 그의 옆에 자리를 잡았다. 마차 안으로 빛이 거의 들어오지 않아 손몽의 옆얼굴만 어슴푸레하게 보일 뿐 표정을 읽기 힘들었다. 가일은 희미하게 한숨을 내쉬며 두 눈을 감았다.

"가 교위, 괜찮으세요?"

"네, 그쪽이 아는 사람인 줄 알고 착각한 것뿐이오."

"그래서 어젯밤에 나를 놓아준 건가요?"

가일이 눈을 번쩍 떴다. 그는 상대가 이렇게까지 직접적으로 어제 일을 언급할 거라고 생각조차 하지 못했다. 손 군주의 명에 따라 우청을 죽이려 했던 건가? 가일의 머릿속에 이런 생각이 불현듯 떠올랐다. 그럼 감녕은?

"안심해요. 나는 감녕을 죽이려던 자객들과는 전혀 상관없으니까. 게다가 어젯밤에 정말 우청을 죽이려 했던 건 아니고, 그냥 시늉만 한 것뿐이에요."

"시늉만?"

"맞아요. 속사정은 기밀이라 지금은 알려줄 수 없어요."

"아무것도 알려줄 마음이 없다면, 내가 당신을 위해 비밀을 지켜야 할 필요도 없겠죠?"

가일이 나지막이 물었다.

"지금 우청은 아직도 내가 자객들과 내통했다고 의심하고 있소. 만약 내가 당신을 죽이면 내 혐의를 씻어낼 수 있지 않겠소?"

"정말 그리 생각하나요? 당신이 진주조에 있을 때는 충성을 바치던 부하도 있고 믿고 의지할 만한 상관도 있었으니 마음만 먹으면 못 할 게 없었을 거예요. 그러니 당신의 결단력과 능력이 더 돋보였을 거고요. 하지만 지금 당신은 해번영의 이름뿐인 교위이자 동료들과의 관계도 썩 좋지 않은 신세로 전락했죠. 난 당신이 자신의 유일한 동아줄을 끊어버릴 만큼 어리석다고 생각하지 않아요."

손몽이 고개를 갸웃하며 웃었다.

"그러지도 못할 거면서 왜 자꾸 협박하듯 화를 내는 거죠?"

"손 군주가 정말 나의 동아줄이 맞소? 비록 내가 그분 덕에 해번영에 들어오긴 했지만, 지금까지 얼굴을 보기는커녕 일언반구 연락조차 없었소. 내가 마치 두 눈을 다 가린 채 온종일 어디로 가야 할지 몰라 불안에 떨고 있는 마바리(짐을 실은 말)가 된 기분이오. 그 기분이 썩 좋지만은 않소."

"손 군주께서 무슨 생각을 하시는지 나도 몰라요. 어찌 됐든 지금 해야 할 일은 제갈근을 따라 형주로 가서 그분의 호위를 맡는 거예요."

"형주? 무엇 때문이오?"

"손등 공자를 위해 관우의 여식 관봉에게 혼담을 넣을 거예요."

가일은 아까 감옥에 있을 때 자신이 했던 말을 육손이 흘려듣지 않았다는 것을 알게 되었다. 아직 손상향이 그를 심복으로 받아들였는지 확신할 수 없었다. 하지만 그를 형주로 보낸다는 것은 그의 능력을 인정한다는 의미였다.

"우청도 가게 될 거예요. 표면적으로 그녀 역시 제갈근의 호위로 발탁되었어요. 두 사람의 진짜 임무는 촉나라 연노를 단서로 삼아 감녕 암살을 지시한 진짜 원흉을 찾아내는 거예요."

손몽이 눈을 깜박였다.

"손 군주의 의중은 이번에 형주 행을 통해 경험을 쌓게 하려는 것뿐이니, 괜히 목숨까지 걸며 무리할 필요 없어요. 나도 같이 갈 거니까, 모르는 거 있으면 언제든지 물어봐요."

"당신도? 당신은 형주에 뭐 때문에 가는 것이오?"

손몽이 입가에 미소를 띠었다.

가일은 눈치껏 더 이상 묻지 않았다. 그는 주렴을 들어 올려 바깥을 내다봤다. 마차는 이미 나루터에 도착해 있었다. 크고 작은 함선이 강 위에 가득했고, 즐비하게 이어진 돛대 위로 수병들이 개미처럼 오르내렸다.

마차가 천천히 멈춰 서자 가일은 아무 말 없이 곧바로 뛰어내렸다. 그는 손몽의 뒤를 따라 그중 가장 큰 배를 향해 걸어갔다. 3층짜리 배는 길이가 16장, 너비가 80보, 높이가 10장 정도였고, 마치 강 위에 엎드려 있는 거대한 괴수의 모습을 하고 있었다. 가일은 손몽과 함께 거룻배에 올라타고 바람을 거슬러 누선(樓船: 망루가 있는 큰 배)으로 향했다.

"관우가 지금 형주 공안성(公安城)에 주둔하고 있으니, 거기까지 가려면 열흘 정도 걸릴 거예요."

손몽이 물었다.

"가 교위는 북방 사람이죠? 뱃멀미를 하는지 모르겠네요."

"내가 뱃멀미를 하면 안 가도 되는 것이오?"

"그야 당연히 안 되죠."

"그럼 왜 그런 걸 물으시오?"

그녀는 전천이 아니었다. 전천은 이런 성격이 아니었다. 가일은 뱃머리에 서서 온몸으로 바람을 느꼈다. 그 순간 시리고 슬픈 감정이 울컥 치밀어 올랐다.

이 세상에서 슬픔보다 더 슬픈 건 허무한 기쁨이었다.

마강(馬强)은 기분이 그리 좋지 않았다.

어젯밤에 일도 없고 심심해서 성문 초소로 찾아가 대목(隊目) 몇 명과 밤새 저포(樗蒲)를 했다. 그런데 이날 따라 운이 안 따라주는지, 결국 수중의 돈을 모두 잃고 말았다. 날이 밝아 교대 병사가 도착하자 그는 아쉬운 발걸음을 돌려야 했다.

마강은 초소를 나서기 전에 안면몰수하고 도백에게 돈을 빌려 주린 배부터 채울 작정을 했다. 봉록을 받으려면 아직 열흘이 넘게 남았으니, 어쩔 수 없이 당분간 사방에서 돈을 빌려 견디는 수밖에 없었다. 10여 년 동안 군대에 몸담았지만 지금까지도 고작 대목밖에 되지 못했다. 마강은 자신이 못나서가 아니라 시운을 타고나지 못해서라고 스스로를 위로했다. 예전에는 전쟁터에 나가 싸울 때마다 늘 환수도(環首刀)를 들고 돌격하며 수많은 적의 목을 쳤다. 그러다 용맹함과 실력을 인정받아 감녕 장군의 호위병으로 발탁된 적도 있었다. 하지만 도박 때문에 모든 일을 그르쳤고, 건업성 성문도위 밑에 있는 대목으로 전락하고 말았다.

그때 함께 군에 있던 이들 중 교위나 호군이 된 사람도 있지만 대부분 전쟁터에서 목숨을 잃었다. 지금까지 살아 있는 것만 보면 대목으로 사는 것도 나쁘지만은 않았다. 게다가 이삼 년만 더 지나 마누라를 얻고 아들도 낳으면 대를 잇고 제사상도 받을 수 있을 것이다. 그럼에도 뛰어난 무공을 이렇게 썩히는 게 아쉬웠고, 지난날 감녕 휘하에서 '쾌도(快刀) 마강'으로 불렸던 시절이 그립기까지 했다.

이런 생각을 하며 그는 무의식적으로 허리춤에 찬 칼을 만지작거렸다. 며칠 전 누군가 그를 찾아와 단양에 가서 일을 하나 처리해달라고 부탁했다. 그가 2천 냥을 제시하자 마강은 귀가 솔깃해져 계속 마음이 흔들렸다.

결국 그는 도위에게 며칠간 휴가를 청하고 단양으로 향했다. 막상 가서 보니 두 마을 사이에 수원(水源) 때문에 갈등이 일어난 사건이라, 앞에 나서서 기선만 제압해주면 되는 일이었다. 사실 그는 관에서 일할 뿐 품계가 있는 신분도 아니었다. 하지만 이런 두메산골에 사는 촌부들은 관에서 나왔다고 하자 다들 대단한 사람인 줄 착각을 하며 떠받들었다. 다행히 여러 해 동안 전쟁터에 나가지 못했는데도 무술 실력은 아직 녹슬지 않고 살아 있었다.

마강은 별 생각 없이 인적이 드문 골목길로 접어들었다. 이 지름길을 통해 가면 성에서 가장 유명한 호병(胡餠) 가게가 바로 나왔다. 그런데 좀 걷다 보니 이상한 낌새가 느껴졌다. 그가 경계하듯 뒤를 돌아보자 멀지 않은 곳에 서 있는 한 사람이 눈에 들어왔다. 그는 고급스러워 보이는 하얀 비단 옷을 입고 하얀 복면을 하고 있었다. 딱 봐도 저잣거리와 어울리지 않는 세도가 집안의 공자였다.

초여름 아침이라 조금은 후텁지근한 날씨인데도 마강은 뼈를 에는 듯한 한기를 느꼈다. 허리춤에 장검을 찬 사내가 그를 향해 서서히 다가오고 있었다. 뭐지? 원수를 찾아온 건가? 시비를 걸려고 오는 건가? 요즘에 누구한테 원한 살 만한 짓을 한 적이 없는데? 아, 어젯밤 감녕 장군이 주루에서 자객의 습격을 받았으니 병사들이 범인을 잡으려고 성을 샅샅이 뒤지고 다니겠군. 혹시 저자가 그 자객 아닐까? 지금 쫓기고 있는 거라면, 이건 기회다. 병사들이 이곳에 올 때까지 선향 한 대 타 들어갈 정도의 시간만 끌면 저자는 독 안에 든 쥐나 다름없다. 어쩌면 공을 세우고 상금도 두둑이 챙길 수 있을 테지.

마강이 예를 갖춰 물었다.

"지금 나를 따라오는 것이오? 내가 어디서 누구한테 죄를 지었는지 모르겠소만?"

흰옷의 사내는 아무 말 없이 그를 향한 발걸음을 멈추지 않았다.

마강은 바닥에 침을 퉤 뱉으며 오른손을 칼자루 위에 올려놓았다.

"내가 감녕 장군 밑에서 일할 때 별명이 '쾌도 마강'이었소. 이 칼에 죽은 목숨이 한둘이 아니지. 나를 상대하려면 조심해야 할 것이오."

사내와 그의 거리가 5, 6장 정도로 좁혀졌다. 마강은 단전에 기를 모았다. 칼자루를 쥔 그의 오른손에 힘줄이 불끈 튀어올랐다. 그는 사내가 3장 안으로만 들어오면 바로 칼을 뽑아 그를 겨눌 작정이었다. 그는 사내를 찔러 쓰러뜨리지 못하더라도 병사들이 오기 전까지 그와 싸우며 버틸 작정이었다. 마강은 지금까지 늘 그래왔던 것처럼 자신의 칼을 믿었다.

돌연 눈앞이 번쩍 하더니 사내가 갑자기 사라지고 하얀 그림자가 쏜살같이 달려들었다.

빠르다. 이 생각이 전광석화처럼 머릿속을 스쳐 지나갔다. 마강은 본능적으로 칼을 뽑아 맞섰다.

챙강!

서늘한 빛은 순식간에 사라지고, 두 개의 검이 부딪친 소리의 여음만이 길게 이어졌다.

목 쪽에서 극심한 통증이 느껴지고 피가 뿜어져 나오며 온몸을 적셨다. 마강은 이 상황이 도저히 믿기지 않았다. 손으로 상처를 눌렀지만 피는 여전히 손가락 틈새를 타고 흘러 내렸다. 그가 휘청거리며 옆으로 쓰러질 듯 걸음을 옮겼다. 남은 힘을 끌어모아 칼을 들어 올리려 오른손에 힘을 줘보았지만 꿈쩍도 하지 않았다.

이런 절세 고수가 있었단 말인가?

마강의 심장이 덜컹 내려앉았다. 그의 머릿속에 돌연 백의검객이 떠올랐다. 백의검객은 전설 속에만 존재했다. 그리고 확증만 없을 뿐이지, 서량(西涼) 우보(牛輔)의 목이 잘린 사건, 강동 손책이 암살당한 사건, 선비족(鮮卑族) 가비능(軻比能)이 횡사한 사건이 모두 그의 소행이었다. 이런 불세출의 인물이 왜 나를 공격한 거지?

　그는 힘겹게 고개를 들어 점점 멀어져가는 백의검객을 바라보다 더 이상 버티지 못하고 바닥에 털썩 주저앉았다.

　시뻘건 피가 여전히 상처에서 뿜어져 나왔다. 마강은 손발이 마비되는 것을 느끼며 죽음이 머지않았다는 것을 직감했다. 그렇지만 의식을 잃는 그 순간까지도 그의 마음속에는 두려움보다 더 큰 의혹이 자리 잡고 있었다.

제2장

◆

보정 선사

어둠이 짙게 깔린 장강 위로 누선(樓船)이 바람을 타고 서서히 전진했다.

가일은 난간에 기대 발밑으로 출렁거리는 강물을 내려다보았다. 이제 하루만 더 지나면 형주 공안성에 도착하지만, 그는 여전히 기운을 차릴 수 없었다. 허도에서 건업으로 온 지 얼마 안 돼 또 공안으로 가야 하는 자신의 처지가 마치 한 군데 뿌리내리지 못하고 떠도는 부평초 같았다. 예전에는 살얼음판을 걷는 듯 살았어도, 아버지를 위해 복수해야 한다는 일념으로 버틸 수 있었다. 그런데 지금 우청·손상향·관우…… 이들이 하려는 일이 나와 무슨 상관이란 말인가? 한선이 내 목숨을 구했다 해도, 천하의 패권 다툼은 자신과 너무 멀게만 느껴졌다. 어릴 때 집안이 몰락했고, 그 과정에서 겪은 세상의 인심이 그를 더 냉정하게 만들었다. 어떤 사람이나 조직을 위해 물불 안 가리고 일할 의지나 신념도 없었다.

요 며칠 배에 머무는 동안 제갈근·우청과도 몇 차례 마주친 적이 있었다. 제갈근은 예를 갖춰 가일을 대하며 인사말을 건넸다. 하지만 바보가 아닌 이상 그런 겉치레 말 속에 숨겨진 거리감을 모를 리 없었다. 우청은 손상향의 존재감 때문인지 모르겠지만, 그와 가능한 한 엮이려들지 않았다.

가일도 이전보다 더 예를 갖춰 우청을 대했다. 그가 처세술에 능하지 않다 해도, 남의 판에 들어와 얹혀살려면 자세를 낮춰야 한다는 것쯤은 알고 있었다. 어차피 손상향도 자신의 이익을 위해 그를 받아들였으니, 필요 없어지면 언제라도 그를 버릴 것이다. 가능하면 자세를 낮추고 불필요한 문제를 일으키지 않는 것도 나쁘지 않았다.

"잠이 안 와요?"

은은한 향이 바람을 타고 코끝으로 전해졌다. 고개를 돌리니 작고 가녀린 여인이 그의 곁에 서 있었다. 등불에 비친 손몽의 옆모습은 숨이 턱 막힐 정도로 아름다웠지만 어딘지 모르게 낯설었다.

"가 교위, 그 여인이 정말 나랑 그렇게 닮았나요?"

손몽이 가녀린 목소리로 물었다.

"내 아내요."

"아!"

손몽의 손이 희미하게 떨렸다. 그녀가 이내 웃으며 말했다.

"가 교위가 그렇게 말하니 기분이 영 이상하네요."

"그 사람을 잃고 난 후 보고 싶은 마음이 너무 컸던 것 같소. 낭자를 보자 너무 닮았다는 생각에 무례를 범한 것이니, 내 사죄드리리다."

"사과할 필요 없어요. 손 언니가 그러는데, 정이 깊은 남자는 늘 용서가 된다고 했어요. 근데 이런 말도 했죠. 아무리 한 남자를 좋아해도 몸과 마음을 다 바치지 말라고요. 가문·나라·천하를 상대하려는 남자에게 여자는 무료한 시간을 때워줄 장난감에 불과하댔어요."

가일은 그저 웃을 뿐 아무 말도 하지 않았다.

"모든 일에 달관한 듯한 그런 표정은 매를 부르기 딱 좋죠. 계속 느끼는 거지만, 예전이랑 참 많이 달라진 거 같아요."

가일이 눈을 치켜뜨며 물었다.

"손 낭자, 우리가 알고 지낸 지 고작 며칠인데, 예전이라면 언제를 말하는 것이오?"

"정말 말도 함부로 못 하겠네요."

손몽이 입을 삐쭉거리며 투덜댔다.

"가 교위에 관해 기록된 공문서에서 봤어요. 거기 보니까 진주조에 있을 때 결단력 있고 야심만만한 인물이라고 쓰여 있었어요. 근데 이렇게 직접 만나보니 어딘지 모르게 어둡고 의욕이 없어 보이네요. 진주조에서는 어땠어요? 왜 해번영으로 도망쳐 온 거죠?"

가일이 한참 만에 입을 열었다.

"야심만만은 나와 별로 어울리지 않소. 열다섯 살이 되기 전까지는 두각을 나타내야 한다고 생각해본 적이 없으니까. 나 역시 다른 친구들처럼 검술을 연마하고 서책을 읽으며 평범한 생활을 했을 뿐이오. 미래에 관해 진지하게 고민해본 적도 없소. 그러다 열다섯 살이 되던 해 정월 대보름날 온 가족이 함께 식사를 하는데 호분위가 대문을 부수고 쳐들어왔지. 그때 사마의가 아버지를 끌고 갔소. 나흘 후 아버지는 부정부패에 연루된 혐의로 몸이 두 동강이가 난 채 돌아가셨소. 두 달 후 어머니마저 화병으로 돌아가셨지. 어머니께서 돌아가시기 전에, 아버지가 얼마를 횡령했든 사마의의 음모에 걸려든 것이니 꼭 복수를 해달라고 유언을 남기셨소. 고작 열다섯 살짜리에게 말이오.

집안이 눈 깜짝할 사이에 풍비박산이 났지. 당연히 인심도 돌아섰고, 아무도 우리를 거들떠보지 않더군. 그렇게 몇 년이 흐른 후 숙공 가후(賈詡)께서 나를 좋게 보셔서 모두의 반대를 무릅쓰고 진주조에 들여보내주셨소. 짊어진 짐의 무게 때문인지 그곳에 들어가 미친 듯이 노력했고, 3년도 안 돼 도백에서 도위로 승진하며 석양의 지방관으로 임명되었지. 석양성에서

3년을 보내고 나자 또 도위에서 교위로 승진했고, 허도로 부임해 한선 사건 조사에 투입되었소. 나는 그것이 기회라고 여겼고, 내 인생이 내가 바라는 방향으로 발전하고 있다고 확신했지. 그렇게 사건을 조사하다 엄청난 비밀을 알게 됐고, 세자 조비의 측근으로 들어가게 되었소. 연회에서 세자비께서 내 마음을 읽으셨는지, 평소 호감이 있었던 처자를 정혼자로 엮어주셨소. 그때만 해도 아름다운 여인과 권세가 바로 코앞에 와 있다고 여겼지. 한선 사건을 제대로 밝혀내기도 전에 세자의 총애를 받는 신하가 되었으니 말이오. 사마의에게 멋지게 복수할 날이 머지않았다 여겼소. 그런데⋯⋯."

가일이 말을 멈추고 돌아서며 손몽을 바라봤다. 손몽은 뱃머리에 기대 턱을 괴고 그를 쳐다보고 있었다.

가일은 깊이를 알 수 없는 강물로 시선을 돌리며 계속 말을 이어갔다.

"연회를 끝내고 돌아가던 길에 그 여인이 백의검객의 칼에 찔려 죽고 말았소. 그제야 알게 됐지. 지금까지의 모든 것이 누군가가 짠 판이라는 것을. 나는 처음부터 버려질 패였소. 훗날 요행히 허도를 도망쳐 나왔고, 귀인의 도움을 받아 해번영에 들어올 수 있었던 거요. 만약 낭자가 보았다던 그 공문서에 적힌 그대로의 나였다면 분명 수단과 방법을 가리지 않고 나를 모함한 자들에게 보복했을 테지. 하나 해번영에서 보낸 지난 한 달 동안 나는 주저하고 있었소. 지금 나의 신분은 고작 누구에게도 인정받지 못하는 교위에 불과하오. 그리고 나의 원수는 천 리 밖에 있는 위나라 세자와 진주조 상관이지. 그들에게 복수하는 것이 가능하겠소?"

손몽이 머리를 갸웃하며 의아한 눈빛으로 물었다.

"두려운가요? 그자들의 지위와 권세가 높아 감히 복수할 수 없을까봐 겁이 나나요?"

가일은 입안이 쓰게 느껴졌다.

"나는 그자들을 곁에서 봐왔기 때문에 그들의 권력이 얼마나 대단한지 잘 아오. 지금이라도 조비가 나를 사지로 몰아넣으려든다면 나는 그저 죽기를 기다릴 뿐, 그들과 싸워 이길 힘이 없다오."

그의 생각이 다시 피비린내로 가득했던 그날 밤으로 거슬러 올라갔다. 흰옷 입은 검객, 젊은 나이에 세상을 떠난 꽃처럼 아름다운 여인, 적막했던 밤거리, 골목을 훤히 밝히던 횃불······.

그가 혼잣말처럼 중얼거렸다.

"죽음이 두렵냐고 했소? 아니, 절대 성공할 수 없는 일에 비장하게 매달린다 한들 결국 내 목숨만 내놓는 꼴이 되겠지. 괜히 영웅 흉내를 내며 그런 무모한 죽음으로 나를 몰아넣고 싶지 않소. 하지만 복수를 하지 않으면 이제 무엇을 해야 할지, 무엇을 위해 살아야 할지 막막할 뿐이오."

"사는 데 왜 꼭 의미나 이유가 있어야 하죠?"

"당신은 아직 젊어서, 사는 게 당연한 것처럼 여겨질 테지. 나처럼 너무 많은 일을 겪은 사람의 마음을 이해하지 못할 거요."

"그럴지도요. 하지만 이런 난세에 살아남은 것만으로도 감사한 일이라고 생각하며 사는 사람들이 더 많아요. 먼저 세상을 떴다는 그 전천 낭자를 생각해봐도 그렇지 않은가요? 설사 그녀의 죽음으로도 삶의 의미를 찾을 수 없다고 해서 막막해할 필요 없어요. 결국 사람한테 가장 중요한 건 살아 있다는 것 그 자체니까요. 사랑이나 미움·증오·원한, 이런 감정은 헛되고 아무 실속 없는 부수적인 것에 불과하죠. 지금 당장은 잃어버린 것 때문에 고통스럽고, 얻을 수 없는 것 때문에 초조해질 수 있어요. 하지만 살아 있기만 하면 무한한 가능성이 당신을 기다리고 있을 거예요."

"예를 들면?"

"어쩌면 당신이 이미 죽었다고 생각하는 사람이 다시 당신 앞에 나타날지도 모르죠."

어둠 속에서 손몽의 눈빛이 반짝였다.

"왜 살아야 하는지, 그 생각에 너무 집착하지 말아요. 그러지 않으면 참 많은 사람과 일을 놓치게 될 거예요."

화로 안의 불씨가 사라지자, 손몽이 장작 몇 개를 집어 화로 안에 던져 넣었다. 밤바람이 불어오자 잿더미 아래 수그러들었던 불씨가 다시 살아나 새 장작에 옮겨 붙었다.

가일은 아무 말 없이 타닥타닥 타 들어가는 장작만 바라보았다.

한참이 지나서야 그가 웃으며 입을 열었다.

"낭자에게서 위로를 받게 될 줄은 몰랐군."

그렇지만 그의 곁에는 이미 아무도 없었다.

사절단이 탄 함대를 맞이한 사람은 관우의 아들 관평(關平)이었다.

제갈근은 격식에 맞지 않는 접대가 다소 당황스러웠다. 그러나 그는 전혀 개의치 않는 듯 웃는 낯으로 체통을 지켰다. 모든 선물을 하역하고 나서야 그는 관평의 호송을 받으며 역관으로 향했다. 우청이 해번위 20명을 이끌고 그 뒤를 따랐고, 가일과 손몽은 멀찌감치 대열 끝에서 따라갔다.

공안성은 형주에 있는 전략적 요지이고, 이곳 태수는 형주 사족 출신의 부사인(傅士仁)이었다. 지금 천하에 위세를 떨치고 있는 관우도 대군을 이끌고 이곳에서 주둔 중이었다. 공안성은 군치(郡治: 군청 소재지)가 아니지만 성안은 동오의 건업성을 능가할 만큼 번화했다. 객주에는 물건들이 넘치고, 주루와 찻집마다 사람들로 북적였으며, 거리에 쭉 들어선 노점들도 성업 중이었다. 행인들의 옷차림도 말끔하고 얼굴에 활기가 넘치니, 지금의 생활에 별 불만이 없어 보였다.

역관 앞에 도착하자 가일은 아무 이유 없이 이상한 기분이 들었다. 마치 누군가 자신을 지켜보고 있는 듯했다. 그가 사방을 둘러보자 멀지 않은 곳에서 할 일 없이 서 있는 젊은이가 눈에 들어왔다. 하얀색 심의(深衣: 유학자들이 입던, 깃·소맷부리 등의 가장자리에 검은 비단으로 선을 두른 겉옷) 차림의 그는 기다란 창을 등에 메고 가일을 향해 미소를 짓고 있었다.

가일은 미간을 좁히며 그를 유심히 쳐다봤다. 긴 창은 전쟁에서 쓰는 무기였다. 제아무리 창을 잘 쓰는 명장이라 해도 평상시에는 긴 칼을 차고 출타하기 마련이었다. 가까운 거리에서 맞붙어 싸울 때조차 창을 쓰는 자는 군의사 백이위(白眊衛)밖에 없을 것이다. 하지만 백이위조차 긴 창이 근접 격투에 불리하다는 것을 알기에 짧은 창과 방패로 무기를 교체하는 추세였다.

저렇게 긴 창을 메고 길을 걷는다면 아는 이를 만났을 때 몸을 숙여 인사를 하는 것조차 불편할 텐데, 참으로 답답한 자로군. 가일이 앞으로 나아가 그를 좀 더 자세히 보려 하자 그자가 먼저 재빠르게 어둠 속으로 물러섰다. 정말 이상한 놈이로군. 가일은 더 이상 그를 쫓지 않고 해번위의 뒤를 따라 역관으로 들어섰다.

역관 안은 그럭저럭 깨끗했고, 관계자 외에 다른 사람은 아무도 없었다. 해번위들은 우청의 지시가 떨어지자 일사불란하게 모든 방을 돌며 안전을 확인했다. 우청은 방위와 배치가 가장 안전한 곳을 제갈근의 방으로 우선 배정했다. 가일의 방은 이층 구석이었다. 그가 열쇠를 받아 이층으로 올라가려는데 우청이 그를 불렀다.

"가 교위, 이번에 형주에 와서 무엇을 해야 하는지 알고 있는가?"

가일이 고개를 숙이며 대답했다.

"우 교위께서 가르침을 주시지요."

"우리 해번영의 일원이 된 이상 내 지시만 기다리지 말고 자기 직책은 파악하고 있어야 정상 아닌가?"

우청이 비꼬듯 말했다.

"우리가 형주에 온 건 제갈 장사를 호위하는 것 외에 감녕 암살 시도 사건을 계속 추적 조사하기 위한 것이네."

가일이 변명할 마음이 없는 듯 물었다.

"무슨 실마리라도 찾았소?"

"주루에서 자객들이 사용한 무기는 촉나라에서 생산되는 최상급의 연노였네. 장작사에서 해체해보니 반년 전에 만들어진 게 확실하다더군. 우리가 지난 반년 동안 변경에서 거래된 무기의 거래 장부를 조사했지만 이 연노의 흔적을 찾을 수 없었네. 그래서 밀수에 연루된 상인들을 차례로 조사했고, 딱 세 곳으로 범위가 좁혀졌지. 이제 이곳에서 그들을 차례로 조사할 생각이네."

"과연 일 처리가 일사천리로군. 위나라 청강방 쪽은 어찌 되었는지……."

"우리 쪽 사람이 지난밤에 도착해 보니, 청강방과 교룡방(蛟龍幇)이 맞붙어 청강방 방주와 조직원 대부분이 죽었다더군."

보아하니 청강방은 그저 방패막이에 불과했고, 이미 그들을 죽여 입막음을 해버린 듯했다.

"우 교위, 우리가 촉나라 땅에 들어온 이상, 상인을 조사하려면 이곳 사람의 허락을 받아야 하지 않소?"

가일이 물었다.

"촉나라의 허락이 아닌 협조가 필요한 거겠지."

우청이 말했다.

"일단 오늘 밤은 공안성 태수 부사인이 사절단을 위해 연회를 연다 하니 가 교위도 참석하도록 하게."

"우 교위는 오늘 밤 연회에서 부사인에게 협조를 구할 생각이오? 부사인이 공안태수라 해도, 관우가 공안성에 주둔해 있는 이상 그가 결정권을 가질 수 있다고 보시오?"

"그가 동의하지 않으면 독자적으로 움직여야겠지."

우청이 성가시다는 듯 대답했다.

"오늘 밤에 내 지시를 기다렸다 내 명령에 따르도록 하게. 자객이 감녕을 습격한 사건이 하루라도 빨리 해결돼야 가 교위도 혐의를 벗을 수 있을 테지."

가일은 곧바로 이층으로 올라가 방문을 열었다. 방 안은 침상과 탁자 하나만 들어갈 정도로 좁았다. 그는 고개를 가로저으며 탁자 옆에 앉아, 들고 있던 목간을 펼쳤다. 그 안에 무명천이 하나 끼어 있었다. 천을 펼쳐보니 공안성 지도가 나왔다. 그 위로 성안의 배치가 그려져 있고 장군부와 군의사, 수군 대영(大營) 등이 표시되어 있었다. 이것은 공안성 안에 잠복해 있는 해번영 첩자의 손을 거쳐 만들어진 지도가 확실했다. 그들의 피와 땀이 이 지도 안에 고스란히 녹아 있을 것이다. 그러나 명을 받고 움직여야 하는 자신에게 이런 지도는 별로 쓸모가 없었다. 가일은 지도를 한쪽으로 밀어놓고 목간을 집어 들어 일정을 자세히 살펴보았다. 함께 형주로 떠나는 해번영 교위라면 당연히 출발 전에 회의에 참석해 일정과 호위에 관한 의견을 조율하고 전달받아야 했다. 그러나 가일은 역관에 도착한 후에야 이 목간을 전달받을 수 있었다. 우청이 여전히 그를 배척하고 있지만, 지금은 아무래도 상관없었다. 어쨌든 그도 해번영에서 무언가를 이루기 위해 애쓸 생각이 전혀 없었다.

오늘 저녁 연회를 개최하는 자는 공안성 태수였고, 관우와 관평은 참석하지 않을 예정이었다. 이것은 상당히 무례한 처사였다. 그러나 제갈근의 성격상 크게 문제 삼지 않을 것이다. 그는 지금까지 예우·존엄과 같은 문제에 크게 개의치 않았고, 오로지 실리만 중시했다. 내일 제갈근이 관평의 수행을 받으며 형주 수군을 시찰하러 가는 건가? 크크, 관우는 군사력을 과시하고 제갈근은 허와 실을 탐색하며, 둘 다 원하는 바를 얻겠군. 모레는 제갈근이 관우를 만나 혼담을 넣고…….

갑자기 창가에서 이상한 소리가 들려왔다. 가일이 고개를 돌리니 창가에 날아와 앉은 잿빛 비둘기의 까만 눈동자가 그를 뚫어지게 쳐다보고 있었다. 그가 방문으로 가 주변을 살핀 후 문을 걸어 잠그고 비둘기에게 다가갔다. 가일은 조심스럽게 비둘기 다리에 묶여 있는 가느다란 대나무 관을 풀었다. 죽통 끝의 밀랍 봉인을 뜯고 동그랗게 말려 있는 종이를 꺼내 탁자로 돌아와 앉았다. 종이는 투명할 정도로 무척 얇았고, 위에 아무 글자도 쓰여 있지 않았다.

명반(明礬)으로 쓴 비밀 서신이었다.

가일은 한선의 전달 방식이 은밀하다 못해 번거로울 지경이었다. 진주조에서도 기밀 문서를 전할 때 봉랍을 한 죽통을 누군가 전담해 전달했다. 그런데 한선은 서신을 전하는 비둘기를 훈련시키고, 소식을 담은 서신조차 명반을 사용해 글자를 썼다. 이렇게 얇은 명반 서신용 종이는 그 값어치가 똑같은 크기의 금박(金箔)에 상당했다.

가일은 탁자에 놓인 접시에 물을 붓고 손가락에 물을 묻혀 종이 위를 가볍게 두드리며 적셨다. 그러자 글자의 흔적이 서서히 드러나기 시작했다.

'감녕 습격 사건의 진상을 조사하며 적시에 손몽을 돕고, 매사 신중히 행동하며 끝까지 목숨을 지키라.'

시간이 지날수록 글자가 점점 흐려지더니 곧 아무 흔적도 없이 사라져 버렸다.

가일은 탁자 위에 남은 물기를 닦아내고 창문으로 걸어가 죽통을 다시 비둘기 다리에 묶어 멀리 날려 보냈다. 역관 앞 거리에 사람들이 오갔지만, 고개를 들어 그를 본 사람은 아무도 없었다. 가일은 탁자 옆에 앉아 서신에 쓰여 있던 글자를 곱씹어보았다. 감녕 습격 사건을 조사하라는 것은 그 사건에 한선이 개입하지 않았다는 의미다. 적시에 손몽을 도우라고? 이 말이 의미하는 것은 뭐지? 손몽과 한선이 도대체 무슨 관계지? 손몽이 형주에서 하려는 일이 한선의 이익과 관련이 있는 걸까? 신중히 행동하고 끝까지 목숨을 지키라는 것을 보니 한선이 여전히 나의 목숨을 신경 쓰나 보군. 어쩌면 결정적인 순간에 한선에게 도움을 구해보는 것도 괜찮겠군.

지난번 감옥에서 가일이 육손에게 자객 습격 사건의 배후에 대한 자신의 생각을 들려주었으니, 그 말이 당연히 손상향의 귀에 들어갔을 것이다. 물론 그때 가일은 모든 생각을 솔직히 다 털어놓지 않았다. 특히 손몽에 관해 전혀 언급하지 않았다. 손상향은 손권의 동생이고, 감녕 사건에 손몽을 파견했다는 것은 회사파를 약화시키고 강동파에 힘을 실어주겠다는 의도였다. 만약 이 일이 새어 나가면 강동 정세에 끼치는 영향이 결코 작지 않을 것이다. 그러나 손몽은 자신이 자객과 아무 상관이 없고 우청을 죽이려 했던 것도 그저 시늉에 불과하다고 모호하게 말해, 이 사건을 더 복잡하게 만들었다.

그녀는 결정적인 순간에 우청을 공격했지만, 결코 치명적이지 않았고 도리어 피할 수 있는 여지를 남겨두었다. 그렇기에 가일이 적시에 나서서 우청을 구할 수 있었다. 만약 손몽이 우청을 죽이려 한 것이 그냥 시늉만 한 거라면 도대체 그 이유가 무엇일까?

방문을 두드리는 소리와 함께 가일의 생각도 멈추었다. 문으로 다가가자 은은한 향기가 느껴졌다. 문을 여니 과연 손몽이 그곳에 서 있었다.

"대낮부터 왜 문을 걸어 잠그고 있어요? 안에 숨어서 무슨 비밀스러운 작당이라도 한 거 아니에요?"

손몽이 몸을 숙이며 호기심 어린 눈으로 방 안을 들여다보았다.

"무슨 일이오?"

가일이 옆으로 비키며 손몽이 방 안에 들어올 수 있게 길을 터주었다.

손몽은 안에 들어갈 마음이 없는 듯 입구에 서서 말했다.

"다들 형주가 풍요로운 땅이고 물자도 풍부하다고 그러는데, 나랑 같이 구경 가지 않을래요?"

"미안하지만 오늘 밤은 그럴 수 없소. 공안성 태수 부사인이 여는 연회에 가봐야 하오."

"그렇군요."

손몽이 입을 삐죽이며 말했다.

"그럼 구경은 나 혼자 가야겠네요."

"우청에게 알리지 않아도 되오?"

"난 손 군주의 친척 동생이에요. 무슨 일을 하든 우청에게 일일이 보고하고 허락받을 필요 없어요."

"그럼 내가 해번위 두 명을 보내 호위를……."

가일이 말을 하다 말고 어색하게 웃었다. 그는 해번영을 움직일 힘이 전혀 없었다. 더구나 손몽이 형주에 온 것도 무언가 해야 할 임무가 있어서일 텐데, 해번위가 따라붙으면 도리어 행동에 제약을 받을 수밖에 없었다. 그 순간 가일은 연회에 가지 않고 손몽을 따라나서고 싶은 마음이 굴뚝같았다. 그러나 결국 그 마음을 접고 품에서 작은 죽통을 꺼내 손몽에게 건넸다. 손몽은 죽통을 만지작거리며 이리저리 살폈다. 정교하게 만들어진 이 죽통은 엄지손가락 굵기와 길이였다. 죽통 한쪽 끝은 초지(草紙)로 막혀 있고, 다른 쪽 끝에는 짧은 무명실이 한 줄 나와 있었다.

"지금 우리가 안심할 수 있는 처지는 아니니, 손 낭자도 조심하는 게 좋소. 만에 하나 위험에 빠지면 이 죽통을 하늘을 향해 조준하고 이 무명실을 잡아당겨 폭죽을 쏘아 올리시오. 허공에서 불꽃이 터지면 내가 그걸 보고 당장 달려가겠소."

손몽이 고개를 기울이며 말했다.

"폭죽이었구나…… 나랑 손 언니도 어릴 때 쏘아 올려본 적이 있어요. 근데 이렇게 작은 폭죽은 처음 봐요. 우리가 폭죽을 터뜨리고 노니까 사촌 오빠가 혼을 내면서, 그 폭죽 하나 가격이 웬만한 집의 한 달 생활비는 될 거라고 했죠. 이 폭죽은 진주조에서 만든 건가요?"

"아니오. 이건 내가 허도에서 도망쳐 나올 때 친구에게서 받은 거라오."

손몽이 죽통을 자세히 들여다보며 말했다.

"만약 이걸……."

"이 물건은 나도 쓸 줄만 알지 만들 줄은 모르오. 낭자가 똑같이 만들고 싶어도 도안과 재료가 없이는 불가능하오. 안전을 생각한다면 이 폭죽을 만들어본 적이 있는 장인의 도움도 받아야 하오. 더구나 이런 폭죽은 제조가 쉽지 않아 열 개를 만들면 그중 한 개 정도만 성공한다고 봐야 하오. 제조 가격이 똑같은 크기의 은괴에 버금가지."

"그 정도예요? 치! 이걸로 돈 좀 벌어볼까 했더니 안 되겠네요."

손몽이 죽통을 소맷자락에 넣으며 밖으로 나갔다.

가일은 그 뒷모습을 멍하니 바라보다, 돌연 자신이 주제넘게 굴었다는 생각이 들었다. 전천 때문에 그는 손몽에게 이유 없이 호감을 느꼈다. 그는 전천이 자기 때문에 죽었다는 죄책감을 안고 있었다. 만약 그날 세자부에서 열린 연회에 전천을 데려가지 않았다면 그녀는 아직 살아 있을지도 모른다. 그렇지만 그녀는 이미 저세상 사람이 되었고, 시간을 그때로 되돌릴 수도 없으니 속죄할 기회조차 없다. 그는 전천과 너무 닮은 손몽이 나타나기 전까지 꿈속에서 몇 번이나 전천을 보았지만, 그때마다 놀라서 깨어나기를 반복했다.

그는 손몽에게 느끼는 호감이나 선의가 모두 전천에 대한 보상 심리에서 시작되었다는 것을 잘 알고 있었다. 손몽이 전천일 리 없고, 이런 호의가 전천에 대한 배신처럼 느껴졌지만 그의 마음이 뜻대로 움직여주지 않았다. 아무래도 그는 이렇게라도 해서 전천의 허상을 잡고 있고 싶은 듯했다.

가일은 희미하게 한숨을 내쉬며 두 눈을 감았다.

　　멀리 내다보니 전함이 깃발을 휘날리며 지평선까지 쭉 펼쳐져 장관을 이뤘다. 형주 수군의 출발점은 전임 형주목 유표(劉表)의 패잔병이었다. 처음 이들을 받아들일 때만 해도 사기와 전투력이 바닥까지 떨어진 상태였다. 관우는 10년 세월 동안 건장한 젊은이를 모집하고 장군이 될 만한 인재를 발탁해 군사 훈련을 반복하며 지금의 수군으로 키워냈다.

　　조루(趙累)는 시선을 거두고 강기슭을 따라 말을 몰았다. 그는 이미 공안성 군의사 장사로 6년을 지냈다. 그가 오기 전까지 이곳 군의사 장사는 임기가 고작 몇 개월에 불과했고, 길어봤자 1년을 넘기지 못한 채 교체되었다. 그런 의미에서 그는 특별 대우를 받는 셈이었다. 그는 자신의 능력이 출중해 자리에 계속 남아 있는 거라고 생각하지 않았다. 그저 그의 성정이 충직하고 온후해 관우의 눈에 든 덕이었다.

　　얼마 전 주공 유비가 한중에서 대승을 거두고 조조를 장안으로 몰아냈다. 그 후 유비가 한중왕에 추대되어 그 자리에 올랐고, 오호(五虎) 대장을 책봉해 민심과 군심이 크게 진작되었다. 형주에서는 관평·요화(廖化)가 한중에서의 승리를 발판으로 곧바로 북상해 조인(曹仁)을 공격해야 한다고 수차례 관우를 설득했다. 그러나 관우 장군은 꿈쩍도 하지 않은 채 도리어 옥천산(玉泉山)으로 출타했고, 그곳에서 노승과 차를 마시며 이야기를 나누는 횟수가 점점 늘어났다.

　　분명 손권을 걱정하는 것이리라. 표면적으로 오·촉은 동맹 관계를 유지해오고 있었다. 그러나 이익을 위해 맺어진 동맹 관계는 모래 위에 지은 집과 같았다. 지금까지도 동오는 형주를 손에 넣기 위해 혈안이 되어 있었다. 게다가 지금은 군사력만 갖춰졌지 군량이 7할 정도밖에 모이지 않았다. 설사 관우 장군이 10년 동안 형주를 다스리며 일부 선비들을 자기편으로 끌어들였다 해도, 겉으로만 복종할 뿐 속으로 따르지 않는 자들이 아직 많았다. 이번에 군량이 충분히 모이지 않은 것도 그들이 중간에서 방해 공작을 펼친 탓이 컸다.

사실 10년 전만 해도 형주 사족 중에서는 한실(漢室)을 옹호하는 세력이 다수였다. 이들이 거의 전부 일가를 이끌고 유비를 따라 서쪽으로 이주해 익주로 가면서 남은 반대 세력이 다수가 됐을 뿐이었다. 관우는 이들을 굴복시키기 위해 강경책을 펼쳤지만, 성도(成都)에 있는 군사장군(軍師將軍) 제갈량은 회유 정책을 써야 한다고 강력히 주장했다. 그는 대량 학살이 인의(仁義) 군자로 불리는 한중왕의 명예를 훼손하고, 익주로 이주한 형주 사족의 의심과 근심을 낳게 할 거라고 주장했다. 게다가 요 몇 년 동안 관우 장군이 형주에 할거해 그곳의 주인이 되려 한다는 소문이 퍼져 나갔고, 심지어 이를 뒷받침할 만한 증거가 있다고 주장하는 이들까지 등장했다.

공안성 군의사 장사 조루는 이것이 얼마나 황당한 소문인지 누구보다 잘 알고 있었다. 한중왕 유비는 지금까지 단 한 번도 관우 장군을 의심한 적이 없고, 관우 장군도 이에 대해 변명을 하지 않았다. 오히려 오호 장군을 책봉할 때 익주 전부사마(前部司馬) 비시(費詩)가 성도에서부터 관우를 고발하는 밀서를 마차 석 대에 꽉 채워 싣고 와 연무장에서 몽땅 태워버렸다. 당시 삼군(三軍)의 환호성이 천지를 뒤흔들었지만, 관우 장군은 단 한 마디도 하지 않았다. 조루는 한중왕이 관우 장군을 변함없이 신임할지라도, 다른 사람의 마음도 다독일 줄 알아야 한다는 것을 모르지 않았다. 그게 아니라면 평소 한중왕의 기세로 밀서에 근거해 밀고자들을 모두 하옥하고 일벌백계했을 것이다. 하지만 근거지가 크고 휘하의 고위 장교가 많으니, 적절한 책략과 힘의 균형을 더 강구해야 했다.

희한하게 지위가 높아질수록 운신의 폭이 좁아진다.

이런 생각을 하다 보니 어느새 중군 막사 앞이었다. 조루는 병사들이 그의 도착을 알리기도 전에 곧장 안으로 들어갔다.

관우가 그를 보더니 가볍게 고갯짓을 하며 옆자리에 앉으라는 신호를 보냈다. 때마침 막사 안에서는 혼담을 꺼내기 위해 찾아온 제갈근을 어떻게 상대해야 할지를 두고 논의가 한창이었다. 공안성 태수 부사인의 말이 이어졌다. 그는 몸집에 비해 작은 듯한 비단 웃옷을 입고 있어 몸이 더 뚱뚱해 보였다. 게다가 날씨가 너무 더워서인지 네모난 비단 천으로 연신 땀을 닦아댔다. 그는 한참이 지나서야 말을 멈추고 흡족한 듯 관우를 쳐다보았다.

관우는 가타부타 말없이 질문을 던졌다.

"태수의 말은 이 혼담을 받아들여야 한다는 것이오?"

부사인이 연신 고개를 끄덕였다.

"그렇지요. 소관이 듣기로 손등이라는 자가 꽤나 인물도 좋고 뛰어난 인재라더군요. 장군의 여식도 절세미인이니, 그야말로 선남선녀의 만남이 아닐는지요?"

요화가 반박을 하고 나섰다.

"전 그리 생각하지 않습니다. 장군과 손권은 격이 맞지 않습니다."

부사인이 웃으며 말했다.

"관 장군은 지모와 용맹을 갖춘 천하의 명장이시고 손권은 동오의 패주인데, 무슨 격이 안 맞는다고 그러시오?"

요화가 반박하려는 찰나, 뒤에 있던 관평이 그의 소맷자락을 잡아당겼다. 관평은 앞으로 한 발자국 나가 나지막이 말했다.

"장군, 일전에 비시가 밀서를 싣고 와서 모두가 보는 앞에서 태웠던 일을 기억하십니까?"

"물론 기억한다."

"기억하신다니 더 말할 필요가 없겠군요."

관우가 긴 수염을 쓸어내리며 조루에게 물었다.

"조 장사, 어찌 생각하는가?"

"오후가 이번에 혼담을 넣으려 하는 건 분명 다른 의도가 있어서일 겁니다. 지난날 그가 누이 손상향을 한중왕에게 시집보내지 않았습니까? 결국 다시 데려가기는 했지만, 이미 둘 사이에 자식이 생긴 뒤였지요. 인륜과 인정의 잣대로 볼 때, 그가 아들의 혼담을 넣으려면 그 대상이 한중왕의 여식이 되어야 마땅합니다. 그런데 지금 그는 한중왕을 뒤로한 채 곧장 장군을 찾아왔습니다. 이는 한중왕을 무시한 처사가 아닙니까? 장군께서 이 혼담을 허락하신다면 천중(川中)에 있는 그자들이 또 한중왕 앞에서 이간질하며 시비를 일으키고 장군을 반역자로 몰아갈 겁니다. 설사 한중왕이 그 말을 안 믿는다 해도 천중파의 압력에 내몰리다 보면 어쩔 수 없이 장군에게 그 죄를 물을 것이고, 불필요한 갈등이 빚어질 테지요. 게다가 장군께서 이 혼사를 허락해서 따님이 강동으로 가게 되면 인질이 되는 것과 무엇이 다르겠습니까? 앞으로 오후와 의견 충돌이라도 생기면 따님의 안위를 먼저 걱정해야 할 겁니다."

관우가 고개를 끄덕였다.

"조 장사의 말이 일리가 있군. 이번 혼담은 없는 일로 해야겠소."

관평이 손을 모아 예를 갖춰 말했다.

"과연 영명하신 결정이십니다. 그럼 바로 제갈근의 청을 거절하십시오."

"어차피 할 거절이니, 그건 급할 거 없네. 하나 저자들의 이번 사신행에는 다른 목적이 있을 텐데, 그냥 내버려 두어서야 쓰겠는가?"

관우가 부사인에게 눈길을 주었다.

"부 태수, 이번 사신행에 호위로 따라붙은 자들이 해번영 소속이라고 들었소만?"

"그게……."

부사인이 난처한 듯 선뜻 말을 잇지 못했다.

"제가 아직 명단을 자세히 살펴보지를 못했습니다."

조루가 옆에서 대신 대답했다.

"이번 사신단의 호위를 맡은 대장은 상봉교위 우청입니다. 그 외에 진주조를 배신하고 동오로 도망친 가일이라는 자와 해번위 20명 정도가 있더군요. 아, 손몽이라는 여인도 끼어 있습니다. 알아보니 손상향의 친척 동생이더군요. 며칠 전에 감녕과 우청이 주루에서 자객의 습격을 당했는데, 그때 자객이 사용한 무기가 우리 촉나라에서 생산된 연노였답니다. 이번에 이곳에 온 것도 분명 이 일과 연관이 있습니다."

부사인이 얼른 끼어들었다.

"그거라면 문제될 거 없습니다. 제가 나서서 이들이 경거망동하지 못하도록 철저히 감시하겠습니다."

누구도 그 말에 힘을 실어주지 않자, 부사인은 자신이 또 말실수를 했다는 것을 깨닫고 멋쩍은 듯 웃었다.

"좀도둑 몇 명에 불과하니, 그들이 하고 싶은 대로 하게 놔두게."

관우가 담담하게 말했다.

"과연 옳은 말씀이십니다. 분란을 일으키지 않는 이상, 장군께서 나서서 미리 문제를 거론하는 것도 좀 그렇지요."

부사인이 간사하게 웃으며 아첨을 했다.

여전히 아무도 부사인의 말에 동조를 하지 않았다. 그는 말을 너무 속 보이게 하는 경우가 많았고, 이런 모습이 도리어 그를 더 어리석어 보이게 했다. 부사인의 얼굴에서 땀이 줄줄 흘렀고, 손에 쥔 비단 천은 이미 완전히 젖어 시큼한 냄새를 솔솔 풍겼다.

관우가 수염을 쓸어내리며 말했다.

"부 태수, 오늘 밤 연회에서 그자들을 잘 접대하고, 무슨 요구라도 다 들어주게. 다만 혼담 문제만큼은 철저히 함구하게. 알겠는가?"

"알겠습니다."

"그럼 부 태수는 먼저 가서 연회를 준비하는 게 어떻겠는가?"

"그래야지요."

부사인은 무거운 짐을 내려놓은 듯 자리에서 일어나 막사를 떠났다.

그가 나간 후 요화가 고개를 가로저었다.

"저리도 어리석고 한 치 앞밖에 모르는 자가 공안성의 태수라니요? 한중왕께서 도대체 어떤 생각으로 저자를 그 자리에 계속 앉혀두는지 모르겠습니다."

관평이 입을 열었다.

"부씨 집안이 대대로 공안에 살았으니, 그야말로 토박이 호족 세력이지요. 민심을 구슬리기 위한 최선의 선택이셨을 겁니다. 하나 저자가 저리 멍청한 덕에 우리도 쓸데없이 경계하거나 후환을 걱정할 필요가 없으니, 다 장단점이 있는 것 같습니다."

조루가 멀어져가는 부사인의 뒷모습을 바라보며 생각에 잠겼다.

"군의사 쪽에서 저자의 곁에 첩자를 심어두지 않았는가? 이상한 낌새는 없었는가?"

관우가 조루에게 물었다.

"없습니다. 저자가 자주 들락거리는 기생집·술집 몇 곳을 찾아가 은밀히 조사를 해봤지만 의심스러운 자를 발견할 수 없었습니다. 근데 그의 아들 부진(傅塵)이 조금 심상치 않습니다."

"허구한 날 창을 멘 채 거리를 활보하고 다니는 그 멍청이 말입니까?"

요화가 웃으며 말했다.

"내가 그자와 술을 몇 번 마셨는데, 무슨 일을 도모하며 숨길 자로 보이지 않았습니다."

관우는 중군 막사를 나가 난간에 기댄 채 눈앞에 펼쳐진 강을 바라보았다.

바람이 불어오자 파도가 연이어 밀려와 강기슭을 치며 하얗게 부서졌다. 강 위에 떠 있는 전함들이 바람에 밀려 출렁이고 깃발이 펄럭였다. 그 호기로운 기세가 하늘을 뚫을 것 같은 광경이었다. 누선 위에서 신호수가 흔드는 깃발이 춤추듯 펄럭이자 함대는 일사불란하게 진형을 바꾸었다. 이야말로 오랜 시간 피나는 훈련의 결과물이었다.

"누선 백 척, 몽동(艨艟: 전쟁에 쓰는 장비를 갖춘 배) 3백 척, 전투 군함과 삼판선이 각각 5백 척, 수군 2만 명, 보병 12만 명, 기병 4만 명. 이것만 보면 우리의 군사력이 맞은편 기슭에 있는 자들보다 조금 모자라기는 합니다. 하나 다행히 주공께서 얼마 전에 대승을 거두셔서 장병들의 사기가 하늘을 찌를 듯하고 최상의 무기를 갖추고 있으니, 모든 면에서 아군이 우위를 점한다고 볼 수 있지요."

관평이 말했다.

"장군, 언제 출병합니까?"

요화가 나지막이 물었다.

"아마 동오가 돌연 사신을 보내 혼담만 넣지 않았어도 이미 출병을 했을 거네."

관우가 잠시 고심하다 다시 입을 열었다.

"급할 거 없네. 10년을 기다려왔는데, 고작 며칠을 더 못 기다리겠는가?"

형주는 듣던 대로 풍요로운 땅이었다. 이 공안성의 태수부는 겉치레에 엄청 신경을 쓴 티가 역력했다. 붉은색 대문을 지나 높이 치솟은 커다란 가림벽을 돌아 나가면 눈이 휘둥그레질 정도로 넓은 외청이 보였다. 남북으로 60장(丈), 동서로 50장 너비였다. 외청의 북쪽에는 10장 너비의 정방형 저대(低臺) 위로 귀빈석으로 보이는 10여 개의 탁자가 놓여 있었다. 저대 아래로도 백여 개의 탁자가 줄을 맞춰 한 치의 흐트러짐 없이 놓여 있었다. 이렇게 많은 탁자가 놓여 있는데도 대청 안은 여전히 탁 트인 느낌을 주었다. 수많은 하인이 그 사이를 오가는데도 하나도 번잡해 보이지 않았다.

우청이 제갈근을 따라 저대로 올라가는 것을 보며 가일은 바로 말석(末席) 중 하나를 골라 앉았다. 탁자 위에 음식이 풍성하게 차려져 있었다. 고기·생선 등 각종 산해진미가 그야말로 가득했다. 요리 솜씨도 일품이었다.

보아하니 오늘 밤 이 연회를 주최한 부사인이 상당히 신경을 많이 쓴 듯했다. 가일은 탁자 옆에 놓인 술병을 들어 봉인을 뜯고 한 잔 가득 따랐다. 북방의 독한 술에 익숙해진 입맛에 무척이나 부드럽게 느껴지는 술이었다.

그는 술잔을 내려놓고 시야에 들어온 한 사람을 주시했다. 이런 곳에 오면서도 그는 비단옷 차림에 긴 창을 등에 차고 있었다. 그는 가일과 시선이 마주치자 눈인사를 한 후 맞은편에 있는 형주 쪽 자리로 가서 앉았다. 그는 오후에 역관 밖에서 본 바로 그자였다. 체격을 보아하니 무관 출신이 분명했다. 다만 때와 장소를 가리지 않고 어디를 가든 등에 창을 메고 있으니, 어딘가 모자라 보이기까지 했다.

가일은 술잔을 들고 멀리서 그를 향해 술을 권했고, 그 역시 술잔을 들어 답례를 했다. 가일은 문득 이상한 기분이 들었다. 벼슬길에 오른 후 그를 본 기억이 전혀 없었다. 그런데 그의 하는 양을 보면 마치 자신을 알고 있는 듯이 보였다. 가일은 이런 일로 더 이상 신경 쓰고 싶지 않다는 듯 고개를 가로저으며 젓가락으로 고기를 한 점 집어 입에 넣었다. 음, 육질이 부드럽고 씹을수록 단맛이 나는 것이 딱 알맞게 구워졌군.

대청 안에 묵직한 호각 소리가 울리자 부사인이 배를 쑥 내밀고 느긋하게 높은 곳에 있는 상석 중앙으로 걸어갔다. 그가 큰 목소리로 동오의 사절단을 환영하는 진부한 인사를 시작했다. 가일은 앞에 놓인 음식들을 맛보며 무료한 시간을 보냈다.

부사인의 환영사가 끝나고 나자 바로 악기 연주 소리가 울리고, 무희들이 길게 마주 놓인 탁자 사이의 빈 공간으로 나와 춤을 추기 시작했다. 가일은 하품을 하며 우청을 힐끗 쳐다봤다.

그녀는 오늘 밤 연회에서 부사인에게 협조를 구할 생각이라더니, 매서운 표정으로 술만 홀짝이고 있었다.

지금쯤 손몽은 뭘 하고 있을까? 가일은 홀연 이런 생각을 했다. 그는 고개를 뒤로 젖혀 까만 밤하늘을 올려다보았다. 거리 구경을 나간다는 말은 그저 핑계에 불과할 것이다. 손상향이 그녀에게 무슨 임무를 맡겼는지 모르겠지만, 별 탈 없이 끝났기를 바랄 뿐이었다.

무희들이 연주에 맞춰 춤을 추고 난 후 물러갔다. 가일이 잔에 술을 따르는 사이 우청이 자리에서 일어섰다.

"부 태수께서 저희를 연회에 초대해 이리 한 상 가득 산해진미를 차려주시고 무희까지 불러 흥을 돋워주시니 참으로 감사할 따름입니다. 다만 소인이 무관 출신이라 그런지, 이 연회에 뭔가 하나 빠진 거 같아 그게 좀 아쉽군요."

부사인이 환하게 웃으며 자리에서 일어섰다.

"우 교위, 부족한 게 있으면 사양하지 마시고 뭐든 말하시오. 관 장군께서 귀빈들을 위해 부족함 없이 대접하라 하셨으니……"

제갈근이 웃으며 말했다.

"부 태수, 우청 교위는 우리 강동에서도 여장부로 통하는지라 말과 행동에 거침이 없답니다. 만에 하나 우 교위가 태수의 결정권을 뛰어넘는 지나친 제안을 한다 해도 부디 양해해주십시오."

우청은 부사인의 대답을 기다리지 않고 목소리를 높였다.

"말씀이 좀 편파적이십니다. 부 태수는 형주의 사족 출신으로 공안성을 관할하고 계신 분인데, 이런 분이 결정하지 못할 일이 무엇이 있단 말입니까? 설사 관 장군이 이곳에 있다 해도 부 태수의 체면을 세워주셔야 할 겁니다."

부사인의 얼굴이 살짝 달아올랐다. 이 말이 아첨이라는 것을 알면서도 휘말려들 수밖에 없었다. 그는 눈을 들어 대청을 가득 채운 손님들의 눈치를 살핀 후 이를 꽉 깨물며 말했다.

"그렇긴 하오. 우 교위, 뭐든 편히 말해보시게."

"제 밑에 변변치 못한 부하가 하나 있는데, 늘 형주의 영웅호걸을 우러러보더군요. 이번 기회에 부 장군께서 그에게 한 수 가르침을 주실 수 있으신지요?"

가일이 참았던 웃음을 터뜨리며 술을 뿜었다. 그 변변치 못한 부하는 자신을 겨냥한 것이 확실했다.

부사인이 표정을 풀며 억지웃음을 지었다.

"좋은 생각이오. 무예를 겨뤄 흥을 돋우는 것이 무슨 대수겠소? 이런 건 지나친 제안 축에도 끼지 않소. 부진! 네가 나가서 우 교위의 수하와 무예를 겨뤄보거라. 하나 무모하게 선을 넘어 이곳에 모인 귀빈들의 흥이 깨지지 않도록 해야 할 것이다!"

그의 말이 떨어지자마자 등에 긴 창을 메고 있던 젊은이가 나왔다. 가일이 우청에게 시선을 돌리자, 자신을 뚫어져라 쳐다보고 있는 그녀와 눈이 마주쳤다. 그는 어쩔 수 없이 자리에서 일어나 앞으로 나갔다. 부진은 등에 멘 창을 뽑아 들고 그럴싸하게 몇 차례 휘둘러본 후 가일에게 대결을 청하는 자세를 취했다. 가일도 화답하듯 칼을 뽑아 들었다.

"가 교위가 손님이니, 먼저 하시지요."

부진이 웃으며 말했다.

가일도 사양하지 않고 한쪽 발에 무게중심을 실어 내디디며 돌연 부진을 향해 칼을 쭉 뺐다. 부진이 허리를 틀어 피하자 칼끝이 그의 어깨를 스쳐 지나갔다. 그가 창을 빙그르 돌리며 창 꼬리를 위로 향하게 한 후 가일의 턱을 향해 달려들었다. 가일은 왼손으로 부진의 어깨를 치고 그 반동으로 몸을 돌리며 훌쩍 뛰어 올랐다. 서로의 몸이 스쳐 지나가고 공격은 다시 불발로 끝났지만, 두 사람은 그 짧은 대결만으로도 이미 서로의 실력을 간파할 수 있었다.

길수록 강해진다는 말이 있을 만큼, 긴 창은 전쟁터에서 적을 죽일 때 매우 유리하게 쓰이는 백병지왕(百兵之王)이다. 그러나 가까운 거리에서 접전을 벌이는 경우라면 긴 창이 도리어 걸림돌이 되어 우위를 점하기 힘들어진다. 그런데도 부진은 위기에서 자유자재로 벗어날 만큼 고수의 면모를 보여주었다.

"몸놀림이 보통이 아니로군. 하지만 나를 상대하려면 아직 멀었소."

가일의 손 아래서 검광이 번뜩이며 부진의 손목을 공격했다.

부진이 오른손을 뒤로 빼낸 후 왼손에 힘을 실어 창으로 검광을 막아냈다. '창' 소리가 울리며 창이 칼을 밀쳐냈다. 가일이 두 걸음 몸을 비껴 나가자 칼날이 창을 따라 곧장 아래로 쓸려 내려갔다. 부진이 있는 힘껏 창을 땅에 박으며 손을 떼고, 몸을 비끼며 어깨로 가일을 쳤다. 가일은 그 충격으로 휘청거리다 앞으로 몇 발자국 튀어나갔고, 등을 고스란히 적에게 노출하고 말았다. 부진은 이미 다시 창을 잡고 원을 그리며 허공으로 뛰어 올라 발로 가일을 가격했다. 가일은 뒤에서 바람 소리가 들리자 칼끝으로 땅을 찍고 그 반동으로 몸을 돌렸다. 그 순간 자신을 향해 날아오는 부진의 두 다리가 보였다. 그는 잽싸게 몸을 뒤로 눕히며 그 공격을 피했다.

두 사람은 또 한 번 서로를 스쳐 지나갔고, 무기는 여전히 원래 서 있던 자리에 남아 있었다. 가일은 땅에 꽂힌 창을 뽑아 올리며 그 무게에 내심 놀라움을 감추지 못했다. 창의 자루는 최상급의 감태나무로 만들어졌고, 흰색 바탕에 붉은빛이 은은하게 감돌았다. 그는 창을 부진에게 던졌고, 부진도 칼을 돌려주었다.

"대형의 창법이 거리에 구애받지 않고 공수에 모두 능하니, 누구에게 지도를 받은 것이오?"

가일이 물었다.

"내가 가 교위보다 두 살이나 어리니, 대형이라는 호칭은 어울리지 않습니다."

부진은 가일의 질문에 대답하지 않은 채 창을 눕혀 들었다.

"가 교위가 위나라에 있을 때 백의검객과 골목에서 마주쳤고, 바로 그곳에서 함께 있던 부인을 잃었다고 들었습니다. 그리고 가 교위가 죽은 부인을 그리워하는 마음을 검에 쏟아부어 이미 최고의 경지에 올라섰다고 하던데, 그게 사실인지 확인할 길이 없군요."

가일이 눈살을 찌푸렸다.

"무슨 말을 하고 싶은 것이오?"

"오늘 밤 가 교위가 모든 공력을 쏟아붓고 있지 않은 것 같아 드리는 말씀입니다."

가일이 고개를 가로저었다.

"이 자리는 무예를 겨뤄 연회의 흥을 돋우려 마련되었거늘, 어찌 모든 공력을 쏟아붓는단 말이오?"

"하나 무인이라면 어떤 상황에서도 최선을 다해야 실력도 점차 강해지지 않겠습니까? 스스로 강해지지 않으면 어찌 소중한 사람을 지킬 수 있겠는지요?"

가일의 표정이 무겁게 가라앉았다.

"그 말은, 내가 무도에 제대로 정진하지 않아 내 아내를 비참하게 죽게 만들었다는 건가?"

"바로 그거지요."

사방 백여 개의 연회석이 쥐 죽은 듯 고요해지고, 가일은 더 이상 아무 말도 않고 부진을 차갑게 노려볼 뿐이었다. 부사인은 식은땀을 흘리며 좌불안석이 되어 사방을 둘러보았다. 그는 부진의 말이 부당하다고 생각해 한마디 해주려 했지만, 제갈근과 우청의 웃는 얼굴을 보자 주저할 수밖에 없었다.

　부진이 몸을 살짝 아래로 숙이더니 창끝으로 가일을 가리켰다. 그가 숨을 들이마시며 기합 소리와 함께 창을 앞으로 뻗었다. 가일이 칼집으로 창을 막자 부진이 재빨리 창을 거둬들였다가 다시 공격을 가했다. 가일이 다시 그의 창을 밀어냈다. 그가 초식을 바꿔 공격을 하기도 전에 창이 다시 그의 코앞까지 날아왔다. 가일이 고개를 젖히며 위기를 모면했다.

　이 몇 번의 공격은 빠르기만 할 뿐 전혀 대단할 것도 없어 보였지만, 사실 상당히 치명적이었다. 더구나 그 창의 무게를 감안한다면 세 번을 연이어 공격하는 것도 고수가 아니면 불가능했다. 그가 이런 생각을 하는 사이 눈앞에 붉은 술이 흔들리고 창끝이 다시 그의 얼굴을 향해 다가왔다. 가일은 칼을 휘두르며 창을 막고 몸을 돌려 뒤로 물러났다. 그렇지만 창은 점점 빠른 속도로 빠졌다 들이밀기를 반복하며 그 잔영으로 가일의 눈을 어지럽혔다.

　가일은 여전히 칼을 뽑지 않은 채 두 발을 번갈아 움직이며 뒤로 물러섰다. 그는 왼손으로 칼집을 움켜쥐고 오른손을 손잡이에 올려놓은 채, 비호처럼 달려드는 부진을 침착하게 바라봤다. 창끝의 잔영이 코앞에서 어른거리자 그는 결국 한숨을 내쉬며 칼을 뽑아 들었다. 허공에 검광이 번쩍이더니 창의 잔영들이 눈처럼 녹아내렸다. 창과 칼이 부딪히는 소리가 한동안 이어지는가 싶더니, 가일의 장검이 어느새 부진의 몸을 겨냥하고 있었다.

　"정말 빠른 칼이군요. 이것이 바로 가 교위가 모든 사물과 나를 잊는 경지에 올랐을 때 깨달은 검법입니까?"

가일이 말없이 칼을 칼집에 꽂은 후 자리로 돌아갔다.

그때 누군가의 박수 소리가 정적을 깼다. 우청이었다. 그 뒤를 이어 부사인이 식은땀을 뻘뻘 흘리며 부화뇌동했고, 박수 소리와 환호성이 점점 커져갔다. 이 연회장을 채운 손님 대부분이 군에 소속되어 있다 보니, 짧은 대결만으로도 그 실력이 훌륭하다는 것을 한눈에 알아본 것이다. 가일은 환호성을 들으며 자리로 돌아가 앉아 술을 따라 벌컥 들이켰다. 칠흑 같은 밤하늘을 보고 있자니 전천의 모습이 떠오르며 마음이 아려왔다. 부진은 그가 너무 약해 전천을 비참하게 죽도록 만든 거라고 말하며 그의 가슴에 비수를 꽂았다. 비록 귀에 거슬리는 말이었지만, 부인할 수 없는 사실이기도 했다. 그러나 그의 기분이 가라앉은 이유는 단지 전천의 죽음에 대한 양심의 가책을 내려놓을 수 없어서가 아니었다. 진주조에 있는 동안 전천에 대한 그의 감정은 늘 애매했다. 그런데 그녀가 죽고 나자 그리움의 깊이가 날로 깊어졌다.

앞으로 기나긴 밤을 어찌 보내야 할 것인가?

"가 교위, 마음의 짐을 짊어진 자만이 더 강해지는 법이지요."

부진이 가일을 향해 예를 차린 후 자리로 돌아갔다.

제갈근이 술잔을 들고 부사인 곁으로 갔다.

"부 장군 밑에 인재들이 참으로 넘쳐나는군요. 이렇게 훌륭한 대결을 보게 되다니, 정말 눈이 호강을 했습니다. 그런 의미에서 다들 거하게 한잔하는 것이 어떻겠습니까?"

부사인이 얼른 일어나 그의 비위를 맞춰주었다.

"과찬이십니다. 동오야말로 인재들이 넘쳐나는 곳이 아닙니까? 제 수양아들이야 귀빈들을 즐겁게 해드리기 위해 하찮은 재주를 보여드린 것뿐입니다."

그가 술을 단숨에 들이켠 후 손뼉을 쳐 다시 무희를 불러들였다. 모두의 시선이 무대로 옮겨갔지만, 제갈근은 자리에 앉지 않은 채 계속 부사인 옆에 서 있었다.

거북해진 부사인이 그에게 앉을 것을 권하려는 찰나 제갈근이 먼저 입을 열었다.

"부 태수의 수양아들이 지금 공안성에서 어떤 직책을 맡고 있습니까?"

"도위입니다. 성의 치안을 살피는 소소한 일을 처리하고 있지요."

부사인이 얼른 대답했다.

"큰 인재를 썩히고 있군요. 그건 그렇고, 밀수나 밀매업자를 체포하는 일은 누가 책임지고 있습니까? 그 사람은 아드님과 비교해서 어떤가요?"

부사인이 의아한 눈빛으로 물었다.

"귀금속을 거래할 때 세금을 거두는 일은 모두 성도 쪽에 직속되어 있는 사시(司市)가 관할하고 있습니다. 무슨 일로 물으시는지요?"

"며칠 전에 감녕 장군이 건업성에 있는 주루에서 자객의 공격을 받았는데, 그때 자객이 사용한 무기가 바로 촉 땅에서 만들어진 최신 연노더군요. 이런 연노는 관의 통제 아래 만들어지는 무기라 줄곧 엄격하게 매매가 이루어져 왔습니다. 우리가 조사를 좀 해보니 공안성에 있는 객주에서 높은 가격을 주고 강동에 팔았을 가능성이 높더군요."

"그…… 그런 일이 있었단 말입니까?"

부사인의 얼굴에서 또 식은땀이 나왔다. 그는 무의식적으로 시선을 돌리며 주위를 살폈다. 빈객들은 모두 술을 마시며 무희들의 춤을 보느라 아무도 두 사람에게 신경조차 쓰지 않았다.

"부 태수, 며칠 안에 관 장군을 뵙고 주공을 대신해 혼담을 넣으려고 합니다. 그 전에 우리가 힘을 합쳐 그 간악한 상인들을 철저히 색출해 관 장군께 선물로 드리는 것이 어떻겠습니까?"

제갈근의 얼굴에 희미한 미소가 떠올랐다.

"그건…… 아무래도……."

부사인이 주저하며 말을 잇지 못했다.

"이곳 공안성에 객주가 한두 곳도 아닌데, 조사를 하려면 상당히 오랜 시간이 걸릴 겁니다."

"그거라면 우리가 이미 조사를 다 마쳤습니다. 가장 의심이 가는 객주는 딱 세 군데뿐이더군요. 부 태수께서는 부진에게 출동하라 명만 내리시면 됩니다. 그럼 우리 쪽 우 교위와 가 교위가 지원을 아끼지 않을 테니, 아마도 오늘 밤 안에 사사로이 이익을 도모하던 악덕 상인들을 일거에 체포할 수 있을 겁니다."

"오, 오늘 밤요?"

부사인의 눈이 휘둥그레졌다.

"쇠뿔도 단김에 빼라 하지 않습니까? 괜히 뜸 들이다 정보가 누설되기라도 하면 사시까지 그자들을 비호하고 나설 겁니다. 그럼 모든 계획이 물거품이 되지 않겠습니까?"

부사인은 머리를 긁적이며 난처한 속내를 드러냈다.

"괜찮은 생각이기는 하나, 그 세 곳이 누구의 객주인지 모르지 않습니까? 만약 그들 뒤에 군정에서 중책을 맡고 있는 자라도 있다면 제가 관 장군께 아뢰기가 곤란해집니다."

"그거라면 걱정하실 거 없습니다. 그 세 곳의 내부 상황은 이미 다 파악해두었지요. 조루와 연관되어 있는 한 곳을 제외하면 다른 곳은 아무 배후도 없었습니다. 더구나 그자들이 평소 기고만장해 형주 사족이 운영하는 객주와 빈번히 갈등도 일으켰으니, 이참에 본때를 보여줘야 속 시원하지 않겠습니까?"

"조루요?"

부사인이 입가에 슬며시 미소를 지었다.

"제갈 장사는 잘 모르시겠지만, 감녕 장군이 자객의 습격을 받은 사건 때문에 사절단이 연노의 출처를 조사한다는 소식이 이미 관 장군의 귀에 들어갔습니다. 만약 조루가 그 연노를 대량으로 암거래했다면 그 죄가 결코 가볍지 않을 테지요. 그런 자가 오늘 중군영 회의에서도 아무 일 없다는 듯 쓸데없이 논쟁을 부추기며 나를 난처하게 하더군요."

"참으로 안하무인이지요. 이번 기회에 제대로 한 방 먹여 그간의 수모를 갚아주는 것도 통쾌하지 않겠습니까?"

제갈근이 미소를 지으며 술잔을 들었다.

부사인의 눈빛이 의기양양해졌다.

"물론이지요. 지금 바로 준비를 시키겠습니다."

안개가 천지 분간을 할 수 없을 만큼 자욱하게 끼었다. 우청은 안개비에 젖은 외투를 벗어 옆에 있는 해번위에게 던지며 부진에게 물었다.

"벌써 중하(仲夏: 음력 5월)인데, 어찌 이리 안개가 심한 것인가?"

부진이 차분히 설명을 했다.

"다른 지역은 이런 계절에 안개가 잘 끼지 않을 겁니다. 하지만 공안성은 강을 끼고 있는 데다 지대가 낮은 곳이라, 밤이 되면 찬 공기와 더운 공기가 만나 금세 안개가 만들어지지요. 이것 역시 공안성에서만 볼 수 있는 풍경으로……."

"얼마나 더 가야 하지?"

우청이 그의 말을 끊었다. 부진이 앞쪽을 내다보니 안개가 너무 심하게 끼어 한 치 앞도 제대로 보이지 않았다. 그가 거리를 가늠해보며 말했다.

"선향 한 대 탈 정도 시간이면 도착할 듯합니다."

우청이 뒤를 향해 손을 흔들자 가일이 말을 몰고 그녀에게 다가왔다.

"오늘 밤 일이 있다고 말하지 않았는가?"

우청이 차가운 얼굴로 물었다.

"했소."

가일이 대답했다.

"그걸 알면서도 연회에서 술을 마신 것인가?"

"술이 그리 독하지 않았소. 이런 상황에서 독한 술을 많이 마실 만큼 분별력이 없지 않소."

가일이 대답했다.

"분별력? 이 모든 일의 결정은 내가 하고, 가 교위는 무조건 따르기만 하면 되네."

"알겠소."

가일은 더 이상 변명을 하고 싶지 않았다.

우청은 차갑게 그를 외면하며 더 이상 아무 말도 하지 않았다.

가일이 물었다.

"우 교위, 군대를 이끌고 이곳 객주를 소탕하면 다른 객주 두 곳은 어찌할 것이오?"

우청은 아무런 답도 하지 않은 채 고삐를 흔들며 말을 몰아 앞으로 나아갔다. 그러자 옆에 있던 부진이 말 머리를 돌려 가일과 나란히 가며 나지막이 물었다.

"가 교위와 우 교위는 사이가 그다지 안 좋은 것 같습니다?"

가일이 고개를 돌려 그를 힐끗 쳐다봤다.

"왜 그리 말하는가?"

"만약 부하와 상관의 관계가 좋으면 부하가 일부러 수그리며 약한 척할 필요가 없겠죠. 좀 전에 가 교위가 왜 군대를 이끌고 이 첫 번째 객주만 소탕하려 하느냐고 묻지 않았습니까? 이런 말을 들으면 우 교위는 당연히 가 교위의 생각이 주도면밀하지 않다고 착각하게 될 겁니다. 일반적인 상황에서 상관이 우월감을 느끼면 부하에게 상황을 자세히 설명해주어야 마땅하지 않겠습니까? 근데 우 교위는 아무 대답도 하지 않더군요. 이것만 봐도 두 사람의 관계가 좋지 않다는 것을 알 수 있지요."

"응? 그대는 우 교위가 다른 두 객주를 제대로 소탕하지 않는 이유를 내가 알고 있다고 보는 것인가?"

"가 교위는 진주조에 부임한 지난 5년 동안 꽤 굵직한 사건을 적잖이 해결했고, 당신 손에 죽어나간 군의사와 해번영 정예병이 백 명은 족히 될 겁니다. 그런 분이 이런 작은 일조차 제대로 파악하지 못하고 있다면 그간의 명성이 허명에 불과했던 거겠지요."

부진이 목소리를 더 낮추었다.

"그쪽 사절단이 공안성에 들어온 후 손상향의 친척 손몽 말고도 여섯 사람이 역관을 나갔습니다. 이 여섯 사람은 세 시진 동안 크고 작은 중개업자들을 찾아다녔고, 연회가 열리기 반 시진 전에 역관으로 돌아왔지요. 이들은 이미 혐의가 있는 객주 세 곳 중 어느 곳이 연노 밀수에 연루되어 있는지 확신하고 돌아온 것이 분명합니다. 연회에서 제갈근이 그런 확신을 접어둔 채 내 양부께 의심 가는 객주가 세 곳이라고 말했지요. 하지만 이는 계획이 새어 나가 상대가 경계하는 것을 피하기 위한 술책에 불과합니다."

"그러고 보니 정보를 수집하러 나간 해번영이 모두 그대들의 감시를 받고 있었군. 손몽은 어찌 되었나? 어디로 갔지?"

"모릅니다. 번화가까지는 따라갔지만 사람이 너무 많아 중간에 놓쳤다더군요. 연회가 시작되기 전까지 역관으로 돌아오지 않았습니다."

가일은 괜히 걱정이 앞서기 시작했다.

부진이 말했다.

"손몽 낭자는 가 교위의 부인이라고 해도 믿을 만큼 정말 똑같이 생겼더군요. 누군가를 연모하면 그 집 지붕 위의 까마귀도 예뻐 보인다는 말이 있지요. 가 교위가 손몽 낭자를 걱정하는 것도 인지상정인 것 같습니다. 다만……."

"다만 손몽은 전천이 아니라는 건가?"

"다만 그런 약한 마음이 당신의 기개를 갉아먹을까 걱정입니다. 손몽과 전천이 닮았다는 이유만으로 가 교위의 마음이 약해지면 그것이 약점이 되어 가 교위의 발목을 잡을까 걱정이 됩니다."

"영웅은 정조차 마음에 담아두면 안 된다고 말하는 것인가?"

"대장부라면 마땅히 천하를 마음에 품고 영웅호걸들을 곁에 두어야겠지요. 어찌 온종일 남녀의 정에 연연하며 지낼 수 있겠습니까?"

가일은 홀연 손몽이 했던 말이 떠올랐다. 두 사람의 말이 한 치도 다르지 않았다. 그가 고개를 가로저었다.

"천하, 영웅호걸…… 크크, 설사 천하를 얻는다 한들 그녀를 잃었으니 다 덧없을 뿐이오."

"그럼 가 교위는 천하보다 미인이 더 중요하다는 것입니까? 설마 전천이 죽었으니 이제 손몽에게 그 마음을 준 것입니까?"

"말도 안 되는 소리. 두 사람이 외모는 닮았지만 같은 사람은 아니네."

"공명이나 미인조차 개의치 않는다면, 그럼 가 교위는 도대체 무엇을 위해 사는 겁니까?"

무엇을 위해 사느냐? 가일은 순간 말문이 막혔다. 비록 해번영에 발을 들여놓았지만 위에서 아래까지 모두가 그를 배척하고 있고, 귀속감을 전혀 느낄 수 없었다. 한 달여 동안 그는 마치 뿌리 없이 떠다니는 부평초처럼 물결치는 대로 표류할 뿐이었다. 어쩌면 허도에서 생사를 넘나드는 변고를 거친 후 그의 웅장한 포부는 이미 흔적도 없이 사라져버렸는지 모른다. 복수심조차 생겨나지 않았다. 그러나 산송장처럼 이렇게 무의미한 시간을 보내는 것이 과연 옳은 일일까?

"사람이 세상에 태어난 이상 뭔가 이루고 싶은 것이 있어야 하는 것 아닙니까? 가 교위가 개인의 영달과 권세에 빌붙어 이익을 탐하는 자들을 비웃고, 미인을 끼고 노는 자들을 천박하다고 여긴다 해서 탓할 수야 없겠지요. 하나 자신이 무엇을 원하는지조차 제대로 모른 채 사리사욕을 탐하지 않는 것으로 스스로를 위로하고, 포부조차 없이 죽을 날만 기다리며 사는 인생이 과연 더 낫다 할 수 있을까요?"

가일이 못마땅한 눈빛으로 고개를 돌려 부진을 바라봤다. 자신과 나이가 엇비슷한 그의 얼굴에서 상대를 가르치려드는 오만한 표정은 보이지 않았다. 그저 약간의 걱정이 섞인 웃음기만 담겨 있었다.

그 순간 가일은 창을 메고 다니는 이 젊은이가 결코 만만하지 않을 거라는 생각이 번뜩 들었다. 적어도 그는 보이는 것처럼 그렇게 어수룩한 자가 아니었다.

부진…… 이제야 생각이 나는군. 진주조에서 일할 때 공안성은 전략적 요지였지. 그래서 그때 공안성 고위 장교에 관한 정보를 입수해 정리한 적이 있었다. 진주조 기록에 따르면 이자는 공안성 수장(守將) 부사인의 수양아들이고, 관직은 도위였다. 원래 부진은 가난한 형주 출신 서생의 후손이었다.

하지만 어릴 때 부모가 모두 전쟁통에 죽는 바람에 산속에 있는 도교 사원에서 거둬 키웠다. 훗날 군대에 들어가 여러 차례 공을 세우자 부사인의 눈에 들어 수양아들이 되었다. 진주조는 그가 무술 실력은 최고이나 일 처리가 주도면밀하지 못하고, 말투가 그다지 격에 맞지 않지만 인간관계는 무난하다고 평가했다. 그의 종합 평가 등급은 중하(中下)였다.

그런데 잠깐 봤을 뿐인데도 부진에게서 받은 인상은 진주조의 기록과 그다지 맞아떨어지지 않았다. 게다가 부진은 가일의 내막에 대해 너무 잘 알고 있는 것처럼 보였다. 심지어 그의 마음속까지 꿰뚫고 있었다. 역관 밖에서 처음 그를 만났을 때의 광경이 다시 머릿속에 떠올랐다. 설마 그때의 만남이 우연이 아니었던 건가? 연회에서 무술을 겨룰 때도 그렇고 지금 나에게 이런 말을 하는 것도 그렇고, 모든 말 하나하나가 나의 아픈 곳을 적중했다. 하지만 그 말 속에 나를 가르치려는 의도는 전혀 없어 보였다. 이 사람은 대체 정체가 뭐지?

"부 도위의 말이 참으로 재미있군. 조만간 시간이 되면 차나 마시며 이런저런 이야기를 나누는 것은 어떻겠는가?"

"말씀은 감사하나, 공안성에 오신 손님이시니 마땅히 제가 대접을 해야겠지요."

가일이 대답을 하려는데, 홀연 귀밑이 서늘해지는 느낌이 들었다. 순식간에 그가 두 발에 힘을 줘 말의 옆구리를 꽉 잡고 몸을 뒤로 눕혔다. 그 순간 머리 위로 휙 소리와 함께 무언가 스쳐 지나갔다. 몸을 다시 일으키니 옆에 있던 부진이 머리에 쓰고 있던 관이 기울어진 것이 보였다. 그는 난감한 표정을 숨기지 못했다. 가일은 남몰래 한숨을 내쉬며, 채찍을 쥐고 있는 우청을 바라보았다.

"진주조에서 일할 때도 늘 길에서 노닥거리며 시간을 보냈는가?"

"시정하겠소."

"지난날 석양에서 네놈의 손에 죽어간 해번위들이 적지 않았지. 지금 네놈이 제 발로 해번위에 기어 들어와놓고 마음은 늘 다른 곳에 가 있구나. 왜? 해번위가 그리 우습게 보이는가?"

가일이 고개를 숙였다.

"그렇지 않소."

"객주에 거의 도착했으니, 두 사람은 이곳에 남아 아무도 접근하지 못하게 경계를 서게."

부진이 말을 몰아 앞으로 향했다.

"우 교위, 나는 이번 밀매 사건 수사에 협조하러 온 겁니다. 그쪽이 하는 일을 현장에서 지켜보지 못하면 나중에 관 장군께서 추궁하실 때 제 모양새가 난처해집니다."

"추궁? 그거야 그쪽 사정이겠지. 어찌 됐든 누구도 해번영 일에 개입할 수 없네."

우청이 매몰차게 말하며 말을 몰고 가버렸다.

부진이 계속 따라가려 했지만, 우청이 뒤로 돌자 채찍이 또 한 번 미간을 따라 휙 소리를 내며 스쳐 지나갔다. 부진은 어쩔 수 없이 고삐를 당기며 멈출 수밖에 없었다.

우청이 부대를 이끌고 멀어지는 것을 보며 가일이 그제야 입을 열었다.

"미안하게 됐네. 나에 대한 우청의 선입견이 너무 깊다 보니 그 여파가 부 도위에게까지 미쳤군."

"우 교위의 말만 들어도 가 교위에 대한 원한이 그대로 느껴집니다. 앞으로 괜찮으시겠습니까?"

"건안 21년 내가 진주조 석양도위로 있을 때 해번영 강하군 수장 강철을 죽였네. 그가 당시 우청의 상관이었으니, 아마 그때부터 날 원망했을 테지."

"그 사건은 저도 압니다. 하지만 가 교위의 말처럼 그렇게 간단한 문제일까요?"

부진이 의미심장한 말을 꺼냈다.

"강철은 사족 출신으로, 어린 나이에 뜻을 이루고 해번영에서 수차례 공훈을 세운 자입니다. 손권이 교위로 발탁했을 뿐 아니라 강동 고씨 가문의 사위가 되었지요. 우청은 그의 수하로 수년 동안 일했고, 그를 사부이자 벗으로 대했을 겁니다. 시간이 흐르면서 조금은 특별한 관계로 발전했을 테지요."

가일이 눈살을 찌푸렸다.

"그 말은, 우청이 강철에게 호감이 있었다는 것인가?"

"이런 말을 들어보셨는지 모르겠습니다. 차갑고 날이 선 듯 구는 여인일수록 강한 남자에게 더 끌리는 법이지요."

부진이 삐딱하게 웃었다.

"우청이 가 교위에게 이렇게까지 원한이 깊다면 단지 호감으로 설명될 수 있는 문제가 아닐 겁니다."

"그냥 추측인가, 아니면 확실한 증거라도 있는 것인가?"

"이런 사실을 아는 이가 극히 드물기는 하지만 확실합니다. 6년 전에 고옹(顧雍) 가문에서 여는 연회에서 우청이 강철을 봤고, 몇 달 지나지 않아 두 사람이 함께 엮이게 되었죠. 강철과 우청이 다 해번영에서 일했으니, 둘이 사통을 나누는 일도 매우 은밀하게 이뤄졌을 겁니다."

"그게 사실이라면 정말 골치 아프게 생겼군."

가일이 쓴웃음을 지었다.

"우청은 악랄한 성격답게 무슨 일이든 손을 대면 수단과 방법을 가리지 않습니다. 가 교위도 석양성에 있을 때 그녀를 상대한 적이 많아 잘 아실 겁니다. 해번영으로 들어온 후 음으로 양으로 뒤에서 봐주는 이가 없었다면 가 교위는 이미 산목숨이 아니었을 겁니다."

가일의 눈이 가늘어졌다.

"복수에만 눈이 멀어 은혜를 저버리는 자입니다. 감녕이 주루에서 자객의 공격을 받던 그날 가 교위가 우청을 구해줬다고 해서 생각이 달라질 자가 아닙니다. 다행히 가 교위는 손 군주가 직접 나서서 해번영에 배치된 것이니 우청이 함부로 가 교위를 건드리지 못할 겁니다. 하지만 그렇다고 해서 원한이 사라진 것은 아니니, 편하게 지내도록 둘 리 없겠지요."

가일이 부진을 뚫어지게 바라보다 돌연 물었다.

"군의사 사람인가?"

부진은 전혀 놀라는 기색도 없이 침착하게 물었다.

"어찌 그리 생각하십니까?"

"지금 자네 입을 통해 나온 말들은 모두 기밀에 해당하는 것이네. 변경의 도위가 알 수 있는 것들이 아니지. 형주로 시야를 넓힌다 해도, 군의사가 아니라면 그럴 만한 능력이 있는 자가 없을 것이네. 하나 한 가지 이해가 안 되는 게 있네. 자네가 정말 군의사 사람이라면 우리가 객주를 조사하는 진짜 목적을 이미 어느 정도 알고 있었을 텐데, 왜 미리 조치를 취하지 않은 건가?"

"군의사도 그리되기를 원한다면요?"

"군의사도 같은 마음이다?"

가일의 표정이 흔들렸다.

"이것이 함정이라는 건가?"

"제갈근이 혼담을 넣기 위해 찾아온 것은 관우 장군과 한중왕 유비의 관계를 이간질하기 위해서지요. 관우 장군은 이런 술책을 이미 간파했습니다. 우청이 객주를 조사하려는 건, 감녕이 자객의 습격을 받았을 때 사용된 연노의 출처를 추적하는 과정에서 그 일이 관우 장군과 연관되어 있는지 아니면 강동파와 연관되어 있는지 알아보려는 거지요. 군의사는 해번영이 공안성 안에서 맘 놓고 추적 조사를 하도록 놔두느니 차라리 먼저 그들을 함정에 빠뜨리는 편이 낫다고 본 겁니다."

가일이 가라앉은 목소리로 물었다.

"그럼 이제 이 객주 안에서 무슨 일이 벌어지는 것인가?"

"오늘 밤 객주의 행수가 형주 사족과 강동의 지인들을 초대해 연회를 열 겁니다. 해번영이 객주에 들어갔을 때 이들은 또다시 감녕을 암살할 계획에 대해 이야기를 나누고 있을 겁니다. 그리되면 감녕 암살 사건의 배후가 분명해지지 않겠습니까?"

"강동파에 그 화를 전가하겠다는 것인가?"

가일이 물었다.

"감녕이 자객의 습격을 받은 후 오후 쪽에서 이미 두 가지 가능성을 내놓았다고 하더군요. 하나는 강동파가 육손의 도독 자리를 방해하는 세력을 제거하기 위해서 그런 일을 벌였다는 거죠. 또 하나는 관우 장군이 강동파와 회사파의 내분을 조장하고 그 틈을 타 상수 동쪽의 3개 군을 빼앗기 위해서라고 의심하고 있습니다. 관우 장군은 해번영이 공안성 안을 제멋대로 휘젓고 다니며 수색하도록 두느니 그들이 원하는 대답을 하나 주는 편이 낫다고 판단한 거죠. 감녕을 암살하려 한 것이 강동파든 아니든 그런 건 중요하지 않습니다. 일단 강동파에 불똥이 튀어 동오의 두 파벌 사이에 내분이 일어난다면, 이야말로 더할 나위 없이 좋은 일이지요."

가일이 고개를 가로저었다.

"하나 지금 수사권을 쥐고 이곳에 온 자는 제갈근이네. 그는 중도 노선을 걷는 자이니 회사파와 강동파 어느 쪽과도 연루되어 있지 않고, 이 일에서 당신들의 수에 넘어가지 않을 공산이 크네. 제갈근은 진상을 끝까지 파헤치려 할 거고, 결국 손권은 관우를 극도로 경계하며 그가 회사파와 강동파의 내분을 조장한 후 그 기세를 타고 강을 따라 내려올 것을 걱정할 테지."

"바로 그게 문제입니다. 사실 관우는 북상해 위나라를 토벌하고 싶어 하니, 감녕을 암살하려 했던 사건은 분명 그와 상관이 없을 겁니다. 하나 손권은 그리 생각하지 않는 것 같습니다. 그러니 혼담을 넣는다는 핑계로 탐색을 하고 해번영에게 수사를 맡겼겠지요. 다른 사람 같았으면 지은 죄가 없으니 해번영이 진상을 밝히도록 그냥 놔둘 겁니다. 하지만 관우처럼 오만방자한 자가, 다른 사람이 자신의 본거지에서 증거를 수집하고 일의 진상을 밝히는 것을 그냥 두고 볼 리 없겠지요. 그러니 그는 사건을 발본색원하고 모든 진상을 낱낱이 드러내 제갈근과 해번영이 그 사실을 받아들이

도록 만들어야 직성이 풀릴 겁니다. 최선은 아니지만 가장 빠르고 효과적인 방법임에는 틀림없습니다."

"우청이 인정하지 않으면 어찌하오?"

"그럼 더 잘된 일이지요. 물에 빠져 허우적거리는 사람은 기슭에 있는 사람보다 훨씬 말을 잘 듣게 되어 있으니까요. 우청이 객주에 들어가면 강동파 사람이 형주 사인에게서 대량의 연노를 구입하다 쌍방 충돌이 일어나고, 해번영이 그곳에 있는 자들을 모두 죽였다는 증거만이 남게 되겠지요. 이런 결말을 어떻게 생각하십니까?"

"모두 죽인다……."

가일이 쉽게 말을 잇지 못했다.

"우청이 객주에 도착했을 때 안에 있는 사람들은 이미 다 죽어 있을 거란 말인가? 그럼 그들을 죽인 죄를 그녀에게 뒤집어씌우고 현장에서 체포하겠다는 거군?"

"계획은 그렇습니다. 하나 변수는 늘 존재하니까요. 물론 아직까지는 모든 일이 순조롭게 진행되고 있습니다."

부진이 입모양으로 앞을 가리켰다.

"저기를 보십시오. 사냥감이 함정으로 들어가고 있군요."

안개가 서서히 걷히고 있는 덕에 멀지 않은 곳에 있는 객주가 보였고, 해번위들이 그곳을 정신없이 드나들고 있었다. 우청이 입구에 서서 허리에 손을 올리고 도백에게 호통을 치고 있었다. 푸른 돌이 깔린 거리에서 일사불란한 말발굽 소리가 전해져 왔다. 잠시 후 철갑 기병대가 안개를 뚫고 객주 앞에 도달했다. 우두머리 한 명이 말에서 뛰어내려 허리에 찬 환수도에 손을 올리고 우청을 향해 걸어갔다. 모든 해번위가 객주에서 뛰어나와 우청을 둘러싸며 방어막을 쳤다.

"우 교위, 보영(寶榮) 객주에서 누군가 흉기를 들고 싸움을 벌이고 있다는 보고를 받고 이리 온 것이오. 그런데 이곳에서 해번위를 보게 될 줄은 몰랐군. 일단 공무부터 처리하도록 하겠소."

기장(騎將)이 손짓을 하자 기병 몇 명이 말에서 내려 객주로 뛰어 들어갔다 금세 돌아왔다. 그중 한 명이 기장에게 다가가 귓속말을 하자 그가 돌연 환수도를 뽑아 들며 소리쳤다.

"다 잡아들여라!"

해번위도 너 나 할 것 없이 칼을 뽑아 들었다. 칼이 칼집에서 뽑혀 나오는 소리가 어두운 밤하늘을 가르며 치열한 접전을 예고했다.

우청이 한 발 앞으로 나가 힐난하듯 물었다.

"장군의 성과 이름이 무엇입니까? 내가 해번영의 상봉교위 우청인 것을 알면서도, 사절단으로 온 귀한 손님을 체포하겠다는 것입니까? 왜죠?"

"본 장군은 요화라고 하네. 방금 내 수하가 객주로 들어가 보니 안에 있는 사람들이 모두 죽어 있다고 하더군. 그대들이 동오의 귀빈이라 할지라도 형주 땅에서 서른 명이 넘는 이가 죽었으니 그냥 돌려보낼 수 없네!"

"요 장군께서 지모와 용맹을 겸비했다 하더니, 그 소문이 과연 틀리지 않나 봅니다."

우청이 차갑게 웃었다.

"병사들이 눈 깜짝할 사이에 저 안에 들어갔다 나왔을 뿐인데, 살아 있는 자가 아무도 없고 시체가 몇 구인지까지 정확히 알고 있으니 과연 장군의 부하들답군요. 더구나 우리 해번영의 칼날에 피 한 방울 묻어 있지 않은 걸 보고도 우리가 저들을 죽였을 거라 여기다니, 정말 대단한 추리력이네요."

요화는 입만 벙긋할 뿐 아무 대답도 하지 못했다. 바로 이때 기마 부대 뒤쪽에서 냉담한 목소리가 들려왔다.

"상황이 급박하다 보니 요 장군의 반응이 과격해진 탓이겠지. 우 교위가 이해해주게."

그 순간 기병들이 양옆으로 갈라지며 길을 터주었고, 조루가 철갑을 입은 백이위 두 명을 이끌고 앞으로 나왔다.

"한데 문득 이런 의문이 드는군. 제갈근을 호위해 이곳으로 혼담을 넣으러 온 이가 왜 야심한 시각에 해번위를 이끌고 이 객주를 찾은 것인가? 더구나 객주에 있는 자들이 왜 다 죽어 있는 거지? 아무래도 이 안에서 심상치 않은 일이 벌어지고 있었던 거겠지?"

우청이 차갑게 웃었다.

"해번영의 계획이 실패하고 군의사의 간계에 넘어간 걸 보니, 우리 쪽 재주가 그쪽만 못한 듯합니다. 하나 그대들이 자기 땅 안에 있는 사인들조차 죽이고 그 죄를 우리에게 뒤집어씌우려 하다니, 참으로 비겁한 수를 쓰시는군요."

"객주 안에서 죽은 자들은 평소 시비를 불러일으키고 한실을 욕한 자들이었네. 그런 자들이 이 객주에 모여 강동의 무뢰배들에게 연노를 팔아 반역을 도모하려 했으니 참으로 기가 막힐 뿐이지. 우 교위가 우리 형주를 위해 큰 화근을 제거해주었으니, 이 또한 감사할 따름이네."

우청은 조루의 말뜻을 금세 알아챘다.

"조루 장사! 요화 장군보다 늦게 나타나놓고도 안에서 죽은 자가 누구인지, 저들이 무엇을 하고 있었는지 다 알고 있는 겁니까?"

"우 교위, 이 결과는 내가 멋대로 추측한 것이 아니라 전부 자네가 내게 알려준 것이네."

"하, 이제 보니 군의사 장사는 말을 끼워 맞추고 남에게 죄를 떠넘기는 재주가 참으로 뛰어난 뻔뻔한 분이로군요!"

우청은 전혀 위축되지 않았다. 이 일을 주도한 이가 호종이나 회사파의 다른 누군가라면 그녀는 이 상황에 당당히 맞설 마음의 준비가 되어 있었다. 하지만 지금의 상관은 제갈근이었다. 그는 동행한 해번위 중에 분명 감시자를 붙여놓았을 것이다. 지금 우청이 이 상황을 인정하면 제갈근의 눈에 그녀는 군의사와 함께 강동파에 화를 전가하려는 것처럼 보일 것이다.

조루가 눈살을 찌푸렸다.

"우 교위, 왜 이리 이 일에 집착하는 것인가?"

"나는 해번영을 위해 일하는 사람이고, 진상을 밝히기 전까지 절대 물러서지 않을 겁니다."

"진상은 바로 객주 안에 있네. 우 교위, 나와 함께 들어가 한번 조사해보겠는가?"

"그래봤자 그쪽에서 미리 손을 써두어 증거조차 남아 있지 않을 터인데, 들어간들 뭐가 달라지겠습니까?"

"우 교위는 그게 바로 문제야. 안에 있는 사람을 몽땅 죽이고 필요한 조사를 다 마쳐놓고도 생트집을 잡고 있으니 말이네. 보아하니 다들 군의사로 가서 좀 쉬는 편이 좋겠네."

조루가 손을 들어 기마 부대에 명을 내리려는 순간 객주 안에서 타닥타닥 소리가 들려왔다.

모두의 시선이 객주로 향하는 그 찰나의 순간에 불길이 화르르 타오르고 짙은 연기가 창문 밖으로 뿜어져 나왔다. 뒤이어 길가로 나 있는 나무창이 깨지며 검은 그림자가 튀어나와 가일이 있는 곳으로 쏜살같이 달려갔다.

"잡아라!"

우청과 조루의 목소리가 거의 동시에 터져 나왔다.

가일은 무의식적으로 칼을 뽑으려 했지만 부진이 그의 손을 막았다. 그가 당혹스러운 눈빛을 보내자 부진이 입을 열었다.

"손몽입니다."

가일의 눈가가 파르르 떨렸다. 그가 다시 되묻기도 전에 검은 그림자가 그를 덮쳤다. 가일은 잠시 주저하다 검을 뽑아 들고 그를 막았다. 검은 그림자의 발끝이 그의 말 머리를 가볍게 툭 치고 그 반동을 이용해 허공을 가르며 지나갔다. 그가 말 머리를 돌렸지만 검은 그림자는 이미 골목 깊숙한 곳으로 모습을 감춘 뒤였다. 그 뒷모습이 손몽과 꽤나 흡사해 보였다.

"자네가 군의사 사람이라면 저자를 막아야 마땅했네. 근데 왜 놓아준 것인가?"

가일이 나지막이 물었다.

"가 교위, 내가 군의사 사람이라고 내 입으로 말한 적이 있습니까?"

부진이 웃으며 말했다.

그가 말에서 뛰어내려 땅에 떨어져 있던 무언가를 집으며 소리쳤다.

"조 장사, 저자의 몸에서 이 요패가 떨어졌습니다! 보아하니 진주조 사람인 듯합니다!"

진주조? 가일은 심장이 덜컥 내려앉아 바로 말에서 뛰어내려 그 요패를 잡아챘다. 틀림없다. 모양새나 재질로 보아 영락없는 진주조의 요패로구나. 어찌 된 일이지? 진주조에서도 형주로 사람을 잠입시킨 것인가? 부진이 왜 방금 도망친 자를 손몽이라 말한 것이지? 가일은 의혹을 잔뜩 품은 눈으로 부진을 바라봤다. 그 순간 그의 입가에 걸린 희미한 미소가 그의 눈에 들어왔다.

가일은 미간을 좁히며 부진의 행동을 돌이켜보았다. 그러다 문득 이 요패가 땅에 떨어져 있던 것이 아니라 처음부터 그의 손에 들려 있었다는 것을 알아챘다. 그가 이렇게까지 물을 혼탁하게 만들어 얻고자 하는 바가 무엇이지? 가일이 그런 생각에 잠긴 사이 우청과 요화가 어느새 말을 몰고 달려와 요패를 요구했다. 가일은 주저 없이 요패를 우청에게 건넨 후 그의 옆에 가서 섰다. 우청이 요패를 자세히 들여다본 후 옷 안에 집어넣으려 했다.

요화가 굳은 얼굴로 그녀를 저지했다.

"우 교위, 요패를 이리 주게."

우청이 차갑게 웃으며 물었다.

"왜죠? 증거를 없애기라도 하려는 겁니까?"

"요패를 넘기지 않으면 오늘 밤 이곳에서 한 발자국도 움직이지 못할 것이네!"

요화가 긴 창을 들어 올리자 뒤에 있던 기병들이 일제히 함성을 질렀다.

"고작 몇십 명의 기병으로 나를 막을 수 있을 거라 생각하십니까?"

우청이 환수도를 뽑아 들었다.

조루가 말을 몰아 서서히 다가왔다.

"요 장군, 우리가 진주조의 요패를 발견한 이상 이곳에서 벌어진 일에 또 다른 속사정이 숨겨져 있는 게 분명해졌소. 우 교위는 제갈 장사를 호위해 관 장군에게 혼담을 넣으러 온 것이니, 이곳에서 괜한 불상사를 일으켜 좋은 일에 재를 뿌릴 수야 없지 않겠소? 일단 우 교위를 먼저 보내는 것이 어떻겠소?"

요화는 조루의 말 속에 담긴 뜻을 알아채고 창을 내려놓으며 손짓으로 길을 터주라 명을 내렸다. 우청은 해번위를 이끌고 기병들 틈을 지나 그곳을 빠져나와 당당하게 역관 쪽으로 향했다. 이들이 멀어져가는 것을 보며 조루가 부진에게 물었다.

"진주조의 요패가 확실한가?"

부진이 예를 갖추며 말했다.

"말장이 공안에 머무는 동안 진주조와 수차례 맞붙었으니, 절대 잘못 봤을 리 없습니다."

조루가 다시 가일에게 물었다.

"가 교위, 자네는 진주조에서 도망쳐 나온 사람이 아닌가? 그 요패가 진짜가 확실한가?"

가일이 고개를 끄덕였다.

조루가 미간을 좁히며 불타오르는 객주 옆으로 다가가 깊은 생각에 잠겼다. 가일은 한 가지 의문이 들었다. 지금처럼 세 나라의 세력이 격전을 벌이는 상황에서 진주조·해번영·군의사가 서로 첩자를 보내 정보를 캐내는 것은 흔히 벌어지는 일이니 이상할 것도 없었다. 공안성은 세 나라가 맞붙은 곳에 있으니, 군의사 장사라면 이런 상황을 수도 없이 봐왔을 터였다. 그럼에도 조루의 표정이 왜 이토록 가라앉아 있는 거지? 마치 진주조가 이 일에 연루되어 있다는 걸 믿지 못하겠다는 표정이로군.

검은 그림자가 사라진 후 부진이 진주조 요패를 손에 쥔 것도 이미 계획된 일이 분명했다. 이것이 더 이상했다. 부진이 군의사 사람이 아니라면 어떻게 군의사의 작전을 그토록 정확히 알 수 있는 거지? 그는 오늘 밤 해번영이 객주를 급습하는 것뿐 아니라 군의사가 파놓은 함정, 검은 그림자가 나타날 거라는 사실을 모두 알고 있었다. 심지어 진주조의 요패까지 지니고 있었다. 대체 이자의 정체가 뭐지?

객주는 여전히 불길에 휩싸여 타고 있고, 대들보가 무너지며 불길 속에서 굉음이 터져 나왔다. 가일의 마음도 이 불길처럼 활활 타오르며 쉽게 가라앉지 않았다. 그는 자신이 끝을 알 수 없는 음모에 빠져들었다는 것을 깨달았지만 적이 누구인지, 무엇을 해야 하는지 감조차 잡을 수 없었다.

부진이 그를 툭 치며 대수롭지 않게 말했다.

"가 교위, 마음 놓으셔도 됩니다."

가일이 목소리를 낮춰 물었다.

"무슨 마음을 놓으라는 건가?"

"우리는 같은 길을 가는 사람들입니다."

거의 들리지 않을 정도의 목소리였지만, 가일은 등골이 오싹해졌다. 같은 길? 이자가 해번영과 같은 편이란 말인가? 좀 전에 우청을 곤경에서 구해준 것만 보면 그럴 수도 있겠지. 하나 나와 우청 사이에 갈등의 골이 깊다는 것을 알고 있고, 우청에 대해 말할 때 그리 호의적으로 보이지 않았다. 설마…… 한 가지 생각이 불현듯 뇌리를 스쳤다. 가일이 고개를 획 돌려 부진을 쳐다봤다. 부진은 아무 말도 하지 않은 듯 무심한 표정으로 불이 난 곳을 바라보고 있었다.

"가 교위."

조루는 이제야 평상심을 되찾은 듯 안색이 안정되어 보였다.

"자네가 석양에서 진주조를 위해 일할 때 어찌나 자네와 사사건건 부딪치는지 정말 골치가 아팠었네. 형주 군의사에서 자네 이야기만 나오면 다들 치를 떨었지. 그럼에도 나는 자네의 능력이 무척 탐이 났네. 자네처럼 능력 있는 자가 제대로 쓰이지 못한 채 도적을 위해 충성을 바치고 있으니 더 안타까울 뿐이었지. 그런 곳에서 어찌 큰일을 도모할 수 있었겠는가? 훗날 자네가 조비에게 반기를 들고 허도를 도망쳐 나왔다는 말을 들었을 때, 제발 이곳으로 와서 한나라 황실을 되살리고 조조를 멸하는 대업에 동참해주기를 간절히 바랐다네. 그런데 자네가 동오에 투항하게 될 줄 누가 알았겠는가?"

가일의 입가가 희미하게 실룩거렸다. 조 장사야말로 사람을 말로 회유하는 능력이 가히 수준급이구나. 고작 몇 마디 말로 나를 치켜세우고 자기 편으로 만들고 싶은 마음을 은연중에 드러내고 있군.

"가 교위 같은 영웅이 해번영에서 우청처럼 속이 좁아터진 여자 때문에 이리 치이고 저리 치이는 것을 보니 내가 다 화가 나는군. 더구나 두 사람은 원래 직급이 같지 않은가? 그런데 공안성에 온 후 우청이 자네를 아랫사람 대하듯 하고 다들 보는 앞에서 시도 때도 없이 면박을 주니, 사내대장부가 어찌 그런 모욕을 참아낼 수 있겠는가?"

가일이 이마를 짚으며 말했다.

"조 장사, 그리 말씀하시는 걸 보니, 나를 군의사로 끌어들이고 싶으신 겁니까?"

"가 교위, 그럴 마음이 있는가?"

"그 문제라면 좀 더 신중히 생각해봐야겠죠."

가일이 호탕한 웃음을 터뜨렸다.

"이곳에서 시간이 많이 지체되었군요. 내일은 관우 장군에게 혼담을 넣으러 가는 날인지라, 저는 이만 역관으로 돌아가봐도 되겠는지요?"

"그러시게. 그럼 나는 좋은 소식을 기다리겠네."

조루가 손을 모으며 인사를 했다.

가일이 답례를 하며 말 머리를 돌려 우청이 간 방향으로 말을 몰았다.

산 위에 서서 사방을 내려다보니 허공을 가득 채운 우중충한 구름과 뿌연 안개가 공안성 전체를 감싸 안고 있었다. 드문드문 보이는 등불이라도 없었다면 이 강을 낀 군사적 요충지는 지옥과 다름없었을 것이다. 형주에 주둔한 지 꽤 오래되었는데도 관우는 이곳의 습하고 후텁지근한 날씨에 영 적응이 되지 않았다.

지난 10년 동안 당근과 채찍을 골고루 사용하며 이곳에서 세력을 다져왔고, 한나라 황실을 떠받들고 있는 형주계 사족과도 친교를 맺을 수 있었다. 그러나 한실을 무시하는 호족 세력도 여전히 적지 않았다. 이들은 자신들이야말로 이 땅의 진정한 주인이라고 여기며 살고 있었다. 이들의 눈에 황실의 정통성은 초개와 다름없고, 유비의 신분은 한실의 황숙이 아니라 짚신이나 만들어 팔던 졸개에 불과했다. 찻집이나 주루를 찾는 사람 중 황제를 모욕하고 불손한 언행을 서슴지 않는 이도 꽤 되었다. 비록 성을 순찰하는 병사들이 이들 중 일부를 잡아들였지만 세도가의 압력에 못 이겨 그냥 풀어주기 일쑤였다. 게다가 이들은 풀려난 후에도 믿는 구석이 있는 듯 더 위세를 부리고 다녔다.

조정의 기강이 흐트러지고 국운이 쇠하니 황제를 능욕하는 무리가 활개를 치는구나. 시대가 변한 것인가, 아니면 민심이 변한 것인가? 안개가 뿌옇게 덮인 성에서 돌연 붉은빛이 번쩍이더니 뒤이어 짙은 연기가 피어오르는 것이 어렴풋이 보였다. 조루가 행동을 개시한 것이겠지. 제갈 선생이 12년 전에 융중(隆中)에서 구상한 천하삼분지계(天下三分之計: 조조의 위나라, 손권의 오나라, 유비의 촉나라 3국이 병립하면 유비가 천하를 얻게 된다는 전략)가 다시 시작되었군. 관우는 그 광경을 더는 보지 않고 뒤돌아 산문으로 걸어갔다. 그곳에서 노승이 꽤 오랜 시간 묵묵히 그를 기다리고 있었다.

"장군, 또 오셨군요."

노승이 합장하며 염불을 했다. 자애로운 얼굴의 이 노승은 무명옷에 짚신을 신고 있어 일반 스님과 별반 다를 바 없었다. 다만 자세히 들여다보면 손과 발을 움직이는 것처럼 사소한 동작에서조차 고결한 인격과 득도한 고승의 기운이 느껴졌다.

"보정(普淨) 대사님께 또 폐를 끼치러 왔습니다."

관우가 허리를 숙이며 인사를 나눴다.

"별말씀을요. 오늘 밤에는 일이 많아 노승도 잠을 이루지 못하던 터이니, 장군의 말동무가 되어드리지요."

보정이 뒤돌아 산문 쪽으로 걸어갔다.

관우는 곧바로 따라가지 않고 달빛을 벗 삼아 고개를 들어 하늘을 올려다봤다. 산문 뒤로 3척 너비의 돌계단이 산세를 타고 구불구불 이어진 채 보이다 안 보이기를 반복하다가 어느 순간부터 구름과 안개 속으로 완전히 모습을 감추어버렸다. 하지만 그는 저 위에 있는 돌계단 끝에 재작년에 완공한 옥천사(玉泉寺)가 있다는 것을 알고 있었다.

보정이 형주에 왔을 때만 해도 어린 중 몇 명만 데리고 들어와 옥천산에 움막을 짓고 매일 경서를 읽으며 도를 닦았다. 관우가 보다 못해 사람을 보내 시중을 들게 했지만 노승이 거절하는 바람에 뜻을 이루지 못했다. 보정은 사수관(汜水關)에서 관우를 구한 일은 어쩌다 보니 그리된 것일 뿐이니 굳이 보은을 하려거든 중생을 제도할 수 있도록 옥천산에 불사를 하나 지어달라고 했다. 관우 휘하의 장수들은 그의 요구가 도를 넘어섰다며 극구 반대했다. 이들은 적이 호시탐탐 기회를 엿보는 상황에서 산중에 사찰을 짓게 되면 재정·식량·인력을 적잖이 쏟아부어야 하니 득보다 실이 더 많다고 여겼다. 그러나 관우는 그의 요구를 흔쾌히 받아들였다. 옥천산으로 사람을 보내, 바람을 잠재우고 좋은 기운을 모을 수 있는 터를 찾아 사찰을 짓기 시작했다. 이 소식이 전해지자 형주의 세도가 중 일부가 먼저 나서서 자금과 식량을 모으고 인력을 보내 사찰 건설을 도왔다. 그러는 동안 이들과 주둔군 사이도 차츰차츰 좋아졌다. 돌이켜 보면 형주 땅의 백성 대다수가 불교를 신봉했고, 사찰을 짓는 일이 이들의 마음을 얻는 데 결정적 역할을 했다. 물론 관우가 당시 이를 의도한 것은 전혀 아니었다.

습기를 머금은 안개가 산 위까지 완전히 덮어버리자 발조차 제대로 보이지 않을 지경이었다. 관우는 비단옷을 걷어 올리고 산문을 향해 성큼성큼 걸어 올라갔다.

"장군, 오늘 밤은 유난히 안개가 심한 데다 달빛도 흐릿하니 발밑을 조심하십시오."

보정이 고개를 돌려 관우를 향해 말했다.

"형주에 주둔한 지 10년 동안 온종일 안개 때문에 골치가 아팠는데, 갑자기 이곳을 떠나려 하니 조금은 깨닫는 바가 생기는 것 같습니다."

"떠나십니까?"

관우가 보정과 나란히 계단을 올랐다.

"네, 형주가 풍요롭기는 하나 오래 머물 땅은 아니지요. 사실 이렇게 여러 해 머무는 동안 천명(天命)이 무엇인지에 대해 늘 고민해왔습니다. 제 형님이 삼고초려(三顧草廬)를 하실 때 제갈 선생께서 천명은 정해진 운명이고, 정해진 운명은 바로 인심(人心)이라 했지요. 천명은 거스를 수 없고, 정해진 운명을 바꿀 수 없고, 인심은 거역할 수 없다고도 했습니다. 대사께서는 어찌 생각하십니까?"

보정이 반문했다.

"장군은 어찌 생각하십니까?"

관우가 탄식을 내뱉었다.

"중평(中平) 원년에 황건적(黃巾賊)이 일어난 후부터 천하의 대란이 이미 35년간 계속되고 있습니다. 이 기간 많은 이가 권세에 빌붙어 세를 키우고 오합지졸을 규합했으며, 천하를 얻으려고 군웅이 각축을 벌였습니다. 그 사이 천재지변이 연이어 일어나면서 열 곳 중 아홉 곳이 빈집이 되어 거의 폐허로 변해버렸지요. 설마 이것이 천명이라는 것입니까? 지금의 성왕께서 지혜롭고 비범하며 가슴에 큰 뜻을 품고 있으나, 연이어 궁중 반란이 일어나면서 천하를 다시 손에 넣으려던 바람도 모두 수포가 되었지요. 반면에 난신적자(亂臣賊子) 조조는 이미 10개 주를 손에 쥐고 천하의 6할에 달하는 백성들을 통치하고 있으며, 천자를 끼고 제후들을 호령하고 있습니다. 이것이 바로 천명이자 정해진 운명이란 말입니까? 이 난세에 인심은 각박해지고 황실의 정통은 웃음거리로 전락해버렸으며, 삼강오륜은 배척받고 있습니다. 나라를 훔친 조조 같은 도적놈은 영웅호걸이 되어버렸지요. 이것이 바로 인심이란 말입니까?"

"장군은 아직도 한나라 황실을 다시 일으켜 세우는 일에 집착하고 있군요. 하나 이곳에서 여러 해 동안 머물며 장군이 보고 듣고 생각한 것들은 아마도 한실의 부흥에서 점점 멀어지고 있었을 겁니다."

"그렇더군요. 천명이나 인심은 모두 한실을 향해 있지 않았습니다. 한실의 부흥은 하늘의 뜻을 거스르는 일인 듯합니다."

"그럼에도 원래 품었던 뜻을 꺾지 않으려 하십니까?"

"3년 전에 대사께서 이런 말씀을 해주셨지요. 한 선사가 수행을 하던 중에 자신의 어린 제자가 며칠밖에 살 수 없다는 것을 알게 되었습니다. 그래서 그는 제자에게 고향으로 돌아가 부모님을 뵙고 오라고 했지요. 사정을 알 리 없던 제자는 사부에게 인사를 한 후 하산해 고향으로 돌아갔습니다. 과연 이레가 지난 후 제자는 돌아오지 않았지요. 선사는 그동안 마음을 괴롭혔던 고뇌의 끈을 끊어버릴 수 있었지만, 제자의 불행을 슬퍼하는 마음은 사라지지 않았습니다. 그가 저세상 사람이 된 제자 때문에 힘들어할 때, 그 제자가 돌연 아무 일 없다는 듯 그의 앞에 나타났고……."

보정이 관우의 말을 끊었다.

"장군, 불가에서 인(因)과 연(緣)은 각각의 역할이 있어 어느 한쪽의 기능만으로 모든 것이 이뤄지기 힘들다고 말하고 있으나, 이는 한 사람의 운명을 말할 뿐입니다. 천명에 관한 것이라면 노승도 감히 함부로 말할 수 있는 경지가 아니지요."

"대자연에는 정해진 법칙이 있으니, 요(堯)임금이 현군이기 때문에 존재하는 것이 아니고 걸(桀)왕이 폭군이기 때문에 사라지는 것도 아니겠지요."

관우가 『순자(荀子)』에 나오는 「천론편(天論篇)」 한 구절을 나지막이 읊조렸다.

"제가 만약 뜻을 굽히지 않고 하늘의 뜻을 거슬러 한실의 부흥을 이루고자 한다면 대사께서는 저를 어찌 보실는지요?"

"『금강경』에 이런 구절이 나오지요. '보이고 들리는 모든 대상은 허망한 것이다'. 사수관에서 헤어진 후 20년의 세월이 흘렀습니다. 노승 역시 장군이 왜 그토록 한실의 부흥에 집착하는지 줄곧 생각해왔지요."

"이 천하는 원래 한실의 천하였습니다."

보정이 고개를 가로저었다.

"이 세상의 만물은 시시각각 변하고 있습니다. 무엇도 영원한 것은 없지요. 예전에 누구의 것이었든, 그런 것은 아무 의미가 없습니다. 시간이 흐르면 세상도 변하고, 그의 것이 더 이상 그의 것이 아니게 됩니다. 장군은 왜 집착을 내려놓지 못하십니까? 장군이 그것을 내려놓는 순간 몸과 마음이 편안해질 겁니다."

"젊은 시절 해현(解縣)에 살 때 지방 유지가 성상에 대해 불손한 말을 쏟아내기 시작했죠. 그때 제가 분을 참지 못한 채 탁자를 치고 일어나 그의 면전에 대고 한바탕 욕을 퍼부어주었습니다. 그러자 그자도 분을 삭이지 못한 채 하인들을 시켜 나에게 완력을 썼고, 결국 다들 내 손에 맞아 죽었습니다. 탁현(涿縣)으로 도망친 후 그곳에서 형님과 아우를 만나게 되었지요. 서로 허심탄회하게 얘기를 나누다 세 사람 모두 한실을 위해 역적을 토벌하는 일에 뜻을 두고 있다는 것을 알게 되었습니다. 그래서 복숭아나무 아래서 검은 소와 흰 말을 제물로 차리고 향을 피워 하늘과 땅에 제를 지내면서 의형제의 연을 맺었습니다. 그 후 30년 동안 우리 삼형제는 온갖 고초를 견뎌내며 지금의 자리까지 오게 되었지요. 지금 대사께서 제게 집념을 내려놓으라 하셨지만, 제가 두 손 놓고 모른 체하면 한실은 결국 쇠락해 도적의 손에 넘어갈 겁니다. 그리된 후에도 제 몸과 마음이 과연 편할 수 있겠는지요?"

"장군은 한실을 다시 일으켜 세우고 황제에게 정권을 돌려주는 일에 집착하고 있습니다. 하나 장군은 이런 생각을 해본 적이 있으십니까? 한중왕이 되고자 하는 바가 대체 곽광(霍光)입니까, 아니면 광무제(光武帝)입니까?"

관우가 발걸음을 멈췄다. 먹구름이 달빛을 가리고 안개가 주위에 둘러쳐져 있어 앞이 고작 열 걸음 정도밖에 보이지 않았다. 사방이 적막한 가운데 가끔 다급한 듯 날카로운 짐승의 울부짖음이 들려왔다.

보정이 잠시 말을 멈추었다 다시 입을 열려는 찰나, 앞쪽에서 바스락거리는 소리가 들려왔다. 뒤이어 짙은 안개 속에서 차가운 빛이 번뜩이며 관우의 얼굴을 향해 쏜살같이 날아왔다.

보정이 미처 위험을 알리기도 전에 관우는 이미 느긋하게 몸을 살짝 옆으로 비껴 날아오는 칼을 피했다. 그와 동시에 그는 오른팔을 굽혀 살수의 옆구리 쪽을 가격했다. 살수가 피를 뿜으며 안개 속으로 비틀비틀 물러섰다. 뒤이어 안개 속에서 세 자루의 칼이 뻗어 나오며 관우의 목·가슴·배를 겨냥했다. 관우는 뒤로 물러서기보다 도리어 앞으로 걸어 나가며 도포를 휘저어 세 개의 칼을 모두 소매 안으로 잡아당겼다. 살수들이 비틀거리며 앞으로 끌려 나왔다. 그 순간 안개 속에서 휘파람 소리와 함께 10여 명의 살수가 튀어나왔다.

보정이 고개를 숙이며 나지막이 염불을 했다. 관우는 뒷짐을 진 채 아무 표정이 없었다.

짧은 호령 소리를 따라 살수들이 활 모양으로 진을 짜고 관우를 포위하며 압박해 들어왔다. 이 살수들은 모두 검은 옷 차림에 복면을 했고, 손에는 칼을 들고 등에는 연노를 차고 있었다. 보아하니 밤안개가 너무 짙어 연노를 사용할 수 없자 칼을 들고 공격한 것이 분명했다.

관우는 도포의 아랫자락을 걷어올려 허리춤에 끼고 가소롭다는 듯 살수들을 쳐다봤다. 안개 속에서 휘파람 소리가 울리자 살수들이 칼을 들고 진을 유지하며 포위망을 좁혀왔다. 이와 동시에 관우의 등 뒤에서 철갑을 두른 교도수(校刀手: 칼을 든 병사) 몇 명이 튀어나왔다. 살수들은 여지를 남겨두지 않은 채 목숨 걸고 이들과 치열한 접전을 벌였다. 교도수들은 진의 변화가 일사불란하면서도 빨랐다. 그들은 누가 봐도 살수들보다 한 수 위였다.

어두운 밤하늘 아래서 칼이 부딪치는 소리가 정신없이 울려 퍼지고, 번쩍이는 검광이 마치 춤을 추듯 현란하게 움직였다. 살수들의 칼은 교도수들이 휘두르는 칼을 막아내는 과정에서 연이어 두 동강이가 나며 잘려나갔다. 고작 선향이 한 대 타 들어갈 정도의 시간에 살수 10여 명이 교도수 대여섯 명의 칼에 죽어나갔다.

이때가 되어서야 관평이 교도수 10여 명을 이끌고 짙은 안개 속에서 걸어 나왔다. 그는 허리춤에 찬 환수도에 손을 얹고 관우의 옆으로 다가가 사방을 경계하듯 감시했다.

관우가 뒷짐을 진 채 말했다.

"대사께서 좀 전에 한 말을 저도 생각해본 적이 있습니다. 만약 한제가 시해를 당하게 되면, 한중왕이 한실의 혈통이니 당연히 제위에 등극해야 합니다. 하나 그게 아니라면 한중왕은 그저 한중왕에 머물겠지요."

보정이 또다시 염불을 했다.

"30여 년 동안 우리는 한중왕을 따라 생사의 고비를 넘나들며 정벌전을 벌여왔고, 그의 사람됨을 누구보다 잘 알고 있습니다. 이생에서 저는 한중왕을 배신하지 않을 것이고, 한중왕 역시 마찬가지리라고 믿습니다. 이 외의 그 어떤 것도 중요치 않습니다. 천명도 두렵지 않고 인심에 흔들리지도 않을 것입니다!"

이들이 말을 나누는 사이 눈앞에서 펼쳐지던 격전도 어느새 끝을 알리고 있었다. 살수들 중 절반이 죽어 바닥에 쓰러졌고, 남은 절반도 더는 버틸 힘이 없어 보였다. 바로 이때 짙은 안개 속에서 또 한 번 휘파람 소리가 들리자 살수들이 일제히 뒤돌아 물러섰다. 그사이 교도수들의 칼에 몇 명이 죽기는 했지만 남은 살수는 모두 안개 속으로 모습을 감추었다.

관평이 고개를 돌려 관우를 힐끗 쳐다보며 명을 기다렸다.

"추격할 필요 없다. 저 살수를 조종하는 자가 모습을 드러내지 않는 걸 보니 분명 물러날 여지를 남겨놓았을 것이다."

관평이 남은 시체 몇 구를 살펴보았다.

"이자들은 교도수의 칼에 죽었거나 독을 먹고 자진한 것 같습니다. 살아

남은 자가 한 명도 없습니다."

"시체를 군의사로 가져가 조루에게 넘기고 정체를 밝혀내라고 전하거라. 이 살수의 공격을 받은 것보다 더 큰 문제는 오늘 밤 나의 행적을 저들이 모두 알고 있다는 것이다."

관우가 잠시 말을 멈췄다.

"이것 역시 철저히 조사하라 이르거라."

관평이 명을 받든 후 교도수들을 지휘해 시체를 옮기기 시작했다. 관우는 피로 범벅이 된 바닥을 밟으며 뒷짐을 진 채 계속 앞으로 걸어갔다. 보정도 잠시 주저하다 그를 따라 발걸음을 떼었다.

"지난달에 대사께서 운유(雲遊) 스님과 불경에 대해 심오한 이야기를 나누실 때 자신을, 작은 선행을 하고 큰 죄악을 저지르는 무리라 말씀하셨다지요? 어찌 그런 말씀을 하신 것인지요?"

보정이 합장을 하며 말했다.

"요 몇 년 동안 제가 옥천산에서 불법을 널리 알리며 중생을 제도했으나, 이는 작은 선을 베푼 것에 불과합니다. 또한 사수관에서 장군을 구해 세상에 살인마를 한 사람 더 남겨놓고 천만 명의 목숨을 죽게 만들었으니, 이는 대악(大惡)을 저지른 것입니다."

"대사께서는 제가 어찌하면 좋겠습니까?"

관우가 수염을 쓸어내리며 물었다.

"선한 일에는 그 보답이 따릅니다. 마찬가지로 악행에도 악한 끝이 있기 마련이라 했습니다. 하나 노승은 그리 생각하지 않습니다. 불법에 이르기를, 망령된 생각을 하지 않고 명리를 탐하지 않으며 훗날을 예측하지 않고 선을 행하는 일은 오로지 속죄를 하기 위해서라고 했습니다. 선한 일을 행할 때마다 앞으로 어떤 보답을 받을 수 있을지 계산하게 되면 또 다른 집념이 만들어지지요."

"대사의 말씀이 위로가 되는군요."

보정이 정색을 하며 말했다.

"부처님의 가르침은 바로 자비로 통합니다. 하나 스님마다 그 자비에 대한 이해가 다 다릅니다. 운유 스님의 설법을 따른다면 지금 노승이 장군을 죽여야 전쟁을 막고 수만 명의 생명을 구할 수 있습니다. 그리되면 생명을 해친 것이 악이 아니라 도리어 선이 되지요. 하지만 노승의 생각은 다릅니다. 물론 장군을 죽이면 적의 죽음을 막을 수야 있을 겁니다. 하나 적이 군대를 이끌고 형주를 공격하지 않을 거라고 과연 장담할 수 있을까요? 어쩌면 그때 가서 죽고 다치는 사람의 수가 장군을 내 손으로 죽이기 전보다 훨씬 많아질지도 모릅니다."

관우가 고개를 끄덕였다.

"일리가 있는 말씀입니다."

"그래서 지난날 사수관에서 노승이 장군에게 위험한 상황을 알리고 10여 명의 목숨을 구할 때도 장군이 훗날 수많은 사람을 죽일 거라는 생각을 염두에 두지 않았습니다. 노승은 선행을 하든 악행을 저지르든 그 당시의 상황만 봤을 뿐, 훗날 일어날 일에 대한 책임까지 생각하지 않습니다."

두 사람은 더 이상 아무 말도 하지 않은 채 안개 속을 뚫고 계단을 올라갔다. 침묵이 이어지다 관우가 입을 뗐다.

"이번에 가게 되면 언제 다시 형주에 돌아올지 기약이 없습니다. 대사께서 제게 해주실 말씀이 있으신지요?"

"출가한 자가 전쟁터에 나가 살육을 저지를 이에게 복을 기원할 수야 없겠지요. 그저 장군께서 하시는 모든 일이 스스로에게 부끄럽지 않기만 바랄 뿐입니다."

"그리하지요."

관우가 계단 끝에서 옥천사를 올려다보며 말했다.

"보십시오. 비록 구름과 안개가 짙게 깔리고 살수들의 습격을 받았지만 결국 이렇게 옥천사 문 앞까지 올라왔습니다."

말발굽이 청석 깔린 길을 밟을 때마다 텅 빈 거리에 다그닥다그닥 소리가 경쾌하게 울려 퍼졌다. 그러나 가일은 마음이 무거운 듯 한숨을 내쉬었다. 좀 전에 조루가 그를 포섭해 군의사로 끌어들이려 했다. 하지만 가일은 그 속내를 정확히 꿰뚫고 있었다. 군의사와 해번영이 서로 대립한 지 이미 여러 해가 된 마당에 적을 그렇게 쉽게 받아들인다고? 반간계를 쓰겠다는 건가? 하물며 나의 재주를 그리 높이 샀다는 자가 첩사를 보내 일찌감치 나를 몰래 감시해? 이렇게 듣는 귀가 많은 곳에서 이런 말을 한 것 역시 우청과 나 사이에 갈등의 골을 더 깊게 만들려는 수작이겠지. 이런 졸렬한 반간계를 우청이 믿을 리 없다. 하지만 이걸 핑계로 나를 더 배척하려들지도 모른다. 우청이 정말 그리한다면 조루도 목적을 이루는 셈이 되겠군.

일찍이 진주조에 있을 때는 아무리 위험한 상황이 닥쳐도 내부의 불협화음을 걱정할 필요가 없었다. 그런데 해번영에 온 순간부터 사방이 적이었다. 한선이 무슨 생각으로 나를 이곳에 보냈는지 모르겠지만, 이런 식으로 간다면 머지않아 모두의 외면을 받고 주변부로 밀려나기 십상이었다. 그렇게 되면 한선을 위해 무슨 일을 할 수 있단 말인가? 우청에 대한 인내심도 이미 극에 달한 상태였다. 더구나 우청의 마음이 바뀔 가능성은 희박해 보였다. 이렇게 일방적으로 참기만 한다면 관계 개선도 불가능할 뿐 아니라 만만한 인상을 남길 수 있으니 그야말로 진퇴양난이었다.

역관이 보이자 가일의 마음은 더 무거워졌다. 지금 상황에서 그가 의지할 수 있는 대상은 부진뿐이었다. 게다가 그는 자신이 한선의 사람인 듯 암시했다. 하지만 한선에게 예속되어 있는 신분은 극도의 기밀을 유지해야하기 때문에 절대 함부로 물어봐서는 안 된다. 지금 그에게 닥친 현실은 짙은 안개가 낀 듯 한 치 앞도 예측하기 힘들었다.

그가 말에서 내려 곧장 안으로 들어서자 환한 불빛 아래 사람들이 잔뜩 모여 있었다. 그가 들어서는 것을 보며 우청이 냉랭하게 물었다.

"왜 바로 우리를 따라오지 않고 거기 홀로 남아 있었지?"

"조루가 내게 그 요패를 확인해달라 요청하더니 나를 붙잡고 군의사로 들어오라 한참 동안 회유하는 바람에 그리되었소."

주위를 힐끗 둘러보니 손몽도 그 가운데 있었다.

"그 진주조 요패가 진짜라고 보세요?"

손몽이 추궁하듯 물었다. 우청의 힐문을 막기 위해서인지 아니면 그 부분으로 화제를 돌리기 위해서인지 알 길이 없었다.

"내가 보기에 요패는 진주조 것이 확실하나, 사람은 장담하기 어렵소."

"왜 그렇게 말하죠?"

손몽이 고개를 갸우뚱하며 가일을 쳐다봤다.

"지금 내가 하는 말이 귀에 거슬릴 수도 있겠지만, 진주조의 일 처리는 군의사나 해번영보다 훨씬 치밀하고 신중하오. 이런 일을 벌일 때 요패를 몸에 지닐 리도 없거니와, 땅에 떨어뜨리는 실수도 할 리 없소."

가일은 깊은 생각에 잠겨 있던 조루의 표정을 떠올렸다.

"게다가 진주조의 요패라는 것을 알았을 때 조루의 얼굴에 의아한 표정이 역력했소. 왜인지는 확실치 않지만, 진주조가 이번 일에 끼어들 리가 없다고 확신하는 표정이었소."

"그럼 가 교위는 우리를 곤경에서 구해주고 진주조를 끌어들인 자가 어느 쪽 사람이라 여기나요?"

손몽이 진지하게 물었다.

그 질문은 당신에게 해야 할 것 같은데? 가일은 그녀에게 똑같이 물어보고 싶은 마음을 감추며 대답했다.

"그건 나도 잘 모르겠소."

우청이 돌연 끼어들었다.

"조루가 무슨 조건을 내걸고 가 교위를 군의사로 끌어들이려 했지?"

"조건은 없었소. 다만 나에 대한 우 교위의 선입견이 너무 깊으니 이간질을 하려는 것뿐이었을 거요."

가일의 예상대로 그녀는 그 말에 걸려들었다.

"그래서 그 미끼를 덥석 물지 않은 것인가?"

가일이 고개를 들었다.

"우 교위는 어째서 사사건건 나를 못 잡아먹이 안달이시오?"

"나는 지금까지 그렇게 살았고, 가 교위라고 해서 특별히 더 심하게 한 것도 없네. 내가 그랬다고 여긴다면 군의사로 가는 수밖에."

우청이 냉혹하게 웃으며 그를 비꼬았다.

"어쨌든 가 교위는 진주조를 배신하고 도망쳐 온 자이니, 주인을 또 한 번 바꾼다고 해서 누구 하나 신경 쓰지 않을 테지."

그녀의 말이 끝나기 무섭게 한바탕 웃음소리가 대청 안을 가득 메웠다. 해번위들은 하나같이 몸을 앞뒤로 흔들어가며 배꼽을 잡고 과장되게 웃어 댔다. 가일은 얼굴색 하나 변하지 않은 채 뒷짐을 지고 여유로운 모습으로 그 상황을 지켜보았다.

웃음소리가 점점 잦아들고 나서야 가일이 우청을 보며 호기롭게 말을 꺼냈다.

"내가 조루에게, 오후께서 나를 전적으로 신임해주신 덕에 강동에 오자마자 해번영 교위로 들어가게 되었고, 얼마 안 가 제갈 장사를 호위하는 막중한 임무까지 맡게 되었다 했소. 이리도 나를 믿고 일을 맡겨준 은혜에 정말이지 몸 둘 바를 모를 지경이오. 물론 우 교위가 나에게 안 좋은 감정을 가지고 있다는 것이 조금 마음에 걸리기는 했소. 그래서 건업성에 있을 때 손상향 군주를 찾아뵙고 가르침을 청했다오. 그때 손 군주께서, 강적과 맞서 싸워야 하는 상황에서 어찌 지난 원한에 얽매여 자기 편을 괴롭힐 수 있느냐고 화를 내시더군. 만약 그게 사실이라면 우 교위처럼 속이 좁고 생각이 짧은 사람은 지난 일에 집착해 큰일을 그르칠 자이니 우리 해번영에서 일할 자격이 없다 하셨소!"

"무엄하다!"

우청의 하얗게 질린 얼굴로 탁자를 치며 벌떡 일어섰다.

가일은 일부러 더 깜짝 놀라는 시늉을 했다.

"우 교위, 지금 뭐 하는 것이오? 설마 손상향 군주의 말에 기분이 상했다고 그분을 모욕하는 것이오?"

"네놈이……."

우청은 가일에게 손가락질을 할 뿐, 말을 잇지 못했다.

주위에 있던 해번위들은 서로 눈치만 보며 어찌할 바를 몰랐다. 가일의 말이 사실인지 거짓인지 손상향에게 가서 확인하기 전까지 누구도 알 길이 없었다. 하지만 가일이 손상향의 강력한 입김으로 해번영에 들어온 이상, 그녀에게 그 말의 진위를 확인하는 것 자체가 화를 자초하는 꼴이었다. 더구나 손상향의 악랄한 성격까지 한몫을 한다면 일이 커질수록 우 교위의 자리마저 위태로워질 터였다. 지금까지 가일은 우 교위가 무시하고 빈정거려도 고개를 숙이고 참아왔었다. 그런데 갑자기 그가 안면을 몰수하고 아무런 예고도 없이 우 교위를 구석으로 몰아붙이고 있었다. 이런 것만 봐도 그는 결코 쉬운 상대가 아니었다.

우청은 분을 삭이며 위층으로 올라갔고, 해번위들도 자리를 박차고 일어나 각자의 방으로 뿔뿔이 흩어졌다. 그 와중에 가일은 태연히 자리에 앉아 술잔을 채워 단숨에 들이켰다.

손몽이 옆에 앉으며 가만히 물었다.

"왜 사서 고생이에요? 참고 기다리다 보면 다 지나갈 일인데, 뭐 하러 이렇게 문제를 크게 만들어요?"

"참는 것도 물러설 곳이 있을 때 가능한 일이라오. 처음부터 계속 참고 넘어갔더니 저 여인이 날로 더 기고만장해지더군. 퇴로가 없는 이상 본때를 한번 보여주는 수밖에."

"맞는 말이긴 하네요. 하지만 대체 손 군주가 당신한테 언제 그런 말을 한 거죠?"

손몽이 눈을 깜빡이며 물었다.

"남의 일을 어찌 하나부터 열까지 다 알 수 있겠소? 나 역시 당신이 오늘 밤 어디에 갔다 왔는지 모르는 것처럼 말이오."

가일이 손몽을 힐끗 쳐다봤다.

"내가 말하지 않았나요? 성에 놀러 간다고 했잖아요?"

"혹시 거리를 돌아다니다 어느 객주에 불을 지르고 나온 것은 아니오?"

"맞아요."

가일이 멍하니 그녀를 쳐다봤다. 그는 손몽이 이렇게 아무렇지 않게 그일을 인정할 거라고 생각지도 못했다.

"내가 도망칠 때 당신이 칼을 뽑아 나를 막으려 했죠. 치, 내가 죽은 부인이랑 많이 닮았다고 하더니, 다 거짓말이었어요."

가일은 손몽의 말에 아랑곳하지 않았다.

"객주 안에 있던 사람은 군의사가 죽인 게 확실하오. 그건 내가 장담하지. 그렇다면 당신은 왜 불을 지른 것이오?"

"안개가 너무 잔뜩 끼어서 불을 피워 한기를 좀 줄여보려고 한 거죠. 근데 객주가 홀랑 타버릴 줄 누가 알았겠어요?"

"부진과 아는 사이였소? 왜 그자가 당신을 엄호하려 한 것이오?"

"여기 와서 한 번 본 게 다예요. 내가 너무 예뻐서 아마 도와주고 싶었나

보죠."

"당신은 손 군주의 친척 동생이고, 부진은 부사인의 수양아들이오. 두 사람의 신분으로 볼 때 연결고리가 전혀 없소. 그럼에도 객주에서 벌어진 일을 보면 둘이 암묵적으로 통하는 무언가가 있는 듯했소. 도대체 어찌 된 일이오?"

"어쩌면 오래전에 헤어진 남매가 아닐까요?"

가일은 한숨을 쉬며 더 이상 추궁하지 않았다. 그는 잔에 술을 가득 채운 후 단숨에 벌컥 들이마셨다.

"지금은 말할 수 없는 일들도 있는 거예요. 하지만 안심해도 좋아요."

가일이 고개를 번쩍 들어 그녀를 바라보았다. 그 말이 왠지 귀에 익은 듯했다.

손몽이 몸을 숙여 그의 귓가에 대고 속삭이는 순간 난초 향 같은 숨결이 느껴졌다.

"우리는 같은 길을 가는 사람들이거든요."

가일이 쓴웃음을 지었다.

"둘 다 나한테 같은 길을 간다고 말하는군. 그럼 그 길이 어떤 길인지도 알려줄 수 있겠소?"

날이 밝자마자 조루는 서둘러 장군부로 달려갔다.

주홍색 대문이 짙은 안개에 휩싸인 채 단단히 잠겨 있었다. 문 앞 계단 양측에 서 있던 교도수 여섯 명이 조루를 보자마자 머리를 숙여 예를 표했다. 잠시 후 끼익 소리를 내며 대문이 살짝 열렸다. 안에서 종복이 고개를 내밀더니 조루를 보자마자 바로 대문을 활짝 열어주었다.

"장군은?"

조루가 문지방을 넘어 걸어 들어가며 물었다.

"후청에 계십니다."

조루는 옷자락을 살짝 걷어 올리며 후청으로 다급히 걸어갔다. 어젯밤 군의사로 가져온 시체들은 이미 검시를 마쳤고, 쉽사리 이해할 수 없는 결론에 도달했다. 또 어젯밤 객주에 쳐놓은 함정은 분명 한 치의 빈틈도 없이 완벽했다. 그럼에도 그 함정이 실패로 끝나고 말았다. 이 두 가지 사안을 해결할 만한 실마리는 많았지만 앞뒤가 서로 맞지 않으니 커다란 맥락조차 잡기 힘들었다. 군의사에서 일한 지 여러 해가 되었고, 더 이상한 사건도 수도 없이 겪어보았다. 그런데 이렇게 앞뒤가 안 맞는 혼란스러운 사건은 처음이었다. 도대체 상대가 누구지? 도대체 무엇을 하려 한 거지? 이런 가장 기본적인 추측조차 답을 얻을 길이 없었다.

회랑을 돌자 저 멀리 서안 앞에 정좌하고 있는 관우가 보였다. 그는 화가 난 표정으로 맞은편에 있는 열한두 살 먹은 소년을 보고 있었다. 조루가 걸음을 멈추고 처마 아래서 때를 기다렸다. 지금까지 관우는 아들을 훈육할 때 누구의 방해도 받고 싶어 하지 않았다. 소년은 허공을 응시한 채 열심히 기억을 끄집어내려 애를 썼다.

"……두 사람의 용기를 두고 볼 때…… 누가 더 나은지 알 수 없으나…… 그렇지만…… 지키는 바로 보면 맹시사(孟施舍)가 낫고……."

한참을 더듬거리다 소년이 짜증을 내며 고개를 숙였다.

"아버지, 생각이 나지 않습니다."

관우가 화를 참으며 아들에게 물었다.

"흥(興)아, 『맹자(孟子)』 「공손추(公孫丑) 상편」을 공부한 지 한 달이 다 되었거늘, 어찌 아직도 외우지를 못하는 것이냐?"

관흥이 기어들어가는 목소리로 투덜거렸다.

관우가 미간을 찌푸리며 물었다.

"우리 관씨 집안의 당당한 사내대장부가 어찌 말조차 당당하게 못 하는 것이냐?"

관흥이 목을 빳빳하게 세우며 대들 듯 말했다.

"소자는 무릇 사내대장부라면 무예를 익히고 병서를 읽고 전쟁터에 나가 적과 싸워야 마땅하다고 보옵니다. 이런 고리타분한 문장을 외운다고 다 무슨 소용이옵니까?"

"그럼 내 하나만 묻겠다. 네가 장차 무예를 익히고 병서에 통달하게 되면 무엇을 하고자 하느냐?"

"당연히 아버지처럼 조조와 손권을 무찌를 것이옵니다!"

"왜 그들을 무찌르려 하느냐?"

관흥이 쉽게 대답을 못 한 채 한참을 주저했다.

"백부님께서 그들을 무찌르려 하시기 때문이옵니다."

"그럼 백부님은 왜 그들을 무찌르려 하느냐?"

관흥은 한참을 고심하다 결국 고개를 가로저었다.

관우가 인내심을 가지고 차분하게 말했다.

"답은 바로 이 고리타분한 것들 속에 있느니라. 우리 가문의 아들은 무예와 병서를 익히는 것뿐 아니라 대의와 사리에 더 통달해야 하느니라. 무예와 병법은 장수가 갖추어야 할 기본일 뿐이다. 장수에게 가장 필요한 덕목은 바로 대의와 사리에 밝은 것이다. 온후(溫侯) 여포(呂布)의 무예가 천하제일이고 병법이 구주를 휩쓸었는데도 그는 성(姓)을 세 개 가진 종놈의 오명을 벗지 못했다. 왜 그랬다고 생각하느냐?"

관흥이 잠시 머뭇대다 조금 깨달은 바가 있는 듯 고개를 끄덕였다.

"앞으로도 계속 학문에 정진하거라. 문장을 외워야 할 뿐 아니라 그 안에 담긴 뜻도 깊이 깨우쳐야 하느니라."

그가 관흥에게 물러가도 좋다는 손짓을 한 후 그제야 조루를 쳐다봤다.

"아이가 아직 철이 없어 조 장사에게 안 좋은 꼴을 보였네."

조루가 인사를 올린 후 대답했다.

"별말씀을 다 하십니다. 다만 장군께서 공자께 조금 엄격하신 듯하옵니다. 고작 열한 살이 아니옵니까? 아마 또래 친구들은 글도 제대로 읽지 못할 것입니다. 그런데 공자께『맹자』를 외우며 대의와 사리를 깨달으라 하시니, 공자께서도 힘에 부치셨을 것입니다."

관우가 손을 내저으며 화제를 바꿨다.

"조 장사가 이리 일찍 날 찾아온 것을 보니 무슨 급한 일이라도 있는 것인가?"

조루가 예를 갖추며 손을 모았다.

"어젯밤 살수들의 시체를 군의사로 가져와 자세히 살펴보니 꽤 많은 정보를 알아낼 수 있었습니다. 그자들은 스무 살 안팎으로 건장한 사내들이었습니다. 대부분 칼과 창에 베인 상처를 가지고 있어 늘 무술을 연마한 것으로 보입니다. 손아귀에 다들 굳은살이 있는 것으로 보아 오랫동안 칼을 다룬 자들이 확실합니다. 검은색 무명옷 차림에 특별한 점은 보이지 않았습니다. 근데 그자들이 사용한 칼의 강도와 연성, 담금질할 때 남는 무늬로 추측해보니, 강동 단양에서 생산된 것으로 보입니다. 이 자객들이 오나라 사람과 깊이 연관되어 있는 것이 확실합니다."

"계속 말해보게."

관우의 얼굴에는 아무런 표정도 드러나지 않았다.

"본래 우리의 계획은 형주 사족과 강동파가 공모해 감녕을 죽이려 한 사건의 진상을 해번영에 뒤집어씌우는 것이었습니다. 설사 그들이 거부한다 해도 객주 안에 있던 자들을 죽였다는 핑계로 압송하거나 추방할 수 있었지요. 그리되면 우리한테 형주 사족을 숙청할 핑계가 생기게 되고, 회사파는 이를 기회 삼아 강동파를 비난함으로써 동오의 정세를 어지럽힐 수 있었습니다. 손권 쪽은 회사파와 강동파의 내분을 가라앉히느라 급급할 테니 형주를 염탐할 틈조차 없을 것입니다. 이 일석이조의 계책은 더할 나위 없이 완벽했습니다. 그런데 우리가 해변위들을 체포하려는 찰나 보영 객주에 돌연 불길이 치솟아 올랐고, 사전에 준비해둔 증거물들이 모두 타버리고 말았지요. 게다가 객주 안에서 튀어나온 검은 옷의 자객을 빤히 보면서도 놓치고 말았습니다. 더 골치 아픈 일은, 그자가 떨어뜨린 요패가 진주조의 것이었습니다."

"진주조?"

관우의 미간이 좁혀졌다.

"소관도 미심쩍기는 합니다. 지금 상황에서 진주조가 나타날 가능성은 극히 희박하죠. 어쩌면 누군가 공안성 안의 물을 혼탁하게 만들기 위해 일부러 수를 쓴 것인지도 모르겠습니다. 그렇다면 종적을 감춰버린 검은 옷의 사내를 추적하느니, 차라리 지금 손에 쥔 사건의 실마리에 더 집중하는 편이 나을 듯싶습니다. 어젯밤 자객과 객주의 화재 사건에 해결의 단서가 있습니다."

"알겠네. 자네 뜻대로 처리하게."

"명을 따르겠습니다. 하온데, 원래의 일정대로라면 장군께서는 제갈근을 맞이해 혼담에 관한 이야기를 나누셔야 하는데, 이 일은 어찌 처리하실 생각이신지요?"

"보지 않을 것이네."

"그렇다면……."

조루가 잠시 주저하며 말을 멈췄다.

"장군께서 어젯밤 자객에게서 습격을 받은 일을 핑계로 대는 건 어떠실는지요?"

관우가 살짝 고개를 끄덕였다.

"그래야겠지. 이 혼담은 절대 받아들일 수 없는 일이니, 적절한 시기에 제갈근 일행을 공안성 밖으로 몰아내는 것이 좋겠지."

조루가 고개를 끄덕이며 잠시 주저하다 입을 열었다.

"드릴 말씀이 한 가지 더 있습니다. 소관이 말하기 껄끄러운 면이 없지 않으나, 아무리 생각해봐도 먼저 말하는 편이 나을 듯싶습니다. 장군께서 가부를 결정해주십시오. 장군께서 성도에 서신을 한 통 보내 부사인의 공안성수(公安城守) 직을 박탈해주시겠습니까?"

"왜지? 그에게 무슨 문제라도 있는 건가?"

"부사인이 공안성수 자리를 맡은 지 10년이 다 되어갑니다. 그동안 군의 사에서 암암리에 그를 감찰했고, 의심할 만한 것을 전혀 발견하지 못했습니다. 하오나 부사인이 아무리 무능하고 멍청해 보여도 절대 방심하면 안 되옵니다. 특히 그의 수양아들들은 무언가 숨기고 있는 듯한 느낌을 지울 수 없습니다."

"하루 종일 긴 창을 메고 사방을 돌아다닌다는 그 부진 말인가? 요화가 여러 차례 술자리를 가지며 그자를 살펴봤지만 특별한 점을 발견하지 못했다고 하더군."

관우가 잠시 말을 멈췄다.

"형주 땅 안에서 완전히 우리 편에 선 세도가들 중 가장 제대로 된 이력을 갖춘 자가 부사인이네. 게다가 한중왕이 그를 성수 자리에 앉혔네. 사람은 조금 멍청할지 몰라도, 10년 동안 별 탈 없이 자기 자리를 지켜왔지. 지금 그의 자리를 박탈해달라고 상서를 올린다면 한바탕 논란이 불거질 걸세. 대전을 앞두고 그런 일로 마음 쓸 이유가 없네."

조루가 무슨 말을 더 하려는 순간, 밖에서 교도수가 전갈을 올렸다. 제갈근의 의장대가 역관에서 출발해 장군부로 오고 있다는 것이었다. 관우가 자리에서 일어나 조루에게 전청으로 가서 기다리라는 손짓을 한 후 자신은 안채로 향했다. 부인이 사망한 후 안채에는 아무도 거주하지 않았다. 하지만 그곳은 여전히 정갈하게 그 모습을 유지하고 있었다. 관우는 오솔길을 지나 곁채의 문을 밀쳐 열고 뒷짐을 진 채 방 안을 바라보았다. 문 앞에 연꽃 문양의 청동 향로가 놓여 있고, 그 안에 꽂힌 엄지손가락 굵기의 향 세 개에서 연기가 피어올랐다. 그 연기가 아침 바람을 타고 사방으로 흩어지자 그 뒤로 크고 작은 수백 개의 영패가 모습을 드러냈다.

동승(董承)·종집(種輯)·경기(耿紀)·길본(吉本)·조필(祖弼)·위풍(魏諷)······ 관우의 등 뒤로 쏟아져 내린 아침 햇살이 빛무리처럼 그를 감싸자, 몽환적이면서도 엄숙하고 경건한 분위기를 자아냈다. 관우는 영패를 쭉 둘러본 후 술 단지의 봉랍을 떼어내고 두 손으로 이마까지 들어 올렸다. 그가 술 단지를 기울이자 호박색 술이 청석판 위로 쏟아지며 물방울이 사방으로 튀어올랐고, 맑은 술 향이 순식간에 주위를 감쌌다.

"공들, 이제 때가 왔소이다."

동오 사절단 숙소.

의장을 완벽하게 갖춘 제갈근의 마차 행렬이 길모퉁이를 돌아서자 가일이 부진에게 물었다.

"부 도위, 어젯밤 관 장군을 습격한 자객이 강동 단양에서 나온 철검을 사용했다지?"

"와, 언제 그런 소식까지 알아내셨습니까?"

"이 일이 혼담을 넣는 일에 영향을 줄 것 같은가?"

"철검의 생산지 따위가 혼담의 성사 여부에 영향을 줄 리가요? 그저 관 장군이 이번 사절단의 진짜 속내를 간파하고 있느냐에 달려 있겠지요."

가일이 난처한 웃음을 지었다.

"하기야 그렇겠군. 아무래도 이번 혼담은 물건너간 것 같네."

"우리가 혼인할 것도 아닌 걸요. 가 교위, 신경 쓸 필요 없습니다. 제갈근이 지금 출발했으니, 이것저것 예의와 절차를 밟다 보면 꼬박 한나절은 걸릴 겁니다. 오늘 우리 둘 다 별일이 없으니 같이 가서 술이나 하시죠. 공안성의 좋은 술을 맛 보여드리겠습니다."

"술은 나중에 먹어도 늦지 않네. 부 도위, 지금 시간이 되면 나와 함께 어젯밤 손몽의 행적을 따라가주겠는가?"

"하지만 우리 쪽도 도중에 그녀를 놓치는 바람에 다 알지 못합니다."

"상관없네. 그녀를 놓친 곳까지라도 안내해주게."

부진이 장난스러운 미소를 지으며 허리를 숙이고 갈 방향을 손으로 가리켰다. 그러자 등에 차고 있던 긴 창이 그의 움직임을 따라 아래로 기울어졌고, 붉은 술이 머리에 쓴 관 위를 덮어 마치 붉은 꽃을 단 것처럼 우스운 모양이 되어버렸다.

가일은 도저히 궁금증을 참을 수 없었다.

"부 도위는 왜 항상 긴 창을 등에 차고 다니는가? 불편하지 않은가?"

"예전에 무술을 배울 때 사부님께서 창과 몸이 하나가 된 상태로 무술을 연마해야 뛰어난 경지에 오를 수 있다 하셨지요. 그래서 지금도 그 말씀을 따르고 있는 것입니다."

가일은 고개를 내저으며 더 이상 아무것도 묻지 않고 길을 따라 그와 함께 걸어갔다. 이른 아침이었지만 거리 양옆에 자리한 점포들은 일찌감치 문을 열고 손님을 맞고 있었다. 가일은 주위를 둘러보았지만 특별히 이상한 점을 발견할 수 없었다.

어젯밤에 우청이 그 객주에 도착하기 전에 손몽은 분명 그 안에 먼저 가 있었다. 그 후 요화와 조루가 나타났고, 해번위가 객주를 조사했지만 손몽을 발견하지 못했다. 다시 말해서 그녀는 모두가 나가기 전까지 어딘가에 숨어 있었을 것이다. 그렇다면 그녀가 일부러 객주에 불을 붙이고 도망쳐 나온 것이 분명하다. 그 목적은 바로 군의사가 해번영을 모함하려던 계획에 혼선을 주기 위해서였다. 이 사건에서 부진이 맡은 역할 역시 아주 중요했다. 그는 진주조의 요패를 주워 조루가 더 이상 강경하게 해변영을 압송할 수 없도록 만들었다.

손몽이 그 객주를 찾아내고 제때 임무를 수행한 것만 봐도 이 공안성 안에 연락책이 있는 것이 확실했다. 어젯밤 부진은 연회에 있었으니, 그녀와 선이 닿은 연락책은 제삼의 인물일 것이다. 더구나 부진이 그녀와 손발이 딱 맞아떨어졌다 해도, 서로 전혀 모르는 사이처럼 보였던 것도 사실이었다. 오늘 부진에게 함께 추적 조사를 해달라고 부탁한 것도 이런 여러 가지 정황의 실마리를 찾고 부진의 속내를 엿보기 위해서였다. 하지만 부진의 표정만 봐서는 아무것도 알아챌 수 없었다.

"손 낭자가 앞쪽에 있는 저 비단 점포에 들러 둘러보았다더군요. 일단 들어가볼까요?"

부진이 그 말을 하며 어느새 모퉁이를 돌아 상점 안으로 들어갔다.

가일이 그 뒤를 바짝 쫓아갔다. 주인이 문 앞까지 나와 두 사람을 반기며 어떤 비단을 찾는지 물었다. 가일은 대충 얼버무리며 점포 안을 유심히 둘러보았다. 문 앞에서 맞은편 벽까지 10여 척 정도 되고, 벽에는 벽돌을 균일하게 쌓아 올렸으며, 진열장에는 각양각색의 비단들이 정갈하게 놓여 있어 뒤채나 암실 같은 것이 숨어 있을 것 같지 않았다. 주인장이 또 몇 마디를 건네더니 물건 살 사람으로 안 보였는지 얼른 다른 손님에게 다가가 말을 걸었다.

가일이 계산대 근처로 이리저리 오가며 주위를 살핀 결과 이곳은 길모퉁이를 끼고 있어 사방으로 오가는 사람이 한눈에 다 들어왔다. 이곳은 연락책과 접선한 곳이 아니라 따라오는 자가 있는지 확인하기 위해 들른 곳이 분명했다. 손몽은 군의사 사람이 따라붙었다는 것을 아마 이곳에서 알아챘을 것이다.

가일이 점포를 나와 부진에게 물었다.

"손몽을 놓친 곳이 이곳에서 먼가?"

"선향을 한 대 다 태울 때쯤 도착할 만한 곳입니다."

추적자가 있다는 것을 알아채고도 왜 그 정도 거리밖에 움직이지 않은 거지?

"그 정도 간 뒤에 지분(脂粉: 연지와 분) 가게에 들어갔고, 그곳에서 나온 후 얼마 안 가 놓쳐버렸지요."

"부 도위, 그곳으로 좀 데려다주게."

얼마 후 가일은 부진이 말한 지분 가게에 도착했다. 가게는 아담했고, 안에서 파는 연지와 분의 종류도 그리 많지 않았다. 게다가 이곳에서 멀지 않은 곳에 더 큰 규모의 지분 가게가 있었다. 손몽이 왜 이 작은 가게로 들어온 거지? 가일은 의심을 품고 가게 안으로 들어섰다. 가게 안을 자세히 살펴보니 별다른 실마리가 있는 것도 아니었다. 가게 주인은 때마침 장부를 보느라 두 사람에게 별로 신경을 쓰지 않았다.

가일이 안으로 들어가 품 안에서 곱게 접혀 있는 하얀 비단 천을 꺼내 주인장에게 불쑥 내밀었다. 가게 주인은 얼떨결에 천에 그려진 여인의 초상화를 들여다보았다. 그것은 전천의 초상화였다. 가일은 허도 진금기(陳錦記)에서도 이 초상화를 그곳 주인장에게 내민 적이 있었다. 전천이 죽은 후 그는 지금까지도 이 초상화를 몸에 지니고 있었다.

"이보시오, 어제 이 낭자가 혹시 여기 들르지 않았소?"

가일이 엽전 꾸러미를 주인장 앞에 내놓았다.

주인장이 초상화와 가일을 번갈아 쳐다보더니 웃으며 말했다.

"참으로 복도 많으신 분입니다."

그가 뒤에 있는 진열장에서 나무 상자 하나를 꺼내 가일에게 건넸다.

"최상급의 금화연지(金花燕支)입니다. 공안성을 통틀어 우리 가게에서만

파는 귀한 물건이지요. 이 낭자께서 이걸 사더니 나리께 전해달라고 하더군요. 나리의 부인께서 아주 좋아하실 거라 했습니다."

"무슨 소리를 하는 것이오?"

가일이 미간을 좁히며 말했다.

"어젯밤에 이 낭자가 우리 가게에 와서 이 금화연지를 사셨습니다. 며칠 후에 체격 좋은 나리 한 명이 찾아와 자신에 대해 묻거든 이 금화연지를 드리라고 하더군요."

주인장은 마치 둘 사이를 다 알고 있다는 듯 웃고 있었다.

"낭자께서 두 분이 친한 벗이라 이 금화연지를 선물하는 거라며, 부인을 대하듯 자신에게도 잘해줬으면 좋겠다고 하시더군요."

가일은 멋쩍게 웃으며 상자를 만지작거리다 비단 천과 함께 품 안에 집어넣고 문을 나섰다.

부진이 그에게 장난을 쳤다.

"가 교위만 손 낭자한테 마음이 있는 줄 알았더니, 손 낭자도 연모하는 마음이 무척 깊은 듯합니다."

"부 도위, 그걸 말이라고 하는가?"

가일이 한숨을 내쉬었다.

"부 도위와 그녀가 함께 작당해서 나를 골탕 먹이는 것이 아닌지 의심이 될 지경이네."

"말도 안 됩니다. 나와 손몽 낭자는 일면식도 없는데, 어찌 공모를 한단 말입니까?"

가일은 한숨을 쉬며 아무 말 없이 혼자 길을 따라 걸어갔다. 부진의 말대로라면 손몽은 이 가게에서 추적자를 따돌렸다. 그녀의 행적을 쫓아 돌아다녀도 더 이상 수확이 없을 것이다. 그럼에도 가일은 더 돌아다니면서 이참에 요 며칠 일어난 일들에 대해 한번 생각을 정리해보고 싶었다. 비록 해번영에서 두각을 나타내고 싶은 마음은 별로 없지만, 자신의 목숨과 관련된 일은 제대로 파헤쳐볼 필요가 있었다.

가일은 감녕·관우가 연이어 자객의 습격을 받은 사건이 왠지 서로 연결되어 있을 것만 같았다. 감녕과 관우의 행적을 추적하려면 상당한 능력이 뒷받침되어야 한다. 두 사건에 동원된 사람은 달라도 병기는 촉 땅의 연노와 단양의 철검이니, 동일한 세력의 소행이 확실했다. 지금의 문제는 강동파와 형주 사족이 한패가 되었는지, 아니면 진주조가 일부러 적의 눈을 속이기 위해 가짜 포진을 친 것인지 확실하지 않다는 것이다.

"가 교위, 무슨 근심이라도 있으십니까? 영 이해가 안 되는 일이 있으면 저한테 다 말해보십시오. 제가 도움이 될지도 모르지 않습니까?"

부진이 뒤에서 말을 걸었다.

가일은 아무 대답도 하지 않은 채 저 앞에서 벌어지고 있는 소란스러운 광경에 정신이 팔려 있었다. 그는 잰걸음으로 구경꾼들 뒤로 가서 무슨 일인지 보려고 발꿈치를 들고 이리저리 기웃거렸다. 무명옷을 입고 대여섯 살 먹은 어린 딸을 안은 젊은 여인이 분칠을 짙게 한 중년 부인 앞에 무릎을 꿇고 있었다. 그녀는 죽을죄를 지은 것처럼 머리를 조아리고 있고, 부인은 분을 삭이지 못한 채 계속해서 그녀에게 욕을 퍼부어댔다.

옆에 있던 구경꾼이 한숨을 내뱉었다.

"얼굴이 반반하면 뭐 하누? 저 집에 들어가 아들도 못 낳고 살더니, 이제는 남편까지 잡아먹었어. 저런 여자를 부인으로 들였으니, 정말 재수가 옴 붙은 거지."

"누가 아니래? 부씨 집안에서 저 여자를 쫓아내는 게 당연하지. 무슨 염치로 여기서 저러고 있대?"

"시집올 때 친정집에서 예물이며 뭐며 바리바리 싸 들고 왔다더니, 그걸 찾으러 왔나 보네."

"쳇, 낯짝도 두꺼워라. 시댁에 보낸 거면 그걸로 끝이지, 뭘 또 달래?"

"모르는 소리 마. 부씨 집에서 저 여자가 낳은 아이까지 내쫓았다더라고. 고작 대여섯 살짜리 어린아이를 말이야. 그러니 애는 먹여 살려야 하지 않겠어?"

"쳇, 그럼 친정집에 가서 도와달라고 하면 되지, 뭐 하러 시댁에 다시 찾아와서 저 수모를 당한대?"

"크크. 그걸 몰라서 그래? 이 성에 있는 약방 대부분이 저 여자 친정집 거면 뭐 하겠는가? 문제는 저 여자 아버지가 체면에 죽고 체면에 사는 사람이라는 거네. 그런 사람이, 딸이 시댁에서 쫓겨났으니 뒷목 잡고 쓰러질 판이겠지. 창피해서 얼굴도 못 들고 다니는 판에, 가문의 수치인 딸을 거들떠나 보겠는가? 아마 저 여자 부모는 딸이 밖에서 굶어 죽기라도 했으면 좋겠다고 생각할 거야."

가일은 더는 듣고 있을 수 없어 버럭 소리를 질렀다.

"이보시오! 설사 아들을 못 낳는 것이 칠거지악(七去之惡)에 해당된다 해도 남편이 첩을 두면 그만인데, 어찌 저 여인을 그리 매도하는 것이오? 더구나 남편을 잡아먹었다니, 그게 말이나 되는 소리요? 고작 그런 이유 때문에 남편 잃은 여인과 그 어린 자식을 빈손으로 내쳐 굶어 죽게 만들어도 된다는 것이오? 다들 어찌 이리 인정머리들이 없소?"

구경꾼들의 시선이 일제히 가일에게 향했다. 하지만 무사 복장과 허리에 찬 검을 보자 감히 나서서 함부로 그를 매도하지 못했다. 그중 한 명만이 억울하다는 듯 변명을 했다.

"어젯밤 저 여자 남편은 원래 술자리에 갈 생각이 없었소. 그런데 저 여자가 사람들과 만나고 왕래를 해야 한다며 남편을 억지로 보영 객주에 가게 만들었단 말이오. 결국 그곳에 있던 몇십 명이 비명횡사했고, 불까지 나는 바람에 시신마저 몽땅 타버렸소. 이게 남편 잡아먹은 팔자가 아니면 뭐란 말이오? 내가 저 집 주인이었으면 진즉에 저런 여자를 우물에 집어던지든지 내쫓았을 거요!"

가일의 눈썹이 꿈틀거렸다. 보영 객주…… 그곳은 어젯밤 사건이 일어난 그 객주가 아닌가? 해번영이 조사를 하러 가고, 군의사가 그곳에 있는 사람들을 죽이고, 손몽이 불을 질렀다. 그렇다면 지금 이곳에서 벌어지는 일은 자신과 조금이나마 연관이 되어 있었다. 그는 뒤를 돌아 부진을 찾았다. 그런데 그는 강 건너 불구경하듯 멀찌감치 서서 가까이 올 생각이 전혀 없어 보였다.

귓가에 '짜악' 소리가 들려왔다. 가일이 고개를 돌려보니, 그 중년 부인이 젊은 여인의 뺨을 인정사정없이 후려치고 있었다. 여인의 입가에서 피가 흘렀지만, 그녀는 반항조차 하지 않은 채 아이만 꼭 끌어안고 있었다. 부인 뒤에 있던 종복 몇 명이 소매를 걷어 올리고 그녀를 발로 차 쓰러뜨리더니 빙 둘러서서 집단으로 구타하기 시작했다.

가일이 인파를 헤치고 앞으로 나가 호통을 쳤다.

"멈춰라!"

하지만 누구도 그의 말에 귀를 기울이지 않았다. 그는 아예 그들 곁으로 다가가 종복들을 밀쳐내며 소리쳤다.

"사람을 죽일 셈이냐?"

부인이 코웃음을 쳤다.

"우리 부씨 집안 일에 네놈이 무슨 자격으로 끼어드는 것이냐?"

가일이 화를 삭이며 물었다.

"저 두 사람을 이미 집에서 내쫓지 않았소? 그럼 저 여인은 더 이상 부씨 집안의 사람이 아니오. 그쪽 집안사람도 아닌데 이렇게 길에서 대놓고 모욕을 주고 험한 꼴을 보여서야 쓰겠소?"

"그렇지. 내 집에서 쫓겨났으면 우리 집안사람도 아닌데 어찌 감히 다시 나타나 혼수를 돌려달라 한단 말이냐? 내 살다 살다 이렇게 파렴치한 년은 처음이다!"

젊은 여인이 고개를 들더니 애걸을 했다.

"어머니, 빈 몸으로 우리 모녀를 내치시면 어찌 살란 말씀이시옵니까? 저야 굶어 죽든 얼어 죽든 상관없습니다. 하지만 제 남편의 유일한 혈육인 이 아이는 어찌합니까? 이 아이가 가엾지도 않으시어요?"

그녀의 품에 안긴 어린아이가 겁에 질려 그녀의 옷자락을 움켜쥔 채 놀란 눈으로 구경꾼들을 바라봤다.

시어머니가 욕을 하며 삿대질을 했다.

"내 아들을 죽게 만들어놓고도 어디 감히 남편이란 말을 입에 담느냐? 네 친정과 우리 집안의 옛정을 생각해서 이 정도로 끝내는 줄 알거라. 안 그랬으면 내 너희 모녀를 둘 다 우물에 처넣었을 것이다! 어디 고마운 줄도 모르고 이리 찾아와 행패를 부리느냐! 네가 죽고 싶어 환장을 했구나!"

그녀가 손짓을 하자 종복들이 또다시 우르르 몰려가 그녀를 둘러쌌다.

가일이 냉소를 지었다.

"저 여인이 점쟁이도 아닌데 댁의 아들이 죽고 사는 문제까지 어찌 미리 알 수 있단 말이오? 말끝마다 감사한 줄 알아야 한다고 하면서 저 모녀를 죽음으로 내모는 것이오? 가련한 사람한테 화풀이하며 이리 모질게 굴다니, 참으로 뻔뻔하다고 생각지 않소?"

부인이 허리에 손을 얹고 소리를 질렀다.

"지금 저년의 편을 드는 것이냐? 네놈이 이렇게까지 저년을 끼고도는 걸 보니 둘이 그새 붙어먹은 게로구나? 오늘 이 음탕한 연놈들을 산 채로 때려 죽여주마! 뭐 하느냐? 없애거라!"

종복들이 위협적으로 몰려들었다. 가일이 칼집을 들어 올리며 잽싸게 공격을 막자 종복들이 하나둘씩 바닥에 쓰러지며 신음 소리를 냈다.

부인은 놀라는 기색조차 없이 침을 내뱉으며 표독하게 경고를 했다.

"여기 꼼짝도 하지 말고 있거라. 내 당장 관아에 사람을 보내 네놈의 목을 베어줄 것이다!"

가일의 표정이 냉혹하게 변했다. 옷자락이 휘날리는 소리가 들리는가 싶더니 가일이 어느새 부인의 코앞에 다가와 있었다. 부인이 놀라 오른손을 뻗어 가일을 치려 했다. 가일은 왼팔을 세워 그녀의 공격을 막아냈다. 부인이 고통스러워하며 한바탕 욕설을 내뱉으려는 찰나, 가일의 오른손이 그녀의 목을 틀어쥐었다.

부인은 소리를 질러 도움을 청하려 했다. 하지만 그 순간 가일이 그녀의 몸을 한 손으로 들어 올렸다. 그녀의 목을 움켜쥔 그의 손에 힘이 점점 들어가자 그녀는 낯빛이 파랗게 질리며 숨조차 제대로 쉬지 못했다. 뒤에 있던 종복들은 평소에 고작 약자나 괴롭히며 살다 생전 처음 보는 장면에 눈이 휘둥그레져 어찌할 바를 몰랐다.

부인의 눈이 까뒤집어지기 일보 직전이 되어서야 가일은 그녀를 바닥에 내팽개쳤다.

"관아에 보고를 하려면 맘대로 하시게. 하나 내 미리 한 마디만 해두지. 나로 말할 것 같으면 관원들뿐 아니라 군의사 사람들도 수도 없이 죽인 몸이네. 군의사 용양교위(龍驤校尉) 유진(劉辰)이 강릉을 관할할 때 형주에 사는 어린아이들이 그 이름만 들어도 울음을 뚝 그쳤다지? 공교롭게도 건안 23년 그가 석양성 밖에서 내 손에 죽었다네."

주변을 둘러싸고 있던 구경꾼들의 웅성거리던 소리가 이 말과 동시에 일제히 사라져버렸다. 유진의 죽음은 그해 형주에 엄청난 충격을 안겨주었다. 그를 죽인 진주조 교위가 악랄하다 못해 살인을 밥 먹듯 한다는 말이 돌기도 했다. 그런 자가 이곳에 나타날 줄 누가 알았겠는가? 구경꾼들이 순식간에 혼비백산해 흩어졌고, 부인은 공포에 질린 눈빛으로 엉금엉금 기어 그곳을 벗어나려 애를 썼다.

장검이 부인의 귓가를 스쳐 지나가며 땅에 내리꽂히더니, 가일이 몸을 숙이며 말했다.

"앞으로 또 저 여인과 아이를 괴롭히는 일이 생기면 어디로 도망치든 내 하늘 끝까지라도 쫓아가서 그 목을 칠 것이네."

부인의 얼굴이 하얗게 질렸다.

"아…… 알겠네…… 내 약속하지. 만약 다른 사람이…….."

"다른 사람이 저 두 사람을 괴롭힌다 해도 부인이 한 걸로 간주해 그 목을 칠 것이오."

가일이 일어나 모녀의 곁으로 다가갔다. 그는 돈주머니를 꺼내 대충 액수를 가늠해보다 부진을 향해 손짓했다. 부진이 얼굴을 찡그리며 다가와 돈주머니를 꺼내 그에게 건넸다. 가일은 돈주머니 두 개를 여인 앞에 놓았다.

"저런 파렴치한 인간들에게 더는 구걸하지 말고 이거라도 가져가 거처를 구해보게. 백날 구걸해봤자 저들의 주머니에서는 단 한 푼도 나오지 않을걸세."

여인이 절을 하며 감사의 인사를 올렸다.

"존함이 어떻게 되시옵니까? 훗날 기회가 되면 오늘 이 은혜를 꼭 갚겠습니다."

여인이 무슨 말을 더 하려 했지만 가일은 이미 저만치 걸어가고 있었다.

부진이 얼른 그를 따라잡으며 함께 걸어갔다.

"가 교위, 내가 알던 사람이 맞습니까? 남 일에 별 관심 없고 매사 시킨 둥하던 모습과 완전 딴판이십니다. 이제야 군의사에서 파악한 평가와 흡사해지는 듯합니다. 좀 전에 그 여인을 보니 알고 지내던 옛 여인이라도 떠오른 겁니까?"

가일은 아무 말 없이 하늘을 올려다보았다. 석양성에 있을 때는 늘 살얼음판을 걷는 듯했지만 적어도 마음 맞는 벗이 곁에 있었지. 지금은 그런 벗조차 없으니 막막한 마음을 기댈 곳이 없구나. 내 인생이 급격하게 변한 게 언제부터였더라? 아마도 그 명령을 받고 나서부터겠지. 건안 24년 봄, 허도 진주조 응양교위로 부임한 그때부터. 그때는 복수에 한 발자국 더 가까워졌다고 여겼는데, 그런 엄청난 음모에 휘말려 하마터면 내 목숨마저 잃어버릴 뻔했다.

"가 교위, 달을 보니 또 누군가 떠오른 겁니까?"

부진의 목소리가 조금은 경망스러웠다.

가일이 콧방귀를 뀌었다.

"자네가 아주 내 속내를 환히 꿰뚫고 있군."

부진이 키득키득 웃음을 터뜨렸다.

"아니, 대체 뭐 하자는 겁니까? 죽은 부인을 잊지 못해 늘 마음에 품고 있더니 얼마 안 가 그 부인과 닮은 낭자를 보고 마음이 흔들리고, 또 눈 깜짝할 사이에 다른 사내의 부인을 염려하고 있으니 말입니다. 쯧쯧, 기가 막히고 코가 막힐 노릇입니다."

가일이 눈을 흘겼다.

"아까 내가 그 여인의 시어머니와 한바탕할 때 자네는 멀찌감치 떨어져 있기만 하더군. 무슨 걸리는 문제라도 있던 건가?"

"솔직히 말씀드리자면, 친척 관계로 엮여 있습니다."

부진이 솔직하게 속내를 털어놓았다.

"부씨 가문은 공안성에서 명망 높은 집안이고, 제 양부가 그중 한 축을 차지하고 계시지요. 가 교위가 아까 혼쭐을 내준 그 부인은 부씨 가문의 또 다른 한 축입니다. 항렬을 따진다면 아주머니라고 불러야 하지요. 그녀의 남편이 바로 태수부 주부(主簿) 부희(傅熙)입니다."

"그럼 내가 태수부에 노여움을 살 만한 일을 한 것인가?"

가일이 쓸쓸하게 웃었다.

"자네 양부가 이 일 때문에 나를 부르실 것 같은가?"

"제 아버지께서는 평소 문제를 크게 만드는 것을 별로 좋아하지 않으십니다. 게다가 아주머니와의 사이도 그리 가깝지 않으니 나서지 않으실 겁니다. 하나 아저씨라면 말이 달라집니다. 그분은 도량이 좁고 악랄한 성정이라, 분명 이 일을 그냥 넘기지 않을 듯합니다."

가일은 불현듯 어떤 생각이 떠올랐다.

"그렇지 않네. 자네 아주머니와 부사인의 관계가 가깝지 않다 해도 같은 집안 사람이 아닌가? 군의사가 그 객주에서 사람을 죽인 일도 설마 부사인에게 미리 통보하지 않았단 말인가? 그렇다면…… 군의사가 손을 썼을 때 부사인이 전혀 그 상황을 몰랐다는 건가?"

"맞습니다. 군의사는 내 양부를 자기 편으로 생각하지 않죠. 군의사뿐 아니라 관우 장군과 그 측근들조차 양부와 거리를 두고 있습니다. 사실 한중왕을 옹호하는 형주 사족 대다수가 제갈 선생을 따라 익주로 이주했고, 남은 이들은 다들 자기 잘난 맛에 사는 놈들이라 한중왕을 따르려들지 않고 있습니다. 당초 관우 장군이 손을 써 한 무리를 죽이고, 남은 이들을 회유하고 있지요. 제 양부도 저들이 형주의 민심을 구슬리기 위해서 세워놓은 허수아비에 불과합니다."

"형주도 진흙탕 싸움이 한창이군."

"마찬가지지요. 그쪽도 강동파와 회사파가 서로 못 잡아먹어 안달이지 않습니까? 강동파를 제압하기 위해 회사파의 핵심 인물이 공안성으로 와서 관우 장군을 만나려 한다더군요. 알고 계셨습니까?"

"금시초문이네. 하나 제갈근이 이미 왔으니, 그 핵심 인물이 또 온다 한들 다 부질없는 짓이 아니겠는가?"

"제갈근이 손권을 대신한다면, 그 핵심 인물은 회사파를 대변하는 인물이죠. 듣자 하니 손권이 병권을 강동파 육손에게 넘길 뜻을 굳혔다던데, 회사파가 과연 가만히 있을까요? 회사파의 노숙은 살아 있을 때 관우 장군과의 관계가 괜찮은 편이었습니다. 만약 회사파가 옛정을 이용해 관우 장군을 끌어들이는 데 성공하면 강동파에 골칫거리를 안겨주게 될 거고, 육손이 도독 자리를 이어받는 데 걸림돌이 될 겁니다."

가일이 어떤 생각이 떠오른 듯 부진에게 물었다.

"회사파의 그 핵심 인물은 강동파가 감녕을 암살하려 했다는 증거를 가지러 오는 것일 텐데, 객주 안에 있던 그 증거들은 이미 불에 타버리지 않았는가?"

"증거라는 게 마음만 먹으면 언제라도 만들어낼 수 있는 것이지요. 회사파가 돕고 나선다면 새로운 증거를 얻는 일이야 식은 죽 먹기죠. 아마 군의사가 조작한 것보다 훨씬 그럴듯할 겁니다."

"이번에 오는 그 핵심 인물이 누구인지 혹시 아는가?"

"바로 암살을 당할 뻔했던 절충장군 감녕입니다."

제3장

◆

위나라 사절단

저녁 무렵이 되어서야 가일은 역관으로 돌아왔다.

문을 열고 들어서자 역졸이 그에게 작은 바구니를 하나 건네며, 해 질 무렵 젊은 여인이 주고 갔다고 했다. 공안성에 아는 이가 하나도 없거늘, 누가 이런 걸 보낸 거지? 가일은 바구니를 덮은 천을 들춰보았다. 그 안에는 검붉은빛깔의 떡 두 덩어리가 담겨 있었다. 코를 가까이 대보니 냄새마저도 먹음직스러웠다.

"그 젊은 여인이 뭐라면서 이걸 주고 갔느냐?"

가일이 물었다.

"교위께서 오후에 목숨을 구해주신 진(陳)씨 성의 여인이었습니다. 남편을 잃고 어린 딸과 사는 처지라 가진 것도 없고 해서 직접 찹쌀떡을 만들어 감사한 마음을 전하고 싶다고 했습니다."

가일이 떡을 조금 떼서 맛을 보았다. 새콤달콤한 맛이 살짝 나며 꽤 맛이 좋았다.

역졸이 웃으며 말했다.

"교위께서는 북방 사람이라 이런 떡을 처음 보실 겁니다. 찹쌀이랑 대추·오디를 쪄서 절구에 한데 넣어 찧고 흑설탕을 섞어 맛을 내지요. 여기서는 귀한 손님을 대접할 때 많이들 내놓습니다. 이런 걸 받으시다니……."

"가 교위님!"

해번위 하나가 입구로 걸어와 두 사람의 말을 끊었다.

"제갈 장사께서 찾으십니다."

가일이 고개를 끄덕이며 해번위를 따라 제갈근의 방으로 향했다. 방에 들어서니 제갈근은 상석에 앉아 있고, 우청과 손몽이 양옆에 서 있었다. 세 사람의 표정을 보아하니 꽤나 오랜 시간 그를 기다린 듯했다.

"가 교위, 자네가 급히 처리해줄 일이 있네."

제갈근이 다짜고짜 본론부터 꺼냈다.

가일이 예를 갖추며 대답했다.

"분부만 내려주십시오."

"오전에 우리가 관우 장군을 찾아갔지만, 혼담을 꺼내기는커녕 얼굴조차 볼 수 없었네. 조루의 말로는 어젯밤에 자객의 습격을 받아 정양을 하는 중이라 하더군. 내가 보기에 시간을 끄는 게 분명해. 가 교위, 이 일을 어찌 대처하면 좋겠는가?"

"소관은 그저 분부를 따르겠습니다."

건업성에서 출발할 때부터 지금까지 나를 모든 일에서 제외시키더니, 갑자기 내 의견은 왜 묻는 거지?

제갈근의 입에서 헛웃음이 새어 나왔다.

"허허, 내가 혼담을 넣으러 온 사신이라 해도, 지금 상황이 어찌 돌아가는지 왜 모르겠는가? 사실 혼담에 거는 기대는 크지 않네. 우리가 이번에 온 진짜 목적은 관우의 다음 움직임을 파악하기 위해서가 아닌가? 어쨌든 오후께서 조조와 합비에서 대치 중인 상황에서 감녕 장군을 암살하려는 시도가 있었네. 우리는 무슨 수를 써서라도 이 사건에 촉나라가 개입을 했는지, 관우가 어느 편에 서 있는지를 필히 밝혀내야 하네. 방심하고 있다가 합비에서 조조와 대전을 벌일 때 관우가 우리 등에 칼을 꽂으면 어찌하겠는가?"

그가 또 한숨을 내쉬며 말을 이어갔다.

"관우의 성정이 오만불손하니 면전에 대고 나를 난처하게 할 수도 있겠지. 그래서 이곳에 올 때부터 마음을 아주 단단히 먹고 왔네. 근데 이렇게 아예 안 만나줄 거라는 생각은 하지 않았네. 더구나 이건 그의 평소 성격과도 전혀 어울리지 않는 행동이 아닌가? 만남을 피하고 시간을 끄는 건 이해득실을 따지고 가격이 오르기를 기다리는 자들이나 하는 행동이지. 하지만 이 일이 그런 득실을 따져가며 피할 일인가? 우리의 이간책을 알아챘으면서도 일찌감치 거절을 하지도 않고, 한중왕에게 스스로 결백을 증명해 보이지도 않는 게 도무지 이해가 가지 않네. 돌아오는 내내 이 문제를 고민해 봤네. 그래서 손몽을 손상향 군주의 오랜 벗에게 보내 그 이유를 알아봤지."

그가 자리에서 일어나 가일 앞으로 다가왔다.

"위나라에서도 사절단을 보냈다더군. 그리고 그 사절단을 이끌고 온 자가 바로 자네의 상관이었던 장제네."

가일의 표정은 담담했다. 하지만 그의 마음속에 거센 소용돌이가 휘몰아쳤다. 진주조의 서조연(西曹掾)인 장제가 어떻게 사절단을 이끌고 형주로 올 수 있지? 더구나 장제는 내 상관이었을 뿐 아니라 나를 한선의 휘하로 끌어들인 인물이기도 하다. 그가 공안성으로 왔다면 왜 미리 알려주지 않은 거지?

그의 생각이 꼬리에 꼬리를 물 때 제갈근이 웃으며 그 생각의 끈을 끊었다.

"마음속은 요동치는데 얼굴은 호수처럼 평온하니, 과연 진주조에서 촉

망받던 사람답게 진중하기가 이를 데 없군."

가일은 자신이 지나치게 속내를 감췄다는 것을 깨달았다.

"과찬이십니다. 소관은 그저 이 소식에 너무 놀라 그런 것뿐입니다. 위나라에서 이 시기에 왜 사절단을 보낸 것입니까?"

"정군산 전투에서 조조가 유비에게 한중을 빼앗겼고, 그 후 허도에서 한제가 야반도주를 하는 일까지 벌어졌네. 관우는 형주에서 호시탐탐 기회를 노리고 있고, 오후는 합비에서 대군을 이끌고 국경을 압박하고 있지. 북방에 있는 공손강(公孫康)조차 야욕을 불태우고 있네. 내우외환이 겹치니 조조도 더는 못 버티고 관우에게 사절단을 보내 강화를 청하려는 것이겠지."

"강화라면…… 관우에게는 결정권이 없으니 유비를 찾아가야 하지 않습니까?"

가일이 제갈근의 표정을 살폈다.

"유비가 한중왕이 된 후 관우를 전장군(前將軍)에 임명하고 절월(節鉞: 군주의 위임으로 휘하 장병에 대한 임의 처단권이 있음을 상징하는 도끼)을 쥐여주었네. 그 후 관우는 형주를 다스리며 군정 대권을 장악했고, 한중왕을 대신해 군령을 어긴 자들을 마음대로 처벌하고 출정도 할 수 있게 되었지. 그래서 형주 땅의 평화는 온전히 관우의 손에 달려 있다고 보면 되네. 조조가 과연 효웅(梟雄: 야심차고 용맹스러운 인물)이라 불릴 만하네. 한중을 잃고 하후연 장군을 잃은 지 얼마 안 돼 체면 따위 벗어던지고 사절단을 보내 강화를 청하니 말일세. 가 교위, 조위와 서촉이 정전을 하게 되면 관우의 칼날이 어디로 향할 거라 보는가?"

"동오입니다."

가일이 나지막이 대답했다.

"맞네. 우리는 혼담을 넣는다는 미명 아래 관우의 태도를 염탐하러 온 것이네. 그런데 조위의 사절단과 맞닥뜨리게 되다니, 정말 운이 좋지 않은가?

가 교위, 지금까지 우 교위가 자네를 여러 번 곤란하게 만들었다지? 손몽 낭자에게서 다 들었네. 내 대신 사과할 터이니, 서운한 게 있었다면 이 자리에서 다 풀게."

제갈근이 허리를 깊이 숙이며 두 손을 모아 읍을 했다.

가일은 그저 그 모습을 지켜만 볼 뿐이었다. 그는 안 좋은 일이 다가오고 있다는 것을 직감했다.

"하지만 자네도 알다시피 손상향 군주가 아무리 자네 뒤를 봐줘도 우리 해번영에서 공을 세우지 못하면 어느 누가 자네를 믿을 수 있겠는가? 지금 자네의 결백을 증명하고 공을 세울 기회가 드디어 찾아온 것이네. 가 교위, 이 기회를 잡겠는가?"

"제갈 장사, 말씀해보시지요."

"손몽 낭자가 이미 장제의 거처를 알아냈네. 가 교위, 반 정원(班定遠: 후한 초기의 명장으로 정원후[定遠侯]에 봉해진 반초[班超])이 갔던 길을 가보지 않겠는가?"

"반 정원이 갔던 길 말씀이오? 그 말은, 저더러 장제를 죽이라는 말씀이십니까?"

가일이 억지웃음을 지었다.

제갈근이 미소를 지으며 말했다.

"자네가 병사들을 이끌고 가서 장제의 머리통을 가져올 수 있다면 관우와 조위가 강화 맺는 일을 막을 수 있겠지. 그리되면 우리가 앞뒤로 적의 공격을 받는 불상사를 막을 수 있을 것이네."

장제를 죽이는 것이 나의 결백을 주장하고 신임을 얻을 기회라고? 실제로도 그럴까? 그 일을 한다 해도, 성공 여부와 상관없이 관우 쪽은 그 죄를 추궁할 것이다. 그때 가서 제갈근은 모든 죄를 나에게 뒤집어씌울 테지. 그 일을 거부하면 제갈근은 오후의 면전에서 내가 진주조와의 끈을 끊어내지 못했다고 중상모략을 할 것이다. 가일은 돌연 골수까지 파고드는 듯한 염

152

증을 느꼈다. 이런 식으로 자기 진영에 속한 사람과 사사건건 그 속내를 짐작하고 계산해야 하는 날들을 언제까지 지속해야 하는 것일까? 그는 곁눈질로 손몽을 힐끗 쳐다보았다. 그 순간 그녀가 슬며시 고개를 끄덕이는 것이 그의 눈에 들어왔다.

"제갈 장사의 제안이 마음에 안 들어 그러느냐? 아니면 진주조의 옛 상관을 자기 손으로 죽일 수 없다는 건가? 그것도 아니면 진주조에서 우리 해번영에 심어둔 첩자한테 이런 일을 부탁하는 게 우스워서?"

우청이 조롱하듯 가일의 속을 긁었다.

"우 교위, 그리 말하면 어찌하는가? 사람이 하는 일이 다 그렇지. 지난 인연의 끈을 끊는 것이 무 자르듯 그리 쉽게 되는 일이 아니네. 다 시간이 필요할 테지. 하나 이번 일이 너무 급박하니, 가 교위가 좀 더 빨리 결정을 해줄 수 있겠는가?"

"그러죠. 제가 하겠습니다."

"알겠네. 가 교위가 그리 말해주기를 기다렸네. 해번위 열두 명이 이미 준비를 마치고 역관 뒤뜰에서 기다리고 있으니 바로 출발하도록 하게."

"그 전에 제갈 장사와 우 교위에게 한 마디만 하겠습니다. 역관 밖에서 군의사 쪽 사람이 이곳을 감시하고 있습니다. 내가 해번위를 대동하고 보란 듯이 나간다면 진주조의 거처에 당도하기도 전에 기밀이 새어 나가게 될 겁니다."

"그거라면 걱정할 거 없네. 잠시 후 내가 앞문으로 나가 군의사의 시선을 돌릴 테니, 가 교위는 뒤뜰 담장을 넘어 밖으로 나가게. 밖에 대기 중인 해번위는 엄선해서 고른 자들이고, 이미 지시를 내려놨으니 이번 작전에서 가 교위에 명에 따라 움직일 것이네. 만약 가 교위가 중간에 허튼 짓이라도 한다면 저들의 손에 목이 날아갈 각오를 해야 할 것이네."

가일은 무표정하게 고개를 끄덕인 후 우청의 뒤를 지나 방문을 빠져나갔다. 우청은 해번위 서너 명을 이끌고 횃불을 밝히며 역관 앞문으로 나갔다. 가일이 뒤뜰로 나가자 해번위 열두 명이 검은색 옷을 입고 복면을 한 채 그를 기다리고 있었다. 이들 중 우두머리 도위가 앞으로 나와 검은색 복면을 가일에게 건넸다. 가일은 그 천을 품에 넣으며 지시를 내렸다.

"가세."

도위가 벽으로 다가가 두 팔을 어깨에 두르고 기마자세로 앉았다. 그러자 해번위들이 빠른 속도로 달려오며 그의 어깨를 밟고 뛰어올라 단숨에 담을 뛰어넘었다. 눈 깜짝할 사이에 뒤뜰에 남은 이는 가일과 도위뿐이었다. 도위가 가일을 보며 자신을 밟고 넘어가라고 고갯짓을 했다. 가일은 고개를 가로저으며 쏜살같이 벽으로 달려가 장검으로 벽을 찍으며 그 반동을 이용해 벽 위로 올라섰다. 도위도 허리춤에서 비수 두 개를 뽑아 들고 두 손으로 차례로 벽을 찍으며 담장을 타고 올라갔다.

가일이 사방을 둘러보았다. 안개가 끼기 시작했지만 아직 시야를 완전히 가릴 정도는 아니었다. 적어도 30보까지는 시야가 확보되었다. 앞문 쪽에서 호통 소리와 함께 한바탕 소란이 벌어진 듯 시끌벅적했다. 우청과 해번위들이 일부러 소란을 일으키고 있는 것이 분명했다.

"도위, 앞장서게."

가일이 나지막이 명을 내렸다.

도위가 고개를 끄덕이며 벽에 최대한 가까이 몸을 밀착한 채 앞으로 걸어갔다. 남은 해번위들도 일정한 거리를 유지하며 그를 따라 움직였다. 밤이 이미 깊어 안개가 자욱한 데다 야간 통행금지까지 겹쳐 사람 그림자를 찾아보기 힘들었다. 야간 순찰을 도는 병사들이 있기는 했지만, 다들 미리 알아채고 교묘하게 몸을 숨겼다. 가일은 마음이 조급해졌다. 공안성에 온 후 사건이 연이어 발생했고 제대로 대처할 여력도 없었다. 벼슬길에 오른 지 여러 해가 되었지만 이런 경우는 또 처음이었다. 진주조에 있을 때도 그는 어떤 상황이 닥치든 시세를 잘 살펴 침착하고 냉정하게 상황을 판단했고, 얽히고설킨 사건의 실마리를 풀어냈다. 그런데 지금은 선택의 여지가 전혀 없었다. 주어진 일을 하든지 죽든지 둘 중 하나였다. 보이지 않는 힘이 그를 압박하며 알 수 없는 암흑 속으로 자꾸 밀어 넣고 있었다. 그곳이 벼랑 끝인지 아니면 또 다른 빛이 시작되는 곳인지 도무지 알 길이 없었다. 그는 다른 사람의 손에 자신의 운명이 좌지우지되는 이런 상황이, 마치 목구멍에 생선 가시가 걸리기라도 한 것처럼 답답하고 숨이 막혔다.

더구나 허도에서 도망쳐 나와 사마의·조비와 멀어진 후부터 부친의 복수도 저 멀리 물건너간 느낌이었다. 전천의 죽음까지 겹치면서 가일은 모든 일에 의욕을 잃고 말았다. 해번영에서 보낸 한 달여 동안 따돌림과 무시를 당하는 일상이 반복됐지만, 가일은 그런 일들조차 대수롭지 않게 받아넘겼다. 그러나 지금처럼 다른 사람이 그의 생살여탈권을 쥐고 있는 상황에 맞닥뜨리자, 가일은 반격을 하지 않으면 이대로 죽는 수밖에 없다는 생각이 들었다. 하고 싶은 일을 하지 못하더라도, 하고 싶지 않은 일을 거부할 권리마저 박탈당하며 살고 싶지 않았다. 그는 그 어떤 상황에서도 생명의 은인인 장제를 죽일 수 없었다. 설사 죽인다 해도 결국 해번영에 이용만 당하는 꼴이 될 것이고, 한선 쪽에서 그를 배신자로 간주해 죽이려들 것이다.

가일은 고개를 들어 칠흑 같은 하늘을 올려다보며 손으로 가슴을 짚어보았다. 그의 품안에 장제가 준 물건이 몇 개 들어 있었다. 반 시진 정도 흐르고 장제의 거처가 가까워질수록 그에게 위험을 경고할 시간은 점점 줄어들었다. 해번위 두 명은 사전에 지시라도 받은 듯 가일의 앞뒤로 따라붙으며 그의 움직임을 감시했다.

골목길을 또 돌아야 할 때쯤, 앞장서 가던 도위가 돌연 주춤하는가 싶더니 급히 되돌아왔다.

뒤이어 골목 쪽에서 누군가 외치는 소리가 들렸다.

"거기 누구냐?"

도위가 손짓을 하자 병사들이 일제히 숨을 곳을 찾아 사방으로 흩어졌다.

다급한 발자국 소리가 들려오더니 순찰병이 횃불을 들고 담벼락 모퉁이에 나타났다. 그는 사방을 둘러보며 해번위들이 숨어 있는 곳을 향해 걸음을 옮겼다. 지금 행적을 드러내 해번위와 순찰병 사이의 충돌을 일으키는 것은 득보다 실이 더 많았다. 이 일로 암살 작전을 잠시 늦출 수야 있겠지만, 그저 좀 지체하는 것에 불과했다. 해번위에게 이 순찰병은 상대할 가치도 없는 존재였고, 그들을 죽인 후 곧바로 장제에게 가면 그만이었다. 게다가 가일은 고의로 소란을 일으켜 장제에게 신호를 보냈다는 누명은 물론 진주조의 첩자라는 죄명까지 뒤집어쓸 수 있었다.

순찰병이 계속 걸어오며 가일이 있는 곳에 거의 다다른 순간, 돌연 그를 부르는 소리가 들려왔다.

"이보게! 뭘 꾸물거리는가?"

그 소리에 순찰병의 걸음이 뚝 멈췄다.

"거참 이상하네. 방금 전에 분명 뭘 본 거 같은데."

"자네 눈에 헛것이라도 보였나 보지. 어서 가세. 얼른 교대하고 투호나 한판 하러 가세."

순찰병이 고개를 갸우뚱하며 못내 아쉬운 듯 자리를 떴다.

주위가 조용해지고 나서야 해번위들이 어둠 속에서 모습을 드러냈다. 그중 두 명이 얼른 가일이 숨은 곳으로 다가가 그를 지켜보며 감시했다. 도위는 인원수를 확인한 후 다시 대오를 정렬하고 목표물을 향해 조심스럽게 움직였다. 그때까지 누구도 가일이 숨어 있던 곳에 떨어져 있던 노란색 봉투를 알아채지 못했다. 반각이 지나자 그 종이봉투에서 연기가 피어올랐다. 잠시 후 종이봉투가 별안간 튀어오르더니 땅에서 멀리 떨어지지 않은 허공에서 활짝 펼쳐지며 작고 정교한 연으로 변했다. 종이 연은 깃털처럼 가볍게 흔들리며 하늘로 날아 올라갔다. 연은 꽤 높은 곳에 이르자 타닥타닥 불꽃을 일으켰고, 그 불빛이 어둠 속에서 눈부시게 빛났다.

가일은 어느새 그 골목길에서 멀찌감치 이동한 상태였다. 그가 고개를 돌려 하늘을 바라보니 옅은 안개 속에서 눈부신 빛이 반짝이고 있었다. 그는 그제야 남몰래 안도의 숨을 내쉬었다. 이것은 한선이 위험을 알리는 일종의 신호였다. 만약 장제가 이 불꽃을 봤다면 당연히 그 의미를 알아챘을 것이다. 그러나 그가 이미 잠자리에 들었거나, 번을 서는 호위 무사가 내막을 모른 채 그에게 알리지 않는다면 모든 것이 헛수고가 될지도 모를 일이었다.

해번위들도 그 불빛을 발견했다. 도위가 미심쩍은 눈빛으로 뿌연 하늘을 쳐다보다 가일에게 시선을 돌렸다.

"가 교위, 저 불빛이 뭔지 혹시 아십니까?"

가일은 짐짓 모르는 척 고개를 가로저었다.

"난들 알겠는가? 여기서 2리 정도 떨어진 곳이니. 어느 세도가 공자가 쏘아 올린 폭죽이 아니겠는가?"

"저건…… 보통 폭죽과는 완전히 달라 보입니다."

도위가 그 말을 하는 찰나에 연은 이미 다 타버려 그 빛이 금세 어둠 속으로 사라져버렸다.

"사절단의 거처까지 얼마나 더 가야 하는가?"

가일이 물었다.

"다 와갑니다. 반 리 정도만 더 가면 됩니다."

"어서 가세. 시간을 지체하면 문제가 생기기 마련이니, 쇠뿔도 단김에 빼는 게 낫겠지."

도위가 이상한 시선으로 그를 힐끗 쳐다본 후 다시 앞을 보며 대오를 이끌었다. 불꽃이 타오른 곳은 가일이 있는 곳에서 꽤 멀었다. 그런 이유 때문에 그는 가일이 쏘아 올린 거라고 생각지 못할 것이다. 하지만 그의 눈빛을 보아하니 분명 다른 의미가 담겨 있는 듯했다. 밤길을 달려 일각 정도 지나자 대저택이 눈앞에 모습을 드러냈다. 그런데 이렇게 크고 으리으리한 저택 입구에 불침번을 서는 자가 아무도 없었다.

가일은 잠시 주저하며 저택을 바라봤다. 그는 장제가 과연 그 불꽃을 봤는지 확신할 수 없었다. 이대로 해번위들이 잠입하면 장제를 가만두지 않을 텐데, 큰 소리로 경고를 해야 할까? 앞으로 해번영에서 쫓겨나는 한이 있어도 장제를 구할 수만 있다면…… 갑자기 등 왼쪽 세 번째와 네 번째 늑골 사이에 차갑고 딱딱한 물체가 닿는 것이 느껴졌다.

"가 교위, 용서하십시오. 이곳에 오기 전에 우 교위께서, 가 교위가 허튼 짓을 하지 못하도록 잘 감시하라고 지시하셨습니다."

도위의 목소리가 등 뒤에서 들려왔다.

딱딱한 물체는 비수가 분명했다. 세 번째와 네 번째 늑골 사이는 급소로, 한 번 찔리면 그 자리에서 사망이었다.

도위가 오른손을 가일의 어깨에 올리고 해번위들에게 먼저 저택으로 잠입하라고 지시를 내렸다. 해번위들이 대문 근처까지 갔지만 안에서는 여전히 아무런 기척이 없었다. 이 정도로 경계하지 않는 걸 보면 오늘 밤 보초는 진주조 호분위가 아닌 듯했다. 해번위 두 명이 인간 사다리를 만들어 먼저 담장을 넘어 들어갔고, 뒤이어 대문이 열렸다. 도위가 가일을 밀며 안으로 들어가는 사이 가일은 이미 이 기습 공격이 우청이 노리는 일석이조의 계책이라는 것을 알아챘다. 그녀가 이번 기습 공격에서 내가 공을 세우는 것을 그냥 두고 볼 리 없겠지. 이 도위는 나를 마당으로 데리고 간 후 바로 죽이려들 것이다. 그리고 돌아가서 가일이 옛정을 끊지 못해 일부러 장제를 도망치게 하는 바람에 어쩔 수 없이 죽여야 했다고 보고하겠지. 확인할 길 없는 정당한 명분이 있으니 크게 문제될 것도 없을 것이다.

어느새 대문이 가까워지자 가일이 불쑥 질문을 했다.

"이보게. 우청이 자네를 죽여 그 입을 막을 거라는 생각은 안 해보았나?"

도위의 손이 그 순간 움찔했다.

"가 교위, 허튼 수작 부릴 생각 마시오."

"자네도 알다시피 손 군주가 내 뒤를 봐주고 있네. 우청이 아무리 뒤를 생각하지 않고 이참에 나를 죽이려 혈안이 되어 있다 해도, 손 군주의 추적 수사를 버티기 힘들지. 그때 가서 그녀가 살아남으려면 강동으로 돌아가기 전에 자네를 죽여 입을 막는 수밖에 없을 거네. 죽여야 입을 열지 못할 테니 말일세."

"여기서 세 치 혀로 이간질할 생각 마시오."

도위가 차갑게 대응했다.

"우 교위가 당신을 나에게 맡긴 건 그만큼 나를 신임하기 때문이오. 우 교위는 나에게 생명의 은인이니, 내 목숨을 가져간다 해도 전혀 원망하지 않을 것이오."

"신체발부(身體髮膚)는 수지부모(受之父母)라 했네. 누군가 자네 목숨을 구해 줬다고 해서 그 목숨으로……."

가일의 말이 채 끝나기도 전에 등에 닿아 있던 비수가 이미 피부를 뚫고 들어왔다.

도위가 그를 밀쳐 대문 안으로 성큼 들어섰다. 도위가 하는 양을 보아하니 이 저택 안에서 가일을 죽이려는 듯했다. 이들의 기습 공격이 성공한 후 바로 철수하고, 뒤처리는 군의사에게 맡기면 그만이었다. 군의사가 가일의 시체를 발견하면 우청이 의도했던 답을 찾아낼 것이다. 당연히 그들의 말에 더 설득력이 있을 수밖에 없다.

해번위가 모두 마당으로 잠입해 들어가자 도위가 손짓으로 신호를 보냈다. 해번위 한 명이 앞으로 나가 대청 문의 빗장을 풀자 다른 해번위 두 명이 칼을 들고 몸을 숙이며 안으로 잠입했다. 그런데 두 사람이 입구에 들어선 후 나란히 벌러덩 나자빠졌다. 뒤이어 들어간 해번위들도, 마치 바닥에 끈적하고 미끄러운 것이라도 칠해진 듯 휘청거리며 중심을 잡지 못했다.

문 앞에 있던 해번위가 화절자(火折子)에 불을 붙였는지 눈앞이 갑자기 환해졌다.

도위가 으르렁거리는 목소리로 그를 저지했다.

"꺼라!"

말이 떨어지기 무섭게 허공에서 '슈욱' 소리가 들리더니 그 해번위의 목에 검은색 화살이 관통했다. 그가 휘청거리며 쓰러지자 손에 들고 있던 화절자가 바닥에 떨어지며 대청 안을 밝혔다.

가일은 이것저것 따질 겨를이 없었다. 그는 도위가 방심한 틈을 타 팔꿈치로 그의 복부를 가격하고 곧바로 바닥에 납작 엎드렸다. 뒤이어 허공을 가르며 화살 날아오는 소리가 들리고, 입구 쪽에서 신음 소리와 함께 해번위 몇 명이 쓰러졌다.

남은 해번위는 즉각 사방으로 흩어져 화살을 피했다.

가일은 발밑에서 축축한 느낌을 받았다. 그는 화절자 불빛을 빌려 재빠르게 사방을 훑어보았다. 새빨간 피가 대청 문지방과 바닥 사이에 난 틈을 따라 밖으로 흘러나오고 있었다. 안에서 무슨 일이 있었기에 이리도 많은 피를 흘린 거지?

한바탕 화살 비가 쏟아진 후 잠시 잠잠해진 틈을 타 가일은 곧바로 피바다를 넘어 안으로 돌진했다. 뒤에 있던 도위도 격분한 목소리로 호령을 내리고 해번위들과 함께 정청으로 몰려 들어갔다. 그 순간 또 한 차례 화살을 쏘아 올리는 소리가 들리고 두 명의 해번위가 바닥에 쓰러졌다. 가일은 정청 바닥에 납작 엎드렸다. 피비린내가 코를 찔렀다. 눈을 들어 주위를 살피는 순간 그는 마치 머리에 벼락이라도 맞은 듯 큰 충격에 휩싸였다. 정청 안을 가득 채운 시체 더미는 앉아 있거나 누운 채로 처참하게 죽어 있었다. 그들은 모두 위나라 사절단이었다.

정청 밖에서 적이 쏘아 올린 화살이 폭우처럼 쏟아져 내렸다. 가일은 격한 감정을 간신히 억누르며 두 손으로 땅을 짚고 시체 옆으로 기어가 자세히 살펴보았다. 눈·코·입, 심지어 귀에서조차 피가 흘러나온 것으로 보아 중독 증상이었다. 게다가 몸 여러 곳에 자상(刺傷)이 있는 걸로 봐서 중독이 된 후 칼로 한 번 더 찔린 것이 확실했다. 관우의 소행인가? 아니, 여긴 관우의 본거지다. 관우가 사절단을 모두 죽이려 했다면 칼과 창을 들고 정면 승부를 보았을 거고, 독을 쓸 이유가 없다. 하물며 관우의 성격상 절대 이런 비열한 짓을 할 리 없다. 그렇다면 위나라 사절단을 독살하고 해번영까지 공격을 한 자가 대체 누구지? 가일은 조심스럽게 몸을 일으켜 세우며 이 시체 더미 속에 장제가 있는지 확인해보려 했다.

하지만 주위가 너무 어두워 분간조차 어려웠다. 사방에서 해번위들의 희미하고 거친 숨소리가 들려왔다. 안은 칠흑처럼 어둡고 밖은 화살이 쏟아져 내리니, 다들 경거망동하지 못한 채 때를 기다리고 있었다. 가일은 장제를 찾겠다는 생각을 바로 포기했다. 급박하고 혼란스럽게 흘러가는 상황에서도 그의 판단력은 전에 없이 냉철했다. 지금은 진상을 따질 때가 아니다. 어떻게 이곳을 빠져나갈지 궁리하는 것이 먼저였다.

드디어 화살이 멈추자 가일은 시체 더미에 있는 패검을 뽑아내 가능한 한 멀리 가도록 힘껏 던졌다. 패검이 청석 위로 떨어지며 요란한 소리를 내자 순식간에 화살이 다시 허공을 가르며 그곳을 향해 날아갔다. 하지만 적의 공격이 한 차례에 그친 것으로 보아 화살이 이미 다 떨어진 것이 분명했다. 사방에서 발 빠르게 움직이는 소리가 들리는가 싶더니, 해번위들이 패검 떨어진 곳으로 이동 중이었다.

가일은 꼼짝도 하지 않았다. 그는 품에서 화절자를 하나 꺼내 꽉 움켜쥐었다. 지금 상황에서 실수는 바로 죽음을 의미했다. 그는 기회를 잡아야 했다. 소리가 멈추고 나자 해번위들이 한 곳에 집결해 있었다. 가일이 화절자를 힘껏 던지자 희미한 불꽃이 해번위들을 향해 날아갔다. 해번위들의 시선이 그 불꽃으로 향하는 사이 사방에서 벽을 허무는 소리가 들려왔다. 셀수 없이 많은 검은 옷의 살수들이 창을 깨고 들어와 해번위들을 향해 곧장 달려들었다.

가일이 장검을 집어 들고 혼란을 틈타 문을 향해 돌진했다. 어둠 속에서 살수 두 명이 칼을 들고 달려들었다. 가일은 이들을 향해 시체 한 구를 차서 던지며 칼을 내려 아래로 훑어 지나가며 두 사람의 아랫다리에 상처를 냈다. 자상을 입은 두 사람은 고통스러운 신음을 흘리며 결국 쓰러졌다. 연이어 뒤쪽에서 자객 세 명이 한꺼번에 몰려왔다. 가일은 칼을 휘두르며 계속 앞으로 나아갔고, 칼과 칼이 부딪치는 소리가 쉴새없이 이어졌다. 가일이 칼을 휘몰아치며 맹공을 퍼붓자 자객들은 흐트러지기 시작했고, 가일은 그 허점을 놓치지 않고 이들을 찔러 쓰러뜨렸다. 그러자 멀지 않은 곳에서 해번위를 포위하고 싸우던 자객 중 세 사람이 바로 가일을 향해 달려왔다.

이렇게 된 이상 달리 방법이 없었다. 가일은 바닥에 있는 칼을 하나 집어 두 개의 칼을 들고 휘두르기 시작했다. 두 개의 칼이 내뿜는 서늘한 검광이 허공을 가르며 파죽지세로 달려나갔다. 이제 몇 발자국만 더 가면 바로 문이었다. 바로 이때 어둠을 가르는 소리가 들려왔다. 가일이 주춤하며 뒤를 돌아보는 순간 검은 빛을 띠는 화살이 옷소매를 스쳐 지나가며 뒤에서 추격해 오던 살수들을 명중시켰다.

이 매복 공격을 계획한 자의 능력은 보통이 아니었다. 일부러 화살을 다 소진한 것처럼 연막작전을 피우고 적이 방심한 틈을 타 살수를 보내 다시 화살을 쏘았다. 만약 가일이 제때 피하지 못했다면 지금쯤 퍼붓는 화살에 맞아 고슴도치처럼 변했을 것이다. 끝까지 완강하게 버틴 해번위는 고작 네다섯 명 정도였다. 가일이 모든 힘을 끌어 모아 문을 향해 돌진하려는 순간, 또 다른 살수 두 명이 그를 막아섰다. 그런데 그들은 좀 전에 상대했던 살수들과 비교가 안 될 만큼 강했고, 쉽게 물리칠 수 있는 상대가 아니었다.

가일의 마음이 조금은 초조해졌다. 그는 몸을 돌려 왼쪽에 있던 살수를 향해 쌍검을 동시에 날렸다. 그 기세에 밀려 살수가 두어 걸음 뒤로 밀려났다. 오른쪽에 있던 살수가 그 틈을 이용해 가일을 향해 두어 걸음 다가와 칼을 세워 등 뒤를 노렸다. 칼끝이 이미 옷을 뚫었지만 가일은 앞으로 한 발자국 나아가며 뒤로 칼을 던져 반격했다. 살수는 미처 이 칼을 피하지 못한 채 가슴을 관통당해 죽었다. 뒤이어 가일은 높이 뛰어올라 자신을 겨눈 왼쪽 살수의 칼끝을 오른발로 차내고, 허공에서 몸을 돌려 왼발로 살수의 머리통을 가격했다. 그가 다시 착지하니 눈앞에 아무런 장애물도 남아 있지 않았다.

그가 바닥에 있는 두 구의 시체를 양쪽 겨드랑이에 끼고 방패막이 삼아 문으로 달려갔다. 문미(門楣: 문이나 창문 위에 가로 건너지른 나무)를 지나려는데 화살이 다시 비처럼 쏟아져 내리며 시체에 꽂혔다.

희미한 달빛 아래에 검은 옷을 입은 궁수들이 문 앞에 일렬로 서 있는 것이 보였다. 이들의 양옆으로 살수 10여 명이 엄호를 했다.

공안성에서 이렇게 대규모 전투력을 동원할 수 있다는 게 가능한가? 군의사는 뭐 하는 작자들이지? 이제 궁수들이 화살 장착을 마치고 곧바로 화살을 또 쏘아댈 것이다. 가일은 이를 악물고 시체 두 구를 아예 던진 채 돌진해 궁수들과의 거리를 10여 걸음 정도로 좁혔다. 그때까지도 이들은 화살을 다 장착하지 못한 상태였다. 그 순간 가일은 포위를 뚫고 나갈 희망을 보았다.

그렇지만 그런 마음도 그리 오래가지 못했다. 담벼락 위에서 돌연 궁수 네 명이 나타나 화살을 쏘아댔다. 피할 곳조차 없는 상황에서 가일은 어쩔 수 없이 칼을 휘둘러 화살을 막아냈다. 비록 세 개의 화살은 막아냈지만 나머지 하나가 결국 그의 어깨에 명중했다. 칼로 땅을 짚으며 휘청거리는 몸을 지탱했다. 살수들의 포위망이 좁혀 오는 것을 보며 가일은 씁쓸한 마음을 지울 길이 없었다.

갑자기 근처에서 '펑! 펑! 펑!' 소리가 연이어 들려오더니 화려한 불꽃이 밤하늘을 대낮처럼 밝게 수놓았다. 가일이 간신히 몸을 지탱하며 칼을 들고 자세를 취했다. 누가 불꽃을 터뜨렸는지 모르지만, 가일은 그것이 한선의 신호라고 여겼다. 이 시간에 터진 하늘의 불꽃은 야간 순찰을 도는 촉나라 병사들의 주의를 끌기 위한 장치가 확실했다. 촉군이 올 때까지만 버티면 살 수 있을 것이다. 그런데 그때 뜻밖의 장면이 펼쳐졌다. 담장 위에 있던 궁수 네 명이 날카로운 칼날에 베인 볏짚처럼 단번에 떨어져나갔다. 입구에서 하얀 그림자가 나타나기 무섭게 검광이 번쩍이며 연이어 몇 사람이 쓰러지자 궁수들이 자리에서 일어나 흩어지기 시작했다. 검은 옷의 살수들이 흰옷의 검객에게 몰려가 공격을 시작했다.

백의…… 검객? 대검사 왕월?

그자가 어떻게 형주 공안성에 나타난 거지? 설마 조비가 보낸 건가? 근데 왜 나를 도와주고 있는 것처럼 보이지? 상황이 급박하다 보니 가일은 더 이상 깊이 생각해볼 겨를조차 없었다. 그는 달려드는 살수들을 베어 쓰러뜨리며 혼란을 틈타 바깥문을 나가 미친 듯이 달렸다. 멀지 않은 곳에서 살수들이 그를 추격해 왔다. 가일은 그렇게 한참을 뛰다 어느 순간부터 정신이 가물가물해지더니 어깨 통증도 사라지고 도리어 무감각해지는 느낌을 받았다. 그의 입에서 거친 욕설이 새어 나왔다. 그 화살에 독이 묻어 있었던 것이 분명했다.

이때 앞쪽에서 일사불란한 발자국 소리가 들려오며 횃불을 든 야간 순찰병들이 모습을 드러냈다. 그들 중 우두머리가 피를 흘리고 있는 가일을 보며 호령을 하자 병사들이 일제히 환수도를 뽑아 들었다. 가일을 쫓던 살수는 병사들을 보고도 피할 생각을 하기는커녕 속도를 더 높였다.

가일이 돌연 뒤로 돌아 검은 옷의 살수를 가리키며 고함을 질렀다.

"저들이 바로 어젯밤 관 장군을 암살하려 한 자들이다!"

관우가 칼에 찔려 아침에 장군부로 찾아온 동오 사절단의 접견을 거절했다는 소식이 이미 공안성에 쫙 퍼져 있었다. 게다가 그 자객이 검은 옷을 입고 긴 칼과 창을 들고 있었다는 것까지 다 알려진 상태였다. 지금 가일의 뒤에 나타난 자객의 모습과 똑같았다. 우두머리가 가일의 고함 소리를 듣자마자 곧바로 병사를 이끌고 자객을 향해 몰려가며 대나무 호각을 불어 댔다.

"너희는 저자를 막아라! 나는 조 장사에게 이 사실을 알리겠다!"

가일이 소리를 지르며 뒤돌아 옆쪽 골목으로 들어갔다. 그는 연이어 몇 개의 골목을 지난 후에야 걸음을 멈추고 가쁜 숨을 몰아쉬었다. 정신없이 달려 이미 올 때의 길에서 벗어난 듯했다. 밤이라 너무 어둡고 안개까지 끼어 방향 감각마저 무뎌져버렸다.

가일은 품에서 납작한 작은 상자를 꺼내 바닥에 놓았다. 그가 상자 바닥에 있는 단추를 누르자 덜컥 소리와 함께 상자 벽이 네 방향으로 펼쳐지고 안쪽 바닥이 드러났다. 그 안에 원형의 구리판이 들어 있고, 위로 빙빙 돌고 있는 수저 모양의 자석이 달려 있었다. 자석 수저가 구리판 위로 몇 바퀴를 빙빙 돌더니 마침내 한 방향을 가리켰다. 가일은 그 방향을 기억한 후 상자를 다시 품 안에 넣었다.

예전에 장제가 사남의(司南儀)라 불리는 이 나침반을 그에게 주었을 때만 해도 번거롭고 귀찮게만 느껴졌다. 그랬던 물건이 이렇게 요긴하게 쓰일 줄 그때는 상상하지 못했다. 역관은 성의 동북 방향에 있었다. 가일은 마음을 다잡고 칼을 지팡이 삼아 걸음을 옮겼다. 다행히 야간 통행금지 시간이라 지나다니는 사람이 없었다. 지금 상황에서 누군가 그를 보고 놀라 소리라도 친다면 자객의 추격이 또 시작될 것이다.

얼마 동안 걷자 역관이 멀지 않다는 것을 직감으로 알 수 있었다. 우청이 아무리 그를 죽이려 했다 해도 손몽 앞에서까지 대놓고 죽이지는 못할 것이다. 역관으로 돌아가기만 하면 살 희망이 있었다. 칼을 쥔 손이 부들부들 떨리고 눈앞이 가물가물해지는 것으로 보아 그의 체력이 이미 한계치에 도달한 듯했다. 하늘을 보니 어둠이 서서히 걷히기 시작했다. 이제 얼마 안 있으면 길은 오가는 사람들로 북적일 터였다. 가일은 이를 악물고 발걸음을 재촉했다.

모퉁이를 막 돌았을 때 가일이 휘청거리며 걸음을 멈추고 역관 쪽을 허탈하게 쳐다봤다. 그곳에서 불길이 하늘로 치솟아 오르고 백이위들이 분주하게 움직이고 있었다.

설마 여기도 당한 것인가? 가일은 온몸의 피가 거꾸로 솟는 듯했다. 이야말로 진퇴양난이고 벼랑 끝에 몰린 셈이었다. 극심한 통증이 몰려오고, 옷에 배어 나올 정도로 식은땀이 흘렀다. 내쉬고 들이쉬는 모든 숨이 날카로운 칼날처럼 그의 목구멍을 찢는 것만 같았다. 독성이 발작을 일으키기 시작했으니, 해독약을 구하지 못하면 얼마나 더 살지 장담할 수 없었다.

가일은 힘겹게 두어 걸음을 떼고 다시 멈춰 섰다. 안 된다. 지금 관우의 손에 잡혀 가면 상황을 제대로 밝힐 수 없을 테니 역시 살아남기 힘들 것이다. 날이 밝아오자 길에 오가는 사람들이 하나둘씩 보이기 시작했고, 골목 입구에 서 있는 가일을 이상한 눈초리로 쳐다보는 이도 생겨났다. 가일은 마음이 조급해졌지만 그 어떤 뾰족한 수도 생각나지 않았다. 지금 이곳에서 믿을 사람은 한선뿐이었다. 하지만 그에게 소식을 전할 수단을 이미 다 써버렸으니 바로 연락을 할 방도가 전혀 없었다.

한참을 주저하는 사이 뒤에서 그를 부르는 소리가 들리는 듯했다. 가일이 곧바로 돌아서며 칼로 목을 겨냥했다. 그러자 뒤에 있던 사람이 깜짝 놀라 들고 있던 물건을 바닥에 떨어뜨렸다. 가일은 정신을 가다듬고 나서야 그 사람이 일전에 자신이 구해준 젊은 여인이라는 사실을 깨달았다. 땅에 나뒹구는 물건은 바로 자신이 맛보았던 떡이었다.

"은공, 어찌 된 일이십니까?"

여인이 놀란 눈으로 물었다.

가일이 무슨 말을 하려 했지만 정신이 혼미해지며 바로 세상이 암흑으로 변했다.

날이 환히 밝은 후 조루는 창백해진 얼굴로 의장(義莊: 가난한 사람을 돕기 위해 만든 전답) 앞에 서서 병사들이 시체 옮기는 모습을 지켜보았다. 어젯밤 동오와 조위 사절단이 연이어 습격을 당해 모두 죽었다. 그런데도 공안성 군의사 장사인 그가 사전에 아무런 낌새도 채지 못했다. 소식을 전해 들은 후 조루는 역관과 저택을 둘러보았다. 그곳에 있는 시체 더미 옆에 흩어져 있는 것은 다름 아닌 오나라 단양의 철검과 촉 땅의 연노였다. 그는 이자들이 바로 감녕과 관우를 죽이려 한 살수라는 것을 확신했다. 하지만 그런 확신이 무슨 소용이란 말인가?

군의사·해번영·진주조의 동향을 파악하고 있는 것만 봐도 이 세력은 공안성 안 구석구석에 침투해 있을 가능성이 높았다. 어쩌면 자신이 장악하고 있는 군의사 내부에도 적의 첩자가 숨어 있을지도 모른다. 요 몇 년 동안 발생한 세 세력 사이의 첩보전은 기밀을 훔치거나 이간질을 하는 등 어떤 형식으로든 그 안에서 얻는 것이 있었다. 그런데 이번 적은 촉·위·오 세 나라를 모두 적으로 삼아 한바탕 살육을 벌였다. 이는 공안성을 휘저어 놓는 것 외에 별다른 목적이나 이익도 없어 보였다. 이런 자들이야말로 가장 무서운 적이었다. 이들의 목적을 모르니, 다음 행보를 미루어 짐작할 수조차 없다.

"조 장사, 시체를 모두 확인했습니다."

오작(作作: 검시관)이 조루 앞에 서서 보고를 올렸다.

"우리 군의사에서 보낸 명부와 대조를 해보니 다섯 명이 아직 확인이 안됩니다."

"다섯 명?"

조루가 미간을 좁혔다.

"그렇게나 많은가?"

"조위 쪽은 장제, 동오 쪽은 제갈근·우청·가일·손몽입니다."

"기막힌 우연이군."

명부를 들여다보던 조루의 미간이 더 일그러졌다. 야밤을 틈타 두 번이나 발본색원을 했는데도 적의 핵심 인물이 모두 빠져 있었다. 대체 어찌 된 일이지?

조루는 아무 말 없이 말을 타고 장군부로 달려갔다. 장군부에 도착한 후 조루는 통보를 기다리지 않은 채 곧장 중당으로 달려 들어갔다. 관우는 출타를 하려는 듯 철갑을 걸치고 있었다. 그가 말을 꺼내기도 전에 관우가 먼저 그에게 물었다.

"조 장사, 자네는 장제와 제갈근 중 누가 더 믿을 만하다고 생각하는가?"

조루가 당황한 눈빛으로 관우를 쳐다봤다.

"장군, 왜 그런 걸 물으십니까?"

"날이 밝기도 전에 장제와 제갈근이 나를 찾아왔네. 장제는 어젯밤 동오 해번영의 습격을 받았으나 사전에 알아챈 덕에 호분위의 엄호를 받으며 간신히 도망칠 수 있었다고 하더군. 제갈근은 어젯밤 가일이 해번위들을 이끌고 모반을 일으켜 장제에게로 도망을 쳤는데, 무슨 이유에서인지 진주조와 충돌이 일어나 모두 목숨을 잃었다고 했네."

조루의 목젖이 꿈틀거렸지만 관우의 말을 끊지 않았다.

"두 사람 모두 나에게 상대방을 체포해 죄를 물어달라 하더군. 그래서 그리하겠노라 대답하고, 돌아가 조조와 손권에게 보고를 올리라고 했네. 나 또한 이런 일이 다시 발생하지 않도록 관평에게 교도수를 이끌고 성내를 돌며 위나라·오나라와 관련된 사람을 일일이 조사하고 공안성에서 내보내라 일렀네. 만약 거부하는 자가 있다면 이 두 사건과 연관이 있는 것으로 보고 붙잡아 심문을 해야겠지. 조 장사, 내가 이리 처리한 것이 맞는다 생각하는가?"

"소관이 어찌 감히 장군의 처분을 두고 옳고 그름을 평가할 수 있겠습니까? 다만 지금 상황을 보아하니 그리 간단한 문제는 아닌 듯합니다. 하오나 장군께서 그리 대처하기로 결정하셨다면 병력을 동원해야 하지 않겠습니까?"

"물론이네. 조맹덕(曹孟德: 조조)이 천자를 옆에 끼고 제후를 호령하니, 이름만 한나라 재상이지 한나라의 도적이나 다름없네. 요 몇 년 동안 그자의 세력이 점점 커지고 있으니 그 권세를 믿고 더 날뛰고 있어. 올해 폐하께서 업성(鄴城)으로 탈출하려다 그자의 아들 조비에게 붙잡히고 말았네. 게다가 이 일을 핑계로 허도 안에 있는 한실 종친과 신하들의 씨를 말려버렸지. 한수정후(漢壽亭侯)인 내가 황제의 측근에 도사리고 있는 간신들을 몰아내고 나라를 안정시키는 일에 손 놓고 있을 수 없네."

"소관이 한 마디만 올리겠습니다. 요 며칠 일어난 일들을 보니, 지금 성 안 곳곳에 위기와 음모가 도사리고 있어 군대를 움직이기에 최적의 시기라 볼 수 없습니다. 아무래도 사건에 대한 조사를 마친 후 다시 결정하시는 편이 나을 듯합니다."

"바로 그런 이유 때문에 가능한 한 빨리 군대를 움직여야 한다는 거네. 지금까지 공안성 안이 이렇게 사건·사고로 들끓었던 적이 없었어. 조 장사, 그 이유가 무엇이라고 생각하는가?"

관우가 물었다.

"지금 천하의 정세를 살펴보면 조위가 전쟁에서 패했고, 동오와 조위가 합비에서 또 악전고투를 벌이고 있으니, 지금이야말로 우리가 조위를 공격할 절호의 기회네. 그런데 하필 이때 공안성에서 이런 일들이 발생한 걸 보면 아무래도 진주조가 의도적으로 방해 공작을 펴는 것 같네. 후방을 염려해 이 좋은 기회를 놓치게 만들 심산인 게지."

조루는 그럴 가능성을 완전히 배제할 수 없다고 생각해 한동안 고민에 빠져들었다.

"장군, 위나라를 공격하는 일을 한중왕께서도 알고 계십니까?"

"한중왕께서 내게 절월을 하사하셨으니, 내 권한으로 군대를 움직여 정벌전을 벌여도 무방하네."

"법정 선생이나 제갈 선생의 조언이라도……."

"시간이 충분하지 않아. 전쟁에서 승리하기 위해서는 적의 기밀을 살피고 적이 유리하다고 판단되는 형세를 역이용해 그 허를 찔러야 하지 않겠나? 내가 장제와 제갈근에게 한 말도 그것과 일맥상통하네. 내가 이 일련의 사건들을 처리하기 위해 공안성에 남을 거라는 착각을 심어놓고 속수무책으로 당하게 만드는 것이지. 법정은 한중에 있고, 제갈량은 성도에 있네. 서신을 왕래한다 해도 한 달여의 시간이 걸릴 테지. 그러다 절호의 시기를 놓치게 되면 수만 명의 장병이 목숨을 잃게 될 것이네. 조 장사, 이 문제로 더는 왈가왈부하지 말게. 내 마음은 이미 정해졌네."

관우가 조루를 향해 말했다.

"형주 땅의 군정(軍情)과 관원들의 동태를 염탐하는 일은 본래 자네 쪽 군의사의 책임이었네. 지금까지 내가 간여를 많이 해왔지만, 오늘 밤 내가 군대를 이끌고 북상하게 되면 공안성의 군정과 관련된 일들은 모두 자네가 도맡아 처리하도록 하게. 형주 땅에서 혐의가 있다고 판단되는 인물이 나타나면 지위 고하를 막론하고 잡아들이거나 죽이도록 하게. 그 일에 대한 보고 역시 나에게 따로 할 필요 없네."

조루는 북벌이 이미 기정사실이 되었다는 것을 받아들여야 했다. 그는 더 이상 아무 말 없이 두 손을 잡고 예를 올렸다.

"장군, 안심하십시오. 장군의 기대를 저버리지 않고, 형주에 도사리고 있는 간악한 무리를 소탕해 후환을 남기지 않겠습니다."

조루는 그 말을 남긴 채 돌아서서 성큼성큼 걸어 나갔다. 장군부 밖으로 나오니 빈 공터에 백이위가 방진(方陣: 병사를 네모꼴로 늘어서는 전술 대형)을 짜고 도열한 채 명령을 기다리고 있었다. 이미 중천에 뜬 뜨거운 햇빛이 이들의 갑옷 위로 쏟아져 내려 눈이 부실 지경이었다.

조루는 방진 앞에 서서 쩌렁쩌렁한 목소리로 명을 전했다.

"관 장군의 군령을 전하노라! 지금부터 공안성 안의 군사와 정치는 모두 나의 명을 따른다!

전 성에 명을 전하노라! 오늘부터 성문을 봉쇄하라! 모든 사람은 외출할 때마다 군의사에 보고하고, 군의사의 허락 없이 사사로이 성을 나가는 자는 바로 체포하라!

형주 전 지역에 명을 전하노라! 각 성과 군의 병사들은 모든 집을 샅샅이 뒤져 가일·우청·손몽을 체포하라!

그자들을 숨겨준 자가 있다면 죽여도 무방하다!"

제갈근이 누선 위에 서서 무거운 표정으로 먼 곳을 응시했다. 그곳은 높이 솟구쳐 있는 잿빛의 공안성 성벽이었다. 이번에 이곳을 찾아온 진짜 목적은 관우의 동향을 살피고 감녕 습격 사건의 배후를 조사하기 위해서였다. 하지만 아무런 성과도 거두지 못한 채 해번위 10여 명만이 배에 올라탔다. 게다가 관우가 이미 형주 땅에서 숙청을 감행하기 시작했으니, 예전에 심어두었던 첩자들 중 상당수가 잡혀 들어갈 것이다.

건업성에서도 오후가 강동파의 거듭된 설득에 넘어가 이미 형주를 공격할 마음을 굳혔다는 소식이 전해졌다. 이런저런 일들이 겹치면서 제갈근의 마음은 한없이 가라앉았다. 천하를 둘러보면 조조의 실력이 가장 강하다. 오후와 유비의 세력이 그보다 못하니, 약자가 연맹해야 강자를 이길 희망이 생긴다. 물론 유비와의 연맹은 단지 각자의 필요에 의한 것일 뿐이고, 관우와도 여러 차례 갈등이 있었으니 혈맹을 기대하기 힘들다.

그러나 당시 조조와 맞서기 위해 형주를 유비에게 빌려주었다지만, 지금은 조조의 권세가 날로 강해지고 있으니 유비와 전쟁을 벌여서라도 형주를 되찾을 때가 온 것이 아닐까? 제갈근이 보기에 강동파가 형주를 공격하려드는 것은 이들이 형주 사족과 인척 관계로 연결되어 있기 때문이었다. 만약 이들이 형주를 손에 넣으면 세력을 강화하는 데 훨씬 유리해진다.

이런 생각이 들자 제갈근의 미간이 일그러졌다. 당초 감녕을 암살하려던 사건의 배후에는 강동파의 그림자가 드리워져 있었다. 그렇다면 요 며칠 일어난 일들 역시 강동파가 주도한 것이 아닐까? 만약 그게 사실이라면 앞으로 또 무슨 일이 벌어질 것인가? 강동파와 회사파의 암투가 벌어지는 동안 제갈근은 지금까지 어느 편에도 서지 않았다. 이제 강동파의 세력이 부상하고 있으니 회사파가 곧 들고일어날 것이 뻔했다. 만약 오후가 유비와의 맹약을 깨기로 결정한다면 그는 그 일에만 전력을 다할 것이다. 어느 당에도 치우치지 않고 중립을 지키고 있는 상황에서도 그가 발붙이고 서 있을 수 있었던 이유는 바로 오후의 명만 들었기 때문이었다. 그의 결정이 옳든 그르든 상관없었다. 제갈근은 그가 결정을 내리면 무조건 그 명을 따랐다.

"제갈 장사, 이렇게 가도 되는 겁니까?"

우청이 분을 삭이며 말했다.

"일단 하구(夏口)로 후퇴하세. 주공이 형주를 공격하기로 결심하셨으니, 우리는 곧장 강릉(江陵)으로 미방(糜芳)을 만나러 갈 것이네."

"미방을요?"

"미방이 지키고 있는 강릉성이야말로 형주의 요지일세. 공안성보다 훨씬 중요한 곳이지. 형주를 탈환하려면 먼저 강릉을 손에 넣어야 하네."

우청이 주저하며 말했다.

"하지만 가일과 손몽에 대한 소식을 아직 모르고 있지 않습니까? 공안성에 첩자를 보내 알아보라고 하는 편이 낫지 않을까요?"

"안 되네. 군의사가 형주 전역에서 첩자들을 잡아들이고 있네. 이럴 때일수록 눈에 띄지 않게 몸을 사려야 하네."

"제 말뜻을 오해하신 듯합니다. 제 생각에는 가일이란 자가 이 일련의 사건과 연관이 있을 가능성이 높습니다. 그자는 장제의 수하였으니, 분명 미리 도망칠 수 있게 손을 썼을 겁니다. 그렇지 않고서야 조위 사절단이 전부 죽은 상황에서 어떻게 장제만 살아남아 도망을 쳤겠습니까? 역관을 습격한 것도 장제가 성안에 있던 진주조의 힘을 빌려 보복을 한 것이 아닐까요?"

우청의 추측은 개인적인 감정에 휩쓸려 허점투성이였다. 제갈근은 고개를 살래살래 흔들었다. 그녀가 아무리 똑똑하다 해도 안목이 좁고 편협하니 큰 인물이 되기 어려울 듯했다.

"조루가 이미 두 사람을 찾기 위해 성안을 샅샅이 뒤지고 있는 상황에서, 우리까지 가일을 찾아 나설 필요가 있겠는가?"

우청이 계속 고집을 피웠다.

"가일이 군의사 손에 잡혀 우리를 모함하기 전에 먼저 찾아 죽여야지요."

"우 교위."

제갈근이 언성을 높이다 다시 낮췄다.

"가일은 우리가 모든 걸 쏟아부어 찾아야 할 만큼 중요한 인물이 아니네. 그자는 공안성 안에 기반이 전혀 없으니 조만간 잡힐 테고, 그가 죽는 것도 시간문제네."

구성지고 부드러운 노랫소리가 밖에서 들려왔다. 가일은 침상에서 일어나 신발을 신고 문을 밀었다. 나무 문이 끼익 소리를 내며 열렸다. 노랫소리는 아주 가까운 곳에서 들려오는 듯했지만, 손을 뻗어도 보이지 않을 만큼 안개가 자욱해 그 노래를 부르는 이가 누구인지 볼 수 없었다. 가일은 발 아래로 보이는 오솔길을 따라 더듬더듬 한참을 걷고 나서야 나무로 만든 집에 닿았다. 모양새를 보아하니 여인들이 머무는 규루(閨樓)인 듯, 대들보에 조각과 그림이 장식되어 있고 얇은 비단이 드리워져 있었다.

가일이 계단을 따라 규루로 올라가 그 화려한 나무 문 앞에 섰다. 노랫소리가 바로 그 안에서 들려왔고, 귀에 익은 웃음소리도 섞여 있었다. 그가 두 손으로 나무 문을 힘껏 밀어제치자 안에서 연회가 펼쳐지고 있었다. 사람들은 모두 비단옷을 입었고, 마주 보게 배열된 긴 상 위로 제철 채소와 과일이 차려져 있었다. 그 중간에서 한 무리의 무희가 악사들의 반주에 맞춰 나비처럼 날아갈 듯 춤을 추고 있었다.

가일의 시선이 그 무희 중 한 명에게 꽂혔다. 그녀는 이곳에서 그가 아는 유일한 얼굴이었다. 윤기가 흐르는 새까만 머리카락을 둥글게 틀어 올려 청옥 비녀를 꽂은 모습이 청아하고 아름다웠다. 버들잎 같은 눈썹은 그린 듯 유려하고, 두 눈동자는 별처럼 반짝였다. 꼬리가 살짝 치켜 올라간 입술은 희미한 미소를 담고 있었다.

가일은 순간적으로 현기증을 느끼며 급히 나무 문에 몸을 기댔다. 비록 그가 간절히 바란다 한들, 그녀는 결코 여기 있을 수 없는 존재였다.

그 여인이 돌아서서 환히 웃으며 가일에게 손짓을 했다.

"아직도 거기 서서 뭐 해요? 얼른 이리 안 오고?"

가일이 눈을 감자 쓰디쓴 고통이 몰려왔다.

"이봐요! 내일이 바로 우리 혼례 날인데 얼굴 표정이 왜 그래요? 안 좋은 일이라도 있는 거예요?"

그 여인이 옷자락을 들어 올리며 그를 향해 달려왔다.

가일은 무의식적으로 손을 뻗어 그녀를 품에 안으려 했다. 그런데 손가락이 그녀의 머리카락에 닿으려는 찰나 모든 것이 갑자기 멈춰버렸다. 악기 소리, 웃음소리가 사라지고 모든 사람이 차가운 시선으로 그를 바라보고 있었다.

가일이 혼잣말처럼 중얼거렸다.

"안 돼."

그는 있는 힘을 다해 앞으로 뛰쳐나갔지만 머리카락은 다 타버린 향처럼 순식간에 사라져버렸고, 손만 뻗으면 닿을 것 같던 여인의 몸은 흙으로 만든 인형처럼 '펑' 소리와 함께 산산조각이 났다. 뒤이어 그곳에 있던 모든 사람들도 하나둘씩 폭발하듯 와르르 무너져 내렸고, 귀청이 떨어져나갈 듯한 '펑, 펑' 소리가 연이어 터지며 대청 안을 가득 채웠다. 조각과 그림으로 장식된 대들보와 기둥, 곳곳에 드리워져 있던 얇은 비단 천도 눈 깜짝할 사이에 사라졌고, 대청 안은 어느새 좁고 어두운 긴 골목길로 변해 있었다. 처량한 달빛, 차가운 청석, 곱게 차려입은 아름다운 자태의 여인, 서늘한 기운이 서린 장검, 시뻘건 피…….

수많은 장면이 어둠 속에서 정신없이 나타났다 사라지며 날카로운 검과 창으로 변해 가일을 공격해 왔다.

다음 순간 가일이 눈을 번쩍 뜨며 격렬하게 기침을 하기 시작했다.

한참이 지나고 나서야 그는 간신히 몸과 마음을 다잡고 힘겹게 자리에서 일어나 앉아 사방을 둘러보았다. 협소한 느낌마저 드는 방 안에 가구라고 할 만한 것도 없으니, 정갈한 것 빼면 그야말로 좁고 텅 빈 방이었다. 창밖을 내다보니 어둠이 내려앉아 정확한 시간을 가늠하기 힘들었다. 얇은 이불이 미끄러져 떨어지자 가일이 무의식적으로 손을 뻗어 그것을 잡으려 했다. 그제야 가일은 자신의 어깨에 난 상처에 천이 동여매여 있는 것을 알아챘고, 지난 일들을 하나하나 떠올렸다. 해번위와 함께 조위 사절단을 습격하러 갔다가 매복의 공격을 당해 간신히 혼자 도망쳐 나왔지만 역관도 습격을 받아 불타고 있었다. 그리고 우연히 얼마 전에 구해주었던 그 젊은 여인을 만났고……

그럼 이곳이 그 젊은 여인의 집인가? 가일이 손으로 상처를 만지자 통증이 느껴지는 것으로 보아 이미 해독이 된 것이 틀림없었다. 하지만 손발에는 아직 힘이 붙지 않아 조심조심 움직이며 침상을 내려와야 했다. 가일은 방문을 열고 마당으로 나와 사방을 둘러보았다. 마당도 그리 넓지 않았다. 그가 방금 나온 곳이 본채고, 동쪽으로 곁채가 하나 더 있었다. 가일은 그곳에서 젊은 여인과 그의 딸이 지내고 있을 거라고 짐작할 뿐이었다. 그는 가슴을 더듬어 품 안에 있던 물건이 그대로 있는지 확인하고 나서야 안심을 했다. 어젯밤 불타오르던 역관에서 손몽이 도망쳐 나왔는지도 알 길이 없었다. 그는 마당에서 잠시 주저하다 결국 대문을 열고 골목으로 나갔다.

그는 역관에 가볼 생각은 꿈에도 하지 않았다. 지금쯤 그 근방에서 군의사가 백이위를 매복시키고 그가 나타나기를 기다리고 있을 것이다. 그는 충동적으로 행동하는 성격이 아니었고, 지금까지 살아남은 것도 다 그 덕이었다. 고개를 들어 하늘을 보니 모처럼 안개가 걷히고 별이 드문드문 보였다. 가일은 벽에 바싹 붙어 걸어갔다. 주변의 집을 보니 민초들이 모여 사는 동쪽 성이 확실했다. 하지만 정확한 방위는 알 수 없었다. 그는 역관에서 받은 그 지도를 몸에 지니지 않은 것이 이제야 후회가 되었다. 지금

가야 할 곳은 낮에 비교적 번화한 곳이었다. 지도가 없으니 일단 주위를 돌며 운에 맡기는 수밖에 없었다.

잠시 후 그는 골목을 돌아 큰길로 나왔다. 달빛 아래 벽에 붙은 몇 장의 방이 그의 시선을 사로잡았다. 가일은 벽으로 바싹 다가가 자세히 들여다보았다. 그것은 바로 우청·손몽 그리고 그의 초상화였고, 그 아래 동오 첩자라고 글자가 쓰여 있었다.

그는 자신의 초상화 앞에 멈춰 서서 자세히 들여다보다 혼잣말처럼 중얼거렸다.

"전혀 안 닮았군. 이렇게 험상궂게 생긴 자가 나라고?"

그가 품에서 가느다란 석묵을 꺼내 그림 아래 기이한 부호를 그려 넣었다. 이 몇 개의 부호는 모르는 사람이 보면 그저 어린아이의 낙서처럼 보일 뿐 아무 의미도 없는 그림에 불과했다. 하지만 그 의미를 아는 사람이 보면 그 안에 필요한 정보가 숨겨져 있었다. 가일은 두어 걸음 뒤로 물러나 자신이 그려 넣은 어설픈 부호를 확인해보았다. 이 암호는 허도에서 건업성으로 오는 길에 속성으로 외운 것이라 제대로 그렸는지 확신이 서지 않았다. 또 뭘 써야 하지? 그가 석묵을 들고 이리저리 움직이며 잠시 고심하다 이내 포기했다. 어쨌든 한선이 보기만 하면 그와 연락을 취할 테니, 다소 틀린 부분이 있어도 상관없었다.

그래, 이제 한선을 믿어보는 수밖에 없어.

비록 대단한 야심은 없다 해도 함부로 건드릴 수 있는 대상으로 살 마음도, 가만히 앉아서 죽음을 기다리고 싶은 생각도 없었다. 가일은 가슴에 맺힌 응어리를 토해내고 싶은 듯 깊게 숨을 들이마셨다 힘껏 내뱉었다.

그가 집으로 돌아와 방문을 열었다. 그 순간 가일은 번뜩 무슨 생각이 난 듯 습관적으로 허리춤을 더듬어보았지만 아무것도 잡히지 않았다. 이런, 깨어난 후에 허리에 차고 있던 장검을 보지 못했어. 날 구해준 여인이 다른 곳에 두었나 보군. 그가 마음을 다잡고 한 걸음을 옮겨 방 안으로 들어갔다. 그는 오른손에 힘을 모아 꽉 움켜쥐며 어두운 방 안의 구석진 곳을 뚫어져라 쳐다봤다. 방금 문을 열었을 때 그는 미약한 숨소리를 감지하며 방 안에 누군가 있다는 것을 알아챘다.

숨을 죽인 채 서로를 주시하고 있을 때 어둠 속에서 그자의 목소리가 돌연 들려왔다.

"인내하는 자만이 세상을 구합니다."

부진의 목소리였다. 과연 그는 한선의 사람이 맞았다.

가일이 마음을 놓으며 바로 대답했다.

"아끼는 마음이 없으면 곧 근심이 사라진다."

"가 교위, 암호를 틀리게 그린 것도 모자라 암호문도 틀리셨소이다. 뭐가 틀린 건지 아십니까?"

가일이 번뜩 생각이 난 듯 대답했다.

"아, 아끼는 마음이 없어야 근심 역시 사라진다."

부진이 어둠 속에서 나와 웃으며 말했다.

"이제야 맞았습니다. 한 글자라도 쉬이 넘기시면 안 됩니다. 가 교위가 바로 내가 도와야 할 그 사람이 아니라고 판단했다면 방금 말보다 손이 먼저 나갔을 겁니다."

가일이 헛기침을 하며 물었다.

"좀 전에 부호를 그렸는데, 어찌 이리 빨리 알고 찾아온 것인가?"

부진이 장난스럽게 눈을 깜박였다.

"오늘 황혼 무렵에 가 교위가 이곳에 있다는 것을 알아냈지요. 근데 그때까지도 혼수상태인 데다 가 교위의 신분을 확신할 수 없어 지켜보고만 있었지요. 그러다 좀 전에 가 교위가 벽보 앞에서 암호를 그려 넣고 있는 걸 보고 그제야 확신이 서더군요."

"신분을 확인해? 그전에 이미 나와 같은 길을 가는 사람이라고 말하지 않았는가?"

"지난번에 내게 내려진 지령은 당신을 보호하라는 것이었을 뿐, 정확한 신분에 대해서는 알려주지 않았습니다. 그래서 나 또한 신분을 밝힐 수 없었지요."

부진이 가일에게 작은 꾸러미를 하나 건넸다.

"일단 이거나 좀 먹어보십시오."

가일이 꾸러미를 풀어보니, 붉은 찹쌀떡 서너 개가 들어 있었다. 가일이 고개를 번쩍 들어 곱지 않은 시선을 던지자 부진이 그를 향해 한쪽 눈을 찡긋했다.

"그게 입맛에 잘 맞는 거 같더군요. 요번에는 그 안에 특별히 고기소를 넣으라 했으니, 진씨 성의 그 여인이 만든 것보다 훨씬 맛이 좋을 겁니다."

그가 가일을 방 안으로 끌어들인 후 문을 닫았다.

"그날 오후에 그 여인의 뒷조사를 해봤는데 아무 문제가 없더군요. 그녀가 가 교위의 상처를 치료해줄 수 있었던 것도 이곳에 약방을 연 덕입니다. 어릴 때부터 보고 자란 게 있어서인지 이쪽 지식이 상당하더이다."

가일은 불현듯 한 사람이 떠올랐다.

"손몽은? 손몽은 어찌 되었는가?"

"모릅니다."

"그녀가 한선 쪽 사람이 아니란 건가? 보영 객주 밖에서 분명 두 사람이……."

"그때 내가 받은 지령은 그녀를 도우라는 것이었을 뿐, 신분은 전혀 모릅니다. 아, 제갈근과 장제는 이미 공안성을 떠났고, 가 교위라면 치를 떨던 그 우청은 아직까지 행방이 묘연합니다. 어쩌면 아직 이곳에 숨어 당신을 죽일 기회만 노리고 있을지 모르니 조심하셔야 할 겁니다. 내가 아는 건 여기까집니다. 윗선에서 늘 일 처리를 신중하게 하는 터라, 자객의 신분인 자에게 많은 것을 알려주지 않고 있죠."

"자객? 자네가 죽이려는 자가 누군가?"

부진이 황당한 눈빛으로 가일을 쳐다봤다.

"자객을 모릅니까? 그럼 가 교위의 신분은 뭡니까?"

"무슨 신분을 말하는 건가?"

가일은 무슨 말인지 갈피를 잡지 못했다.

"장 주부가 내게 한선의 그림자가 되어야 한다고 했으니…… 그럼 내 신분은 그림자인가?"

"장제? 진주조의 서조연? 그자도 한선의 사람이었습니까? 어쨌든 신분에 관한 거라면 내가 알려드리죠. 한선이 어떤 조직인지는 이미 장제에게 들어 잘 알고 있을 거라 봅니다. 그 배후에 있는 핵심 인물들이 전면에 나서지 않는 한 그들의 이익을 위해 움직여줄 그림자가 필요할 수밖에 없죠. 그래서 선발한 자들이 바로 4대 객경(客卿)입니다."

"4대…… 객경?"

가일이 그 말에 놀라움을 금치 못했다.

"누구누구인가?"

"아뇨, 객경은 특정한 사람을 일컫는 말이 아닙니다. 4대 객경은 모객(謀客)·자객(刺客)·간객(間客)·공객(工客)으로 나뉘죠. 보통 모객의 신분이 가장 높아서 한 나라의 정치에 어느 정도 영향력을 행사할 만한 힘이 있고, 결정적인 순간에는 천하의 흐름을 한선이 원하는 방향으로 움직일 수도 있습니다. 장제가 바로 모객일 수도 있겠군요. 자객은 대범하고 기민한 판단력으로 호위와 암살을 담당합니다. 간객은 보통 신분이 높지는 않지만 핵심 기구에서 일하며 기밀을 염탐하고 전달하는 역할을 맡게 됩니다. 공객의 대부분은 한선이 각지에서 발굴한 인재들로 구성되지요. 신분과 상관없이 특출한 재주와 잠재 능력이 있는 자들을 한데 모아 기상천외한 물건들을 만들어내지요. 우리가 자주 사용하는 물건의 대부분이 그들의 손에서 만들어집니다."

"그럼 나는 무술이 자네보다 강하니, 자객에 속하는 건가?"

자일이 물었다.

"가 교위, 무슨 근거로 나보다 실력이 더 뛰어나다 여기십니까?"

"연회에서 나에게 지지 않았나?"

"그때 내가 가진 걸 다 보여줬다고 생각하십니까?"

부진이 의미심장한 미소를 지었다.

"가 교위는 아직 객경 안에 들어가지 못했을 겁니다. 한선의 객경이 되려면 추천인의 추천뿐만 아니라 전객(典客)의 검증을 거쳐야 합니다. 지금까지 아무도 가 교위와 연락을 하지 않고 있고 명확한 신분도 없는 걸 보아하니, 아직 검증 기간인 게 틀림없습니다."

"검증 기간? 지금 내 몸 하나 지키기도 힘든 판에 대체 무슨 검증을 한단 말인가?"

"누가 압니까? 어쩌면 가 교위가 살아남을 수 있는지 지켜보는 것일 수도 있지요."

부진이 품에서 양가죽으로 만든 지도를 꺼내 건넸다.

가일은 희미한 등불에 의지해 지도를 들여다보았다. 그것은 공안성의 지도로, 거리·가옥·시전 등 모든 장소가 꼼꼼하게 표시되어 있었다. 심지어 여백에 성을 순찰하는 노선까지 자세히 적혀 있었다.

"이것은……."

"성안 지리를 숙지해두세요. 나중에 성에서 도망 다닐 일이 생기면 오늘처럼 운에 맡기는 일은 통하지 않을 겁니다."

가일이 지도를 품 안에 넣으며 물었다.

"여기서 며칠이나 머물 작정인가?"

"우리는 지금 떠날 겁니다."

"지금 바로?"

"조루가 곳곳에 방을 붙여 세 사람에게 각각 현상금 5만 냥을 걸었습니다. 나도 찾아낸 사람을 군의사가 못 찾아낼 리 없겠지요. 가 교위를 살려준 모녀는 크게 문제가 안 될 수도 있지만, 수배범을 숨기고 살려주었으니 그 죄를 용서받기 힘들 겁니다."

가일이 망설이며 선뜻 대답을 하지 못했다.

부진이 음흉하게 웃으며 물었다.

"왜요? 그 진씨 여인이 마음에 걸리십니까?"

"목숨을 구해준 은인인데, 이리 그냥 가는 건 아닌 듯싶네."

"내 그럴 줄 알았소이다."

부진이 금괴 두 개를 꺼내 놓았다.

"나중에 상황이 좋아지면 그때 은혜를 갚든지 맘대로 하고, 일단 이걸로 사례나 하고 갑시다."

"돈만 남겨두면 뭐 하겠나? 자네도 나를 찾아냈으니 다른 사람도 그리하겠지. 조위 사절단을 공격한 그자들이 두 모녀에게도 몹쓸 짓을 할까 걱정이 되네."

"그럼 데려가기라도 할 작정이시오?"

"그것도 좋겠지."

부진의 얼굴에서 웃음기가 사라졌다.

"지금이 어떤 상황인지 잊으셨소? 모녀를 데리고 문을 나서면 얼마 안 가 성을 순찰하는 자들에게 목이 날아갈 겁니다. 이것이 가 교위가 생각하는 보은의 방식입니까?"

"나는 나로 인해 누군가 죽는 걸 더 이상 보고 싶지 않을 뿐이네."

부진이 답답한 듯 머리를 헝클어뜨리며 말했다.

"이렇게 합시다. 내가 먼저 가 교위를 안전한 곳에 데려다 놓은 후에 다시 돌아와 모녀를 도와주겠습니다. 그래도 싫다면 그 두 사람과 여기 남아 함께 죽든지 마음대로 하십시오. 어쩌실 겁니까?"

가일은 어쩔 수 없이 고개를 끄덕이며 부진을 따라 나섰다. 두 사람은 달빛에 의지해 조심스럽게 길을 따라 이동했다. 야간 순찰 병력이 전보다 눈에 띄게 강화되었다. 군병 외에도 백이위까지 동원해 순찰을 돌았다. 다행히 부진이 이곳 지리를 훤히 꿰뚫고 있어 몇 차례 위기를 넘긴 후 두 사람은 무사히 한 폐가에 도착할 수 있었다. 대문에 먹으로 쓴 글자의 흔적조차 이미 퇴색해 무슨 글자인지 제대로 알아보기 힘들었다. 문고리에 감긴 쇠사슬과 자물쇠도 녹이 잔뜩 슬어 풀고 들어가기조차 힘들어 보였다.

"이곳으로 들어가려는 건가?"

가일이 물었다.

부진이 고개를 끄덕였다. 가일이 주위를 둘러보니 벽이 여러 군데 파손되기는 했지만 무려 석 장 높이라 밧줄 같은 물건이 없으면 넘어가기도 쉽지 않을 듯했다. 부진이 등에 메고 있던 긴 창을 지렛대로 삼아 뛰어넘으면 모를까. 가일은 문득 이런 생각을 하며 부진을 쳐다보았다. 그런데 부진은 곧장 대문 앞으로 걸어가 쇠사슬과 그것을 걸어둔 손잡이를 한꺼번에 뽑아냈다.

가일은 자기도 모르게 탄성을 뱉었다. 자물쇠만 생각하느라 손잡이가 오래되고 부식되어 헐거워졌다는 걸 잊고 있었다. 부진은 문을 살짝 열고 가일을 잡아끌며 안으로 들어섰다. 그런 후 그는 문틈으로 손을 뻗어 손잡이를 다시 끼워 넣고 안에서 문을 잠갔다.

가일은 부진을 따라 저택 깊숙한 곳까지 들어갔다. 놀랍게도 저택의 규모는 꽤나 컸다. 연못·가산(假山)·회랑이 곳곳에 있고, 대여섯 채 되는 안채가 자리 잡아 그 면적만도 백여 묘(畝: 1묘는 30평, 약 99제곱미터)는 족히 되어 보였다. 다만 눈이 닿는 곳마다 사람 키를 넘는 잡초로 뒤덮여 있고, 부서진 가구들이 먼지를 뒤집어쓴 채 널려 있어 발에 걸릴 정도였다. 연못도 어떤 곳은 바싹 말라 바닥이 드러났고, 또 어떤 곳은 오물이 잔뜩 떠 있어 악취를 풍겼다.

"이 저택은 누가 살던 곳인가? 꽤나 오랫동안 방치해둔 곳 같군."

"공안성의 옛 태수부입니다. 폐가가 된 지 11년 정도 되었죠."

"꽤나 오래되었군. 이곳을 관리하는 이가 없는가?"

부진이 고개조차 돌리지 않은 채 웃으며 말했다.

"11년 전에 여몽이 공안성을 공격했을 때 감녕이 이곳에 와서 남녀노소를 가리지 않고 예순한 명을 죽였지요. 그 후 안개가 잔뜩 낀 밤이 되면 기이한 소리가 들리기 시작한다더군요."

"기이한 소리…… 설마 이곳에 귀신이라도 산단 말인가?"

"가 교위, 귀신의 존재를 믿습니까?"

"안 믿네."

"다행이네요. 적어도 이곳에서 잠을 설칠 일은 없겠습니다."

부진이 커다란 가옥 앞에서 걸음을 멈췄다.

"여깁니다."

두 사람이 아슬아슬하게 달려 있는 나무 문을 밀고 안으로 들어갔다. 곳곳에 부서지고 깨진 가구와 썩고 퇴색한 비단 천들이 나뒹굴고, 그 중간에 몇 조각의 백골이 흩어져 있었다. 부진이 앞으로 걸어가 대청을 지나 곁채로 돌아 들어갔다. 가일의 예상과 달리 이곳은 공간이 작지만 말끔하게 정리돼 있었다. 나무 침상과 이불이 모두 갖추어져 있고, 긴 탁자 위에 그릇과 대나무 통도 몇 개 놓여 있었다. 심지어 벽 구석에는 연노 두 개와 장검한 개도 세워져 있었다.

"부 도위, 예전부터 준비해둔 곳처럼 보이네."

"교활한 토끼는 굴을 세 개 파둔다고 하지 않습니까? 지난 몇 년 동안 공안성 안에 이런 곳을 여러 군데 마련해뒀지요. 가 교위처럼 오로지 운에만 의지하다간 큰 화를 당하지 않겠습니까? 만일에 대비해 미리미리 준비를 해둬야지요."

가일은 그의 말에 별 신경을 쓰지 않은 채 탁자로 걸어가 음식이 든 찬합을 열어보았다. 그 안에 월병이 꽤 많이 들어 있었다.

"넣어둔 지 꽤 오래돼서 맛은 장담하지 못하겠지만, 입이 심심할 때 꺼내 드십시오."

부진이 장난을 치듯 말했다.

"그 지도를 보면 피신할 만한 장소가 두 군데 더 표시되어 있을 겁니다. 여기가 발각이 되면 그곳으로 거처를 옮기십시오."

"여기서 얼마나 숨어 지낼 수 있을 것 같은가?"

"걱정 마십시오. 조루는 정해진 방법과 수단 외에 눈을 돌리는 법이 없으니, 수색이나 체포와 관련된 일에 한계가 있을 수밖에요. 그가 아무리 대대적인 작전을 펼치고 있다 한들, 요령이 부족하니 당분간 이곳까지 수색이 미치지 못할 겁니다."

가일이 잠시 주저하다 결국 묻고 싶은 말을 꺼냈다.

"내가 진주조에 있을 때 한선의 일 처리가 기이하고 예측을 불허해서, 벼슬길에 오른 후 겪어본 가장 무서운 적이었네. 근데 해번영에 오고 나니 그 느낌이 완전히 다르더군. 내가 한선의 그림자인데도 주변에서 일어나는 일에 대해 아는 바가 전혀 없고, 심지어 여러 차례 위험에 빠지기까지 했지. 이제는 내가 한선을 위해 무엇을 해야 하는지, 얼마나 영향력을 발휘할 수 있을지 아무것도 모르겠네. 부 도위, 내가 한선을 지나치게 과대평가했던 건가?"

"가 교위, 바둑 좋아하십니까?"

"바둑이라면…… 조금 할 줄 알지만 자주 두지는 않네."

"바둑을 둘 때 가장 두려운 상대가 누구라고 생각하십니까? 침착하고 빈틈이 없는 자일까요? 상대를 이기기 위해 편법을 쓰는 자일까요? 아니면 재능을 숨기고 서툰 사람처럼 행동하는 자일까요? 모두 아닙니다. 진짜 두려운 상대는 그 속을 전혀 읽을 수 없는 자입니다. 그런 자는 상대의 전략을 역으로 이용할 줄 아니, 무엇을 하려는지 전혀 알 수가 없습니다. 더구나 그가 아무짝에도 쓸모없는 곳에 태연하게 바둑돌을 두는 것처럼 보이지만, 중반 이후가 되면 그것이 걸림돌이 되어 대세를 돌이킬 수 없게 되고 결국 패하고 맙니다.

한선은 이제껏 하늘의 뜻을 역행해 움직인 적이 없고, 바람 따라 돛을 달듯 추세에 맞춰 행동해왔죠. 그들에게 인의(仁義)·천도(天道)·삼강오륜보다 훨씬 중요한 것이 바로 가문의 번성입니다. 한나라가 쇠하면서 그런 것들도 의미를 잃어가고 있죠. 왕조가 바뀌고 민심이 변해가는 동안 그들은 이제까지 무슨 정통이나 신념을 고수한 적이 없었습니다. 그들이 중시하는 것은 변해가는 세상에 발 빠르게 대처하는 것이 아니라 자신의 안전을 지키면서 가장 큰 이익을 거둬들이는 것이지요.

자신이 무엇을 해야 할지 모르겠다고 하셨습니까? 우리 같은 객경들이 보기에 그런 느낌은 지극히 정상적입니다. 결국 우리는 바둑돌에 불과하고, 그 바둑돌로 바둑을 두는 자가 바로 한선이지요. 바둑돌은 판의 전반적인 흐름을 꿰뚫고 있거나 생각이라는 것을 할 필요가 없습니다. 그저 우리가 어디에 놓이든 한선의 손에 그 운명을 맡길 뿐이죠. 바둑돌이 생각이 너무 많으면 도리어 바둑을 두는 사람에게 골칫거리만 안겨줄 뿐입니다. 가 교위, 스스로 바둑돌이 되기로 한 이상, 그 자리에 맞는 생각을 하셔야 합니다."

가일이 무슨 말을 하려다 말고 고개를 가로저었다.

부진이 그를 위로라도 하듯 그의 어깨를 토닥였다.

"지금 당장 납득할 수 없다 해도 상관없습니다. 어쨌든 밤은 길고, 남은 건 시간뿐이니까요."

가일이 참지 못하고 불만을 터뜨렸다.

"바둑돌이 되어 무조건 한선의 지령만 따라야 한다면, 사는 것이 무슨 의미가 있겠는가?"

"그렇지 않습니다. 한선은 가 교위가 무엇을 하든 제약을 두지 않을 겁니다. 그들이 객경에게 요구하는 것은 바로 살아남아서 그들이 정한 시간에 정한 장소로 찾아가 지령을 수행하는 것이지요. 객경이 그 외에 무슨 일을 하든 전혀 간섭하지 않을 겁니다."

그가 돌아서서 밖으로 나가다 입구에서 다시 고개를 돌렸다.

"사실 따지고 보면 인간의 가장 큰 비애는, 무슨 선택을 해도 자신의 인생을 마음먹은 대로 좌지우지할 수 있다고 착각하는 것이죠. 하지만 어떤 선택들은 도리어 당신의 인생을 절망 속으로 몰아넣기도 할 겁니다."

가일은 계속 침묵을 지켰다. 그는 부진의 모습이 시야에서 완전히 사라지고 나서야 얕은 한숨을 내쉬었다.

"하나, 내 뜻대로 마음껏 살 수 없다면, 아무리 오래 산다 한들 죽은 것과 무엇이 다르겠는가?"

바닥에 펼쳐진 백 권이 넘는 죽간 위로 글자들이 빼곡하게 채워져 있었다. 이것은 백이위들이 찾아낸 정보로, 전 방면에 걸쳐 폭넓은 내용이 담겨 있었다. 조루가 하려는 일은 바로 이 방대한 내용들 속에서 자신이 원하는 단서의 조각들을 찾아내 하나의 실체를 만들어내는 것이었다. 이 과정은 결코 녹록하지 않았다. 사건의 증거와 전혀 관계없는 잡다한 내용들이 너무 많아 검열관들이 개인적 경험과 판단에 의지해 일일이 골라내야 했다.

오전 이른 시간에 태수부 주부 부희가 찾아와, 지난밤 술에 취해 집으로 돌아가던 중에 가일이 병력을 이끌고 조위 사절단이 묵었던 저택으로 쳐들어가는 것을 보았다고 보고를 올렸다. 왜 하루가 지나서야 보고를 올리느냐고 묻자 그는 우물거리며 대답을 하지 못했다. 더구나 며칠 전 연회에서 잠깐 본 가일의 얼굴을 어두컴컴한 밤에 알아봤다는 것도 억지스러웠다. 그러나 부희는 하늘에 대고 맹세까지 하며, 자신이 본 얼굴이 분명 가일이었다고 강력하게 주장했다. 게다가 그는 가일이 장제를 죽여 손권에게 충성을 바치겠다고 큰 소리로 외치는 소리까지 들었다고 했다.

조루는 부희가 소란을 떠는 것이 못마땅해 핑계를 대며 얼른 그를 돌려보냈다. 그는 부희 같은 형주 사족을 전혀 신임하지 않았다. 어쩌면 그의 말대로 가일이 조위 사절단을 습격했을지도 모른다. 하지만 그 스스로 그런 일을 했는지 아니면 어쩔 수 없이 떠밀려 한 것인지 자세히 알아볼 필요가 있어 보였다.

그는 목간을 하나 집어 들었다. 그것은 이번 사건을 일으킨 살수들의 검시 보고서였다. 지난번 관우 장군을 죽이려 했던 살수들의 시체는 시간적 여유가 없어 부검을 통해 얻은 정보가 부족했다. 하지만 이번에 조위 사절단을 공격한 살수들의 시체에서는 사건 해결에 도움이 될 만한 정보를 꽤 많이 찾아낼 수 있었다. 이들의 몸에 난 상처는 해번위와의 격투 과정에서 생긴 검상(劍傷)이 대부분이었다. 특이한 점은 모든 시체에 공통적으로 드러난 피부 상태였다. 무릎 아래로 피부가 검은 반면에 무릎부터 아랫배까지는 원래 피부색을 유지하다 상반신으로 가면서 다시 검은 색을 띠었다. 시체의 위와 장 속에서는 형태가 살짝 남아 있는 멥쌀·무장아찌와 절임채소가 나왔다.

그런 피부는 수병(水兵)들의 특징과 흡사했다. 그들은 장기간 배에서 훈련을 하기 때문에 뜨거운 태양이 내리쬐는 한여름이면 늘 상반신을 드러낸 채 속바지만 입고 지낼 수밖에 없다. 그렇게 시간이 흐르다 보면 옷으로 가린 부분을 뺀 나머지 피부만 까맣게 타버린다. 멥쌀·무장아찌는 형주와 양주(揚州) 일대에서 자주 먹는 음식이라 그리 특이할 것은 없었다. 다만 절임채소는 형주 북부 4군(郡)에 사는 사람들이 아니면 거의 먹지 않는 반찬이었다.

그가 또 다른 목간을 집어 들었다. 그 목간에는 시체가 입고 있던 옷과 무기에 관한 상세한 기록이 적혀 있었다. 촉 땅의 연노는 마모 정도와 기현(機弦)의 노화 정도로 추정해볼 때 빨라야 지난해에 만들어졌다. 그런데 검은색 무명옷은 형주에서 한창 유행 중인 직조 방식으로 짠 것이었다.

조루는 또 다른 목간을 집어 들었다. 형주에 있는 몇몇 사족 가문에서 최근 2년 동안 거래한 화물이 예전보다 2할 가까이 줄었고, 운수 선박은 3할 정도 감소했다. 며칠 전에 가일이 진씨 성의 과부를 구해주는 것을 목격한 자들이 나타났고, 그 과부 남편의 집안이 바로 이 사족 가문 중 하나였다. 곳곳에 흩어져 있는 실마리가 조각조각 모여 어렴풋한 형상을 만들어내고 있었다. 조루의 마음속에 떠오르는 생각들이 있었지만, 확언을 하기에는 아직 일렀다.

갑옷을 두른 백이위 한 명이 걸어 들어와 목간 하나를 조루에게 건넸다. 목간을 읽어 내려갈수록 조루의 눈빛이 점점 더 어두워졌다. 가일이 구해준 그 과부를 잡아들이기 위해 한 시진 전에 그녀의 집으로 백이위를 보냈지만 이미 피살된 후였다. 그리고 방 안에서 긴 칼 하나와 피 묻은 옷이 발견되었고, 그 옷은 며칠 전에 가일이 입었던 옷과 일치했다.

조루는 들고 있던 목간을 바닥에 팽개쳤다. 만약 부회의 증언과 피 묻은 옷만 두고 본다면 가일은 이 사건의 장본인이 확실했다. 그러나 조루는 그것이 사실이라고 믿을 만큼 어리석지 않았다. 가일의 인품을 논하기에 앞서, 그가 정말 부대를 이끌고 조위 사절단을 공격한 것이 사실이라면 성안에 체포령이 떨어진 상황에서 모녀를 죽이고 피 묻은 옷까지 남겨둘 이유가 있었을까? 하나도 이치에 맞지 않았다. 진주조에서 능력을 인정받을 만큼 영민한 자가 할 짓은 아니었다. 이것은 마치 죄를 뒤집어씌우고 모함하기 위해 억지로 판을 벌이는 것처럼 보였다.

그 검은 옷의 살수들은 무술 솜씨가 결코 출중하지 않았고, 몇 차례 매복 습격의 결과물 역시 완벽하다고 할 수 없었다. 피부·음식물·병기·옷과 같은 증거물을 근거로 추리해볼 때 형주 출신이 확실하고, 공안성 부근으로 그 범위가 좁혀졌다. 그렇다면 검은 옷의 살수를 조종하는 자들은 의심할 것도 없이 형주 사족이었다.

다만 이들에게 이렇게 발 빠른 정보통이 있을 리 없는데도 너무나 신속하게 반응했다는 사실이 의아할 뿐이었다. 최근 들어 발생한 매복 습격 사건들을 돌이켜 보면 상당히 위협적이었지만, 실력이 그에 미치지 못해 결국 용두사미처럼 끝나버리고 말았다. 그렇다면 그들이 이런 일들을 도모하고 결정하도록 돕는 사람이나 세력이 도대체 누구지? 그들의 목적이 무엇이지?

조루는 방 안을 왔다 갔다 하며 바닥에 널린 목간을 사방으로 차버렸다. 동시에 세 곳으로 손을 뻗을 수 있는 자가 유주(幽州)의 공손강일까, 아니면 교주(交州)의 사섭(士燮)일까? 아니, 이 두 사람은 모두 독자 세력을 영위하고 있는 자이니 이런 일을 도모할 이유가 없다. 그 순간 가장 끔찍한 하나의 가능성이 그의 머릿속을 스치고 지나갔다. 설마 우리 쪽 사람이 직접 이 일을 꾸민 것은 아닐까?

요 몇 년 사이 관우가 형주에서 반란을 일으켜 독자 세력을 구축하려 한다는 소문이 돌고 있었다. 비록 한중왕 유비 쪽에서 아직까지 의심을 드러낸 적은 없지만, 근거 없는 말도 여러 사람이 하다 보면 곧이듣기 마련이었다. 더구나 공안성은 성도와 천 리나 떨어져 있으니 한중왕이 도대체 무슨 생각을 하는지 알 길도 없었다. 형주 사족의 손을 빌려 공안성을 혼란에 빠뜨리고 관우를 칠 가능성도 있지 않을까? 조루는 이런 생각을 하면서도 스스로 어이가 없다는 듯 헛웃음을 터뜨렸다.

너무 황당한 생각을 했군. 천하에 관우 장군의 충성심과 신의를 따를 자가 없다는 걸 차치하더라도, 한중왕이 그를 의심하고 시기해 이런 일을 벌일 사람이던가? 형주가 혼란에 빠지면 조조와 손권은 그 틈을 타 공격을 할 것이고, 한중왕이 이런 간단한 이치조차 모를 리 없다. 하물며 법정(法正) 장군에게 직접 예속되어 있는 공안성 군의사 장사로 지내는 동안 단 한 번도 이런 종류의 소식을 들어본 적이 없으니, 괜히 긁어 부스럼을 만들 필요는 없겠지.

설마 정말 동오 쪽 강동파의 짓일까? 최근 몇 년 동안 손권이 강동파의 뒤를 봐주고 있고, 회사파 여몽 장군이 중병에 걸리자 강동파 육손을 도독 자리에 대신 앉히려 한다는 소문이 돌고 있지 않은가? 회사파 감녕 장군을 암살하려 한 것도 강동파가 우위를 점할 수 있도록 길을 닦아주는 것일 수 있다. 그래서 보영 객주에서 포석을 깔고 강동파가 그 혐의를 뒤집어쓰도록 꾸민 것일까? 하지만 그렇다고 해도 관우와 조위 사절단을 급습한 건 일을 너무 크게 만든 것이 아닐까? 이런 일을 벌이면서까지 손권에게 폭군의 인상을 남기는 것이 과연 옳은 선택일까?

조루는 피곤한 듯 관자놀이를 문지르며 다시 자리로 돌아가 앉았다. 그는 서신용 비단 한 장을 꺼내 마음속 생각을 써 내려갔다. 그런 후 그것을 죽통에 넣어 밀랍으로 봉인하고 백이위를 불러, 밤새 말을 달려 관우에게 전달하라고 명했다.

백이위가 돌아서 나가려는데, 문밖에서 발자국 소리가 요란하게 들려왔다. 조루가 고개를 들자 부사인이 땀을 뻘뻘 흘리며 달려 들어오는 것이 보였다.

"조…… 조 장사, 야단났네!"

조루가 미간을 찌푸리며 앉으라고 눈짓을 했다.

"부 태수, 무슨 일로 그리 허둥대시는 겁니까?"

부사인이 숨을 몰아쉬며 말했다.

"솔직히 말해 우리 집안의 객주가 동오 쪽 객주와 줄곧 거래를 해온 터라 그쪽에 아는 사람이 좀 있네. 좀 전에 동오 객주에서 일하는 지인이 그러는데, 말만 하면 다 아는 동오 쪽 거물이 관우 장군을 만나려고 온다네. 근데 관우 장군께서는 이미 출정을 하지 않았는가?"

조루가 나지막이 물었다.

"거물? 그게 누구란 말입니까?"

"기밀이라 관우 장군을 직접 보고 말하겠다더군."

"그자가 지금 어디 있습니까?"

"일단 집에서 기다리라 일러두었네. 관우 장군께 보고를 올리고 오겠다고 속인 후 이리로 바로 달려온 것이네."

부사인이 소맷자락을 들어 땀을 닦아냈다.

"관우 장군께서는 군대를 이끌고 조위를 치러 가지 않았는가? 우리가 이 자를 죽여 입을 막아야 하는 건가?"

"일단 진정하십시오."

조루가 마음속으로 한숨을 내쉬며 어리석고 무능한 부사인을 탓했다.

"부 태수, 그자에게 관우 장군께서 공무로 바빠 당장 만나볼 수 없으니, 내가 먼저 무슨 일인지 들어보고 만남을 주선하겠다고 전하십시오."

부사인이 얼른 고개를 끄덕였다.

"그럼 조 장사가 직접 가서 만날 건가? 아니면 내가 이리로 데리고 와야 하나?"

"부 태수께서 수고를 좀 해주셔야겠습니다. 태수 관저에는 보는 눈이 너무 많아 무슨 말이라도 새어 나갈까 걱정이 되는군요."

"그렇지. 역시 자네는 주도면밀해."

부사인이 서둘러 나가다 말고 다시 돌아왔다.

"아이쿠, 조 장사, 관우 장군께서 출정한 소식을 누구에게도 절대 발설하지 않을 것이니, 나중에라도 나를 의심하지는 말아주게."

조루가 미소를 지으며 고개를 끄덕였다. 부사인은 그제야 안심하며 밖으로 나갔다.

거물? 그게 누구지? 제갈근을 놔두고 굳이 또 다른 거물을 보내 대화를 나눌 만큼 중요한 일이 뭐지? 조루는 한참을 고심하다 불현듯 누군가를 떠올렸다.

"설마, 회사파의 감녕?"

한나절 잠들었다 깨어난 가일은 살짝 허기가 느껴져 탁자에 놓여 있던 찬합을 열어보았다. 위 칸에는 월병이 들어 있고, 아래 칸을 열어보니 육포와 과일 말린 것들이 담겨 있었다. 죽통을 들어 흔들어보니 물이 들어 있는지 출렁이는 소리가 났다. 가일은 죽통을 하나하나 열어보며 한입씩 맛보고 다시 닫아놓았다. 부진 이 사람도 참! 하루 종일 술타령을 그리 했건만 하나같이 전부 물이로군. 가일이 월병을 한입 물자 역시나 오래돼서 그런지 마르고 딱딱해 씹어 삼키기조차 힘들었다. 그는 이번에는 육포를 하나 집어보았다. 그나마 육포는 그럭저럭 먹을 만했다. 짠맛이 강했지만, 월병과 같이 먹으니 짠맛이 감해지는 듯도 했다.

가일은 입맛이 까다로운 편이 아니라 배만 채울 수 있으면 그만이었다. 월병 두 개와 육포 한 개를 먹은 후 그는 구석에 놓여 있던 칼을 집어 들었다. 칼집에서 칼을 빼어 드니 그 위로 서늘한 빛이 감돌았다. 손가락으로 칼을 튕기자 윙 소리를 내며 진동했다. 딱 봐도 보기 드문 명검이었다. 안타깝군. 부진은 칼을 쓰지 못하고 창만 사용할 줄 아니, 아무리 귀한 칼이라 한들 제구실을 못 하는구나.

그가 칼을 다시 칼집에 넣어 제자리에 놓은 후 창문으로 밖을 내다보았다. 어느새 안개가 자욱하게 끼어, 퇴락하고 적막했던 이곳의 풍경이 더 을씨년스럽게 보였다. 귀신이라…… 가일이 고개를 내저으며 방 밖으로 성큼성큼 걸어 나왔다.

뜰로 나가자 하얀 안개가 고운 모래처럼 떠다녀 안에서 보는 것과 또 다른 느낌을 주었다. 가일은 허리 높이만큼 자란 잡초 사이로 걸음을 옮겼고, 자기도 모르는 사이에 망루 앞까지 오게 되었다. 그가 손을 뻗어 나무 계단을 툭툭 쳐보니 아직 오르내리는 데 큰 문제가 없어 보였다. 적어도 11년 동안 변덕스러운 날씨와 세월의 풍파를 겪었는데도 망루는 여전히 건재했다.

가일이 나무 계단을 따라 올라갔다. 위로 올라갈수록 안개가 점점 옅어지고 있었다. 망루 꼭대기에 이르자 밤바람이 간간이 불어오고, 저 먼 곳까지 시야가 확 트였다. 그가 난간에 기대 조심스럽게 내려다보자, 발아래 쪽은 여전히 옅은 안개에 잠겨 있었다. 문득 부진이 했던 말이 떠올랐다. 공안성은 지대가 낮고 강을 끼고 있어 밤이 되면 차가운 공기와 더운 공기가 뒤섞여 안개가 만들어진다더니, 과연 그 말이 실감이 되었다. 가일은 올라온 김에 바닥에 앉아 다리를 난간에 올려놓고 한가로이 공안성을 눈에 담아보았다. 근래에 계속 긴장·의심·분노와 같은 복잡한 감정에 휩싸여 지냈다. 지금은 빠져나갈 곳을 찾지 못한 채 도망자 신세가 되었건만, 왠지 모르게 마음이 편안했다. 그가 무심코 바닥을 보니, 아직까지 꽂혀 있는 앙상한 화살이 몇 개 눈에 띄었다. 가일이 별생각 없이 그 화살을 뽑으려고 힘을 주는 순간, 화살대가 부러지고 검게 부식된 화살촉이 그 자리에 그대로 박혀 있었다. 이것은 11년 전에 여몽이 군대를 이끌고 공안성을 공격했을 때 사용했던 것이 분명했다.

가일은 품에서 지도를 꺼내 들었다. 요 며칠 동안 숙지해둔 덕에 그는 이미 공안성의 지형을 손금 보듯 훤히 꿰뚫고 있었다. 공안성은 한나라 경제(景帝) 때 세워져 3백여 년의 역사를 지닌 곳이었다. 당시 장강의 중요한 나루터를 장악하고 오왕(吳王)의 영지를 멀리서나마 살피기 위해 세운 요새이기도 했다. 세월이 흐르면서 공안성은 흥함과 쇠함을 몇 차례 거치며 고비를 잘 넘겨왔다.

그러다 왕망(王莽)이 권력을 찬탈하면서 천하가 혼란에 빠지자 형주의 일부 사족이 성을 점거하고 적과 맞서 싸우며 유민을 받아들이기 시작했고, 그제야 군민일체(軍民一體)의 전략적 요지로 점차 거듭날 수 있었다. 원래부터 군사적 요새였기 때문에 공안성의 내부 건축물 배치는 다른 성에 비해 훨씬 복잡했다. 횡삼종사(橫三縱四: 가로 세 줄과 세로 네 줄로 연결)의 구조로 모두 일곱 개의 큰길이 나 있고 그 사이로 뒷길과 골목이 거미줄처럼 연결되어 성안을 무수히 작은 조각으로 나누니, 그야말로 한 번 들어가면 빠져나오기 힘들 만큼 복잡했다.

지금 관우가 대군을 이끌고 성을 떠나 북상한 탓에 부사인에게 고작 군병(郡兵) 8백 명밖에 남겨주지 않은 상태였다. 군의사 조루의 백이위 2백 명을 합친다 해도 천 명에 불과했다. 이 천 명이 교대로 근무를 서고 다른 군무까지 처리해야 하니, 매일 거리로 나와 순찰을 도는 인원은 많아봐야 3백 명에 불과했다. 백이위와 군병들 간의 소통도 원활하지 못해 순찰도 치밀하지 못하고 곳곳에서 불협화음이 일어났다.

가일이 보기에 조루는 수사와 체포, 정보 염탐에 적합한 인물이 아니었다. 만약 나라면 가장 먼저 병력을 모았겠지. 강릉처럼 큰 성에서 백이위를 불러들이든 아니면 부사인의 군병 지휘권을 빼앗든, 어떻게 해서라도 내 휘하에 충분한 병력을 확보해야 한다. 그런 다음에 공안성을 한 차례 샅샅이 훑어 혐의가 있는 자를 모조리 체포하거나 죽여 주도권을 장악할 것이다. 아마도 조루는 형주 사족의 눈치를 살피거나, 자신의 관직을 염두에 두었을 테지. 어쨌든 유비가 인과 덕을 치국의 이념으로 삼고 있으니, 이런 극단적인 방식이 자칫 성도에서 탄핵의 대상이 될 수 있으니까. 그렇다 해도 지금 같은 비상시국에 이것저것 득실을 따지며 과감하게 결단을 내리지 못하니, 참으로 우유부단한 자로다. 그러고 보면 군의사의 특징과 다르지 않군. 비분강개해 죽음 속으로 뛰어드는 자는 많아도, 악랄하고 과감하게 일을 처리할 줄 아는 이는 적으니 말이야.

이런 생각을 하다 보니 돌연 왼쪽에서 어렴풋이 이상한 기운이 감지되었다. 그가 고개를 돌리자 멀지 않은 곳에서 이상한 불꽃이 한참을 타오르다 꺼졌다. 그 순간 가일이 오른손으로 땅을 짚고 몸을 돌려 벌떡 일어섰다. 그것은 구조를 요청하는 한선의 폭죽이었다. 지금 장제가 이미 성을 나갔으니, 이 물건을 쓸 만한 사람은 딱 한 사람뿐이었다. 손몽. 이 폭죽은 내가 그녀에게 준 것이다. 그녀가 이 폭죽을 쏘아 올렸다는 것은 지금 위험한 상황에 처해 있다는 신호다. 전에야 그녀의 상황을 모르니, 위험을 감수하면서까지 역관으로 돌아갈 수 없었다. 하지만 지금은?

가일은 주저하지 않고 곧장 옆에 있는 죽간을 잡고 미끄러지듯 내려와 허리 높이의 잡초 더미를 헤집고 뛰어가 방 안으로 들어갔다. 그는 옷을 단단히 여미고 팔 보호대를 찬 후 구석에 놓여 있던 장검을 집어 들었다. 그리고 곧장 창문을 통해 뛰어나갔다. 그가 땅으로 뛰어내리자, 잡초 더미 안에서 새들이 놀라 날개를 푸드덕거리며 사방으로 날아올랐다.

태수부 대문을 뛰어나온 가일은 안개 속에서 잠시 멈춰서 방향을 가늠해본 후 바로 목적지를 향해 미친 듯이 달려갔다. 가일은 이런 식으로 가면 순찰대에 금세 발각이 된다는 것을 모르지 않았다. 그러나 조심스럽게 잠행하면 시간이 너무 오래 걸려 손몽을 구하기 힘들어진다. 얼마쯤 지나자 예상대로 가일은 순찰대와 맞닥뜨리고 말았다. 그 순간 그는 칼집을 꽉 움켜쥐고 곧장 앞으로 돌진했다. 순찰대는 고작 다섯 명이었다. 그때 가장 앞에 있던 우두머리가 환수도를 뽑아 들었지만, 호령을 내리기도 전에 가일의 공격을 받아 칼을 떨어뜨렸다. 그를 시작으로 가일은 다른 군병들을 하나하나 칼집으로 쳐 쓰러뜨리며 가뿐하게 그 길을 빠져나왔다. 가일이 반 리 정도 더 뛰어갔을 때쯤 뒤에서 대나무 호각 소리가 들려왔다. 이번은 순조롭게 넘겼지만, 이런 식으로 몇 차례 순찰대와 맞닥뜨리다 보면 얼마 안 가 겹겹이 포위되고 말 것이다. 그나마 다행인 것은, 조금만 더 가면 불꽃이 터진 바로 그 장소였다.

가일은 장검을 뽑아 들고 손몽을 구할 마음을 준비를 한 후 골목 어귀를 돌아섰다. 그런데 그곳에 아무도 보이지 않았다. 그가 주저하듯 앞으로 몇 걸음 걸어가 주의 깊게 살펴봤지만 싸움이 벌어진 흔적조차 없었다. 도대체 어떻게 된 일이지? 내가 장소를 착각한 건가? 그럴 리 없다. 망루에서 본 불꽃은 분명 이곳에서 솟구쳐 올라왔다. 근방에서 어지러운 발자국 소리와 호각 소리가 들려왔다. 가일은 어쩔 수 없이 모든 의문을 뒤로한 채 옆에 있는 대저택의 문 쪽으로 몸을 숨겼다.

서로 다른 방향에서 순찰대 두 무리가 몰려오는 것이 보였다. 한 무리는 방금 그가 물리쳤던 군병들이고, 또 다른 무리는 백이위였다. 군병 대장이 백이위 도백 앞으로 달려가 예를 올리며 말했다.

"장군, 좀 전에 어떤 자가 칼집으로 저희 군병들을 쓰러뜨리고 이쪽으로 도망쳤습니다. 혹시 보셨습니까?"

도백이 고개를 가로저었다.

"우리는 군의사에서 급하게 오던 길인데, 도중에 아무도 보지 못했네. 아까 이곳에서 폭죽이 한 차례 터졌는데, 알고 있었나? 그곳으로 가서 조사는 했는가?"

군병 대장이 살짝 이해할 수 없다는 표정으로 대답했다.

"보기야 봤지요. 근데 우리 공안성에 잘사는 집들이 워낙 많다 보니 그 자제들이 밤에 가끔씩 폭죽을 쏘아 올리기도 합니다. 그게 그렇게 신경 쓸 만한 일입니까?"

"멍청한 놈! 폭죽이 워낙 비싸 아무리 잘사는 집에서도 일 년에 한 번 터뜨릴 정도라고 들었다. 그런데 최근 들어 몇 차례나 폭죽이 터졌고, 그때마다 성안에 크고 작은 사건이 발생했다. 분명 누군가 폭죽을 터뜨려 신호를 보내는 것이 틀림없거늘, 어찌 그 사실을 간과한단 말인가?"

도백은 더 이상 아무것도 묻지 않고 곧바로 지시를 내렸다.

"됐네. 시간이 이렇게 많이 흘렀는데 그자가 아직까지 이곳에 남아 있을 리도 없겠지. 일단 자네는 부사인에게 가서 성안의 모든 군병에게 통보해, 또 한 번 이런 괴이한 불꽃을 보게 되면 그 즉시 사람을 보내 조사를 해달라 전해주게. 알겠는가?"

"네!"

백이위들이 멀리 떠나고 나자 군병 한 명이 그제야 불만을 터뜨렸다.

"고작 도백 주제에 대장한테 이래라 저래라 하지를 않나, 감히 부 태수에게 지시를 내리는 게 말이 됩니까? 콧대가 아주 하늘을 찌릅니다."

군병 대장도 불쾌한 기색을 드러냈다.

"저런 놈은 상관할 것도 없어. 지놈이 시킨다고 내가 넙죽 그렇게 할 줄 아나보지? 맘대로 떠들어보라지. 우리는 우리 할 일만 하면 돼. 자, 일단 우리를 치고 도망친 그놈부터 찾아보자고. 제길, 어느 집 도령이 감히 우리를 만만히 봤나 본데, 찾기만 하면 우리 태수부의 쓴맛을 보여주겠어!"

군병들이 한바탕 욕을 퍼부으며 떠나고 나서야 가일은 대문 지붕 위에서 뛰어내려와 주위를 둘러보았다. 그는 혼란스러운 마음으로 어슴푸레한 하늘을 올려다보았다. 백이위와 군병들의 대화를 들어봐도, 다들 그처럼 불꽃만 봤을 뿐 사람을 보지 못했다.

참으로 이상하군. 위험한 상황도 아닌데 손몽이 왜 불꽃을 쏘아 올려 도움을 청한 거지? 손몽은 또 어디로 간 거지?

"다행히 안 죽고 살아 있었네요."

가일이 소리 나는 쪽으로 고개를 돌리자, 대문 지붕 아래에 손몽이 서 있었다. 그가 얼른 다가가 화가 난 듯 물었다.

"아까 무슨 일이 있었소? 왜 불꽃을 쏘아 올린 것이오?"

손몽이 미소를 지으며 말했다.

"치, 뭘 그리 화를 내고 그래요? 며칠 동안 소식이 끊겨 죽었는지 살았는지 걱정이 되어 쏘아 올린 거뿐이에요."

"지금 수배령이 떨어진 걸 모르오? 조용히 숨어 지내도 모자랄 판에, 이런 짓을 벌인다는 게 말이 되오?"

"가 교위의 안위가 걱정돼 그런 거잖아요? 그게 그리 큰 잘못이에요?"

가일은 무슨 말을 더 하려다, 환하게 웃고 있는 손몽을 보자 고개를 절레절레 흔들 수밖에 없었다. 그는 사방을 둘러본 후 말했다.

"더는 이곳에 머물 수 없으니, 어서 갑시다."

몇 발자국을 걷고 나서야 가일은 손몽이 따라오지 않는 것을 알아채고 고갯짓으로 가자는 표시를 했다.

손몽이 그를 흘끗 쳐다보며 뽀로통하게 말했다.

"내가 왜 가 교위의 한마디에 무작정 따라나서야 하죠? 최소한 예의는 갖춰야 하는 거 아닌가요?"

가일이 어쩔 수 없다는 듯 대충 예를 갖춰 그녀를 안내했다.

"알겠소. 손 낭자, 제가 안전한 곳으로 모셔도 되겠습니까?"

"가서 뭐 할 건데요?"

"손 낭자에게 물어볼 일이 몇 가지 있습니다."

"그럼 앞장서서 길을 안내하도록 하세요."

두 사람은 안개에 휩싸인 공안성의 골목을 돌고 돌아, 선향이 한 대 정도 탈 만한 시간도 되지 않아 가일이 숨어 있던 옛 태수부에 도착할 수 있었다. 대문 안으로 들어서자 손몽은 폐허처럼 변한 대저택의 음산한 모습에 놀란 듯 가일의 뒤에 바싹 붙었다.

"이봐요, 여긴 귀신이 나온다는 그 유명한 폐가 아니에요? 나를 왜 이런 데 데려온 건데요?"

손몽의 부드러운 숨결이 가일의 목에 와 닿자 맑은 향이 코끝에 감돌았다. 가일은 왠지 민망한 기분이 들어 고개를 숙였다.

"지금 여기서 숨어 지내고 있소. 그런 소문 때문에 사람들 시선에서 좀더 안전하거든."

그가 잠시 주저하다 손몽과 함께 망루로 향했다. 두 사람은 나무 계단을 따라 망루로 올라갔고, 손몽은 무슨 대단한 거라도 발견한 듯 흥분해서 사방을 둘러보았다. 가일은 벽에 기대서서 그런 그녀를 말없이 바라보았다. 달빛 아래 보이는 손몽의 옆얼굴이 유난히 아름다워 보였다. 새까만 긴 머리카락을 틀어 올려 양옆으로 떨잠을 꽂고, 길게 늘어뜨린 술이 밤바람을 타고 살랑살랑 흔들렸다. 하늘거리는 비단옷 위로 드러난 고운 목선과 백옥처럼 하얀 피부, 옅은 파란 천으로 감싼 가느다란 허리는 당장이라도 다가가 안아주고 싶은 충동을 불러일으켰다.

전천과 너무 닮았어. 아니, 그렇지 않아. 전천은 이렇게 여성스럽게 꾸미고 다닌 적이 한 번도 없었지. 진주조에서 지낼 때 늘 남장을 하고 다녔고, 세자부 연회에 갔던 날 딱 한 번 여자 옷을 제대로 차려입고 갔었지. 그게 마지막이었어. 전천은 전천이고, 손몽은 손몽이다. 내가 손몽에게 아무리 잘해준다 한들 전천은 살아 돌아오지 않아. 가일은 돌연 가슴이 아려왔다. 그는 난간에 기대 나지막이 한숨을 내쉬었다.

손몽이 그의 한숨 소리를 들었는지 고개를 돌려 웃으며 물었다.

"또 왜요?"

"별거 아니오."

가일이 억지웃음을 지었다.

"참, 나한테 물어볼 게 있다고 하지 않았어요? 뭔데요?"

가일이 그녀의 눈을 바라봤다.

"왜 장제가 공안성에 온다는 소식을 제갈근에게 알린 것이오? 정말 동오를 위해 한 일이었소?"

"아뇨."

손몽이 난간에 느긋하게 기댔다.

"조위 사절단이 형주에 온다는 사실은 나도 전혀 몰랐어요."

"뭐요? 그때 분명 제갈근이 이 정보를 당신이 손상향 군주 쪽에서……."

"그자가 당신을 속인 거예요. 조위 사절단에 관한 소식은 우청이 알아냈어요."

가일의 미간이 일그러졌다. 손몽의 말이 사실일까? 만약 사실이라면 왜 제갈근이 필요 이상의 짓을 한 거지?

"그는 당신과 우청이 서로 못 잡아먹어 안달이라고 생각했겠죠. 만약 우청이 알아낸 정보라고 말했다면 당신이 어떤 핑계를 대서라도 거절할 거라 여겼을 거예요. 근데 내가 알아냈다고 하면 딱히 거절할 핑계 거리가 없어지는 거죠. 그때 당신이 그 자리에서 거절을 했다면 거짓으로 동오에 투항한 진주조 첩자로 오인받았을 거예요."

가일은 그날 후원에서 완전무장을 한 채 그를 기다리고 있던 해번위 열두 명과 역관 문 앞을 지키던 병사들을 떠올리며 모골이 송연해졌다. 아마도 제갈근은 그가 거절하는 순간 역관을 포위한 병사들에게 그를 체포하라고 명을 내렸을 것이다.

"그래서 나와 눈이 마주쳤을 때 그 일을 수락하라고 암시했던 것이오?"

"네, 제갈근이 나한테, 당신이 거절하면 우청과 동시에 공격을 개시하라고 했거든요. 그럼 해번위들이 합세해 생포할 계획이었어요."

그 당시 몇 마디 말이 오가는 동안 자신이 생사의 기로에 놓여 있었다는 것이 놀라울 뿐이었다.

"제갈근이 그렇게 하면 손 군주도 달리 막을 방법이 없어요. 당신에게 결백을 주장할 기회를 준 건데, 그 자리에서 거절하면 누구라도 당신을 첩자라고 생각할 수밖에 없으니까요."

가일이 계속 물었다.

"그럼 내가 해번위를 이끌고 조위 사절단의 거처로 향했을 때 역관에서 무슨 일이 벌어졌기에 그리 큰 불이 난 것이오?"

"당신이 나간 후에 우청이 해번위 몇 명을 데리고 역관 앞에서 일부러 난동을 피워 우리를 감시하고 있던 백이위들의 시선을 분산시키기로 했죠. 그것까지는 알고 있죠?"

가일이 고개를 끄덕였다.

"그런데 일이 좀 커져서 공안성 태수 부사인까지 와서 중재를 해야 할 지경까지 가버렸어요. 결국 그가 백이위를 철수시키고 군병을 대신 보내 역관을 호위하도록 했죠. 그러고 나서 일각 정도 흘렀을 때, 사오십 명 정도 되는 살수들이 갑자기 나타나 역관 밖을 지키던 군병들을 죽이고 역관을 향해 불화살을 쏘아대기 시작했어요. 그때 역관 안에는 고작 대여섯 명의 해번위밖에 남아 있지 않아 그들을 상대하기에 역부족이었죠. 어쩔 수 없이 우청이 제갈근을 호위해 뒷문으로 도망쳤고, 나도 그 틈을 타 벽을 넘어 도망쳤어요. 나머지 사람들은 모두 역관 안에서 죽었어요."

이 모든 일을 벌인 자들이 알고 보니 조위 사절단과 동오 해번위를 동시에 공격했다는 거군. 그렇다면 내가 장제를 죽이러 갔다 그들과 맞닥뜨린 것은 우연의 일치였을 가능성이 높다.

"그럼 지난 며칠 동안 어디에 숨어 있었소?"

"손 군주와 잘 알고 지내는 분이 도와주셨어요. 당신은요? 어떻게 이런 곳을 찾아냈죠?"

가일이 손몽을 바라보며 말했다.

"부진이 도와주었소."

"부진?"

손몽이 고개를 갸우뚱하며 물었다.

"그자가 왜요?"

보아하니 손몽은 한선의 객경이 아닌 것이 확실했다. 가일이 잠시 고심하다 대답했다.

"내가 진주조에 있을 때 잘 알고 지내던 사이라 이번에 도움을 좀 준 것뿐이오. 그건 그렇고, 보영 객주 쪽은 대체 어찌 된 것이오?"

가일은 모호하게 물었다. 손몽이 한선의 객경이 아닌 듯하니, 한선과 관련된 일을 가능한 한 모르게 하는 편이 나았다. 지금 같은 상황에서 아는 것이 많을수록 도리어 위험할 수 있었다.

손몽이 얇은 입술을 오므리며 고민을 하는 듯하더니 이내 입을 열었다.

"모든 건 아주 단순한 일에서부터 시작된 거예요. 건업성의 그 주루에서 내가 우청을 공격했던 일부터 말해야겠네요. 호적에 기록된 내용대로라면 우청은 가난한 집안 출신이 맞아요. 근데 그녀가 오후의 사생아라는 소문이 끊임없이 돌고……."

가일이 자기도 모르게 그 말을 되물었다.

"사생아?"

"소문일 뿐이에요. 근데 많이 놀랐나 보네요?"

손몽이 그를 향해 눈을 흘겼다.

가일이 헛기침을 하며 얼른 변명을 했다.

"너무 뜻밖이라 그렇소. 오후의 딸이 어떻게 그렇게…… 그렇게……."

"그렇게 흉포하냐고요? 손씨 가문은 무(武)로써 위업을 달성했으니, 그 피를 이어받은 자손 대부분이 어릴 때부터 무예를 익히며 자라요. 손상향 언니가 가장 대표적이죠."

손몽이 경멸하듯 입을 비죽거리며 말했다.

"우청의 오만방자한 태도야 그동안 봐서 잘 알 거예요. 우청이 손 군주를 공개적으로 비웃은 게 한두 번이 아니었어요. 언니가 군주 자리에 앉아 하는 일 없이 온종일 빈둥거리기만 한다는 말도 서슴지 않았죠. 게다가 언니가 유비에게 시집을 갔으니 옛정을 생각해 정보를 누설할지 모른다고도 했어요. 설령 우청이 정말 오후의 딸이라 해도 언니가 그녀보다 나이가 많은 어른인데, 다시는 함부로 하지 못하게 따끔한 맛을 보여줘야 하지 않겠어요? 그래서, 우청이 주루에서 자객을 기다릴 때 혼란한 틈을 타 혼쭐을 내줄 생각이었죠. 그렇다고 죽일 마음은 전혀 없었어요. 그냥 약간 상처만 내줄 생각이었죠.

그날 밤 신분을 숨기기 위해서 검은 옷을 입고 복면으로 얼굴을 가린 채 주루 밖에서 잠복하고 있다가 안이 소란스러워지자 바로 뛰어 들어갔어요. 근데 주루에 들어서는 순간 뭔가 낌새가 이상했어요. 그건 원수를 갚기 위해 찾아온 자객들이 아니라 마치 해번영을 겨냥하고 들이닥친 것 같았죠. 잘못 끼어들었다가 괜히 큰코다칠 것 같아서 일단 죽은 척 바닥에 엎어져 있었어요.

그때까지만 해도 싸움이 끝나면 몰래 빠져나갈 수 있을 줄 알았죠. 근데 우청이 그 자리에서 시체를 일일이 확인하려 할 줄 누가 알았겠어요? 비록 내가 얼굴을 바닥에 대고 엎어져 있었지만 해번위가 복면을 벗겨내는 순간 바로 들통이 날 거고, 그때 가서 변명을 한들 무슨 소용이겠어요? 그래서 이왕 하기로 했던 일을 마무리 짓기로 결심하고 우청을 공격한 거죠."

가일이 끼어들었다.

"그러니까 당신이 그곳에 간 이유가 단지 우청에게 복수하기 위해서였다는 거요? 그저 우연이었다고?"

"맞아요. 당신이 나를 추격하며 공격하는 과정에서 복면이 벗겨졌고, 그후에 내가 도망가도록 그냥 내버려뒀죠. 그때 난 당신이 날 알아봤다고 생각했고, 그 일을 모두 손 군주에게 알렸어요. 손 군주는 자칫 한패로 몰릴지도 모른다고 판단해 나와 함께 밤새 말을 달려 궁으로 찾아갔죠. 그리고 모든 상황을 오후에게 보고했어요. 근데 오후는 그런 말을 듣고도 화를 내지 않았어요. 그냥 문제를 일으킨 것을 꾸짖었을 뿐, 더는 아무 말도 하지 않았어요.

그리고 난 후 당신이 나를 본 사실을 우청에게 알리지 않아 감옥에 갇혔다는 소식이 손 군주의 귀에까지 들어갔어요. 그때부터 상황이 완전히 바뀌게 된 거예요. 손 군주는 당신이 자신 때문에 우청과 사이가 틀어졌다고 생각해 해번영의 좌부독 호종을 불러 당신을 당장 풀어주라고 했죠. 아마 당신이 꽤 괜찮은 사람이라고 판단한 거 같아요. 비록 일면식도 없지만 믿을 만한 사람이라고 본 거죠. 그래서 당신을 이번 사절단에 포함시키게 된 거예요. 근데 다음 날 당신을 데리러 갔을 때 알게 됐죠. 당신이 그렇게 입을 굳게 다문 이유가 바로 나를 죽은 부인으로 착각해서였더군요. 이런 우연한 상황들을 연속으로 겪지 않았다면 이 세상에 이렇게 많은 우연이 있다는 걸 믿지 못했을 거예요."

가일은 그녀의 말을 한동안 곱씹고 나서야 입을 열었다.

"그 말은, 감녕을 암살하려 한 자가 누군지 당신도 모른다는 거군. 그럼 당신은 공안성에 왜 온 것이오? 감녕이 자객의 공격을 받은 일이 보영 객주와 상관이 있소?"

"내가 공안성에 온 건 손 군주의 뜻이라기보다 오후의 결정이라고 할 수 있어요. 감녕이 자객의 습격을 받은 후 회사파가 강동파의 소행이라고 단정하며 오후 앞에서 한바탕 난리를 피웠죠. 오후는 관우의 태도를 살피고 회사파가 이 일을 수사할 수 있도록 제갈근과 우청을 공안성으로 보냈어요. 명목상으로야 제갈근이 관우에게 혼담을 넣기 위해 온 거지만, 감녕을 암살하려던 배후를 쫓는 게 진짜 목적이죠. 나는…… 내가 온 이유는 아직 밝힐 수 없어요."

서로를 배척하고 헐뜯으며 갈등이 커지다 보니 내적 소모도 심할 수밖에 없어 보였다. 이곳은 진주조와 달라도 너무 달랐다. 비록 조위에도 조비와 조식의 세자 싸움이 있었지만, 진주조는 조조의 직속 기관이라 그런 갈등에 휘둘리지 않고 수사권을 가질 수 있었다.

가일이 살짝 언짢은 표정으로 물었다.

"그럼 공안성에 온 후 보영 객주에 간 것도 말할 수 없는 임무 때문이란 말이오?"

손몽이 웃음을 터뜨렸다.

"어머, 또 화난 거예요? 여기 도착한 후 손 군주가 오래전부터 알고 지내던 사람 몇 명을 만났어요. 그 사람들을 통해 최근 연노를 암거래한 자들이 보영 객주일 가능성이 높다는 걸 확인했죠. 그래서 객주로 찾아간 건데, 막상 들어가 보니까 안에 있는 사람들이 다 죽어 있더라고요. 게다가 우청과 요화까지 연이어 쳐들어와 어쩔 수 없이 객주 안에 숨어 있을 수밖에 없었어요. 근데 갑자기 큰불이 나는 바람에 창문을 뚫고 도망쳐 나온 거죠. 그런 나를 향해 당신이 검을 뽑아 들고 막으려 한 거고요."

가일이 난처한 표정으로 해명을 했다.

"그거야 그때는 당신인 줄 몰랐으니까 그런 것이오."

"건업성에서 맞붙어 싸운 적도 있는데, 딱 보면 알아야 하는 것 아니에요? 그렇게 눈썰미가 없어요?"

가일은 할 말을 잃었다. 그는 손몽의 이 말도 안 되는 힐난에 어떤 변명도 하고 싶지 않았다.

"어때요? 이제 좀 의문이 풀렸어요?"

손몽이 머리카락을 손가락으로 돌돌 말며 물었다.

"풀린 것도 있지만, 가장 중요한 문제가 여전히 의문으로 남아 있소."

"이 모든 사건의 배후가 누구냐는 거죠?"

가일이 고개를 끄덕였다.

"강동파가 맞을 거예요. 육손이라는 자를 당신도 봤죠? 모략에 능하고 판단력이 뛰어난 자예요. 조만간 여몽의 병권을 이어받을 거라는 말이 돌고 있죠."

"그는 감정에 쉽게 흔들리는 사람들과는 달라 보였소."

가일은 점잖고 예의가 몸에 밴 듯 선비의 풍모를 지녔던 무장의 모습을 떠올렸다.

"게다가 강동파가 이 일을 도모했다 해도, 공안성을 그렇게 속속들이 파악하는 건 불가능하오."

"그건…… 그들이 공안성에 있는 형주 사족과 결탁하고 있기 때문일 거예요."

손몽이 물었다.

"왜요? 설마 직접 조사를 해보려는 건 아니죠?"

"지금 수배령이 떨어진 마당에 얼굴이 드러나는 순간 체포될 게 뻔한데, 어떻게 조사를 할 수 있겠소?"

"내 쪽은 손 군주 지인의 도움을 받을 수 있지만 당신은…… 확실히 별로 쓸모가 없네요. 당신은 귀신 나오는 이 폐가에서 기다리고 있는 게 좋겠어요. 당신이 필요해지면 내가 다시 찾아올게요."

가일이 품에서 작은 병을 하나 꺼내 건네자 손몽의 입꼬리가 올라갔다.

"금화연지? 계속 품에 넣고 다녔던 거예요?"

가일이 고개를 끄덕였다.

손몽이 병을 열어보았다.

"향이 정말 좋아요. 앞으로 이것만 써야겠어요."

그녀가 병을 소맷자락에 넣고 장난스럽게 웃으며 말했다.

"나랑 죽은 부인이랑 누가 더 예뻐요?"

가일은 잠시 침묵하다 입을 열었다.

"당신은 그녀가 아니오."

제4장

◆

우물 아래 밀실

군병 하나가 준치를 버드나무 가지에 꿰어 나무틀에 얹고 조심스럽게 돌렸다. 그 옆으로 살만 바른 깨끗한 생선 몇 개가 연잎 위에 놓여 있었다. 그는 생선을 구우면서 연잎 위로 윙윙 날아드는 파리를 쫓아내느라 한 손으로 연신 허공을 향해 휘휘 내저었다. 다른 사람들은 십장(什長: 군에서 병졸 10명을 거느리던 두목)과 저포를 하며 웃고 떠드느라 그를 도울 마음이 전혀 없어 보였다.

이들이 양강(襄江) 나루터 초소에 파견되어 주둔한 지 거의 2년이 다 되어갔다. 이곳과 촉군 전방 사이에 일고여덟 개의 초소가 있는 데다 평소 별다른 일이 없다 보니 무료한 일상이 반복되었고, 군기도 느슨해진 지 오래였다. 무리 속에서 환호성이 터져 나오는 것을 보니 누군가 돈을 딴 듯했다. 십장이 일어나 욕지거리를 쏟아냈다.

"제기랄, 안 해! 할 때마다 지는 걸 보니 오늘은 재수가 옴 붙은 게 분명해. 운도 더럽게 없지."

그가 군병 곁으로 다가가 털썩 주저앉으며 한창 굽고 있는 준치를 집어

들어 한입 뜯었다.

"십장, 아직 덜 익었어요."

"모르는 소리. 이 준치라는 게 살이 워낙 부드러워 생으로 먹어도 돼."

십장이 가시를 뱉어냈다.

"소금이 없어 아쉽기는 하네. 여기에 소금을 살짝 뿌려 먹으면 기가 막힐 텐데."

"야간 순찰로 불려 오는 바람에 소금 같은 걸 챙겨 올 생각도 못했네요."

군병이 불평을 터뜨렸다.

"아니면 얼른 군영에 가서 몰래 소금을 좀 훔쳐 올까요?"

"됐다. 소금이 조금이라도 줄어든 게 발각되면 괜히 일만 커져. 우리가 야간 순찰을 돌 때마다 강변에 와서 생선을 구워 먹고 도박을 한다는 걸 도백이 알게 되면 채찍질로 끝나지 않을 테지."

십장이 생선을 되는대로 대충 먹어치운 후 머리 뒤로 깍지를 끼고 누웠다.

"집에 못 간 지 여러 해 됐지?"

군병이 구운 생선을 연잎 위에 놓고 다시 두 마리를 꼬치에 끼웠다.

"기억도 안 납니다. 아마 여러 해 됐을 테죠. 근데 가든 안 가든 상관도 없습니다. 가봤자 아는 사람들은 거의 다 죽었거든요."

십장이 아무 말 없이 풀 줄기 하나를 뽑아 입에 넣으며 멍하니 하늘을 바라보았다.

"십장, 높은 사람들이 전쟁을 하는 건 조상을 빛내기 위해서라는데, 우리 같이 미천한 자들은 도대체 무엇을 위해 싸우는 겁니까?"

"가족과 나라를 위해서지."

"하지만 난 마흔이 넘도록 장가도 못 갔습니다. 지킬 가족도 없는데, 나라가 나랑 무슨 상관인지, 참."

십장이 웃으며 그를 꾸짖었다.

"또 함부로 입을 놀리는구나. 나랑 있을 때야 상관없지만, 윗선의 귀에까지 들어가면 안 된다. 그건 그렇고, 네놈은 왜 군에 들어온 것이냐?"

"그해 가뭄이 심해 사방 백 리 안에 나무껍질이며 풀때기조차 남아 있는 게 없을 지경이었죠. 부모님도 먹을 것을 찾아 거리를 헤매다 돌아가셨죠. 위왕의 대군이 지나가다……."

군병이 더 이상 말을 잇지 못했다.

"위왕이 너를 구해주었구나? 그래서 군에 들어온 것이냐?"

난세에 군에 들어온 자들의 사연은 거의 비슷했다.

"아뇨."

그의 목소리가 살짝 갈라졌다.

"당시 위왕의 군수 물자를 책임졌던 자가 정욱(程昱)이었는데, 우리 현 출신이었죠. 그래서 현에서 좀 배웠다는 자들이 그를 찾아가 양식을 좀 나눠 달라고 부탁을 했습니다. 근데 그자가 위왕 부대에도 식량이 부족하다며 거절하더니, 도리어 호족들에게 식량을 내놓으라고 한 겁니다. 크크, 당연히 호족들이 순순히 응할 리가 없죠. 이들이 식량을 위왕에게 바치면 다들 굶어 죽을 판이었으니까요. 그래서 정욱이 병사들을 동원해 우리 현성 전체를 약탈하고, 세도가들의 식량 창고를 열어 먹을 만한 것을 다 가져갔습니다. 그때 한창 젊은 나이라 분을 삭이지 못하고 동향 몇 명을 따라 함께 군에 들어오게 됐죠. 그날 밤 우리가 처음 맡은 임무가 바로 인근에서 막 죽은 사람의 시체를 거둬 옷을 벗기고 삶아서 살을 발라내고……."

십장은 듣는 것만으로도 속이 거북해져 고개를 돌려 방금 먹은 생선을 전부 토해냈다.

십장이 그를 발로 한 대 차며 화풀이를 했다.

"이 새끼, 지금 날 골탕 먹이려고 일부러 그런 거지?"

군병이 마른 웃음을 지으며 말했다.

"십장, 그건 억지입니다. 그땐 정말 굶어 죽기 일보 직전이라, 죽은 사람은 물론이고 산 사람도 달려들어 뜯어 먹을 판이었단 말입니다."

"그 많은 상관들이 정욱을 경멸하듯 말하는 게 다 이유가 있었군. 군대를 풀어 약탈을 일삼고 인육으로 포를 만들어 먹었다는 소문이 거짓이 아니었어."

"십장, 근데 막상 겪어보면 또 별거 아닙니다. 사람이란 게 죽으면 그냥 고깃덩어리일 뿐이고……."

"조용!"

십장의 표정이 갑자기 굳어지더니 일어나 허리에 차고 있던 환수도를 뽑아 들고 멀지 않은 곳에 있는 나루터를 주시했다. 옆에 있던 병사들도 저 포를 팽개치고 긴장한 표정으로 몸을 일으켰다.

"십장, 별거 아닐 겁니다. 여기로 올 때까지 무려 여덟 개의 초소를 거쳐야 하지 않습니까? 촉나라 군대와 싸움이 벌어진다 해도, 이렇게 빨리 이곳까지 올 리 없을 겁니다."

군병이 잘 익은 준치를 한입 물었다.

"와, 딱 알맞게 구워졌네. 자네들도 먹어보지 않겠나?"

앞쪽에서 물이 출렁이는 소리가 들려오더니, 모닥불 옆으로 비틀거리며 움직이는 사람의 모습이 드러났다. 그의 얼굴은 온통 피범벅이 되어 있었고, 긴 창에 의지해 몸을 지탱한 채 쓰러질 듯 말 듯 힘겹게 점점 더 가까이 다가왔다. 열 걸음 정도 거리가 되어서야 너덜너덜해진 갑옷을 보고 그가 위나라 병사라는 것을 어렵사리 알 수 있었다. 십장이 몇 걸음 걸어 나가 그를 부축하며 다급히 물었다.

"이보게! 어찌 된 일인가? 해적이 나타난 건가?"

"아…… 아니오…… 관우가……."

병사의 말이 끝나기도 전에 불붙은 화살이 날아와 그의 등에 꽂혔다. 그의 몸이 멈칫하는가 싶더니, 그 모습 그대로 앞으로 풀썩 쓰러졌다.

곧이어 앞쪽에서 환한 빛이 떠오르며 수천 수만 개의 불화살이 그들의 머리 위 허공을 갈랐다. 그리고 눈 깜짝할 사이에 뒤쪽에 있는 군영에서 큰 불길이 치솟아 올랐다.

"적의…… 습격이다……."

십장이 갈라진 목소리로 고함을 지르며 환수도를 치켜들고 병사들과 나루터로 돌진했다.

군병은 생선이 타는 줄도 모른 채 멍하니 자리에 앉아 그 모습을 보고 있었다. 뒤쪽에 있는 군영에서는 한바탕 아비규환이 벌어졌다. 불타는 막사 안에서 온몸에 불이 붙은 병사들이 뛰쳐나와 바닥에 뒹굴었고, 고통스러운 비명이 고막을 찢었다. 짙은 연기가 피어오르는 가운데 인육 타는 냄새가 바람을 타고 코끝에 와 닿았다. 군병은 몸을 덜덜 떨며 손에 들고 있던 생선을 불구덩이에 집어던졌다.

그는 어찌할 바를 모른 채 자리에서 일어나 환수도를 뽑아 들고 십장의 뒤를 따라 달려 나가려 했다. 그런데 다른 병사들은 어느새 그의 시야에서 사라지고 없었다. 앞 쪽에서 화살 쏘아 올리는 소리가 또 한 번 들리더니, 불화살이 순식간에 하늘을 뒤덮으며 사방을 훤히 밝혔다. 군병이 눈을 가늘게 뜨고 앞을 살피자, 강 위에 빼곡하게 들어찬 전함이 맹렬한 기세로 그를 향해 몰려오는 것이 보였다.

불화살이 순식간에 땅으로 떨어졌고, 땅 위는 이미 지옥으로 변해버렸다.

관평은 허리춤에 찬 환수도를 짚은 채, 불길이 거세게 일고 있는 맞은편을 한동안 바라보고 나서야 중군영으로 돌아갔다. 관우는 뒷짐을 진 채 막사 안에 걸려 있는 지도를 자세히 들여다보는 중이었다. 관흥은 그 옆에 앉아 죽상을 한 채 작은 소리로 무언가를 읽고 있었다. 관평이 관흥을 향해 눈짓을 하며 말했다.

"너의 막사로 가서 읽도록 해라. 내 아버님께 긴히 보고드릴 것이 있느니라."

관흥이 한시름 놓으며 관우를 힐끗 쳐다보더니 목간을 들고 쏜살같이 막사를 빠져 나갔다.

관우가 고개조차 돌리지 않은 채 물었다.

"요화 쪽은 어찌 되어가느냐?"

"이미 양강 나루터를 돌파해 맥성(麥城) 아래쪽까지 치고 들어갔습니다. 맥성은 방어막이 없으니, 사흘 안에 함락이 가능합니다."

"사흘? 요화에게 내가 내일 아침 일찍 맥성 성벽 위에 서 있고자 한다고 명을 전하거라."

관평이 곁에 있는 교도수에게 소리쳤다.

"지금 당장 이 명을 요화에게 전하라. 모든 병력을 쏟아부어, 시체로 산을 쌓아서라도 성벽에 오를 수 있게 해야 한다!"

교도수가 명을 받들고 막사를 뛰어나갔다.

"아버님, 너무 빠른 것은 아닐까요? 사흘 안에 백 리를 돌진했고, 더구나 주위에 있는 위나라 군대의 거점을 모두 뿌리 뽑지 못한 상태인데 무리가 아니겠는지요?"

"내일 맥성을 함락한 후에 강을 따라 서둘러 북상해 양양(襄陽)을 사방에서 포위하고, 열흘 안에 번성을 손에 넣어야 한다. 만약 시간을 너무 끌어 조조의 지원군이 도착하는 순간 바로 대치 국면이 초래되고 말 것이다. 그리되면 우리 주력 부대가 모두 전투에 묶여 있는 틈을 손권이 놓칠 리 없겠지."

관우가 한숨을 내쉬었다.

"너는 빠르다 말하지만, 나는 너무 느리게 느껴지는구나."

"손권요? 그자도 합비에서 조조군과 대치하고 있지 않습니까? 지난 10년 동안 서로 갈등 없이 화평을 유지해온 사이인데, 감히 동맹을 깨고 공격을 해올까요?"

관평이 물었다.

"영원한 맹우는 없다. 영원한 이익만이 있을 뿐이지. 손권이 합비 전투에서 이기고 북상해 서주(徐州)를 함락한들 무슨 소용이겠느냐? 조조군이 유주·기주(冀州)·청주(靑州)·연주(兗州)에 모두 주둔하고 있고, 이 네 곳과 서주를 잇는 곳의 지세가 평탄하고 길이 사방으로 트여 마음만 먹으면 며칠 안에 서주성 아래까지 도달하겠지. 그때 가서 손권이 10만이 넘는 병력을 배치해 방어한다 한들, 오랫동안 도보전으로 단련된 위군을 이기기 힘들 것이다."

관우가 수염을 쓸어내리며 계속 말을 이어갔다.

"만약 내가 손권이라면 우선 형주를 취해 장강을 점거할 것이다. 천연 요새를 끌어안고 그곳을 지키고 있으면 근심걱정이 사라질 것이고, 공격에 나서면 형주와 양주 양쪽에서 적을 협공할 수 있게 되지."

관평이 물었다.

"그럼 아버님은 어째서 먼저 손권을 공격하지 않으신 겁니까?"

관평이 물었다.

"조위가 강화를 위해 사절단을 보내오지 않았습니까? 우리가 손권을 친다 해도, 한중왕이 서북에서 견제하고 있으니 조위도 함부로 남하하지 못할 겁니다."

"한제가 건업이 아니라 허도에 있느니라."

관우가 말했다.

"먼저 손권을 치면 파죽지세일지 몰라도, 강동을 평정하는 데 적어도 수년의 시간이 걸린다. 전쟁이 끝난 후에도 군대를 정비해야 계속 북상할 수 있겠지. 이런 걸 감안해 계산해보면 적어도 10년의 시간이 흘러야 한실을 보좌할 수 있게 된다. 물론 모든 것이 순조롭게 흘러가야 가능한 일이겠지. 더구나 동오와 조위에는 여전히 많은 명장과 현명한 신하들이 뒤를 받치고 있으니, 더 긴 시간이 걸릴 수밖에 없을 것이다. 내 나이가 이미 육순에 가까우니, 그러기에는 내게 남은 시간이 길지 않구나."

관평이 어느새 하얗게 세어버린 부친의 머리카락과 수염을 바라보며 자신도 모르게 얕은 한숨을 내쉬었다.

"천하가 여전히 혼란하고 조적(曹賊)을 제거해 한실의 부흥을 이루지 못했으니, 이 한 몸이 백 년을 더 살지 못하는 것이 한스러울 뿐이구나."

관우가 막사 밖으로 나가 강 건너 먼 곳을 바라봤다. 맥성의 성벽 위로 불빛이 떼지어 움직이는 것으로 보아, 요화가 군대를 이끌고 맹공을 펼치고 있는 듯했다. 이대로 가면 동이 틀 무렵 맥성을 함락할 수 있을 것이다.

관우가 가라앉은 목소리로 물었다.

"공안성 쪽은 어찌 되어가느냐?"

"조루가 올린 보고에 따르면, 근자에 일어난 몇몇 사건은 동오 강동파와 회사파의 내분 탓일 가능성이 높다더군요. 하나 확실한 증좌가 없으니 좀 더 조사를 해봐야 할 것 같습니다."

"강동파…… 고·육·주·장 네 개 성씨의 호족이 이끌고 있다는 그 강동 사족 말이더냐? 사족 문벌이야말로 악질 중의 악질이지……. 보아하니 그 자들이 우리 형주와 천중을 견제할 뿐 아니라 동오에도 큰 피해를 입히고 있구나."

"아버님, 강동 사족이 오나라에서 4할에 가까운 땅을 차지하고 있고, 벼슬길에 오른 자만도 천 명이 넘습니다. 그런데도 아직까지 천하에 이름을 날리는 자가 없고 주목할 만한 공적 또한 세운 적이 없으니, 염려할 가치도 없는 자들이옵니다."

"그렇지 않다. 명성이나 공적 같은 것은 능력과 전혀 상관없을 때가 많지. 나 또한 일개 마궁수(馬弓手)에 지나지 않았다. 그 당시 열여덟 명의 제후 중 어느 누가 나를 온주참화웅(溫酒斬華雄: 술잔이 식기 전에 화웅을 참하다)의 혁혁한 공을 세울 인물로 생각했겠느냐?"

관평의 표정이 싹 바뀌었다.

"아버님의 말씀이 옳습니다. 그럼 우리가 군대를 강릉으로 분산 배치해, 미방 장군을 도와 손권을 방어해야 할까요?"

"미방 쪽은 군의사에서 일찌감치 손을 써두었다. 만약 손권 쪽에서 이상한 움직임이 포착되면 우리는 후방에서 지원을 하게 될 것이다. 지금은 우리가 병력을 집중시켜 북상을 해야 할 때다. 그 길을 따라 우금(于禁)·방덕(龐德)·조인·서황(徐晃) 같은 천하의 명장들이 도사리고 있으니, 쉽지 않은 싸움이 될 테지. 조루에게 전하거라. 만약 강동파가 모략을 꾸민 거라면, 회사파와 결탁해 필요할 때 서로 협력하는 것도 좋겠지."

관평이 예를 갖춘 뒤 물러갔다. 관우는 고개를 들어 저 먼 곳을 내다보았다. 그의 시선은 불길이 타오르는 맥성을 지나 어둠 속에서 더 먼 곳을 향해 달려가고 있었다. 비록 칠흑처럼 어두운 밤이었지만, 그는 허도가 어느 쪽에 있는지 명확히 알고 있었다.

그렇게 한참 동안 한 곳을 응시하던 그의 나지막한 목소리가 어둠 속에서 들려왔다.

"형님, 제가 수만 명의 목숨으로 이 수천 리에 달하는 길을 깔아드리면, 곽광처럼 대한조(大漢朝)의 중흥을 이끄는 대신이 되어주시렵니까?"

드디어 밤이 찾아왔다.

가일은 나갈 채비를 마친 후 구석에 놓여 있는 장검을 집어 들고 옛 태수부를 빠져나왔다. 부진이 준 지도를 확인해보니 성을 순찰하는 병력의 배치가 그리 치밀하지 않았다. 군병과 백이위가 협력해 구역이나 시간대별로 나눠 움직이는 것이 아니라 각자 따로 순찰을 돌았다. 그러다 보니 순찰대가 밀집된 지역과 그렇지 않은 지역 사이에 차이가 컸다. 전체적으로 보면 성을 삼엄하게 경계하고 있는 것처럼 보이지만, 가일처럼 병력의 행동반경을 훤히 꿰뚫고 있는 자라면 들키지 않고 돌아다닐 수 있는 여지가 있었다.

물론 부진과 손몽이 폐가에 숨어 소식을 기다리라고 신신당부를 했다. 하지만 부진은 믿을 만하다 해도 손몽은…… 그녀의 말을 과연 어디까지 믿어야 할까?

성안은 여전히 안개로 자욱했고, 조심스럽게 이동하다 보니 어느새 보영 객주 근처까지 올 수 있었다. 가일은 어두운 골목에 몸을 숨기고 맞은편에 있는 객주를 주시했다. 벽은 무너져 내렸고, 바깥대청과 본채도 모두 불에 타 허물어졌다. 새까맣게 타버린 들보만이 깨진 기와 더미 위로 쓰러져 있었다. 후원과 안채에는 불길이 미치지 않은 듯 그럭저럭 온전해 보였다.

해번영은 자객이 감녕을 공격할 때 사용한 연노를 근거로 암거래 정황을 추적 조사해왔고, 이 객주를 주목했다. 그런데 손몽은 해번영이 도착한 후에 이 객주에서 도망쳐 나왔다고 했다. 과연 우연의 일치였을까? 그녀가 아무리 그럴싸한 해명을 해도, 따지고 들어가면 억지스러운 면이 없지 않았다. 손몽이 우청을 공격하러 주루에 들어갔을 때, 약속이라도 한 듯 때맞춰 매복해 있던 해번영이 공격을 개시했다. 형주에 온 후에도 손몽은 해번영보다 한 발 앞서 보영 객주에 도착했고, 누군가 불을 지르는 바람에 어쩔 수 없이 도망쳐 나와야 했다.

이 모든 것이 과연 사실일까?

한 번의 우연은 그렇다 쳐도, 두 번째도 과연 우연일까?

가일은 골목에서 한동안 객주 주변을 살펴 그곳을 지키는 군병이나 백이위가 없다는 것을 확인했다. 군의사가 필요 없다고 판단한 것일까? 아니면 매복을 하고 목표물이 걸려들기만 기다리고 있는 것일까? 그는 품에서 검은색 복면을 꺼내 얼굴을 가렸다. 이것은 조위 사절단을 습격할 때 해변영 도위가 건네준 것이었다. 그때는 거들떠보지도 않았지만, 지금은 이것을 쓸 수밖에 없었다. 가일이 장검을 뽑아 들고 연무 자욱한 허공을 향해 두어 번 휘두르자 서늘한 검광이 번쩍였다. 그가 심호흡을 한 후 칼을 들고 객주로 돌진했다.

무너져 내린 벽을 뛰어넘어 폐허가 된 곳을 지나 객주의 중앙으로 곧장 달려갔지만 아무런 이상 징후가 포착되지 않았다.

가일은 자신이 지나치게 조심한 것 같아 괜히 허탈해지기까지 했다. 조루는 역시 이런 일을 제대로 처리할 만한 그릇이 아니었다.

그가 몇 걸음 더 걸어가자, 그리 크지 않은 정원과 우물에 세운 정자가 눈에 들어왔다. 정자 위 평평한 지붕은 이미 화재 때문에 검게 그을려 있었지만 물을 긷는 도르래는 상대적으로 아무 이상이 없어 보였다. 뒤쪽의 곁채가 있는 곳은 대문이 굳게 잠겨 있고, 군의사가 조사 후 봉인한 흔적이 남아 있었다. 가일이 창호지를 뚫고 안을 들여다봤지만 칠흑같이 어두워 아무것도 확인할 수 없었다. 몇 개의 곁채는 별다른 문제가 없어 보였다. 만약 이곳에 정말 조직의 밀실이 있었다면 군의사가 이렇게 방치해둘 리 없었다. 그는 다시 한번 정원을 둘러봤지만 특이한 것을 발견하지 못했다. 이제 어디로 가봐야 하지? 역관? 아니면 조위 사절단이 묵었던 저택? 이 두 곳은 분명 누군가 지키고 있을 텐데, 위험을 감수할 만한 가치가 있을까?

그의 시선이 무의식중에 우물 정자에서 한참을 머물렀다. 처음 봤을 때 어렴풋이 이상한 낌새를 느꼈는데, 지금 다시 한 바퀴 돌다 보니 그런 느낌이 더 강해졌다. 그는 허리춤에 찬 장검을 잡고 얼른 그곳으로 걸음을 옮겼다. 이 정도 크기의 정원에, 심지어 객주에 우물 정자를 만드는 경우는 극히 드물었다. 게다가 지붕 아래 설치된 도르래의 색깔도 오래된 느낌이 전혀 들지 않았다. 가일이 우물가로 가 손가락으로 밧줄과 우물둔덕을 스치듯 살짝 만져보며 미간을 찌푸렸다.

밧줄은 바싹 마르고 느슨해진 데다 가느다란 실이 끊기고 삐져나와 엉켜 있었다. 보아하니 오랫동안 물에 닿은 적이 없는 것 같았다. 우물둔덕에는 청석이 깔려 있고, 그 위에 새겨 넣은 문양도 선명했다. 이것 외에 달리 긁힌 흔적조차 없으니, 이것만 봐도 심상치가 않았다. 이 우물은 전혀 사용한 적이 없는 것처럼 보였다. 가일은 머리를 내밀어 우물 안을 들여다보았지만 어두워서 아무것도 보이지 않았다. 그가 우물 입구의 내벽을 휘둘러 만져보았지만 물기조차 없었다. 손이 닿는 곳은 전부 메말라 있고 이끼도 끼어 있지 않았다.

가일이 미간을 찡그리며 더 자세히 들여다보려는 순간, 갑자기 귓가에서 바람 소리가 들려왔다. 그가 얼른 몸을 낮추자마자 번쩍이는 빛이 어깨를 스치고 우물가에 부딪히며 불꽃을 일으켰다. 그것은 검은색의 연노 화살로, 이미 우물둔덕 청석 위에 내리꽂혔다. 그가 잽싸게 몸을 돌려 우물 정자 뒤편으로 숨으며 연노가 날아온 방향을 주시했다. 하지만 어둠 속이라 전혀 상황을 파악할 수 없었다. 군의사는 아니다. 만약 잠복해 있던 군의사 보초라면 나를 보자마자 경고를 했겠지. 그렇다면 보영 객주에 불을 낸 그 세력에 속해 있는 자가 확실하다. 내가 객주로 들어오는 동안 아무런 움직임도 없다가 우물 주위를 맴돌자 입막음을 위해 공격을 해 온 것이다.

보아하니 우물 아래 무언가를 숨기고 있는 게로군. 가일은 입고 있던 심의(深衣)를 벗어 장검에 걸친 뒤 우물 정자 밖을 향해 내밀었다. 과연 화살이 슝 소리를 내며 다시 날아오더니 심의와 함께 날아가 바닥에 꽂혔다. 화살의 속도가 아주 빠르고 무게감이 느껴지는 것으로 보아 중노(重弩)가 분명했다. 이런 중노는 화살을 다시 장착하는 시간이 비교적 길었다.

가일은 칼은 들어 올려 날아오는 화살을 튕겨냈을 때 그것이 바로 중노라는 것을 알아챌 수 있었다. 곧이어 검은 그림자가 튀어 오르더니 날카로운 검광을 흩날리며 가일을 향해 무서운 속도로 다가왔다. 잠복해 있던 이 보초는 판단력·임기응변·몸놀림이 아주 뛰어난 편이었다. 그러나 가일을 상대하기에는 아직 실전에 필요한 기민한 능력이 떨어졌다.

검광이 바로 코앞까지 다가온 순간 가일이 손을 들자 한 줄기 빛이 소매에서 뻗어나가며 검은 그림자를 관통했다. 억눌린 신음 소리와 함께 검광이 사라지고, 검은 그림자 역시 바닥으로 털썩 주저앉으며 쓰러졌다. 가일이 앞으로 나가 자세히 살펴보니 얇은 갑옷을 입은 전문 살수였고, 수노(袖弩: 소매 속에 감추었다가 사용하는 작은 화살 모양의 무기)의 화살촉이 그의 가슴을 관통해 이미 숨이 끊어진 상태였다. 가일은 시체를 끌어다 어두운 곳으로 옮겨놓고 다시 우물로 갔다.

혹시 보초들끼리 교대를 할지도 모르는 터라 오래 머물수록 위험해질 수밖에 없었다. 가일은 두 손으로 우물 난간을 잡고 안으로 들어갔다. 발끝과 손끝을 돌 벽 틈새에 끼우고 조금씩 아래로 타고 내려갔다. 그는 우물에 걸린 도르래를 사용하지 않았다. 그것을 사용하면 소리가 너무 커 우물 아래 행여 누구라도 있으면 그 즉시 발각이 될 것이다. 또한 밧줄이 완전히 다 내려가면 위에서 이상한 낌새를 채기 쉬웠다. 선향이 반 정도 탈 만큼의 시간이 흘렀는데도 여전히 아무 소리도 들리지 않고, 점점 더 어두워지며 그야말로 아무것도 보이지 않았다. 바닥이 얼마나 깊은지 가늠해보려 발을 내리자, 아래로 딱딱한 바닥이 닿았다. 하지만 그는 함부로 속단할 수 없어 허리춤의 칼을 뽑아 바닥으로 뻗어보았다. 칼이 바닥에 닿으며 흙바닥의 느낌이 전해지자 가일은 그제야 아래로 뛰어내렸다.

그는 몇 번 숨을 들이마시며 냄새를 맡아보았다. 다행히 이상한 냄새가 나거나 숨쉬기 힘든 느낌이 들지 않는 것으로 봐서 어딘가에 통풍구가 있는 듯했다. 가일이 칼을 휘휘 내저어보니 아무것도 걸리는 것도 없고, 생각보다 공간이 꽤 넓었다. 그는 품에서 화절자를 꺼내 불을 붙인 후 앞쪽으로 던졌다. 불빛이 허공에서 포물선을 그리며 바닥으로 떨어지더니 사방을 환히 밝혔다. 가일이 그 틈을 타 잽싸게 사방을 훑어보며 아무도 없는지 확인을 했다. 이곳은 네모진 밀실로 길이와 너비가 각각 10여 장(丈)쯤 되며, 사방 벽이 청석으로 둘러쳐져 매우 견고해 보였다. 이렇게 큰 밀실에 아무것도 없다는 것이 조금은 이상하게 느껴졌다.

그가 앞으로 몇 발자국을 걸어 나가자, 발아래 깔린 석판 위로 길고 희미한 얼룩이 몇 개 보였다. 가일은 얼른 뒤로 돌아 아직도 불이 붙어 있는 화절자를 집어 횃불을 붙인 후 그 흔적 가까이에 대고 자세히 들여다보았다. 기다란 선의 흔적 양옆으로 석판의 색깔이 균일하지 않았다. 가일은 그 이유를 금세 알아챘다. 색이 옅은 곳은 나무 상자 같은 물건을 놓아두었던 곳이었다. 그가 횃불을 들고 석벽을 따라 걸어갔다. 석벽 위로 박힌 못이 여전히 남아 있고, 그 아래로 연노의 모양처럼 반원 모양의 회색 흔적이 보였다.

이 밀실은 창고로 쓰던 곳이 확실했다. 촉 땅의 연노가 벽에 걸려 있고, 단양의 철검과 검은색의 무명옷 같은 물건들이 나무 상자에 담겨 있었을 것이다. 지금은 텅 비어 있지만, 여러 가지 흔적으로 볼 때 그 검은 옷의 자객들이 쓰던 병기와 옷을 분명 이곳에 보관해두었다.

그러고 보니 해번영이 추적 조사한 장소가 정확히 맞아떨어졌다. 만약 그때 이곳을 제대로 조사할 수 있었다면 꽤 많은 증거를 확보할 수 있었을 테지만, 안타깝게도 군의사가 끼어들어 모든 일이 엉망이 되어버렸다. 물론 군의사는 감녕을 죽이려 한 자가 누구인지 전혀 관심이 없었다. 또한 관우가 매복의 습격을 당하고, 조위 사절단이 피살되고, 역관이 습격을 받은 일들이 모두 이 객주와 관련되어 있다고 상상조차 하지 못했다.

가일은 횃불을 들고 벽 모퉁이로 걸어갔고, 그곳에서 검은색 흔적을 발견했다. 그가 무릎을 꿇고 앉아 손가락으로 그 흔적을 만져본 후 코에 대보니 이상한 냄새가 났다. 가일이 횃불을 검은색 흔적 위로 가까이 가져다 대자 '펑' 소리와 함께 불꽃이 일었다. 이 물건을 운반할 때 실수로 등유를 흘린 듯했다. 등유는 위나라 고노(高奴) 일대에서 생산되지만 운반이 쉽지 않아, 이쪽에서 구입할 수 있는 사람이 거의 없었다. 그날 밤 보영 객주에 갑자기 불길이 확 솟구쳐 오른 것도 분명 이 등유 때문일 것이다.

그가 뒤로 돌아 석벽을 등지고 서 있어서인지, 서늘한 감각이 등으로 전해지며 머릿속도 한결 차분하고 냉정해지는 느낌이 들었다. 이곳에 오고 나서야 모든 것이 분명해졌다. 원래 객주에 불을 낸 자들은 바로 이 은밀한 장소에서 모든 일을 도모해왔다. 이 세력은 형주 사족이거나, 아니면 강동파가 확실하다. 이들은 군의사가 이 객주 안에서 함정을 꾸미고, 해번영까지 이곳으로 수색을 나오자 아예 객주를 불태워버렸다. 이들은 객주에 남아 있는 단서를 모두 없애 군의사와 해번영의 갈등을 부추기며 시선을 다른 곳으로 돌리게 만들었다. 이 밀실에 있던 물건을 언제 옮겨 갔는지는 아직 알 수 없다. 그러나 이 세력은 공안성에 첩자를 심어두었고, 그자는 이모든 정보를 손에 넣을 수 있을 정도의 자리에 앉아 있는 것이 분명했다.

조루의 능력을 쉽게 판단할 수 없지만, 공안성의 군의사 장사로서 결정적인 시기를 놓치고 있는 것만은 확실해 보였다. 만약 이회(李恢)나 비의(費禕) 중 한 사람이 이 일을 맡았다면 상황은 완전히 바뀌었을지 모른다. 아니다. 관우의 성격으로 볼 때 군의사 장사의 능력이 너무 강하면 도리어 벽이 생기고 내부 갈등이 생겼을 테지.

가일은 우물 밖으로 다시 기어 올라갔다. 이번에는 약간의 수확이 있었지만 진실은 아직 너무 멀리 있었다. 특히 손몽이 도대체 이 세력과 어떻게 연결되어 있는지, 그녀가 객주에 불을 지른 것은 아닌지, 어느 것도 확실하지 않았다. 그의 마음이 다시 무기력해졌다. 믿을 만한 동료, 든든한 뒷배와 멀어진 상태에서 내가 할 수 있는 일이 참으로 제한되어 있구나. 들이마시는 공기가 점점 시원해지는 것을 보니 입구에 거의 도달한 듯했다. 그는 숨을 참고 잠시 주변 소리에 모든 신경을 집중했다. 아무 소리도 들리지 않아 가일은 조심스레 고개를 밖으로 내밀었다. 밖에는 여전히 안개가 자욱했고 정원은 쥐 죽은 듯 조용했다. 오늘은 예상과 달리 순조롭게 일이 풀린 셈이었다. 아마 며칠 후에 수사망이 좁혀지면 이 우물 정자도 결국 봉쇄될 것이다.

가일이 하늘을 보며 시간을 가늠해보려 했지만, 날이 밝을 때까지 도대체 얼마나 남았는지 짐작조차 되지 않았다. 그는 망설이지 않고 곧바로 옛 태수부로 향했다. 골목을 지날 때 가일은 발걸음을 멈추고 모퉁이 방향을 바라보았다. 그 너머에 그를 구해준 진씨 성의 여인과 딸이 살고 있었다. 부진이 두 사람을 어디로 숨겨주었는지 알 길도 없었다. 가일은 마음속으로 모녀에게 고마운 마음을 전하며 다시 발걸음을 옮겼다.

다시 얼마쯤 걸어가자 옛 태수부가 보였다. 가일은 자물쇠 고리를 당기고 문틈으로 비집고 들어갔다. 다시 문을 잡아당겨 닫으려는데, 돌연 머리 뒤로 바람 소리가 들려왔다. 가일이 어깨를 움츠리며 머리를 비스듬히 기울이자 탁 소리가 나며 대문에 창이 꽂혔다. 그가 칼을 뽑아 뒤로 찌르는 동시에 두 무릎을 살짝 굽혀 몸을 돌리며 왼쪽 발을 날려 상대의 옆구리를 걸어찼다. 상대가 창을 다시 뽑아 들고 뒤로 한 걸음 뛰어올랐다. 가일은 상대에게 숨 돌릴 틈조차 주지 않은 채 연속으로 10여 차례 칼을 찌르며 공격을 퍼부었다. 어둠 속에서 챙강 챙강 쇳소리가 울려 퍼지며 불꽃이 번쩍였다.

상대는 가일의 공격에 밀려 몇 걸음 물러서다 돌연 허리를 제치고 힘을 끌어모아 가일을 향해 창을 내리찍었다.

가일은 칼을 휘둘러 창을 쳐내며 빈틈을 노려 무릎으로 상대의 가슴을 올려 찼다. 상대가 왼손을 아래로 내려 가일의 무릎을 막더니 아예 머리로 치며 밀고 들어왔다. 가일이 오른발에 힘을 주고 옆으로 몸을 비끼며 농을 던졌다.

"부 도위, 이런 건 길거리에서 아이들이나 하는 싸움이네."

부진이 그제야 창을 땅에 세우고 공격을 멈췄다.

"크크, 내가 힘을 7할밖에 쓰지 않은 걸 다행으로 아십시오. 안 그랬으면 문에 들어서는 그 순간 내 창이 그 심장을 관통했을 겁니다."

"그럼. 자네 실력이 나보다 훨씬 출중하니, 당연히 그리되었겠지."

가일이 농을 던지며 대충 기분을 맞춰주었다.

"내가 여기서 기다리라고 하지 않았습니까? 그런데 어째서 또 나갔다 오는 겁니까?"

"몸도 근질거리고 무료해서 그랬네."

"그러다 순찰대에 잡혀 감옥에서 못 나오는 수가 있습니다."

"순찰대 배치가 어찌나 허술하던지, 크게 문제될 게 없어 보였네."

부진이 웃음을 터뜨렸다.

"그건 인력이 부족해서 그런 겁니다. 관우가 며칠 전에 대군을 이끌고 북상해 맥성을 함락했지요. 지금쯤이면 아마 양양에 거의 도착했을 겁니다."

"그렇게나 빨리?"

가일이 깜짝 놀라며 되물었다.

"그러게 말입니다. 이쪽은 장제와 제갈근이 아직 조조와 손권을 만나지도 못했을 텐데 저쪽에서는 이미 파죽지세로 북상하고 있으니, 제대로 뒤통수를 친 격이지요. 이런 걸 삼십육계에서는 병불염사(兵不厭詐: 전쟁에서는 적을 속이는 것도 꺼리지 않는다)나 암도진창(暗渡陳倉: 정면으로 공격할 것처럼 위장한 뒤에 후방을 공격하는 계책)이라고 하지 않습니까? 게다가 감녕까지 공안성에서 관우를 만나려 기다리고 있으니, 정말 다들 한수정후의 계략에 놀아나는 꼴이 되어버렸습니다."

"감녕이 성에 와 있는가? 믿을 만한 소식인가?"

"의부에게서 들었습니다. 의부께서 지난 이틀 동안 이 문제로 하루에도 몇 번씩 조루를 찾아가고 계신 것 같습니다."

가일의 눈썹이 꿈틀거렸다. 감녕은 회사파의 핵심 인물이었다. 그가 제갈근의 뒤를 이어 공안성으로 관우를 보러 온 목적은 딱 한 가지밖에 없다. 바로 회사파를 위해 관우와 손을 잡기 위해서였다. 건업성 주루에서 벌어진 사건을 해결하기 위해 해번영도 함께 힘을 쓰고 있는 것처럼 보이지만, 그것은 단지 눈속임에 불과할 가능성이 높았다. 이렇게 많은 병력을 출동시켜 해번영 교위를 죽이려드는 것도 영 이해가 되지 않는 부분이었다. 어쩌면 상대의 목표는 여전히 그일지도 모른다. 관우도 같은 무리의 공격을 받은 이상 상대는 강동파가 확실했다. 만약 감녕이 이번에 와서 관우와의 맹약을 공고히 하고 오후의 염려를 씻어낼 수 있다면, 동오는 더 이상 형주에 눈독을 들이지 않고 계속 합비를 공격하게 될 것이다.

"강동파와 회사파가 각각 형주와 서주를 점령하려 한다고 들었네. 관우의 입장에서 보면 회사파와 연합하는 것이 훨씬 유리하겠지. 한선의 계획은 무엇인가?"

"모르지요. 나는 자객에 불과하니, 한선의 구체적인 계획이 무언지 알 길이 없지요. 가 교위는…… 객경도 아니니 꿈도 꾸지 마십시오."

"그게 말이 되는가? 한선의 바둑돌로 살면서, 그들이 무엇을 하려는지조차 제대로 모른 채 그냥 지시대로 꼭두각시처럼 움직이기나 하라는 거 아닌가? 그러다 내 개인적인 행동이 그들의 목적과 상충하게 되면 그때는 어찌하란 말인가?"

가일이 고개를 내저었다. 이것은 진주조의 일 처리 방식과 달라도 너무 달라 영 적응이 되지 않았다.

"전에도 말씀드리지 않았습니까? 한선이 도모하는 일은 바로 눈앞이 아니라 먼 훗날을 내다보는 것들입니다. 그들은 가능한 한 오랫동안 숨고 버티며 지금까지 명맥을 유지해온 조직입니다. 그래서 더더욱 만천하에 깔아 놓은 바둑돌이 그들의 목적이나 의도를 알아채기를 원치 않습니다. 그들은 이 바둑돌 역시 사람이고 자신의 생각을 가지고 있다는 걸 누구보다 잘 알고 있죠. 특히 능력이 뛰어나고 똑똑한 인재일수록 누군가의 꼭두각시 노릇을 하고 싶어 하지 않지요. 그래서 지금까지 한선은 바둑돌이 무엇을 해야 한다고만 알려줄 뿐, 왜 그 일을 해야 하는지 알리지 않는 걸 원칙으로 삼아온 것이죠. 그렇게 하지 않으면 바둑돌의 생각과 이익이 한선과 충돌하는 순간 바로 배신으로 이어지게 되는 거지요. 그래서 그들은 효율보다 안전을 택한 겁니다."

가일이 손을 내저으며 더 이상 아무 말도 하지 않았다. 하나의 조직을 9백 년 동안 이어올 수 있었던 것이 바로 지나치게 신중하고 케케묵은 방식 덕이라는 것을 그 또한 부인할 수 없었다.

"사실 관우의 출정이 회사파를 위해 꼭 좋은 일만은 아닙니다."

부진이 방으로 걸음을 옮겼다.

"관우는 조루보다 확실히 상대하기 쉬운 자가 아니지요. 만약 감녕이 조루와 만나면 더 좋은 결과를 얻을 가능성이 높습니다. 관우까지 그 결과를 받아들이기만 하면, 회사파가 바로 손권에게 관우의 공세를 지원하고 합비로 병력을 추가로 파견하자고 제안할 겁니다. 그리고 익주 쪽은 유비가 한중을 차지한 후 맹달(孟達)과 유봉(劉封)을 보내 한중군 동부의 방릉(房陵)·상용(上庸) 등지를 점령한 상태입니다. 게다가 북쪽에는 공손강이 버티고 있으니, 조조는 사면이 적으로 둘러싸여 고전을 면치 못하겠지요."

"그렇다 해도 조조처럼 야심이 있고 지략이 뛰어난 자가 아무 대책이 없을 리 있겠는가?"

가일은 부진이 방으로 들어가 초와 지전(紙錢)을 가지고 나오는 것을 보며 물었다.

"그건 왜……."

부진이 입을 꽉 다물었다 떼며 말했다.

"그 모녀가 죽었습니다."

"뭐?"

가일이 부진의 멱살을 잡았다.

"안전한 곳으로 보내준다 하지 않았는가?"

"다시 그곳에 갔을 때 이미 죽어 있었습니다."

"다 내 탓이네. 그때 두 사람을 데리고 나왔다면 그리 죽지 않았을 것을."

가일이 손을 놓으며 무기력하게 말했다.

"지금이야 그리 말할 수도 있겠지만, 그때 우리가 두 사람을 데리고 나왔어도 좋은 결과를 장담하기 힘들었을 겁니다. 어쩌면 우리가 두 사람을 깨우러 갔을 때 자객에게 잡혀 방에 갇혀 있었을지도 모릅니다. 설사 우리랑 같이 길을 나섰다 해도 군병에게 발각되어 죽었을 수도 있지요."

부진이 초를 땅에 꽂았다.

"사람은 이미 저세상으로 떠났고, 우리가 할 수 있는 일은 두 사람을 위해 제사를 지내주는 것밖에 없군요."

부진이 초에 불을 붙인 후 방에서 찬합과 술 단지 두 개를 가지고 나왔다. 그는 구운 닭고기가 든 찬합을 열어 술과 함께 바닥에 놓았다. 그러고 나서 지전을 태워 허공으로 뿌렸다. 지전이 타오르며 불빛이 안개 속에서 깜빡이고, 얼마 안 가 재 가루가 축축하게 젖은 수풀 위로 내려앉아 흔적도 없이 사라졌다.

"그대의 육신을 두고 어찌 사방을 떠도는가? 이 즐거운 곳을 두고 어찌 그리 상서롭지 못한 곳을 배회하고 있는가? 혼이시여, 돌아오라……."

그의 처량한 목소리가 어둠 속에서 들려왔다. 그의 표정은 전에 없이 어둡게 가라앉아 있었다.

가일도 한숨을 내쉬며 지전 한 뭉치에 불을 붙여 허공에 날렸다. 그 젊은 여인이 공손하게 감사의 말을 건네던 모습, 어린아이가 겁에 질려 있던 모습, 찹쌀떡이 땅바닥에 뒹굴던 모습이 주마등처럼 눈앞에 스쳐 지나갔다. 그때 내가 쓸데없이 나서지 않았다면 그 모녀가 이렇게 비참하게 죽지는 않았을 테지. 은혜에 보답할 줄 아는 착한 사람들이 왜 이런 화를 당해야 하지? 가일은 분노가 일었지만, 결국 세상사는 늘 이런 식이었다. 도대체 무엇이 선이고 무엇이 악인지 이해하기 힘들 때가 종종 있었다. 왜 윤리와 도덕을 지키는 사람은 쉽게 이용당하며 피해를 보는 반면에 이기적인 사람은 늘 원하는 바를 이루는 것일까?

전천…… 이 이름이 갑자기 또 머릿속에 떠올랐다. 가일은 그녀의 초상화가 아직 있는지 품을 더듬어보았다. 그는 바닥에 털썩 앉아 하늘을 올려다보았지만, 구름과 안개에 가려져 어슴푸레할 뿐이었다.

부진이 제사에 쓰려고 가지고 나온 술 단지를 가일에게 건네고 자기도 나머지 한 단지를 열어 벌컥벌컥 마셨다.

가일이 미간을 찌푸리며 말했다.

"이건…… 제사에 쓰던 술인데……."

"제사도 다 지냈는데, 마시면 좀 어떻습니까? 이 수풀 더미에 놔둬봤자 상하기밖에 더 합니까?"

부진이 닭고기까지 집어 들고 뜯어 먹었다.

"제사도 지냈으니 이제 그만 머릿속에서 지워버리십시오. 내려놓을 줄도 알아야 합니다."

가일이 잠시 멍한 눈빛으로 그를 보다 술 단지를 집어 들고 한입 벌컥

들이켰다. 예상과 달리 술의 독한 기운이 입안에 퍼지고 위와 장을 지나 빠르게 몸을 덮혔다.

"남쪽 지방의 술이 입에 안 맞을 것 같아 특별히 다른 이에게 부탁해 북쪽 지방에서 사 온 옥로춘(玉露春)이지요. 그쪽 세자부에서 나오는 금로주에 비할 바는 아니겠지만, 그럭저럭 마실 만할 겁니다."

"고맙네."

가일이 허리춤에 찬 칼을 풀어 무릎 앞에 내려놓았다.

부진이 곁눈질을 하며 말했다.

"그 칼이 손에 잘 맞나 봅니다? 그럼 내가 선물로 드릴 테니, 계속 지니고 쓰십시오."

가일이 이해할 수 없다는 듯 그에게 물었다.

"무예를 연마하는 사람은 병기를 신주단지 모시듯 하는 법인데, 왜 나에게 이 귀한 칼을 주는 건가?"

부진이 웃으며 말했다.

"나의 검술 실력으로 이런 귀한 칼을 가지고 있다 한들 제대로 써보지도 못할 것입니다. 지니고 있어봤자 쓸모가 없으니 제 주인을 찾아가야지요."

가일은 고개를 가로저을 뿐 그와 농을 주고받을 기분은 아니었다.

"부 도위는 한선의 객경이 된 지 얼마나 되었는가?"

"별로 안 됐습니다. 고작 8년 정도지요."

"자네는 왜 한선의 객경이 되기로 한 건가?"

"내가 한선을 선택한 게 아니라 한선이 날 선택한 겁니다."

부진의 눈동자가 어둠 속에서 반짝였다.

"우리는 보통 스스로 선택을 할 수 있다고 여기는 경우가 많죠. 근데 되돌아보면, 설사 수천수만 번의 기회가 다시 주어진다 해도 다들 여전히 똑같은 결정을 하게 될 겁니다. 안 그렇습니까, 가 교위?"

가일은 아무 말이 없었다.

"나도 처음 시작할 땐 '왜'라는 말을 달고 살았죠. 한선이 왜 이렇게 할까? 나는 왜 이렇게 해야 하는 걸까? 근데 시간이 흐를수록 그런 질문도 점점 사라지게 되더군요. 사실 이 세상에는 '왜'라는 질문을 할 필요조차 없는 것들이 참 많죠. 생각이 많을수록 도리어 나만 더 괴로워지는 것처럼, 좀 단순하게 사는 것도 나쁠 것 없습니다."

"말이야 쉽지만, 그렇게 살면 너무 외롭지 않은가? 자네가 왜 나를 도와주는지 사실 줄곧 이해가 안 갔다네. 내가 공안성에 도착했던 그날 오후에 자네가 역관 근처 골목 어귀 먼발치서 나를 지켜보고 있었지. 그때는 이상하다고만 생각했는데, 지금 와 생각해보니 자네는 내 신분을 이미 알고 있던 거였어. 그래서 그렇게 먼저 찾아와 자신과 같은 길을 가는 나를 보러 온 것이지. 안 그런가?"

부진의 한쪽 입가가 치켜져 올라갔다.

"외로워서가 아닐 겁니다. 어쩌면 손몽 낭자처럼 가 교위한테 다른 마음이 있었나 보지요."

"부 도위, 8년 동안 한선의 객경으로 지내며 자네의 미래에 대해 고민도 했을 거고, 이렇게 사는 것이 도대체 무슨 의미가 있는지 갈등도 많았을 테지. 마음속에 그렇게 많은 비밀을 안고 살고, 주변에는 온통 적뿐이었을 거네. 거의 3천 번의 낮과 밤이 바뀌는 동안 매 순간 온전히 자신으로 살 수 없었을 테지. 술을 마시고 쉬는 그 순간까지도 마음을 놓을 수 없는 시간이었을 거네. 그런데도 외롭지 않단 말인가?"

"7년을 땅 밑에 있다 고작 열흘 동안 땅 위에서 살다 가는 것이 매미의 일생이지요. 한선의 객경이라면 그런 것쯤은 감수할 줄 알아야 합니다."

부진은 여전히 웃고 있었지만, 그 눈동자에서 웃음기를 찾아볼 수 없었다.

"정말 그리 생각하는가?"

"가 교위, 내가 전에도 말했듯이, 마음의 짐을 짊어진 사람만이 더 강해질 수 있다는 말을 기억하십시오."

부진이 술 단지를 들어 가일과 건배를 했다.

"이렇게 좋은 밤에 그런 말로 자꾸 흥을 깨실 겁니까?"

"좋은 밤?"

가일이 기가 막힌 듯 되물었다. 안개가 점점 더 짙어져 폐가의 분위기는 더 을씨년스러웠다. 초는 이미 다 녹아내리고 붉은 불씨만 남아 파닥거리다 결국 안개 속으로 사라져버렸다.

조루가 손에 든 목간을 집어 던지고 이마를 짚은 채, 일렁거리며 타 들어가고 있는 촛불을 멍하니 바라다봤다. 지금까지 사건을 조사하는 데 매달려왔지만 더 이상의 진전이 없었다. 지금 쥐고 있는 단서를 근거로 추리해보면, 감녕·관우는 물론 동오와 조위 사절단을 습격한 일련의 사건들은 강동파와 형주 사족이 결탁해 벌인 일이 거의 확실했다. 하지만 계속 조사를 진행하게 되면 강동파는 차치하고라도 형주 사족은? 대체 누가 그 일에 참여했는지 색출해내는 데 한계가 있을 수밖에 없겠지. 태수부 쪽은 부사인을 중심으로 자리만 차지하고 있는 자들이니, 이런 혼탁한 물에 발을 담글리 없다. 군의사의 조사로 공안성에 또 한 번 피바람이 불겠지. 어쩌면 촉·오 변경 지역이 일촉즉발의 형세로 변할지도 모른다. 지금 관우 장군이 조위를 공격하는 데 전력을 쏟고 있는 마당에 내가 후방에서 이런 문제를 일으키는 것도 옳지 않겠지.

제갈근은 어느 파벌에도 속하지 않은 중립 인사로 유명하고, 손몽은 손상향의 친척 동생이고, 우청은 해변영을 이끄는 인물이다. 만약 사절단 중에 정말 강동파 및 형주 사족과 연결된 사람이 있다면, 진주조를 배신하고 동오로 도망쳐 온 가일이 아닐까? 가일이 병사를 이끌고 조위 사절단을 공격하는 걸 봤다는 부희의 말이 거짓이 아닐 수도 있다. 일단 가일부터 붙잡고 봐야 한다. 가일은 동오와 형주 어느 쪽에도 연고가 없으니, 이 모든 사건의 돌파구로 그만한 적임자가 없을 것이다. 이런 생각을 하는 사이에 부사인이 또 황급히 달려 들어왔다. 조루는 그제야 날이 이미 저물었다는 것을 깨달았다. 그는 동오에서 찾아온 거물을 만나보기로 부사인과 미리 약조를 한 상태였다.

그가 목소리를 가다듬으며 말했다.

"부 태수, 내 공무가 너무 바빠⋯⋯."

그의 말이 끝나기도 전에, 검은 외투를 걸친 거구의 사내가 부사인을 따라 들어오는 것이 보였다. 부사인이 말한 동오의 거물이 분명했다. 조루는 미간을 좁히며, 이렇게 함부로 쳐들어오게 놔둔 부사인의 무능함을 속으로 욕했다. 그는 뜰 안으로 들어와 예도 행하지 않은 채 곧장 안으로 성큼성큼 걸어 들어오더니 두 다리를 쩍 벌리고 자리에 앉았다. 조루는 불쾌한 기색을 드러내며 부사인을 책망하듯 힐끗 노려보았다. 그때 부사인이 눈빛을 반짝이며 무슨 말을 하려다 얼른 입을 다물었다. 조루가 이상한 생각이 들어 물어보려는 찰나, 그 거구의 사내가 외투를 벗는 것이 보였다. 그가 외투를 벗자 비단옷이 드러나고 허리춤에 찬 황금 방울이 딸랑거리며 소리를 냈다.

조루의 표정이 싹 바뀌며 황급히 그를 향해 물었다.

"감녕 장군이십니까?"

"조루, 관우가 이미 맥성을 점령한 판에, 언제까지 시간을 끌 수 있을 거라 생각했나?"

조루가 당황한 기색을 드러내며 예를 갖췄다.

"감 장군께서 오시는데 멀리 나가 영접하지 못한 것을 용서하십시오."

부사인이 그제야 기어들어가는 목소리로 말했다.

"감 장군께서 내가 전한 말을 들으시더니 직접 오시겠다고 하셔서서 막을 수가 없었네. 그래서…… 어쩔 수 없이……."

조루가 손을 내저었다.

"감녕 장군, 우리 주공과 동맹을 맺었다 해도, 군의사에 이리 함부로 들어오시는 건 지나친 처사가 아닌가 싶습니다."

"그런 건 난 모르네. 동맹이라는 건 이익으로 묶인 관계지, 그따위 형식적인 것들로 유지되는 것이 아니네. 다들 분별 있는 사람들이니 이런 사소한 문제에 얽매여 더는 시간 낭비할 필요 없겠지. 한 가지만 묻겠네. 지금 관우에게 소식을 전하려면 며칠이나 걸리는가?"

조루는 아무 말 없이 잠시 뜸을 들이다 밖을 향해 손짓을 했다.

"여봐라, 어서 차를 내오너라!"

감녕은 회사파 안에서 여몽 다음으로 중요한 인물이자 중신인 만큼 함부로 대접할 인물이 아니었다. 비록 사람들은 그가 용맹하나 지모가 없고 흉포하며 잔인하다고 말하며 폄하하지만, 조루는 생각이 달랐다. 아무리 그렇다 해도 진짜 실력과 내공이 없었다면 감녕은 절대 지금의 자리까지 올라오지 못했을 것이다. 조루는 감녕이 온 목적을 알고 있었지만, 그가 흥정에 필요한 패를 던지지 않은 이상 조급하게 나설 이유가 없었다.

과연 감녕은 조루가 일부러 시간을 끄는데도 전혀 화를 내지 않은 채 호탕하게 웃었다.

"차는 됐네. 내가 홀로 공안성에 온 것만으로 이미 최대한 성의를 보이며 호의를 베풀었네. 그런데도 자네가 계속해서 숨기기만 한다면 일의 경중을 모른다고밖에 볼 수 없겠지."

조루가 예를 갖춰 정중하게 물었다.

"감 장군께서 호의를 베풀었다는 것이 무슨 의미인지요?"

"관우에게 우리 회사파가 앞으로 5년 더 동맹을 맺고자 한다고 전하게.

이 5년 동안 우리의 목표는 서주·청주·연주가 될 것이고, 강북에서 안정적인 세력을 구축하고 나면 그 후의 일을 다시 논의하도록 할 것이네."

"장군, 왜 그런 제의를 하시는 겁니까?"

"그때 상수를 경계로 삼아 우리는 형주 동쪽을 차지했고, 자네 쪽은 형주 서쪽을 차지했지. 강동파가 형주 전역을 빼앗기 위해 계속 혈안이 되어 있지만 우리는 전혀 그럴 생각이 없네. 형주를 빼앗으면 강동파의 실력만 키울 뿐, 우리한테는 별다른 이점이 없지. 솔직히 말해서 지금 우리는 강동파를 상대하기도 바빠서 다른 곳에 신경 쓸 여력이 별로 없네. 상호 불가침 조약은 우리에게 어쩔 수 없는 선택이기도 하네."

"맹약을 맺는 조건은 무엇입니까?"

"강동파에서 나를 암살하려 했던 증거를 좀 찾아주게. 듣자 하니 자네들이 강동파의 소행으로 몰기 위해 보영 객주에서 작전을 짰지만 진주조 때문에 망쳤다고 하더군. 하나 증거라는 건 마음만 먹으면 얼마든지 다시 만들어낼 수 있는 것이고, 강동파와 진주조가 결탁한 증거를 찾아내면 더 좋겠지. 그런 후 관우가 이런 증거를 가지고 오후에게 교섭을 제안하는 것이네."

"우리가 제시한 증거를 오후가 믿을까요?"

"그건 자네들이 신경 쓸 문제가 아니네. 오후가 안 믿으면 우리가 옆에서 지원 사격을 해 믿도록 만들어야겠지."

감녕의 말은 반박의 여지조차 없었다. 그와 직접 몇 마디 나눠보는 것만으로도 뛰어난 상황 판단력과 비상한 두뇌를 가지고 있다는 것을 저절로 알 수 있었다.

"감 장군께서는 하필 왜 이 시기에 우리에게 유리한 동맹을 제안하시는 겁니까?"

"관우가 풍습(馮習)에게 군대를 분산시켜 양양의 여상(呂常)을 겹겹이 포위하라 명하고, 자신이 직접 대군을 이끌고 번성을 공격하고 있네. 자네가 내 뜻을 관우에게 전한 후 그가 맹약 체결에 동의하면 우리가 바로 오후에게 권해 상수에서 철수해서 그의 뒷걱정을 없애도록 할 것이네. 그렇게 되면 관우는 모든 병력을 번성과 양양을 공격하는 데 집중할 수 있게 되겠지. 우리 역시 합비에 더 많은 병력을 투입할 수 있게 되네."

감녕은 숨기는 것이 전혀 없었다.

"물론 가장 좋은 계획은 우리 쪽이 어부지리를 얻는 것이겠지."

"감 장군은 정말 말씀이 시원시원하십니다."

조루는 그의 솔직하고 직설적인 말에 마음이 움직였다.

"감 장군께서는 관우 장군의 이번 북벌전 결과를 어찌 예상하십니까?"

"내가 수십 년간 전쟁터를 누비는 동안 진정한 적수라 불릴 만한 장수는 세 부류였네. 첫 번째 부류는 무예와 담력이 뛰어나 용맹하게 앞으로 계속 전진하는 용장(勇將)이고, 두 번째 부류는 병법에 통달하고 부하들을 아끼며 시세와 형세를 잘 살피고 신출귀몰한 계책에 능한 양장(良將)이네. 세 번째 부류는 군막 안에서 천 리 밖을 내다보고 계책을 세워 승패를 결정짓는 명장(名將)이지."

감녕이 의미심장하게 말을 멈췄다.

조루도 그를 바라보며 아무 말도 하지 않았다.

두 사람이 아무 말도 하지 않자 그제야 부사인이 슬쩍 끼어들었다.

"그 말씀은 관우 장군도 천하의 명장이란 뜻이겠지요?"

"아니네."

감녕의 대답은 단호했다.

"관우는 이 세 부류에 속하지 않네. 내가 전장을 종횡무진 누빈 세월이 수십 년인데, 관우 같은 장수를 만난 적이 단 한 번도 없었지. 그는 용장·양장·명장의 특징을 다 가지고 있으니, 이야말로 천하의 신장(神將)이라 할 만하네."

"천하…… 신장?"

부사인이 혼잣말처럼 그 말을 되뇌었다.

"그렇네. 내가 보기에 우금·방덕·조인 같은 명장은 그를 막을 수 없네. 만약 누구도 예상할 수 없는 변고가 발생하지만 않는다면 관우는 당연히 완성(宛城)을 손에 넣을 수 있을 테지. 관우의 전황에 대한 분석도 없이 내가 이곳을 찾아와 상호 불가침 맹약을 5년 더 맺자고 청하겠는가?"

회사파를 이용해 강동파를 상대하고 형주 사족을 다시 압박하는 것만으로도 후방이 안정되고, 전황에도 영향을 미치지 않을 것이다. 조루는 마음을 굳히고 자신의 생각을 밝혔다.

"그리 솔직하게 말씀해주시니, 저도 에두르지 않고 말씀을 드리겠습니다. 저야 감 장군이 제안한 맹약을 적극 찬성합니다. 다만 최종 결정권은 관우 장군에게 있으니, 오늘 밤 맹약에 관한 구체적인 이해관계를 서신으로 보내도록 하지요. 관우 장군도 분명 동의하실 겁니다."

그가 하늘을 올려다보며 말했다.

"쇠뿔도 단김에 빼라고 하지 않습니까? 오늘 이렇게 오신 김에 멀리서 찾아온 귀한 손님을 접대할 영광을 주시겠습니까? 남은 이야기는 술자리에서 계속 이어가는 걸로 하시지요."

감녕이 일어서며 호탕하게 웃었다.

"관우가 답을 주기 전까지 우리 사이에 더 나눌 얘기가 뭐가 있겠는가? 그저 쓸데없는 말에 불과할 테지. 무례하게 들릴지 모르나, 5년 후에 형주가 누구의 손에 들어갈지 아무도 장담할 수 없으니 내 앞에서 주인 행세는 그만두시게. 서로의 이익을 위해 친구가 된 것뿐이거늘, 마치 의기투합한 사이라도 되는 것처럼 굴지 말게나."

감녕은 자기 할 말만 하고 바로 문 밖으로 나섰다.

"공안성에서 번성까지 6백 리 길이니, 천리마를 달리면 오고 가는 데 사흘은 걸리겠지. 내 성에 남아 자네의 소식을 기다리도록 하겠네."

조루는 부사인에게 얼른 뒤따라가라고 눈짓을 한 후 서안 앞으로 돌아가 목간을 펼쳤다. 그는 붓을 잡고 관우에게 보낼 서신을 써 내려갔다. 회사파가 맹약을 먼저 제안하고 나섰으니 이런 기회를 절대 놓칠 수 없었다. 행여 오만한 관우가 이 서신을 거들떠보지도 않을까봐 조루는 어떻게든 설득력을 높이기 위해 애를 썼다.

통행금지 시간을 한 시진 정도 앞두어서인지, 거리에 돌아다니는 사람조차 눈에 띄지 않았다. 부사인은 호위 네 명을 대동하고 감녕을 뒤따라가느라 숨을 헐떡이며 연신 땀을 닦아냈다. 감녕은 그를 기다려주기는커녕 도리어 더 속도를 높여 걸어갔다. 부사인은 잰걸음으로 뛰어가듯 그를 따라가다 결국 더는 견디지 못하고 감녕을 불러 세웠다.

"감 장군님! 좀 쉬었다 가시지요!"

감녕이 고개조차 돌리지 않으며 대답했다.

"조금만 더 가면 태수부인데, 뭐 하러 쉬는가?"

부사인이 쓴웃음을 지으며 말했다.

"평소에 마차를 타고 오가는 길을 걸어가니 드리는 말씀입니다."

"공안성 태수라는 자가 그리 허약해서야, 성은 어찌 지키고 적은 어찌 물리치려 그러는가?"

"솔직히 전 태수 자리에 그리 연연하지 않습니다. 한중왕을 지지하는 형주 사족 대다수가 촉으로 따라갔고, 남은 자들은 저처럼 조용히 돈을 벌거나 불만이 있는 자들이지요. 한중왕이 되는대로 저를 태수 자리에 앉혀놓은 지도 벌써 10년이 다 되어갑니다. 지난 10년 동안 이곳에서 두 번의 치욕을 당해야 했습니다. 그때 가업만 아니었으면 일찌감치 이곳에서 도망쳤을 겁니다.”

부사인이 목소리를 낮추며 말을 이어갔다.

“진짜 성을 지키며 적과 싸워야 할 때가 오면 이 관복을 벗어버릴 생각입니다. 싸우고 싶은 사람이나 나가서 실컷 싸우라지요. 저는 그럴 만한 담도 없습니다.”

감녕이 갑자기 걸음을 멈추고 길 끄트머리를 바라보았다. 부사인은 제때 멈추지 못해 결국 감녕의 등에 부딪쳤다. 그가 뒤로 물러서며 투덜거렸다.

“감 장군, 멈추면 멈춘다 말씀을 하시든지…….”

“부사인, 최근 들어 발생한 사건에 무술 실력이 출중한 고수가 나타난 적이 있는가?”

“고수……”

부사인이 머리를 긁적였다.

“그 사건들은 조루가 도맡아 처리하고 있어서 저는 잘 모릅니다. 감 장군, 고수라면 실력이 어느 정도나 돼야 할까요?”

“지금 이 거리에서 감히 나에게 공격을 할 정도.”

부사인이 코웃음을 쳤다.

“지금요? 통행금지 시간이 되려면 아직 좀 있어야 하고, 군병과 백이위가 계속 순찰을 돌고 있는 데다 제가 데리고 있는 호위만도 네 명입니다. 이 상황에서 누가 감히 감 장군에게 덤빌 수 있겠습니까? 그런 짓을 벌이는 자라면 고수가 아니라 미치광이가 분명합니다.”

감녕은 아무 말 없이 눈을 가늘게 뜨고 굳은 표정으로 먼 곳을 내다봤다.

부사인이 미심쩍은 눈빛으로 길 끝자락으로 시선을 돌렸다. 그러자 석양 아래로 흰옷을 입고 복면을 한 검객이 천천히 걸어오는 것이 보였다. 그 순간 부사인은 등골이 오싹해지는 느낌이 들었다.

“도망치게, 부사인.”

감녕이 어깨를 돌리며 공격할 준비를 했다.

부사인이 웃으며 말했다.

"도망은 무슨! 이 호위병들로 말하자면 군병 중에서도 실력이 출중한 자들인데, 네 명이 한 명을 상대하지 못할까봐 그러십니까?"

그가 호기롭게 호위병들에게 명을 내렸다.

"저 미치광이를 당장 잡아 오너라! 동오의 귀빈께 너희들의 실력을 제대로 보여드려라!"

호위병들이 허리춤에서 환수도를 뽑아 들고 앞으로 돌진했다. 네 사람이 일사불란하게 움직이며 양쪽으로 나뉘어 검객을 협공하기 위해 진을 쨌다. 첫 번째 호위병이 순식간에 백의검객 앞으로 달려가자 검광이 바람 소리를 가르며 번뜩였다. 백의검객은 잽싸게 피하는 것이 아니라 손을 들어 이 호위병의 팔을 움켜잡고 칼을 뒤로 밀어 뒤이어 달려드는 두 번째 호위병의 목을 찔렀다. 백의검객은 곧바로 뛰어오르며 첫 번째 호위병을 들어 올려 세 번째 호위병의 칼을 막았고, 순식간에 피가 사방으로 튀었다. 눈처럼 하얗게 번쩍이는 칼끝이 피 안개 속을 뚫고 나가 세 번째 호위병의 배를 관통했다.

눈 깜짝할 사이에 호위병 세 명이 목숨을 잃었다.

남은 한 명이 시간을 끌며 소리를 질렀다.

"태수님! 어서 도망치십시오!"

부사인은 안색이 창백해진 채 두 다리를 부들부들 떨며 꼼짝도 할 수 없었다.

그 호위병이 뛰어올라 바람을 가르며 백의검객을 향해 칼을 날렸다. 검광이 정면으로 내리꽂히듯 다가왔지만, 백의검객은 태연하게 검광을 향해 손을 뻗으며 칼날을 두 손가락 사이에 끼었다. '쨍강!' 소리와 함께 칼이 두 동강 나며, 잘려나간 반 토막이 호위병의 목에 박혔다.

뒤이어 옷자락 펄럭이는 소리와 함께 백의검객이 어느새 감녕 앞에 다가와 있었다. 감녕이 팔을 뻗어 백의검객을 향해 반격을 가했다. 주먹이 바람 소리를 내며 한 차례 서로를 가격하자, 두 사람은 서너 걸음 뒤로 물러서고 나서야 중심을 잡을 수 있었다. 감녕은 한 번의 공격만으로도 그의 공력이 얼마나 강한지 미루어 짐작할 수 있었다.

감녕이 등에 메고 있던 짧은 창 두 개를 뽑아 들었다.

"솜씨가 보통이 아닌데, 살수로 살기에는 참으로 아까운 실력이군. 내가 오후에게 천거를 해줄 테니, 해번영에서 도위 직을 맡아보면 어떻겠느냐?"

백의검객은 아무 말 없이 허리춤에 찬 장검을 뽑아 들었다. 그 칼은 전혀 특별해 보이지 않았고, 심지어 칼날에 녹이 슨 흔적까지 남아 있었다. 감녕의 표정이 무겁게 가라앉았다. 평범한 무기로 강한 적을 상대하려는 무모함이 도리어 자신의 검술만으로도 충분히 이길 수 있다는 자신감처럼 비쳐졌다.

"부사인, 일각이면 군의사에 도착하니, 어서 도망가게!"

감녕이 소리쳤다.

"장군도 같이……."

부사인은 겁에 질려 턱을 덜덜 떨며 말을 잇지 못했다.

"아직도 상황 판단이 안 되느냐? 이자가 죽이려는 건 나다. 당장 조루에게 가 백이위를 데리고 달려오라 전하거라!"

부사인이 허둥지둥 도망쳤지만, 백의검객은 감녕의 예상대로 그를 추격하지 않았다.

"말해보거라. 너는 누구냐? 왜 나를 죽이려 하지?"

감녕이 웃으며 말했다.

"왜 하필 공안성인 것이냐?"

백의검객이 칼을 뻗으며 감녕을 향해 날쌘 제비처럼 돌진했다. 그의 속도는 결코 빠르지 않았고, 빈틈이 고스란히 노출되었다. 하지만 그렇기 때문에 도리어 허점을 찾아볼 수 없기도 했다. 감녕은 좌창으로 장검을 치고 우창으로 백의검객의 가슴을 찔렀다. 챙강 소리와 함께 백의검객이 돌연 감녕의 좌창을 쳐내고 먼저 그의 오른쪽 가슴을 찔렀다. 감녕이 급히 몸을 옆으로 돌리고 우창으로 칼을 막으며 가까스로 위기를 모면했다.

예리한 검법이로군!

감녕이 쌍창을 가슴 앞으로 교차시키며 눈앞의 살수를 매서운 눈빛으로 바라보았다. 그는 그 살수에게서 위험한 냄새를 맡았다. 방금 그는 칼과 창이 서로 맞붙었을 때, 그 칼이 빠른 속도로 수차례 움직이며 가볍게 좌창을 쳐내는 것을 느꼈다. 이런 운검 방식은 오랜 세월 고된 단련을 거치고, 여기에 그 칼을 쥔 자의 천부적 재능이 합쳐져야 비로소 완성되는 것이라 들었다. 지금 천하에 이런 검술을 지닌 자가 열 명을 넘지 않았다. 모름지기 고수는 강적을 만난다 해도 눈 깜짝할 사이에 승부를 내는 법이었다. 오랜 세월 전쟁터를 누비며 살아온 자의 직감은 여기서도 여지없이 드러났다. 지금 눈앞에 있는 자는 상대하기 쉽지 않은 고수였다. 그렇다면 생사와 승부 역시 바로 결정 날 것이다.

감녕이 미간을 찌푸렸다.

"지난 7, 8년간 동오에서 10여 건의 암살 사건이 일어났다. 다들 신분이 높지 않은 병사와 군장들이라 오후의 주목을 끌지 못했고, 수사에 총력을 기울이지도 않았지. 해번영에서 수사를 해보니 죽은 자들 중에 실력자들이 적지 않았는데도 한 명도 예외 없이 한칼에 목숨을 잃고 무기가 몸에 꽂혀 있었다고 들었다. 전부 네놈이 한 짓이더냐?"

백의검객은 여전히 아무 대답도 하지 않았다. 밤이 깊어 안개가 서서히 짙어지기 시작했다. 옆에 있는 고목 위엔 언제부터인지 까마귀 몇 마리가 내려앉아 새까만 눈동자를 굴리며 두 사람을 내려다보고 있었다.

감녕은 거리낌 없이 계속 말을 이어갔다.

"줄곧 궁금했다. 죽은 자들은 출신도 다르고 각기 다른 곳에 소속되어 있었다. 복수 때문에 죽였다 해도, 아무 공통점이 없는 자들이 동시에 한 사람과 원한을 맺는다는 게 너무 기막힌 우연이라고 생각지 않는가? 누군가 청부 살해를 한 거라 해도, 그리 신분이 낮은 자들을 상대로 자네 같은 고수가 나섰다는 게 말이 되는가?"

백의검객의 칼이 시위를 벗어난 화살처럼 감녕을 향해 곧장 날아갔다. 감녕이 숨을 들이마시며 쌍창을 휘둘러 번쩍이는 검광을 막았다. 칼과 창이 부딪히는 소리가 연이어 터져 나오며 불꽃이 사방으로 튀었다. 눈 깜짝할 사이에 두 사람은 또다시 서로에게서 떨어져나갔다. 백의검객은 여전히 흐트러짐이 없었지만 감녕의 가슴은 희미하게 들썩거렸다.

"칼의 속도를 자유자재로 쓰는 걸 보니 과연 고수답구나. 강동파에서 보냈느냐? 우리가 이렇게 오랫동안 싸우고 있는데도 순찰을 도는 병사가 단 한 명도 지나가지 않는 걸 보니, 그자들이 공안성에 내통하는 자가 있는 것이냐?"

백의검객이 손으로 칼을 튕기자 그 소리가 밤공기를 타고 맑게 울려 퍼졌다. 옆에 있는 고목의 가지에 까마귀 몇십 마리가 또 날아와 앉아 까악 까악 소리를 내며 울어댔다. 그 소리가 안개에 휩싸인 밤하늘과 어우러져 더 음습한 분위기를 자아냈다.

감녕이 한숨을 내쉬었다.

"내 평생 벙어리 자객과 마주하게 될 줄은 몰랐군."

백의검객이 장검을 올리며 왼발을 앞으로 짚고 오른발을 살짝 구부린 자세로 무심히 감녕을 쳐다봤다. 감녕이 허리를 굽히며 쌍창을 앞뒤로 가로 걸쳐 들었다. 빠른 칼과 느린 칼을 모두 겪어봤으니 이제 무엇을 보여줄지 기대되는군. 감녕은 이 백의검객과 처음 맞붙었을 때 이미 자신을 죽음으로 몰아넣을 능력이 충분했다는 것을 느꼈다. 하지만 그는 앞서 두 번의 기회를 모두 포기했다. 왜 그랬을까?

자객이 얼굴을 향해 칼을 찌르려 하자 감녕이 좌창을 휘둘러 그것을 막으며 우창으로 밀어냈다. 과연 장검은 또 한 번 빠른 속도로 움직이며 좌창을 튕겨냈고, 위에서 아래로 감녕의 오른팔을 공격했다. 감녕이 희미한 미소를 지으며 오른팔을 칼끝에 맞서 급히 위로 휙 들어 올렸다. 피가 터져 나오고 오른팔에 꽂힌 그의 칼이 눈에 들어왔다. 검은 기세를 늦추지 않고 여전히 아래를 향해 찔러댔다.

감녕은 포효 소리와 함께 죽을힘을 다해 칼을 잡아 그를 끌어당긴 후 좌창을 번개처럼 빠르게 날려 공격을 가했다. 육박전을 벌일 때 마지막에 웃는 자는 실력이 강한 자가 아니라 가장 악랄한 자일 때가 많았다. 창끝이 백의검객의 복면에 닿으려는 찰나, 감녕은 돌연 숨이 턱 막히고 엄청난 충격에 떠밀리듯 뒷걸음질을 치며 무너져 내렸다.

그는 곤혹스러운 눈빛으로 고개를 숙였고, 그 순간 자신의 가슴에 꽂혀 있는 무기를 보게 되었다. 두 다리는 이미 마비되어 아무 감각이 없었지만, 감녕은 고목 앞까지 물러서고 나서야 그대로 주저앉았다. 그는 몇 차례 피를 쏟아내며 호탕하게 웃었다.

"이럴 수가……."

그의 목소리가 뚝 끊기고, 백의검객이 그의 목에서 서서히 칼을 뽑아냈다. 그는 하얀 비단 천을 꺼내 칼에 묻은 피를 닦아낸 후 시체 옆에 던지고 뒤돌아 떠났다. 나무 위로 어느새 셀 수 없을 정도로 많은 까마귀들이 몰려들었고, 그 울음소리가 어두운 밤하늘을 가득 채웠다.

조루가 부사인과 함께 서둘러 도착했을 때, 감녕의 시체는 이미 싸늘하게 식어 있었다. 백이위가 사방으로 흩어져 현장에 남은 증거물을 찾기 시작했다. 조루는 하얗게 질린 얼굴로 시체 앞에 서서 한참 동안 아무 말도 하지 않았다. 부사인이 그를 찾아갔을 때 관우에게 쓴 서신을 막 보내고 출발했는데, 이렇게 빨리 변고가 생길 줄 미처 예상하지 못했다.

그는 고목 주변을 한 바퀴 돌고 거리를 따라 끝자락까지 가보았다. 이 길의 양옆으로 점포가 하나도 없고 대부분 이곳 출신 사족의 저택이 늘어서 있었다. 그들이 한중왕을 따라 성도로 이주한 후부터 이 저택들은 쭉 비어 있었다. 거리에 호위병 네 명의 시신이 남아 있을 뿐, 이 길을 지나간 사람의 흔적은 전혀 없었다.

조루가 성난 목소리로 물었다.

"자객이 나타나고 우리가 도착할 때까지 고작 반 시진밖에 걸리지 않았소. 그 시간 동안 행인은 물론 순찰을 도는 군병조차 없었다는 게 말이 됩니까?"

부사인이 이마에 흐르는 땀을 닦아내며 말을 더듬었다.

"그…… 그게…… 나도 그 이유를 모르겠네."

"태수라는 자가 순찰을 언제 도는지도 제대로 파악하지 못한 겁니까?"

조루가 버럭 화를 냈다.

부사인이 고분고분 대답했다.

"이 일은 태수부 주부 부희가 도맡아 처리하는 터라, 자세히 물어본 적이 없네."

조루가 분통이 터져 다시 한마디 하려는 찰나, 거리 끝자락에서 군병 한 무리가 달려오는 것이 보였다. 이들을 이끌고 오는 자는 바로 부사인의 수양아들 부진이었다. 부진은 심의 차림에 창을 멘 채 곧장 부사인 앞으로 달려왔다.

"아버님, 용서하십시오. 제가 좀 늦었습니다."

부사인이 바로 부진의 뒤로 가 몸을 움츠렸다.

"조…… 조 장사가 이 일로 나를 원망하는구나. 부회에게서 너희 백이위가 내 수하 군병을 여러 차례 질책한다고 들었다. 불꽃을 주의 깊게 보고, 행인을 검문하고, 순찰을 도는 길이 중복되지 않아야 한다는 둥 하루가 멀다 하게 트집을 잡는다지? 내가 이 일에 대해 또 모른다고……."

조루가 화를 억누르며 말했다.

"성을 안전하게 지키는 것은 자네의 책임이 아닌가? 어찌 그 일을 주부에게 맡긴 거지?"

부진은 비난의 화살이 자신에게 향하자 얼른 해명을 했다.

"항렬로 따지자면 부회는 제 아저씨이십니다. 그분께서 제 일 처리가 주도면밀하지 못하다고 하시며 순찰 노선을 새롭게 이동, 배치하셨습니다. 물론 문제가 좀 있어 보였지만, 그분이 집안 어른이시다 보니 막지 못했습니다."

"그걸 말이라고 하는가!"

조루가 소리를 버럭 질렀다.

"도위라는 자가 어찌 항렬을 따지고 나이를 따져가며 직무를 유기할 수 있단 말인가! 당장 부회를 찾아오게!"

부진이 손짓으로 군병 몇 명을 불러 모아 지시를 내렸다. 조루가 잠시 침묵하며 마음을 가다듬었다. 관직과 품계를 따지자면 부사인이 그보다 높고 부진은 그와 동급이니, 이리 함부로 이들을 질책해서는 안 됐다. 하지만 두 사람의 일 처리가 방만해 자객에게 허점을 노출시켰고, 결국 동맹을 맺으러 온 감녕의 죽음을 초래했으니 그 죄가 작지 않았다.

지금 가장 좋은 처리 방법은 바로 부사인과 부진을 희생양으로 삼아 죗값을 받도록 하는 것이었다. 이렇게라도 해야 동오에 낯이 설 것이다. 그러나 조루는 그렇게 할 수 없었다. 지금 공안성은 물론 형주 전체를 통틀어 한중왕을 위해 일하고자 하는 형주 사족은 이미 많지 않았다. 이 두 사람을 처벌하면 줄곧 애매한 태도로 일관해온 형주 사족조차 마치 자기 일처럼 그 일에 동화되어 들고일어날지도 모른다. 관우 장군이 전방에서 조위와 악전고투를 하고 있는 마당에, 형주가 흔들리고 민심이 요동치면 상상조차 할 수 없는 일이 벌어질지 모른다.

그는 화를 다스리며 감녕의 시신 옆으로 성큼성큼 걸어갔다.

"감녕 장군이 목과 가슴에 하나씩 치명상을 입었군. 부 도위, 성의 치안을 담당하는 입장에서 이 사건을 어찌 보는가?"

부진이 앞으로 나가 시신을 자세히 살펴보았다.

"상처의 모양으로 볼 때 목은 검상(劍傷)이고, 가슴에는 짧은 창이 꽂혀 있으니 창상(槍傷)이 맞소. 근데 아무래도 뭔가……."

조루가 나지막이 말했다.

"고수가 맞붙은 싸움이니 치명상을 두 군데 입었다고 해서 이상할 것도 없겠지. 하나 그 상처를 낸 무기가 각기 다른 게 조금 이상하네. 하물며 그 중 한 곳은 감녕 자신의 무기네."

부사인이 그제야 끼어들었다.

"조 장사, 이곳에서 내가 할 일도 별로 없을 것 같은데…… 먼저 가도 되겠는가?"

조루는 그의 말을 들은 체도 하지 않았다.

부사인이 말을 더듬거리며 어렵게 말을 꺼냈다.

"내…… 내가 이곳과 군의사를 오가며 뛰어다니다 허리를…… 삐끗하지 않았는가? 아무래도 돌아가서 좀 쉬어야 내일 일어날 수 있을 것 같네."

조루가 성가시다는 듯 손을 내젓자 부사인은 그제야 안도의 한숨을 내쉬더니 군병의 호위를 받으며 서둘러 그곳을 떠났다.

부진이 말을 꺼냈다.

"이럴 가능성은 없겠습니까? 자객이 감녕과 싸울 때 그의 단창을 뺏어

가슴을 찌른 것일 수도 있습니다. 다른 호위 네 명은 모두 칼에 찔려 죽었습니다. 백의검객이 그들을 죽일 때 자신의 칼이 아니라 그들의 환수도를 이용한 것 같습니다."

"호위의 무공을 어찌 감녕과 같이 비교한단 말인가? 백의검객이 감녕을 맨손으로 상대했다면 도대체 무공이 얼마나 강하다는 거지? 더구나 감녕의 목에 난 치명상은 검상이네. 만약 백의검객이 감녕의 단창을 이용해 공격을 했다면 왜 굳이 또 칼을 뽑아 들고 공격을 한단 말인가?"

조루가 몸을 숙여 감녕의 가슴에 꽂힌 단창을 뽑아냈다.

부진이 다급하게 그를 말렸다.

"조 장사, 검시관이 아직 도착하지 않았습니다."

상처가 영 의심스러웠다. 만약 정말 창상이라면 상처가 더 편평해야 했다. 그런데 지금 상처의 크기가 창상이라고 보기에 조금 넓었다. 조루는 가슴의 상처가 창상이 아니라고 확신했다. 분명 다른 병기가 사용되었다. 자객이 감녕의 단창을 상처에 꽂아 넣은 것은 그 병기의 흔적을 없애기 위해서였다. 목에 난 검상 역시 똑같은 목적에 의해 만들어졌다. 조루는 좀 더 자세히 들여다봤다. 상처는 단창이 들어갔다 나오면서 원래의 모양을 잃었고, 그 탓에 크기도 더 커졌을 것이다. 살수가 왜 자신의 무기를 감추려 했을까? 그 무기가 너무 특이해 자신의 신분이 쉽게 탄로날까봐?

군병 한 명이 헐레벌떡 뛰어와 부진의 귀에 대고 작은 소리로 보고를 올렸다.

조루의 미간이 좁혀졌다.

"왜 그러느냐? 이 공안성 안에 또 무슨 일이 벌어진 것이냐? 군의사 장사인 내가 알아서는 안 되는 일이라도 생긴 것이냐?"

부진이 난처한 듯 웃으며 말을 꺼냈다.

"제 아저씨께서…… 아니, 부희가 도망을 쳤습니다."

"도망을?"

"오늘 낮에 마차 두 대에 짐을 싣고 부인의 상한증(傷寒症) 치료를 위해 무릉(武陵)에 사는 장기(張機)를 찾아간다고 했답니다. 동문 수문장이 자세히 캐묻지 않고 바로 성을 나가게 해주었다는군요."

"제길! 내가 이미 군령을 내려, 성을 나가려는 자는 그 누구라도 군의사에 보고를 올리라 하지 않았는가?"

"장기는 천하의 신의(神醫)가 아닙니까? 계속 위나라 땅에 머무르니, 형주에서 그를 찾아 한 번 오가는 것도 쉬운 일이 아니지요. 동문 수문장도 아픈 사람을 상대로 매정하게 굴 수가 없었을 겁니다. 더구나 부희가 그의 상관이니 보고를 올리지 않은 거겠지요."

조루는 너무 기가 막혀 헛웃음이 새어 나올 지경이었다. 그가 버럭 소리를 지르며 백이위를 불렀다.

"여봐라!"

백이위 도백이 바로 그의 앞으로 달려왔다.

"지금 당장 동문으로 가서 오늘 번을 선 쓸모없는 놈을 저잣거리로 끌고 가 바로 목을 치거라!"

도백이 명을 받들어 자리를 뜨고 나자 부진은 무슨 말을 하려다 말고 다시 입을 닫았다. 조루가 그를 보며 물었다.

"부 도위, 성에 사는 사족들 중 누가 강동파와 결탁한 것 같은가?"

부진이 고개를 저으며 말했다.

"난들 어찌 알겠습니까?"

조루가 차갑게 웃으며 말했다.

"그럼 잘됐군. 오늘부터 백이위에게 군병을 이끌고 모든 사족의 집 근처를 감시하라 이르게. 만약 수상한 자가 다시 나타나면 보고할 필요 없이 알아서 처리하도록 하고. 어떻게 생각하는가?"

"조 장사, 너무 과하다 생각지 않습니까?"

"지금 과하다고 했나? 그럼 어떻게 해야 자객이 공안성을 활보하며 사람을 죽이지 않게 만들 수 있단 말인가? 자네가 한번 말해보게."

부진이 고개를 숙이며 말했다.

"조 장사의 뜻을 의부에게 전할 수야 있지만……."

"필요 없네. 조금 있다 내가 직접 백이위를 대동하고 태수부로 가서 부사인의 병부를 회수할 것이네. 그 순간부터 군병은 군의사의 통제를 받게 될 것이네!"

부진이 웃는 낯으로 조심스레 말을 꺼냈다.

"군병이 군의사 관할로 귀속되면…… 도위인 나는……."

"자네는 필요 없네."

조루가 부진을 보며 싸늘하게 말했다.

"나는 자네를 믿을 수가 없네."

가일이 뜰로 나와 검법을 한 차례 연마했다. 그의 어깨 상처도 잘 아물어 거의 회복된 듯 움직임에 무리가 없어 보였다. 옛 태수부 안에서 며칠을 숨어 지내다 보니 바깥세상이 어떻게 돌아가는지 도통 알 길이 없었다. 한선의 일 처리 방식이 원래 정(靜)으로 동(動)을 제압하는 것이라고 부진이 여러 차례 말해주었고, 바둑돌로 사는 신세이다 보니 기다리는 수밖에 달리 방법이 없었다. 가일은 공안성 안에서 거대한 음모가 벌어지고 있다는 것을 어렴풋이 감지하고 있었다. 어쩌면 나는 이 음모의 방관자일 뿐, 그 안으로 들어갈 자격이 전혀 없는지도 모른다.

가일이 칼을 칼집에 넣고 방으로 돌아가 술을 한 모금 들이켰다. 익숙한 맛이 목구멍을 타고 넘어가 오장육부로 퍼져 나가며 몸을 덥혀주었다. 허도를 떠나온 지 몇 개월밖에 안 되었는데 마치 몇 년은 흐른 듯한 느낌이

들었다. 조비와 조식은 여전히 자리싸움을 벌이고 있을까? 장제는 허도로 돌아간 후 어찌 되었을까? 이런 생각을 하다 그는 허탈한 웃음을 터뜨렸다. 자신조차 지키기 힘든 판에, 허도 쪽의 일을 걱정할 처지가 아니었다. 밤하늘에서 돌연 푸드득 소리가 들려왔다. 가일이 자리에서 벌떡 일어나 밖을 내다보자 검은 비둘기가 옅은 안개를 뚫고 창가로 날아왔다.

부진이 한선의 객경으로 있으니, 백반 물로 쓴 비밀 서신으로 소식을 전할 필요가 없지 않나? 가일이 가느다란 죽통을 풀어 밀봉을 깨고 얇은 종이를 꺼내 펼쳤다. 그 위에 적힌 글자를 보며 가일은 웃어야 할지 울어야 할지 감을 잡기 힘들었다.

'진상을 조사하되 신중하게 움직이고 끝까지 살아남아라.'

이것이 무슨 비밀 지령이란 말인가? 가일이 종이를 창문 턱 위에 올려 놓고 위에 술을 따르자 순식간에 글자가 흔적도 없이 사라져버렸다.

체포령이 떨어진 중범이라 온종일 이 태수부에 숨어 밤에만 잠깐 나갔다 오는 신세인데, 어떻게 여기저기 들쑤시고 다니며 진상을 조사하라는 거지? 신중하게 움직이며 끝까지 살아남으라는 말도 우습군. 지금 성안에서 다들 나를 잡으려고 혈안이 되어 있는 마당에, 조사를 하기 위해 나가는 순간 내 목숨은 운에 맡겨야 할 판이다.

가일은 비둘기를 다시 날려 보내며, 그 모습이 어둠 속으로 사라질 때까지 지켜보았다. 원래 진주조에 있을 때만 해도, 한선이야말로 가장 신비롭고 강한 적이라고 생각했다. 그런데 지금 한선의 바둑돌로 살게 되니, 도리어 그런 생각이 많이 희석되었다. 한동안 손몽을 보지 못했는데, 지금쯤 무엇을 하며 지내는지 모르겠구나.

앞쪽 수풀 더미 속에서 새가 다급하게 우는 소리가 몇 번 나는 것으로 보아 부진이 또 찾아온 듯했다. 솔직히 굳이 새소리를 흉내 내 신호를 보낼 필요가 있을까 싶기도 했다. 어쨌든 부진이 새소리를 내면 가일은 개 짖는 소리로 답을 하기로 미리 약조가 되어 있었다. 하지만 가일은 술 단지를 들어 또 한 모금을 마시며 아무런 소리도 내지 않았다. 수풀 속에서 또 한 번 새소리가 들려왔다. 보아하니 가일이 답을 주기 전까지 절대 안 나올 기세였다. 가일은 어쩔 수 없이 개 짖는 소리를 두 번 냈고, 부진은 그제야 조심스럽게 수풀에서 빠져나와 창을 넘어 들어왔다.

"엄청난 사건이 터졌습니다. 감녕이 피살됐어요!"

"뭐?"

가일이 놀란 눈을 치켜떴다. 지금 상황에서 회사파의 2인자가 공안성에서 피살당했다면 손권과 유비의 동맹이 완전히 깨지는 것은 아닐까?

"누가 죽였지? 강동파인가?"

가일이 다급히 물었다.

"모릅니다. 그런데 의부의 말을 들어보니 자객이 흰옷을 입은 검객이었다더군요."

"백의검객……."

이상하군. 이 백의검객이 며칠 전 나를 구해줬던 그자와 동일 인물이라면, 감녕은 한선이 죽였을 가능성이 아주 높아진다. 하지만 한선이 왜 강동파와 회사파의 세력 다툼에 끼어든 거지? 왜 객경인 부진조차 그 사실을 모른 거지?

"그 백의검객의 검술이 기가 막히게 뛰어나다고 하는 걸 보면 천하에 이름을 날리는 그 자객일지도 모르겠습니다."

"왕월?"

가일의 입에서 그의 이름이 툭 튀어나왔다.

부진이 놀란 눈으로 그를 쳐다봤다.

"네? 대검사 왕월요? 그가 백의검객이라는 말입니까?"

가일은 대다수 사람이 왕월의 신분을 전혀 모른다는 것을 깜빡 잊고 있었다.

"그렇다네. 그동안 거물들을 수도 없이 죽였다는 그 백의검객이 바로 조비의 검술 사부 왕월이네. 그런데 형주에 나타난 백의검객은 그가 아닌 것 같네. 내가 본 자의 검술은 왕월과 완전히 달랐어. 하물며 내 목숨을 구해준 이도 그였네. 만약 그가 왕월이었다면 분명 나를 죽였겠지."

"그 말은, 지금 백의검객이 두 명이라는 겁니까?"

"절대 한 사람일 리 없네. 그건 그렇고, 감녕과 조루의 만남은 1급 기밀에 해당하는 일이 아닌가? 그런데 어떻게 백의검객의 습격을 받은 거지?"

"그 정보는 처음부터 끝까지 내 의부와 조루, 감녕 세 사람만 알고 있었던 게 맞습니다. 대체 어떻게 정보가 새어 나간 걸까요? 어쩌면 감녕이 공안성으로 올 때 강동파가 그의 뒤를 쫓은 건 아닐까요? 지금 조루가 주위를 경계하며 내 휘하에 있던 병사들을 모두 군의사 관할로 귀속시켰습니다. 방금 이곳으로 올 때도 백이위가 따라붙어, 도박장으로 발길을 돌려 따돌리고 오느라 애를 먹었습니다. 아무래도 당분간 이곳에 자주 오기 힘들듯싶습니다. 지금 수사 강도를 높이고 있는 터라 이곳도 위험해질 수 있으니, 더 조심하셔야 할 겁니다."

가일이 무언가 생각난 듯 물었다.

"부 도위, 감녕을 죽인 자들은 강동파가 확실하네. 근데 한 가지 이상한 게 있네. 그자들이 이렇게까지 제멋대로 날뛰는데 손권이 왜 가만 두고 보는 거지?"

"그건 손권에게 직접 물어봐야 할 것 같군요. 근데 손권은 참을성 하나는 끝내주는 자가 아닙니까? 손책이 죽은 후 손고(孫暠)·손보(孫輔)가 서로 권력을 잡으려 했고, 장소조차 손익(孫翊)을 지지하고 나섰지요. 그런데 손권은 주유를 등에 업고 먼저 그에게 의지해 정세를 안정시키고, 그런 후에 서서히 회사파 원로들을 포섭해 세력을 키우고 나서야 자신을 위협해온 종실들을 차례대로 제거해버렸습니다. 그가 정말 강동파 호족의 힘을 빌려 조조와 유비에게 맞서고 싶었다면, 감녕 한 사람쯤 희생시키는 것도 문제 될 것이 없겠지요."

가일이 선뜻 말을 잇지 못하자 부진이 호탕하게 웃었다.

"그냥 해본 말입니다. 어떤 일에 대해 사람마다 의심 가는 바나 추론하는 것이 다 다르지 않습니까? 심지어 어떤 추론은 진상보다 훨씬 더 합리적일 때가 있죠. 여기 앉아 이렇게 터무니없는 생각을 하느니 차라리 술이나 마시며 피로를 푸는 편이 낫겠습니다."

부진이 탁자 위에 있는 술 단지를 끌어당기다 등잔이 바닥으로 떨어지고 말았다. 그 순간 방 안이 온통 암흑으로 변해버렸다. 가일이 화절자를 꺼내 불을 붙이고 등잔을 집어 올려 다시 불을 밝혔다.

부진이 술을 한 모금 들이마신 후 말했다.

"이 유등은 너무 쉽게 꺼지는 게 문제네요. 예전에 안에 있는 유지(油脂)를 등유로 바꿔본 적이 있는데, 그건 또 너무 빨리 타버리더군요. 누가 이런 문제를 좀 연구해서……."

가일이 놀란 눈으로 돌연 부진의 어깨에 손을 얹었다.

"무슨 말인가?"

"뭐가 말입니까?"

부진이 황당한 듯 멍하니 가일을 쳐다보다 이내 웃으며 물었다.

"아, 등유에 대해 처음 들으시는군요? 그게 땅 밑에서 뽑아낸 액체인데, 불이 아주 쉽게 붙습니다. 아마 조조의 땅에서 나올 걸요?"

가일은 자신이 과한 반응을 보인 것 같아 얼른 웃으며 상황을 무마했다.

"나도 들어본 적이 있네. 형주에도 있다 들었는데, 아니었나 보군. 참, 자네는 등유에 대해 어떻게 알게 되었는가?"

"작년에 부희 아저씨가 중개상을 통해 대량으로 들여온 적이 있는데, 산을 깎을 때 쓸 거라고 했던 기억이 납니다. 당시 성으로 운반해 올 때 주변에 불씨 하나 보이지 않게 엄청 조심을 했다고 하더군요.”

“부희는 지금 어디 있는가?”

“도망쳤습니다. 그가 순찰대 배치를 몰래 조작해 군병과 백이위를 다른 곳으로 따돌리는 바람에 감녕이 결국 혼자 싸우다 죽게 된 겁니다.”

“그럼 그자가 바로 한중왕에게 불만을 품은 형주 사족이었던 건가?”

“열 길 물속은 알아도 한 길 사람 속은 모른다지 않습니까?”

“유비의 가장 큰 실책이 바로 익주의 문벌을 억누르지 못할까 두려워 형주에서 자신을 지지하는 사족들을 모두 촉중(蜀中)으로 데려간 것이네. 지금 관우가 형주를 10년 동안 다스리고 있지만, 성정이 워낙 오만하다 보니 적을 끌어들이고 분열시키는 심리전을 하찮게 여긴 경향이 있네. 그러다 보니 결국 형주의 민심이 불안정해지고 말았지. 지금 형주는 관망하는 태도를 지닌 사족이 4할, 역심을 품은 자가 4할을 점하고 있고, 관우의 명에 따르는 자는 많아봐야 고작 2할뿐이네. 조루도 달리 더 좋은 방책이 없을 테지. 탄압에 치중하기에는 병력이 부족하고, 엄청난 후폭풍이 벌어질 테니 말일세. 그렇다고 회유책을 쓰면 무능하고 약하다고 여겨 더 날뛰겠지. 지금 가장 타당한 방법은 관우가 전쟁을 끝내고 돌아와 대대적인 숙청을 벌이는 것뿐이네. 그 싹을 뿌리째 뽑아버리는 거지.”

“죽인다 한들, 그 뒤를 받치고 있는 세력까지 사라지지는 않을 겁니다. 제삼자가 아무리 최고의 계책을 내놓는다 한들, 정작 높은 자리에 앉아 있는 사람들의 생각은 다를 수도 있습니다. 그들 눈에만 보이는 저항 세력과 견제 세력이 존재할 테니까요. 아마도 그들은 우리네 생각 따위는 거들떠 보지도 않을 겁니다. 가 교위, 우리가 형주의 관료도 아닌데 이런 고민 따위 할 필요도 없습니다. 가 교위는 앞으로 어떻게 해야 좋을지만 생각하십시오. 성에 대대적인 수색 작전과 체포령이 떨어지기 전에 내가 형주를 벗어날 방법을 찾아보겠습니다. 그것도 안 되면 공안성 안에서 계속 숨어 다니며 상황이 유리하게 돌아갈 때까지 기다려봐야지요."

가일이 한선의 밀령을 떠올렸다.

"내가 지금 상황에서 어떻게 동오로 돌아가겠는가? 가봤자 우청이 온갖 죄명을 들이대며 나를 감옥에 가둬버릴 걸세."

"그럼 일단 여기서 기다리십시오. 군병들 중에 나와 연락이 닿는 이들이 적지 않으니, 조루가 이곳을 수색할 기미가 보이면 바로 다른 곳으로 옮겨 갈 수 있게 하겠습니다."

부진이 목소리에 힘을 주며 신신당부를 했다.

"다시는 혼자 밖으로 나가지 마십시오. 조루는 당신이 형주 사족에게 소식을 전하는 강동파 첩자라고 여기고 있는 만큼, 어떻게든 잡아들이려고 혈안이 되어 있습니다."

"그럼 밖에도 못 나가고 여기 온종일 갇혀 지내란 말인가?"

부진이 정색을 했다.

"가 교위, 지금 자신이 무엇을 하고 싶은 건지 알고 있기는 한 겁니까? 계속 복수를 할 건지, 아니면 손몽을 지킬 건지 결정은 하셨습니까?"

그 말을 듣는 순간 가일의 머릿속이 멍해졌다. 부친을 위한 복수는 이미 물건너간 지 오래였다. 지금 그는 해번영에 소속되어 있고, 사마의는 가일이 돌아갈 수 없는 천 리 밖에 있었다. 그리고 손몽은 전천이 아니었다. 손몽을 향한 자신의 감정이 어떤 것인지 스스로도 알지 못했다. 다만 지금 손몽이 그보다 훨씬 안전하다는 것만은 확실했.

"잘 모르겠다면 일단 살아 계십시오."

"시체처럼 말인가?"

"나쁠 것도 없지 않습니까? 살아남는 것을 우습게 보지 마십시오. 이 난세에 살고 싶어도 그러지 못하는 사람이 한둘인 줄 아십니까? 살 수 있는 기회와 능력이 있는 것만으로도 감사할 줄 알아야 합니다. 결국 목표든 신의든, 모두 살아 있어야 이룰 수 있는 것이지요. 우리가 따르는 한선도 결국 그 존재의 지속과 번성을 목적으로 삼고 있지 않습니까? 사람이 추구해야 하는 건 신의고, 명예와 이권, 권력과 여색은 욕망입니다. 살아내는 것이야말로 본능이지요."

"부 도위, 자네는 자객이 아니라 세객(說客)이 되어야 했네."

"세객 역시 자객의 일종입니다. 자객은 육신을 죽이고, 세객은 마음을 죽이지요. 지금은 가 교위가 해번영에 있다 하나, 사마의를 죽여 부친을 위해 복수를 하는 게 불가능한 일은 아닙니다. 손몽에 관해서는, 내가 여인에 대해 잘 모르니 스스로 답을 찾으셔야겠습니다. 물론 그것도 살아 있어야 희망이 있겠지요."

가일이 희미하게 웃으며 말했다.

"부 도위의 충고는 고맙게 듣겠네. 다음에 올 때는 투호나 좀 가져다주게. 그거라도 하면서 무료한 시간을 좀 견뎌봐야겠네."

부진이 고개를 끄덕였다.

"듣던 중 반가운 말이로군요. 나는 이만 가봐야겠습니다. 감녕이 피살당한 사건 때문에 의부께서 이미 나에게 한바탕 불평을 쏟아내셨지요. 집을 나설 때 보니, 괴로우신지 술을 드시고 계시더이다. 아무래도 오늘 밤 나를 찾으실 것 같으니 얼른 가봐야지요. 게다가 오늘 군의사가 군병을 접수했으니 순찰 배치도 서둘러 변경될 겁니다. 내일이면 지금과 달리 순찰이 물샐틈없이 이루어질 듯싶습니다. 그러니 꼭 필요한 경우가 아니라면 절대 밖으로 나오지 마십시오. 다음번에 만났을 때 제 앞에 시체가 돼서 나타나는 일은 없어야겠지요."

부진이 창문을 뛰어넘어 수풀을 헤치고 점점 멀어져갔다. 어슴푸레한 달빛이 창문을 통해 가일의 얼굴을 비추고, 그의 얼굴에서 웃음기가 서서히 사라져갔다. 부희가 등유를 산 적이 있고, 보영 객주의 우물 안 밀실에서도 등유의 흔적이 발견됐다. 그렇다면 보영 객주에 불을 지른 자가 부희란 말인가? 창밖에 정적이 흐르는 것으로 보아 부진이 이미 뜰 밖으로 나간 것이 분명했다. 가일은 허리춤의 장검을 정비하고 창을 훌쩍 뛰어넘었다.

방금 전 부진의 말 때문에 더 오기가 생겨 나가려는 것은 아니었다. 그도 지금 옛 태수부에서 숨어 지내는 것이 더 안전하다는 것을 모르지 않았다. 그러나 부진이 등유에 대해 말하는 순간, 잠자던 맹수가 깨어나 끊임없이 그의 심장을 긁어대는 것만 같았다. 보영 객주는 연노를 암거래했고, 감녕이 동오에서 자객의 습격을 받은 사건에 연루되어 있었기 때문에 해번영의 수사 선상에 올랐다. 군의사는 해번영이 도착하기 전에 일석이조의 효과를 거둘 수 있는 계책을 짜냈다. 그들은 한중왕에게 불만을 품은 일부 형주 사족을 보영 객주 안에서 다 죽여버리고 증거를 남겨 강동파를 모함할 생각이었다. 바로 이 계책 때문에 부희는 보영 객주가 더 이상 안전하지 않다고 여겨 밀실 안에 있던 무기와 갑옷을 모두 옮기고 불을 질러 증거를 인멸했다. 이렇게 해서 해번영은 단서를 찾는 데 실패했고, 군의사도 이곳을 크게 문제 삼을 수 없게 되었다. 그야말로 선수를 친 셈이다.

가일이 이해할 수 없는 부분은 이런 것이었다. 당시 손몽도 객주 안에 있다 불길을 피해 나왔고, 부진의 엄호를 받으며 도망을 쳤다. 부진은 손몽을 엄호하는 것이 한선의 밀령이었다고 딱 잘라 말했다. 손몽의 해명도 억지스러운 면이 없지 않았다. 형주 사족을 죽인 자는 군의사고, 보영 객주에 불을 지른 자는 부희 일당이었다. 손몽은 이 두 사건이 일어났을 때 우연히 그 자리에 있었고 불길을 피해 도망쳐 나왔다. 사실 얼핏 보면 아무 문제될 것이 없었다. 그런데 손상향이 왜 손몽을 형주로 보냈을까? 감녕이 피살된 것과 그녀가 한동안 종적을 감춘 시기가 겹치면서 의심이 자꾸 꼬리에 꼬리를 물었다.

손몽이 형주 사족이나 강동파와 연관되어 있는 것은 아닐까? 바꿔 말하면 손몽이 이 일련의 사건에 개입되어 있는 것은 아닐까? 손상향이 강동파의 편에 서 있는 것은 아닐까?

사건의 진상은 눈앞에 안개라도 낀 것처럼 어렴풋하고, 도처에 위험이 도사리고 있는 것만 같았다. 그는 자신이 도대체 어느 편에 서 있는지조차 확신이 서지 않았다. 한선은 그를 객경으로 받아들이지 않았고, 손상향도 그를 심복으로 보고 있지 않았다. 더구나 그들은 가일에게 너무 많은 비밀과 진상을 숨기고 있었다.

어느새 대문 앞이었다. 가일은 무겁게 가라앉은 얼굴로 문을 밀고 나와 옅은 안개가 낀 길의 좌우를 조심스레 살폈다.

설사 내가 바둑돌에 불과해다 해도, 독하게 살아남아야 한다.

나는 가만히 앉아서 죽음을 기다리지 않을 것이다.

이번이 세 번째 돌격이었다.

요화는 말을 타고, 군장(軍將)들의 깃발 신호에 맞춰 일사불란하게 진형을 짜며 전진하는 대오를 지켜보았다. 전방에 보이는 땅 위로 화살이 빼곡하게 꽂혀 있고, 셀 수조차 없을 만큼 많은 시체들이 쓰러져 있었다. 더 먼 곳으로 시선을 돌리니, 높은 언덕 위로 우금의 군대가 진지를 정비하고 적군을 기다리고 있었다.

지난 10년 가까이 대치하는 동안 위군(魏軍)은 일찌감치 번성을 난공불락의 요새로 만들었고, 황토와 찹쌀풀을 섞어 성 밖 양옆에 높은 언덕을 쌓아 올렸다. 촉군이 맥성을 공격할 거라는 정보를 입수한 후 조인은 군대를 성 밖에 집중 배치했다. 그는 우금과 방덕의 병력을 성 밖 양쪽 언덕에 각각 배치해 번성과 '품(品)' 자 대형을 만들었다. 번성을 차지하려면 먼저 동서 양측에 있는 높은 언덕을 점령해야 하고, 그러지 않으면 세 방면에서 협공을 받게 된다. 요화는 며칠 전에 이미 두 차례 탐색전을 벌였고, 이 두 번의 돌격으로 장병 4천여 명이 죽었지만 언덕 위에 있는 중군(中軍)에게 접근조차 하지 못했다.

세 번째 공격을 앞두고 요화는 군진을 정비했다. 그는 장남(張南)을 군진 주장(主將)으로 임명하고, 4천 명의 칼과 방패 부대를 네 개의 방진(方陣: 병사들을 네모꼴로 배치하는 진형)으로 배열해 군진의 전방과 우측에 배치했다. 그런 후 2천 명의 장창(長槍) 부대로 만든 방진을 중간에 두고, 좌측에 수십 개의 정란(井闌: 성을 공략하는 데 사용한 무기의 일종)과 궁수들로 구성된 방진을 배치했다. 이런 군진 배치는 육박전을 벌이기 전에 쇠뇌살로 인한 사상자를 최대한 줄일 수 있다.

북소리가 울리는 가운데 군진이 이미 앞으로 꽤 많은 거리를 밀고 나가 언덕 아래에 거의 다가갔다. 묵직한 호각 소리가 들려오자 첫 번째 우전(羽箭)이 하늘과 땅을 덮으며 언덕 위에서 군진으로 쏟아져 내렸다. 병사들이 화살을 맞아 쓰러지는 가운데 우기(羽旗: 물총새의 깃털로 장식한 깃발)가 솟구쳐 오르고, 칼과 방패 부대 방진이 전진을 멈추고 신속하게 물샐틈없는 삼선진(三線陣)으로 진형을 바꿨다. 칼과 방패를 든 첫 번째 줄 병사들이 나무 방패를 땅속에 박아 세우면, 두 번째 줄 병사들이 나무 방패를 첫 번째 줄 방패 위에 비스듬히 세워놓았다. 그런 후 세 번째 줄 병사들이 두 번째 줄 위로 방패를 쌓아 견고한 방패 벽을 만들었다. 뒤이어 깃발이 올라가자 장창 부대 방진이 한 줄로 흩어지며 방패 부대의 삼선진에 바짝 붙어 서고, 방패 틈새로 장창을 찔러 넣어 언덕에서 돌진해 내려오는 기병의 공격을 막아냈다. 우전이 다시 한번 비처럼 쏟아져 내렸지만, 대부분 견고한 방패에 부딪히며 튕겨나갔다.

요화가 수염을 쓸어내리며 만족스러운 듯 고개를 끄덕였다. 사상자가 났는데도 군심이 흔들리거나 사기가 꺾이지 않았으니, 지난 10년의 노력이 헛되지 않았다. 물론 전장의 병사들도 두려움을 느끼겠지만, 사상자가 3할만 안 넘으면 오랜 기간 단련된 본능적 반응이 두려움을 압도하게 된다. 병사들은 편장들의 지휘에 따라 신속하게 진형을 바꾸며 적과 맞섰다. 그는 시선을 군진의 후방 쪽으로 돌렸다. 정란과 궁수들로 구성된 방진 쪽은 언덕에서 쏘아대는 우전의 사정거리 밖에 있었다. 전법대로라면 지금이 바로 반격을 가할 때였다.

용기(龍旗)를 들어 올리자 궁수들이 정란을 밀며 앞으로 서서히 이동했다. 언덕 위 궁수들이 호령에 따라 화살에 솜화약을 묶고 불을 붙인 후 정란을 향해 퍼부었다. 불화살이 비처럼 쏟아져 내렸지만, 대부분 정란 앞 얇은 철판 위까지밖에 미치지 못했다. 이 정란은 제갈 선생이 개량해 만든 것으로, 기존 정란보다 훨씬 무거운 반면에 불화살에 강했다.

정란이 마침내 창과 방패 부대 뒤까지 도달했다. 요화가 손을 내젓자 북소리가 빠른 속도로 변하며 긴장감을 고조시켰다. 정란 위에 앉아 몸을 숙이고 있던 궁수들이 일제히 일어나 시위를 당기며 화살을 쏘았다. 요화 부대는 세 번째 돌진에서 마침내 화살 비를 되갚아줄 수 있었다. 요화는 그제야 마음속에 맺혀 있던 응어리가 조금이나마 풀리는 듯, 막혔던 숨을 토해냈다. 창과 방패 부대가 전진하자 정란이 그 뒤에 바싹 붙어 따라갔다. 화살 비가 끊임없이 언덕 위로 날아가자 적진의 궁수들은 반격할 틈조차 없을 정도였다. 언덕 아래에 도착할 때까지 정란은 사격을 멈추지 않았고, 창검 부대와 궁수들이 네 줄의 작은 방진으로 진을 바꿔 차례로 앞을 향해 밀고 나갔다. 만약 계속 이런 식으로 순조롭게 진행된다면 언덕 위에 있는 우금의 중군을 돌파하는 것도 시간문제였다.

하지만 요화는 여전히 마음을 놓을 수 없었다. 우금은 분명 수비에 능한 명장이니 대비책을 준비해두었을 것이다. 과연 창과 방패 부대가 언덕을 반쯤 올라갔을 때쯤 꼭대기에서 묵직한 호각 소리가 울리자, 병사들이 화살 비 속에서 뇌목(檑木: 적을 막으려 성벽 위에서 굴려 내리는 통나무 토막)을 진형의 앞쪽으로 굴렸다. 만약 이 뇌목들이 그 상태로 계속 아래로 굴러 내려온다면 창과 방패 부대가 맨몸으로 막을 방도가 없다. 하지만 요화는 전혀 위축되지 않았고, 도리어 입가에 미소를 지었다.

검은 깃발이 솟아오르는 것이 보이자 4선 방진의 앞줄 병사들이 앞 다투어 멈춰 서더니 등에 짊어지고 있던 보따리를 방진 앞으로 던졌다. 순식간에 여기저기 흙무덤이 쌓여갔다. 뇌목이 굴러 떨어지며 흙무덤에 걸리거나 부딪혀 옆으로 비껴 나갔다. 뒤에 있던 뇌목도 눈 깜짝할 사이에 굴러 내려와 앞에 있던 나무와 부딪히며 흙무덤 여기저기에 걸쳐졌다. 곧바로 중간 대열의 방진이 신속하게 앞 대열을 넘어 군진의 최전선으로 나가 언덕 위로 돌격했다. 두 차례 뇌목이 굴러 내려왔지만 병사들의 돌진을 막기에 역부족이었다.

요화는 동쪽의 높은 언덕을 바라보았다. 방덕이 지키고 있는 그곳에서는 여전히 아무런 반응이 없었다. 지난 두 번의 전투에서 방덕은 경기병(輕騎兵)을 보내 교란 작전을 펼쳤다. 이번에도 그는 같은 수를 쓸 확률이 높았다. 과연 잠시 후 방덕이 주둔한 언덕에서 북소리가 울려 퍼지더니 경기병 부대가 쐐기형 진을 짜고 언덕을 따라 아래로 곧장 돌격해 왔다.

요화는 오른쪽에 있는 장수에게 나지막이 명을 내렸다.

"부융(傅肜) 장군, 기병 6백을 줄 테니 저들을 막아주게!"

부융이 명을 받은 후 곧바로 기병을 불러 모아 흙바람을 일으키며 달려 나갔다. 차 한 잔 마실 만큼의 시간이 흐른 후 기병이 충돌하고 말 울음소리가 멀리서 들려왔다. 수적으로든 장비로든 위군의 기병이 모든 면에서 우위를 점했기에, 요화는 부융이 그들을 상대로 시간을 끌어주기만 바랄 뿐이었다. 서측 언덕에서 창과 방패 부대가 이미 언덕을 반쯤 올라갔고, 일각 안에 고지에서 위군과 접전을 벌일 수 있을 것이다.

그런데 바로 이때 언덕 뒤편에서 2천 명 정도 되는 칼과 방패 부대가 돌아 나와 정란을 향해 곧바로 돌진해 왔다. 번성에서 출동한 지원병이 확실했다. 그 기세를 보아하니 정란을 무너뜨린 후 언덕 위로 올라가 위군과 합류할 듯했다. 요화가 차가운 미소를 지으며 소리쳤다.

"응기(鷹旗: 송골매를 그려 넣은 깃발)를 들라!"

응기가 깃대 끝자락까지 다 올라가기도 전에 정란 아래 있던 궁수 천여 명이 귀청이 떨어져나갈 정도의 함성을 지르며 궁노를 내던지고 장검을 뽑아 들며 위군을 향해 돌진했다. 궁수들은 보통 포갑(布甲: 직물 위에 쇳조각을 붙인 갑옷)을 주로 입는다. 이 갑옷은 활을 쏘기에 유리하나 근거리 접전에 불리했다. 하지만 이 궁수들이 예상을 깨고 돌격해 오자 위군의 공세가 주춤거렸다.

양군의 거리가 가까워졌을 때쯤, 위군은 그제야 이상한 점을 알아챘다. 궁수들은 대부분 얼굴에 형형색색의 기름 물감을 바르고 있고, 손에 든 장검의 모양도 기괴했으며, 마치 죽음을 각오하고 달려드는 자들처럼 검법이 매섭고 악랄했다. 특히 맨 앞에서 진두지휘를 하며 달려드는 사내는 상체를 드러내고 삐죽삐죽 가시가 돋은 쇠몽둥이를 휘두르며 적을 쓰러뜨리니, 그를 대적할 자가 없었다.

요화가 웃으며 말했다.

"오계만왕(五溪蠻王) 사마가(沙摩柯) 휘하의 용사들이야말로 원거리 공격과 근거리 접전에 다 능하거늘, 고작 평범한 보병 부대로 어찌 대적할 수가 있겠느냐?"

다른 쪽에서는 부융이 이끄는 기병 부대가 수적으로 열세인 상황에서도 위군과 막상막하의 접전을 벌였다. 모든 것이 계획대로 흘러가는 듯했다. 창과 방패 부대가 우금의 진영으로 치고 들어가기만 하면 아직 남아 있는 후방 부대 5천 명을 투입해 언덕을 접수할 수 있었다. 일단 언덕을 손에 넣기만 하면 '품(品)' 자 수비 진형이 깨지고 위군 병사들의 사기가 떨어지니, 번성을 함락하는 일도 쉬워질 것이다.

별안간 서측 언덕 위에서 또 한 번 묵직한 호각 소리가 들려오자 요화의 미간이 좁혀졌다. 우금에게 아직 남아 있는 전술이 또 있단 말인가? 그래 봤자 돌을 굴리거나, 돌가루·분변 같은 것들이겠군. 돌을 굴린다면 병사들이 짊어진 흙 자루를 풀면 될 것이고, 돌가루나 분변을 뿌리는 작전은 경사가 완만한 언덕에서 그리 쓸모가 없었다. 이런 생각을 하는 사이 10여 차례 굉음이 터지더니 수많은 돌덩어리가 하늘과 땅을 뒤덮을 기세로 굴러 떨어졌다.

벽력거(霹靂車)!

우금이 언덕 위에 돌을 쏘는 벽력거를 배치했단 말인가? 벽력거는 돌을 장착하는 시간이 걸리고 정확도가 떨어지지만 공성전에서 주로 사용되는 무기였다. 그러나 지금은 거리가 가깝다 보니 정확도는 그리 중요하지 않았다. 군진을 파괴할 수 있다면 전황을 뒤집기에 충분했다. 창과 방패 부대의 대오가 흐트러지고 병사들의 비명이 귀청을 찢을 듯했으며, 하늘 높은 줄 모르고 치솟았던 사기도 순식간에 바닥까지 추락했다. 요화는 군진 주장 장남을 향해 깃발을 휘두르며 군진을 다시 짜라는 신호를 보냈다. 그러나 사병들의 행동은 확연히 느려졌다.

벽력거의 위력이 엄청나다 해도 돌을 장착하는 시간이 매우 길었고, 언덕 정상까지의 거리를 가늠해보니 몇십 걸음이면 충분했다. 군진을 재정비한 후 전진 속도를 높이기만 해도 정상을 충분히 점령할 수 있었다. 하지만 바로 뒤이어 군진 앞으로 또 10여 차례 굉음이 울리며 돌덩이가 다시 쏟아져 내려왔다.

"제길!"

요화가 분에 못 이겨 손에 쥔 창으로 땅을 내리쳤다. 이렇게 짧은 시간

안에 다시 돌을 쏘아 올린 것을 보면 분명 좀 전에 사용했던 벽력거가 아니었다. 우금이 언덕 위에 벽력거를 대체 몇 대나 배치한 거지? 방금 재정비한 진형 위로 돌덩이가 떨어지면서 병사들이 사방으로 흩어졌다. 마치 다진 고깃덩어리처럼 납작하게 눌려 죽은 자를 바로 옆에서 본 병사들의 얼굴이 파랗게 질리고, 허리를 숙인 채 토악질을 하는 이들도 있었다. 이와 동시에 언덕 위에서 창을 든 위나라 병사들이 대열을 이루며 연이어 모습을 드러내고 호각 소리에 맞춰 물밀듯이 쏟아져 내려왔다.

이번 전투도 실패로 끝나고 말았다. 계속 버텨봤자 사상자만 속출할 뿐이었다. 요화은 파랗게 질린 얼굴로 기수에게 중군 깃발을 뽑아 들라 명한 후 5천 명의 병졸을 이끌고 수십 장 밖으로 물러섰다. 그런 후 옆에 있는 친위병에게 징을 울리라 명하고 교전 중인 부대를 서서히 후퇴시켰다. 정란 위에 있던 궁수들이 달려드는 위군 창병을 향해 화살을 비처럼 쏟아붓자 앞서 오던 대열이 전부 쓰러지며 공세가 수그러들었다. 창과 방패 부대가 간신히 진영을 재정비하고 신속하게 언덕에서 후퇴하기 시작했다. 사마가의 오계만병과 부융의 기병도 사선에서 벗어나 창과 방패 부대에 합류했다. 후방에서 5천 명의 보병이 위세를 더하니, 우금과 방덕은 더 이상 추격을 하지 못했다. 그러나 중상을 입어 움직일 수 없는 자들과 이미 인사불성이 된 병사들은 모두 영원히 그곳에서 빠져나올 수 없었다.

관평이 말을 몰고 앞으로 나와 철수 중인 대군을 지켜보았다.

요화가 허리를 굽혀 말했다.

"관 장군, 제가 무능한 탓입니다."

"요 장군이 천하의 명장으로 불리는 조인·우금·방덕을 상대로 이 정도 해낸 것만도 이미 상당히 훌륭했네. 이제 어떻게 할 생각인가?"

"우금이 벽력거를 동원한 이상 방덕 쪽도 마찬가지일 테고, 보병으로 진을 짜 강공을 펼쳐봤자 통하지 않을 겁니다."

그가 잠시 뜸을 들였다.

"이제부터는 흙을 쌓아 언덕을 만들고 투석거를 배치하거나, 땅굴을 파서 번성으로 직접 들어가는 방법이 있습니다. 다만 이런 방법은 시간이 상당히 걸리기 때문에 관우 장군께서 요구한 시간 안에 번성을 점령하는 건 거의 불가능에 가깝습니다."

"더는 기다릴 수 없네."

관평의 말투 속에 초조함이 묻어났다.

"조루 쪽에서 보고가 올라왔네. 감녕이 회사파를 대표해 공안성을 찾아와 맹약을 제안했다네. 그런데 그날 밤에 그가 백의검객에게 피살을 당했다네."

요화가 놀란 기색을 감추지 못했다.

"그럼 우리가 동오 쪽에 어찌 해명을 해야 합니까?"

"대장군께서 이미 손권과 여몽에게 서신을 보내, 살수를 반드시 찾아내 진상을 밝히겠다는 뜻을 분명히 밝혔네. 한데……."

관평이 고개를 가로저었다.

"이런 일까지 벌어졌으니 회사파가 더는 우리와 맹약을 맺지 않을 거고 손권의 속내를 읽을 길도 없으니, 상황이 우리에게 아주 불리하게 돌아가고 있네. 그래서 더더욱 이 번성을 하루라도 빨리 함락해야 하네. 그러지 않으면 필시 큰 변고가 생길 것이네. 대장군께서 선봉 병력을 15리 밖에 있는 한수 나루터까지 철수시키고 배에 올라타 명을 기다리라 하셨네."

요화가 당황한 기색을 드러냈다.

"번성은 어찌하시려는 겁니까? 병력을 다시 나눠 북상하는 것이야말로 병법에서 가장 금기시하는 것 아닙니까?"

"잘 알고 있네. 우리는 이미 병력을 나눠 양양을 포위했고, 양수를 넘어 번성을 치는 건 무모한 공격이겠지. 하나 번성을 손에 넣어야 계속 북상할 수 있네. 그러지 않으면 후방에 두 개의 군사적 요충지를 남겨두는 셈이 되고, 앞쪽에 완성까지 있으니 앞뒤로 적의 공격을 받게 되겠지."

"그럼 관우 장군의 이 군령은……."

관평이 요화의 말을 잘랐다.

"우리의 이번 북벌은 대 한나라를 부흥시키기 위한 것이네."

요화는 내막을 모른 채 고개를 끄덕였다.

"그래서……."

관평의 얼굴에 피곤한 기색이 가득했다.

"한실의 백성으로서 희생을 감수하는 것도 당연한 일이겠지."

가일이 나무 기둥에 묶여 있는 부사인을 냉혹한 표정으로 쳐다봤다.

가일은 밤을 틈타 태수부로 잠입해, 이미 잠든 부사인을 칼집으로 내리쳐 기절시킨 후 이불에 싸서 들쳐 업고 나왔다. 오는 도중에 순찰을 도는 군병과 백이위에게 몇 차례 발각될 뻔했지만 요행히 잘 피해 돌아올 수 있었다.

부진의 말을 들으며 그는 이미 짐작 가는 바가 있었지만, 그것만은 아니기를 바랐다. 때로는 추론이 심지어 진상보다 더 합리적일 때가 있지만, 어차피 진상은 하나뿐이다. 유일하게 사실을 인증할 수 있는 방법은 바로 그 진상을 알 것 같은 자를 찾아내는 것이다. 가혹한 문초로 자백을 받아내는 방법이 지나치게 잔인하고 비열해 보이지만, 그것만이 생각지도 못한 답을 얻어내는 지름길이기도 하다.

가일은 장검을 내려놓고 탁자 위에 있던 죽통을 들어 부사인에게 던졌다. 죽통이 그의 투실투실한 얼굴을 치자 그제야 그가 신음 소리를 내며 눈을 뜨고 게슴츠레 가일을 쳐다봤다.

"부 태수, 또 보는군요."

가일의 목소리에 감정이 드러나지 않았다.

"자네는…… 그 연회에서 무예를 겨루던 동오의 교위가 아닌가? 여기가 어딘가? 왜 날 잡아 왔지?"

부사인의 목소리가 두 다리와 함께 덜덜 떨렸다.

가일이 칼집을 집어 들고 부사인의 다리를 내리쳤다.

"묻는 말에 대답만 하시죠."

"뭐…… 뭐 하자는 것이냐?"

부사인이 울먹이며 말을 더듬었다.

"탁!"

가일이 칼집으로 부사인의 얼굴을 쳤다.

"묻는 말에 대답만 하라 했소!"

부사인이 공포에 질려 연신 고개를 끄덕였다. 머리에 쓴 관이 떨어지며 머리카락이 흘려내려 산발이 되니 거지꼴이 따로 없었다.

"언제부터 강동파와 결탁했소?"

"감녕은…… 객주를 통해…… 나를 찾아온 것이고, 나는 그들과 결탁한 일이 없네!"

"내가 묻는 것은 강동파지 회사파가 아니오."

"무슨 강동파, 회사파라는 건가? 난…… 무슨 말인지 도통…….."

"부 태수!"

가일의 목소리에서 살기가 느껴졌다.

"관우가 습격을 받았고, 조위 사절단이 목숨을 잃었고, 동오 사절단이 급습을 당했소. 이 일이 다 부 태수와 강동파가 함께 도모한 일 아니오?"

부사인의 입이 쩍 벌어졌다.

"무…… 무슨 말을 하는 것인가? 그게 대체 나랑 무슨 상관이라고 이러는가?"

가일이 살벌한 눈으로 그를 쳐다봤다.

"나는…… 형주 사족을 위로하기 위해 부임한 껍데기에 불과하네. 비록 별다른 능력은 없지만 지금까지…… 분수에 만족하며, 자네가 말한 그런 일에 발을 담근 적이 맹세코 단 한 번도 없네."

부사인이 코를 훌쩍였다.

"자네가 뭔가 잘못 알고 있는 게 확실하네."

"그럼 처음부터 다시 말해보면 되겠군. 연회에서 제갈 장사가 부 태수에게, 부진을 대동하고 함께 연노를 암거래한 객주를 수사하겠다고 제안했소. 해번영은 보영 객주에 도착한 후 군의사가 그곳에서 조작한 증거와 함정을 발견했고, 강동파가 감녕을 암살하려 한 혐의를 확실히 밝힐 생각이었소. 그런데 우청과 조루 사이에 의견 충돌이 일어나는 과정에서 객주에 갑자기 큰불이 났고, 그 안에서 진주조 요패를 지닌 검은 옷의 자객이 도망쳐 나오면서 이 일이 더 복잡하게 뒤엉켜버렸지. 기억하고 있소?"

"알지. 기억하네. 하지만 그 일은 정말 나와 상관이 없네."

"며칠 전 내가 밤에 보영 객주를 찾아갔을 때 우물 정자 아래서 밀실을 찾아냈소. 안에 들어가보니 촉 땅의 연노와 단양의 철검을 보관하고 있던 곳이었소. 감녕과 관우를 죽이려 하고 조위와 동오 사절단을 공격한 살수가 사용한 무기였을 테지. 근데 그 안에서 등유의 흔적도 발견되었소."

가일이 부사인의 두 눈을 뚫어지게 쳐다보았다.

"내 알아보니 요 몇 년 사이 등유를 사들인 이는 태수부의 주부 부희뿐이었소."

"이…… 이보게…… 그거라면 잘못 알았네. 부희가 나쁜 짓을 했다고 나까지 한 패거리로 몰면 안 되네."

"연회가 열리던 그날 관우가 옥천산에 간 걸 부희가 알고 있었소? 부희가 조위 사절단이 어디에 묵고 있는지, 역관 밖에서 백이위와 군병들이 언제 교대하는지 알고 있었느냐는 말이오."

가일이 장검을 뽑아 들었다.

"부 태수, 이런 일들은 태수만이 알 수 있는 일 아니었소?"

부사인이 마른 침을 꿀꺽 삼켰다.

"물론 나야…… 다 알고 있었네. 하, 하지만 다른 사람도 알고 있을 수 있지 않은가?"

"그럼 감녕이 공안성에 온 사실을 몇 사람이나 알고 있었소?"

가일이 차갑게 웃었다.

"그가 태수부로 돌아갈 때 거치는 길은 또 몇 사람이나 알고 있었지?"

부사인이 더듬거리며 말을 꺼냈다.

"그건…… 그건 나도…… 그 사실이 어떻게 새어 나갔는지 잘 모르네. 이보게, 내 일가의 목숨을 걸고, 하늘에 대고 맹세도 할 수 있네. 난 정말 이일과 전혀 상관이 없네!"

가일이 손목을 흔드는가 싶더니 장검이 순식간에 부사인의 허벅지를 찔렀다. 그 순간 그의 입에서 돼지 멱을 따는 듯한 비명이 터져 나왔다.

"부 태수, 내가 진주조에서 일할 때 자백을 받아내는 방법을 꽤나 많이 익혀두었는데, 어디 한번 당해보시겠소?"

가일은 부사인의 눈동자가 흔들리는 것을 보고 냉혹한 얼굴로 어르고 달랬다.

"안심하시오. 이 옛 태수부는 귀신이 나오는 폐가라 사람들이 가까이 오기를 꺼린다더군. 부 태수가 맘껏 비명을 질러도 누구도 신경 쓰지 않을 것이오."

"이보게. 난 정말 모른다지 않는가? 대체 나더러 뭘 말하라는 건가?"

부사인의 목소리는 이미 겁에 질려 울먹이고 있었다.

"나도 의심만 할 뿐 증거는 없소. 한데 아무리 생각해봐도 이 공안성 안에서 가장 의심이 가는 자는 부 태수뿐이오."

가일이 장검을 부사인의 어깨 위에 올려놓았다.

"여기서 실수로 부 태수를 죽인다 한들 내가 죽인 걸 아는 자가 아무도 없으니, 나야 밑지는 장사는 아닐 듯싶소."

부사인이 고개를 숙이자 흘러내린 머리카락이 얼굴을 덮었다. 잠시 후 기괴한 소리가 텅 빈 방 안에 울려 퍼졌다. 그 소리를 듣는 순간 가일은 부사인이 겁에 질려 울고 있다고 생각했다. 하지만 그것이 그의 음흉한 웃음소리라는 것을 금세 알아차렸다.

"진주조의 재목이라더니, 과연 그 말이 헛소문만은 아니었구나."

가일은 감정을 드러내지 않은 채 검을 쥔 손에 힘을 주었다.

부사인이 고개를 들자 소인배처럼 경박한 민낯이 드러났다.

"맞네. 강동파와 결탁한 자가 바로 나지. 부희는 그저 눈속임에 불과했네. 조루가 아직도 형주 전역을 뒤지며 그를 잡으려 난리를 치고 있으니 참으로 웃기는 일이지. 부희 일가는 이미 상수에 빠져 죽었거늘."

"당신의 양자 부진은 어느 정도나 개입했소?"

"부진? 그 아이 역시 부희와 마찬가지로 눈속임에 불과하네. 그런 멍청한 놈에게 내가 일을 맡겼을 것 같은가?"

부사인이 섬뜩한 미소를 지었다.

"조만간 부희처럼 버려질 놈이지."

"그럼, 관우를 공격하고, 보영 객주에 불을 지르고, 조위 사절단을 독살하고, 동오 사절단을 급습하고, 감녕을 죽인 모든 일을 배후에서 조종한 자가 당신이었소?"

"일부만 맞는다고 봐야겠지."

부사인이 당당하게 말했다.

"감녕 피살 사건은 내가 한 일이 아니네."

"그 말을 믿으라는 것이오? 감녕이 죽는 바람에 회사파와 관우 사이가 틀어지고 맹약은 물거품이 되었소. 결국 그 사이에서 가장 큰 이익을 얻게 되는 건 강동파가 아니오?"

"맞네. 이 일은 확실히 우리 쪽에 유리하지. 하나 우리가 한 게 아닌 것도 확실하네. 감녕은 너무 급작스럽게 찾아왔고, 나는 그를 죽일 만한 고수를 불러들일 시간적 여유도 없었지. 근데 그때 어디선가 백의검객이 나타나 감녕을 죽여줬으니, 하늘이 나를 도운 셈이지."

가일이 칼끝으로 부사인의 팔을 찔렀다.

"내가 그 말을 믿을 것 같소?"

부사인이 코웃음을 쳤다.

"가 교위, 이 어린아이 장난 같은 짓 좀 그만두게. 자네는 나를 어찌할 만큼 악랄하지 못하지. 만약 나였다면 먼저 상대의 열 손가락부터 잘라내고 협박을 했을 거네."

가일은 아무런 반박도 하지 않았다. 이 일련의 사건들이 일어나는 와중에 그가 가장 이해할 수 없는 부분이 바로 이것이었다. 조위 사절단의 숙소에서 매복의 공격을 당했을 때 가일은 한선이 경고를 하기 위해 쏘아 올린 불꽃을 보았고, 그 후 백의검객이 살수들에게 포위된 그를 구해주었다. 그렇다면 백의검객은 한선의 사람이 확실했다. 후에 백의검객이 감녕을 죽인 것 역시 분명 한선의 뜻이었고, 부사인의 지시가 절대 아니었다. 다시 말해서 강동파 혹은 형주 사족은 한선과 아무런 관련이 없다는 의미가 된다. 한선이 이런 일들을 벌인 것은 암암리에 모든 상황을 그들이 바라는 방향으로 끌고 가기 위해서였다.

"가 교위가 고문으로 자백을 받아내는 일에는 별로 재주가 없어도, 사건을 수사하고 진상을 밝혀내는 감각은 아주 뛰어나군."

부사인이 가식적인 미소를 지으며 말했다.

"만약 자네가 이 공안성의 군의사 장사였다면 일찌감치 우리를 잡아들였을 테지. 조루는 군정에 관한 일을 처리하는 능력은 뛰어날지 몰라도, 서로 배척하고 암투를 벌이는 권력 싸움에는 영 물러터졌어."

"도대체 무엇을 위해 이 많은 일을 벌인 것이오?"

"당시 건업성 주루에서 강동파와 우리가 감녕을 암살하려 했던 건 동오와 형주의 갈등을 부추겨 오후가 형주를 공격하도록 만들기 위해서였네. 결국 자네 때문에 그 계획이 어그러졌지. 그 뒤 제갈근이 공안성으로 왔고, 그 틈을 타 우리가 관우를 암살하기 위해 움직인 거네.

물론 관우를 진짜 죽일 수 있을 거란 생각은 처음부터 하지도 않았지. 늘 교도수가 호위로 따라붙고 만인적(萬人敵: 만 명과 필적할 만큼 무술이 뛰어난 사람)이라 불릴 만큼 강한 자를 고작 살수 몇 명이 당할 수 있다 보았겠는가? 우리는 그저 관우가 조위와 동오를 의심하도록 만들고 싶었을 뿐이네. 그때 나는 조위와 동오 사절단이 공안성에 도착했다는 것만 알고 있었네. 만약 관우가 그들과 전쟁을 멈추고 맹약을 체결한다면 우리가 불리해지니 가만히 두고 볼 수 없었지.

내가 공안성에서 관직을 맡은 지 10년이 되어가네. 그사이 조루는 사건의 실마리를 조금씩 찾아냈지만 나를 의심하지 못하더군. 동오 쪽을 봐도 벼슬길에 오른 강동파가 천 명이나 되고 다들 군사와 정치 방면으로 능력을 발휘하고 있지. 더구나 지난 수십 년 동안 강동의 세도가와 형주 사족들 간의 혼맥이 형성되었으니, 그야말로 다 한통속이 된 셈이지. 우리의 계획은 바로 형주 전역을 동오의 통치 아래 두는 것이네. 그런 후에 인력과 재력을 총동원해 손권을 한제와 같은 존재로 만드는 것이지."

가일이 미간을 찌푸렸다.

"참으로 꿈도 야무지시오."

부사인이 언성을 높였다.

"조조 역시 환관의 자손이었고, 하후 가문과 결탁해도 병력이 몇천에 불과했네. 그런 그가 지금 위왕이 될 거라고 누가 상상이나 했겠는가? 우리의 실력이 그보다 훨씬 더 막강하네."

"그래서 건업성에서 감녕을 암살하려 하고 공안성에서도 관우를 죽이려 한 것이 모두 동오와 형주의 전쟁을 부추기기 위해서였다는 거군. 관우가 계속 형주를 지키고 있는 한 당신들의 모든 계획이 한 발자국도 움직일 수 없을 테니 말이오."

"그렇네. 그 후에 일어난 조위와 동오 사절단 습격 사건 역시 혼란을 야기하고 보복을 끌어내기 위해서였네. 그런데 우연치 않게 동오에서 자객을 보내 조위 사절단을 독살할 줄이야 누가 알았겠는가? 정말 웃어야 할지 울어야 할지, 우연도 이런 우연이 없더군."

부사인이 혀로 입술을 축였다.

"더 놀라운 건, 관우가 이 중요한 시점에 조위를 상대로 북벌을 감행한 거네. 근데 가만히 생각해보니, 유비가 한중을 점령한 시기에 맞춰 북벌을 하는 것도 나쁘지 않은 선택이더군. 조조가 장안 일대에서 유비를 방어하고 합비 일대에서 병력을 나눠 손권을 막느라 여념이 없으니, 양양·번성 쪽의 군사력이 더 이상 압도적 우세를 점할 수 없게 되었지. 관우가 이 일련의 사건을 철저히 조사하고 싶은 마음이 있겠지만, 전쟁에 유리한 이 시기를 놓칠 수야 없었겠지. 그러니 어쩔 수 없이 공안성을 조루에게 맡기고 북상을 한 것이네."

"관우가 북벌을 떠났으니, 이제 또 무슨 일을 벌일 생각이오?"

가일이 물었다.

"지금 군병이 조루의 관할로 귀속되었으니, 이제 살수라도 총동원해 공안성을 점령할 작정이시오?"

"앞으로의 일은 가 교위가 신경 쓸 필요 없네."

부사인의 표정에서 노련하고 용의주도한 모습이 엿보였다.

"설사 내가 고문과 협박에는 별다른 재주가 없다 하나, 적어도 사람을 죽이는 데는 또 일가견이 있소."

"자네는 나를 못 죽이네."

부사인의 당당한 표정을 보며 가일은 그를 과소평가했다는 것을 알았다. 공안성에서 형주 사족의 우두머리로 있는 그를 태수부에서 너무 쉽게 납치해 올 수 있었던 것도 다 의도된 것이 분명했다. 태수부에 심어둔 살수들이 분명 한둘이 아니었을 것이다. 만약 가일이 그들과 맞붙게 되면 군의사가 움직이게 되고, 결국 태수부에 살수를 심어둔 사실이 만천하에 드러나고 만다. 하지만 이곳에 오면 군의사의 눈치를 볼 필요 없이 더 많은 살수를 불러들여 부사인의 안전을 지키고 가일을 죽일 수도 있다.

"이 정도까지 말을 했으니 대충 알아들었겠지."

부사인의 얼굴에 조롱기가 가득했다.

"가 교위, 나를 호위하는 고수가 누구인지 맞혀보겠나?"

가일의 얼굴에 억지웃음이 떠올랐다.

"어떻게 강동파에 소식을 전했는지에 대해서는 단 한 마디도 하지 않았지만, 그 역할을 담당할 만한 자는 동오 사절단에서 딱 한 명뿐이오."

뒤에서 익숙한 목소리가 들려오자 가일의 표정이 차갑게 얼어붙었다.

"가일, 부사인을 풀어주시죠."

가일이 고개를 돌리자 푸른빛을 띠는 달빛 아래서 손몽이 바람을 따라 고개를 숙인 수풀 더미 위에 서 있었다. 그녀의 뒤로 점점 많은 살수가 수풀 속에서 일어서며 그를 향해 활시위를 당겼다.

가일은 오장육부가 얼음장처럼 차갑게 얼어붙는 이상한 느낌이 들었다.

"손 낭자, 일찌감치 그 신분을 의심했지만 증거를 찾지 못했소. 그저 내가 괜한 의심을 한다고만 여겼는데, 드디어 오늘 내 앞에서 그 정체를 드러내주었군."

손몽은 그를 보며 같은 말을 반복할 뿐이었다.

"가일, 부사인을 풀어주세요."

"왜 그래야 하지?"

"아직은 부사인이 살아 있어야 하니까요."

"내가 왜 당신의 말을 들어야 하지?"

"잊지 말아요. 당신이 동오에 갔을 때 뒷배가 되어줄 분은 손상향 군주뿐이라는 걸."

"손상향이 나를 자기 사람으로 생각하기는 하는 것이오? 그녀가 나를 해번영 감옥에서 빼내자마자 사절단에 집어넣은 것도 군의사 조루의 주의를 끌고 모든 음모를 나에게 뒤집어씌우기 위해서가 아니었소?"

손몽이 미간을 찡그리며 살짝 화를 드러냈다.

"왜 그렇게 생각하죠?"

"내가 이 폐허가 된 태수부에 계속 머물러 있으니, 상황이 급박해지면 손상향은 언제라도 나를 제거하려들 테지. 손 낭자, 강동파의 첩자로 지내면서 모든 일의 진상을 알면서도 왜 나에게 한 마디도 말해주지 않았던 것이오?"

"내가 당신을 해칠 수도 있다고 생각하는 건가요?"

손몽의 목소리가 변했다.

가일이 쓴웃음을 지었다.

"손 낭자는 내게 끝까지 살아남아야 한다고 말해주었소. 하지만 공안성에 오고 난 후부터 나의 생사를 진심으로 걱정해준 적이 있기는 한 것이오?"

손몽이 시선을 창밖으로 돌리는 듯싶더니, 이내 고개를 돌리며 가일을 향해 칼을 뽑아 들었다.

"아뇨. 가 교위가 좋아하는 이는 전천인데, 당신의 생사가 나와 무슨 상관이죠?"

그 순간 알 수 없는 쓸쓸한 감정이 그의 심장을 쿡쿡 찌르는 듯했다.

"그렇군. 그럼 나를 구해줬던 그 모녀 역시 당신이 죽인 것이오?"

"그건 또 왜 묻죠?"

"당시 건업성에서 당신의 복면을 벗겨내지 않았다면 그 자리에서 당신을 죽여버렸을 거요."

"후회 되나요?"

가일이 길게 한숨을 내쉬었다.

그때 손몽이 장검을 치켜들고 가일을 향해 돌진했다.

가일은 무의식적으로 칼을 뽑아 그녀의 공격에 맞섰다. 두 개의 검이 부딪치자 불꽃이 튀며 종잡을 수 없는 두 사람의 표정이 번뜩이고 무거운 공기가 주위를 감쌌다. 잠깐 사이에 방 안에서 수십 번의 초식을 주고받았지만 여전히 승부는 나지 않았다. 그사이 살수들이 방 안으로 달려와 부사인을 풀어주고 두 사람 사이에 끼어들려 했다.

손몽의 공세가 갈수록 매서워지며 가일을 창문으로 몰아붙였다. 가일은 아예 창문을 뛰어넘었고, 손몽도 뒤질세라 그를 따라 나오며 공세를 멈추지 않았다. 가일이 자신에게 다가온 손몽의 칼끝을 쳐내며 빈틈을 노려 팔꿈치로 그녀의 하관을 가격했다. 손몽이 고개를 젖혀 공격을 피하려다 중심을 잃고 가일의 품안으로 쓰러졌다. 부드러운 향기가 코끝을 스치고 지나가자 가일은 살짝 떨려왔다. 바로 그때 손몽의 속삭이는 목소리가 귓가를 파고들었다.

"동문(東門)으로……"

가일이 놀랄 틈도 없이 가슴에 극심한 통증이 느껴졌다. 손몽이 그를 있는 힘껏 밀쳐낸 탓이었다. 살수들이 부사인을 호위하며 방에서 뛰어나왔다. 부사인이 활을 빼앗아 가일을 향해 활시위를 당겼다. 검은색 화살이 휙 소리를 내며 활시위를 떠났고, 가일은 뒤로 얼른 몸을 비껴 간신히 화살을 피할 수 있었다. 손몽이 다시 달려들어 연속으로 칼을 휘두르며 가일을 수풀 속으로 몰아갔다. 부사인이 화살을 조준하다 화를 버럭 내며 옆으로 뛰어갔다. 가일은 그 순간 손몽이 자신과 살수 사이를 막아서 화살을 쏠 수 없게 방해하고 있다는 것을 알아챘다.

그가 뒤로 몸을 날려 수풀 속에 엎드렸다. 화살이 허공을 가르는 소리가 한 차례 지나간 후 수십 발의 화살이 그를 지나 땅에 꽂혔다. 가일이 몸을 뒤집어 앉으며 수그린 채로 문을 향해 돌진했다. 살수들이 빠른 속도로 그를 쫓았다. 화살이 그의 등 뒤까지 날아왔다. 조금만 늦었어도 등에 수십 발의 화살이 꽂혔을 것이다. 가일이 온몸으로 문을 밀쳐 열고 거리로 뛰어나가 동문으로 도망쳤다.

날이 아직 새지 않아 어두컴컴했지만, 가일은 몸이 기억하는 길을 따라 골목으로 돌아 들어갔다. 그가 벽을 넘어 조심스럽게 처마 아래 엎드려 태수부 대문을 바라봤다. 지금 군병과 백이위가 조루의 지휘를 받고 있으니 살수들이 거리를 활보하며 그를 추격하기 힘들었다.

과연 옛 태수부의 대문이 열리더니 손몽이 검을 들고 튀어나왔다. 바로 뒤이어 부사인이 뛰어나와 거리 양쪽을 두리번거렸다. 손몽이 칼을 다시 거둬들이고 직접 문을 다시 잠갔다. 그녀는 부사인과 몇 마디 나눈 후 먼저 그곳을 떠났다. 잠시 후 문 뒤에서 돌연 군병 몇 명이 나타나더니 부사인 곁으로 다가가 호위를 했다. 가일은 그 모습에 순간 눈이 휘둥그레졌다.

하지만 그는 이내 상황을 파악했다. 이 군병들은 바로 좀 전에 태수부 안에 있던 살수들이었다. 그들이 옷을 갈아입은 후에야 비로소 거리로 나온 것이다. 부사인은 내키지 않는 듯 문 앞을 한 차례 배회하다 군병들의 호위를 받으며 태수부로 향했다.

부사인의 모습이 더 이상 보이지 않을 때쯤 가일이 처마 아래에서 뛰어

내려왔다. 손몽은 그와 맞붙어 싸우는 와중에 고의로 앞을 가로막으며 그를 위기에서 구해주었다. 설마 내가 죽을까봐 걱정이 된 건가? 설마 나에게 조금이라도 남다른 감정이 있는 것일까? 지금은 이런 생각을 하고 있을 때가 아니다. 가일은 세차게 고개를 가로저으며, 이런 남녀의 정을 마음속에서 애써 지워버렸다.

이제 어디로 가야 하지? 군의사? 함부로 움직였다가 그곳에서 붙잡히기 십상이다. 증거도 없는 상황에서 해번영 교위 따위가 공안성 태수를 반란을 도모한 죄로 고발한다면 조루는 절대 믿지 않을 것이다. 설사 믿는다 해도 부사인에게 어떤 처벌을 내릴 수 있겠는가? 가일은 무의식적으로 동문을 향해 몇 발자국을 옮기다 다시 멈춰 섰다. 어두운 거리에 달빛이 비치니 땅 위로 그림자가 길게 드리워졌다. 가일은 잠시 고민하다 다시 뒤로 돌아 옛 태수부로 향했다.

그는 대문 옆에 있는 높은 벽 위에 암호를 몇 개 그려 넣은 후 옅게 깔린 안개 속으로 모습을 감췄다.

제5장

◆

양양·번성 전투

관평이 고개를 드니, 짙은 먹구름이 먼 산기슭을 휩쓸고 병영을 향해 빠른 기세로 몰려왔다. 병영의 군사들이 정신없이 뛰어다니며 각자의 막사를 단단히 고정시키고 한데 쌓아두었던 병기를 거둬들였다. 얼마 후 거센 바람이 불어닥치며 중군 막사 앞에 꽂혀 있던 사령기(司令旗)가 정신없이 펄럭이기 시작했다.

이미 이틀 동안 폭우가 쏟아지고 고작 한두 시진 갰다가 다시 먹구름이 하늘을 뒤덮으며 몰려왔다. 듣자하니 매년 이맘때가 되면 번성 일대에 폭우가 몇 차례 쏟아진다더니, 지금이 딱 그랬다. 바람이 갈수록 거세졌다. 관평은 막사 안으로 들어가 가져온 서신을 관우에게 건넸다.

그것은 한중에서 법정이 보내온 보고였다. 감녕이 공안성에서 피살을 당했고, 군의사가 즉각 수사에 착수했다. 지금 올라온 소식은 합비 전투에서 동오의 진군과 공격 강도가 이미 느슨해졌다는 내용이었다. 또한 손권이 합비에서 건업으로 되돌아와 여몽·장소·육손을 불러 대책을 논의했고, 조위 쪽은 동소(董昭)를 동오에 밀사로 보내 정전 협정을 맺을 가능성이 높다는 소식도 있었다.

관우가 다 읽은 서찰을 아무렇게나 내팽개쳤다.

"이 비가 며칠이나 더 내릴 거라 보느냐?"

"사람을 불러 알아보니, 앞으로 사나흘은 더 내릴 거라 하옵니다."

"사나흘이면 충분하다."

관우가 자리에서 일어나 커다란 지도 앞으로 걸어갔다. 5년 전에 이미 양양·번성 부근에 첩자를 심어두었고, 남향(南郷)·육혼(陸渾)·양겹(梁郟)으로 밀정을 보냈으니, 지금쯤 이미 준비가 거의 되었을 것이다. 이제 때를 기다리기만 하면 된다.

막사 밖에서 벼락이 치고 타닥타닥 소리가 들리더니 어느새 비가 억수같이 쏟아졌다. 관우가 두어 걸음 걸어가 장막을 걷어 올리고 밖을 내다보았다. 하늘에서 빗물을 쏟아붓기라도 하는 듯 장대비가 내리고, 시선이 닿는 곳은 온통 끝없이 하얀 풍경뿐이었다. 군장의 호령이 떨어지자 병사 한 명이 교대로 보초를 서기 위해 도롱이를 걸치고 망루로 올라갔다. 경기병 부대도 편을 짜 일사불란하게 군영 밖 초소로 움직였다. 관우는 만족스러운 듯 고개를 끄덕였다. 수년간 강도 높은 훈련을 거치면서 군대의 기율과 기강이 엄격해져 이제는 정예 부대로 손색이 없었다. 이제 관우는 설사 수적으로 훨씬 많은 적과 만난다 해도 반드시 이길 자신이 있었다.

관우가 장막을 내리며 다시 돌아섰다.

"그럼 며칠만 더 기다리도록 하자. 그때 가서 우금과 방덕을 무찌를 수 있다면 번성을 손에 넣을 날도 머지않을 것이다."

관평이 그의 의중을 떠보았다.

"그럼 법정의 보고는……."

"신경 쓰지 말거라. 감녕은 우리가 죽인 것이 아니니, 손권에게 해명할 필요조차 없다."

"하오나 만약 손권이 조조 쪽에 붙는다면 우리가 양쪽의 적을 상대해야 할지도 모르지 않습니까?"

"그래서 우리가 더 빨리 번성을 손에 넣어야 하느니라. 손권은 강하고 야심찬 인물이지. 그런 자는 무슨 일이든 이익과 폐단만 생각할 뿐, 옳고 그름을 따지지 않는다. 우리가 번성을 손에 넣기만 하면 조위의 방어선을 흔들어놓을 수 있다. 그리되면 그는 자연히 합비를 깨고 서주를 점령해 맞설 것이다."

"하오나 우리가 번성에서 저지를 당한다면 어찌하옵니까?"

관우가 잠시 생각에 잠겼다.

"손권이 맹약을 깬다 해도 강릉과 공안성이 견고하니, 그곳에서 그자와 상대할 시간을 벌 수 있다. 너무 급박하게 공격과 돌진을 감행하다 보니 다들 불안해하는 것을 안다. 그러나 지금이야말로 10년 만에 찾아온 최고의 북벌 기회니라. 지금 이 위험을 감수하지 않으면 성상을 어디에 모실 것이며 한실의 부흥을 어찌 논하겠느냐?"

"옳은 말씀이십니다."

"공안성의 조루는 감녕 사건을 어찌 처리하려 하느냐?"

"그쪽에서 온 서신을 보니, 부사인의 병권을 빼앗고 위병(衛兵)을 모집해 군병 수를 늘린 뒤 형주 사족을 철저히 감시할 계획이라 하옵니다. 더 나아가 이런 일이 더 이상 발생하지 않도록 성안 순찰을 강화하고 있다고 했습니다."

"아니다."

관우가 미간을 찌푸렸다.

"최근 몇 년 동안 한실을 상대로 완곡한 비평을 해왔던 세도가 자제들의 명단을 작성하게 하고, 교도수 50명을 공안성으로 보내 이들의 목을 잘라 거리에 내걸라 명하거라. 형주 사족으로 말하자면, 이들은 어둠 속에 있고 우리는 밝은 곳에 있으니 막으려고 해도 막을 도리가 없다. 그러니 이들을 어둠 속에서 끌어내리려면 피를 보는 수밖에. 이들이 어둠 밖으로 나오도록 몰아붙이고, 하나도 남김없이 죽여버려야 한다. 일단 반역을 도모한 그 형주 사족들부터 손을 쓰면 성도 쪽에서도 반박의 여지가 없어질 것이다. 조루에게 복잡하게 생각할 거 없다고 전하거라. 설사 공안성이 피바다가 된다 해도, 그곳을 빼앗기지 않아야 형주도 안전해진다. 만약 결단성 없이 시간을 끌다 공안성을 형주 사족에게 빼앗기면 우리는 모든 것을 잃게 될 것이다!"

관평이 관우의 명을 받들고 바로 중군영 막사를 나갔다.

이번 북벌이 과연 옳은 선택이었을까? 관우는 그런 생각에 연연하지 않았다. 이것은 한나라 황실의 충신으로서 반드시 해야 하는 일이었다. 비록 지난 수년 동안 이번 북벌을 계획하고 수많은 준비를 해왔지만, 막상 실전에 부닥치자 적잖은 문제들이 그의 앞길을 가로막았다. 용맹과 계책만 있으면 승리할 수 있다고들 하지만, 천하에 어느 누가 백전백승을 이룰 수 있겠는가? 모략은 인심을 추측하는 것에 불과하고, 인심은 언제라도 변하기 쉬우니 그 향방을 가늠하기 힘들다. 그래서 전쟁은 도박과 다르지 않다.

관우는 이런 생각을 하고 있는 자신을 보며 자조 섞인 웃음을 터뜨렸다. 한실을 다시 일으켜 세울 수만 있다면 하늘의 뜻에 얽매이지 말아야 하고, 정해진 운명에 위축될 필요도 없다. 사람의 말에 흔들릴 이유조차 없다. 그는 창가로 걸어가 하늘과 땅 사이에 쳐진 비의 장막을 응시했다. 이번 전쟁의 결과가 어찌 되든 역사에 기록될 것이고, 그 평가는 후세의 몫으로 남겨질 것이다.

"아버님."

관흥이 막사 안으로 들어왔다.

"소자가 외우기는 했는데, 잘 이해가 안 가는 부분이 좀 있습니다."

관우가 뒤돌아서서 물었다.

"어디가 이해가 안 가느냐?"

"맹자께서 말씀하시기를, 나라의 방비를 굳게 하기 위해서 산이나 계곡 같은 험준한 요새에 의지할 필요가 없고, 천하에 의로움을 떨치기 위해 병기와 갑옷의 날카로움에 의지할 필요도 없다고 하셨습니다. 인심에 의지해 천하를 다스려야 한다는 것이지요. 그렇다면 지금 조조가 한제를 옆에 끼고 천하를 호령하고 있는 것은 분명 옳지 않은 일이 아니옵니까? 하온데 세상 사람들은 왜 한중왕에게 의탁해 조조를 물리치고 한제를 구하지 않는 것이옵니까?"

"지난 수년간 연이어 전란을 겪으며 예악(禮樂)이 무너져내렸단다. 이제 이런 이치를 믿는 사람도 많지 않게 되었구나."

"그럼…… 우리가 이런 이치의 옳고 그름을 어찌 알 수 있습니까?"

"이 세상에는 절대 변하지 않는 이치들이 있으니, 그런 것들은 옳고 그름을 검증할 필요조차 없느니라. 설사 세상 사람들이 눈앞의 이익에 눈이 멀어 그런 이치를 멀리한다 해도, 우리는 마음속의 대의를 반드시 지키며 살아가야 하느니라."

관흥이 고개를 저으며 말했다.

"소자는 아직도 이해가 가지 않습니다."

관우가 관흥의 머리를 쓰다듬으며 더 이상 아무 말도 하지 않았다. 그의 시선은 다시 창 너머 억수같이 쏟아지는 빗줄기를 향했다.

촉나라 강릉성, 태수부.

미방이 녹초가 되어 상석에 주저앉았다. 그는 비단 저고리를 반쯤 젖히고 손에 든 부들부채를 연신 부쳐댔다. 형주는 고향 서주와 비교도 안 될 만큼 무더웠다. 평상시에 이때쯤이면 정무고 뭐고 팽개치고 내실로 들어가 얼음통 몇 개를 가져다놓고 더위를 피했을 터였다. 하지만 요 며칠은 그런 여유를 전혀 부릴 수 없었다.

동오의 제갈근이 계단 아래 놓인 서안 뒤에 앉아 목간을 유심히 읽어 내려갔다. 해번영 교위 우청이 그 뒤에서 허리춤에 찬 패검에 손을 얹고 마치 빚쟁이라도 되는 듯 서 있었다. 이 두 사람은 오나라로 돌아가는 길에 도적을 만나 마차를 빼앗기는 바람에 강릉으로 들어오게 되었다고 했다. 감녕이 피살된 소식이 이미 이곳까지 전해진 마당에, 미방은 그들과 접촉을 하고 싶지 않아 필요한 것들을 보내 예를 갖추고 하루빨리 성을 떠나주기를 기다렸다. 하지만 제갈근이 눈치 없이 이것저것 부족하고 마음에 안 드는 것들을 트집 잡으며 한사코 미방을 만나려들었다.

어쩔 수 없이 미방은 한시라도 빨리 쫓아 보낼 심산으로 직접 그들을 만나주었다.

제갈근이 마침내 목간을 다 읽은 듯 입을 열었다.

"얼추 돌려받은 거 같습니다. 하나 우리가 빼앗긴 마차는 말이 네 필인데 미 태수가 마련해준 건 두 필이니, 제대로 돌려받았다고 할 수 없군요."

미방이 성가시다는 듯 물었다.

"제갈근, 예법에 따르자면 왕후나 되어야 말 네 필이 *끄*는 마차를 탈 수 있네. 빼앗긴 마차의 말이 정말 네 필이 맞기는 한 것인가?"

"오후께서 이번 사절단의 행차에 신경을 아주 많이 쓰고 계십니다. 말 네 필이 *끄*는 마차를 내어주실 만큼 말이죠. 그런데 하필 이 강릉 땅을 지날 때 도적 떼를 만나 마차를 빼앗기게 될 줄 누가 알았겠습니까? 미 태수, 말 네 필이 *끄*는 마차가 아니면 제가 돌아가서 무척 곤란해집니다."

미방이 기가 막힌 듯 웃으며 말했다.

"솔직히 말해 자네가 도적을 만나 약탈을 당했든 말든 조금도 관심이 없네. 자네를 이곳에서 하루빨리 내보내고 싶은 마음에 사람을 시켜 빼앗겼다는 물건들을 모두 마련해준 것뿐이네. 관우 장군이 각 성에 명을 내려 동오 사람의 체류를 금지시켰네."

"듣기로는 미 태수와 관 장군의 사이가 좋지 않다더니, 그것도 아닌가 봅니다?"

"관 장군이야말로 형주를 이끄는 수장이고, 그만한 능력을 가지고 있는 분이네. 제갈근, 지금의 정세는 한 치 앞도 내다보기 힘드니, 강릉에 오래 지체하지 않는 편이 좋을 듯하네. 만에 하나 무슨 변고라도 생기면 이곳을 벗어나고 싶어도 뜻대로 되지 않을 것이네."

"미 태수, 나보다 본인의 안위를 걱정하는 편이 나을 듯하오만?"

"나는 내 자리에서 본분을 다하고 있고 한중왕과도 인척 관계인데, 무슨 위험이 있을 수 있겠는가?"

우청이 한 발 앞으로 나아갔다.

"미 태수, 강릉성은 형주에서 가장 큰 성이지요. 이 성을 미 태수가 수년간 다스려오면서 관우의 지시에 따라 관창(官倉)과 의창(義倉)에서 사들여 쟁여둔 군량이 얼마나 됩니까?"

"그건 우리 쪽 기밀이거늘, 어찌 함부로 발설한단 말인가?"

"미 태수, 요 몇 년 동안 성에 있는 거상을 통해 사사로이 동오 쪽으로 군량을 팔아 챙긴 돈이 얼마인지 우리 해번영에서 이미 조사를 마쳤습니다. 우리에게 지금도 장부가 있으니, 못 믿겠다면 가져다 확인시켜드리지요."

"해번영이 조사한 기록을 관 장군이 믿을 것 같은가?"

"지금 관 장군은 조위를 공격하기 위해 북상 중입니다. 전쟁이 빈번해질수록 군량이 뒷받침 되어야 하는데, 그때 가서 발뺌을 할 생각이십니까?"

"관창과 의창에 있는 군량은 비상시에만 풀게 되어 있으니, 자네들이 신경 쓸 일이 아니네."

"그야 그렇지요. 비상시국이 아니면 대부분 민간에서 군량을 조달하는 것이 관례입니다. 하지만 공안·강릉에서 조달할 수 있는 군량은 일전에 미 태수가 이미 무리하게 값을 깎아 거의 사들였다 들었습니다. 그래서 지금은 강릉의 거상을 동오로 보내 군량을 대량으로 구입하고 있는 걸로 알고 있습니다. 만약 해번영이 이 거래를 금지시킨다면 어찌 될 것 같습니까?"

미방은 우청을 외면한 채 제갈근을 향해 분통을 터뜨렸다.

"지금 나를 협박하는 것인가? 제갈근, 내가 두 사람을 강릉성에서 한 발자국도 못 나가게 할 수도 있다는 것을 모르는가?"

제갈근이 손을 내저었다.

"우 교위, 우리는 미 태수를 도우러 온 것이니, 귀에 거슬리는 말은 자제하도록 하게."

그가 웃으며 말을 이어갔다.

"사실 우리가 미 태수와 적이 될 이유가 뭐가 있겠습니까? 우리는 그저 미 태수와 거래를 좀 해보고 싶을 뿐입니다. 동오의 객주를 통해 군량을 구매한다 한들 양도 적고 거래처가 분산되어 일의 진행 속도가 그리 빠르지 않지요. 게다가 보는 눈과 입이 많으니, 그 사실이 쉽게 새어 나갈 겁니다. 차라리 우리 쪽에서 직접 구매하는 편이 낫지요. 비록 기존 객주에서 사는 것보다 가격은 좀 더 비싸겠지만, 적어도 일 처리가 빈틈없고 관우 쪽으로 말이 새어 나갈 염려도 없을 겁니다."

미방이 눈을 가늘게 뜨고 의미심장한 눈빛으로 제갈근을 쳐다봤다.

"제갈근, 자네가 고작 군량이나 좀 팔아보기 위해 직접 날 찾아왔을 거라 보지 않네. 설마 내가 군량을 다 사들인 후에 그것을 빌미로 나를 협박해보겠다는 심산인가?"

"미 태수, 너무 앞서가셨습니다. 관우는 지금까지 무례하고 오만한 태도로 우리 동오를 대해왔지요. 지금 그가 북상해 파죽지세로 조위를 공격하고 있으니, 머잖아 번성을 손에 넣고 사주(司州)·예주(豫州)를 빼앗을 겁니다. 그때가 되면 관우는 분명 사주와 예주를 친히 주재하려들 테니, 형주 땅은 어쩔 수 없이 미 태수가 맡아 처리하게 될 테지요. 그래서 미리 미 태수와 손을 잡으려는 것일 뿐 다른 뜻은 없습니다.”

미방이 제갈근을 보며 억지웃음을 터뜨렸다. 그는 제갈근의 말을 믿지 않았다. 비록 관우의 정벌전이 순조롭게 진행되고 있다지만, 형주 북부를 손에 넣을 수 있을지 여부는 아직 미지수였다. 하물며 사주·예주는 더 말할 나위도 없었다. 설사 그곳을 모두 함락한다 해도 형주는 전략적 요충지였다. 게다가 성도 쪽에 뛰어난 장수와 신하들이 넘쳐나는 마당에, 그에게 형주를 맡길 확률은 그리 높지 않았다. 미방은 제갈근이 왜 이런 생각을 해냈는지 도무지 이해가 가지 않았다.

“미 태수, 저를 못 믿으십니까?”

제갈근이 물었다.

미방은 턱에 난 성긴 수염을 쓸어내리며 말했다.

“비록 우리가 맹약을 맺은 지 이미 10년이 되어가지만, 동오의 강동파가 늘 형주에 눈독을 들이고 있다는 걸 나 또한 이미 들어서 잘 알고 있네. 만약 자네가 중립을 지키는 이가 아니었다면 이 성에 발을 들여놓지 못하게 했을 테지. 군량에 관한 문제는 자네 의견을 따르겠네. 하나 한 가지 조건이 있네.”

“말씀만 하십시오.”

“자네는 이 강릉성에 남아도 좋으나 저 여인은 안 되네.”

우청이 허리춤에 찬 장검에 손을 얹고 앞으로 한 걸음 나오자 미방 곁에 있던 철갑 호위병 몇 명도 재빨리 앞으로 나왔다.

제갈근이 자리에서 일어섰다.

“우 교위는 나의 안전을 위해 곁에 머무는 것뿐입니다. 공안성에서 감녕 장군이 자객의 습격을 받아 죽은 터라 항상 제 곁을 지키고 있지요. 그러니 안심하셔도 됩니다. 우 교위가 이곳에서 정보를 염탐하거나 기밀을 캐내는 일은 절대 없을 겁니다."

미방의 입에서 웃음소리가 새어 나왔다.

"나와 진심으로 손을 잡고 싶어 한다면 내가 당연히 자네의 안전을 책임 질 것이네. 하나 자네가 해번영 교위를 이 성에 두었다는 것을 관우가 알게 되면 내가 두 사람과 지나치게 가깝다는 것을 만천하에 알리는 것이 아니 겠는가? 내가 동오 편에 서 있다는 것을 관우가 알게 되면 분명 한중왕에 게 상서를 올려 나를 성도로 돌려보내겠지. 자네가 무슨 일을 꾸미든 결국 모든 것이 물거품이 되지 않겠는가?"

"미 태수의 말을 들어보니 그도 그렇군요. 그럼 우 교위는 바로 성에서 내보내도록 하겠습니다."

미방이 손짓을 하며 손님을 배웅하라는 명을 내렸다.

제갈근이 일어나 우청을 데리고 대청 밖으로 걸어 나갔다. 우청이 돌연 뒤로 돌아 담담하게 물었다.

"미 태수, 지난 몇 년의 세월이 흐르는 동안 영매(令妹: 손아래 누이) 미정(糜 貞)이 도대체 어떻게 죽었는지 철저히 조사를 하셨습니까?"

미방의 안색이 순식간에 창백하게 변하고, 몸은 그 자리에 얼어붙은 듯 꼼짝도 하지 않았다.

가일은 저잣거리를 이리저리 돌며 정신없이 달리고 나서야 그를 추격해 오던 병사들을 멀리 따돌릴 수 있었다.

그러나 군의사의 반응 속도는 그의 예상을 훨씬 뛰어넘었다. 큰 길을 반 쯤 달렸을 뿐인데, 그사이 두 번이나 포위를 당했다. 그의 몸놀림이 빠르지 않았다면 이미 붙잡혔을지도 모른다. 지금 성을 순찰하는 병력과 배치는 얼마 전과 확연히 다르게 치밀했다. 조루가 성을 순찰하는 병력을 모두 장악하고 통제한 후부터 모든 것이 일사불란하게 흘러갔다. 이제 원래 계획을 바꿀 수밖에 없었다. 이대로 더 도망치다가는 막다른 골목에 내몰릴 판이었다. 가일이 뒤를 힐끗 돌아보니 군병과 백이위들이 백여 걸음 정도 떨어져 있고 아직은 크게 위협적이지 않았다. 어쩌면 대낮인 데다 거리에 사람까지 많아 화살을 쓸 수 없으니 가일에게 훨씬 유리했다.

가일이 일찌감치 다 외워버린 지도를 떠올리며 좁은 골목길로 돌아 들어갔다. 골목을 반 정도 뛰어갔을 때쯤 골목 끝자락에서 희미하게 들려오는 따각따각 소리에 가일의 심장이 덜컥 내려앉았다. 눈 깜짝할 사이에 기병 두 명이 말을 타고 골목을 돌아 들어왔다. 그들은 가일을 보자 창을 들고 곧장 달려왔다. 뒤쫓아 오던 군병과 백이위도 골목으로 접어들었고, 그들의 함성이 이미 지척에서 들려왔다.

가일이 심호흡을 하며 기병을 향해 돌진했고, 그가 코앞까지 다가오자 기병이 말고삐를 당겼다. 그 순간 말의 앞발이 높이 솟구쳐 오르며 가일의 몸을 찍어 누르기 일보 직전이었다. 가일이 간신히 몸을 옆으로 피한 후 칼집으로 땅을 짚고 두 발로 벽을 타며, 마치 한 마리 제비처럼 날렵하게 기병의 정수리를 걷어찼다. 뒤에 있던 기병이 창을 들고 가일을 향해 찌르려 하자, 가일이 공세를 늦추지 않고 그 창대를 팔에 끼워 그를 말에서 끌어내렸다. 그런 후 그가 그 기병을 밟고 말 등에 올라타 곧바로 말 머리를 돌려 도망을 쳤다.

가일은 말을 몰며 좁은 길을 달려 나갔고, 일부러 골목 입구에 잠시 멈춰서 자신을 추격하는 병사들을 태연하게 바라봤다. 그 병사들이 바싹 추격해 오자 가일은 그제야 황급히 말의 배를 발로 차며 앞으로 돌진했다. 얼마 후 사방에서 기병들이 몰려나오며 그의 뒤를 바싹 따라붙었다. 가일은 허리를 숙인 채 고삐를 노련하게 조종하며, 놀라 허둥거리는 행인들을 이리저리 피해가며 쏜살같이 달려갔다.

오늘 날이 밝았을 때 그는 저잣거리로 나가 뚱뚱한 지방 유지의 몸을 일부러 치며 지나갔다. 예상대로 그는 욕지거리를 퍼부으며 군병들을 불러 모았고, 가일은 기다렸다는 듯 잽싸게 도망을 쳤다.

손몽이 그에게 살아남을 길을 알려주었지만, 그는 제삼자인 것처럼 모든 사건이 다 마무리될 때까지 조용히 기다릴 수 없었다. 여러 해 동안 첩보전을 벌이며 단련된 탓인지, 다른 사람의 손에 자신의 생사가 좌지우지되는 것을 견디기 힘들었다.

그가 타고 있는 조홍마(棗紅馬)가 전속력으로 질주하자, 말발굽이 바닥에 닿을 때마다 진흙이 사방으로 튀었다. 이제 그곳이 멀지 않았다. 그들을 그곳으로 유인하는 것이 바로 가일의 첫 번째 반격이었다. 골목 입구를 돌자 앞쪽에서 군병 몇 명이 말을 몰아 길을 막고 있는 것을 보였다. 가일은 욕지거리를 내뱉으며 허리를 곧추세우고 두 다리를 말 등 위로 모았다. 눈 깜짝할 사이에 말이 서로 부딪히려는 찰나, 가일이 그 속도에 몸을 맡기며 앞으로 뛰어내렸다. 그는 저 멀리까지 몇 바퀴를 굴러서야 간신히 일어날 수 있었다. 좀 전까지 타고 있던 조홍마는 이미 방어벽을 친 말에 부딪혀 연신 고통스러운 비명을 질러대고 있었다.

가일은 뒤를 돌아본 순간 곧바로 미친 듯이 또 뛰기 시작했다. 추격군이 이미 도착해 허겁지겁 말을 치우고 다시 길을 따라 달려왔다. 바람 소리가 귓가를 스쳐 지나가고, 심장이 계속해서 두근거렸다. 온몸이 땀으로 범벅이 되었고, 입도 바싹 말랐다. 어젯밤 한숨도 못 잔 데다 아무것도 먹은 것 없이 정신없이 달리다 보니 체력이 한계치에 도달한 듯했다. 며칠 전만 해도 순찰 배치가 허술하다 보니 적을 얕잡아 본 탓도 컸다. 조루의 의심을 피하기 위해 그가 모습을 드러낸 곳은 목적지에서 한참 떨어져 있었다. 중간에 군병과 백이위의 포위를 피해 골목길을 이리저리 도느라 한 시진을 달렸는데도 목적지가 보이지 않았다. 그의 숨이 점점 더 거칠어지고 다리의 힘도 풀려 체력이 바닥나기 시작했다. 가일이 쓴웃음을 지었다. 만에 하나 골목 한복판에 갇히게 된다면 제 꾀에 제가 속아 넘어간 꼴이 될 판이었다.

골목을 또 돌아 나오며 그가 숨을 몰아쉬었다. 그의 기억이 틀리지 않다면 보영 객주가 지척에 있을 것이다. 바로 이때 예리한 무기가 허공을 가르는 소리가 들려왔다. 가일이 오른발에 힘을 주고 옆으로 몸을 빙 돌리는 순간 화살 하나가 바로 앞 흙벽에 날아가 박혔다. 그와 동시에 골목 어귀에서 조루가 백이위를 이끌고 모습을 드러냈다.

조루마저 나타났으니, 이 일은 십중팔구 성공이었다. 물론 더 확실해지려면 일단 목적지까지 도망치고 봐야 했다. 조루가 손짓을 하자 백이위가 일제히 연노를 들어 올렸고, 연노에 장착된 화살이 강렬하게 내리쬐는 태양 아래서 눈부신 빛을 뿜어댔다. 명이 떨어지기 무섭게 화살이 허공을 향해 날아갔다. 가일이 앞쪽으로 달려가 보영 객주의 허물어져가는 담을 훌쩍 뛰어넘었다. 간발의 차이로 날아온 화살이 벽에 부딪히며 튕겨져 나갔다.

그가 담 쪽의 밧줄을 집어 들었다. 그것은 그가 어젯밤에 미리 설치해둔 것이었다. 등 뒤로 백이위가 연노를 내려놓고 대형을 짜며 몰려오고 있었다. 그들의 눈에 가일은 독 안에 든 쥐였다.

백이위가 점점 거리를 좁혀오자, 가일은 있는 힘을 다해 밧줄을 당겼다. 펑 소리가 울리는 순간, 보따리처럼 생긴 커다란 물체 몇 개가 허공으로 날아가더니 셀 수조차 없을 만큼 많은 자갈이 백이위 위로 비처럼 쏟아져 내렸다. 순식간에 뿌연 연기가 이들 주위로 자욱하게 꼈다. 가일이 그 틈을 이용해 객주 곁채로 달려 들어가 늘어져 있는 밧줄을 잡고 지붕으로 올라간 후 지붕을 건너뛰며 도망쳤다.

백이위의 기침 소리가 여기저기서 들려오는 가운데, 조루가 굳은 얼굴로 걸어 나와 밧줄을 집어 들고 유심히 살폈다. 그 밧줄은 비단과 죽간을 이용해 만든 간단한 장치였다. 조루는 곁채 쪽으로 재빨리 걸음을 옮기며 그 앞에 늘어져 있는 밧줄을 잡아당겨보았다. 미끄러져 내려온 밧줄의 끝이 날카롭게 절단된 것으로 보아 가일이 지붕으로 올라간 후 끊어낸 것이 분명했다.

백이위 도백이 황급히 그의 앞으로 다가왔다.

"조 장사, 계속 추격할까요?"

이 곁채의 지붕을 타고 뛰어가면 바로 번화한 큰길이 나온다. 지금 백이위가 다시 추격을 해봤자 가일을 잡을 가능성이 별로 없었다. 조루가 고개를 흔들며 깊은 생각에 빠졌다. 조위 사절단의 독살 사건과 감녕 피살 사건에 연루되었다고 의심을 받는 자가 백주 대낮에 저잣거리에 나타난 것만 봐도 무언가 중요한 일을 하려던 것이 틀림없다. 더구나 가일 정도의 실력이라면 인파 속에 숨어 얼마든지 도망칠 수 있었겠지. 그런데도 한사코 이곳으로 도망쳤다. 왜지?

더구나 이 장치와 밧줄은 이곳에서 갑자기 만들 수 있는 것들이 아니다. 분명 이 일을 계획하고 미리 준비해둔 것이겠지. 큰불이 나 폐허가 된 객주에 왜 이런 장치를 해둔 걸까? 그는 뒤로 돌아 객주 정원을 유심히 살폈고, 얼마 후 그의 시선이 우물 정자 쪽에서 움직이지 않았다. 우물의 지붕은 화재로 까맣게 그을었는데, 물을 긷는 도르래의 밧줄은 흔히 볼 수 있는 삼끈이 아니었다.

조루가 우물로 다가가 돌멩이 하나를 집어 그 안으로 던졌지만 예상했던 소리가 들리지 않았다. 물이 없는 건가? 그가 미간을 좁히며 깊은 생각에 잠겼다. 객주처럼 물을 많이 쓰는 곳에 마른 우물을 만들었다? 조루는 몸을 숙여 우물 안을 들여다보았다. 하지만 바닥조차 보이지 않을 만큼 깊고 어두웠다.

보영 객주…….

당초 해번영이 이곳까지 추적을 해오자 조루는 객주 안에 함정을 파놓고 강동파의 혐의를 기정사실로 만들 작정이었다. 그런데 해번영이 이곳에 온 후 갑자기 큰불이 나면서 모든 일이 어그러졌다. 원래 객주 안에 심어놓은 증거가 몽땅 타버렸고, 복면을 한 자객이 돌연 창문을 통해 도망쳐 나가며 진주조의 요패를 떨어뜨리고 갔다.

조루가 무슨 생각이 번뜩 떠오른 듯 나지막이 물었다.

"그날 밤 우리가 이곳을 떠난 후 누가 뒤처리를 했느냐?"

도백이 대답했다.

"부사인 휘하의 군병들입니다."

"군병?"

조루가 어두워진 낯빛으로 다시 물었다.

"군병들을 이끌고 온 자는 태수부의 주부 부희였느냐?"

"아닙니다. 그날 밤에는 부사인이 직접 왔습니다."

조루는 순간 자신의 두 귀를 의심했다. 부사인의 평소 성격대로라면 군병을 직접 대동하고 뒤처리를 하러 왔다는 것 자체가 그다지 자연스러운 일이 아니었다. 그가 한 발자국을 성큼 내디디며 안으로 들어갈 기세로 우물 속을 들여다봤다.

"조 장사."

뒤에 있던 도백이 그의 앞으로 불쑥 끼어들었다.

"조 장사께서는 공안성을 지키셔야 하니, 제가 대신 내려가는 편이 낫습니다."

조루가 고개를 끄덕였다.

"그럼 먼저 내려가보거라. 내가 뒤를 따를 터이니."

도백이 뒤를 향해 손짓을 하자, 백이위 몇 명이 달려와 밧줄을 그의 허리에 매어주었다. 도백이 밧줄을 타고 날렵하게 우물 속으로 들어갔고, 얼마 후 밧줄을 몇 번 흔들어 안전하게 바닥으로 내려갔다는 신호를 보냈다. 그의 뒤를 이어 백이위 서너 명이 내려가고 나서야 조루도 밧줄을 허리에 감고 우물 속으로 들어갔다.

우물 바닥에 이미 불이 밝혀져 있고, 백이위들이 화절자로 석벽에 걸린 횃불에 불을 붙였다. 조루는 바닥으로 내려간 후 바로 밧줄을 풀고 사방을 둘러보았다. 횃불이 밝아질수록 조루의 낯빛은 점점 어둡게 변해갔다. 그는 이곳이 어떤 용도로 쓰였는지 이미 눈치 채고 있었다.

관우의 대군이 주둔 중인 공안성 안에 이렇게 커다란 밀실과 무기 보관소가 있다는 것이 무슨 의미일까? 이것은 단순히 강동파와 형주 사족의 문제가 아니었다. 공안성 안에서 군정 관료들의 배신과 도움이 없다면 이 일이 가능하지 않았다. 설사 부사인이 아무리 직무를 소홀히 했다 해도, 부희 혼자 밀실을 만들어 무기를 보관하고, 성안 전체가 경계 태세로 돌입해 순찰을 도는 상황에서 그 무기를 옮기는 것 자체가 거의 불가능했다. 더구나 이곳에는 강동파와 형주 사족의 비밀 거점으로 꽤나 오랜 시간 동안 이용했던 흔적이 남아 있었다.

조루, 넌 정말 너무나도 무능하구나!

그가 얼굴을 들어 두 눈을 감으며 주먹을 불끈 쥐었다. 지금 공안성에서 그의 지휘권 아래 있는 백이위 2백 명을 제외하고 남은 군병 8백 명 중에서 이미 형주 사족에게 매수된 자가 몇 명이나 될까? 그는 자신이 예전에 관우 앞에서, 형주에서 숙청을 진행해 후환을 없애야 한다고 주장했던 때를 떠올렸다. 그러면서 그나마 안도의 한숨을 내쉬었다. 지금 형주는 너무 위태로웠다.

도백이 조루 곁으로 다가와 보고를 올렸다.

"조 장사, 이곳에 등유를 보관했던 것 같습니다."

"등유?"

조루가 되물었다.

"그날 밤 객주에 불을 지를 때 쓴 것이 등유라는 것이냐?"

도백이 고개를 끄덕였다.

"그럼 그날 밤 부사인이 군병을 대동하고 뒤처리를 하러 왔던 게 확실한 것이냐?"

"네, 워낙 흔치 않은 일이다 보니, 그날 번을 섰던 백이위가 기억을 할 정도였습니다."

긴 침묵이 이어진 후 조루의 날선 목소리가 우물 아래 울려 퍼졌다.

"부사인?"

가일은 보영 객주의 곁채 지붕을 타고 도망친 후 바로 은신처로 들어가 턱에 긴 수염을 붙이고 문사건(文士巾)을 썼다. 그는 하얀색 도포로 갈아입고 느긋하게 큰길로 향했다. 몇 걸음 걸었을 때쯤 그는 보영 객주를 향해 서둘러 움직이는 백이위와 마주쳤다. 가일은 뒷짐을 지고 고개를 치켜든 채 길가에 서서 그들이 길모퉁이를 돌아 사라지고 나서야 뒤돌아 계속 걸어갔다. 그는 보영 객주 부근에 남아 그들의 동태를 감시하지 않았다. 그곳에 이미 충분한 실마리를 남겨두었으니 문제될 만한 일도 없었다. 사건의 실마리를 조루에게 직접 알려주느니 그 스스로 진실에 다가가도록 유인하는 편이 훨씬 나았다. 그가 직접 진상을 밝혀내야만 의심의 여지가 남지 않을 것이다.

부진이 준 지도에 표시된 두 번째 은신처는 바로 이 근방이었다. 가일은 팔자걸음으로 느긋하게 걸어갔다. 길을 따라 대저택이 이웃하며 이어지고, 높이 솟은 벽과 육중한 대문만 봐도 대대손손 내려오는 가문이라는 것을 짐작할 수 있었다. 어느새 주변이 고요하고 골목 안으로 선선한 바람이 불어왔다. 수양버들이 바람결에 흔들리니 마음이 탁 트이고 기분마저 후련해졌다.

이곳은 형주 사족의 고택이 모여 있는 곳이었다. 유비가 서촉으로 들어간 후 그들 대다수가 성도로 이주했고, 이곳에서 고택과 재산을 지키며 사는 이들은 얼마 되지 않았다. 가일은 기억을 더듬어가며 한 저택의 대문 앞까지 걸어갔다. 그 저택은 다른 곳과 비교해 상대적으로 작았다. 벽 전체가 초록색 담쟁이로 덮여 있는 것으로 보아 여러 해 동안 관리를 안 한 듯했다. 맞은편은 대저택의 뒷벽이고, 서로 이웃한 두 저택의 문 앞에도 잡초가 무성해 오랫동안 출입이 없었던 것이 확실했다.

이곳 역시 은신처로 나쁘지 않았다. 과연 공안성에서 8년 동안 한선의 객경으로 지낸 사람답게 부진의 장소 선택 능력은 꽤 탁월했다. 다만 이번에 그와 상의도 없이 멋대로 옛 태수부를 노출시켰으니, 한바탕 화를 낼 성싶기도 했다.

가일이 몇 걸음 다가가니 칠이 벗겨진 나무 문에 자물쇠가 채워져 있었다. 오랜 세월 비바람에 그대로 노출되다 보니 자물쇠 구멍조차 녹이 슬어 있었다. 그가 자물쇠 걸쇠를 뽑아보려고 툭 건드렸을 뿐인데도 걸쇠가 순식간에 떨어져나갔다. 끼익 소리를 내며 나무 문을 열고 들어서자 아담한 마당이 한눈에 들어왔다. 아무도 관리를 안 하니 마당에 잡초가 무성히 자라 있었다. 가일이 안채로 들어가 보니 가구 몇 개만 남아 있을 뿐 텅 비어 있었다. 그가 병풍을 돌아 뒷벽에 있는 기름등을 움직였다. 그러자 청석이 깔린 바닥이 열리고 어두운 통로가 모습을 드러냈다.

가일이 품에서 화절자를 꺼내 불을 붙이고 그 불빛으로 계단을 따라 내려갔다. 몇 걸음 내려갔을 때쯤 갑자기 익숙한 향이 그의 코를 자극했다. 그것은 분명 금화연지 향이었다. 가일의 심장이 덜컥 내려앉았다. 그는 무의식적으로 허리춤을 더듬었고, 그제야 패검을 차고 있지 않다는 것을 알아챘다. 그는 더 이상 움직이지 않은 채 화절자의 불씨를 끄고 눈이 어둠에 익숙해질 때까지 기다렸다.

하지만 그의 예상과 달리 손몽은 나타나지 않았다. 가일은 잠시 주저하다 다시 천천히 아래로 내려가며 화절자로 불씨를 만들어 벽에 있는 기름등에 불을 붙였다. 그 순간 등 뒤로 열려 있던 비밀 통로의 문이 다시 닫혔다. 몇 군데의 협소한 공기 통로를 통해 굴절되어 들어오는 어슴푸레한 빛과 기름등의 불빛이 한데 섞여 눈앞의 작은 공간을 간신히 비춰주었다. 기다란 탁자, 찬합 몇 개, 바닥에 깔린 돗자리가 눈에 들어왔다. 가일이 탁자 앞으로 곧장 걸어가 찬합을 열어보았다. 그 안에 육포와 월병 같은 먹을거리가 담겨 있었다. 다만 누군가 이미 먹은 듯, 양이 꽤 줄어 있었다. 그가 다시 주위의 냄새를 맡아보니 금화연지 향이 더 짙게 느껴졌다. 설마 손몽이 여기 숨어 있는 걸까? 이곳에 온 후로 손 군주와 잘 아는 사람 집에 머물고 있다고 하지 않았던가?

그는 죽통을 집어 들어 속에 든 물을 벌컥벌컥 들이마신 후 육포와 월병으로 허기를 채웠다. 만약 금화연지 향이 손몽의 것이 맞는다면 그녀와 부진의 관계가 생각보다 훨씬 복잡하게 얽혀 있을지도 모른다. 손몽이 부사인을 구출했지만 부진의 일을 단 한 마디도 발설하지 않은 것만 봐도 그랬다. 그렇다면 어떤 의미에서 볼 때 이들은 여전히 자신의 맹우인 셈이었다. 지금 형주는 마치 안개가 짙게 깔린 공안성의 밤처럼 한 치 앞을 내다볼 수 없으니, 오로지 진상을 밝혀내야만 이 짙은 안개 속에서 끝까지 살아남을 수 있을 것이다.

가일은 벽 모퉁이에 앉아 눈을 감고 잠시 휴식을 취했다. 지난 이틀 내내 눈을 붙이지 못했지만, 부진이 올 때까지 기다려야 한다는 생각에 마음 놓고 잠을 청할 수도 없었다.

어떤 일들은 부진의 도움이 반드시 필요했다. 그러지 않으면 오늘 그가 한 모든 일이 수포로 돌아갈 수밖에 없다. 지금 가일은 도박을 하고 있었다. 오늘 하루 눈에 띄게 움직이며 문제를 일으켰으니, 이제 부진이 그의 행방을 찾아 올지 기다려보는 수밖에 없었다.

아주 짧은 시간이 흘렀을 뿐인데 한없이 길게 느껴졌던 기다림의 시간이 지나고, 드디어 새 울음소리가 간헐적으로 들렸다. 그가 비밀 통로 옆으로 가 나지막한 소리로 말했다.

"들어오려거든 얼른 들어오고, 싫으면 다시 돌아가게. 지금 개 소리로 대꾸할 기분이 아니네."

위에서 끼익 소리가 들리더니 부진이 재빨리 안으로 들어왔다.

"그런 큰 사건을 일으킨 것도 모자라 옛 태수부까지 들통이 나게 만들더니, 그깟 개 소리도 못 내겠다는 겁니까?"

"쓸데없는 소리 그만두고, 여기까지 오는 동안 따라붙은 자는 없었는가?"

"조루가 내 양부를 불러들였으니 조만간 나를 찾을 듯싶습니다. 시간이 별로 없지만, 그래도 한 가지 확인해야 할 게 있어 온 겁니다. 왜 그렇게 한 겁니까?"

"부사인이 강동파와 결탁해 보영 객주에 불을 내고 관우를 죽이려 했네. 이 일을 자네는 알고 있었나?"

"압니다."

그의 예상을 깨고 부진의 대답은 거리낌이 전혀 없었다.

"내가 받은 명령은 가 교위를 도와 위험한 순간이 닥쳤을 때 당신의 안전을 지키는 겁니다. 그것 외에 다른 일에 대해 그 어떤 소식도 당신에게 누설할 수 없습니다."

"내가 머잖아 버려질 패라서 그러는 것인가?"

"제발……."

부진이 책상다리를 하고 앉았다.

"그 같잖은 자기 연민 좀 그만두실 수 없습니까? 그들이 그렇게 하는 건 다 나름의 이유가 있어섭니다. 가 교위를 버려질 패로 생각한다는 둥, 그런 식의 단순한 생각으로 접근할 문제가 아니란 말입니다. 그렇게 힘들여서 당신을 허도에서 구해내고 해번영에 꽂아 넣었는데, 고작 얼마나 지났다고 당신 같은 패를 버리겠습니까? 그게 과연 가치가 있는 일일까요?"

"나도 그런 생각을 안 해본 것은 아니네. 하나 나를 공안성에 보내놓고도 아무런 소식도 없고 개입조차 할 수 없으니, 사람인 이상 당연히 의심이 생길 수밖에."

"그들이 무슨 개입을 못 하게 했다는 겁니까?"

부진이 눈을 깜빡이며 물었다.

가일이 답답한 듯 불만을 터뜨렸다.

"당연히 이 모든 일에……."

그 순간 가일은 머릿속에 번쩍 떠오르는 어떤 생각 때문에 더 이상 뒷말을 잇지 못했다. 공안성에 온 후 한선의 밀령을 이미 두 번이나 받았고, 그는 너무나 명확하게 자신의 요구를 제시했다. 첫 번째 밀령은 손몽을 도와 자객의 감녕 암살 시도 사건의 진상을 조사하고 끝까지 살아남으라고 했다. 두 번째 밀령에서는 이 일련의 사건의 진상을 조사하고 끝까지 살아남으라고 했다. 지금 부진의 말을 들어보니, 이 두 개의 밀령에서 전한 두 개의 진상에 대해 한선은 밀령을 보내기 전에 이미 어느 정도 조사를 해둔 것이 분명했다. 그렇다면 이 두 개의 밀령이 겨냥한 것은 딱 하나다. 바로 나의 능력을 시험해보려는 것이었겠군.

이런 추측이 사실이라면, 부진이 왜 나에게 진상을 직접 알려줄 수 없는지 모든 것이 완벽하게 설명된다. 9백 년을 이어온 조직답게, 객경을 선발하는 조건 또한 엄격할 수밖에 없다. 장제의 추천만으로 객경의 신분을 얻을 수 있다고 생각한 것 자체가 너무나 어이없는 발상이었다. 그러고 보면 예전에 장제도 나에게 한선의 그림자로 살기를 원하느냐고 물었을 뿐, 객경에 대해 말해준 적이 없었다.

가일이 부진에게 물었다.

"자네도 자객이 되기 전에 무슨 시험이란 것을 거쳤는가?"

"물론입니다. 당시 고작 열몇 살인 데다 창술을 배운 지 2, 3년밖에 안 된 애송이였죠. 그런데 한선이 나에게 형주군 기도위(騎都尉)를 죽이라고 명을 내리더군요."

"기도위라…… 고작 2, 3년 배운 창술로 그의 상대가 된단 말인가? 독을 썼는가?"

"독에 대해 아는 바도 없지만, 그렇게 비열한 방법까지 쓰고 싶지 않았습니다."

부진이 담담하게 그때 일을 떠올렸다.

"당시에는 전쟁이 여러 해 동안 이어지면서 모자라는 병력을 충당하기 위해 열 살 남짓한 어린아이들까지 다 받아들이던 분위기였습니다. 그래서 성을 몇 군데 전전하다 그의 휘하로 들어가게 된 겁니다. 그곳에서 기회를 엿보다 혼전이 벌어지는 틈을 타 등 뒤에서 그를 찔러 죽이고 수급을 거뒀지요."

가일은 아무 말도 하지 않았다. 비록 부진이 담담하게 그때 일을 말하고 있지만, 전쟁 중에 자신이 모시던 상관을 죽인 일은 열몇 살의 어린 소년이 감당할 만한 가벼운 일이 아니었다.

"사실 그 기도위가 꽤 괜찮은 사람이었죠. 나처럼 어린 병사들을 잘 챙겨주고 가끔 육포 같은 것도 나눠주고는 했으니까요. 그때 내가 창으로 그의 등을 찔렀을 때 나를 돌아보던 그 눈빛이 지금도 잊히지를 않습니다. 충격과 분노가 담긴 그런 눈빛이었죠."

가일은 무슨 말을 해야 할지 쉽게 입이 떨어지지 않았다.

"어쩌면…… 그는 자네 같은 부하 병사들에게만 잘해줬을 뿐, 실제로는 용서받지 못할 수많은 죄악을 저지른 자였을지도 모르네."

부진이 히죽 웃으며 가일을 쳐다봤다.

"가 교위, 그건 그냥 자기 위로에 불과합니다. 사실 한 사람의 선악을 평가하는 건 세상의 잣대가 아니라 자신의 관점에서 이루어지는 것이더군요. 제 양부가 세상 사람들의 눈에는 용서받지 못할 죄악을 저지른 자로 보일 겁니다. 하지만 아들의 눈에 그분은 더할 나위 없이 자애로운 분이지요. 그렇다면 아들로서 어찌해야 하겠습니까?"

가일은 그 말을 들으며 깊은 생각에 잠겼다. 부진이 든 예가 그의 생각을 에둘러 말하고 있었다. 그의 부친은 일찍이 조정에서 관직을 지냈으나, 사마의가 부정부패를 저지르고 지방 부호들의 고혈을 짜냈다는 죄목을 뒤집어씌워 참형에 처해졌다. 비록 부친이 부당한 경로를 통해 탐한 재산이 한실을 돕는 데 사용됐다는 사실을 밝혀냈지만, 탐관오리의 오명을 아직 씻어내지 못했다. 하지만 아들로서 아버지를 위해 복수하고 싶은 이런 마음이 다른 사람에게 비웃음 거리가 되는 것은 아닐까?

"내가 그 기도위를 죽이고 한선의 객경이 되었으니 그리 떳떳한 일은 아니었고, 나 역시 호인이라 할 수 없지요. 사실 호인이든 아니든 그게 무슨 상관이랍니까? 세속의 모든 윤리와 도덕의 잣대까지 지켜가며 한선의 객경이 되려는 것도 망상에 불과하지요."

"사람은 참으로 복잡한 존재인 것 같네. 단순히 좋고 나쁨으로 선을 그어 그 사람을 판단할 수 없으니 말일세."

가일이 그를 위로하며 은근슬쩍 의중을 떠봤다.

"부 도위, 언젠가 한선이 부사인을 죽이라고 지시를 내리면 그땐 어찌할 텐가?"

"죽이라면 죽여야지요. 부사인이 데려다 키운 수양아들이 원래는 셋이었습니다."

"셋이나?"

"지금은 나 혼자만 남았죠. 부사인에게 수양아들은 친아들이 아닙니다. 필요한 순간에 대신 죽어줘야 할 존재에 불과하죠. 다른 두 명의 수양아들도 꽤나 능력이 출중하고 영민했는데, 한 명은 6년 전에 부사인이 자객의 습격을 받았을 때 대신 싸우다 죽었죠. 또 한 명은 3년 전에 암살 사건에 연루되어 붙잡혔는데, 부사인을 지키기 위해 끝까지 버티다 결국 조루의 손에 죽었습니다. 하지만 나는 그 두 사람처럼 양부를 위해 기꺼이 죽을 만큼 정이 깊지 않습니다."

가일이 고개를 끄덕였다.

"그렇다니 일단 안심이군. 한선의 지시를 따르려면 자네는 나를 도와줄 뿐 아무것도 알려줄 수 없다는 걸 잘 아네. 하지만 나 대신 몇 가지 일을 조사해줄 수는 있지 않은가? 어차피 나를 도와주는 것이 자네의 임무이니 말일세."

부진이 잠시 생각에 잠겼다.

"일리가 있는 말입니다. 무엇을 조사하려고 그러십니까?"

"전에 등유를 성으로 들여온 자가 부희네. 내 생각에 갑옷과 연노, 단양 철검도 부사인이 가장 신임하는 속관을 통해 들여왔을 것 같네. 그자가 누군지 좀 조사해줄 수 있겠나?"

"부사인을 의심하는 겁니까? 왜 그자부터 손을 대려 하십니까?"

"공안성에서 일어난 이 모든 일은 부사인과 강동파가 저지른 것이 확실하네. 그러니 저들의 추적에서 벗어나려면 일단 부사인의 죄부터 파헤쳐야 하겠지."

"하나…… 해번영 교위의 신분인 이상 강동파를 도와야 하지 않습니까?"

"강동파를 도와? 왜 그래야 하는가? 나는 제갈근과 함께 혼담을 넣으러 온 김에 감녕 피습 사건을 조사하려는 것뿐이었네. 그런데 공안성에서 강동파와 부사인의 계략에 걸려들어 하마터면 조위 사절단 숙소에서 죽을 뻔했지. 옛 태수부에서도 하마터면 부사인의 살수가 쏜 화살에 목숨을 잃을 뻔했네. 게다가 손상향과 한선도 나에게 강동파를 도우라는 지령을 내린 적이 없는데, 내가 왜 그들을 도와야 하나?"

부진이 눈을 껌뻑거렸다.

"그러니까 부사인과 강동파를 겨냥하는 건 단지 그들이 가 교위를 건드렸기 때문이군요."

"그럴 수도 있겠지."

"그럼 부사인과 강동파가 하려는 일이 손상향이나 한선의 목적과 같을 수 있다는 생각은 안 해보셨습니까?"

"아무도 나에게 알려준 적이 없으니 당연히 모를 수밖에. 난 그저 그들 손에 움직이는 패에 불과하네. 그렇다면 내가 그들의 판을 혼란에 빠뜨려도 아무도 나를 탓할 수 없겠지."

부진의 미간이 좁아졌다.

"저 위에 있는 대단한 사람들이 그 말을 들으면, 큰 그림을 보지 않고 사사로운 감정에 휘둘려 판을 망치는 거라 쓴소리를 했을 겁니다."

가일이 고개를 끄덕였다.

"그렇겠지."

"만약 내가 그런 대단한 인물이라면 가 교위에게 한바탕 욕을 퍼부어주었을 겁니다. 하지만 내가 그런 인물도 못 되는 데다, 나 역시 그리하며 살아왔으니 달리 할 말이 없군요."

부진이 씨익 웃으며 한마디를 건넸다.

"안심하십시오. 내가 도와줄 테니."

가일이 안도의 한숨을 내쉬며 주위를 둘러보았다.

"이곳에 손몽도 온 적이 있는가?"

부진이 놀란 표정으로 되물었다.

"어찌 아셨습니까?"

"손몽의 신분이 대체 무엇인가? 그것도 한선이 금한 비밀인가?"

"그건 아닙니다. 내가 손몽을 잘 모르지만, 한선의 객경은 분명 아닙니다. 근데 그건 또 왜 물으십니까?"

"내가 부사인을 옛 태수부로 끌고 갔을 때 그녀가 호위병들을 대동하고 나를 찾으러 왔었네. 부사인의 말투로 보아하니 그녀 역시 그의 호위를 책임지는 것 같았네. 근데 나와 맞붙었을 때 일부러 내 앞을 가로막고 화살을 막아주더니 동문으로 도망가라고 알려주기까지 했네."

부진이 음흉하게 웃으며 물었다.

"그게 다 그 낭자가 가 교위를 연모해서 그런 거 아닐까요? 가 교위를 살리기 위해 손상향의 명령조차 어길 정도로 말입니다."

"무슨 당치도 않은 소린가! 그녀가 겉으로 보기에 밝고 활달해 보여도, 속에 담아두고 있는 사연이 꽤 많아 보였네. 그리 간단한 문제가 아니네. 하물며 손상향은 해번영을 만든 초대 도독이 아닌가? 그런 그녀가 그렇게 쉽게 감정에 휘둘리는 이를 심복으로 두었겠는가?"

"여인의 마음은 늘 예측하기 힘들죠. 가 교위는 아직 여인을 너무 모르는 것 같습니다."

부진이 가일에게 장검을 건넸다.

"바깥 상황이 갈수록 위험해지고 있지만 빠져나갈 구멍은 언제든 있기 마련이죠. 위험에 대비해 이 칼을 지니고 다니십시오."

가일이 칼집에서 칼을 뽑아 들었다. 기름등의 어슴푸레한 불빛이 검신을 비추자 서늘한 기운이 뿜어져 나왔다. 가일이 칼을 휘두르자 허공을 가르며 일어나는 바람 소리가 칼날처럼 예리했다. 이것은 옛 태수부에 있던 칼보다 훨씬 좋은 최상급 칼이 분명했다.

가일이 물었다.

"자네처럼 창술을 배운 자가 이런 명검을 어찌 그리 많이 가지고 있는 건가?"

"개인적인 취향이라고나 할까요? 사실 칼이야말로 '백병지군(百兵之君: 백 가지 병기의 왕)'이라 불리지 않습니까? 내가 처음 배운 게 창술이 아니라 검술이었으면 얼마나 좋았겠습니까? 전설처럼 불리는 백의검객처럼 아무도 대적할 자 없이 천하를 누비고 다니는 모습을 상상만 해도 정말 멋지지 않습니까?"

부진이 말을 하다 말고 무언가 생각난 듯 이마를 쳤다.

"이런, 전천이 그의 손에 죽었다는 걸 또 잊고 있었네요."

가일이 장검을 칼집에 넣으며 쓴웃음을 지었다.

이미 반 시진을 기다렸지만, 조루는 여전히 서안 뒤에 앉아 목간 위에 무언가를 쓰느라 온 정신을 집중하고 있었다. 태수 부사인은 지루한 듯 흐트러진 모습을 가장하며 의심의 끈을 놓지 않았다. 오늘 오전에 백이위가 가일을 발견했다는 소식을 전해 들었다. 당시 그는 바늘방석에 앉은 듯 불안해져, 조루보다 먼저 그를 찾아내 입을 막고 싶은 충동을 간신히 참아내야 했다. 그가 거느린 살수는 백이위의 적수가 되지 못해 함부로 움직였다간 마각만 드러날 뿐이었다.

그 후 소식들이 연이어 그의 귀에 들어왔다. 가일이 백이위와 군병의 포위를 뚫고 한 시진 동안 도망 다녔다니, 과연 진주조 출신다웠다. 그러다 조루가 격분해 화살을 쏘라고 명했을 때 부사인의 마음이 조금은 안정이 되었다. 가일이 조만간 그 화살에 맞아 죽을 거라는 생각에 막힌 속이 조금은 뚫리는 듯했다. 그런데 얼마 후 가일이 보영 객주 근처에서 사라졌다는 말을 듣는 순간 부사인은 뒤통수를 얻어맞은 듯 충격에 휩싸였다.

부사인은 가일이 조루를 그쪽으로 유인하며 도망쳤다는 것을 알아챘다. 그가 보영 객주에서 사라진 것 역시 미리 계획한 것이 분명했다. 당시 보영 객주에서 벌어진 일들이 발각될 위기에 놓였지만, 군의사의 일손이 부족해 그 뒤처리를 태수부가 맡게 되면서 빠져나갈 구멍이 생겼다. 그때 부사인은 밤을 틈타 살수들을 군병으로 둔갑시켜 갑옷과 무기, 등유 등을 몰래 빼내 다른 곳으로 옮겼다. 나중에 폐허에 심어둔 매복이 침입자의 공격을 받고 죽었다는 소식에 한 차례 긴장한 것도 사실이었다. 그 우물을 메우고 싶어도 군의사의 의심을 받을까 두려워 어쩔 수 없이 방치할 수밖에 없었다. 며칠이 지나도록 아무런 움직임이 없자 부사인도 한시름을 놓았다. 그때까지만 해도 그는 가일이 조루를 그곳으로 유인할 거라 상상조차 하지 못했다.

가일은 밀실에서 어떤 흔적을 발견했고, 그곳에 매복하던 살수도 그의 손에 죽은 것이 분명하다. 상관없다! 어차피 그곳에 있던 물건을 남김없이 치웠고, 모든 혐의를 부회에게 돌려놓았으니 절대 나를 의심하지 못할 테지. 설사 조루가 나를 의심한다 해도 증거가 없으니 어찌하지 못할 것이다. 부씨 가문은 형주에서 드물게 관우 편에 선 명망 높은 귀족이고, 나는 지난 10년 동안 무능한 모습으로 정체를 감추며 살아왔다. 조루의 성격상 확실한 증거를 손에 넣기 전까지 절대 나를 함부로 건드릴 수 없을 테지.

책상을 치는 소리가 들리자 부사인이 번쩍 눈을 뜨고 조루 쪽을 바라보았다. 조루가 어느새 목간을 접고 웃는 낯으로 그를 바라보고 있었다. 그 순간 부사인은 무언가 이상한 낌새를 챘다. 조루의 손에서 움직이는 옥패 하나가 자신의 것과 너무나 흡사해 보였다.

부사인이 그런 생각을 하는 사이 조루가 먼저 입을 열었다.

"부 태수, 관 장군이 전방에서 정벌전을 벌이고 있다 해도 이곳 공안성을 늘 신경 쓰고 계십니다. 오늘 오전에 내가 백이위를 이끌고 가일을 포위하고 있을 때 관 장군께서 서신을 보내 부 태수에게 큰 선물을 하사하라 하시더군요."

부사인이 간사하게 웃었다.

"부끄럽네. 내가 태수 직을 맡고 있지만 그동안 하는 일 없이 자리만 차지하고 관 장군에게 도움이 되지 못했거늘, 언감생심 무슨 선물을 바라겠는가?"

"하는 일이 없다니요? 지난 몇 년 동안 부씨 일가가 관부의 비호를 받으며 상수에서 부당한 거래를 통해 얼마를 벌어들였는지 다 알고 있습니다."

부사인이 억울한 표정으로 변명을 했다.

"조 장사, 그건 다 푼돈일 뿐이네. 내가 거느린 식솔만도 몇백 명인데, 이 태수의 봉록으로 어찌 이들을 다 먹여 살릴 수 있겠는가?"

조루가 손을 내저었다.

"부 태수, 내가 그리 꽉 막힌 사람은 아닙니다. 돈을 벌든 말든 나는 상관할 생각이 없습니다. 그러니 부 태수도 지난 몇 년 동안 아무 제재도 받지 않고 돈을 벌 수 있었던 거 아니겠습니까? 내가 이런 말을 하는 건 한 가지 짚고 넘어갈 게 생각나서입니다."

부사인이 앞으로 나와 비굴하게 굽실거렸다.

"어서 말해보게."

"그렇게 많은 돈을 벌었는데, 저택을 더 지은 것도 아니고, 전답을 사거나 첩과 노복을 더 들인 적도 없더군요. 도대체 그 돈을 다 어디다 쓰신 겁니까?"

부사인은 난처한 듯 웃으며 선뜻 대답을 하지 못했다.

"조 장사, 솔직히 말해 내가 배포가 작고 겁이 좀 많다네. 지금 천하가 혼란스러우니 땅을 사고 집을 짓는 데 돈을 쓰는 건 위험 부담이 너무 크지 않은가? 그러다 어느 날 공안성에서 전쟁이라도 터지면 언제 다 뺏길지도 모르고 말일세. 그래서 그 돈을 전부 황금으로 바꿔 내 침실에 쌓아두었다네. 밤에 아무도 없을 때 보고 있으면 기분이 아주 좋아지거든. 내가 자네에게도 몇 개 보낼 테니, 한번 해보겠는가?"

"필요 없소. 부 태수가 그 돈을 절대 쓰지 말아야 할 곳에 썼을까봐 걱정이 되어 물어보는 것입니다. 그게 사실이라면 아무리 오랜 세월 알고 지낸 사이라 해도 내 칼끝이 부 태수를 겨냥하게 될 것입니다."

부사인이 겁에 질려 물었다.

"조 장사, 그게 무슨 말인가? 설마 항간에 떠도는 소문을 믿기라도 하는 건가?"

"아니 땐 굴뚝에 연기 날 리 없겠지요."

조루도 자리에서 일어났다.

"자, 그럼 함께 관 장군의 선물을 보러 가시죠."

부사인이 조루를 따라 대청 밖으로 걸어갔다. 두 사람은 내내 아무 말 없이 전청을 지나고 회랑을 지나 후원으로 향했다. 후원은 텅 빈 채 아무것도 없었다. 부사인이 주저하며 조루를 힐끗 쳐다보았다. 그는 일이 어떻게 돌아가는 건지 도통 감이 잡히지 않았다. 조루가 맞은편에 있는 문을 향해 턱짓을 하자 부사인이 다가가 나무 문을 밀어 열었다. 그 순간 그는 그 자리에서 꼼짝도 할 수 없었다. 문 밖에 세도가 공자들이 일렬로 무릎을 꿇고 앉아 있었다. 이들은 두 손이 등 뒤로 묶이고, 입에 재갈이 물려 있었다. 이들은 부사인을 보자마자 꽉 막힌 신음 소리를 내며 다가오려 했지만, 그 뒤에 있던 교도수들의 손에 붙잡혀 꼼짝도 할 수 없었다.

부사인이 뒤로 돌아 떨리는 목소리로 물었다.

"조 장사, 이게 무슨 짓인가?"

"열여덟 명의 세도가 공자들이오. 평소 사람들을 불러 모아 한실을 모욕하고 공리공론을 일삼은 자들입니다. 관 장군께서 공안성의 민심이 흔들리고 있다는 말을 전해 듣고 교도수 50명을 보내 천하를 어지럽히는 자들을 참수해 그 목을 저잣거리에 매달아놓으라 하시더군요."

"허…… 하나, 이들이 일전의 그 사건들과 연관이 있는 건가?"

"모릅니다."

조루의 목소리가 냉정했다.

"관 장군의 뜻은, 사건 조사는 천천히 해도 되지만 사람은 인정을 남겨두지 말고 무조건 먼저 죽이라는 것입니다. 이들을 죽여 공안성이 안정을 되찾으면 그때 가서 의심이 가는 자들을 철저히 조사해 잡아들여야겠지요."

부사인은 헛웃음조차 나오지 않았다.

"확실한 증거가 없는 상황에서 저들을 죽이면……."

"참수하라!"

번쩍이는 칼날이 허공을 가르는 순간, 새빨간 선혈이 뿜어져 나와 땅을 적셨다. 부사인은 그 몸서리쳐지는 끔찍한 광경에 더 이상 말을 잇지 못했다. 10여 개의 머리통이 바닥에 떨어져 이리저리 구르고, 그중 몇 개가 부사인의 발밑까지 굴러왔다. 그가 흠칫 놀라 뒤로 물러서더니 허리를 굽혀 정신없이 헛구역질을 해댔다.

"부 태수, 이들을 죽였으니 전보다 지내기 훨씬 편하실 겁니다. 적어도 찻집이나 술집에서 부 태수를 함부로 욕하는 이들은 없어질 테니 말입니다. 이 정도면 큰 선물이라 할 만하지 않습니까?"

조루의 목소리가 아득하게 들려왔다.

"그런 셈이군."

부사인이 창백한 얼굴로 억지웃음을 지었다.

"이 옥패가 눈에 익지 않으십니까?"

조루가 옥패를 보이며 말했다.

부사인이 다가가 자세히 보려 하자 조루가 얼른 그것을 소맷자락에 넣었다. 부사인이 어색하게 웃으며 말했다.

"내 평복에 달린 그 옥패와 비슷해 보이긴 하네. 하지만 자세히 보지 못해 확신할 수는 없군."

"부 태수의 평복에 달린 옥패는 눈에 확 뜨일 만큼 영롱하고 윤기가 흘렀지요. 이 옥패와 아주 비슷했던 걸로 기억합니다. 며칠 전 백이위가 이 옥패를 주워 제게 가져왔더군요. 그래서 오신 김에 한번 물어봤습니다."

조루는 옥패를 꺼낼 마음이 전혀 없어 보였다.

"그것을 어디에서 찾았는가?"

부사인이 물었다.

"보영 객주에 있는 우물 옆에 있었다더군요."

조루가 부사인을 쳐다봤다.

마치 번개를 맞기라도 한 것처럼 부사인은 꼼짝도 할 수 없었다. 비록 웃고 있었지만 머릿속은 오만 가지 생각과 계산으로 분주하게 움직였다. 지난번 가일이 옛 태수부로 그를 납치해 갔을 때 이 옥패를 지니고 있었던가? 가일이 내 옷에서 옥패를 빼내 일부러 우물 옆에 둔 건가?

그가 헛기침을 하며 입을 열었다.

"내가 최근 그곳에 간 적이 없으니, 내 것은 아닐 걸세."

"그렇습니까? 그럼 제가 태수부로 사람을 보내 그 평복을 좀 확인해봐도 되겠습니까?"

조루가 다시 그 옥패를 꺼내 손으로 만지작거렸다.

"이리 좋은 옥패를 진짜 잃어버렸을지 모르지 않습니까?"

부사인이 잠시 멈칫했다.

"이런, 내 기억 좀 보게나. 어젯밤에 태수부에 도둑이 들어 한바탕 난리가 났다네. 그때 그 도둑놈이 그 옥패를 훔쳐 간 게 아닐까 싶네."

"태수부에 도둑이 들었습니까? 어찌 통보를 하지 않으셨습니까?"

"별로 큰일도 아니었네. 더구나 조 장사가 요즘 보통 바쁜가? 그런 일로 괜히 신경 쓰게 하고 싶지 않았네."

"참으로 사려가 깊으십니다."

조루가 웃자 부사인도 따라 웃었다. 벽을 사이에 두고 십여 구의 시체가 쓰러져 있는 것만 뺀다면 마치 오랜 벗이 만나 한담이라도 나누는 모습이었다.

웃음소리가 잦아들 때쯤 조루가 그 옥패를 꺼내 들었다.

"나중에 다시 자세히 들여다보니 부 태수의 그 옥패와 비슷한 듯 다르더군요. 그래서 이 옥패는 제가 가지고 있어야 할 것 같습니다."

부사인의 입가가 실룩거렸다.

"조 장사, 하마터면 내 것인 줄 깜빡 속을 뻔했네."

"그건 그렇고, 부 태수의 옥패를 진짜 잃어버린 게 맞는다면 군의사가 나서서 도와드릴 수도 있습니다."

"필요 없네. 다른 일이 없으면 그만 가봐도 되겠는가?"

"부 태수가 가고 싶으면 만류할 수야 없지요. 근데 최근 성안이 소란하니 가급적 외출을 삼가시는 편이 좋을 듯합니다. 소 잃고 외양간 고쳐봐야 무슨 소용이겠습니까?"

부사인이 조루를 향해 읍을 했다.

"그리 신경을 써주다니 고맙네."

그의 모습이 중문 뒤로 사라지자 백이위 도백이 조루 곁으로 다가왔다.

"조 장사, 태수부 주위에 우리 쪽 사람을 심어두었습니다. 부사인의 꼬리가 과연 밟힐까요?"

"꼬리가 길면 밟히게 되어 있지. 평소 그의 성격으로 볼 때 목이 잘려나가는 참혹한 광경을 보는 순간 혼비백산해 벌벌 떨며 온갖 핑계를 대고 도망을 쳤을 테지. 그런데 이번엔 달랐네. 피바다가 된 곳에 서서 한참 동안 한담을 나누지 않았는가? 저 형주 권문세가의 공자들 중 그와 알고 지낸 자가 적지 않았네. 토끼가 죽으면 여우가 슬퍼한다는 말도 있지 않은가? 아는 이들이 바로 옆에서 목이 잘려 죽어나갔으니, 겉으로야 냉정해 보여도 분노가 치밀어 올랐을 테지. 사람이 분노가 일면 감정을 제어하기 힘들어지게 되어 있네. 내가 그 옥패를 꺼내 들자 결국 판단력이 흐려져 그 미끼를 덥석 물고 말았지.”

“왜 그자를 잡아들이지 않으십니까?”

도백이 물었다.

“잡아들이는 게 무슨 대수겠는가? 그자 하나를 잡아들인다고 해서 공안성이 안정을 되찾을 것 같은가?”

조루가 지친 표정으로 고개를 내저었다.

“그의 뒤에 반역을 도모하는 형주 사족과 강동파가 버티고 있네. 그 세력을 뿌리째 뽑아버리지 않는 한 부사인 하나 잡아넣는다고 무슨 소용이 있겠는가? 지금부터 부사인의 일거수일투족을 철저히 감시하게. 지금이야말로 그가 비밀리에 반역을 도모하는 형주 사족과 연락을 취할 가능성이 가장 높은 때일세. 그러니 그자들의 행적을 파악하고 신분을 확인할 때까지 기다렸다 일망타진을 해야 하네.”

도백이 대답을 한 후 성큼성큼 걸어 나갔다.

조루가 문 쪽으로 다가가 머리가 잘려나간 시체들과 피로 흥건한 바닥을 쳐다보다 이내 시선을 다른 곳으로 옮겼다. 이 열여덟 명은 관청에서 올린 명단에 적힌 순서대로 잡아 온 자들이었다. 그는 이렇게까지 잔인한 수단으로 민심을 공포에 떨게 만드는 게 과연 옳은 것인지 줄곧 주저해왔다. 하지만 관 장군의 명이 떨어진 이상, 군령을 어길 수도 없는 노릇이었다.

지난 몇 년 동안 형주 사족이 단속을 피해가며 강동파와 결탁해왔다는 사실을 모르는 이가 과연 있을까? 알면서도 모른 체하거나 불시에 단속만 했을 뿐, 이 정도로 악랄한 수단을 써가며 탄압한 적은 없었다. 그 이유는 대다수 형주 사족이 한중왕 유비를 따라 서촉으로 들어가고 일부가 위나라에 있어서였다. 그들은 형주에 남아 있는 사족들과 정치적 입장이 달랐지만 혈연과 혼맥으로 연결된 경우가 많았다. 또한 이 형주 사족들이 강동파와 결탁해 맞서고자 하는 자들은 대부분 회사파였고, 한중왕의 관할과 단속에 크게 반발한 적은 없었다. 일전에 보영 객주에서 죽은 자들은 잔챙이에 불과했지만, 지금 죽인 이자들은 다음 세대를 책임질 인재들이었다. 형주 사족에게 이들의 죽음은 뼈를 깎는 고통이었다.

정말 이렇게까지 할 필요가 있었을까? 성안에서 이상 기류가 감지되었다 해도 손권과 한중왕이 동맹 관계를 유지하고 있으니, 형주 사족과 강동파가 제아무리 분란을 일으킨다고 해도 손권이 형주를 공격하는 것도 아니지 않는가? 그가 어두침침한 하늘을 올려다보았다. 듣자 하니 번성 쪽에 며칠째 비가 내린다지? 폭우 때문에 공격 속도가 늦춰지니, 관 장군의 마음이 조급해져 그 화가 공안성으로 미친 것은 아닐까? 음, 지금 와서 이런 생각이 다 무슨 소용이겠는가? 사람은 이미 죽었고, 이제 관우의 정벌전이 성공하기 전까지 더 악랄한 탄압이 이어질 테지.

제6장

◆

형주 자객

폭우가 여전히 그칠 기미를 보이지 않았다.

요화가 도롱이를 걸치고 손으로 비를 막으며 저 먼 곳을 내다보려 애를 썼다. 그곳에 있는 높은 언덕 두 군데가 어렴풋이 시야에 들어왔다. 그러나 그 뒤에 있는 번성은 이미 비의 장막에 가려 흔적조차 보이지 않았다. 오늘로 여드레째 비가 내리고 있으니, 그 시간만큼 공격도 멈춰버렸다. 요화가 이끄는 선봉 부대는 이미 10리를 후퇴한 상태였다. 지금 머무는 곳은 철수 전에 병사들이 흙으로 쌓아 올린 언덕으로, 조조군의 언덕 두 곳에 비해 훨씬 높았지만 면적이 좁았다. 꼭대기에 말 10여 마리가 올라서면 꽉 찰 정도여서, 적진을 내려다볼 수 있는 전방 초소로 이용하기 딱 좋았다. 지난 여드레 동안 요화는 매일 경기병을 대동하고 이곳에 올라와 조조군의 병영을 내려다보았다.

우금과 방덕이 위군 쪽의 두 언덕에 각각 주둔하고 있고, 조인이 번성 성 안을 지켰다. 하나의 성지(城池) 안에서 천하의 명장 세 명이 포진한 채 관우의 공격과 대치했다. 관우는 원래 열흘 안에 완성 아래 도착할 작전을 세

왔다. 그런데 지금 그들은 번성에서 무려 20여 일 동안 발이 묶여 있었다. 요화는 한실의 부흥을 위해서라면 그 어떤 희생도 감수해야 한다던 관평의 말을 다시 떠올렸다. 그는 관우 장군이 이미 결정한 일을 의심해본 적이 없고, 더구나 공성전이 불리하게 돌아가는 것은 그의 책임이었다.

비의 장막이 가로막힌 가운데, 방덕이 주둔해 있는 언덕에서 기병대가 어렴풋이 보이는가 싶더니 그를 향해 몰려오고 있었다. 요 며칠 늘 이런 식이었다. 요화가 병사들을 이끌고 조조 군영을 내려다볼 때마다 맞은편 언덕에서 기병대가 출동해 위협적으로 몰려왔다. 물론 조조군은 폭우 때문에 땅이 온통 진흙탕이라 성을 공격할 때 쓰는 무기조차 이동할 수 없다는 것을 잘 알고 있었다. 그런데도 그들은 경계를 늦추지 않은 채 촉군이 나타나기만 하면 기병대를 출동시켰다.

뒤에 있던 친위병이 앞으로 나와 요화 옆에 나란히 섰다.

"장군, 철수할까요?"

요화가 고개를 가로저었다.

"오늘은 필요 없다. 어차피 저들은 우리 앞까지 오지 않을 것이다."

친위병이 선뜻 이해할 수 없다는 표정으로 물러섰다. 폭우 때문에 활과 화살이 모두 물에 젖어 사정거리가 짧아졌고, 높은 곳에서 화살을 쏴 조조군을 맞히는 것조차 불가능했다.

조조군의 기병대는 3분의 1 정도를 달려가도록 촉군이 꼼짝도 하지 않자 더 기세를 올리며 속도를 높였다.

요화는 말에서 내려 질척한 땅을 밟고 섰다. 병사들이 흙을 쏟아붓고 다져가며 완성한 이 언덕은 연일 큰비가 내리는데도 무너지거나 꺼지는 곳이 전혀 없었다. 멀리서 쿠르릉 소리가 들려왔다. 처음에는 천둥 같더니 그 소리가 가까워질수록 북소리 같기도 했다. 적진으로 돌격해 오던 위군도 그 소리를 들었는지 말을 멈춰 세우고 제자리를 돌며 소리가 나는 방향을 처다봤다.

요화가 멀리 내다보니 지평선 위로 무수히 많은 검은 점이 빠른 속도로 가까워지고 있었다. 눈 깜짝할 사이에 검은 점의 윤곽이 드러났다. 그것은 놀랍게도 크고 작은 전함들이었다. 쿠르릉 쾅쾅 소리가 가까워질수록 수증기가 낙엽과 함께 솟구쳐 오르며 순식간에 혼탁하고 거대한 물결이 요란한 소리를 내면서 몰려왔다. 수십 명의 위군 기병이 미처 피할 틈도 없이 그 거센 물결에 휩쓸려 떠내려가다 어느 순간 흔적조차 없이 사라졌다.

홍수는 엄청난 속도로 평지의 모든 것을 집어삼키며 동쪽으로 흘러갔다. 둑이 무너지며 수위가 계속 올라가자, 먼 곳에 있는 두 개의 언덕이 거의 물에 잠겼다. 셀 수 없을 정도로 많은 전함이 급물살을 타고 언덕 부근에 도달하자 여기저기서 닻을 내리고 삼판선을 내려 기슭을 오르기 시작했다. 이번 작전의 선두에 관평이 있었다. 그가 이끄는 병사들은 압도적 기세로 돌진하면서도 일사불란하게 역할을 나눠 움직였다. 적을 공격하고 무장 해제시키는 일련의 과정이 일사천리로 진행되었다.

언덕 위에 있던 위군의 절반이 물에 잠겨 죽었고, 나머지 절반은 황급히 반격을 감행했다. 하지만 수전(水戰)을 준비하지 않았으니 배를 타고 공격해 오는 촉군을 상대로 육박전을 벌이는 것 외에 달리 방법이 없었다. 언덕이 물에 잠기고 적의 급습에 수적으로 밀리다 보니 위군의 사기는 급속도로 떨어졌다. 금세 위군의 방어선이 철저히 무너져버렸다.

우금이 주둔하던 언덕에서 함성과 비명이 점점 잦아들고, 얼마 안 가 '관(關)'이라고 적힌 커다란 깃발이 군영 문 밖에서 펄럭였다. 한편 방덕이 지키던 언덕의 전황은 갈수록 치열해지더니 중군영을 공격하던 촉군이 다시 물러나왔다. 요화가 미간을 찌푸리며 삼판선을 자기 쪽으로 불러 친위병을 대동하고 그 배에 올라탔다.

이때 방덕 쪽 전황은 예상 밖의 방향으로 흘러갔다. 반격을 하던 위군이 물가로 돌진해 오더니 삼판선을 몇 척 빼앗아 번성 쪽으로 달아났다. 마음이 급해진 요화는 뱃머리에 서서 노를 젓는 병사들을 독촉했다. 삼판선은 비바람 속에서 파도를 가르며 조위의 삼판선을 따라잡았다. 나무배 위로 수염과 머리카락이 흐트러진 채 핏물과 빗물에 젖은 옷을 입고 있는 방덕의 모습이 보였다. 하지만 그는 그런 상황에서도 당당함과 투지에 불타는 눈빛을 잃지 않고 있었다. 요화가 추격해 오자 그는 빗속에서 활시위를 당겨 단숨에 세 개의 화살을 쏘아 올렸다. 그렇지만 바람이 너무 거세 화살은 얼마 날아가지 못하고 물속으로 떨어졌다.

등 뒤에서 북소리가 들려오고, 누선 한 척이 몽동 몇 척의 호위를 받으며 빠른 속도로 다가왔다. 요화가 고개를 돌리자 뱃머리에 '관' 자가 쓰인 사령기가 나부꼈다. 그는 정신을 바짝 차리고 나무 방패를 든 채 뱃머리에 서서 배를 몰고 방덕을 향해 돌진했다. 삼판선 두 대의 거리가 점점 좁혀지자 화살이 연이어 그의 방패에 날아와 부딪혔다. 그 힘에 눌려 방패를 쥐고 있던 손이 마비가 될 정도로 얼얼해졌다. 뒤이어 쿵 소리가 나며 배가 서로 부딪혔다. 부서진 나무 조각이 사방으로 튀고 물이 들어오면서 배가 빠른 속도로 가라앉았다. 요화는 방패를 버리고 방덕을 향해 몸을 날렸다. 그는 방덕이 서량 출신이라는 것을 잘 알고 있었다. 그는 본래 마초(馬超) 휘하에 있던 자로, 용맹하기는 했지만 수중전에 약했다. 그렇다면 그와의 육박전은 승산이 없어도 물에서라면 이야기가 달라진다.

방덕이 활을 휘두르며 요화를 내리치자 활의 몸체가 두 동강이가 나며 부러졌다. 요화는 고통을 참으며 방덕을 잡아끌고 물속으로 밀어버렸다. 방덕은 몇 차례 몸부림을 쳐보았지만, 물속이다 보니 몸이 뜻대로 움직여주지 않았다. 누선에서 촉군 병사 몇 명이 뛰어내려 방덕의 곁으로 다가가 차례로 그를 물에 집어넣었다 빼내기를 반복했다. 연이어 물을 마신 탓에 방덕은 정신이 혼미해져 더 이상 발버둥칠 힘조차 잃은 채 병사 손에 이끌려 배 위로 끌어올려졌다.

요화는 방덕을 포박한 후 누선으로 압송해 관우 앞에 대령했다. 관우가 성큼성큼 걸어와 그의 포박을 직접 풀어주며 말했다.

"방 장군, 자네가 끝까지 싸워 살아남은 것만으로도 조조와의 의리를 지킨 셈이니, 이제 그만 그 재능을 다른 이를 위해 쓰는 것은 어떻겠는가?"

방덕이 턱을 치켜세우며 말했다.

"출정을 하기 전에 이미 관을 짜두고 왔다. 헛소리 집어치우고 당장 죽이거라!"

"방 장군이 용맹스럽고 과감하며 결단력이 뛰어나다더니, 과연 그 소문이 거짓이 아니란 걸 알았네. 한중왕은 지위가 높고 귀하며 성품이 어질고 너그러운 분이시네. 그분이 천하에 이름을 떨치니 뛰어난 인재들이 그분 곁으로 모여들고 있네. 오자양장(五子良將) 중 하나인 우금이 좀 전에 그분께 충성을 맹세했고, 자네의 형 방유(龐柔)가 촉나라에서 관리로 일하고 있거늘, 어찌 하루라도 빨리 그분의 편에 서지 않는 것인가?"

방덕이 코웃음을 쳤다.

"유비는 짚신을 엮어 팔던 소인배에 불과하거늘, 어찌 지위가 높고 귀한 자라 할 수 있느냐? 유표의 형주와 유장(劉璋)의 익주를 침략해 부당하게 취하고도 어질고 너그러운 자라 할 수 있느냐? 황건적의 난이 일어난 후부터 마치 집 잃은 개처럼 주인을 수차례 바꾸고도 그 이름을 천하에 떨쳤다 할 수 있단 말이냐? 나는 절대 투항하지 않을 것이다!"

요화가 앞으로 성큼 걸어 나와 환수도를 뽑아 들었다. 관우가 손을 내저어 그를 저지했다.

"방 장군, 한중왕이 비록 초야에 묻혀 반평생을 떠돌며 온갖 고초를 겪었지만, 그 모든 것이 한실의 부흥을 위한 것이었네. 듣자 하니 자네는 병법에 능하다지? 그런 재주를 왜 역적을 몰아내는 데 쓰지 않고 조적의 휘하에서 썩히고 있는가?"

방덕이 싸늘하게 웃었다.

"한실의 부흥? 한수(漢水) 둑을 헐어 멀쩡한 만 묘의 논을 물에 잠기게 해서 백성들을 익사시키는 게 한실의 부흥을 위한 것이더냐?"

관우가 정색을 했다.

"한실을 부흥시키려면 누군가는 희생을 해야 하네."

"한실이 과연 그런 희생을 감수하면서까지 일으켜 세워야 할 것이라 보느냐? 유굉(劉宏: 후한 영제)이 집정을 할 때 십상시(十常侍)를 총애해 당쟁을 빌미로 얼마나 많은 충신들을 죽였는지 아느냐? 그 결과 황건적의 난이 일어나고, 군웅이 할거하고, 수년간 전란이 이어졌다. 지금 천하의 인구 7할이 줄었고, 집집마다 상복을 안 입은 이가 없으며 심지어 온 마을의 백성이 몰살된 곳이 있었다. 그런 한실이 과연 다시 살릴 가치가 있다는 것이냐? 고작 한실을 살리는 것이 천하의 만백성이 살고 죽는 것보다 더 중요하단 말이냐?"

"헛소리 집어치워라! 감히 어디서 그런 대역무도한 말을 지껄이느냐!"

관평의 칼날이 방덕의 목에 닿았다.

방덕은 태연자약한 표정으로 말을 이어갔다.

"한실은 다시 일으켜 세울 필요가 없다. 한제는 허도에서 아주 잘 살고 있으니 말이다. 너희들의 주공 유비는 스스로를 중산정왕(中山靖王)의 후손이라 주장하는데, 황숙이라는 자가 벼슬길에 오르지 않고 도리어 익주·형주를 할거하며 사사로이 난을 일으키고 있다. 그런 자들이 다시 일으켜 세운 한실이라니, 참으로 우습지 않느냐?"

"지금의 천자는 너희들의 꼭두각시일 뿐이고, 조조는 또 하나의 동탁(董卓)에 불과하네."

관우는 전혀 동요하지 않았다.

"천하의 백성도 다 아는 사실을 그대만 모르는 것 같군. 자네가 제아무리 한중왕을 폄하한다 해도, 그분은 황실의 피를 이어받아 백성을 구휼하며 오로지 한실의 부흥만을 생각하는, 부인할 수 없는 황숙이시네."

"천하의 백성이 다 알아? 뭘 안단 말이냐? 위왕이 계시기에 백성들이 비로소 풍족하게 살며 마음 편히 생업에 종사할 수 있게 된 것이다. 지금이 환제(桓帝)·영제(靈帝) 때와 비교가 된다고 보느냐?"

방덕이 헛웃음을 터뜨렸다.

"백성이 배불리 먹고 따뜻하게 입고 살 수 있다면 누가 과연 황실의 정통에 반기를 들겠느냐? 이 천하는 백성들의 것이지 유씨 집안의 천하가 아니다! 설사 위왕이 한제를 대신해 그 자리에 앉는다 해도 하나도 이상할 것이 없단 말이다!"

천막 위로 쏟아져 내리는 비가 묵직한 소리를 내며 누선 위의 분위기를 더 무겁고 적막하게 만들었다.

관우가 실망스러운 표정으로 입을 열었다.

"세상이 혼탁해지면 매미의 날개가 무거워지고 천균(千鈞)의 짐이 가벼워지며, 황종(黃鐘)은 버려지고 질솥만이 우레처럼 소리를 낸다 했지. 방 장군, 인(仁)·의(義)·예(禮)·지(智)·신(信)이야말로 군자가 지녀야 할 도리라 했네. 한실의 신하 된 자로서 임금이 잘못을 하면 응당 간언을 해야 하고, 그럴 수 없다면 은거하며 어질고 현명한 군주를 기다려야겠지. 자네 말대로 환제와 영제는 어리석은 황제가 맞네. 하나 지금의 황제는 어떠하신가? 많은 군사 앞에서 동탁을 물리친 일을 설마 들어본 적이 없는가? 이런 명군이 이미 우리 앞에 있는데 어찌 그분을 위해 충성하지 않는 것인가? 조조가 한제를 대신해 황제가 된다면 그것은 조조의 천하일 뿐, 어찌 만백성의 천하라 말할 수 있겠는가? 우리는 모두 한나라의 백성이고, 백성이 모두 풍요롭게 살며 생업에 종사하도록 만들 책임이 있네. 이는 정권을 찬탈하려는 것이 아니라 한실의 부흥을 위해 우리의 몫을 다하자는 것뿐이네!"

방덕이 갑판에 침을 퉤 뱉었다.

"서로 뜻이 맞지 않으면 상종하지 말라 했다! 내 귀를 더는 더럽히고 싶지 않으니, 죽이려면 당장 죽이거라!"

관우가 그를 말없이 바라보다 병사들에게 끌고 가라는 손짓을 했다. 그는 착잡한 마음으로 저 멀리 성벽을 바라봤다. 조조가 중원을 차지한 지 20여 년밖에 되지 않았는데 세상 사람들의 마음이 이리도 빨리 변해버렸단 말인가?

충은 인·의·예·지·신을 떠받치는 기본 정신이고 사람됨의 가장 중요한 덕목이거늘, 어찌 배불리 먹고 따뜻하게 입는, 이런 사소한 욕구를 충족하는 것만도 못한 게 되었단 말인가? 지금 세상의 이치가 방덕 같은 천하의 명장조차 이런 사리사욕에 눈이 멀어 충과 의를 헌신짝처럼 버리게 만들 줄 몰랐구나. 하나 사람으로 태어나 사리사욕만을 위해 산다면 짐승과 무엇이 다르겠는가? 조정의 문무 대신들이 서로 헐뜯고 배척하며 끊임없이 반역을 꾀하고 진흙탕 싸움만 벌인다면 결국 그 고통을 백성이 짊어지게 될 것이다!

관우가 돌아서며 물었다.

"남향·양겹·육혼 쪽에서는 소식이 들어왔느냐?"

관평이 대답했다.

"사흘 전에 군의사에서 또 사람을 보냈으니, 아마 며칠 안에 소식이 올 겁니다."

"요화, 자네는 함대를 이끌고 곧장 번성을 치도록 하게. 지금 세 명의 천하 명장 중 남은 자는 조인뿐이니, 조만간 번성을 함락할 수 있을 것이네!"

요화가 누선에서 내려 몽동에 올라탔다. 그는 관우의 명을 받들어 백여 척의 전함을 이끌고 번성으로 향했다.

관평이 그제야 앞으로 나와 나지막이 말을 건넸다.

"아버님, 강릉의 군량이 아직 당도하지 않았습니다. 벌써 열흘이 지체된 셈입니다."

관우가 미간을 찌푸렸다.

"미방은 뭘 하고 있는 것이냐?"

"제가 사람을 보내 추궁해보니, 군량을 운반하는 함대가 맥성 나루터 부근에 도착했을 때 조위 수군의 습격을 받았답니다. 그때 배가 전복되면서 군량이 전부 침몰해버렸습니다."

"조위 수군? 맥성 나루터는 우리가 이미 친 곳이 아니더냐? 그 근방은 전부 우리 수군뿐인데, 조위 수군이 어떻게 그곳에 나타난단 말이냐?"

"제가 맥성 나루터로 사람을 보내 조사해봤습니다. 현장에 남은 흔적으로 추측해볼 때, 그 조위 수군들은 육로로 출발해 맥성 근처에서 삼판선에 올라탄 후 밤을 틈타 군량 수송선을 급습한 것 같습니다. 거리와 시간을 따져보니 조양(棗陽)에 주둔 중인 조조군인 듯합니다."

"조조군이 어떻게 군량선의 이동 경로를 알고 있단 말이냐? 미방의 실수로 정보가 새어 나간 것이냐?"

"미방의 말을 들어보니, 아버님의 명에 따라 동오에서 군량을 사들일 때 진주조 사람의 눈이 따라붙은 것 같다고 하더군요."

"그 말뜻은, 군량을 약탈당한 잘못이 나에게 있다는 것이냐?"

관우가 미간을 찌푸렸다.

"설사 진주조의 눈이 따라붙었다 해도 군량의 이동 경로와 시간까지 세세히 알기는 힘듭니다. 그의 말에 신빙성이 떨어질 뿐 아니라, 책임을 전가하는 느낌을 받았습니다. 이것 외에 다른 가능성은 없는 듯합니다."

"아니다. 또 다른 가능성이 있다. 군량 수송 부대가 강릉을 출발해 호로구(葫蘆口)까지는 육로를 이용하고, 호로구에서 맥성을 거쳐 번성으로 오는 길은 수로를 이용한다. 그중 호로구에서 맥성까지의 길은 동오 수군이 포진해 있는 곳이지. 동오의 누군가가 군량 수송 부대의 움직임을 발견한 후 조위군에게 알렸을 수도 있다."

"하오나…… 동오는 조위와 합비에서 아직 전쟁을 벌이고 있고, 우리와 동맹을 맺고 있지 않습니까? 더구나 군의사의 조사에 따르면 제갈근이 아직 강릉성에 있습니다. 동오가 이렇게 할 이유가 있을까요?"

"감녕이 공안성에서 피살되었고, 회사파는 강동파 육손과 경쟁할 최고의 적임자를 잃으며 강동파에게 밀리고 말았다."

관우가 막사를 걸어 나오자 빗줄기가 철갑 위로 떨어져 내렸다.

관평이 얼른 유지 우산을 펼쳐 비를 막았다.

"강동파는 지난 10여 년 동안 계속해서 형주를 되찾고 싶어 했지. 예전에 회사파 노숙이 중재에 나서면서 한중왕이 오나라와 연합해 조조를 치기 위해 상수를 경계로 땅을 나눠 통치하는 데 동의하지 않았느냐? 지금 회사파의 노숙은 물론 감녕마저 죽었으니, 아마 손권이 강동파로 기울었을 것이다."

"하오나 지금 강동파에는 별다른 인재가 없지 않습니까? 근데 왜 손권이 강동파에 힘을 실어주는 것입니까?"

"강동파에 뛰어난 인재가 없는 건 지금까지 회사파의 견제가 있었기 때문이다. 지난 몇 년 동안 손권이 이미 강동파를 군과 정계에 등용해왔고, 아직은 회사파와 어깨를 나란히 할 수준은 아니지만 무시할 수 없는 세력을 형성하고 있다. 손권이 강동파에 힘을 실어주는 건 이들의 인력과 재력을 최대한 이용하고, 회사파를 견제할 세력을 키워 자신의 절대 권위를 세우기 위해서다."

동오에서 손권의 집권 능력은 조조만큼 강력하지 못했다. 회사파의 장소가 손책의 유언을 받들어 그에게 여러 차례 직언을 올려봤지만 전혀 귀

담아듣지 않았다. 그는 강동파에 힘을 실어주어 회사파를 견제할 수 있다면 그것으로 충분했다.

관평은 문득 이런 생각이 들었다.

"하오나 지금 우리의 병력으로 손권을 방어하기에 아직 부족하니, 번성에서 철군을 하실 건지요?"

"그럴 수 없다. 한중 쪽은 어떠한 것이냐? 법정 선생에게서 소식이 왔느냐? 조조의 병이 깊어 죽게 된다면 조비가 위왕의 뒤를 잇게 될 것이다. 비록 조조가 천하의 간웅이라 하나 황제 자리까지 넘보지는 못했다. 그는 수많은 공을 세우면서도 위왕 자리에 만족하며 천자를 옆에 끼고 한나라 신하임을 만천하에 알리지 않았느냐? 하나 조비는 다르다. 그자는 10년 동안 조식(曹植)의 모든 것을 참아내며 때를 기다렸고, 올 초에 드디어 조식을 철저히 무너뜨리고 누구도 세자 자리를 넘볼 수 없게 만들었다. 그러면서도 여전히 가면을 쓴 채 그 속에 엄청난 욕망을 숨기고 있는 걸 보면 필시 한실을 무너뜨리고 천하에 군림하려는 속셈이 분명하다."

관우의 표정이 어두워졌다.

"평아, 너도 알다시피 많은 이들이 아직 때가 아니라며 이번 출정을 만류했다. 하나 나는 그리 생각하지 않는다. 이번이야말로 한실을 구할 수 있는 마지막 기회다. 형세가 어찌 됐든, 우리가 이기든 지든, 그런 것은 중요치 않다. 우리는 무조건 이 기회를 잡고 한실을 구해내야 하느니라.

손권은 생각이 많고 우유부단한 성격이다. 지금 우리가 대승을 거뒀으니 분명 잠시 관망하며 때를 보고 있을 테지. 우리가 번성을 손에 넣어야만, 형주를 차지하려는 그자의 마음을 접게 만들 수 있을 것이다."

"만약 우리가 번성을 공격해 이기지 못하면 강릉성 쪽에서 미방 혼자 손권의 공세를 막을 수 있을까요?"

관평은 늘 이 점이 걱정이었다.

"아버님, 우리가 병력을 나눌 여력이 안 되는 이상, 요화나 풍습을 보내 미방을 대신하게 하는 것은 어떨는지요?"

"전쟁을 앞두고 장수를 바꾸는 것은 병법에서 가장 금기시하는 것이다. 더구나 미방의 누이 미정이 한중왕에게 시집을 왔고, 미방은 서주에서 나올 때부터 한중왕을 따른 노신(老臣)이 아니더냐? 만약 그를 밀어낸다면 한중왕 쪽에서 좋게 보지 않을 것이다."

관우가 잠시 후 다시 입을 열었다.

"일단 경기병을 강릉으로 보내 관창과 의창의 양식이라도 우선 운송해 급한 불부터 끄도록 하거라. 앞으로 손권이 정말 강릉을 공격한다면, 그때 가서 요화를 그리 보내 강릉을 사수하라!"

미방은 웃통을 벗고 바지만 입은 채 초조하게 대청 안을 왔다 갔다 했다. 부들부채를 연신 부치고 있는데도 땀이 계속 흐르니 더 짜증이 날 판이었다.

동오에서 사들인 군량의 가격이 시세보다 두 배나 비쌌지만, 그는 이를 꽉 깨물며 받아들일 수밖에 없었다. 그는 제갈근이 믿을 만한 자가 아니라는 것을 알면서도 그의 제안을 받아들일 수밖에 없었다. 그래서 군량이 도착한 후 사람을 보내 철저히 확인을 마쳤고, 강을 따라 관우의 군영으로 수송했다. 그런데 군량을 운송하던 선박이 맥성 나루터에서 조위 수군의 습격을 받아 수만 섬의 군량이 함대와 함께 몽땅 물에 가라앉고 말았다.

어떻게 정보가 새어 나간 거지? 미방은 지금 당장 이 일을 조사할 여력도 없었지만, 일단 무슨 수를 써서라도 열흘 안에 관우에게 필요한 군량을 모으는 일이 급선무였다. 그는 짜증 섞인 목소리로 문 앞에 있는 종복에게 물었다.

"다시 제갈근에게 가서, 왜 이렇게 늦는 건지 알아보거라!"

종복이 대답을 하기도 전에 밖에서 우렁찬 목소리가 들려왔다.

"미 태수, 저를 찾으셨습니까?"

미방이 문 앞 계단으로 뛸 듯이 걸어갔다.

"내가 부탁한 군량은 어찌 되었는가?"

"일전에 이미 한 차례 사들인 터라 대부분의 객주에 남아 있는 양식이 그리 많지 않더군요. 어쩔 수 없이 논밭을 직접 돌며 농민으로부터 사들이는 수밖에 없어 시간이 많이 걸리는 것 같습니다. 근데 그자들이 원래 가격보다 배를 더 부르더군요."

"배를? 도둑이 따로 없군!"

"어쩔 수 없지 않습니까? 미 태수가 그리 급히 다그치니, 그자들도 사람을 더 보내 남은 양식을 끌어모으는 중일 겁니다."

미방이 이를 꽉 깨물었다.

"알겠네. 손해를 감수할 수밖에. 언제 넘긴다 하던가?"

"스무 날은 더 기다려야 합니다."

"스무 날? 열흘밖에 시간이 없네! 관우 장군이 군령을 내렸으니, 열흘 안에 보내지 못하면 내가 문초를 당할 것이네."

제갈근이 손을 내저었다.

"더는 앞당길 수가 없습니다. 인근에 있는 곡식은 우리가 모두 사들였지만, 좀 멀리까지 가서 사 오려면 일정을 맞추기 힘듭니다. 그렇다고 남군(南郡)으로 사러 갈 수는 없지 않습니까? 그러다 군량을 다 팔아치운 일이 폭로되면 어쩝니까? 관창과 의창의 군량을 사사로이 팔아치웠으니, 한나라 법에 따라 그 죄의 대가로 재산을 몰수당할 겁니다. 관우의 성격으로 볼 때, 그의 북벌 대계를 망쳤으니 미 태수가 한중왕의 인척이라 해도 봐주는 일은 없을 테지요."

미방은 점점 더 초조해지는지, 왔다 갔다 하는 속도가 더 빨라졌다.

제갈근이 느긋하게 그의 의중을 떠봤다.

"혹시 위험을 감수하는 도박을 한번 해보겠다면, 내 살길을 하나 알려드릴 수도 있습니다."

미방의 발걸음이 갑자기 뚝 멈췄다.

"살길?"

"강릉성에서 50리 정도 떨어진 곳에 상관(湘關)이 있습니다. 여태까지 우리 동오의 식량 창고로 쓰인 곳이지요. 얼마 전에 그곳을 지키던 장수가 세도가의 자제로 바뀌었지요. 미 태수, 정예 부대를 산적으로 둔갑시켜 그곳의 곡식을 빼앗아볼 생각은 없으십니까?"

"말처럼 쉬운 일이 아니네. 상관이 동오의 곡식 창고로 쓰이던 곳인데, 그리 쉽게 방어막이 뚫리겠는가?"

제갈근이 소매에서 지도를 꺼내 탁자 위에 펼쳤다. 미방이 다가가 들여다보니 상관의 지형이 아주 자세히 그려져 있고, 군사 배치도 표시되어 있었다. 상관은 지형이 좁고 길어 수비는 쉬워도 공격은 어려운 곳이라 병사 5백 명이 주둔해 있을 뿐이었다.

제갈근의 손가락이 지도 위의 붉은 동그라미를 가리켰다.

"이곳이 산길입니다. 말을 타고 물을 건너 숲을 돌아가면 상관 내부로 들어갈 수 있으니, 그야말로 그자들이 속수무책으로 당하게 되는 것이죠."

미방은 그 말을 듣고 나더니 도리어 냉정을 되찾은 듯 제갈근의 주위를 돌며 고개를 내저었다.

제갈근이 웃으며 그에게 물었다.

"미 태수, 내가 동오의 식량 창고를 치라고 부추기는 게 무슨 다른 뜻이 있어서라고 생각하십니까?"

"그렇네. 일찌감치 상관의 수장과 내통해 나를 함정에 빠뜨리려는 게 아닌가?"

"상관은 원래 제 오랜 벗이 지키던 곳인데, 지금은 큰소리나 쳐대는 세도가 자제한테 그 자리를 빼앗겼지 뭡니까? 그러니 미 태수가 그곳의 식량을 빼앗아준다면 내 속이 다 후련할 것 같습니다. 더구나 제가 이 강릉성 안에 머물고 있으니, 미 태수가 매복의 공격을 받는다 한들 내가 도망칠 수나 있겠습니까?"

"상관의 수장이 누구인가?"

"강동의 육손입니다."

"육손? 그가 누구인가?"

"강동파 고·육·주·장 네 개 성씨 중 육씨 가문 출신입니다. 얼마 전까지 여몽을 대신해 도독이 될 거라는 소문이 파다했지요. 그러다 회사파 감녕이 자객의 손에 죽는 바람에 그자에게 의심의 눈초리가 쏠리고 있는 상황입니다. 그러니 오후가 그를 상관으로 보내 잠시나마 분쟁을 무마시킬 수밖에 없었겠지요."

미방은 여전히 결정을 내리지 못했다. 제갈근의 제의에 귀가 솔깃하면서도 마음 한구석이 계속 불안했다. 이런 근거 없는 의심과 우려가 그를 더 짜증 나게 만들었다. 그가 계속해서 대청 안을 왔다 갔다 하다 보니 바지도 이미 땀에 젖어 다리에 끈적끈적 달라붙었다. 제갈근이 탁자 위에 놓인 찻잔을 들어 미방에게 건넸다. 미방은 찻잔을 들고 또 한참을 망설이다 한 번에 벌컥 마셔버렸다. 그런 후 그가 갈라진 목소리로 한마디 했다.

"도박을 해보겠네!"

그가 밖으로 서둘러 나가 소리쳤다.

"경기병 5백 명을 뽑아 깃발을 철수하고 갑옷을 갈아입은 후 성 밖으로 모이라 전하거라! 또한 소가 끄는 마차를 3백 대 준비해 경기병 뒤를 따르게 하라! 한 시진 후에 내가 직접 군대를 이끌고 출발할 것이다!"

종복이 명을 전하러 간 후 미방이 다시 안으로 들어왔다.

"제갈근, 이번 일이 성공하면 내 자네를 귀빈으로 극진히 대접해주겠네. 만약 무슨 착오가 생긴다 해도 내가 자네를 죽이는 일은 없을 것이네. 그저 자네가 나를 부추겨 상관을 공격하게 만든 일을 있는 그대로 말할 뿐이겠지. 그렇게 되면 자네는 아마 동오에서 발붙일 곳이 없어질 것이네."

제갈근이 침착하게 대답했다.

"미 태수, 나는 아무 데도 안 가고 이 태수부에서 술이나 마시며 오기만 기다릴 테니 안심해도 됩니다. 만약 육손의 수급을 보게 된다면 나의 오래된 벗의 마음속 한이 조금은 풀릴 테지요."

부진은 낮은 담장 위에 앉아 호리병에 담긴 추로백(秋露白)을 홀짝홀짝 마셨다. 혼자 있을 때면 늘 벗처럼 그의 곁을 지키는 술이었다. 추로백은 그의 고향에서 나오는 술로, 사고무친인 그에게 조금은 위안이 되어주었다.

오늘 밤은 날씨가 괜찮은 편이었다. 안개가 그리 심하지 않으니 사람을 죽이기에 딱 알맞았다. 어제 부진은 보영 객주와 관련이 있는 태수부 속관 명단을 가일에게 건넸다. 가일은 그 명단을 한참 동안 들여다보며 죽여야 할 자들의 이름 위에 동그라미를 쳐서 그에게 다시 건넸다. 부진은 가일이 무리한 부탁을 한다고 느꼈지만, 그의 말도 일리가 있었다. 한선이 그를 도우라고 명을 내린 이상, 그를 대신해 몇 사람 죽여주는 것도 당연히 그가 해야 할 일이었다. 어쨌든 성안에 가일의 얼굴이 그려진 방이 사방에 붙어 있는 이상, 이렇게 많은 자를 혼자 죽이라는 것도 억지스러웠다. 게다가 이들을 죽인 후 안전하게 도망치는 것도 문제였다.

부진은 눈을 감고 불어오는 밤바람에 몸을 맡겼다. 11년의 세월이 부지불식간에 지나가버렸다. 가일이 말한 것처럼 지난 11년 동안 너무 외로운 시간을 보냈다. 그것은 뼈에 사무칠 정도로 시린 그런 감정이었다. 이 세상에 그와 혈연으로 연결된 사람이 단 한 명도 없고, 벗을 사귈 용기조차 없었다. 비록 부사인이 그를 수양아들로 받아들였지만 지금까지 한 번도 아버지의 마음을 준 적이 없었다. 그는 부사인이 언제라도 이용할 수 있는 패에 불과했다. 부희가 태수부 주부 자리에 앉은 것도 부사인의 신임이 깊어서 권력을 쥐어준 것 같아 보이지만, 결국 다 이용하고 나자 부희 일가족을 상수에 빠뜨려 죽였다.

한선의 객경이 된 후 부진은 다루기 쉽고 능력도 없는 듯한 사람처럼 행동했고, 바로 이 점이 부사인의 눈에 들어 양자가 될 수 있었다. 부사인과 함께 산 세월이 길다 보니 그가 얼마나 간사하고 위선적인지 누구보다 잘 알았다. 그럼에도 그는 이 공안성에 남아 있기에, 안정적인 신분을 유지하기 위해 지금까지 그의 효성스러운 아들 노릇을 해왔다.

이제 자신을 숨기며 살았던 시간을 끝낼 날도 머지않았다. 부진은 술을 한 모금 벌컥 들이마시며 골목 끝에서 들려오는 말발굽 소리에 귀를 기울였다. 오늘 밤 부사인이 태수부의 속관들을 대동하고 연회에 참가했고, 그에게는 함께 가자는 말조차 꺼내지 않았다. 그 덕에 부진은 일에 착수할 절호의 기회를 얻었다.

어둠 속에서 마차가 서서히 다가왔다. 그것은 병조종사(兵曹從事) 괴길(蒯吉)의 마차였다. 부진이 담장에서 뛰어내려 마차를 가로막았다. 마차를 모는 자는 괴길의 가문에서 고용한 호위 무사로, 서로 안면이 있었다. 부진이 그에게 다가가 웃으며 물었다.

"괴 종사가 안에 계신가?"

호위 무사에게서 술 냄새가 났다.

"난 또 누구인가 했네. 이 밤에 누가 감히 마차를 막나 했더니 자네였군. 우리 괴 종사로 말할 것 같으면 형주의 명망 높은 집안의 자제분인데, 그런 분의 마차를 그리 막아서야 쓰겠는가?"

"그 말은, 괴 종사께서 안에 계시다는 건가?"

"괴 종사는 안에서 쉬고 계시네. 무슨 일인지는 모르겠지만, 당장 여기서……."

호위 무사의 말이 끝나기도 전에 부진의 손이 그의 목을 움켜잡았다. 그가 눈을 부릅뜨며 믿을 수 없다는 듯 부진을 노려봤다. 그는 이 상황이 이해가 가지 않았다. 지금까지 실없이 웃으며 시키는 일만 하던 자가 갑자기 전혀 다른 사람으로 변해 있었다.

부진이 그에게 미안하다는 말을 남긴 후 손아귀에 힘을 주는 순간 목뼈 부러지는 소리가 들렸다. 그가 마차의 주렴을 들어 올리자 괴길이 벽에 기대 잠들어 있는 것이 보였다. 그는 바깥에서 나는 소리조차 듣지 못할 만큼 잠이 깊게 들어 있었다. 부진이 호위 무사의 시체에서 환수도를 뽑아 괴길의 목을 그었다.

핏빛이 흩어진 후 부진은 침착하게 수레채에 묶인 밧줄을 풀어 말에 올라탔다. 양심의 가책 같은 것은 전혀 없었다. 자객으로 사는 한, 그는 스스로 목표물을 판단하고 선택할 수 없었다. 오래전 오나라 군대의 기도위를 죽인 순간부터 그의 심장은 차갑게 얼어붙었다.

부진은 채찍을 휘두르며 뒤도 돌아보지 않은 채 곧바로 앞을 향해 질주했다.

반 시진이 지난 후 조루가 백이위 세 명과 함께 거리에 나타났다. 횃불이 거리를 밝혔지만 그의 마음속 그림자는 걷어낼 수 없었다. 오늘 밤 부사인이 연회를 열어 손님들을 초대했고, 조루가 백이위를 배치해 감시하며 그들이 음모를 꾸미는 순간 일망타진하려고 기다리고 있었다. 하지만 태수부 안에서는 가무와 주연만이 이어졌고, 빈객들은 모두 술에 진탕 취한 채 집으로 돌아갔다.

그런데 성을 순찰하던 백이위가 괴길의 시체를 발견했다고 보고를 올렸다. 조루는 그 즉시 백이위를 이끌고 현장에 도착했고, 그곳에서 두 구의 시체 외에 아무런 흔적도 발견할 수 없었다. 자객은 흔적을 전혀 남기지 않았다. 괴길의 호위 무사라면 무공도 뛰어났을 텐데, 반항의 흔적조차 없이 목이 졸린 채 죽었다. 괴길의 치명상에 사용된 무기 역시 호위 무사가 차고 있던 환수도였다. 자객은 적을 죽이면서도 자신의 무기를 몸에 지니지 않고 있었다는 얘기군. 그렇다면 이 자객 또한 일전에 감녕을 죽인 백의검객에 버금가는 고수가 틀림없겠구나.

조루는 바닥에 떨어진 환수도를 집어 들었다. 검 위에 묻어 있던 핏자국은 이미 말라 흑갈색을 띠었다. 당초 관우 장군이 공안성에 주둔할 때 모든 결정권이 장군부에 귀속되었고, 태수부는 허수아비에 불과했다. 이 관직도 형주 사족의 환심을 사기 위해 만든 이름뿐인 자리였다. 지난 몇 년 동안 부사인은 어리석고 무능한 관리로 살아왔지만, 형주 사족과의 관계는 그리 나쁘지 않았다. 비록 그를 비굴하고 아첨하는 인간으로 폄하하고 욕하는 이들도 적지 않았지만, 그와 돈독한 관계를 맺고 태수부에서 한자리씩 차지한 이들도 많았다.

조루는 일이 미묘하게 돌아간다는 느낌을 받았다. 모든 일이 그의 예상을 완전히 벗어나고 있었다. 본래 그 열여덟 명의 사족 자제를 죽여 부사인의 모든 움직임을 압박하고 강동파와 결탁한 형주 사족을 유인할 생각이었다. 그런데 부사인은 언제 그런 일이 있었느냐는 듯 연회를 열었다. 연회에 참석한 빈객이 연회장을 가득 채웠고, 이들이 전부 강동파와 결탁했다고 보기도 어려웠다. 부사인은 이런 식으로 시간을 끌고 있었다.

그의 이런 행보는 군의사에서 나갈 때 공포와 분노에 휩싸여 있던 그의 모습과 완전히 달랐다. 분명 누군가의 지시를 받은 것이 틀림없었다. 바로 이 시기에 자객이 태수부 속관을 죽였다. 이 자객이 벌인 사건은 도리어 군의사에 유리하게 작용했다. 그것은 마치 부사인을 한층 더 몰아붙이는 것처럼 보였다.

조루가 뒷짐을 지고 마차 옆을 오가며 생각에 잠겨 있을 때, 갑자기 검은 그림자가 길 옆 큰 나무에서 뛰어내려 그의 목을 움켜쥐었다. 백이위들이 일제히 검을 뽑아 들고 그에게 다가오자 검은 그림자가 입을 열었다.

"잠깐! 나는 조 장사를 돕기 위해 어쩔 수 없이 이런 하책을 쓴 것이다."

조루가 그를 힐끗 쳐다보며 되물었다.

"나를 도와? 가일, 참으로 대담하구나. 내가 성안에 수배령을 내린 걸 알면서 스스로 날 찾아온 것이냐?"

"조 장사가 잡아야 할 자는 내가 아니라는 걸 이미 알고 있지 않소?"

"왜 네놈이 아니라는 거지? 지금, 군대를 이끌고 조위 사절단을 죽이기 위해 간 적이 없다고 말하는 것이냐?"

"내가 도착했을 때 조위 사절단은 이미 습격을 받은 뒤였고, 나 역시 운 좋게 그곳을 빠져나올 수 있었소. 내가 왜 조 장사를 보영 객주로 유인했는지, 그곳에서 답을 찾았을 거라고 보오. 며칠 전 부사인을 군의사로 불러 그자 앞에서 10여 명의 형주 사족 자제를 죽인 것도 형주 사족을 유인하기 위한 작전이 아니었소?"

조루는 그 말을 무시한 채 물었다.

"괴길은 자네가 죽였는가?"

"나와 관련이 있다는 것만 알아두시오. 조 장사, 우리가 비록 맹우는 아니나 적어도 적은 아니니, 그건 안심해도 좋소. 괴길뿐 아니라 앞으로 더 많은 이가 죽게 될 것이오. 이는 부사인에게 나쁜 소식일지 모르나, 조 장사에게는 좋은 소식이 될 것이오."

"괴길이 강동파와 결탁했는지 아직 제대로 조사조차 못한 상태에서 죽였으니 그 뒷감당을 어찌 하라는 것이냐? 앞으로도 누군가가 계속 죽게 된다면 인심이 동요하고 등을 돌리는 이들이 속출할 텐데, 그것이 어찌 좋은 소식이란 말이냐?"

"공안성은 이미 위태로워졌소. 만약 조 장사가 계속 우유부단하게 일을 처리하고 확실한 증거에만 연연한다면 결국 적에게 칼자루를 내주고 말 것이오."

조루는 그 말에 뒤통수를 한 대 얻어맞은 듯 충격을 받았다. 비록 그는 군의사 장사 자리에 앉아 있지만 경험과 결단력이 떨어졌고, 형주 사족들을 통제할 때도 마음만 있을 뿐 행동이 따라주지를 않았다. 관우가 있을 때는 이런 점이 두드러지게 느껴지지 않았다. 그러나 관우가 북벌을 나서고 나니 그의 단점이 그대로 노출되고 있었다. 그는 일 처리가 과감하지 못했고, 혼자서 이 엄청난 일을 감당할 능력이 전혀 없었다. 특히 며칠 전 그가 관우의 명에 따라 형주 사족의 공자 열여덟 명을 죽이자 서촉에서 곧바로 천리마를 통해 서신만 몇십 통을 보내왔다. 묻고, 질책하고, 비난하고…… 심지어 제갈 선생조차 예외가 아니었다. 요 며칠 동안 그는 틈 날 때마다 일일이 회신을 쓰느라 골머리를 앓았다. 지금 생각해보니 그럴 필요가 전혀 없었다. 관 장군의 군령에 따랐을 뿐이라고 한마디만 하면 더는 그의 책임이 될 수 없는 문제였다.

"하나…… 만약 태수부 속관이 지나치게 많이 죽게 되면 형주 사족이 기세등등하게 들고일어날 텐데, 그들을 어찌 상대한단 말인가?"

조루가 주저하며 말했다.

"조 장사, 태수부 속관 피살 사건을 왜 군의사에서만 다루어야 한다 생각하시오? 태수부는 전혀 움직이지 않고 군의사가 수사에 총력을 기울이면 누가 옳고 누가 그른지 다들 나름의 판단을 하게 될 것이오. 한쪽은 수사를 하고 한쪽은 손을 놓고 있으니, 그 형주 사족들이 무슨 근거로 수사하는 쪽을 비난하고 탓할 수 있겠소? 설사 자객을 잡지 못한다 해도 그 탓을 살수에게 돌리면 그뿐이오. 군의사가 사람을 죽인 것도 아닌데, 그들이 무슨 반기를 들 수 있겠소? 반기를 든다 해도 태수부를 겨냥한 것이 될 것이오. 만약 내일 아침에 태수부에서 여전히 아무 움직임이 없다면 우리는 바로 공안성 태수가 직무를 소홀히 한 죄를 물으면 되오."

비록 사리에 맞지 않는 억지처럼 들릴 수도 있지만, 가일의 말은 이 일의 핵심을 정확히 찔렀다. 당초 그가 석양에 있을 때 군의사·해번영과 여러 차례 교전을 벌이면서도 패한 적이 거의 없었던 것만 봐도 보통내기가 아니었다.

"가 교위, 자네가 정말 나를 도와 역도들을 수사하겠다는 건가?"

조루가 참지 못하고 궁금한 것을 물었다. 만약 가일이 도와준다면 형주 사족과 강동파를 제압할 수 있을지 모른다.

"나는 해번영 교위 신분이라 그쪽 일에 별로 흥미가 없소. 내가 조 장사를 만난 건 감녕 암살 사건을 수사하기 위해서요."

가일의 대답이 무척 교묘했다.

동오와 서촉은 아직은 서로 동맹 관계지만, 이미 그 관계에 금이 가고 있었다. 관우가 번성에서 조조군을 공격하고 있고, 손권은 호시탐탐 형주를 노린 채 언제 쳐들어올지 알 수 없었다. 이런 민감한 시기에 상대를 믿고 손을 잡는다는 것은 도저히 있을 수 없는 일이었다. 하물며 부사인과 결탁한 강동파는 동오에서 세력을 확장하고 있는 파벌이기도 했다. 조루를 돕는 것은 동오에 등을 돌리는 것과 다르지 않았다. 그러나 가일의 말대로라면 군의사의 힘을 이용해 회사파 감녕의 죽음을 조사하는 것이니 크게 문제될 것이 없었다. 어쨌든 강동파는 그들이 감녕을 죽였다는 것을 절대 인정할 리 없었다.

또 한 명의 백이위가 급히 달려와 조루에게 귓속말을 했다. 조루가 가일을 힐끗 보며 말했다.

"태수부의 치중종사(治中從事) 조륭(趙隆)이 첩의 거처에서 창에 맞아 죽었다는군. 가 교위, 몇 명을 더 죽일 작정인가?"

가일이 담담하게 대답했다.

"조 장사, 몇 명을 죽일지는 부 태수가 어찌 대응하는지에 달려 있소. 우리는 먼저 군의사로 돌아가 차나 한잔 마시며 이 대담한 실수를 어떻게 체포할지나 생각해보면 어떻겠소?"

이미 다섯 명을 죽였으니, 이제 한 명만 남아 있었다.

부진은 소문이 굉장히 빠른 속도로 전해지는 것을 체감할 수 있었다. 시간이 지나면서 형주 사족들의 경계가 갈수록 삼엄해지고 있었다. 세 번째 목표물은 결조연(決曹掾) 김범(金範)이었다. 그는 자신의 무예 실력을 과신하며 갑옷을 입고 문 앞에서 자객과의 결전을 준비했다. 부진은 그 모습에 실소를 금치 못했다. 부진은 얼굴을 가리고 그의 집 앞으로 달려가 환수도를 몇 번 휘두르는 것만으로 그를 베어 죽였다. 네 번째 목표물은 별가종사(別駕從事) 대해(戴海)였다. 그는 십여 명의 호위에 둘러싸여 엄호를 받으며 그에게 맞섰다. 부진은 무기를 창으로 바꿔 들고 그들을 치고 들어가 대해의 목을 찔렀다. 다섯 번째 목표물은 군승(郡丞) 채표(蔡表)였다. 이자는 살짝 머리를 써 군영 막사로 숨었다. 부진은 막사 밖을 반 시진 동안 배회했지만, 손 쓸 기회를 찾을 수 없었다. 그가 자신의 실력을 제아무리 과신한다 해도 군영 속으로 무작정 치고 들어갈 수는 없었다. 군병 대부분이 성을 순찰하고 있다 해도 아직 그곳에 백여 명이 남아 있었다.

부진은 군영 밖 담장 밑에 앉아 한참을 고민하며 작전을 짰다. 그는 날이 밝기를 기다려 활을 들고 망루로 기어 올라갔다. 이 망루는 성지를 멀리 내다보기 위해 만든 곳으로, 군영의 네 개 방위마다 하나씩 세워져 있었다. 그러나 지난 10년 동안 공안성에 전쟁이 일어나지 않은 데다 부사인도 이곳을 전혀 관리하지 않아 아무도 신경 쓰는 이가 없었다.

망루에서 내려다보니 군영 구석구석이 한눈에 들어왔다. 그때 마침 채표가 막사 밖에 서서 오만한 태도로 도백에게 무언가 지시를 내리고 있었다. 그야말로 하늘이 내린 기회였다. 부진은 얼른 활시위를 당겨 그를 조준했다. 그는 숨을 참으며 두 팔에 기를 모아 활을 만월 모양으로 휘고 채표를 향해 화살을 겨냥했다. 잠시 후 세 개의 화살이 연이어 허공을 가르며 날아갔다. 그 화살이 적중했는지 확인조차 하지 않은 채 부진은 이미 민가의 지붕 위로 뛰어내리며 활을 그 지붕 위에 꽂았다. 활의 몸체가 힘을 받아 내리꽂히면서 산산조각이 났고, 부진은 그 힘 덕에 옆으로 튕겨나가며 벽에 부딪혔다. 그는 고통을 참아가며 간신히 일어나 옆에 있는 건초 더미 속으로 몸을 숨겼다. 머리가 어지럽고 귀가 울렸지만, 건초 더미에서 한참을 누워 있자 그런 증상이 서서히 사라졌다. 온몸이 쑤시기는 했지만 다행히 부러진 곳은 없는 듯했다.

벽 하나를 사이에 둔 군영에서는 놀란 병사들이 적의 습격을 알리며 한바탕 소란을 떨었다. 부진은 몸에 묻은 흙을 털어내며 땅을 짚고 힘겹게 일어섰다. 그는 비틀거리는 발걸음으로 힘겹게 골목을 빠져나갔고, 입구에 다다랐을 때쯤 군병들과 마주쳤다. 그들 중 십장이 부진을 보자 바로 뛰어왔다. 부진은 고통을 참으며 아무렇지 않은 듯 몸을 펴고 십장을 쳐다봤다.

십장이 다가와 몸을 숙여 인사를 했다.

"부 도위, 별고 없으시지요? 혹시 무림의 고수 같은 자를 보지 못하셨습니까?"

"무림 고수?"

부진이 미간을 좁히며 물었다.

"그게 무슨 말인가?"

"아직 모르시는군요. 방금 채 군승이 도백과 얘기를 나누는데 허공에서 갑자기 화살이 세 발이나 날아와 채 군승의 목이랑 가슴, 배를 맞혔습니다.

그 도백이 너무 놀라 하늘을 올려다봤는데 아무것도 보이지 않더랍니다.”

십장이 목소리를 낮추며 말했다.

“다들 그러는데, 잘못을 하면 무림 고수가 하늘 높이 솟아올라 구름을 타고 날아다니며 화살을…….”

“시끄럽다!”

부진이 짐짓 화난 척을 했다.

“이보게. 신선도 아니고, 구름을 타고 날아다닌다는 게 말이 되느냐? 당장 군병들을 데리고 수색이나 하거라. 보아하니 자객이 멀리 가지는 못했을 것이다.”

바로 그때 조루가 군대를 이끌고 오는 것이 보였다. 그 수가 백이위 백명, 군병 백오십 명 정도 되어 보였다. 그런데 놀랍게도 이들 가운데 가일이 끼어 있었다. 부진은 한 발자국을 성큼 내딛는 순간 고통이 느껴져 숨을 훅 들이마셨다. 그런데 가일이 그에게 눈짓을 하는 것으로 보아 붙잡힌 모양새는 아니었다.

조루가 부진을 힐끗 보더니 발걸음을 멈췄다.

“부 도위, 군영에 무슨 일이 생겼기에 저리 소란한 것인가?”

부진이 고개를 숙여 보고를 올렸다.

“소관도 지나가는 길에 저 십장에게 들으니, 채표가 누군가가 쏜 화살에 맞았다고 하더군요.”

조루가 고개를 가로저었다.

“또 한 사람이 죽었군. 군영조차 안전한 곳이 아니라는 건가? 그 자객이 도대체 어디서 나타난 게지?”

부진이 대답했다.

“소관이 무능하여 조 장사에게 심려를 끼쳐드렸습니다. 근데 조 장사께서는 저들을 데리고 어디로 가던 참이셨습니까?”

가일이 돌연 끼어들었다.

"자네 양부를 체포하러 가는 길이네. 부 도위, 대의를 위해 함께 가지 않겠는가?"

부진이 남몰래 욕지거리를 내뱉으며 엄청난 충격에 휩싸인 척을 했다.

"제 부친께서 무슨 죄를 지었기에 이러십니까?"

조루가 그를 안심시켰다.

"부 도위, 그리 놀랄 필요 없네. 조사를 해보니 이 일은 부 도위와 전혀 상관이 없더군. 그러니 먼저 군의사에 돌아가 쉬고 있게. 조사를 다 마치면 사람을 보내 소식을 상세히 전해주겠네."

그가 손을 내젓자 백이위 네 명이 대답을 하며 앞으로 나와 부진을 붙잡아 군의사로 향했다. 조루는 이곳에 더 머물 마음이 없는 듯 급히 걸음을 옮겼다. 방금 태수부를 감시하던 백이위가 올린 보고에 따르면, 태수부 속관이 연이어 자객의 손에 죽어나가자 형주 사족들이 과연 더는 참지 못하고 너 나 할 것 없이 태수부를 향해 대책을 요구하고 있었다. 아무리 생각해봐도 가일의 이 방법은 너무 극단적이었다. 나라면 절대 그리하지 않았을 테지. 아무래도 관 장군에게 보고를 올려야 할 텐데, 그럼 서신이 오가는 데 또 며칠이 걸릴 테니 그사이 무슨 일이 벌어질지 걱정이군.

얼마 후 그들은 태수부 앞에 도착했다. 주홍색 대문이 굳게 닫혀 있고, 하인 몇십 명이 문 앞에 서 있었다. 다들 형주 사족들이 데려온 자들이었다. 그들 외에도 완전무장한 가병(家兵)들이 문 앞을 지켰다. 그들은 조루가 다가오자 종복들을 불러 함께 길을 막았다.

조루가 미간을 좁히며 소리쳤다.

"비켜라!"

우두머리인 듯한 자가 앞으로 나와 그에게 물었다.

"조 장사, 저리 많은 자들을 대동하고 여기는 어인 일로 오신 겁니까?"

"부사인에게 물어볼 말이 있어 왔느니라!"

"조 장사, 일단 돌아가 계십시오. 부 태수께서는 연회를 열고 계셔서 조 장사를 만나실 수 없습니다. 연회가 끝나면 조 장사를 직접 찾아가시라고 말을 넣어놓겠습니다."

"연회? 무슨 연회를 어젯밤부터 지금까지 연단 말이냐? 군의사 장사는 관원을 체포해 조사할 책임이 있으니, 감히 나를 가로막는 자는 처벌을 받게 될 것이다."

"조 장사, 관직과 품계로 따져봐도 저희 나리가 조 장사보다 훨씬 높습니다. 아무 이유 없이 태수부에 들이닥치면 탄핵도 감수하셔야 할 것입니다."

조루가 주저하는 기색을 보이자 가일이 앞으로 나섰다.

"조 장사, 칼을 이미 뽑아놓고 피조차 보지 못한 채 다시 집어넣으시려는 겁니까?"

조루가 손짓을 하자 백이위가 창과 방패를 들고 앞으로 이동했다. 그러자 우두머리 가병이 칼을 뽑아 들고 그들을 막으려 했다. 바로 그때 백이위도백이 그를 발로 차 바닥에 쓰러뜨렸다. 남은 종복과 가병들이 그 모습을 보자마자 지레 겁을 먹고 혼비백산해 소리를 지르며 뿔뿔이 흩어졌다.

백이위 몇 명이 몸으로 대문을 밀어젖히고 안으로 들어갔다 금세 다시 나와 조루에게 귓속말로 상황 보고를 했다. 조루가 고개를 끄덕이며 백이위 열 명만 대동한 채 전청으로 달려 들어갔다. 가림벽을 막 돌아 나가자 여기저기 서탁이 놓여 있고, 부사인과 형주 사족이 빙 둘러앉아 열띤 논쟁을 벌이는 모습이 눈에 들어왔다.

조루가 가일을 데리고 들어오자 부사인이 노기 띤 목소리로 언성을 높였다.

"조 장사, 저자가 왜 자네와 함께 있는 건가? 저자는 예전에 진주조의 일원으로 석양성에서 일하며 군의사와 수차례 맞붙었고, 저자의 손에 죽은 백이위의 수도 적지 않네. 지금 신분을 바꾸고 해번영 교위가 되었다 한들, 그때 피로 맺힌 원한을 어찌 잊겠는가?"

가일이 대답했다.

"조 장사가 어찌 그 일을 잊었겠소? 하나 이 세상에 영원한 맹우가 없는 것처럼, 영원한 적도 없는 법이지요. 서로의 이익을 위해서라면 어제의 적이 오늘의 맹우도 되지 않겠소? 조 장사는 나의 도움을 받아 반역을 도모한 형주 사족을 조사하고, 나는 조 장사의 힘을 빌려 누가 감녕을 죽였는지 조사하는 것뿐이오. 이 일이 다 마무리되고 난 뒤 각자의 주인을 위해 필요하면 또 서로에게 칼을 겨누게 되겠지. 부사인, 조 장사가 그 정도 이치도 모를 거라 생각하시오? 그런 비열한 방법으로 이간질을 하다니, 조 장사를 너무 얕잡아 보신 것 같소."

조루가 물었다.

"부 태수, 어젯밤에 무슨 일이 일어났는지 아십니까?"

부사인이 무표정하게 말했다.

"어제 밤새도록 연회를 여느라 이곳에 있었으니, 무슨 일이 일어났든 나와는 상관없네."

"태수부 속관인 병조종사 괴길, 치중종사 조릉, 결조연 김범, 별가종사 대해, 군승 채표가 어제 밤새 연이어 죽었습니다. 태수의 자리에 앉아 그 상황을 정말 몰랐단 겁니까?"

"뭐라?"

부사인이 가일을 힐끗 쳐다보았다.

"어떻게 다섯 명이 연이어 죽을 수 있단 말인가?"

"성에서 이렇게 큰 사건이 발생하고 형주 사족들조차 그 소문을 듣고 태수부로 달려와 대책을 요구하는 판에, 계속 발뺌을 하시겠다는 겁니까?"

"나는 정말 몰랐네. 이들은 객주에서 벌어진 일을 물으러 온 것일 뿐, 조 장사가 말한 사건과는 아무런 상관이 없네."

조루가 그곳에 모여 있는 형주 사족을 하나하나 쳐다보자 그와 감히 눈을 마주치는 자가 거의 없었다. 그런데도 부사인은 계속 억지를 부리고 있었다.

"이 일에 대해 아는 바가 없으니, 당연히 별다른 대책도 없겠군요. 그렇다면 군의사에서 며칠 머물며 자객의 행보를 지켜보시지요."

"내가 안 가겠다면?"

"뒤로 숨기는 게 없다면 안 갈 이유가 없지 않겠습니까?"

"죄를 뒤집어씌우고자 한다면 구실이야 얼마든지 있지 않겠는가?"

두 사람이 입씨름을 벌이는 사이 갑자기 옆에서 칼을 뽑아 드는 소리가 들려왔다. 모두의 시선이 일제히 가일의 칼에 쏠렸다.

"조 장사, 칼이 손에 있는데, 말이 안 통하는 상대와 뭐 하러 이치를 따지려드시오?"

조루가 정신이 번쩍 드는 듯 명을 내렸다.

"여봐라! 부 태수를 군의사로 모시거라!"

백이위 네 명이 앞으로 나와 부사인의 팔을 잡고 문으로 향했다. 이 광경을 지켜보던 가일은 무언가 께름칙한 기분이 들었다. 부사인은 지난 10년 동안 자신의 야욕을 숨긴 채 힘을 비축해온 자였다. 부진이 연이어 그의 오른팔들을 제거했으니, 그에게도 엄청난 타격이 아닐 수 없었다. 그간의 공이 수포로 돌아가는 마당에, 당연히 맹렬한 반격이 이어져야 마땅했다. 가일과 조루도 그런 상황에 대비해 군의사에 병력을 배치해 그의 반격을 기다렸다. 그런데 날이 밝아오도록 아무런 움직임이 없었다. 태수부에 오기 전까지도 가일은 문 앞에 대군이 포진하고 있을 거라고 예상했다. 부사인 휘하의 살수들과 강동파의 병력은 절대 만만하게 볼 상대가 아니었다. 하지만 막상 와보니 태수부 앞을 지키는 자들은 오합지졸들뿐이었다.

가일이 그런 생각을 하는 사이 문 앞에 서 있던 군병들이, 부사인이 나가자마자 대문을 걸어 잠갔다. 전광석화와 같은 순간에 가일은 위험을 감지하고 몸을 날려 조루를 덮치며 바닥에 몸을 눕혔다. 그 순간 화살이 사방팔방에서 허공을 가르며 날아들었다. 대청 안에서 비명이 터져 나오고, 밖에 서 있던 백이위와 형주 사족은 반격조차 하지 못한 채 화살에 맞아 비틀거리며 하나둘씩 쓰러졌다.

가일은 아비규환 속에서도 냉정을 잃지 않고 발로 탁자를 끌어당겨 방패막이로 삼았다. 검은색 화살이 마치 폭우 쏟아지듯 탁자로 날아와 우두두두 박혔다. 조루가 소매를 걷어 올리자 팔에 차고 있던 수노(手弩)가 드러났다. 그가 수노를 위로 쏘아 올리자 곧바로 태수부 대문을 가격하는 소리가 들려왔다.

가일이 탁자를 하나하나 들어 올려 두 사람 주위에 낮은 벽을 쌓고 그 틈새를 통해 주위를 살폈다. 무장을 한 검은 옷의 살수 수십 명이 사방을 둘러싼 채 대청을 향해 쉴새없이 연노를 쏘아대고 있었다. 가일과 조루 외에 대청 안에서 살아남은 자가 아무도 없었다. 대문 부딪히는 소리가 연이어 들려왔지만, 그들 주위에 둘러친 탁자에 이미 균열이 생겨 오래 버티기 힘들었다. 태수부는 대문이 유난히 육중하고 견고할 뿐 아니라 담도 높았다. 사다리가 없으면 그 담을 타고 넘는 것이 불가능했다.

생사의 갈림길에서 두 사람은 기다리는 것 외에 달리 방법이 없었다. 가일은 이런 느낌을 좋아하지 않았다. 그는 마지막 순간까지 포기하지 않은 채, 탁자가 깨지는 순간 살수를 향해 돌진할 준비를 했다. 조루의 표정은 그의 예상과 달리 너무나 침착했다. 문관 출신으로 위기가 닥친 순간에 이렇게 침착하게 대처할 수 있다는 것만으로도 담력과 식견이 보통내기가 아니었다.

뒤에서 육중한 물건이 바닥으로 떨어지는 소리가 연이어 들렸다. 고개를 돌려보니 죽은 말들이 담장 밑으로 떨어지며 산처럼 쌓여갔다. 뒤이어 담장 위로 갑옷을 입고 방패를 든 백이위가 나타나더니 죽은 말 위로 뛰어내렸다. 살수들 중 절반이 공격 방향을 바꿔 백이위를 향해 화살을 쏘기 시작했다. 하지만 백이위는 이미 말 위로 뛰어내려 방패를 땅 위에 꽂아놓고 방패 벽을 쌓은 뒤였다. 뒤이어 그들이 등에 차고 있던 중노(重弩)를 방패 꼭대기에 설치해 쇠뇌틀을 걸어 당겼다. 8촌 길이의 쇠 화살이 살수들을 향해 날아가자 맨 앞 대열이 모두 무너지고, 순식간에 그들의 공격력이 꺾였다. 방패를 든 백이위들이 계속해서 말 위로 뛰어내려 방패와 활로 만든 진에 가세하면서 적의 연노를 완전히 무력화했다.

가일은 그제야 안도의 한숨을 내쉬었다. 상황을 보아하니 태수부 밖에 있던 백이위가 타고 온 말을 죽여 담장 양쪽에 쌓아 둔덕을 만들고 안으로 들어온 것이 분명했다. 방패와 화살로 쌓아 만든 진이 앞으로 밀고 들어오더니 어느새 가일과 조루의 곁까지 다가와 그들을 엄호했다.

조루가 옷에 묻은 흙을 털어내며 백이위를 향해 앞으로 밀고 나가라고 호령을 내렸다. 몇십 명의 살수들 중 절반이 화살에 맞아 쓰러졌고, 남은 자들은 앞다투어 칼을 뽑아 들며 백이위를 향해 돌진했다.

조루와 가일이 함께 대문으로 물러서며 묵직한 걸쇠를 들어 올리자, 문밖에 있던 군병들도 우르르 몰려들어 싸움에 가세했다.

살수들은 수적으로 열세에 놓이자, 금세 공격력이 약해지며 화살에 맞아 죽거나 꼼짝없이 붙잡히고 말았다. 조루는 그제야 태수부를 나와 수염을 쓸어내리며 부사인을 노려봤다.

부사인이 고개를 내저으며 말했다.

"내가 한 일이 아니네. 자네들 손에 잡혀 가는 마당에, 이곳에 살수들을 불러들여 자네들을 죽이는 게 나한테 무슨 소용이 있겠는가?"

조루가 아무런 대답도 하지 않은 채 가일에게 물었다.

"가 교위의 생각은 어떤가?"

"그의 말이 맞소. 이건 부사인을 이용해 우리의 경계를 늦추고 한 번의 공격으로 모두를 죽이겠다는 작전이었소."

가일이 부사인에게 다가가 냉정한 표정으로 물었다.

"손몽이 한 짓이오?"

"손몽은 요 며칠 내 곁에 없었네. 더구나 그녀의 직책은 내 호위에 불과하니, 저 살수들을 움직일 깜냥이 못 되네."

"부 태수가 불러들인 살수가 아니란 것이오?"

"저자들이 내 사람이라면 자네가 나를 그렇게 손쉽게 태수부에서 납치할 수 있었겠는가?"

조루는 눈을 치켜뜨며 가일을 힐끗 쳐다볼 뿐 아무 말이 없었다.

가일이 잠시 고심하다 다시 물었다.

"그럼 저 살수들이 누구의 수하라는 거지? 그 답을 해줄 수 없다면, 부 태수도 강동파의 꼭두각시에 불과한 거겠지."

"꼭두각시라니? 말조심하게. 나 부사인은 형주 사족의 수장으로 강동파와 협력 관계를 맺고 있는 거네."

부사인의 통통한 얼굴에 오만한 표정이 얼핏 스치고 지나갔다.

"게다가 며칠 전 옛 태수부에서 자네는 강동파와 나를 연결시켜준 사람을 잘못 짚었네. 그 사람은 손몽이 아니네."

"손몽이 아니면 대체 누구란 말이오?"

"우청이네."

"그걸 믿으라고 하는 소리요? 우청은 회사파인데, 어떻게 강동파를 위해 소식을 전달할 수 있단 말이오?"

부사인은 속을 알 수 없는 표정으로 가일을 바라만 볼 뿐, 아무런 반박도 하지 않았다.

그때 조루가 끼어들었다.

"영원한 적도 없고 영원한 벗도 없다 했네. 그러니 충성도 시간이 흐르면 변하기 마련이지."

그가 손짓으로 백이위를 불러 가일을 포위했다.

가일이 정색을 하며 그를 노려봤다.

"조 장사, 너무 빨리 본색을 드러내는 것 아니오?"

"가 교위, 자네 덕에 형주 사족의 일부를 잡아들였지만, 아직 모습을 드러내지 않은 자들이 적지 않네. 더구나 어둠 속에 숨어 있는 강동파가 언제 자네를 덮칠지 모르니, 안전을 위해 이러는 것뿐이네."

"지금 나도 군의사로 데려가 손님 대접이라도 하려는 것이오?"

"그럴 리가 있겠는가? 가 교위가 어디를 가든 상관하지 않겠지만, 백이위가 항상 뒤를 따를 것이네. 시간이 되면 자네와 못다 한 이야기를 좀 더 나누고 싶군. 왜 부사인을 납치했는지, 뭐 그런 얘기 말일세."

가일이 호탕하게 웃었다.

"조 장사, 나라면 그런 사소한 일보다는 우청이 어디 있는지부터 알아보겠소."

"그거라면 이미 파악하고 있으니 걱정할 거 없네. 며칠 전에 그녀와 제갈근이 강릉에 있다는 정보가 들어왔네. 만약 우청이 태수부에 살수를 보낸 게 맞는다면, 무슨 수를 써서라도 공안성으로 잡아들일 생각이네."

이런 말은 누구라도 할 수 있었다. 하지만 그 일을 진짜 하고 못 하고는 별개의 문제였다. 가일이 거의 두 달 동안 공안성에서 숨어 지냈지만 누구도 그를 찾아내지 못했다. 그것만 봐도 조루는 사건을 수사하고 범인을 찾아내는 능력이 그리 믿을 만하지 않았다. 그가 고개를 살짝 기울이다, 대추가 가득 담긴 대나무 광주리를 어깨에 메고 길가에 서 있는 장사꾼을 발견했다. 열몇 살 정도의 소년이 그를 쳐다보고 있었다. 가일은 그 소년이 왠지 눈에 익어 기억을 더듬어보았다. 하지만 그가 기억해낸 아이가 정말 확실하다면 그 아이가 이곳에 나타날 이유가 전혀 없었다.

"가 교위, 이의라도 있소?"

조루가 물었다.

"없소."

가일은 더 이상 조루와 말싸움을 하고 싶지 않았다.

"그럼 난 앞으로 어디서 지내야 하오?"

"당연히 군의사에서 지내야 하지 않겠소?"

가일은 아무 말 없이 뒤돌아 길을 나섰다. 부사인은 저 살수들을 부린 자가 우청이라고 했지만, 그 말을 다 믿어서는 안 되겠지. 어쨌든 그는 공안성에서 10년 동안 세력을 키워왔고, 그의 말 한마디에 움직이는 세력이 휘하에 없다면 많은 일을 해내지 못했을 것이다. 게다가 군의사에서 그를 체포할 때 살수는 그의 안전을 확보한 후 바로 움직였다. 만약 그들이 우청의 명에 따랐다면 부사인이 떠날 때까지 기다릴 이유가 전혀 없고, 조루와 가일 역시 죽음을 피하기 어려웠을 것이다.

비록 조루가 부사인을 잡아들였지만 지금 당장 그를 죽일 수는 없었다. 조루는 부사인의 입을 통해 형주 사족 중 누가 모반에 참여했는지 알아내 그들을 숙청하기 위해 혈안이 되어 있었다. 또한 그는 부사인과 강동파가 결탁한 결정적 증거를 찾아 손권과 거래할 작정을 하고 있었다. 그런데 그는 그 일을 위해 가일과 함께할 생각이 전혀 없어 보였다. 가일의 신분이 아직은 해번영 교위라는 것이 걸림돌이 되었다.

이런저런 생각을 하다 보니 가일은 어느새 길 한복판까지 와 있었다. 뒤로 돌아보니 백이위 두 명이 그림자처럼 그를 따라붙고 있었다. 가일은 고개를 절레절레 흔들며 모퉁이를 돌아 찻집으로 들어갔다. 그는 창가 쪽 자리에 앉아 차와 곁들여 먹을 만한 것을 몇 가지 시켜 천천히 음미하며 먹었다. 백이위 두 명은 그와 멀지 않은 곳에 자리를 잡고 앉아 한시도 시선을 떼지 않았다. 가일은 종업원을 불러 그들에게도 자신과 똑같은 것을 주문해주었지만, 두 사람 다 손조차 대지 않았다. 과연 조루 밑에서 일하는 자들답게 맡은 바에 충실할 뿐, 융통성을 찾아볼 수 없었다. 가일이 이런 생각을 하고 있을 때, 아까 보았던 그 소년이 찻집으로 들어와 곧장 그가 앉아 있는 쪽으로 걸어왔다.

가일이 그 소년에게 눈짓을 하자 바구니를 탁자 위에 올려놓고 물었다.

"나리, 올해 거둬들인 대추인데, 한번 맛 좀 보시겠습니까? 아삭한 것이 아주 맛이 좋습니다. 한 근에 닷 냥만 주십시오."

가일이 열 냥을 꺼내며 말했다.

"저기 두 사람이 보이느냐? 그쪽에도 한 근 갖다주거라."

소년이 대추를 한 움큼 꺼내 가일 앞에 올려놓았다. 소년이 시야를 가리는 틈을 타 가일이 얼른 대추를 헤치고 가느다란 죽통 하나를 집어 허리춤에 쑤셔 넣었다.

그가 대추 하나를 입에 넣고 씹으니 달콤하고 아삭한 맛이 일품이었다. 소년이 백이위의 탁자 위에도 대추를 한 움큼 올려놓고는 뒤도 돌아보지 않고 찻집을 나갔다. 이 소년은 협객 곽홍(郭鴻)의 제자답게 영리하고 기민하게 움직이며 전혀 허점을 드러내지 않았다. 진주조에 있을 때 그는 조식과 견락(甄洛)의 밀회를 확인하기 위해 이 소년을 이용했고, 일이 끝난 후 멀리 수춘(壽春)으로 도망을 보냈다. 그런데 그 소년이 뜻밖에 공안성에 나타났다. 그간 그가 성안에서 숨어 지낸 탓에 찾아내지 못하다 오늘 그를 보자마자 따라붙은 듯했다. 죽통 안에 무슨 소식이 들어 있는 걸까? 누가 보낸 거지?

가일은 한시라도 빨리 알고 싶은 마음이 굴뚝같았지만, 여전히 태연하게 앉아 차를 음미했다. 그는 그렇게 차 두 잔을 마시고 나서야 군의사 관아로 돌아갔다. 백이위는 그를 미리 준비한 작은 방으로 데리고 갔다. 가일은 나무 침상에 누워 백이위가 방에서 나가기를 기다린 후, 그제야 조심스럽게 허리춤에서 죽통을 꺼냈다.

가일은 문과 등진 채 앉아 죽통의 봉랍을 깨고 돌돌 말려 있는 아주 작은 하얀 비단을 꺼냈다. 비단을 펼치니 매미 날개처럼 얇은 천에 기이한 모양의 깨알 같은 글씨가 빼곡하게 적혀 있었다. 암호였다. 그의 머릿속에 문득 한 가지 의문이 생겼다. 곽홍의 제자가 어떻게 한선의 소식을 전달하는 거지? 시선을 맨 끝으로 돌린 순간, 그 의문도 저절로 풀렸다. 서신을 보낸 이는 바로 장제였다.

허도에 있을 때 곽홍은 이미 진주조의 끄나풀이 되었고, 한제가 도망치는 것을 막는 데 적잖은 공을 세웠다. 이번 일은 장제가 안전을 위해, 신분이 평범해 절대 눈에 띌 리 없는 곽홍의 제자를 선택한 것이 틀림없었다. 다만 허도에서 도망쳐 나오면서 암호를 배워두기는 했지만, 시간이 지나면서 기억이 가물가물했다. 얼마 전에 관아에서 붙여놓은 방에 암호를 남겼을 때도 틀리는 글자가 꽤 나와 부진에게 한소리를 들었던 기억이 떠올랐다. 지금 이렇게 많은 암호를 보고 있자니 눈이 다 어지러울 지경이었다. 그는 한참을 들여다보며 앞뒤 말을 연결시키고 추측해 장제의 뜻을 어렵사리 파악할 수 있었다.

검은 옷의 살수들이 조위 사절단을 공격했던 그날 밤에 장제는 가일과 접선하기 위해 동오 사절단 역관 근처로 찾아갔다가 운 좋게 그 화를 피할 수 있었다. 그는 동오 사절단이 습격당하는 것을 본 후 곧바로 공안성 안으로 숨어들었고, 날이 환하게 밝고 나서야 장군부로 찾아가 관우에게 제소를 했다. 그 후 그는 위나라로 돌아가 진주조 관원의 신분으로 그간의 모든 상황을 조비에게 보고했다. 뒤이어 조루가 위·오 사절단을 추격하고 관우가 맥성을 급습하면서 연락이 끊어질 수밖에 없었다.

앞의 절반은 그간의 사정을 설명하는 내용에 불과했다. 그러나 그 뒤에 이어지는 내용을 보며 가일의 미간이 점점 좁아졌다. 장제가 조위 쪽에서 알아낸 정보에 따르면 손권이 이미 조조와 수차례 서신을 주고받았고, 특히 감녕이 살해당한 후 두 나라가 연합해 촉나라를 공격할 계획을 모의하고 있었다. 두 나라 간에 벌어졌던 합비 전투는 이미 정전 상태로 돌아섰고, 대군의 철수가 진행되는 중이었다. 더구나 동오가 여몽과 육손이 이끄는 군대를 형주의 상수 기슭으로 보냈으니, 조만간 대대적인 침범이 이루어질 가능성이 높았다.

가일과 함께 공안성으로 온 손몽은 올해 들어 처음으로 손상향의 휘하로 들어간 사람이었다. 그녀의 관부 기록을 보면 손상향의 먼 친척 동생뻘이라고 적혀는 있지만, 그 뒤를 비밀리에 파헤쳐보니 그녀의 고향에서 그녀를 아는 이가 없었다. 다시 말해서 손몽의 신분은 조작된 것이고, 이름조차 어쩌면 진짜가 아닐 수 있었다.

장제의 서신은 길지 않았고, 어떤 부분은 그 내용이 상세하지 않아 일의 대소를 구분하지 않고 소홀히 대하는 법이 없던 그답지 않았다. 가일은 그가 옛 상관의 입장에서 이 서신을 썼고, 서신이 깊은 밤 그에게 위험을 경고해준 데 대한 보답이라는 것을 알 수 있었다. 장제는 한선의 객경이었지만 한선의 방식으로 서신을 전달하지 않았다. 이 또한 한선의 눈을 살짝 피하고자 하는 의도가 분명했다. 장제의 이런 행동은 가일의 추측에 확신을 더 심어주었다.

공안성에서 발생한 일련의 일들은 한선이 그를 시험한 것이었고, 두 차례 밀령의 마지막 한마디는 늘 신중하게 움직이고 절대 죽지 말라는 것이었다. 이는 한선이 그의 죽음을 원하지 않는다는 반증이었다. 어쩌면 한선은 그가 모든 사건의 진상을 파헤치든 못 파헤치든 별로 개의치 않을지 모른다. 아무래도 그는 성에서 일어난 일련의 사건들에 그가 어떻게 대처하는지 보고자 하는 듯했다. 그러나 자신의 생각을 버린 채 바둑판의 바둑돌로 산다는 것은 그리 유쾌한 일은 아니었다. 허도의 난을 겪으면서 가일은 스스로 바둑판의 형세를 정확히 파악하고 있어야만 비로소 살아날 확률을 최대치로 높일 수 있다는 것을 깨달았다.

별안간 등 뒤에서 인기척이 들려왔다. 가일은 침착하게 서신을 입에 넣고 품에서 대추를 한 움큼 꺼냈다.

눈 깜짝할 사이에 조루가 그의 앞으로 와 가일을 내려다봤다. 가일은 대추를 씹는 척하며 서신과 함께 삼킨 후 또다시 대추 몇 개를 입 안에 털어넣었다.

"가 교위, 대추를 먹고 왜 씨를 안 뱉는 건가?"

조루가 물었다.

"『별록(別錄)』을 보면 대추의 과육은 비장에 유익하고, 그 씨는 복통에 좋다고 기록되어 있소. 그러니 대추를 통째로 다 먹으면 일거양득인 셈이오."

가일이 웃으며 대답했다.

"가 교위는 이가 참 튼튼한가 보군. 옛 태수부에 있던 육포가 입에 잘 맞았는지 모르겠네?"

가일은 놀란 감정을 드러내지 않았다. 그는 조루가 이 일을 이미 조사했을 거라 짐작했었다.

"살기 위해 숨어들어간 곳에서 배만 채울 수 있으면 됐지, 더 무슨 욕심을 부리겠소? 그 얘기는 부사인한테 들으셨소?"

"그렇네. 일전에 그자를 옛 태수부로 납치해 가서 고문을 했다지? 그런데 문득 한 가지가 궁금해지더군. 그곳은 누가 알려준 것인가? 육포며 월병, 물까지 준비해준 이가 있을 것 아닌가?"

"진주조에 있을 때 알고 지내던 사람이오."

가일은 얼굴색 하나 안 변한 채 거짓말을 했다.

"조 장사한테 절대 위협이 될 자가 아니니 걱정할 것 없소."

"그걸 누가 장담하겠는가? 공안성을 물샐틈없이 통제하고 있다고 생각했는데, 지금 보니 사방이 뚫려 있군. 가 교위, 판단은 내가 할 것이니, 그자가 누구인지 말하는 것이 좋을 걸세."

"조 장사, 군의사에서 일한 지도 여러 해가 되었으니, 서로 타협하는 것이야말로 협력의 전제 조건임을 잘 알 거라 생각하오. 거론할 가치도 없는 자를 두고 우리가 군이 얼굴을 붉힐 필요가 있겠소?"

"알겠네. 가 교위가 그렇게까지 말하니, 자네 체면을 생각해서라도 모른 척해주겠네. 그건 그렇고, 지금 가 교위가 나서서 수고를 좀 해줄 일이 있네. 진주조는 죄인을 다루는 솜씨가 뛰어나다고 정평이 나 있지 않은가? 그러니 자네가 부사인을 조사해주게. 어떤가?"

가일은 이내 조루의 뜻을 알아챘다.

"그 말은, 나더러 부사인을 심문해 감녕이 암살당한 사건의 진상을 밝히라는 것이오?"

조루가 고개를 끄덕였다.

조루는 이 상황에서도 결단성이 없었다. 그는 부사인을 가일에게 떠넘기고 가만히 앉아 그 덕을 볼 심산이었다. 여러 해 전에 형주 사족은 정략결혼을 하거나 의형제를 맺어 혈족 관계와 이익이 얽히고설킨 관계망을 짰다. 그리고 지금 서촉에서 정권을 장악하고 엄청난 권세를 누리고 있는 제갈량·비의 등이 모두 형주 출신이었다. 일전에 조루가 형주 사족 가문의 공자들을 죽이고 그들을 향해 칼날을 갈았지만, 곧바로 서촉에서 압력을 가하는 바람에 유야무야 끝나버리고 말았다. 조루가 가일에게 죄인의 심문을 맡긴 이유 중 하나는 혹시 모를 후환에 대비해 미리 뒤로 물러서 있자는 속셈이었다. 또한 가일이 강동파와 결탁한 부사인의 죄를 입증할 만한 증거를 정말로 찾아낸다면 서촉에서 이래라 저래라 하는 이들의 입을 틀어막을 수도 있었다. 조루는 분명 꽤나 심사숙고해 이런 결정을 내렸을 것이다. 다만 이런 교활하고 비겁한 생각이 군의사 장사의 머릿속에서 나왔다는 것이 놀라울 뿐이었다.

"만약 조 장사가 부사인을 내게 맡길 생각이라면, 해번영을 대표해 최선을 다해보겠소."

"하나 형주 사족들이 제대로 보고 들을 수 있도록 부사인을 태수부에 구금할 생각이네. 가 교위, 이런 나의 고충을 이해해주게."

군의사가 아니라면 형주 사족들에게 그가 부사인을 심문하는 게 아니라고 공개적으로 못을 박는 것과 같았다. 가일은 조루의 속이 뻔히 들여다보였지만 무심한 척 그러겠노라고 대답했다.

조루는 그제야 무거운 짐을 내려놓은 듯 말했다.

"그럼 됐네. 내일 밤에 군병들을 시켜 두 사람을 태수부로 호송할 테니, 가 교위는 푹 쉬고 있게."

가일이 눈살을 찌푸렸다. 그는 조루의 우유부단한 일 처리를 도무지 이해하기 힘들었다. 내가 나서서 부사인을 심문하겠다고 한 이상 내일까지 기다릴 이유가 대체 뭐지?

이때 조루가 뜬금없는 질문을 했다.

"가 교위, 허도에 있을 때 한제를 본 적이 있는가?"

"있소."

"자네가 보기에 한제와 한중왕 중 누가 더 한나라 황실을 다시 일으켜 세우는 데 적임자 같은가?"

조루가 얼른 변명을 했다.

"오해는 말게. 나도 어디서 들은 게 있어서 궁금해 물어보는 것뿐이네. 근데 내 생각에 폐하와 한중왕이 모두 유씨의 핏줄이라면 누가 용좌에 앉든 크게 상관은 없을 것 같네. 지금 관우 장군이 북상 중이고, 이제 이길 일만 남았네. 머잖아 허도를 치고 폐하를 구해내면 한중왕이 어떤 선택을 할 것 같은가?"

가일은 아무 말 없이 그의 말을 음미한 후 고개를 들었다.

"나 역시 이런 말을 들어본 적이 있소."

조루가 그를 재촉했다.

"개의치 말고 어서 말해보게."

"덕이 있는 자만이 천하를 얻을 수 있다고 했소."

제7장

◆

관우의 최후

비가 아직도 그칠 기미를 보이지 않고, 수위가 번성 성벽보다 고작 몇 척 아래까지 올라왔다.

며칠 전 우금이 투항하고 관우가 방덕의 목을 친 후 번성은 고립된 섬으로 변해버렸다. 성안 여러 곳이 무너지고 물이 차 그야말로 위태위태했다. 관우는 일부러 성 북쪽을 개방해 조인이 도망칠 수 있는 길을 열어두었다. 하지만 예상과 달리 조인은 포위망을 뚫고 도망칠 마음이 전혀 없어 보였다. 만약 조인이 번성을 떠나면 번성 이북으로 양양만 남게 된다. 그렇게 되면 관우는 군대를 대거 북으로 이동시켜 황하 이남 지역을 전부 손에 넣을 수 있다.

그러나 지금 조인은 번성을 차지하고 앉아 양양과 호응하고 있으니, 관우 군의 공세는 계속 제자리걸음이 될 수밖에 없었다. 과연 천하의 명장다웠다. 생사의 기로에 서서도 조인은 냉정하게 전세를 파악하고 있었다.

천지가 온통 망망대해라 병사들은 누선을 벗어나 공격을 할 방도가 없었다. 그렇다 보니 정예 병력조차 그 힘을 제대로 발휘하지 못해 몇 차례 공성전이 실패로 끝나고 말았다. 이날 관평이 선봉을 맡아 누선 12척, 정예 병사 2천 명을 동원해 남성에서부터 다시 공격을 감행했다. 무수히 많은 삼판선이 누선 앞으로 돌진하고, 궁수들이 성벽을 향해 화살을 쏘아 올려 위나라 궁수들을 꼼짝도 못하게 제압했다. 성가퀴(몸을 숨겨 적을 공격할 수 있도록 성 위에 낮게 덧쌓은 담)에 화살이 빼곡하게 박히고, 가끔 위군 몇 명이 고개를 내밀고 누선을 향해 불화살을 쏜 후 바로 몸을 낮춰 화살 비를 피했다.

얼마 안 가 누선이 삼판선의 엄호를 받으며 성벽으로 접근했고, 갑판에서 긴 사다리를 세워 성가퀴에 댔다. 완전 무장을 한 위군 수십 명이 성가퀴에서 몸을 일으키더니, 화살 비가 쏟아지는 가운데 사다리를 성 아래로 밀어 떨어뜨렸다. 사다리를 타고 올라가던 촉군이 사다리와 함께 그대로 물속으로 추락했다. 하지만 이미 성벽을 올라가는 데 성공한 병사들이 성가퀴에서 뛰어내려 신속하게 흩어졌다.

관평은 환수도를 쥐고 중무장한 위병을 베어버린 후 뒤에 남은 촉군에게 빨리 성벽을 타고 올라오라고 큰 소리로 명을 내렸다. 교도수 몇십 명이 이미 전방의 전루(箭樓: 감시하거나 화살을 쏘기 위해 구멍을 만들어 놓은 성루)를 점거한 후 성루로 돌진하기 위해 병사들을 기다렸다. 성벽 위에 여러 개의 작은 거점이 생기고 등 뒤로 촉군이 물밀듯이 성벽을 타고 올라오니, 이번에야말로 성남을 손에 넣을 희망이 보였다.

화살 비가 한바탕 맹렬하게 쏟아져 내리는 사이 관평 앞을 지키던 교도수 몇 명이 화살을 맞고 쓰러졌다. 옹성에서 서둘러 달려온 위군 궁수들이 도위의 지휘 아래 전루를 향해 반격을 가하고 있었다. 관평은 교도수들을 향해 허리에 찬 짧은 창을 궁수들에게 투척하라고 호령했다. 검고 묵직한 창이 궁수들의 갑옷을 뚫자 그 힘에 시체가 밀리면서 뒤에 있던 궁수들까지 연이어 쓰러졌다. 관평이 영기(令旗)를 흔들자 촉군 도병(刀兵)이 위군 궁수들을 향해 돌진하며 피바람을 불러일으켰다.

돌연 앞쪽에서 함성이 들려오고, 검은색 탁류가 위군 궁수들의 뒤로 용 솟음치더니 파죽지세로 밀고 들어오며 촉군 거점 세 곳을 연이어 집어삼 켰다. 관평이 미간을 좁히고 자세히 살펴보니, 병사들은 모두 중무장을 하 고 긴 칼을 들고 있었다. 투구 위에 달린 하얀 깃털이 눈에 띄고, 주철로 만 든 명광개가 폭우 속에서 눈부시게 빛났다.

호표기(虎豹騎)가 말을 포기하고 도보전을 한단 말인가? 그렇다면 선두에 서서 진두지휘를 하는, 구레나룻이 거뭇거뭇한 저 장수는 분명 조인이다.

관평은 들고 있던 환수도를 던져버리고 옆에 있던 병사가 건넨 장검을 받아 든 후 교도수를 이끌고 돌진했다. 양군은 곧바로 한데 뒤엉켜 한 차례 접전을 벌였다. 관평의 표정이 어두워졌다.

교도수가 천하에 이름을 날리는 정예 부대라 해도, 호표기에 비해서는 한 수 아래였다. 호표기는 수많은 전쟁을 경험했고, 그들이 입고 있는 명광 개는 단양 주철로 만들어져 철갑의 이음새를 찾아 찌르지 않는 한 칼이 뚫 고 들어가기 힘들었다. 그는 교도수들이 이 호표기와 싸워 이길 거라고 기 대하지 않았다. 다만 일각의 시간을 벌어 촉군이 성벽을 타고 올라가 인해 전술로 위군을 밀어 떨어뜨리기만을 바랄 뿐이었다.

교도수와 호표기의 치열한 전투가 벌어지는 가운데 검광이 번쩍이며 불 꽃이 일고 피가 사방으로 튀었으며, 처절한 비명이 간담을 서늘하게 했다. 교도수와 호표기가 계속해서 쓰러지자, 더 많은 병사들이 전투에 합세하 며 그 빈자리를 채웠다. 그러나 몇 장 너비의 성벽 위는 마치 셀 수 없이 많 은 칼들이 그 위에서 난도질을 해대는 도마처럼 보일 지경이었다. 그야말 로 지옥이 따로 없었다. 관평의 몸은 피로 범벅이 되었고, 손에 든 장검은 벌써 세 번째로 바꾼 것이었다. 두 팔도 과도하게 힘을 주다 보니 희미하게 떨리고 있었다. 조인은 시종 호표기에 둘러싸인 채 직접 싸움에 나서지 않 았다. 관평이 몇 차례 공격을 시도했지만, 호표기의 반격에 계속 밀려났다.

지금 조인은 번성의 마지막 보루 같은 존재였다. 그가 쓰러지면 번성은 눈 깜짝할 사이에 적의 손에 넘어갈 수밖에 없었다. 관평은 이미 승리의 냄새를 맡았지만, 그 문턱을 몇 발자국 남겨둔 채 넘어가지를 못하고 있었다.

관평이 땀과 피로 얼룩진 얼굴을 닦아내며 큰 소리로 호통을 쳤다.

"조인, 비겁하게 언제까지 호표기에 둘러싸여서 구경만 하고 있을 것이냐?"

조인은 아무 대답도 하지 않은 채 호표기의 호위를 받으며 관평을 향해 화살을 쐈다.

관평이 머리를 살짝 옆으로 기울여 화살을 피하며 호탕하게 웃었다.

"위풍당당한 정남장군(征南將軍)이 겁쟁이가 되었을 줄은 몰랐구나. 그러고도 네놈이 천하 명장이라 할 수 있느냐?"

"관 장군."

조인의 묵직한 목소리가 들려왔다.

"싸움에 능한 자는 필부의 용기로 뜻을 이루는 것이 아니다. 네놈이 무슨 말로 나를 능욕해도 나 홀로 위험을 감수하는 일은 벌이지 않을 것이다."

관평이 침을 퉤 뱉으며 뒤로 돌아 '관(關)'이라고 쓰인 깃발을 받아 들고 홀로 조인을 향해 돌진했다. 그의 곁에 있던 촉군도 감정이 격해져 함성을 지르며 관평의 뒤를 따랐다. 붉은색 군복의 촉군은 빗속에서 활활 타오르는 불꽃처럼 검은색 군복의 위군을 조금씩 밀고 들어가며 압박했다. 한 발자국씩 나아갈 때마다 촉군은 위군보다 세 배나 많은 병사들의 목숨을 내놓아야 했다. 그러나 그들 뒤에 있는 누선에서 촉군 병사들이 계속해서 내려오고 있었다.

관평은 조인이 호표기에 둘러싸여 한 발자국씩 물러서는 것을 보며 묘한 쾌감을 느꼈다. 그 순간 무슨 소리라도 들은 듯 그의 눈썹이 치켜 올라갔고, 대오의 앞쪽에 있던 병사 몇 명이 흙과 돌 파편과 함께 사방으로 튀어 올랐다. 뒤이어 쾌광 하는 굉음이 울려 퍼졌다. 관평이 옆에 있는 성가퀴로 올라가 보니, 위군 병사 몇 명이 불길이 활활 타오르는 기름통을 껴안고 촉군 선봉을 향해 달려오고 있었다. 또 한 번 폭발음이 들리자 더 많은 병사들이 산산이 찢겨 죽어갔다. 성벽이 갈라지면서 물이 흘러 들어갔다.

"등유 통입니다."

옆에 있던 교도수가 욕설을 내뱉었다.

"제길! 네놈들이 아주 미쳐 발악을 하는구나!"

위·촉 두 나라의 군대는 성벽의 갈라진 틈을 사이에 두고 서로 접근하지도 못한 채 한바탕 욕설을 쏟아냈다. 관평이 궁수에게 명을 내리려는 찰나, 기수병이 달려와 그의 귀에 대고 몇 마디를 전했다. 관평이 놀란 기색을 숨기지 못한 채 바로 뒤쪽 전루로 올라가 저 멀리 강 위를 내다보았다. 그곳에서 수십 척의 전함이 성을 향해 빠른 속도로 다가오고 있었다. 돛대 위에 걸려 있는 것은 '오(吳)' 자가 선명한 오나라 깃발이었다.

관평의 미간이 더 좁아지며 내 천(川) 자를 그렸다. 그가 곧바로 명을 내렸다.

"징을 울리고 철수하라!"

성벽에서의 전투는 불리하게 돌아갔고 후방에 오나라 수군까지 나타났으니, 지금 철수하는 것이 가장 안전했다. 촉군이 신속하게 삼판선과 누선으로 돌아가 성벽에서 멀리 떨어졌다.

관평이 누선 위에 서서 불안한 시선으로 점점 가까워지는 동오 수군을 바라보았다. 그동안 걱정해왔던 일들이 드디어 벌어지는 것인가? 동오가 조위의 농간에 넘어가 함께 연합해 촉을 공격하는 것인가? 그렇다면 형주도 공격을 받은 것일까? 강릉과 공안은 어찌 되었지? 만약 동오가 후방의 군량 이동 통로를 차단했다면 번성은 이미 물건너간 것이고, 엄청난 재앙이 곧 닥칠지도 모른다.

관평이 몽동으로 갈아타고 동오 수군을 향해 빠르게 다가갔다. 몽동은 선체가 좁고 길어 많은 병력을 실을 수 없지만, 대신 속도가 빨라 정탐을 하기에 적합했다. 몽동이 동오 수군의 화살 사정거리까지 접근했는데도 관평은 여전히 멈출 생각을 하지 않았다. 그는 맨 앞에 있는 전함 몇 척을 한참 동안 주시했다. 북소리가 한바탕 울리며 적진에서 화살을 쏘아 올리자 병사들이 일제히 방패를 들어 관평을 보호했다. 관평은 그제야 안도의 한숨을 내쉬며 명을 내려 본군 함대로 귀환했다.

관평이 누선에 올라타자 뜻밖에도 관우가 그를 기다리고 있었다. 그가 얼른 앞으로 걸어갔다.

"아버님, 저를 용서하십시오. 이번 공격에 실패해 성을 손에 넣지 못했습니다."

"괜찮다. 다음에 다시 공격하면 되니, 실망할 것 없다. 동오의 수군이 나타났다고 들었다. 정탐을 하러 갔다더니, 어찌 되었느냐?"

"분명 동오의 수군이 아닙니다. 동오 수군의 배는 삼나무 목재를 사용하고 앞이 뾰족하며 활 모양으로 굽어 있지만, 그 배들은 느릅나무 목재를 사용한 데다 앞이 넓적하고 네모졌습니다. 아무래도 황하 일대에 있던 위군의 전함 같습니다. 게다가 그자들이 쏜 화살의 모양도 위군의 것과 흡사합니다. 제 생각에 완성의 서황이 이끌고 온 지원군이 아군의 군심을 어지럽히기 위해 일부러 오군의 깃발을 달고 나타난 것 같습니다."

"그리했다는 건 서황의 병력이 많지 않다는 의미일 게다. 서둘러 조인을 지원하러 왔지만 우리와 결전을 벌일 정도의 병력이 없는 것이지. 우리 뒤로 30척의 누선과 5천 명의 병사가 나를 따르고 있고, 한 시진 후면 장남이 군대를 이끌고 도착할 것이니, 그때 다시 성을 공격하도록 할 것이다."

관평이 잠시 주저하며 선뜻 명을 받들지 못했다.

"아버님, 지금이야 제방이 무너지고 홍수가 터진 덕에 아군이 우금을 잡아들이고 방덕의 목을 쳤지만, 공성전에는 불리한 것이 사실입니다. 정란·투석·충차 같은 무기를 사용할 수 없으니, 병사들만으로는 한계가 있습니다.”

관우는 아무 대답도 하지 않은 채 마지(麻紙: 삼으로 만든 종이) 두루마리를 관평에게 건넸다. 관평이 마지를 펼쳐보니 그 안에 서신이 들어 있었다. 서신의 첫머리는 ‘대한 위왕 맹덕 형 태감(大漢魏王孟德兄台鑒)’이라 쓰여 있고, 낙관은 ‘대한 오후 손권 돈수(大漢吳侯系權頓首)’라 찍혀 있었다. 서신에서 손권은 조조에게 호의를 보이며, 유비가 맹약을 파기하고 강릉태수 미방이 상관의 곡식을 약탈하는 것을 방관했다고 말했다. 그는 더 이상 그들의 행동을 묵인할 수 없다며, 조조와 손잡고 관우를 토벌하기를 원한다고 밝혔다.

“이 서신은 원본을 여러 장 모사(模寫)해 흘린 것으로 보입니다.”

관평이 주저하며 말했다.

“말투가 손권과 비슷하나, 이 서신의 진위 여부를 판별할 수는 없습니다. 혹시 적의 의심을 불러일으켜 혼란하게 만들고자 하는 전술이 아닐는지요?”

“군의사 쪽 소식에 따르면 상수 쪽에서 오군의 움직임은 발견되지 않았으나, 상관의 곡식을 약탈한 것은 사실로 확인되었다. 강릉의 밀정이 전해온 소식만 봐도 미방이 한 짓이 확실하더구나. 그가 관창과 의창의 군량을 모두 팔아치우고 정작 군량을 보내야 할 때가 닥치자 어쩔 수 없이 그런 위험을 감수한 게지.”

관우의 목소리에 날이 섰다.

“비록 내가 그의 누이 미정을 형수님이라 불렀지만, 이런 엄청난 화를 자초했으니 한중왕 쪽의 체면이 말이 아니게 되었다!”

“아버님, 손권이 이를 핑계로 형주로 진격하면 강릉성이 가장 먼저 공격을 당할 겁니다. 그리되면 미방이 막아낼 방도가 없지 않습니까? 그렇다면 병력을 나눠 강릉을 지원해야 하지 않겠는지요?"

"강릉 쪽은 요화가 이미 우금을 압송한다는 구실로 그곳으로 향했으니 지금쯤 거의 도착했을 테지. 일단 강릉성에 들어가면 미리 매복해 있던 첩 자들과 함께 미방의 군권을 빼앗을 것이다. 강릉성의 방어막이 견고하고 성안에 아직 정예 병사 5천 명이 남아 있으니, 손권이 직접 출정을 한다 해 도 요화가 열흘은 막아낼 수 있을 것이다."

관평이 아무 말도 없자 관우가 다시 말을 이어갔다.

"손권은 결단력이 없이 우유부단한 자이니, 우리가 번성을 쳐서 위군을 후퇴시키기만 하면 생각을 달리할 수밖에 없을 테지. 지금 우리가 이대로 물러서면 형주를 공격하려는 그자의 결심만 더 확고하게 만들어줄 뿐이다. 게다가 조인과 서황이 우리가 철수하는 틈을 타 공격을 감행한다면 상황 이 지금보다 훨씬 악화될 테지."

번성 성벽 위에서 묵직한 호각 소리가 들려왔다. 관평이 그곳을 올려다 보니 위군이 이미 성벽의 갈라진 틈을 메우고 백마 한 필을 담장 밖 물로 빠뜨렸다. 성벽 위에서 또 한 번 병사들이 한목소리로 부르는 의기양양한 노랫소리가 한바탕 울려 퍼졌다. 조인이 전 성의 장병들과 번성을 사수하 겠다는 결의를 다지는 듯했다. 그때 관우의 단호한 목소리가 들려왔다.

"장남에게 공성전을 준비하라 이르거라."

관평이 의아한 눈빛으로 관우에게 물었다.

"네? 지금 위군의 사기가 하늘을 찌르는데, 어찌……."

"한실의 흥망성쇠가 이번 전투에 달려 있느니라."

관우는 곧장 선두(船頭)로 걸어갔다.

"충과 의를 행하는 일이라면 불가능한 것을 알면서도 하는 것이 대장부 이니라. 사람을 보내 조위의 형주자사 호수(胡修), 남향태수 부방(傅方), 육혼의 손랑(孫狼)에게 즉각 군대를 동원해 모반을 일으키고 서황의 후방을 습격해 교란시키라 전하거라!"

강릉성 태수부 안.

밤이 이미 깊었는데도 의청(議廳) 안은 여전히 불을 환하게 밝히고 있었다. 며칠 전 미방이 군대를 이끌고 상관의 곡식을 탈취하러 갔을 때, 마침 육손이 군대를 이끌고 나가 군영을 세우는 중이었다. 그 덕에 미방의 모든 계획은 이상하리만치 순조롭게 진행되었다. 그러나 곡식을 탈취했다고 해도 그것을 맥성까지 직접 호송하는 일이 아직 남아 있었다. 군량을 모두 인계하고 나서야 그는 비로소 안도의 한숨을 내쉬고 강을 따라 쉬엄쉬엄 거의 두 배의 시간을 들여 강릉으로 돌아왔다. 강릉에 도착한 후 하룻밤이 지나고 나자 놀라운 소식 하나가 그에 귀에 들어왔다. 손권이 그를 지목해, 상관의 곡식을 탈취하고 위나라와 연합해 촉을 치려 했다고 만천하에 알린 것이다.

큰 전쟁이 벌어지고 있는 판에, 안 그래도 아슬아슬 위태로웠던 촉·오의 연맹이 깨지기라도 한다면 전쟁의 흐름이 완전히 바뀔 수 있었다. 그리 되면 관우는 물론 유비까지도 그를 가만둘 리 없었다. 상황이 급박해지자 그는 사람을 보내 제갈근을 불러들여 그 이유를 알아보려 했다. 그런데 제갈근은 그를 보자마자 엉뚱한 이야기를 늘어놓으며, 자신은 정보를 누설한 적이 절대 없다고 계속 발뺌을 해댔다.

미방은 결국 화가 치밀어 올라 언성을 높였다.

"어찌 이럴 수 있단 말인가! 상관의 곡식을 탈취한 건 자네만 알고 있던 일이었네. 그런데 군량이 관우 쪽에 넘겨지자마자 기다렸다는 듯 손권이 나를 지목해 반역자로 몰아가고 있네. 이렇게 빨리 정보가 새어 나갔는데, 자네가 한 짓이 아니면 누가 했단 말인가?"

"미 태수, 그건 다 소문에 불과하니 크게 걱정하지 않아도 될 겁니다. 더 구나 미 태수는 한중왕과 인척 관계이니, 관우가 그런 소문 때문에 문책하는 일도 없을 테지요."

"헛소리 그만 하게! 요화가 이미 강릉성에 다 와가네! 우금을 압송하는데 가까운 공안성을 두고 왜 군이 강릉으로 오겠는가? 그게 다 관우가 나를 의심하고 있다는 증거네."

제갈근이 묵묵히 그 말을 듣다 사뭇 달라진 눈빛으로 그를 바라봤다.

"미 태수가 상황을 모두 간파한 듯하니, 이제 더 이상 속일 필요가 없겠군. 유비와 사돈지간이고 요충지라 불리는 강릉의 군수라는 자가 마치 세 살 아이처럼 어찌 그리 귀가 얇을 수 있소?"

미방이 격분해 고함을 질렀다.

"여봐라!"

문 밖이 쥐죽은 듯 조용하고 아무도 들어오지 않았다.

미방이 문으로 걸어가 더 큰 목소리로 소리를 질렀다.

"여봐라! 이자를 당장 끌어내 목을 쳐라!"

그가 연이어 밖을 향해 소리를 질러대자 마침내 누군가 안으로 들어왔다. 그런데 그의 뒤로 해번위 복장의 병사들이 따라붙었다. 그들 중 우두머리가 제갈근의 곁에 서서 서늘한 눈빛으로 그를 노려봤다.

미방이 칼을 뽑아 들며 새빨개진 얼굴로 물었다.

"우청? 네가 어떻게 다시 들어온 거지? 내 친위병들은 어디 갔느냐?"

"미 태수가 군대를 이끌고 상관으로 떠나 있는 동안 우 교위가 해번위 50명을 데리고 강릉으로 잠입했소. 지금 이 의청은 우리가 장악했으니, 친위병을 애타게 찾아봐야 소용없을 것이오."

미방이 치를 떨며 말했다.

"네놈들이 이곳을 손에 넣었다고 해서 모든 게 끝났다고 보느냐? 이 태수부 안에 군병만 해도 족히 백 명이 있고 성안에 5천 명의 정예병들이 버티고 있다. 설사 내가 이곳에서 너희들의 손에 죽는다 해도 네놈들은 절대 강릉성을 무사히 빠져나갈 수 없을 것이다!"

"왜 우리가 미 태수를 죽일 거라 생각하시오? 미 태수가 우리를 위해 해줘야 할 일이 남아 있소."

미방의 표정이 종잡을 수 없이 변했다.

"무슨 일이지? 대체 무슨 짓을 벌이려는 것이냐?"

"미 태수의 병부를 좀 빌려야겠소."

우청이 나지막이 말했다.

"강릉성에 있는 정예 병사 5천 명이 우리한테는 걸림돌이거든."

미방이 고개를 번쩍 들며 기가 막힌 듯 호통을 쳤다.

"그걸 말이라고 하느냐? 성안의 병력을 이동시킨 후 강릉을 점거하려 들어? 그것이 도대체 무엇을 의미하는지 알고서 말하는 것이냐? 그건 맹약을 깨고 한중왕에게 전면전을 선언하는 것이다! 손권의 추궁이 두렵지도 않느냐?"

"이것이 바로 오후의 뜻이오. 지금 관우는 조인과 번성에서 대치 중이니, 지금이야말로 형주를 수복할 가장 좋은 기회지. 미 태수, 여몽이 3만 대군을 이끌고 이미 강을 건넜으니, 강릉성까지 20여 리밖에 남지 않았소. 아직도 주저하는 것이오?"

"제갈근, 내가 협박에 넘어갈 거란 생각은 꿈에도 하지 말거라! 파릉(巴陵)에서 강릉까지는 강 길을 따라 관우가 수십 곳의 초소를 설치해두었다. 여몽의 대군이 그들의 눈에 안 띌 거라 생각하느냐?"

"백의도강(白衣渡江)."

제갈근은 전혀 흔들림이 없었다.

"여몽 장군이 평복 차림의 3만 대군을 분산시켜 동오 상선에 태웠으니,

열흘이면 강을 건너 촉 땅에 들어올 것이오. 어쨌든 형주 사족과 우리 동오는 그동안 하루도 빼놓지 않고 상선을 띄워 무역을 해왔으니, 초소를 지키는 수병들에게 돈을 쥐여주지 않았겠소? 이들이 상선을 본다고 해도 늘 해왔던 것처럼 별다른 수색도 하지 않을 것이오."

미방은 멍하니 그의 말을 듣고 있다 이내 머리를 세차게 흔들었다.

"말도 안 되네. 형주를 손에 넣는 것은 강동파에게나 유리할 뿐이네. 여몽은 회사파인데, 어떻게 군대를 이끌고 형주를 공격한단 말인가?"

"물론 겉으로 보기에는 그렇소. 회사파는 형주를 건드릴 마음이 전혀 없는 자들이 맞소. 하나 여몽이 병세가 심각하고 그를 대신해 그 자리에 오르고자 했던 감녕도 공안성에서 암살을 당했으니……."

"감녕은 절대 우리가 죽인 게 아니네! 감녕을 죽인다고 해서 우리에게 득이 될 것이 하나도 없네!"

미방이 황급히 부인했다.

"미 태수, 감녕이 누구의 손에 죽었든, 그런 건 더 이상 중요하지 않소. 그가 살아 있다면 회사파는 군권을 장악하고 강동파를 완벽하게 제압할 수 있었을 것이오. 하나 그는 이제 죽고 없으니, 강동파를 더는 억압할 수 없게 되었소. 오후가 형주를 손에 넣으려고 마음을 굳힌 이상, 회사파는 당연히 그를 도와 공을 세우고 그 세력을 강화해야 하지 않겠소? 그러지 않으면 오후는 형주를 공격하는 일을 강동파에게 맡기게 될 것이고 군에 강동파가 득세할 테니, 회사파가 그 꼴을 두고 보지만은 않을 것이오. 하물며 여몽이 회사파의 수장이라 하나, 오후와 생사를 함께한 사이기도 하오. 그에게 오후의 명령은 파벌 싸움보다 훨씬 중요할 수밖에 없소."

미방의 안색이 창백해지더니 그 자리에 털썩 주저앉았다.

"처음부터 너희들을 성에 들어오게 해서는 안 되는 일이었다. 군량 조달에 문제가 생겼다 해도 네놈의 수작에 넘어가 해번영이 잠입하게 해서야……."

"미 태수, 지금 그런 말이 다 무슨 소용이겠소? 눈앞의 이익에만 눈이 멀어 큰 그림을 보지 못했으니, 모든 일이 급작스럽게 느껴지는 것뿐이오. 시대의 흐름을 아는 자가 영웅이 된다 했소. 지금 병부를 내놓아야 미 태수도 동오에서 한자리 차지하지 않겠소?"

"내가 내놓지 않겠다면?"

미방이 이를 갈며 말했다.

우청이 이미 칼을 뽑아 들고 그를 겨누며 소리쳤다.

"그럼 당신의 목숨은 여기서 끝나게 될 것이오!"

제갈근이 손을 내저었다.

"미 태수, 아직 모르나 본데, 요화는 강릉성에 도달할 수 없소. 여몽 도독이 이미 3천 병마를 보내 이곳으로 오기 위해 반드시 거쳐야 하는 길목을 지키고 있으니 말이오. 운이 좋다면 시신이나마 온전히 남아 있겠지. 관우의 선봉대장이 미 태수의 관할지에서 죽었다면 과연 그 책임을 누가 져야 하겠소?"

미방이 아무 말도 하지 못했다.

제갈근이 계속 말을 이어갔다.

"사실 우리는 미 태수를 죽인 후 태수부를 뒤엎어 병부를 찾으면 그만이오. 설사 병부를 찾지 못해도, 해번위가 성문을 급습해 여몽 도독이 성으로 들어오는 것도 식은 죽 먹기라 할 수 있지 않겠소? 내가 왜 이런 헛수고를 한다고 생각하시오? 그건 오후가 인재를 아끼는 마음이 커서 미 태수를 휘하로 거두고 싶어 하기 때문이 아니겠소? 미 태수, 오후의 이런 호의를 정녕 저버릴 생각이시오?"

"난…… 난 한중왕과 인척 관계로 묶여 있는 사람이네."

미방이 침을 꿀떡 삼켰다.

"내가 동오에 투항하면 세상 사람이 나를 어찌 보겠는가?"

우청이 서늘한 미소를 지으며 그를 협박했다.

"미 태수와 한중왕의 인척 관계는 미정이 죽은 그 순간부터 더 이상 존재하지 않소. 더구나 지난 수년 동안 당신은 미정의 죽음을 계속 마음에 담아두고 있지 않았소?"

미방이 아무 말도 하지 않자, 우청이 품에서 서신 하나를 꺼내 들어 그의 앞으로 던졌다.

"조운(趙雲)의 장판파(長坂坡) 전투 때, 미정은 유선(劉禪)을 그에게 부탁하고 우물에 몸을 던져 죽었소. 하지만 당신은 끝까지 그 말을 믿지 않은 채 지난 몇 년 동안 계속 그곳으로 사람을 보내 조사를 시켰고, 심지어 인맥을 이용해 조조 군영에서 염탐을 하기도 했소. 왜 그런 것이오?"

미방이 조심스레 말을 꺼냈다.

"정이는 성격이 유순하고 겁이 많은 아이였네. 그런 아이가 그렇게 스스로 목숨을 끊을 만큼 독한 짓을 할 리 없네."

"그렇다면 미 태수는 그녀가 조조의 손에 넘어가 유비의 명성에 먹칠을 할까봐 조운이나 촉나라 군이 죽였다고 의심하는 것이오? 조조는 첩을 모으는 것을 즐겼고 미정은 천하 미색이니 그럴 수도 있었겠지. 그런 의심도 일리는 있어 보이는군."

미방이 고개를 치켜들고 충혈된 눈으로 우청을 쳐다봤다.

"알아낸 것이라도 있느냐?"

"없소. 나 역시 아무것도 알아낸 것이 없소. 그 당시 전쟁으로 세상이 어지러운 판에 그런 걸 알아낼 정신이 있을 리 없지. 만약 진상을 알고 싶으면 조운을 잡아 족쳐보시든가."

제갈근이 그의 말을 받아쳤다.

"조운은 한중왕의 심복인데, 미 태수가 어떻게 조운을 추궁할 수 있겠는가? 설사 그가 정말 미정을 죽였다 해도 절대 인정할 리 없네. 도리어 미 태수의 말을 한중왕에게 알릴 거고, 그 결과야 안 봐도 훤하지 않겠소?"

우청이 손뼉을 치자 밖에 있던 해번위 한 명이 들어와 수급 하나를 바닥에 던졌다. 미 태수 곁을 지키던 친위병 도백의 머리통이었다.

"이자가 미 태수와 8년을 함께했는데도 그 정체를 몰랐던 것 같소? 이자는 관우가 태수 곁에 심어놓은 밀정이었소."

미방이 놀란 눈을 치켜뜨며 우청을 쳐다봤다.

"우리 해번영이 이자의 신분을 조사해보니, 요화가 성안으로 들어온 후에 이자를 시켜 미 태수를 붙잡아 감옥에 가두고 병권을 손에 넣을 작정이었소. 미 태수, 이런데도 주저하는 것이오?"

미방이 드디어 결심한 듯 가라앉은 목소리로 말을 꺼냈다.

"조운은 겸손하고 정중한 사람이라 정이를 죽이는 그런 짓을 할 리 없다고 생각해왔네. 그런데 눈만 감으면 그 아이의 얼굴이 자꾸 떠올라 견딜 수가 없더군. 우리 삼남매는 서주에서 자랐네. 장사를 하는 집안이라 크게 어려움 없이 살아왔지. 만약 내 형님 미축(麋竺)이 유비에게 의탁하며 정이를 그자에게 시집보내지만 않았어도 정이가 우리와 함께 그리 떠돌다 비명횡사하지는 않았을 것을……."

그의 목소리가 점점 작아지고 끝내 무거운 침묵이 이어졌다. 제갈근이 앞으로 나와 그를 부축하며 말했다.

"미 태수, 지난 일을 자꾸 떠올려봤자 마음만 아프지 않겠소? 더 이상 되돌릴 수도 없는 일에 연연해봐야 무슨 소용이겠소?"

미방이 얕은 한숨을 내쉬며 뒤돌아 서안 앞으로 갔다. 그는 그곳에 숨겨놓았던 병부를 꺼내 제갈근에게 건넸다. 제갈근은 그것을 받아 든 후 뒤조차 돌아보지 않고 의청을 빠져나왔다. 미방은 의청 앞 계단에 주저앉아 새까만 저녁 하늘을 멍하니 올려다보았다. 그는 자신의 이런 행동이 가져올

파장을 누구보다 잘 알고 있었다. 강릉을 빼앗기는 순간 형주가 뚫리게 되니, 오군은 막힘 없이 공안성으로 향할 것이다. 더구나 공안성 안에 병력이 남아 있지 않으니, 여몽이 쳐들어가는 순간 승패는 이미 정해진 셈이었다. 그가 바닥에 등을 대고 눕자 계단 아래서 전해지는 서늘한 기운이 그의 마음을 더 불안하게 만들었다.

"정아, 내가 이리한 것이 과연 잘한 일일까?"

태수부 안은 텅 비어 있었다. 가일은 정청에 앉자 마치 꿈을 꾸는 듯한 착각에 빠져들었다. 동오로 도망쳐 온 조위의 반역자가 촉한의 본거지에서 태수를 심문하다니, 괜히 기분이 이상했다. 하물며 그는 며칠 전까지도 체포령이 떨어진 도망자 신세였다.

가일은 지금까지 진행된 일의 결과물에 어느 정도 만족스러웠다. 그는 해번영과 한선이 부여한 신분적 제약에서 벗어나, 자신의 능력과 부진의 도움에만 의지해 상황을 주도해나가고 있었다. 그러나 그는 별로 홀가분한 기분이 들지 않았다. 그는 자신의 처지를 누구보다 잘 알고 있었다. 지금 그는 마치 살얼음판에 서 있는 것과 다르지 않았다. 언제 어느 쪽으로 발을 떼야 안전한지 알 수 없었다. 발을 자칫 잘못 내딛는 순간 얼음이 깨지면서 순식간에 그를 삼켜버릴지 모른다.

하지만 그는 이곳에서 그 어떤 무시·모욕·배척을 당한다 해도 끝까지 살아남아야 했다. 그 순간 불현듯 손몽이 떠올랐다. 자신에게 꼭 살아남아야 한다고 말해주었던 그녀는 아직 성에 있는 것일까?

전청에서 어지러운 발자국 소리가 들려왔다. 잠시 후 군병 몇 명이 부사인을 호송하며 들어왔다. 조루는 이 뜨거운 감자를 나에게 맡기면서도 또 하루의 시간을 지체하려 했다. 일 처리가 그리 우유부단하니 공안성 전체가 구멍투성이지. 군병들은 부사인을 데려다준 후 바로 물러갔다. 달빛에 비친 부사인의 안색이 전날보다 훨씬 창백했고, 표정도 무기력해 보였다.

가일이 차를 따른 후 찻잔을 부사인 앞에 놓았다.

"부 태수, 드시지요."

부사인이 허리를 굽혀 인사를 하고 만면에 미소를 지었다.

"가 교위, 지금까지 내가 기분을 상하게 한 게 있다면 너그러이 용서해 주게나."

"밤은 길고 시간도 많은데, 차나 마시며 천천히 이야기를 나누시죠. 어차피 나야 급할 것도 없고, 조루를 대신해 원하는 대답을 듣는다고 해서 나에게 도움 될 것도 없지 않겠소?"

부사인이 연신 고개를 끄덕였다.

"역시 가 교위는 눈치가 빠른 것 같네. 새를 다 잡으면 좋은 활을 처박아 두는 이치를 누구보다 잘 알고 있군."

"맞소. 나는 군의사 사람이 아니니, 조루가 나를 다 이용하고 나면 어떻게 할지 왜 모르겠소? 잠시 서로의 이익을 위해 손을 잡은 것뿐이니, 원하는 것을 얻고 나면 그 관계도 깨질 수밖에."

"유비와 손권의 관계처럼 말이군."

부사인이 가일을 힐끗 쳐다보며 눈치를 살폈다.

가일은 이 말에 개의치 않은 채 본론을 꺼냈다.

"부 태수, 지금은 단지 내 문제에 관해서만 물어볼 생각이오. 다른 건 억지로 말하라고 강요할 생각이 없소."

부사인이 허리를 숙이며 좀 더 앞으로 다가갔다.

"가 교위, 무엇이든 물어보게. 내 아는 건 모두 말해줄 터이니."

"강동파와 당신의 연결고리가 손몽이 아니라 우청이란 게 사실이오?"

부사인이 잠시 주저하며 아무 대답도 하지 않았다.

가일은 그를 재촉하지 않은 채 자신의 잔에 차를 따라 부사인의 옆으로 가서 앉았다.

"부 태수, 사람은 무엇을 위해 산다고 생각하시오? 나는 오로지 복수를 위해 출세를 하고 싶었소. 언젠가 가장 높은 자리까지 올라가 원수를 철저히 짓밟고 두려움에 떠는 그 얼굴을 천천히 음미하고 싶었소. 그런데 결국 그 원수는 이른바 정의로운 편에 서 있고, 내가 믿고 의지했던 자는 나를 팔아먹고 사지로 몰아넣으려 했소. 만약 기이한 인연을 만나 누군가 나를 돕지 않았다면 나는 이미 허도성 밖에서 백골로 변해 있을 것이오.

이리저리 전전하다 동오의 해번영으로 들어왔고, 여전히 교위로 일하고 있소. 남들은 구사일생이라고 말하겠지만, 사실 말 못할 고충이 참으로 많다오. 우리 같은 첩자 출신을 누가 신임해주겠소? 더구나 예전에 적으로 맞서 싸우던 자를 동료로 받아들이는 것도 말이 안 될 테지. 난 해번영에 섞여 들어가지 못했고, 우청도 나와 원한이 깊은 탓에 늘 나를 사지로 몰아넣을 궁리뿐이었소. 처음부터 나에게 정보를 누설한 죄를 뒤집어씌워 감옥에 가두었지.

그 후 나는 사절단을 따라 이곳에 오게 된 것이오. 본래는 단지 문관 한 명을 따라 혼담을 넣으러 오는 것이라 생각했는데, 공안성의 물이 이리 혼탁할 줄 누가 상상이나 했겠소? 이곳에서 나는 나뭇잎처럼 탁류에 휩쓸리고 수많은 회오리 속에 정신없이 빨려 들며 돌고 도는 신세가 되었소. 솔직히 누가 감녕을 죽였는지, 관우를 반대하는 형주 사족이 도대체 누구인지, 강동파가 성안 어디에 숨어 있는지 살짝 궁금하기도 해졌소. 하지만 조루처럼 절박하게 그 답을 알고 싶은 것은 아니오.

내가 공안성에서 한 모든 일은 단지 위기에서 벗어나기 위한 몸부림이었소. 비록 내가 왜 계속 살아남아야 하는지, 살아서 무엇을 해야 하는지 아직도 모르겠으나, 죽고 싶지 않으면 살아남기 위해 노력이라는 걸 해야 하지 않겠소? 공안성에서 두 사람이 나에게 끝까지 살아남으라고 말해주더군. 한 사람은 당신이 헌신짝처럼 대해왔던 양아들 부진이오. 지금은 그 역시 태수부에 붙잡혀 와 있지. 또 한 명은 옛 태수부에서 검은 옷의 살수들과 함께 당신을 구했던 손몽이오.

오늘 다른 건 아무것도 관심이 없소. 내가 꼭 알고 싶은 건 손몽이 도대체 누구냐는 것이오."

"그게……."

부사인은 기뻐해야 할지 슬퍼해야 할지 모르겠다는 표정으로 말을 쉽게 꺼내지 못했다.

가일이 찻잔을 들고 한모금을 맛보았다.

부사인이 목을 빼고 그의 의중을 살폈다.

"가 교위가 이렇게까지 감정에 솔직한 사람일 줄은 몰랐네. 손몽에 대해 알아보기 위해 서론이 그리 길었던 걸 보면, 그녀가 전천과 닮기는 정말 많이 닮았나 보군. 안 그런가?"

가일이 손이 살짝 떨리며 찻물이 튀어 손을 적셨다.

"나는 손몽과 그리 잘 아는 사이가 아니네. 그녀는 동오 사절단을 따라 공안성에 들어온 후에야 먼저 나에게 접촉을 해왔지. 그녀가 강동파를 계속 도운 건 맞지만, 강동파 사람은 절대 아니네. 게다가 상황을 보아하니 그녀와 우청의 사이도 그리 좋지만은 않더군. 거짓말이 아니라, 우청이야 말로 진짜 강동파 사람이네. 건업성에서 감녕이 자객의 공격을 받았던 그 사건도 우청이 뒤에서 다 꾸민 짓이었지. 결국 자네 때문에 망치고 말았지만 말일세."

가일이 고개를 끄덕였다. 만약 우청이 일찌감치 강동파 편에 섰다면 주루에서 해번영이 매복해 있었다는 사실이 어떻게 새어 나갔는지 그 답이 나왔다. 주루에서 손몽이 갑자기 우청을 죽이려 한 것도 손상향이 둔 후수(後手)에 불과했다. 감녕이 해번영이 짜놓은 판에서 자객의 습격을 받아 죽는다면 가장 의심을 받을 인물은 당연히 그 판을 짠 우청이었다. 그렇지만 정체불명의 누군가가 나타나 우청을 암살하려고 덤벼드는 순간 사건은 순식간에 혼탁해지고 우청의 혐의도 사라지게 된다.

가일이 고개를 가로저었다.

"나는 그자들의 이전투구 놀음에는 별 관심이 없소. 내가 알고 싶은 건 손몽이 누구냐는 것뿐이오. 그녀는 올해 군주부(郡主府)로 들어갔고, 대외적으로 손상향의 먼 친척 동생뻘이라고 알려져 있소. 그런데 그녀의 고향으로 사람을 보내 조사해보니 그곳에서 그녀를 아는 이가 한 명도 없었소."

"그녀의 신분은 확실치 않지만, 자네를 도우러 온 것만은 확실하네. 나와 우청이 생각하기에 자네는 몸은 해번영에 있지만 동오를 위해 일할 마음이 조금도 없더군. 자네처럼 머리 회전과 판단력은 빠르지만 충성심이 전혀 없는 자를 공안성에 남겨두면 머지않아 큰 화근이 될 테고, 나와 우청의 신분을 알아채는 것도 시간문제일 거라고 봤네. 그래서 자네가 공안성에 들어온 후 바로 제거할 음모를 꾸몄지. 그런데 자네가 손상향의 사람이라고 하면서 손몽이 계속 자네를 비호하고 나서더군. 나중에 자네가 부진과 손을 잡고 그녀의 행적을 추적했는데도 자네를 제거하는 데 동의하지 않았네.

조루가 자네를 회유해 군의사로 끌어들이려 하고, 장제가 조위 사절단을 데리고 공안성으로 잠입하고 나자, 나와 우청은 자네가 조루에게 붙든 아니면 장제와 손을 잡든 결국 대사를 그르치게 될 거라 판단했지. 그래서 자네한테 조위 사절단을 습격하라 시킨 후 살수들을 불러들여 자네를 죽이게 판을 짠 것이네. 그때 역관에서 제갈근이 옆에 있는 바람에 손몽이 자네한테 그것이 함정이라는 말을 해줄 수가 없었던 거네. 게다가 자네가 빠져나갈 구멍을 막기 위해 우청이 살수들을 시켜 역관을 습격하고 손몽을 몰아냈네. 어떤 대가를 치르더라도 자네를 사지로 몰아넣을 생각뿐이었지.

근데 이렇게 물샐틈없이 완벽한 작전을 짰는데도 자네는 그 지옥을 또 빠져나가더군."

가일은 천운을 만난 덕이라 생각했다. 만약 그곳에서 우연히 그 여인을 만나지 못했다면 그는 이미 이 세상 사람이 아니었을 것이다.

"관우를 공격하고, 조위 사절단을 습격하고, 동오 사절단이 묵고 있던 역관에 불을 지르고, 자네를 구해준 모녀를 죽인 것이 전부 다 우청의 짓이었네. 보영 객주 화재와 감녕을 암살한 사건은 손몽이 한 짓이 분명하네. 요 며칠 곰곰이 생각해보니 손몽이 공안성에 온 목적이 바로 자네를 보호하고 자네가 해번영에서 자리를 잡도록 돕기 위해서인 것 같더군."

가일은 옛 태수부에서의 일을 떠올렸다. 손몽은 일부러 자신의 앞을 가로막으며 살수들이 화살을 제대로 조준하지 못하게 방해했다. 그가 잠시 고심하다 다시 물었다.

"이해가 안 가오. 손몽이 당신들과 손을 잡았고 심지어 건업성에서 우청이 혐의 선상에서 벗어나게 도움을 주었다면 손상향도 강동파에 속해 있다는 것이 아니오? 그런데 그녀가 왜 강동파와 등을 돌리고 나를 돕는단 말이오? 그녀의 모든 행동이 앞뒤가 안 맞지 않소?"

"가 교위, 이 세상에 흑 아니면 백이라는 논리가 통하는 일이 과연 있다고 보는가?"

부사인이 나지막이 말했다.

"가 교위, 복잡한 사람의 마음을 절대 단순하게 평가해서는 아니 되네. 소인배와 다르게 큰 인물의 눈에는 영원한 벗도, 영원한 적도 없다네. 오로지 영원한 이익만이 있을 뿐이지. 이들은 변덕이 죽 끓듯 해서 언제 마음이 바뀔지 모르는 자들이네. 이 또한 지극히 정상적인 일이지. 손몽이 이런 말을 한 적이 있네. 손상향은 비록 강동파가 형주를 공격하는 걸 지지하지만, 한쪽 발만 담근 채 그들을 전적으로 신뢰한 적이 없다고 말이지. 그 말은 그녀 역시 강동파를 이용할 뿐 동맹은 아니라는 것이네. 만약 강동파를 배신하려 한다면 언제라도 담그고 있던 한쪽 발을 빼내겠지. 그래서 그녀는 우청에게 전적으로 모든 일을 맡기지 못한 채 해번영에 자신의 심복을 심어놓으려 했을 테지. 강동파와 회사파 어느 쪽에도 넘어가지 않을 그런 인물로 말일세. 그게 바로 자네였네."

그랬다. 옛 태수부에서 손몽은 한 차례 거짓말을 하며, 그녀가 건업성 주루에서 우청을 공격한 이유를 억지스럽게 해명한 적이 있었다. 하지만 자신이 공안성에 무엇을 하러 왔는지 끝내 밝히지 않았다. 얼마 후 가일이 부사인을 납치해 오자 그녀는 살수들과 함께 옛 태수부에 나타났다. 당시 그녀는 가일이 옛 태수부에 얌전히 숨어 지내고 있으면 조루가 모든 일의 진상을 밝히게 만들어 혐의를 풀어주겠다고 했다. 그러나 가일은 제멋대로 움직이며 너무 많은 일을 벌였고, 강동파와 형주 사족이 만들어놓은 판을 흔들어놓았다. 결국 그녀가 나서서 가일과 대치하는 상황까지 벌어지고 말았다. 그러나 그녀는 가일과 칼을 겨누는 와중에도 그의 목숨을 지키기 위해 애를 썼다.

"자네가 손몽에게 각별한 마음을 갖게 된 게 다 전천 때문이군."

부사인이 가일의 비위를 맞추며 말했다.

"근데 왜인지는 모르겠지만, 손몽도 자네한테 호감이 있다는 느낌을 늘 받았네. 가 교위도 알고 있었는가?"

가일은 아무 말도 하지 않은 채 자리에서 일어나 정청 밖으로 나갔다.

"부 태수, 좀 있다 저녁 식사를 가져오라 할 테니, 식사를 한 후 편히 쉬시오. 남은 이야기는 내일 다시 하도록 합시다. 내가 묻고 싶은 게 많아야 부 태수가 하루라도 더 살 것이오."

"고맙네, 가 교위."

등 뒤에서 부사인의 감격에 겨운 목소리가 들려왔다.

"나를 살려주기만 한다면 내 재산을 다 팔아서라도 가 교위에게 꼭 보답을 할 것이네."

가일은 어둠이 내려앉은 정청 밖에 서 있자 불현듯 이상한 기분이 들었다. 그는 태수부 안이 지나치게 조용하다는 생각이 들었다. 오늘 밤에도 안개가 끼었지만 달빛을 가릴 정도는 아니었다. 이 옅은 안개에 휩싸인 커다란 저택 안에 사람은 거의 보이지 않으니 적막하고 스산한 분위기가 감돌았다. 앞에 보이는 청석 위로 며칠 전 바닥을 적셨던 피의 흔적이 고스란히 남아 어슴푸레한 달빛 아래서 옅은 붉은빛을 띠었다. 팔월의 여름밤이지만 이곳에 있으니 마치 귀신이 나온다는 옛 태수부처럼 스산하고 등골이 오싹해지는 기분마저 살짝 들었다.

가일은 성큼성큼 걸음을 옮기며 후원을 지나 안개가 낀 회랑을 통과해 전청의 곁채에 도착했다. 그가 문을 밀고 들어가자 놀랍게도 그곳에 부진이 앉아 있었다. 그는 탁자 앞에 앉아 손에 기름을 잔뜩 묻힌 채 구운 닭고기를 뜯고 있었다.

가일이 기가 막힌 듯 헛웃음을 터뜨렸다.

"허허, 정말 수완이 보통은 아닌 친구일세. 이곳에 연금된 자가 닭고기는 어디서 구한 건가?"

부진이 웃으며 술 단지를 집어 들어 보였다.

"술도 있는데, 같이 드시겠소?"

가일이 그의 맞은편에 앉아 술 단지를 받아 들고 한입 벌컥 들이켰다.

"보아하니 안색은 어두워도 가슴에 맺혀 있던 응어리는 좀 풀린 듯하오? 많이 물어보셨소?"

"손몽에 관한 일들만 물어봤네."

가일이 그 말만 한 채 말을 돌렸다.

"어디서 술과 고기를 구한 건가?"

"좀 전에 태수부 안을 한 바퀴 돌아보는데, 사람이 별로 없더군요. 문을 지키는 군병 대장이 내 옛 부하라 먹을 것 좀 구해달라 살짝 부탁했지요."

부진이 닭다리를 뜯어 가일에게 건넸다.

"드십시오."

"그 정도 인맥이면 나갔다 올 수도 있는 거 아닌가?"

"그래서 한번 물어봤죠. 근데 나가는 것만 빼고 다른 건 뭐든 해도 된다고 하더군요. 근데 부사인을 가 교위에게 심문하라 한 게 계속 마음에 걸립니다."

"이상하게 생각할 거 없네. 조루가 형주 사족의 눈 밖에 나고 싶지 않아 나한테 미룬 것뿐이니."

"조루가 왜 하루의 말미를 줬는지 생각해봤소? 그 하루 동안 그가 무엇을 했을 거 같소?"

가일의 눈이 가늘어졌다.

"그게 무슨 말인가?"

"그 대장 놈한테 들었는데, 자기들이 부사인을 데리고 이리로 올 때 몸에 상처가 있었답니다."

"상처가?"

가일은 안색이 별로 좋지 않아 보였던 부사인의 얼굴이 떠올랐다. 설마 조루가 그 하루 동안 부사인을 심문한 건가? 그럼 왜 부사인을 또 나에게 맡겨 심문을 하라고 한 거지? 그런 부질없는 짓을 왜?

"게다가 성안의 형주 사족을 완전히 숙청하지 않은 상황에서 우리를 태수부로 보낸 것도 이상합니다. 심문을 하려면 군의사에 있어야 하는 게 정상 아닙니까?"

가일은 더 이상 아무 말도 하지 않았다. 그가 보기에 조루는 우유부단하고 결단성이 없는 자였다. 그래서 그가 심문 장소를 태수부로 바꿀 때도,

그 일로 인해 어떤 오해도 사지 않겠다는 의지로 받아들였다. 그런 그가 은밀히 부사인을 먼저 심문한 이유가 무엇인지 선뜻 이해가 가지 않았다.

"내가 그 대장 놈의 목숨을 구해준 적이 있어서 특별히 귀한 정보를 하나 주더군요. 오늘 밤 자정이 되면 임무 교대를 하는데, 그때 교대하는 자들이 임시 징발한 민초들이라 하더이다. 군복을 입고 있지만 일격도 견디지 못할 오합지졸들을 데려다 놓는 거지요. 조루가 무슨 음모를 꾸미고 있는 게 틀림없습니다."

가일이 들고 있던 닭다리를 접시에 놓고 집게손가락으로 탁자를 톡톡 치며 깊은 생각에 빠져들었다. 그는 위험한 기운을 포착했지만, 그 실체가 무엇인지 명확히 알아챌 수 없었다.

"한선에게서 내려온 지령은 없었는가?"

"없소. 얼마 전에 밀서를 한 통 받았는데, 강동파와 협력해 적당한 시기에 기회를 봐서 행동에 옮기라고만 쓰여 있었소."

"강동파? 좀 전에 부사인에게 알아낸 바로는 그에게 소식을 전한 강동파가 우청이라고……."

가일이 돌연 말을 멈추고 벌떡 일어났다.

"조루는 우청이 강릉에 있다고 했네."

"그게 무슨 문제라도 됩니까?"

"조루가 부사인에게서 알아낸 정보를 강릉까지 전달하는 데 얼마나 걸릴 거라 보는가?"

"공안성에 있는 형주 사족이 아침에 비둘기를 띄우면 저녁에 도착할 겁니다."

"강릉에서 공안까지 말로 달리면 넉넉잡고 하루가 걸리네. 조루는 부사인과 우리를 잡아다 미끼로 삼고 우청이 구하러 오게 만들 심산이었던 걸세. 심문 장소를 태수부로 바꾸고 군병을 교대시킨 것도 우청을 함정에 빠뜨리기 위한 작전이네. 설사 부사인을 구해내지 못해도 부사인을 죽여 입을 막고 그 김에 눈엣가시였던 나까지 제거할 수 있도록 기회를 주는 셈이지. 일단 우청이 살수를 모아 태수부로 쳐들어오면 조루가 형주에서 역모를 꾸미던 사족과 그 일에 참여한 강동파를 일망타진할 수 있게 되네."

"조루 그자가 참으로 배포 한번 두둑하오. 하나 형주 사족과 강동파가 가만히 앉아 당하고만 있겠소?"

"형주 안에서 이미 위나라와 오나라 사람을 숙청한 적이 있네. 설사 우청이 정예 부대를 이끌고 들이닥친다 해도 그 수가 많지 않을 걸세. 그녀 휘하의 살수도 그간 여러 사건에 동원되는 과정에서 죽어나간 자가 적지 않을 테지. 백이위 2백 명과 군병 8백 명으로 상대하면 승산이 있으니 조루도 저리 나오는 것이네."

부진이 술 단지를 들어 벌컥 들이마셨다.

"조 장사라는 자가 보기와 달리 악랄하고 음흉한 것이 보통내기가 아닌 듯하오. 앞에서는 가 교위와 손을 잡는 척하면서 뒤에서는 저리 이용해먹다 버리려들다니 말이오."

"나는 해번영 사람이니 그와 한배를 탄 것이 아니지 않은가? 어차피 섞일 수 없는 사이니, 그가 나를 미끼로 삼는 것이 이상할 것도 없네. 한데 우청이 강동파라고 해도, 나와 자네의 신분을 알고 있는가? 한선이 암암리에 강동파를 돕고 있다는 것도?"

"손몽은 어느 정도 알고 있겠지만, 우청은······."

부진이 웃으며 대답했다.

"나도 잘은 모르겠소."

"그 말은 우청이 태수부를 공격할 때 우리가 자칫 그녀의 손에 죽을 수도 있다는 것이겠군."

가일이 문으로 걸어갔다.

"가만히 앉아 죽기만 기다릴 수야 없겠지. 가세!"

"태수부를 나가겠다는 겁니까? 이게 다 조루가 짠 판인데, 밖에 궁수들이 포진해 있지 않겠소? 우리가 문을 나서는 순간 사방에서 화살이 날아올 테니, 얼마 가지도 못할 겁니다."

"해보지도 않고 어찌 알겠는가? 여기 가만히 앉아 죽기를 기다리는 것보다야 낫겠지."

부진이 자리에서 일어나 무슨 말을 꺼내려는데, 대문 밖에서 요란한 소리가 들려왔다. 부진이 허탈하게 웃으며 말했다.

"굳이 안 나가도 될 것 같소."

가일이 허리에 찬 칼을 뽑아 들며 물었다.

"자정을 넘어 교대한다 하지 않았는가?"

"그러게 말입니다. 아마 우청이 더는 못 기다리고 들이닥친 듯하오."

부진이 기지개를 켰다.

"나는 가 교위 뒤에만 붙어 있겠소."

가일이 미간을 좁히며 물었다.

"이보게, 가만히 앉아 붙잡힐 생각인가?"

"내 창을 백이위가 압수해 갔으니 별 수 없지요."

"……창술 외에 정말 할 줄 아는 게 아무것도 없는가?"

부진이 눈을 깜박거렸다.

"하나 있긴 합니다. 무릎 꿇고 살려달라고 비는 일은 자신 있는데, 지금은 그게 먹힐 것 같지 않습니다."

가일이 한숨을 내쉬며 칼을 들고 대문으로 뛰어갔다. 부진은 서두르지 않고 그 뒤를 따라갔다. 가는 동안 마주친 군병 서너 명은 어찌할 바를 모른 채 허둥거리고 있었다. 대문 앞에 도착하자 가일은 문을 지키는 자가 아무도 없는 것을 보고 부진을 돌아보며 기가 막힌 듯 한마디 했다.

"그 대장이라는 자가 일찌감치 생명의 은인을 버리고 먼저 도망을 쳤나 보네."

부진이 두 손을 머리 뒤로 보내 깍지를 끼며 말했다.

"자고로 군자는 위험한 담벼락 아래 서 있는 게 아니라고 했소. 나는 그의 마음을 다 이해하오."

대문의 빗장이 끊어지는 소리가 나고 나무 문짝이 끼이익 소리를 내며 양옆으로 활짝 열렸다. 그 문을 통해 2백 명은 되어 보이는 검은 옷의 살수들이 몰려 들어왔다. 가장 앞에 서 있는 자는 복면을 하고 있었지만 몸집이 가녀린 것으로 보아 우청이 확실했다. 가일이 칼을 들고 곧장 달려갔다.

검은 옷의 우두머리는 가일의 공격을 예상하지 못한 듯 흠칫 놀라며 뒤로 물러섰다. 그녀는 그제야 칼을 뽑아 들고 공격 자세를 취했다. 살수들이 두 사람을 에워싸며 추이를 지켜보았다. 가일이 먼저 두어 번 공격을 하다 돌연 뒤로 훌쩍 뛰어 올라 물러서며 멋쩍은 듯 장검을 내려놓았다.

검은 옷의 우두머리가 복면을 벗고 또랑또랑한 목소리로 그를 질책했다.

"입 한번 벙긋 안 했는데 오자마자 공격부터 하면 어쩌자는 거예요? 정신 나갔어요?"

가일이 손몽을 보며 난감한 표정을 지었다.

"당신일 줄 누가 알았겠소? 난 우청이 쳐들어온 줄 알았소."

"지금이 어느 땐데 아직도 우청을 생각하고 있어요?"

손몽이 눈을 치켜뜨며 안으로 걸어 들어왔다. 그 뒤를 이어 살수들이 몰려 들어와 대문을 잠그고 집 안에 있는 묵직한 물건들을 옮겨와 문 뒤에 쌓았다.

가일이 영문을 모른 채 물었다.

"뭐 하려는 것이오? 사람을 구하러 왔으면 우리를 데리고 나가야 하는 것 아니오?"

"내가 언제 구하러 왔다고 했나요?"

손몽이 퉁명스럽게 대답했다. 그녀가 돌아서서 나지막한 소리로 지시를 내리자 살수들이 신속하게 벽 쪽으로 흩어지며 자리를 잡았다. 한 조는 후원으로 부사인을 찾으러 이동했다. 또 몇 명은 마당에 물건들을 던져 쌓아올린 후 불을 붙였다. 얼마 후 밤하늘로 짙은 연기가 피어올랐다.

부진이 옆에서 한마디 했다.

"아무래도 우리 예상이 틀렸나 봅니다. 손 낭자가 이 태수부를 지키려는 모양입니다."

가일이 앞으로 몇 발자국을 걸어가 물었다.

"손 낭자, 부사인을 구하러 온 게 아니었소?"

"부사인은 구할 가치도 없는 자예요."

손몽이 단도직입적으로 대답했다.

"그렇다면 가 교위를 구하러 온 것이 맞는군요."

부진이 장난스럽게 말했다.

"저 사람이 죽든 말든 나와 무슨 상관이죠?"

손몽이 가일을 노려보며 말했다.

"둘 다 이곳에서 한 발자국도 나갈 생각 말아요. 조루가 밖에 2백 명의 백이위를 배치해 사방 민가에 숨어 있어요. 이곳에서 나가는 순간 죽는다고 보면 돼요."

가일이 놀란 눈으로 손몽을 쳐다봤다.

"손 낭자가 어찌 그런 걸 다 알고 있소?"

"내 말이 거짓말 같나요? 매복에 참여한 군병 중에 일찌감치 해번영에 투항한 첩자가 있어 알게 된 정보예요. 둘 다 자기가 제일 잘났다고 착각하지 말아요. 설사 두 사람과 부사인이 모두 조루의 손에 죽는다 해도 위에서는 눈 하나 깜짝하지 않아요. 내가 살수들을 데리고 온 건 미끼로 삼기 위해서예요."

"미끼? 조루가 이미 우리를 미끼로 삼아 성안에 남아 있는 형주 사족과 강동파를 낚고, 그들을 숙청한 후 성을 지키는 일에 모든 걸 쏟아부으려 하고 있소. 손 낭자는 이렇게 많은 살수를 무슨 미끼로 쓰려고 데리고 온 것이오?"

부진이 물었다.

"강릉성이 오늘 아침에 이미 우리 손에 넘어왔어요."

가일과 부진이 이구동성으로 물었다.

"강릉성이 함락되었다는 것이오?"

두 사람은 너무 놀라 서로의 얼굴만 바라볼 뿐이었다. 가일이 미간을 좁히며 물었다.

"지금 장강의 항로는 촉한 수군이 거의 독차지하고 있는데, 어떻게 강릉성을 손에 넣었다는 것이오?"

"여몽의 장병들이 상인들로 변장해 상선 여러 척에 나눠 타고 나루터로 들어와 강릉성 부근 숲속에 잠복해 있었어요. 제갈근이 미방을 설득해 병부를 손에 넣은 후 성안에 있던 정예 병사 5천 명을 여몽의 병사들이 잠복해 있던 곳으로 보내 단번에 제압한 거죠. 원래 요화가 강릉에 가서 방어 임무를 인계받을 작정이었지만, 한 발 늦는 바람에 결국 번성에 있는 관우의 군영으로 도망쳐야 했어요."

가일은 그제야 모든 상황이 이해가 되었다. 강릉성이 함락된 이상 공안성 밖에도 이미 동오의 군대가 포진해 있을 터였다. 손몽이 2백 명을 데리고 태수부로 쳐들어왔으니, 조루가 밖에 배치한 병력이 이보다 적으면 어쩔 수 없이 성을 방어하던 병력까지 동원해 오는 수밖에 없었다. 그렇게 성의 방어막에 빈틈이 생기면 성 밖의 동오군이 쉽게 성을 치고 들어올 수 있게 된다.

가일이 물었다.

"성 밖에 있는 병사는 누구의 지휘를 받고 있소? 손 낭자가 방금 연기를 피운 것도 그들에게 태수부에 진입했다는 걸 알리기 위한 신호였소?"

"나는 줄곧 성안에 있어서 지휘관이 누구인지 잘 몰라요. 하지만 우청일 가능성이 커요."

"우청이라…… 조루가 지금 태수부의 상황을 제대로 모르니 당장 공격할 리는 없을 것이오. 일단 그가 태수부를 공격하기로 결심하면 우청이 성을 공격해 들어올 때까지 이곳을 지킬 수 있을지 단언하기 어렵소. 손 낭자, 사실 누가 군대를 이끌고 성을 공격하든 그런 건 아무 상관도 없는데, 굳이 이런 위험을 무릅쓸 필요가 있었소?"

손몽이 그를 째려보며 격분해서 물었다.

"적의 기세를 꺾고 빈틈을 만들어내기 위해 이런 계책을 낸 게 난데, 내가 아니면 누가 군대를 이끌고 온다는 거죠?"

가일은 무슨 말을 해야 할지 난감해졌다. 만약 이것이 손몽의 계책이라면 적어도 그의 안전을 지키기 위해 위험을 무릅썼을 가능성을 배제할 수 없었다.

군병들이 후원 쪽에서 부사인을 데리고 왔다. 그들은 그를 두고 바로 뒤돌아 가 중문을 잠그고 문 뒤에 물건을 쌓아 올렸다. 부사인이 손몽을 힐끗 쳐다본 후 허리를 꼿꼿이 세웠다.

"아직도 여기서 무슨 작당을 꾸미는 것이냐? 지금 당장 나를 호위해 이곳을 빠져나가지 않고 뭘 더 기다리는 것이지?"

부진이 앞으로 나가 부사인을 부축했다.

"아버님, 손 낭자가 이곳에 오긴 했지만 백이위가 밖을 포위하고 있으니 지금은 함부로 나갈 때가 아니옵니다. 저들이 이곳을 공격해 올지 모르니 아버님은 곁채에 피신해 계시는 게 좋을 듯합니다."

부사인이 부진을 밀치며 호통을 쳤다.

"멍청한 놈! 숨긴 뭘 숨느냐! 지금 이곳에 있는 자들은 모두 내 사람들이다! 이 태수부 안에서 일어나는 모든 것은 내가 결정한단 말이다! 우청은? 우청은 왜 안 왔느냐? 내게 무슨 변고라도 생기면 누가 책임질 것이냐?"

손몽이 대답했다.

"부 태수, 안심하십시오. 강릉성이 이미 함락되었고, 우 교위가 동오 정예병들을 이끌고 밤낮 없이 달려 이곳 공안성 밖에 와 있습니다. 일단 조루가 태수부를 공격하면 그들이 동문에서 성으로 치고 들어와 성지를 점령할 계획입니다."

"진작 그렇게 말했으면 괜한 걱정도 안 했지 않느냐?"

부사인의 표정이 다시 오만해졌다.

"그럼 이곳을 자네들에게 맡길 테니 잘 지키고 있게. 내 안전을 지키는 자에게 나중에 큰 상을 내릴 것이네."

그가 뒷짐을 지고 가일 앞으로 다가가 음험한 미소를 지으며 말했다.

"특히 가 교위, 우리 사이의 남은 빚은 제대로 청산해야겠지? 참으로 상황이 완전히 달라지지 않았나? 자네가 군의사와 결탁해 내게 자백을 강요할 때만 해도 득의양양했겠지만, 이런 반전이 기다릴 줄 몰랐겠지. 우청이 성으로 들어오면 가장 먼저 자네를 잡아다 두 동강이를 낼지, 아니면 능지처참할지 심각하게 고민해봐야겠군."

가일이 고개를 돌려 그를 외면했다. 그는 곤경에 빠지면 비굴하게 아첨하고 위험에서 벗어나면 기고만장해지는 이런 소인배를 가장 경멸했다.

손몽이 나섰다.

"부 태수, 가일은 죽일 수 없습니다. 그게 손 군주의 뜻이기도 합니다."

부사인이 호탕하게 웃었다.

"상황이 달라졌네. 그 전에는 뜻을 다 이루지 못했으니 손상향의 눈치를 봤지만, 지금은 공안성을 함락하기만 하면 내가 이곳의 주인이 아니더냐? 그때 가서 가일을 죽이든 너를 내 첩으로 삼든, 손상향 아닌 그 누구라도 막지 못할 것이다!"

가일이 물었다.

"부 태수, 뭘 믿고 그리 자신만만하지? 설마 아직 기댈 산이 또 남아 있는 것이오?"

"네놈이 뭘 알겠느냐? 사람은 땅과 달리 살아 움직이는 존재니라. 손권과 유비가 형주를 빼앗는다 해도, 가장 중요한 건 이곳의 민심을 얻는 것이다. 형주 안에서 비옥한 땅을 가진 객주의 6할이 우리 사족의 테두리 안에 있고, 5할이 넘는 백성이 우리 땅을 소작하거나 우리 객주의 일을 받아 하고 있으니, 모두 우리가 먹여 살리고 있는 것과 같다. 아무런 재주도 없이 어수룩한 내가 이곳에서 10년을 버티며 사족의 우두머리가 되었다.

옛 가르침에 이르길, 민심을 얻는 자가 천하를 얻는다고 했지. 손권이 형주의 새 주인이 되기 위해 곡식과 군수품, 인재가 필요하다 한들 이곳 사족과 나의 도움이 없다면 과연 무엇을 얻을 수 있겠느냐? 그는 관우와 다르다. 관우는 머릿속이 온통 한실 천하와 황실의 정통뿐이지만, 손권은 할거한 땅을 풍요롭게 만들고 싶어 하는 제후지. 관우는 황실의 도만 부르짖으니, 우리는 겉으로만 복종할 뿐 속으로는 그를 따르지 않았어. 하나 손권이 실리를 원하기만 하면 우리는 언제라도 함께 형주를 다스릴 것이야!"

가일이 물었다.

"만약 손권이 함께 형주를 다스리고 싶어 하지 않으면 어찌할 것이오?"

부사인이 서늘한 미소를 지으며 말했다.

"그렇다면 관우와 같은 길을 걷게 되겠지."

"내가 이 말을 오후에게 그대로 전하면 어쩌려고 이러시오?"

"가일, 자네는 살아서 손권을 볼 수 있을 거라 생각하는가? 손 낭자 역시 공안성을 손에 넣고 나면 손상향에게 첩으로 달라 거래를 할 것이네.”

부사인의 얼굴에 음흉한 미소가 떠올랐다.

“그리되면 손 낭자도 더 이상 다른 사람 편에 설 수 없겠지.”

가일이 손몽을 힐긋 쳐다보니 그녀의 표정에 아무런 변화가 없었다. 마치 이 말을 처음 듣는 것이 아닌 듯했다.

부진이 그의 의부를 부축하며 말했다.

“아버님, 아무래도 곁채에 피신해 계시는 게 좋을 것 같습니다. 개도 급하면 담장을 뛰어넘는다고 하지 않습니까? 좀 있으면 조루가 궁지에 몰려 무슨 짓을 할지 모르고, 행여 아버님의 귀한 몸에 상처라도 입힐까 걱정이 되옵니다.”

부사인이 무슨 말을 하려 입을 여는 순간, 대문을 치는 육중한 소리가 들려오며 그를 두려움에 떨게 만들었다. 부진이 그 틈에 그를 데리고 옆에 있는 곁채로 뛰어갔다. 손몽이 침착한 표정으로 살수들에게 반격을 준비하라고 손짓을 했다. 가일이 그녀의 곁으로 다가가 참지 못하고 물었다.

“저 멍청한 자의 첩이 되겠다고 약조한 것이오?”

손몽이 그를 째려보았다.

“지금 상황에서 그런 걸 묻고 싶어요?”

가일이 멋쩍게 웃었다.

“그냥 물어보는 것이오. 다른 뜻은 없소.”

그사이 대문을 치는 소리가 멈췄다. 밖에 있던 자들이 대문 안쪽으로 무언가를 쌓아 막았다는 것을 알아채고 방법을 바꾸려는 것이 분명했다. 어둠 속에서 벽을 사이에 두고 대여섯 개의 밧줄이 벽에 걸쳐졌다. 밧줄이 이리저리 흔들리는 것으로 보아 누군가 밧줄을 타고 올라오는 것이 분명했다. 손몽이 나지막이 명을 내리자 살수들이 연노를 들고 담장 쪽을 조준했다. 군병들의 고개가 담장 위로 나오는 순간 활시위를 튕기는 소리가 들리고, 화살이 담장 꼭대기를 향해 일제히 날아갔다. 담 밖에서 비명이 울려 퍼졌지만 누군가의 호통 소리와 함께 금세 잠잠해졌다.

뒤이어 일사불란한 발자국 소리가 들려오는 것으로 보아 백이위가 진군을 하기 시작한 듯했다.

가일이 목소리를 낮춰 물었다.

"우청은 언제쯤 성을 공격할 것 같소?"

손몽이 대답했다.

"연기를 피웠을 때쯤 동문 첩자의 도움을 받아 성안으로 공격해 들어왔을 거예요. 근데 왜 지금까지 아무런 움직임이 없는 거죠?"

"우청이 나와 사적인 원한이 깊다 보니…… 일부러 늦게 오는 것일 수도 있지 않겠소?"

그의 말이 떨어지기 무섭게 함성과 함께 예닐곱 개의 사다리가 담을 따라 걸쳐지고 철갑을 두른 백이위가 방패를 들고 담장 위에 모습을 드러냈다. 비처럼 퍼부은 화살도 이들의 방패에 막혀 힘을 쓰지 못했다. 사다리를 타고 올라오는 백이위의 수가 점점 많아지고, 이들이 중노를 쏘며 반격을 가했다.

"아무래도 이곳은 뚫린 것 같소."

가일이 손몽을 잡아끌고 가산(假山) 뒤로 물러서 화살을 피했다.

"어떻게든 이곳을 지켜야 해요. 달리 무슨 방법이라도 있는 건가요?"

손몽이 다급하게 말했다.

백이위들이 이미 사다리를 타고 내려왔고, 가장 먼저 도착한 대열이 방패를 땅 위에 박고 중노를 설치했다. 살수들은 화살 비를 피해 조금씩 후퇴했고, 더 이상 백이위의 상대가 되지 않았다. 벽 안쪽으로 살수들의 시체 10여 구가 나뒹굴고, 남은 자들은 손몽이 명을 내리기도 전에 이미 가산 근처로 도망을 친 상태였다. 이 한 번의 공격으로 그들의 사기는 이미 나락으로 떨어졌고, 뿔뿔이 흩어져 도망치는 것도 시간문제였다.

손몽이 호통을 치며 살수들을 끌어모아 새롭게 진을 짜고 가산을 방패로 삼아 반격을 가했다. 셀 수 없을 만큼 많은 화살이 고작 10여 장을 사이에 두고 쉴새없이 오가고, 그사이 살수들은 끊임없이 쓰러져갔다. 그러나 백이위는 방패에 의지해 화살을 막아내며 세로로 대열을 짜 흔들림 없이 앞으로 밀고 나왔다. 문 밖에 쌓아놓은 기물도 어느새 밀려나 조루가 백이위의 호위를 받으며 들어오는 것이 보였다. 뒤이어 더 많은 군병이 몰려 왔다.

가일이 검을 뽑아 들고 손몽에게 말했다.

"내가 저자들을 막을 테니 낭자는 중문으로 도망가시오."

손몽이 그를 잡아끌었다.

"그걸 말이라고 해요? 내가 여기 온 건 두 사람을 구하기 위해서인데, 싸워도 내가 싸워야죠."

가일이 고개를 가로저었다.

"전천이 내 앞에서 죽었소. 더 이상 똑같은 일을 겪고 싶지 않소."

"전천은 전천이고, 난 나예요. 당신은 죽어서는 안 돼요. 당신이 죽으면 손 군주의 모든 계획이 수포로 돌아가요."

홀연 뒤쪽에서 휘파람 소리가 들리더니 번개처럼 은빛이 번쩍이며 허공을 가르고 날아갔다. 다음 순간 백이위의 방패가 얼음처럼 쪼개지고 갑옷에서 불꽃이 일더니, 뒤에 서 있던 몇 명의 백이위마저 연이어 뒤로 밀려나며 한꺼번에 쓰러졌다. 가일이 놀라 뒤를 돌아보니 부진이 몇 개의 창을 들고 가산으로 뛰어들었다.

가일은 방금 그 창으로는 그 정도의 위력을 발휘할 수 없다고 생각했다. 그는 일전에 부진이 반 농담처럼 자신보다 실력이 더 뛰어나다고 했던 말이 불현듯 떠올랐다. 설마 그가 지금까지 실력을 숨겨온 것인가?

"운 좋게도 무기 창고에서 이 창을 찾아냈지 뭡니까? 안 그랬으면 정말 무릎 꿇고 살려달라고 매달릴 판이었는데 말입니다."

부진이 재미나다는 듯 웃으며 말을 꺼냈다.

"이 상황에서도 둘이서 다정하게 얘기를 주고받으며 아주 기분이 좋아 보이더군요."

손몽이 못마땅한 기색을 드러내며 아무 대답도 하지 않았다.

가일이 한숨을 내쉬었다.

"지금 이 상황에 농담이 나오는가?"

부진이 다시 창을 들어 올리며 웃어 보였다.

"그냥 예전 일이 떠올라서 농담 좀 한 걸 가지고 뭘 그러시오? 안 그러면 눈물이라도 질질 짜야겠소?"

맞은편에 있는 백이위들이 이미 대형을 재정비하고 세 줄의 세로 진형을 만들었다. 그들 중 앞 대열에 선 자들이 다시 연노를 설치했다. 부진이 심호흡을 하고 가산에서 몸을 내밀며 창을 날렸다. 휘파람 소리가 들리더니 세 줄의 은빛이 허공을 가르며 날아갔다. 백이위의 대형이 순식간에 무너졌지만, 이들은 신속하게 흩어지며 부진을 향해 연노를 발사했다. 세 사람이 동시에 몸을 숙이자 화살이 가산 위로 날아가는 소리가 끊임없이 들려왔다.

가일이 목소리를 높여 소리쳤다.

"조 장사, 나에게 부사인을 심문하라더니, 왜 또 마음을 바꿔 우리를 죽이려드는 것이냐?"

뒤이어 조루의 대답이 들려왔다.

"가 교위, 그때만 해도 우리가 맹우가 아니었는가? 자네의 능력을 높이 사서 부사인을 심문하라 맡겼었지. 그런데 좀 전에 동오가 신의를 저버리고, 관우 장군과 조인이 번성에서 교전을 벌이는 틈을 타 우리 강릉성을 쳤다는 소식을 들었네. 지금은 우리가 이미 적으로 돌아섰으니, 더 이상 무슨 할 말이 남아 있겠는가?"

부진이 몸을 숙인 채 가산의 다른 쪽으로 이동한 후 또 몇 개의 창을 날려 백이위를 맞혔다. 그러나 뒤이어 연노의 화살이 비처럼 쏟아지는 통에 고개조차 들 수 없었다.

가일이 마음이 조급해져 소리쳤다.

"조 장사, 그렇다면 공안성도 위태롭다는 것을 알고 있겠구나? 네놈이 성의 모든 병력을 끌어모아 고작 우리처럼 하잘것없는 이들을 공격하고 있으니, 참으로 멍청하구나! 우청이 이미 동오의 대군을 이끌고 동문으로 쳐들어온 것을 알고 있느냐?"

조루는 자신의 두 귀를 의심했다. 성안에 동원할 병력이 더 이상 남아 있지 않아 성문을 지키는 군병과 자신을 따라 이곳으로 온 군병에 대해 별다른 선발 과정을 거치지 않았다. 그는 가일을 먼저 죽인 후 다시 관우를 지원하는 한편, 엄격한 선발을 거쳐 의심스러운 군병을 대체할 계획이었다. 그런데 동오의 군대가 이렇게 빨리 닥칠 거라고 생각지도 못했다.

그가 억지로 웃으며 말했다.

"가 교위, 그런 말로 내가 흔들릴 거란 생각은 말거라. 강릉은 하루 전에 공격을 받았으니, 설사 여몽이 강릉을 손에 넣고 바로 대군을 이동했다 해도 공안성까지 오는 데 적어도 2, 3일이 필요하다."

"그건 네놈의 계산법이겠지. 여몽은 병사들에게 백성이 입는 흰옷을 입혀 두 곳으로 이동을 시켰다. 한쪽은 강릉성으로 갔고, 또 한쪽은 공안성으로 향했지. 여기 있는 살수들이 태수부 밖에 매복이 있다는 것을 알면서도 쳐들어온 건 다른 쪽에 있는 군대가 동문을 탈취하기 편하도록 너를 유인하기 위해서였다."

손몽이 목소리를 낮춰 가일을 질책했다.

"미쳤어요? 그런 말을 다 하면 조루가 동문의 경계를 더 강화해 오후의 계획을 망칠 수도 있다고요!"

"그런 건 내가 알 바 아니오. 우청이 우리를 죽이려드는 이상, 손권의 대계가 나랑 무슨 상관이란 것이오?"

조루가 잠시 주저하다 친위병을 불러 지시를 내리자 그가 바로 태수부 문으로 뛰어나갔다.

가일이 계속 말을 이어갔다.

"조 장사, 내가 너라면 일단 태수부에서 철수하고 동문 쪽으로 속히 지원을 갈 것이다. 어차피 우리야 도망칠 수도 없거든. 하나 네놈이 계속 이곳에서 우리와 대치하다가는 우청이 이끌고 온 군대에 포위되어 결국 관우 장군의 기대마저 저버리고 말 것이다."

조루는 아무 대답도 하지 않은 채 도리어 손을 흔들며 백이위의 진격을 지시했다. 2백 명의 대오가 절반으로 줄고, 방어선이 곧 무너지려 했다. 가일과 손몽, 부진은 계속 뒷걸음질을 치다 아까 막아놨던 중문까지 밀려났다. 본래 이곳은 조루의 앞뒤 협공을 저지하기 위해 막아놓은 곳이었는데, 도리어 퇴로를 막은 꼴이 되어버렸다.

세 사람 중 누구도 무모하게 앞으로 나서지 않았다. 지금 백이위의 중노수십 개가 그들을 조준하고 있는 상황에서, 제아무리 민첩한 자라 해도 그들과 거리를 좁히기도 전에 화살에 맞아 죽을 판이었다. 가일은 심호흡을 한 후 고개를 돌려 손몽의 옆얼굴을 바라보았다. 밤하늘 아래서 보아서 그런지 마치 전천을 보고 있는 듯 착각에 빠져들었다. 가일은 백이위가 포위망을 좁혀 올 때까지 기다렸다가 혼자 돌진해 적을 막아보기로 마음을 굳혔다. 그는 셋 중에서 살릴 수 있는 사람이 단 한 명이라도 있다면 손몽에게 그 기회를 남겨주고 싶었다.

부진이 그의 생각을 읽기라도 한 듯 한마디 했다.

"가 교위, 우리 중 누구도 죽지 않을 겁니다."

가일과 손몽이 동시에 그를 돌아보았다.

"걱정할 거 없어요. 우청이 이 기회에 우리를 죽이려 해도 뜻을 이루지 못할 겁니다."

두 사람의 눈이 휘둥그레졌다.

"왜지?"

"누군가 당신이 죽기를 원하지 않기 때문이죠. 내가 태수부에 들어오기 전에 소식을 하나 받았는데, 가 교위가 시험을 통과했다더군요."

"시험을 설사 통과했다 해도, 지금 이 상황을 어떻게 깨고 살아 나간단 말인가?"

가일이 눈을 치켜떴다.

"걱정 마십시오. 그들이 방법을 찾아낼 겁니다."

손몽이 답답한 듯 끼어들었다.

"시험을 통과해요? 소식이라뇨? 대체 무슨 소리들을 하는 거죠?"

그 말이 끝나자마자 동쪽 하늘에서 길고 날카로운 휘파람 소리가 들려왔다. 때마침 앞으로 돌진해 오던 백이위들이 발걸음을 멈추고 일제히 조루를 바라봤다. 조루는 어두운 곳에 몸을 숨기고 있는 가일을 노려보며 큰 결심을 한 듯 백이위와 군병들에게 신속히 후퇴하라고 명령을 내렸다. 눈 깜짝할 사이에 태수부 안에 있던 촉군이 썰물 빠지듯 사라지고, 문 밖에서 들려오던 발자국 소리도 점점 희미해져갔다. 동문 쪽으로 달려가는 듯했다.

"좀 전의 그 소리는 백이위의 향전(響箭)을 쏘아 올려, 대군이 몰려와 궁지에 몰렸다고 신호를 보낸 겁니다."

부진이 창을 들고 어둠 속에서 걸어 나왔다. 손몽이 말했다.

"우청이 성에 들어온 걸까요? 이상하네요. 성안에 그녀가 심어둔 밀정이 있으니, 조루가 우리를 죽였다는 소식을 전해 듣고 나서 동문으로 치고 들어와도 늦지 않아요. 그녀는 이 기회에 가 교위를 죽일 작정이었을 텐데,

왜 중도에 포기한 걸까요?"

부진이 웃으며 그 답을 알려주었다.

"향전은 백이위의 것이지만 그걸 쏜 사람은 백이위가 아닐 수도 있소. 조루는 향전 소리를 듣자마자 우청이 이미 성으로 침입했다고 여겼을 거요. 물론 길어야 일각이면 우리를 죽일 수도 있었겠지. 하나 공안성을 잃게 되면 자신과 관우의 살길이 끊기는데, 그런 멍청한 짓을 과연 할 수 있겠소? 만약 백이위가 향전을 쏘아 올린 거라면 우청은 백이위가 동문에서 벌어지고 있는 일을 알아챘다고 판단해 앞당겨 공격을 감행할 수밖에 없을 거요. 그게 아니라면 가 교위가 조루의 손에 죽었는데도 우청이 공안성으로 진격하지 않아 손권의 대계를 망친 셈이니, 그것 역시 파멸을 자초하는 꼴이 아니겠소?"

손몽이 미간을 좁히며 물었다.

"아니, 향전을 쏜 자가 누구길래 사람의 심리를 손바닥 보듯 훤히 아는 걸까요?"

가일이 의심스러운 듯 물었다.

"만약 조루가 병력을 총동원해 동문으로 향하지 않고 일부 병력을 남겨 놓았다면 우리가 과연 살아남을 수 있었을까?"

"아마도 그는 조루의 성격을 미리 파악한 후 가장 합당한 방법을 선택했을 것이오. 물론 이 계책이 실패했어도 다른 대책이 분명 마련되어 있었을 겁니다."

부진이 기지개를 켜며 말했다.

"일단 여기를 벗어나 좀 더 안전한 곳으로 가서 남은 얘기를 나누는 게 좋겠습니다."

"부사인은 어떡하고요?"

손몽이 곁채를 가리키며 말했다.

"지금 이 순간부터 나는 그와 아무런 관계도 아니오."

부진이 창을 들고 뒤도 안 돌아본 채 문으로 향했다.

손몽은 살수들에게 그곳에 남아 정비를 하라 명한 후 가일의 등을 밀며 얼른 부진을 따라나섰다. 가일도 칼을 거두고 그 뒤를 따라갔다. 향전을 쏘아 올려 신호를 보낸 자는 한선의 사람이 틀림없었다. 비록 부진이 모든 상황을 정확히 간파한 것은 맞지만, 가일은 운이 따라주지 않았다면 오늘 이렇게 구사일생할 수 없었을 거라는 생각이 강하게 들었다. 한선은 그가 진주조에 있을 때 가졌던 생각만큼 불가능이 없는 절대적 존재가 아니었다.

조루는 이미 군대를 이끌고 동문 근처 향전을 쏘아 올린 장소에 도착했다. 그곳에 백이위 한 명이 짧은 화살에 목이 찔린 채 죽어 있었다. 향전을 쏘아 올리기 위해 사용한 활도 멀지 않은 곳에 놓여 있었다. 그 순간 조루는 자신이 계략에 걸려들었다는 것을 깨달았다. 만약 백이위가 향전을 쏘았다면 지금 이곳은 적군이 점령하고 있어야 마땅했다. 그렇다면 누군가 백이위를 죽인 후 그가 지니고 있던 향전을 쏘아 올려 자기네를 교란시킨 것이 분명했다.

그가 돌아서며 분노로 가득 찬 눈빛으로 태수부 방향을 바라보았다. 옆에 있던 군병 도백이 다가와 말을 걸었다.

"조 장사, 제가 군병 백여 명을 이끌고 다시 돌아가 가일을 죽여버리겠습니다."

이와 동시에 전방의 옅은 안개 속에서 어지러운 말발굽 소리가 들려왔다. 조루의 얼굴이 순식간에 사색이 되었다. 그것은 기병대가 말을 타고 질주해 오는 소리였다. 지금 공안성 안에 남아 있던 병력은 거의 전부 이곳에 있으니 기병이 존재할 리 없었다. 믿고 싶지 않지만, 가일이 말한 대로 오군이 이미 성으로 들어온 것이 확실했다.

그가 손을 들어 명을 내렸다.

"당장 진을 짜고 적을 막아라!"

백이위들이 일사불란하게 길 위에 방패를 세우고 중노를 설치했다. 그러나 대다수 군병은 겁에 질려 벌벌 떨며 사방을 두리번거릴 뿐이었다. 잠시 후 백 명이 넘는 기병이 어둠을 뚫고 몰려왔고, 호령 소리와 함께 쏘아 올린 화살이 허공을 뚫고 날아가 적을 쓰러뜨렸다. 조루는 그 틈을 타 친위병 몇 명을 대동하고 군의사 방향으로 질주했다. 지금이야 불시의 공격에 맞서 싸우는 것에 불과하지만, 중무장을 한 오군의 보병 부대까지 합세하면 백이위는 물론 군병도 오래 버틸 수 없다.

오군이 이렇게 소리소문 없이 나타났다는 것은 동문에서 적과 내통한 자가 없으면 불가능했다. 조루는 살짝 후회가 밀려왔다. 아까 가일의 말대로 동문으로 달려갔다면 때마침 성으로 들이닥친 오군을 막을 수 있지 않았을까? 그러나 이제 와서 그런 생각이 다 무슨 소용인가? 강릉성이 함락되었으니 관우는 자귀(秭歸)로 퇴각할 길이 막혀버린다. 공안성을 잃으면 무릉(武陵) 방향의 지원군이 끊기게 된다. 진짜 최악의 국면은 따로 있었다. 만약 관우가 공안이 이미 함락된 것을 모르고 이쪽으로 후퇴하면 오군의 포위망에 갇혀버리게 될 것이다. 나의 생사 따위는 이제 중요하지 않다. 무슨 수를 써서라도 이 소식을 전해 관우가 서측으로 철수하도록 만들어야 더 큰 희생을 막을 수 있다.

조루는 군의사에 도착하자마자 허둥지둥 후원으로 뛰어 들어가 묵직한 나무 상자를 끌어냈다. 그는 친위병에게 그것을 열라고 명한 후 그 속에서 접혀 있던 수십 개의 물건을 꺼냈다. 멀지 않은 곳에서 말발굽 소리가 다시 들려왔다. 오군의 철기병이 이미 백이위의 방어선을 뚫고 군의사로 몰려오는 것이 분명했다. 조루는 그 소리를 무시한 채 친위병을 시켜 그 물건들을 하나하나 바닥에 펼쳐놓으라고 한 후 화절자를 밝혔다. 미약한 불빛이 땀으로 범벅이 된 그의 얼굴과 바닥에 놓인 물건들을 비췄다. 등갓 위에 비단 종이를 붙여 바람이 통하지 않게 만들었고, 그 속에 대나무 살로 지지대를 만들었다. 지지대 중앙에 작은 기와 접시가 부착되어 있었다. 친위병들이 접시에 유지를 붓자 조루가 하나씩 불을 붙였다. 이삼십 개의 등에 불을 붙였을 뿐인데, 말발굽 소리가 이미 문 밖에서 들려왔다.

조루가 몸을 일으켜 세우며 문으로 시선을 돌리자, 수많은 오군 사병들이 칼과 창을 들고 몰려 들어오는 것이 보였다. 발아래 있는 종이 등에 열기가 차오르며 서서히 팽창하더니 옅은 안개 속으로 두둥실 떠올랐다. 검광이 한 치 앞에서 번쩍였지만, 조루는 몸을 피하지 않은 채 하늘을 올려다보았다. 비록 그중 몇 개가 허공에서 꺼지거나 과도하게 활활 타올라 등을 태우며 떨어지기도 했지만, 대다수 등이 어두운 하늘을 향해 높이 떠올랐다. 그가 안도의 한숨을 길게 내쉬자마자 칼날이 허공을 가르는 소리와 함께 눈앞이 핏빛으로 물들었다.

"풍등이군."

태수부 맞은편에 있는 민가의 지붕 위에서 부진이 하늘로 떠오른 10여 개의 눈부신 불빛을 바라보며 말했다.

"조루가 죽은 건가?"

부진이 고개를 끄덕였다.

"11년입니다. 그날이 이제 곧 오게 되겠군요."

"뭐가 곧 온다는 거죠?"

손몽이 눈썹을 살짝 찡그리며 물었다.

"아까부터 둘이 무슨 얘기를 하는지 도통 알아들을 수가 없네요."

가일은 하늘에 떠 있는 미약한 불빛을 바라보며 한참 동안 아무 말이 없었다. 그는 공안성에서 지낸 고작 두 달 동안 너무 많은 일을 겪었다. 진주조에서 해번영의 교위로 신분이 바뀌면서 어제의 적이 오늘의 동료가 되었고, 앞으로 어떻게 살아야 할지, 무슨 일을 해야 할지 갈피를 잡을 수도 없었다. 진주조에 있을 때와 전혀 다른 날들이 그를 더 힘들게 만들었다. 게다가 영문도 모른 채 한선의 시험을 통과했다고는 하나, 앞으로 또 무엇을 해야 하는지도 갈피를 잡을 수 없었다.

손몽이 물었다.

"부진, 11년이 무슨 의미죠?"

"복수."

"조루한테 원한이 있었어요?"

손몽이 물었다.

부진이 고개를 들고 길게 한숨을 내쉬었다. 그것은 마치 수년 동안 가슴속에 응어리져 있던 감정을 토해내는 것처럼 보였다.

가일이 한숨을 내쉬었다.

"11년을 참을 가치가 있었는가?"

"그런 건 생각해본 적이 없습니다. 복수를 해야 하는 사람이든 내가 죽여야 하는 사람이든, 이들이 좋은 사람인지 나쁜 사람인지 그런 건 내 알 바가 아니었으니까. 그를 죽이면 천하 대세가 어떻게 변할지, 백성이 어떤 고통을 받을지, 그런 건 나와 전혀 상관없었소. 나한테 세상은 그저 내가 살아가는 곳에 불과했으니까 말입니다. 그래서 누군가 나의 가장 소중한 사람을 빼앗아 가는 순간부터 복수는, 내 마음속 한을 풀기 위해서가 아니라 죽은 사람을 위해 내가 짊어져야 할 책임이 되어버린 겁니다. 나와 그들에게 고통을 준 자에게 난 그 고통을 그대로 돌려주고 싶었죠. 내게 복수할 힘이 없을 때는 참는 법을 배워야 했습니다. 그 인내의 시간은 도피가 아니라 기다림의 연속이었죠. 내가 원수의 목에 창을 꽂을 수 있는 그날만을 위해 기다리던 시간이었습니다."

"무려 11년이나 그 마음을 내려놓지 못한 채 안고 살았군."

가일은 복수를 위해 인내하던 그 시간의 고통을 누구보다 잘 알고 있었다.

"왜 내려놔야 하죠?"

부진의 시선이 가일이 아닌 더 먼 곳을 바라보는 것 같기도 했다.

"내려놓는다는 건 유약한 자들의 자기 변명에 불과합니다. 죽은 자는 말이 없고, 자신은 능력과 담이 부족하니 관용과 덕으로 자신을 포장하고 도피를 선택하게 되는 것이죠. 가 교위, 안 그렇습니까?"

가일은 저잣거리에서 허리가 잘려 죽은 부친을 떠올렸다.

비록 그가 많은 돈을 탐했다 해도, 그 돈을 전부 한제의 궁중 반란에 쏟아부었다. 백성과 세도가는 그를 탐관오리라고 욕했지만, 한실의 황족들에게 그는 충신이나 다름없었다. 사마의가 부친을 죽인 것은 자신의 본분과 법도에 따라 처벌한 것에 불과했다. 하지만 원점으로 돌아가 따지고 보면 나라를 훔친 자는 바로 조조고, 부친은 한제를 도와 조조에 반기를 든 것이니 대의를 따른 것과 다름없었다. 가일은 두 눈을 감았다. 난세에 과연 무엇이 옳고 무엇이 그른 것일까? 이긴 자는 왕이 되고 진 자는 도적이 될 뿐인가?

그는 더 이상 이런 이야기를 하고 싶지 않아 화제를 돌렸다.

"이제 우리는 어찌해야 하는가?"

"다들 자신이 세상을 구할 수 있을 거라 착각을 할 때가 많죠. 하지만 우리가 할 수 있는 건 그저 기다리는 것뿐일 때가 더 많습니다."

부진이 말했다.

"무엇을 기다린단 말인가? 우청의 처분을 기다려야 한다는 건가?"

"가 교위, 모든 일이 일단락되었다고 보십니까?"

부진이 여전히 옅은 미소를 짓고 있었다.

"공안성에 또 무슨 일이 남아 있는 건가? 설마 우리한테 전쟁터로 나가 관우와 맞서 싸우라는 건 아닐 테지?"

손몽이 무슨 말을 하려다 말자 가일이 물었다.

"왜 그러오? 혹 손 낭자는 지금도 나를 손 낭자 편이라 생각하지 않는 것이오?"

손몽이 고개를 저었다.

"사안이 심각하니 아직은 당신에게 알릴 단계가 아니에요. 부사인의 의심을 살 수도 있거든요."

가일이 더 물어보려는데, 멀지 않은 곳에서 불빛이 연무에 휩싸인 채 흔들리더니 얼마 후 떠들썩한 소리가 들려왔다. 오군이 군의사를 손에 넣은 후 다시 태수부로 돌아오는 듯했다. 가일이 어깨 근육을 풀며 몸을 이리저리 움직여보았다. 그는 모두가 있는 앞에서 우청이 그를 어떻게 대할지 확신이 서지 않았다. 만약 그녀가 부사인과 함께 그를 체포해 감옥에 가두려하면 부진과 손몽의 도움을 받아 저들을 막을 수 있을까? 가일이 한 발자국 앞으로 나가며 허리춤에 찬 칼을 뽑아 들었다.

불빛이 어느새 가까운 곳까지 다가와 있었다. 가장 앞에 서 있는 자는 연갑(軟甲) 차림의 우청이었다. 그녀는 말을 몰고 앞으로 나와 가일을 쓰윽 훑어보더니 이내 말 머리를 돌려 태수부로 들어갔다. 가일이 의아한 표정으로 그녀를 돌아보는 사이 익숙한 목소리가 병사들 틈에서 들려왔다.

"가 교위! 건업에서 헤어진 후 소식이 무척 궁금했다네. 이리 별 탈 없이 살아 있는 것을 보니, 내 이제야 안심이 되는군."

가일이 고개를 들자 출렁이는 불빛 속에서 그의 모습이 선명하게 보였다. 정교한 문양이 새겨진 철갑이 눈부시게 빛나고, 투구 위에 달린 하얀색 깃털이 바람을 타고 흔들리며 영웅의 빼어난 자태가 풍겨 나왔다.

"내가 강동의 육손이네."

"……무릇 하늘이 아직 천하를 태평하게 다스리려 하지 않으나, 만약 천하를 태평하게 다스리고자 한다면 지금 나 외에 또 누가 있겠는가……."

관흥이 작은 소리로 글을 읽으며 지형 모형 쪽에 서 있는 부친을 힐긋 쳐다보았다.

그는 요 며칠 부친의 미간이 점점 더 좁아지고 있다는 것을 이미 느끼고 있었다. 홍수가 물러갔지만 번성은 아직도 함락을 하지 못했다. 관우가 직접 군대를 이끌고 두 번이나 출정했는데도 조인의 필사적인 방어막을 뚫을 수 없었다. 관흥은 좀처럼 이해가 가지 않았다. 선현들의 말씀이 담긴 책에서도 보면 분명 대의로 불의를 공격하면 파죽지세로 적을 이길 수 있다고 했는데, 왜 이런 거지? 전쟁은 정말 알다가도 모르겠어. 위나라 땅에 사는 백성이 한실의 군대가 공격해 들어온 것을 봤으면 성문을 활짝 열고 술과 음식을 준비해 환영해줘야 하는 거 아닌가? 왜 저들이 위군과 함께 필사적으로 저항을 하는 거지? 관흥은 부친에게 이런 궁금한 점을 몇 차례 물어보고 싶었지만, 그 말을 입 밖으로 내지 못한 채 그대로 삼켜야 했다. 전쟁 때문에 부친의 얼굴에 수심이 가득하니, 가르침은 다음에 청하는 것이 낫겠어.

그가 탁자 위에 놓인 목간을 막 보려는데, 막사의 장막이 걷히며 관평이 서둘러 걸어 들어왔다. 그의 뒤로 옷차림이 엉망이 된 요화도 따라 들어왔다.

관우가 두 사람을 보며 관흥에게 일렀다.

"흥아, 서책을 가지고 밖에 좀 나가 있거라."

"예."

관흥이 목간을 품에 안고 막사 밖으로 나갔다. 그가 문을 나서기 전에 관우에게 참지 못하고 한마디 했다.

"아버님, 성현이 말씀하시기를, 도(道)를 얻은 이는 도와주는 이가 많아지고 도를 잃은 자는 도와주는 이가 적다고 했습니다. 그러니 너무 염려 마시어요. 우리가 꼭 이길 것이옵니다."

관우가 수염을 쓸어내리며 흐뭇한 표정으로 고개를 끄덕였다. 장막이 내려가고 관흥의 걸음 소리가 멀어지고 나서야 관우가 담담하게 물었다.

"어찌 되었느냐? 강릉성을 잃었느냐?"

요화가 허리가 땅에 닿을 정도로 절을 올리며 눈물을 삼켰다.

"말장이 무능하여 강릉성을 잃었나이다. 강릉으로 서둘러 가는 길에 여몽의 매복 공격을 받아 대부분의 병력이 손실되었고, 우금이 붙잡혀 갔습니다."

"여몽이……."

관우가 눈을 감았다.

"그자가 어떻게 강을 건넌 것이냐?"

"병사들에게 백성들이 입는 흰옷을 입히고 장사꾼처럼 위장해 배를 태웠다 하옵니다. 갑옷과 무기는 갑판의 이중 바닥 사이에 숨겨놓았고, 보름 동안 여러 조로 나누어 강을 건넜다고 합니다."

관평이 목소리를 낮추며 말했다.

"우리 쪽 병력이 부족한 탓에 강릉성 군병들이 장강 맥성 이남의 뱃길을 지키는 바람에 구멍이 뚫린 것 같습니다."

"설사 여몽이 속임수로 장강을 건넜다 해도, 강릉성 안에 남아 있던 정예부대가 5천 명이었다. 그 정도의 병력이 며칠도 못 견디고 무너졌단 말이더냐?"

관우가 한숨을 내쉬었다.

"그 말은, 미방이 투항을 했다는 거로군."

"자신의 영달을 위해 주인을 배신한 그런 소인배가 한중왕의 인척이라는 것이 수치스러울 뿐입니다!"

요화가 분통을 터뜨렸다.

"그자가 여몽에게 투항만 하지 않았어도 제가 강릉성으로 들어가 5천 정예병과 힘을 합쳐 적어도 한 달 남짓 성을 지킬 수 있었을 겁니다!"

"모든 걸 완벽하게 계산해 치밀하게 작전을 짰다고 생각했는데, 미방의 투항을 계산에 넣지 못했구나. 그자는 한중왕과 함께 반평생을 객지로 떠돌며 산 자가 아닌가? 비록 평소 언행이 부도덕했지만, 온갖 고생을 겪으면서도 끝까지 한중왕을 따른 자였네. 그런 자가 동오에 항복할 거라고 누가 생각이나 했겠는가?"

관우가 고개를 절레절레 흔들었다.

"도무지 이해가 안 되는군."

잠시 침묵이 흐르고 그가 지형 모형 앞으로 다시 갔다.

"조루 쪽은 소식이 있는가?"

두 사람 다 아무 대답이 없었다.

"공안성도 잃은 것이냐?"

관우의 목소리에서 피로한 기운이 잔뜩 배어 나왔다.

관평이 말을 꺼냈다.

"방금 전에 천리마를 통해 서신이 도착했사온데, 공안성 밖 역참에서 10여 개의 풍등이 떠오른 것을 발견했다고 합니다. 아무래도 조루가 죽은 듯합니다. 아버님, 며칠 전에 올라온 보고에 따르면 유봉과 맹달이 이미 한중왕의 명을 받아 상용과 방릉에서 번성 함락을 돕기 위해 달려오고 있다 하옵니다. 그들이 오기를 기다렸다 병력을 나눠 강릉과 공안을 되찾아야 할는지요?"

관우가 지형 모형을 바라보며 고개를 가로저었다.

"늦었다. 상용과 방릉에서 여기까지 오려면 겹겹이 둘러싸인 산을 지나야 하니, 도착하려면 적어도 한 달 남짓 걸릴 것이다. 오군이 우리에게 그만큼의 시간을 줄 리가 없다. 이 한 달 안에 그들은 승리의 기세를 몰아 이릉(夷陵)과 자귀를 공격할 것이다. 그렇게 되면 유봉과 맹달이 온다 해도 저들에게 겹겹이 포위되고 말 테지.”

막사 밖에서 서신의 도착을 알리는 소리가 들려왔다. 서신을 받아 들고 오는 관평의 안색이 더 어두워졌다.

“아버님, 호수·부방·손랑이 난을 일으키기는 했으나, 조조가 사마의를 보내 진압을 하라 명을 내렸다 하옵니다. 그들이 서황의 후방을 급습해 우리와 협력하기는 힘들 듯합니다.”

관우가 지형 모형에서 남향·육혼 위에 있던 붉은 색 인형을 집어 한쪽으로 던져버렸다.

“손권이 이미 합비에서 철군해 형주를 급습했다. 조조의 부담감이 크게 줄었으니 당연히 더 많은 병력이 이동해 합류할 테지. 이 부저추신(釜底抽薪: 솥 밑에 타고 있는 장작을 꺼낸다는 의미로, 강한 적을 만났을 때 강함의 근원을 찾아 근절시키는 전략) 계책은 더 이상 소용이 없겠군.”

“변덕이 죽 끓듯 하고 신의를 모르는 소인배 같은 손권을 믿는 것이 아니었습니다!”

요화가 끓어오르는 화를 삭이지 못해 분통을 터뜨렸다.

“지난날 우리가 적벽대전을 승리로 이끌 수 있게 돕고 조조를 막지 않았다면 그자가 지금의 자리를 감히 넘볼 수도 없었을 겁니다!”

관평이 물었다.

“아버님, 번성을 또 치실 생각이십니까?”

관우는 아무 말이 없었다.

며칠 전 파죽지세로 밀어붙여 칠군(七軍)을 수몰하며 우금을 잡아들이고 방덕의 목을 쳤으니, 그 위세가 그야말로 하늘을 찌를 정도였다. 하지만 지금은 한실의 부흥까지 몇 발자국밖에 남겨놓지 않은 상태에서 돌연 앞뒤로 적의 협공을 받고 있으니, 퇴로를 심각하게 고민할 수밖에 없었다. 손권의 배신은 미리 염두에 두고 있었다. 하나 미방이 투항하고 조루가 일격도 견디지 못한 채 성을 내어줄 거라고는 상상조차 하지 못했다. 병풍 역할을 해오던 강릉과 공안성 요충지가 마치 하늘의 뜻이라도 되는 듯 사흘 안에 모두 함락되었다. 설마 한실의 운이 다한 것일까?

막사 밖에서 아뢰는 소리가 들려오자 관평이 그를 불러들였다.

"들어오거라!"

교도수 한 명이 안으로 들어왔다.

"장군께 아뢰옵니다. 군의사에서 또 보고가 올라왔습니다."

"뭐라고 쓰여 있느냐?"

"조조가 며칠 전에 이미 대군을 이끌고 낙양(洛陽)을 떠나 마피(摩陂)에 주둔했다는 보고입니다. 또한 은서(殷署)·주개(朱蓋) 등이 이끄는 12개 사단을 연이어 서황의 휘하로 보냈으니, 며칠 안에 그의 주둔지에 도착할 것으로 보입니다."

"12개 사단을?"

관우가 입가에 미소를 지었다.

"아만(阿瞞: 조조의 아명)이 이번에 아주 독한 마음을 먹었구나."

"아버님……."

관평이 더 이상 말을 잇지 못했다.

"장군, 제게 정예 부대 5천 명을 차출해 주시면 먼저 강릉을 다시 빼앗아 오겠습니다."

요화가 성큼 나서 손을 모으며 말했다.

바로 이때 장막이 열리며 누군가 뛰어 들어왔다. 장남이었다. 그는 막사 안의 분위기가 무거운 걸 금세 눈치채고 무슨 말을 하려다 말고 얼른 입을 다물었다.

"무슨 나쁜 소식이라도 들어왔는가? 장 장군, 괜찮으니 어서 말해보게."

관우가 차분하게 물었다.

장남이 두 손을 모으며 말을 꺼냈다.

"손권이 여몽을 남군태수로 임명하고 잔릉후(孱陵侯)로 봉했으며, 육손을 우장군(右將軍)에 임명하고 누후(婁侯)로 봉했다고 하옵니다. 손권이 두 사람에게 곧바로 군대를 이끌고 북상해 자귀와 이릉을 공격하라 명했고, 아군 의도태수(宜都太守) 번우(樊友)와 자귀수장(秭歸守將) 첨안(詹晏)이 모두 밤새 급전을 보내, 병력 차이가 현저하니 오군을 막을 방도가 없다고 소식을 전해 왔습니다."

모두의 표정이 점점 더 어두워졌다. 잠깐 침묵이 이어진 후 관평이 입을 열었다.

"아버님, 철수해야 합니다."

막사 밖에서 소란스러운 소리가 어렴풋이 들려왔다. 관우가 성큼성큼 걸어 나가 저 먼 곳을 내다봤다. 번성 성문이 열리자 군병과 말이 끊임없이 밀고 나오며 성 아래 대형을 짜고 도열했다. 북쪽의 서황 군영 밖은 흙먼지가 일어나는 가운데 깃발이 나부끼고 수많은 말과 병사들이 이쪽을 향해 달려오고 있었다.

"후방에 지원군이 생기니 수비를 공격으로 전환하면서 장병들의 사기가 하늘을 찌르고 있구나. 조인과 서황 둘 다 최고의 명장답도다."

관우가 수염을 쓸어내리며 웃었다.

"내 검을 가져오거라!"

관평이 앞으로 성큼 걸어 나가며 소리쳤다.

"아버님!"

"철수를 하더라도 저들을 물리친 후 할 것이다. 우리는 철수를 하는 것이지 도망을 치려는 게 아니다."

관우가 청룡언월도(靑龍偃月刀)를 들고 적토마(赤兎馬)의 고삐를 흔들며 홀로 앞으로 달려 나갔다.

관평이 뒤에 있는 장군들을 불러 함께 관우의 뒤를 따랐다. 그는 관흥이 막사를 나가면서 했던 말이 뜬금없이 떠올라 자기도 모르게 쓴웃음이 나왔다.

앞서 달리던 적토마는 이미 붉은 그림자로 변해 마치 날카로운 칼처럼 적진을 파고 들어가 지나는 곳마다 모든 것을 초토화시켰다. 누구도 감히 만인적(萬人敵)이라 불리는 관우를 대적할 자가 없었다. 그러나 가는 곳마다 적을 무너뜨린다 한들, 필부의 용기로 어찌 천하의 대세를 막아낼 수 있겠는가?

설사 지금의 이 싸움에서 이긴다 해도, 계속 이어지는 백 번, 천 번의 싸움을 어떻게 감당할 수 있겠는가? 적진에 가까워지자 관평은 고삐를 당겨 말을 멈췄다. 요화가 기병대를 이끌고 그의 옆을 스치고 지나가며 적진으로 돌진했다.

관평이 군영을 돌아보니 '관(關)'이라고 쓰인 사령관 깃발이 군영 문에서 펄럭이고 있었다.

흥함도 망함도 모두 한순간이다.

그의 머릿속에 돌연 이 말이 떠올랐다.

"육(陸) 후야가 오늘 작위를 받았으니, 이제 여몽과 어깨를 나란히 하게 됐습니다. 보아하니 우리 강동파에 대한 오후의 신임이 꽤나 깊은 듯하고, 형주 땅도 이제 손에 넣은 거나 마찬가지입니다."

부사인의 얼굴에 득의양양한 미소가 가득 퍼졌다.

"육 후야, 안심하십시오. 우리가 손을 잡고 형주를 다스리면 서로에게 득이 되지 않겠습니까?"

육손이 미소를 지으며 말했다.

"상수 이서 안쪽의 땅은 내가 잘 모르니, 자네가 많이 도와주게."

"그럼요! 그래야지요!"

부사인의 눈이 가늘어졌다.

"근데 한 가지 여쭤보고 싶은 게 있습니다."

"허심탄회하게 말해보게."

"듣자 하니 성에 들어오신 뒤 후야께서 가일을 불러 귀빈 대접을 해주셨다는 말이 사실인지요?"

"맞네. 일찍이 건업성에서 내가 그를 감옥으로 찾아가 만난 인연이 있다네. 그자의 머리가 명석하고 천하 대세를 손바닥 보듯 훤히 꿰뚫고 있으니, 그야말로 보기 드문 인재지."

부사인이 코웃음을 치며 말했다.

"인재요? 그자가 제갈근을 따라 사절단으로 우리 공안성에 왔으면 맡은 일만 하다 갔어야지요. 쓸데없이 이곳저곳 휘젓고 다니며 불미스러운 일들을 벌이고 다니다 결국 형주를 빼앗으려는 우리의 계획까지 교란시켰습니다. 체포령이 떨어진 후에도 요리조리 몸을 숨기고 다니더니, 나중에는 조루와 편을 먹고 나를 벼랑 끝으로 몰아넣었지요. 육 후야, 사람을 잘못 보셨습니다. 그렇게 갈피를 잡을 수 없는 자가 무슨 인재라 할 수 있겠습니까? 그런 자는 당장 죽여서, 지금 성안에서 분수를 모르고 날뛰는 자들에게 감계로 삼아야 합니다."

육손의 얼굴에서 웃음기가 싹 사라졌다.

"부 태수, 우청은 그와 사적인 원한 때문에 그를 죽이고 싶어 하는 것이네. 한데 자네와 가일 사이에도 풀지 못한 원한이 있는 것인가? 설마 전에 거리에서 자네 친척의 잘못을 따끔하게 혼낸 것 때문에 이러는 것인가?"

부사인이 거짓웃음을 지으며 말했다.

"육 후야, 그런 사소한 일은 거론할 가치도 없습니다. 그는 나를 옛 태수부로 납치해 칼로 나를 모욕한 자입니다. 그런 자와 나중에라도 마주 앉아 차를 마시며 얘기를 나누는 일은 없어야 하지 않겠습니까? 사람이라는 게 일단 잘못을 저질렀으면 응당 그 대가를 치러야지요. 그자를 죽이지 않으면 내가 어찌 형주에서 위신을 세울 수 있겠습니까? 솔직히 말해서 가일은 동오에 기반이 전혀 없고, 무슨 혁혁한 공을 세운 것도 아니지 않습니까? 육 후야, 어찌 그런 자 때문에 이 부사인을 난처하게 만드시는 겁니까?"

"그자는 내가 보호해야 하는 자이니, 더는 거론하지 말게나."

부사인이 헛웃음을 터뜨렸다.

"후야께서 그리 말씀하시니, 체면을 생각해서라도 그자를 건드리지는 않겠습니다. 하나 지금 공안성이 혼란스러우니 몸조심을 하라 일러두셔야 할 것입니다."

부사인은 그 말을 끝으로 성큼성큼 밖으로 걸어 나갔다.

가일이 병풍 뒤에서 걸어 나와 육손에게 절을 올렸다.

"육 장군께서 이리 도와주시니 감사드리옵니다. 다만 저처럼 별거 아닌 자 때문에 부사인과 얼굴을 붉힐 필요가 있는 건지 잘 모르겠습니다."

"영웅호걸은 서로를 알아보는 법이지. 하나 그보다 더 큰 이유는 손 군주의 뜻이 그러하기 때문이네."

"사실……."

가일은 이참에 솔직히 물어보기로 했다.

"저를 보호하는 것이 손 군주에게 무슨 의미가 있는 것입니까?"

"손 군주께서 하는 모든 일은 동오의 이익을 위해서네."

"그분은 지금 강동파를 지지하는 것이 아닙니까? 손 군주께서 저를 제갈근의 사절단에 넣어 공안성으로 보냈지만 특별히 임무를 주신 것도 아니었습니다. 그래서 그분이 나를 희생양으로 삼으려는 거라 생각한 적도 있습니다. 그런데 지금은 모든 게 그렇게 간단한 문제가 아니라는 생각이 드는군요. 그분의 명은 손몽을 도우라는 것이었지만 저는 손몽을 도와 무슨 일을 한 적도 없고, 도리어 손몽이 음으로 양으로 저를 지켜주더군요. 손 군주의 의도가 도대체 무엇입니까? 만약 제가 이런 일들을 거쳐 공을 좀 세우고 나면 해번영에서 높은 자리에라도 앉힐 심산입니까?"

육손이 한참 동안 침묵하다 입을 열었다.

"가 교위, 이 일은 자세히 알려줄 수가 없네. 하나 조만간 모든 일의 진상을 알게 될 것이네."

"역시 똑같은 대답이군요. 그 말은, 마치 더 큰 음모가 저를 기다리고 있다는 것처럼 들리는군요."

"사실 자네의 이번 형주 행을 두고 우리 쪽에서 누군가는 자네가 가만히 앉아서 남이 이룬 성과를 누리는 거라고 생각하고 있네. 진상이 다 밝혀지면 자네도 그제야 모든 것이 이해가 될 것이네."

가일이 웃으며 말했다.

"마치 제가 아무것도 하지 않고 최고의 수혜를 입을 수 있었다는 말처럼 들리는군요. 그럼 제가 앞서 공안성에서 했던 모든 것은 쓸데없는 짓이었던 겁니까?"

"아니네. 만약 가 교위가 그 일들을 통해 능력을 확실히 보여주지 않았다면 손 군주께서 자네를 보호할 생각 따위는 하지 않으셨을 것이네. 하나 자네가 그 일을 했기 때문에 더 많은 적을 만든 것도 사실이네. 복 속에 재앙이 있고 재앙 속에 복이 숨어 있는 법이지. 복이 화가 되고 화가 복이 되는 이치를 우리 같은 범인이 어찌 미리 알아챌 수 있겠는가?"

육손이 가일의 어깨를 다독였다.

"진인사대천명(盡人事待天命)이라고 했네. 사람이 할 수 있는 일을 다 했으니 하늘의 뜻을 기다려보세."

"육 장군의 말씀이 너무 뜬구름 잡는 것 같아 잘 이해가 되지 않습니다. 이번 질문만은 더 이상 숨김없이 솔직히 말씀해주십시오. 도대체 누가 감녕을 죽인 겁니까?"

육손의 눈썹이 치켜 올라갔다.

"왜 그게 궁금하지? 지금 대다수 사람이 강동파의 짓이라고 알고 있네. 심지어 내가 바로 주모자라고 여기는 이들도 있더군. 자네는 그리 생각하지 않는 건가?"

가일이 고개를 가로저었다.

육손이 웃음을 터뜨렸다.

"가 교위는 과연 머리 회전이 빠르군. 자네가 그런 생각까지 한 걸 보면 손 군주의 다음 계획도 마음 놓고 진행할 수 있겠군. 나 역시 안심하고 서진(西進)할 수 있을 것 같네."

"서진해서 자귀를 함락하고 관우의 퇴로를 끊어놓으실 겁니까? 분명 힘든 싸움이 될 테지요. 하나 장군께서 가시면 분명 여몽이 공안에 주둔하며 맥성으로 병력을 보내 관우를 차단하지 않겠습니까? 육 장군, 오후의 이런 작전대로라면 형주를 빼앗는 데 가장 큰 공을 세우는 쪽은 회사파가 될 겁니다. 그리되면 강동파에게 너무 불공평한 일이 아닙니까?"

"어차피 백의도강해 강릉을 치고 들어간 이는 여몽이 아닌가? 오후의 이런 결정은 당연한 것이네."

"강동파가 형주를 되찾기 위해 애쓴 시간이 20년 가까이 된다고 들었습니다. 그런데도 이렇게 쉽게 포기를 하신단 말입니까? 비록 오후께서 여몽과 장군께 작위를 책봉했다 하나……."

"가 교위."

육손이 가일의 말을 끊었다.

"사실 강동파는 형주를 손댈 마음이 전혀 없었다네. 이 얘기는 여기까지 하세. 더 하게 되면 불경죄가 될 수도 있으니."

가일의 눈빛이 흔들렸다. 그는 그의 말뜻을 알 듯도 했지만, 감히 확신할 수는 없었다. 그가 고개를 들자 육손은 자리에서 일어나 의갑(衣甲: 병기로부터 몸을 보호하기 위해 입던 옷)을 툭툭 쳐 정리한 후 밖으로 나갔다.

"육 장군, 지금 출발하려 하십니까?"

"이 골치 아픈 곳을 하루라도 빨리 떠나야 오후의 계획이 더 빨리 진행될 수 있을 거네."

육손이 뒤돌아서서 무거운 표정으로 가일을 쳐다봤다.

"가 교위, 내 말을 명심하고, 손몽이 하자는 대로 하게. 그녀는 자네에게 독이 될 사람이 아니네."

가일이 고개를 끄덕였다. 그가 육손의 멀어져가는 뒷모습을 바라보고 있는데, 갑자기 얼굴에 차가운 느낌이 전해졌다. 손을 뻗어보니 언제부터인지 빗방울이 떨어지고 있었다. 가일은 계단을 내려가 뜰에 서서, 내리는 비에 온몸을 맡겼다.

지금에서야 그는 엉켜 있던 모든 것이 풀리는 느낌이 들었다.

관평이 성벽 위에 서서 끝없이 펼쳐진 오군 군영을 내려다보며 고개를 가로저었다. 성의 수비군은 고작 4천 명에 불과했지만 성 밖으로 적어도 2만 적군이 아직 남아 있었다.

백성은 이미 더 이상 버틸 수 없는 지경까지 이르렀다. 그는 성루로 돌아와 계단에 앉아 둥근 달을 하염없이 올려다봤다.

지난번 전투는 결국 승리로 끝이 났다.

관우는 앞장서서 말을 타고 적진을 향해 달려가 조인과 서황을 밀어붙였다. 그렇지만 관우는 곧바로 진지를 철수하지 않았다. 도리어 그는 번성

밖에 열 겹의 녹각(鹿角)을 설치하고 공격과 철수 사이에서 여전히 고민을 거듭했다. 손만 뻗으면 잡을 수 있을 것 같았던 한실 중흥의 기회는 순식간에 물거품이 되었고, 지난 10년간 그 순간만을 위해 살아온 관우는 이미 놓친 기회에 연연하며 쉽게 돌아서지 못하고 있었다. 어쩌면 한실의 충신으로서 위험을 감수하고라도 북상을 감행하고 싶은 마음이 더 강했을 것이다. 조조군의 병력은 12개 사단이 속속 도착하자 절대적 우위를 점했고, 관우는 그제야 남쪽으로 후퇴를 했다.

큰 전투를 치르고 난 후 대오를 정비하기 위해서인지 아니면 손권을 방비하기 위해서인지 모르겠지만, 조조군은 소규모 병력만 내보낸 채 후방에 머물며 더 이상 공격을 감행하지 않았다. 어쨌든 촉군도 번성부터 맥성까지 7일 동안 걸어 왔고, 그사이 안 좋은 소식이 끊이지 않았다. 의도태수 번우가 육손의 병력이 아직 10리 밖에 있을 때 금은보화에 눈이 멀어 성을 버리고 도망을 쳤다. 성의 속관들이 성문을 열고 스스로 두 팔을 포박한 후 무릎을 꿇고 육손에게 투항했다. 첨안은 부하 장병과 새로 받아들인 민병 만여 명을 이끌고 자귀에서 육손과 대전을 벌였지만 이틀 만에 패하고 전사했다. 육손은 손권에게 금·은·동 관인(官印)을 청하여 새로 투항한 촉나라 관리와 장수에게 주고 민심을 다스렸다. 또 한편으로는 병력을 자귀·이릉·봉절(奉節) 등지에 배치해 방어선을 치고 관우가 남쪽으로 돌아오는 길을 끊어놓았다.

뒤이어 더 나쁜 소식도 전해졌다. 육손이 남군을 점령한 후 형주 백성에게 호의를 베풀고 심지어 성을 함락할 때마다 그곳의 덕망 높은 인사를 예방했다. 그리고 여몽은 군기를 삼엄하게 세워 대군이 공안성에 들어간 후 백성들과의 마찰을 철저히 금했다. 그의 동향(同鄕) 사람이 비를 피하기 위해 농가에 들러 삿갓을 달라 한 후 갑옷 위에 걸친 일이 생기자 그의 목을 쳐 본보기로 보여주기까지 했다. 공안성의 백성 사이에서 여몽에 대한 칭찬이 끊이지 않았고, 심지어 어떤 이들은 사족들의 부추김을 받아 적극적으로 장병을 위해 술과 음식을 대접하기도 했다.

다만 이런 식으로 민심을 공략하는 계책은 맥성 병영에 그리 큰 영향을 미치지 못했다. 사흘이 지난 후 여몽의 진짜 공격이 시작되었다. 그는 반장(潘璋)·주연(朱然) 두 명의 장군과 2만 대군을 보내 맥성을 포위하고, 관우 휘하 고위 장교의 가족을 성 외곽으로 보내 밤낮 없이 소리를 치며 투항을 권하도록 만들었다. 군심이 동요하기 시작했고, 밤을 틈타 옷을 찢어 엮은 밧줄을 타고 성벽을 내려오는 병사들이 점점 늘어났다.

관우가 직접 성벽 위를 순찰했지만, 한 번 무너져 내린 군심을 되돌릴 길이 없었다. 결국 40년 가까이 쇠락의 길을 걷고 있는 한실의 중흥은 점점 헛된 꿈으로 변해갔다. 심지어 암암리에 관우를 원망하는 이들도 생겨났다. 그들은 관우가 시대의 변화를 따라잡지 못한 채 고지식하고 사리에 어둡다며 비난했다.

날이 곧 새려 하자 관평은 자리에서 일어나 성루를 내려갔다. 군심은 흔들리고 사기 역시 바닥을 치고 있었다. 이런 식으로 간다면 조만간 성문을 몰래 열고 오군을 들여보내는 자도 나올 판이었다. 공안성이 함락되었다는 소식을 들었을 당시에 바로 철군을 했다면 적어도 촉 땅으로 도망쳐 돌아갈 수 있었다. 아니, 관우의 성격으로 볼 때 싸워보지도 않고 후퇴한다는 것은 절대 있을 수 없는 일이다. 그렇게 목숨을 건졌다 해도 평생 후회와 자책 속에 살 것이다. 그렇게 사느니 한실의 중흥을 위해 싸우는 전쟁에서 명예롭게 장렬히 전사하는 편이 나았다.

관평은 새벽녘 어슴푸레한 하늘을 벗 삼아 좁고 긴 길을 지나 중군영 막사로 들어갔다. 관우가 탁자 앞에 앉아 관흥이 『맹자』「공손추 상편」을 외우는 소리를 듣고 있었다. 관흥은 이미 백 번 넘게 읽었을 그 문장을 막힘 없이 암송하고 있었다.

관우는 끝까지 다 듣고 나서야 관평에게 눈길을 주었다.

"성 위는 어떠하더냐?"

"군량도 거의 바닥이 나가니, 더 이상 지체할 수 없습니다."

"내 이미 명을 전했다. 날이 밝는 대로 장군들을 소집해 포위를 뚫을 것이다."

관평이 조용히 한쪽으로 다가가 섰다.

"아버님, 저희가 진 것이옵니까?"

관흥이 물었다.

관우가 고개를 끄덕였다.

"왜입니까? 우리가 하는 모든 것이 옳은 일인데, 이번에는 왜 지게 된 것이옵니까?"

관흥이 손에 든 목간을 꼭 쥐며 말했다.

"아버님, 이해가 안 되옵니다."

관우가 몸을 굽히며 말했다.

"옳고 그름은 승패와 아무런 상관이 없느니라. 우리가 패했다고 해서 우리가 틀렸다는 의미가 아니니라."

"하오나 옳은 일을 하고도 승리할 수 없는데, 왜 그런 일을 해야 하는 것이옵니까?"

"사내대장부는 무슨 일을 하든, 하늘과 땅은 물론 자신의 양심에 부끄러움이 없어야 하기 때문이란다. 네가 충의를 지킨다면, 당장은 많은 이의 지탄을 받는다 해도 먼 훗날 백성의 마음속을 비추는 등불이 되어줄 것이다."

문 밖에서 발자국 소리가 들리더니 요화·장남·부융이 차례로 들어왔다.

관우가 관흥을 옆으로 끌어당겨 안으며 요화 앞으로 걸어갔다.

"요 장군, 우리 관씨 가문의 핏줄이니 무슨 수를 써서라도 성도로 돌려보내고, 한중왕에게 이곳의 상황을 알리게. 자네라면 안심하고 이 일을 맡길 수 있을 것 같으니, 부디 거절하지 말아주게."

요화는 살짝 놀란 눈빛을 보이다 황급히 고개를 숙이며 대답했다.

"관 장군, 걱정 마십시오. 제 몸이 부서지는 한이 있더라도 이 임무를 책임 지고 완수하겠습니다!"

관우가 앞에 있는 장군들을 향해 결연한 눈빛으로 말을 꺼냈다.

"그대들이 나를 따라 전쟁터를 누빈 지 여러 해가 되었지. 그사이 우리는 함께 생사의 고비를 넘기며 형제처럼 끈끈한 정을 쌓아왔네. 지금 아군이 벼랑 끝에 몰렸으니, 그대들 중 일가의 목숨을 지키고 싶은 이가 있다면 잠시 후 이 성을 나가도 나는 막지 않을 생각이네. 만약 오나라 개에게 굴복하고 싶지 않다면 반 시진 후에 서문에서 결집해 함께 성문 밖으로 돌진하세. 살아남는다면 옛 부하들을 모아 다시 한번 하늘을 뜻을 거역하고, 설사 죽는다 해도 황천길을 함께 걸어가니 외롭지는 않겠지. 그대들의 뜻은 어떠한가?"

장군들이 두 손을 모아 예를 표한 후 철갑이 철컹거리는 소리와 함께 일제히 밖으로 나갔다. 관우는 평복을 벗고 벽에 걸려 있는 명광개를 꺼내 그 위에 파인 흔적들을 쓰다듬었다. 이 명광개는 지난날 유비가 신야(新野)에서 그에게 선사한 것이었다. 관우는 지난 몇 년 동안 한 번도 갑옷을 바꾼 적이 없었다. 깊거나 얕게 파인 흔적은 모두 백 번이 넘는 크고 작은 전투 중에 적의 무기가 남긴 상처였다. 그는 갑옷을 입고 그 위에 초록색 전포를 걸친 후 밖으로 나갔다. 적토마가 이미 문 앞에서 끊임없이 말굽을 치며 거친 숨을 뿜어내고 있었다.

관평이 고개를 숙인 채 지나가자 관우가 그를 불러 세웠다.

"평아, 아비가 지나친 고집을 부린다고 생각하느냐?"

"아닙니다."

관우가 한숨을 내쉬며 더 이상 아무 말도 하지 않았다.

관평도 적토마 옆에 서서 침묵을 지켰다. 태양이 허물어진 성벽 뒤로 서서히 떠오르고, 아침 햇살이 마치 가느다란 금실을 뿌린 듯 두 부자의 어깨 위로 내려앉았다. 멀리서 말 울음소리가 들려오고, 장군과 친위병들이 연이어 말에 올라타 관우의 호령을 기다렸다.

"가자. 사는 동안 내가 하는 일의 옳고 그름은 내가 평가할 수 있는 것이 아니다. 내가 고지식하고 제멋대로인 미치광이 멍청인지, 아니면 충과 의를 지키는 한 시대의 명장인지를 판단하는 건 후세 사람들의 몫일 테지. 하나 나는 그런 것에 개의치 않는다."

관우가 말고삐를 흔들자 적토마가 천천히 성문으로 걸음을 옮겼다.

"그저 내 양심에 부끄럽지 않기를 바랄 뿐이다."

관평이 백마에 올라탄 후 관우의 좌측으로 따라붙었다. 2백 명에 달하는 기병이 사방에서 서서히 모여들며 관우의 뒤로 도열했다. 아침 바람이 불어오니 관우의 전포가 눈부신 햇살 아래서 이리저리 펄럭였다. 관우가 손짓을 보내자 기병대가 결의에 찬 눈빛으로 질척거리는 길을 밟으며 서문으로 움직였다.

문 옆으로 요화와 관흥이 하인들을 시켜 가져다놓은 탁주 몇 동이가 놓여 있었다. 관우가 기병대를 이끌고 오자 하인들이 얼른 술잔에 술을 따라 장병들에게 나눠주었다.

관우가 말을 몰고 관흥에게 다가가 허리를 굽혀 그의 머리를 쓰다듬어주었다.

"흥아, 어찌 온 것이냐?"

"요 숙부께서 출정을 앞둔 장병들의 기를 모으고 아버님께 힘을 실어드려야 한다고 하셨습니다."

관흥이 관우에게 술잔을 하나 건넸다.

관우가 뒤따르는 기병들을 둘러보며 소리쳤다.

"장병들은 들으라! 한나라는 4백여 년의 유구한 역사를 가지고 있으나, 지금은 제성(帝星)의 빛이 구름에 가렸으니 아첨꾼과 나라를 훔친 도적만이 득세를 하고 있노라. 이제 그들을 처단하고 시운을 돌려 한나라의 중흥을 이루려 했으나, 그날을 고작 몇 발자국 앞에 두고 모든 것이 물거품이 되어버렸다. 오늘 이 성을 겹겹이 포위한 적진을 향해 돌진하고자 하니, 죽음을 불사하며 인(仁)을 얻고자 하는 이는 모두 나를 따르라!"

관우가 고개를 젖혀 술을 단번에 마셔버린 후 그 잔을 바닥에 던졌다.

뒤에 있던 장병들도 그를 따라 술을 마신 후 너 나 할 것 없이 술잔을 던져버렸다. 그 순간 동틀 무렵의 고요한 정적을 깨고 사방에서 술잔 깨지는 소리가 끊임없이 들려왔다.

관우가 허리를 굽혀 관흥의 머리를 쓰다듬었다.

"아까 외운 성현의 가르침을 다시 한번 아비에게 들려주겠느냐?"

관흥이 큰 소리로 그 구절을 외웠다.

"공손추가 묻기를, 선생님께서 제나라 경상(卿相)의 직책을 맡으시어……."

관우가 눈을 감은 채 성안에 메아리치는 어린 아들의 우렁찬 목소리를 들으며 한동안 말이 없었다. 문을 지키는 병사들이 육중한 문을 밀자 끼이익 소리와 함께 서서히 열리며 성 밖에 개미 떼처럼 까맣게 운집해 있는 오나라 병사들이 관우의 시야에 들어왔다. 관우가 고개를 치켜들고 청룡언월도로 땅을 내리찍은 후 말고삐를 잡아당겼다.

관흥은 두 눈에 눈물이 그렁그렁 맺힌 채 온힘을 다해 더욱더 목청을 높였다.

"……천만 명이 나를 가로막아도 나는 내 갈 길을 갈 것이다!"

관우가 희미한 미소를 지으며 말을 몰고 앞으로 돌진했다.

"천만 명이 나를 가로막아도 나는 내 갈 길을 갈 것이다! 대한(大漢) 한수

정후, 전장군 관우 관운장이 나가신다!"

그 뒤를 이어 장수들의 외침이 연이어졌다.

"천만 명이 나를 가로막아도 나는 내 갈 길을 갈 것이다! 대한 비장군 관평이 나가신다!"

"천만 명이 나를 가로막아도 나는 내 갈 길을 갈 것이다! 대한 전부도독 장남이 나가신다!"

"천만 명이 나를 가로막아도 나는 내 갈 길을 갈 것이다! 대한 중호군 부융이 나가신다!"

"천만 명이 나를 가로막아도 나는 내 갈 길을 갈 것이다! 대한……."

관흥은 끝내 울음을 터뜨렸고, 그 눈물이 시야를 가렸다. 아버지·형·숙부들은 이미 끝없이 이어진 오군의 군진 속을 뚫고 들어가 더 이상 모습이 보이지 않았다.

그렇지만 이 여름 끝자락의 이른 아침에 그들이 충과 의를 위해 적진을 향해 돌진하던 모습만은 그의 뇌리에서 영원히 잊히지 않았다.

제8장

◆

동오의 기밀

부사인은 여몽이 관우를 주살하고 형주를 수복한 것을 축하하자며 태수부에서 연회를 베풀었다. 그는 가일도 그 자리에 초대했다.

가일은 이런 시끌벅적한 연회 자리에 끼이고 싶은 마음이 전혀 없었다. 하지만 그를 데리러 온 군병이 억지로 끌고 오는 바람에 어쩔 수 없이 태수부 문턱을 또 넘었다. 안에 들어서니 널찍한 전청 안에 백여 개의 탁자가 놓여 있고, 화려한 복색의 형주 사족이 삼삼오오 모여 공리공론을 벌이고 있었다. 그들은 관우와 조루를 비웃고 욕하며, 자신의 입장과 멀리 내다보는 탁월한 식견을 뽐내느라 정신이 없었다. 가일은 구석진 자리에 앉아 상석을 올려다보았다. 그곳에 두 개의 탁자가 놓여 있었다. 하나는 여몽의 것이고, 또 하나는 부사인의 것이 분명했다.

이들 사족은 손권이 형주를 손에 넣었다 해도 기반이 전혀 없기 때문에 백성을 다스리고 재물을 거둬들이려면 자신들의 도움이 필요할 수밖에 없다고 여겼다. 게다가 손권은 인애(仁愛)와 후덕함으로 백성의 신망을 한몸에 받아왔고, 신하에게도 관용을 베풀었다는 소문이 자자했다. 이 말은 영명하고 위풍당당한 손견·손책에 비해 무능하다는 의미였다. 손책이 죽기 전에 손권을 후계자로 지목했지만, 회사파 원로들이 나서지 않았다면 절대 왕좌에 앉지 못했을 것이다. 손권은 왕위에 오른 후 수많은 공훈을 세운 반면에 신하들의 신망은 그다지 얻지 못했다. 특히 회사파의 장소 등은 공개적인 자리에서 손권을, 강직해 보이나 사실은 뼛속 깊이 오만함으로 똘똘 뭉친 자라고 여러 차례 폄하했다. 손권은 이런 비난에 대해 사과를 하거나 그저 웃어넘길 뿐이었다. 그와 줄곧 관계가 좋았던 여몽조차 손권이 부친과 형제들만큼 패기가 없다고 암암리에 말하고는 했다.

그래서 형주 사족은 모두 손권이 주공이 되면 앞으로 살기 편할 거라고 잔뜩 기대하는 중이었다. 자신들이 목소리를 높여도 손권이 어쩔 수 없을 거라고 생각했다. 이번에만 해도 손권은 여몽이 공안성을 진압하도록 해, 최고의 공을 세운 장수를 회사파 중에서 나오게 할 생각이었다. 부사인은 곧바로 연회를 열어 자신과 여몽의 자리를 나란히 배치해 손권이 형주 사족을 쉽게 보지 못하도록 경고했다.

가일이 다른 한 구석을 보니 이삼십 명의 손님이 연회 분위기와 전혀 어울리지 않게 탐탁지 않은 표정으로 앉아 있었다. 옷차림으로 보아 형주 각 성의 촉한 무장들이 틀림없었다. 그들은 육손에게 차례로 투항한 후 공안성으로 보내졌다. 부사인은 그들에게 치욕을 안겨주고 싶었는지, 이번 연회에 그들도 초대했다.

부진이 가일의 옆에 와서 털썩 앉더니 기지개를 켰다.

가일이 놀란 눈으로 그를 쳐다봤다.

"뭐지? 자네도 이 연회에 참석해야 하는 건가?"

"저 교활한 내 의부께서 오늘 밤 위세를 좀 떨치려들 겁니다."

부진이 가일에게 술병을 던졌다.

"그러니 조심하셔야 할 겁니다."

"조심이야 하고 있지. 하나 이미 독 안에 든 쥐인 데다 손에 무기도 없으니 조심한들 무슨 소용이겠는가?"

"걱정 마십시오. 오늘 밤에도 손몽이 나타나줄 겁니다. 참, 강동파 육손이가 교위를 꽤나 신임한다지요? 쳇, 정말 이해가 안 간단 말이죠. 공안성에서 반년 가까이 지내면서 가 교위가 한 일은 대부분 우청과 부사인을 겨냥한 것이지요. 우청과 부사인은 둘 다 강동파 사람이 아닙니까? 그런데도 육손이 왜 가 교위를 그리 호의적으로 대하고 지켜주기까지 하는 겁니까?"

가일이 병마개를 열어 한 모금 들이켰다.

"부 도위, 그렇게 모르는 척 연기를 하면 재미있는가? 나에 대한 시험은 이미 끝난 것이 아니었나?"

부진이 웃음을 터뜨렸다.

"가 교위, 그걸 알아채다니, 과연 머리 회전이 빠르십니다."

"공안성으로 온 후부터 나는 줄곧 살얼음판을 걷는 기분이었네. 그러다 쫓기는 신세로 전락해 여기저기 몸을 숨기면서도 진상을 알아내기 위해 나름 열심히 뛰어다녔지. 그게 다 살기 위한 몸부림이었다네. 사실 지금까지 벌어진 많은 일이 모두 강동파와 회사파의 세력 다툼 때문이었다고 생각해왔네. 근데 요 며칠 가만히 생각해보니 무언가 석연치가 않더군. 특히 육손의 말을 듣고 난 후부터 이 일이 내 생각처럼 그렇게 간단한 문제가 아니라는 것을 알아챘네. 강동파든 회사파든, 아니면 형주 사족이든 이들은 단지 바둑돌에 불과했더군. 다른 점이 있다면 강동파는 자신이 바둑돌이라는 것을 알고 있었고, 회사파와 형주 사족은 아직 그 사실을 모르고 있는 듯하네. 이런 사실을 한선은 일찌감치 알아챘겠지?"

"아뇨."

부진이 고개를 가로저었다.

"그건 분명 한선과 그 사람의 거래고, 가 교위 역시 그 거래의 일부분일 겁니다. 가 교위에게 진상을 알려주지 않은 건 한선이 가 교위를 시험하고, 그 사람에게 그 능력을 보여주길 원해서죠."

가일이 웃으며 말했다.

"자네가 말하는 그 사람이 손상향일 거라고 줄곧 생각했었네. 그러나 요 며칠 그게 아니라는 것을 깨달았지. 객경에게조차 그리 철저히 숨길 정도 라니, 한선의 치밀함이 놀라울 정도네."

"이리 많은 일을 겪었으니 가 교위도 한선의 일 처리 방식을 이미 파악 했을 테지요."

"매미는 7년을 땅속에서 살다 땅 위에서 열흘을 살고 간다 했지."

가일은 장제가 했던 말이 떠올랐다.

"자네의 말은 한선이 모든 걸 예상하고 처음부터 이렇게 될 줄 알고 있 었다는 건가?"

"또 틀리셨소. 이 세상에 모든 걸 귀신처럼 정확히 알아맞히는 자가 어디 있겠습니까? 세상의 모든 일은 크게는 수만 명을 죽이는 살육 전쟁부터 작 게는 저녁에 먹어야 할 것까지, 사람의 생각에 의해 움직이지요. 어떤 일을 추측한다는 건 사실 사람에 대한 추측이기도 합니다. 그런데 사람이야말로 가장 예측하기 힘든 존재지요. 설사 수십 년을 알고 지낸 벗이라 해도 그의 모든 결정을 정확히 예측한다는 건 불가능합니다. 이번 형주의 전란만 봐 도 매일 무수히 많은 가능성과 변수들이 생기지 않았습니까? 설사 천하의 책사들이 머리를 맞대고 고민한다 해도, 전쟁의 모든 순간에 숨어 있는 변 수를 예측하기는 힘듭니다. 귀신처럼 예측했다는 건 그저 일의 대체적인 흐름을 파악하는 정도일 뿐, 그에 속해 있는 모든 이의 운명을 예측할 방도 는 없습니다. 그래서 한선이 상세한 계획을 확정하고 시작부터 모든 일의 진행 상황을 주도하는 일은 극히 드물죠. 그저 적당한 때가 되면 그 상황에 가장 적합한 사람을 보내 상황이 유리해지게 힘을 보태는 겁니다. 관우의 죽음, 여몽의 승리, 육손의 행보가 모두 한선의 목적에 접근할 뿐, 그와의 약조를 완수한 것은 아닙니다. 오늘 밤, 우리가 다시 힘을 보탤 때가 온 것 같습니다."

"그런 후에는?"

"그 후요? 당연히 출세해서 돈을 왕창 버시겠지요."

부진이 양고기를 물어뜯으며 말했다.

"어쨌든 손상향이 가 교위를 이 공안성으로 보낸 건 해번영에서 자리를 제대로 잡길 원해서일 겁니다. 오늘 밤만 지나면 앞으로 모든 일이 훨씬 수월해지겠군요."

"자네를 말한 걸세."

"나는…… 오늘 밤이 지나도 살아 있으면 그때 다시 말해드리죠."

부진이 대수롭지 않게 웃으며 말했다.

가일이 무슨 말을 꺼내려는데 연회석에서 돌연 환호성이 들리며 부사인이 상석으로 올라갔다. 그는 새로 지은 오나라 관복을 입고 두 손을 모아 그 환호성에 답례한 후 자리로 향했다. 뒤이어 키가 크고 마른 장수가 연신 몸을 숙여 기침을 하며 걸어왔다. 여몽이 확실했다. 몸집만 보면 부사인보다 덩치가 컸지만, 병색이 짙어서인지 그 기세는 부사인에게 밀리는 듯 보였다.

가일은 불현듯 한 가지 사실을 깨달았다. 이 대청 안에 그와 여몽을 제외하면 동오의 고위 장교나 관원이 한 명도 없었다. 부사인이 여몽의 공을 축하하기 위해 연회를 열었으니 당연히 여몽 휘하의 장교들이 함께 왔어야 마땅했다. 지금 여몽 혼자 연회에 온 것 자체가 이치에 맞지 않았다. 그는 습관적으로 허리춤을 더듬고 나서야 칼을 입구에 맡기고 들어온 것을 깨달았다. 가일이 부진을 힐끗 보자, 그는 여전히 건들건들 세상 근심 없는 사람마냥 양고기를 뜯고 있었다. 가일은 고개를 절레절레 흔들며 상석 쪽에 온 신경을 집중했다.

부사인은 여몽이 자리에 앉기를 기다렸다가 앞으로 몇 발자국을 나가 술잔을 높이 들고 연회석을 향해 축배를 제의했다. 가일의 입가에 희미한 냉소가 떠올랐다. 부사인은 그동안 자신의 음흉한 속내를 숨기고 견뎌온 세월이 너무 길어서인지, 요 며칠 본색을 드러내며 우쭐거리는 일이 잦아졌다. 지금 그는 자신이 이미 형주의 주인이라도 된 것처럼 행세하고 있었다. 반면 여몽은 힘든 기색이 역력한 모습으로 앉아 불쾌한 기색조차 내비치지 않고 있었다.

부사인이 술잔을 들며 말했다.

"귀빈 여러분, 건안 13년 유비가 위왕과 오후의 적벽대전을 틈타 우리 형주를 차지했으니, 참으로 비열하고 후안무치한 자가 아닐 수 없습니다. 권세 있는 자에게 빌붙어 아부하는 무리가 그를 따라 서촉으로 떠난 후 이 땅을 아끼는 우리가 이곳을 지켜오지 않았습니까? 그런데 유비가 또 관우를 보내 공안성에 주둔시켜 터무니없이 무거운 세금을 거둬들이고 백성들을 탄압하며 난도질하니, 다들 극심한 고통 속에 하루하루를 보내야 했소이다. 지난 10여 년 동안 수많은 사족의 자제들이 말도 안 되는 죄목으로 감옥에 가거나 참수를 당하지 않았습니까? 바로 지난달만 해도 우리의 귀한 젊은이 10여 명이 또 죽어갔습니다. 모두 잔을 들어 억울하게 죽어간 그들의 넋을 기리도록 합시다!"

가일은 그 낯 뜨거운 말을 들으며 남몰래 욕지거리를 내뱉었다. 말만 번지르르하고 뻔뻔한 자들을 그간 숱하게 봐왔지만, 지금처럼 얼굴색 하나 안 바꾸고 모든 사실을 왜곡해서 말하는 자는 또 처음이었다. 비록 그가 유비나 관우와 친분이 있는 것은 아니지만, 지난 몇 년 동안 관우 통치 아래서 형주는 정치가 안정되고 천하가 태평했으며 백성의 삶이 풍요롭게 눈부신 발전을 이뤘다. 자리에 앉아 있는 형주 사족을 다시 둘러보니 다들 부사인의 말에 부화뇌동하고 있었다. 이들은 마치 그간 엄청 억울한 대우를 받았던 사람들처럼 감정이 격해진 듯 뜨거운 눈물을 흘리기도 했다.

부사인은 술을 한입에 털어 넣고 나서야 뒤돌아 여몽을 바라보았다. 여몽은 잔기침만 몇 번 할 뿐 술잔에 손도 대지 않았다.

부사인이 불쾌한 기색을 드러내며 말했다.

"여 장군, 어찌 술잔을 들지 않으십니까?"

"몸이 좋지 않아 술을 마실 수 없으니, 부 태수가 양해해주시게."

부사인이 입가를 살짝 실룩거리더니 다시 돌아서서 목소리를 높였다.

"지난 10여 년 동안 이곳에 온 분들 중 나를 이해해준 분도 있고, 또 누군가는 나를 욕하고 손가락질했을 것이오. 그들은 내가 이 공안성의 태수 자리에 올라 관우와 한패가 되어 백성들을 핍박했다고 여겼을 것이오. 안 그렇소? 어떤 자들은 주루나 찻집에서 나를 모함하는 유언비어를 퍼뜨리기까지 했소. 하나 이 공안태수를 내가 아닌 관평이나 요화가 맡았다면 어찌 됐을 거라 생각하시오? 나 부사인이 본의 아니게 태수 자리에 앉아 치욕을 참아가며 버텨온 건 오로지 우리 형주 사족을 지키고 이날을 맞이하기 위해서였소. 지난 10여 년 동안 내가 남몰래 수많은 이의 목숨을 지켜왔다는 걸 다들 알 것이오. 하나 얼마 전 태수부 속관이 연이어 자객의 손에 목숨을 잃었고, 이는 모두 우리를 위한 죽음이었소! 애석하게도 그들은 우리처럼 오늘같이 기쁜 날을 보지 못하고 먼저 갔구려. 이 두 번째 잔은 나처럼 공안성 태수부에서 관직을 맡으며 온갖 모욕을 참아내고 겉으로만 관우를 추종해야 했던 영웅들을 위해 듭시다!"

연회석에서 또 한 번 환호성이 터져 나왔다. 가일은 구석에 앉아 있는 투항 장수들을 살펴보았다. 대부분이 불쾌한 기색을 숨기지 못하고 있었다. 하지만 불경죄가 될까 싶어 억지웃음을 지으며 분위기를 맞춰주는 이들도 몇 명 보였다.

부사인은 하인이 잔에 술을 가득 따르자 다시 잔을 높이 들어 올리며 소리쳤다.

"다행히 하늘이 우리를 굽어 살피시어 관우의 목을 칠 수 있었으니, 그동안 쌓였던 울분이 싹 가시고 하늘을 둥둥 떠다니는 기분이오!"

그가 세 번째 잔을 벌컥 들이키자 객석에서 한바탕 웃음소리와 환호성이 터져 나왔다. 그는 그들을 흐뭇하게 쳐다보며 연신 고개를 끄덕였다. 부사인은 오후 손권의 도움을 받았다는 사실은 단 한 마디도 언급하지 않았고, 심지어 관우를 무찌른 여몽에게 감사의 말조차 건네지 않았다. 세 번째 잔을 들고 나자 연회석에 무희들이 등장할 것으로 기대했지만, 갑자기 대문이 벌컥 열리더니 칼을 든 군병들이 몰려 들어왔다.

다들 대경실색하는 와중에 부사인은 여유롭게 웃고 있었다.

"오늘 밤 연회에서 흥을 돋우기 위해 내 특별한 것을 준비했소!"

그 군병들이 연회석 구석으로 몰려가 투항 장수들을 앞으로 끌어냈다. 부사인이 손짓을 하자 군병들이 이들을 포승으로 묶고 바닥에 엎드리게 했다.

"당초 조루가 우리 공안성의 젊은 인재 10여 명을 잡아다 내 면전에서 목을 쳐 죽였소. 오늘 내가 그 빚을 배로 갚아주기 위해 진심으로 투항하지 않은 촉인들을 찾아내 그 목을 치고 술맛을 돋우려 하오. 다들 어찌 생각하시오?"

형주 사족들이 목소리를 높여 환호성을 지르고 손뼉을 치며 웃음을 터뜨렸다. 투항한 장수들의 얼굴이 순식간에 사색이 되었고, 그중 누군가는 욕설을 내뱉으며 자리에서 일어나 반항을 해봤지만 이내 군병의 발길질이 이어졌다. 군병들은 이들의 목에 칼을 들이대고 꼼짝도 하지 못하게 했다.

부사인이 손을 내젓자 군병들이 목을 치기 위해 칼을 치켜들었다. 바로 그때 여몽이 잔기침을 하며 이를 막았다.

"부 태수, 잠깐!"

부사인이 고개를 돌리며 웃는 낯으로 그를 쳐다보았다.

"왜 그러십니까, 여 장군? 술이 드시고 싶으신 겁니까?"

연회석에서 한바탕 웃음이 터져 나왔다.

여몽은 발끈하지도 않은 채 담담하게 말을 꺼냈다.

"이들은 이미 투항한 장수들이오. 어찌 이들을 죽인단 말이오?"

"여 장군, 잘 모르시나 본데, 이 촉나라 장수들은 손에 형주 노인들의 피를 잔뜩 묻히고 있는 자들입니다. 설사 저들이 상황에 밀려 어쩔 수 없이 오후에게 투항했다 하나, 언젠가 분명 등을 돌릴 자들이니 일찌감치 그 뿌리를 뽑아버리는 편이 낫겠지요."

"저들은 육손이 받아들인 자들이네. 저들을 죽이려면 적어도 그의 동의가 있어야 하오."

"이런 일까지 여 장군이 마음을 쓰실 필요는 없을 듯하군요."

부사인은 더 이상 그와 말을 이어가고 싶지 않은 듯, 바로 손을 내저었다. 그 순간 피가 사방으로 튀며 몇십 개의 머리통이 바닥을 뒹굴었다.

가일은 부사인이 여몽에게 위세를 떨치기 위해 이런 일을 벌였다는 것을 잘 알고 있었다. 물론 손권이 형주를 다스리려면 이들 형주 사족과 손을 잡아야 안정적인 통치 기반을 다질 수 있을 것이다. 그러나 이리 위세를 떨며 횡포하게 구는 것은 그리 현명한 처사가 아니었다. 부사인 같은 소인배가 지난 10년 동안 가면을 쓴 채 야욕을 억누르고 살았으니, 지금 그 뜻을 이룬 마당에 물 만난 고기처럼 설치는 것도 어쩌면 당연했다. 하물며 육손과 여몽 같은 동오의 대장군마저도 그를 함부로 대하지 못하니, 그는 더 안하무인이 되어갔다. 가일은 미친 듯이 웃으며 손뼉을 쳐대는 형주 사족을 보면서, 그 사람과 한선의 거래를 어렴풋이 확신했다. 예전에 그에 대해 가지고 있던 인상은 이리저리 휩쓸리며 우유부단한 사람이었다. 그런데 놀랍게도 그는 조비보다 더 악랄하고 음험했다.

이런 생각에 빠져 있는 사이에 부진이 팔꿈치로 그를 툭 쳤다. 고개를 들어 보니 군병 몇 명이 그에게 다가오고 있었다. 가일이 자리에서 일어나 옷을 툭툭 털며 부사인에게 말했다.

"부사인, 이번에는 나를 건드릴 작정이냐?"

부사인이 턱을 만지며 비열하게 웃었다.

"왜 그러는가? 용서라도 빌어볼 생각인가?"

"육손 장군이 떠나기 전에 나를 건드리지 말라고 경고했던 말을 그새 잊었느냐?"

부사인이 늙은 여우처럼 간교한 미소를 지었다.

"내가 방금 투항 장수를 몇 명이나 죽였는지 안 보이느냐? 그가 돌아왔을 때 너와 저자들이 연회에서 난동을 부려 어쩔 수 없이 무력을 쓸 수밖에 없었다고 말하면 되지 않겠느냐? 너처럼 하찮은 배신자 따위가 형주를 손에 넣고자 하는 오후의 계획을 누차 망쳤으니, 내가 오후를 대신해 널 죽였다고 해서 누가 뭐라 하겠느냐? 설사 나에게 반기를 들고 싶어도 우리 형주 사족이 버티고 있는 한 아무도 나를 함부로 대할 수 없다!"

그 말이 떨어지기 무섭게 형주 사족들의 환호성이 터져 나왔다.

부사인이 고개를 돌려 여몽을 힐끗 쳐다보았다.

"여 장군으로 말하자면 회사파의 수장이고, 육손은 강동파다. 육손이 지키려는 자를 여 장군이 지킬 이유가 있겠느냐? 아니 그렇습니까, 여 장군?"

여몽은 마른기침만 몇 번 뱉어낼 뿐 아무 대답도 하지 않았다.

가일이 한숨을 내쉬었다.

"부사인, 설마 내가 너를 납치한 일 때문에 나를 죽이려는 것이냐? 만약 내가 오후의 대계를 망쳐서 이러는 거라면 참으로 억지다. 내가 공안성에서 적잖은 일에 휘말렸지만 오후에게 해가 될 만한 일은 하나도 없었으니,

그를 대신해 나를 죽인다는 말은 어불성설이다! 그리고 네가 언제까지 그 자리에서 그렇게 웃을 수 있을 거라 보느냐? 자신에게 큰 화가 다가오고 있다는 사실을 아직도 깨닫지 못하는 것이냐?"

부사인이 어이없다는 듯 웃음을 터뜨렸다.

"가일, 죽음이 코앞에 닥치니 억지를 써서라도 살아남고 싶은 게로구나. 설사 내가 사사로운 원한 때문에 널 죽인다 한들 또 무슨 상관이겠느냐? 이 태수부에서 내가 너의 목을 베어도 누구 하나 이의를 제기하는 이가 없을 것이다."

"제가 제기하지요."

부진이 자리에서 일어났다.

"네놈이?"

부사인이 눈살을 찌푸리다 이내 비열한 웃음을 터뜨렸다.

"못난 놈! 네놈이 어디라고 감히 나서느냐? 네가 저놈과 무슨 짓을 벌였는지 내가 정녕 모른다고 여겼느냐? 저놈이 수사망을 피해 성안에 숨어 다닐 수 있던 것도 다 네놈이 도와준 때문이라는 걸 다 알고 있었다. 그것도 모자라 아직도 저놈을 살리려드는 것이냐? 내 저놈을 먼저 죽인 후, 길러준 은혜도 모른 채 아비를 배신한 네놈도 죽일 작정이었다. 여봐라! 저놈의 목도 함께 치거라!"

군병들이 몰려와 두 사람을 부사인 앞으로 끌어냈다.

부사인이 두 사람 주위를 빙빙 돌며 웃음을 터뜨렸다.

"가일, 어디 한번 말해보거라. 나에게 곧 닥칠 큰 화가 대체 무엇이냐?"

"부사인, 누가 감녕을 죽였는지 생각해본 적이 있느냐?"

부사인이 눈을 흘겨 여몽을 보며 말했다.

"감녕을 죽인 자는 백의검객이다. 그가 죽은 게 언젠데, 지금 와서 그 얘기를 꺼내느냐?"

432

"백의검객 뒤에 누가 있는지 조사해본 적은 있느냐? 손몽과 우청, 심지어 육손조차 그 배후에 대해 단 한 마디도 거론하지 않은 게 이상하다 생각지 않느냐?"

부사인이 헛웃음을 터뜨렸다.

"이름 모를 자객을 상대로 무엇을 알아볼 수 있겠느냐? 다 부질없는 짓이다."

"부사인, 나는 혼자 힘으로도 그 진실에 접근할 수 있었다. 네놈은 형주에서 10년 동안 태수를 지냈고 휘하에 수많은 사사(死士: 대의를 위해 죽음을 각오한 무사)를 거느리고 있는데도 죽음이 임박해 오고 있다는 걸 아직도 모르다니, 참으로 멍청하구나."

가일이 가련하다는 듯 그를 쳐다봤다.

"감녕 피살은 형주를 수복하는 관건이었다. 감녕이 바로 공안성에서 죽었기 때문에 회사파는 관우와 더 이상 맹약을 맺을 수 없었지. 도독 자리에 앉힐 만한 자가 없자 비로소 오후의 뜻에 굴복하고 강동파와 함께 형주를 공격한 것이다. 만약 감녕이 죽지 않았다면 여몽이 백의도강을 할 리도 없고, 관우가 맥성에서 물러서는 일도 없었을 거다. 그리고 네놈이 그곳에 서서 위세를 떠는 일도 없었을 것이다. 이런 연결고리를 중요하지 않다 말하는 것이냐?"

부사인은 자신의 뜻을 굽히지 않았다.

"감녕은 강동파가 죽인 것이 확실하다. 육손이 모르니 강동파의 누군가가 한 것이겠지. 이리 간단한 일을 다시 들먹이며 우리와 회사파의 관계를 이간질하려드는 것이냐? 감녕을 죽이는 일에 우리는 개입한 적이 전혀 없으니, 당연히 따지고들 이유도 없었다. 두 파벌 싸움에 우리 형주 사족은 앞으로도 개입할 생각이 전혀 없다. 우리는 이미 오후를 따르기로 했으니, 형주를 풍요로운 땅으로 만들어 그 은혜에 보답할 것이다."

"오후의 은혜에 보답해? 참으로 듣기 좋은 말이군. 전에도 관우에게 그렇게 말하지 않았던가?"

가일이 코웃음을 쳤다.

"오후가 너를 믿을 거라 생각하느냐? 형주를 네게 다스리라 맡기면 그것은 네놈들의 형주더냐, 아니면 오후의 형주더냐?"

부사인이 성가시다는 듯 말했다.

"도대체 무슨 말이 하고 싶은 것이냐? 그러는 네놈은 백의검객이 누군지 아느냐?"

"나 역시 백의검객이 누구인지 모른다. 하나 그 배후가 누구인지는 알고 있다."

"누구냐?"

"내가 하나 묻겠다. 형주를 함락한 후 장소는 병을 핑계로 고향으로 돌아갔고 우번은 교주로 좌천되었다. 이 두 사건이 무엇을 의미하는지 생각해보았느냐?"

부사인이 어리둥절한 표정으로 가일을 쳐다봤다.

"그딴 걸 내가 왜 생각해야 하느냐?"

"부사인, 네놈은 회사파와 강동파의 싸움만 보일 뿐, 회사파가 둘로 나뉘어 있다는 걸 보지 못했다. 주유·노숙·여몽은 오후와 사적인 교분이 깊고 손씨 가문에 대한 충성심이 깊지. 장소·우번은 오후를 옹립한 공을 들먹이며 평소 원로 중신을 자처해왔다. 일찍이 적벽대전에서 주유는 조조에 대항하자고 주장했지만, 장소는 조조에 투항할 것을 주장해 오후의 반감을 산 적이 있다. 지금 주유와 노숙은 모두 병으로 죽었고 여몽도 병색이 깊으니, 손씨 가문에 충성해왔던 회사파 세력이 그 힘을 잃어가고 있지. 이때 장소·우번이 그들과 관계가 좋은 편이었던 감녕을 도독으로 추거한 것이다. 그러나 오후는 장소 세력이 군권을 잡을까 불안했을 테고, 결국 강동파 육손에게 도독 자리를 넘겨주라고 여몽에게 부탁한 것이다."

부사인이 그 말을 이어받았다.

"육손을 도독으로 만들기 위해 강동파가 감녕을 죽인 건 이미 다 알고 있는 사실이 아니더냐?"

"강동파가 오후의 적극적인 지원을 받아 요 몇 년간 그 세력을 키웠으니, 육손을 도독으로 만들고자 했다면 방법은 얼마든지 있었다. 그런데 왜 감녕을 죽이려 했을까? 장소와 우번이 보복을 할 수도 있고, 오후가 그들을 경계해 다시 탄압 정책을 쓸 수도 있는데 말이다. 더구나 공안성으로 들어온 육손의 말을 들어보니, 강동파는 형주를 어지럽힐 마음이 전혀 없다 했다. 그는 공안성에서도 오래 머물지 않고 바로 서쪽으로 향하며 이곳을 여몽에게 맡길 만큼, 공을 다툴 뜻이 조금도 없어 보였다. 이렇게 신중한 자가 어떻게 감녕 암살을 교사한단 말이지?"

부사인은 심장이 덜컥 내려앉았다. 그는 얼른 여몽을 힐끗 쳐다봤지만 그는 여전히 아무 표정이 없었다.

"그래서 감녕 피살이 단순히 그가 육손의 길을 막았기 때문이 아니라는 것이다."

가일이 계속 말을 이어갔다.

"강동파의 육손이든 회사파의 감녕이든, 누구라도 도독 자리에 앉는 이상 오후의 명을 들어야 한다. 그러나 장소 일당은 제멋대로 모든 일을 진두지휘하는 데 익숙해진 자들이니, 이런 멍청한 결정을 절대 할 리 없을 테지. 그들은 감녕을 몰래 공안성으로 보내 관우와의 맹약 체결을 시도했고, 더 나아가 오후를 협박하려 했다. 이런 짓은 오후의 눈에 반역으로밖에 비치지 않았을 것이다! 장소 일당이 명망 높은 가문 출신이어서 함부로 건드릴 수 없으니, 감녕을 죽여 위협을 가할 수 있다면 당연히 해볼 만하지 않겠느냐?"

부사인은 놀란 눈을 치켜뜨며 자기도 모르게 실언을 하고 말았다.

"그 말은, 감녕을 살해한 게 손권의 뜻이란 말인가?"

순식간에 주위가 쥐 죽은 듯 고요해지고, 모든 이의 시선이 가일에게 향했다.

부사인이 연신 고개를 가로저었다.

"어떻게 그런 일이…… 말도 안 된다!"

"형주를 함락한 후 장소는 병을 핑계로 고향으로 돌아갔고, 우번은 교주로 좌천되었다. 자연히 정무는 손소(孫邵)·고옹(顧雍)의 손에 넘어갔고, 회사파 중 장소 일당의 세력은 그렇게 철저히 무너져버렸지. 부사인, 네놈이 조금이라도 치밀하게 상황을 파악했더라면 일찌감치 이 모든 사실을 간파했을 테지. 강동파와 회사파의 병권 싸움은 사실, 오후가 강동파를 이용해 형주를 공격하는 계기로 삼고 회사파 중 장소·우번 일당의 세력을 약화시키기 위한 계략이었다!"

모든 이가 숨을 죽인 가운데 밤바람이 불어오자 부사인은 자기도 모르게 몸서리를 쳤다. 그가 억지웃음을 지었다.

"가일, 이치에 맞지도 않는 말로 누구를 현혹하려드는 것이냐? 네놈이 살고 싶어서 오후를 중상모략하다니, 내 너를 죽이고 이 사실을 오후께 알릴 것이다!"

가일이 탄식을 내뱉었다.

"이렇게까지 말했는데도 아직 정신을 못 차린 것이냐? 큰 화가 이미 코앞에 닥쳤고, 형주 사족 역시 그 화를 피하기 어려울 것이다!"

부사인이 분노를 터뜨렸다.

"헛소리 집어치워라! 감녕을 죽인 이가 정말 오후라 해도, 그게 우리 형주 사족과 무슨 상관이란 말이냐?"

"네놈들이 지금까지 강동파와 함께 형주를 분할 통치하기로 맹약을 맺고, 오후의 실권을 무력화시켜 형주를 발판으로 손씨 천하를 집어삼키려 했지. 지금 우리가 아는 강동파는 오후가 손에 쥐고 있는 패에 불과하다. 오후가 이곳 형주 사족과 연합하면서 과연 자기와 맞설 여지를 남겨둘 거라 보이느냐? 하물며 오후가 원하는 것은 완벽하게 장악할 수 있는 형주다. 그래서 그는 수차례 전공을 세운 감녕을 가차없이 죽였고, 손견의 유지를 받들어 자신을 옹립해준 원로 장소를 물러나게 만들었으며, 사해에 이름을 떨치던 우번을 좌천시켰다. 그런 그가 은혜를 저버리고 배신을 일삼는 네놈 같은 자와 함께 형주를 분할 통치할 거라 생각하느냐?"

가일이 이 말을 하고 나자 형주 사족들이 전부 대경실색하며 겁에 질려 자리에서 일어섰다.

부사인은 사색이 된 채 고함을 질러댔다.

"말도 안 된다! 우리 형주 사족은 모두 한 줄기에서 나온 핏줄로 연결되어 있고, 혼인을 통해 인척 관계를 맺으며 살아온 지 어언 백 년이 넘었다. 설사 그가 우리 공안성의 사족을 다 죽일 수 있다 해도, 남군·무릉·영릉(零陵) 세 군(郡)의 사족만 족히 2, 3만 명이거늘, 어찌 그들을 다 죽일 수 있단 말이냐? 잔혹하게 살육을 일삼는 왕으로 후세에 그 이름을 남길 작정이 아니면 불가능한 일이다!"

가일이 한숨을 내쉬었다.

"2, 3만 명의 사족을 죽이는 게 조금은 악랄해 보일지 모르나, 동오 대도독 여몽의 복수를 위한 것이라면 정상을 참작할 만하지 않겠느냐?"

"그게 무슨 헛소리냐? 여몽의 복수를 위해서?"

가일이 여몽을 쳐다보며 말했다.

"오늘 밤 동오의 대도독 여몽은 형주 사족의 손에 죽을 것이다!"

"허튼소리! 우리는 그를 죽일 생각이 전혀 없다!"

"네놈이 그를 죽이지 않으면 오후가 어찌 네놈들을 죽일 수 있겠느냐?"

부사인이 비틀거리며 경악한 눈빛으로 여몽을 바라봤다.

"여 장군은 회사파의 중추적 인물이자 동오군의 중장(重將)이거늘, 이 연회에 오면서 휘하 장수들은 물론 친위병조차 대동하지 않았다. 이것이 목숨을 바치려는 계책이 아니면 무엇이겠느냐?"

여몽은 이곳에 온 후 처음으로 입가에 미소를 지었다.

"손상향과 육손이 자네를 아끼는 이유가 이래서였군. 가 교위, 과연 인재라 할 만하네."

가일이 추궁하듯 물었다.

"여 장군, 제 말이 맞습니까?"

"맞네."

"여몽 장군이 형주 사족의 손에 죽게 되면 육손 장군이 부 태수에게 보복을 할 것이고, 함께 반역을 도모한 형주 사족의 목도 모두 달아날 것이다. 그렇게 그는 물 흐르듯 자연스럽게 동오 대도독의 자리에 올라 군권을 장악하게 되지 않겠느냐? 다만 무례를 무릅쓰고 여몽 장군께 한마디 여쭙고 싶습니다. 장군께서는 정말 기꺼이 목숨을 내놓으실 작정이십니까?"

여몽이 거침없이 대답했다.

"나 역시 위세당당한 영웅이었으나 지금은 병세가 깊어져 몸도 마음도 예전 같지가 않네. 병으로 힘없이 죽느니, 어차피 곧 죽을 이 몸을 더 값진 일을 위해 바치는 편이 낫지 않겠는가?"

부사인이 이마에 맺힌 땀방울을 연신 닦아내며 갈라진 목소리로 물었다.

"손권이 어찌 이럴 수 있단 말이냐? 우리를 떠나 형주를 통치할 수 있을 거라 보느냐?"

"형주를 통치한다 하였느냐?"

가일이 냉소를 지었다.

438

"이곳 형주 사족은 일은 하지 않은 채 백성들을 가혹하게 착취해온 자들일 뿐이다. 네놈들을 죽여야 자연스럽게 누군가 그 자리를 대신할 수 있겠지. 관우가 서촉 형주 세력의 견제를 받고 있었고 한중왕은 명성에 연연하는 자이니 지금까지 네놈들의 잘못을 용인하고 관용을 베푼 것뿐이다. 네놈들이 천하 대세의 흐름도 읽지 못한 채 주제넘게 굴다 결국 스스로 화를 자초했으니, 누구를 탓하겠느냐!"

부사인이 미친 듯이 펄쩍 뛰며 소리를 질러댔다.

"네놈이 여기서 함부로 지껄이는 말을 누가 믿을 줄 아느냐! 여봐라! 저놈의 목을 치거라!"

그러나 군병들은 가일에 옆에 서서 꼼짝도 하지 않았다.

부사인이 불같이 화를 내며 군병에게 달려가 허리춤에 찬 환수도를 뽑으려 했다. 그러자 군병이 칼자루를 눌러 잡은 채 손을 뻗어 부사인을 밀쳐냈다.

부사인이 숨이 넘어갈 것처럼 소리를 질러댔다.

"네 이놈! 네놈들이 저자의 몇 마디 말에 넘어가 지금 나를 배신하는 것이냐?"

가일이 탄식을 쏟아냈다.

"네놈이 한 말을 잊은 것이냐? 이들은 검은 옷의 살수가 아니더냐? 네놈 입으로 이자들이 우청의 부하라고 하지 않았느냐? 그럼 이들이 누구의 명을 들어야 옳겠느냐?"

"그게 뭐 어쨌다는 것이냐? 이들은 우청이 없으면 내 명을 따라야 하는 자들이다!"

"만약 우청이 이곳에 있다면?"

가일이 우렁찬 목소리로 소리쳤다.

"우 교위! 계속 숨어 있지 말고 이제 그만 나오시게! 계속 남의 일 보듯

할 것인가?"

부사인은 말문이 막힌 채 가일의 시선을 따라 대문을 바라봤다. 하지만 문이 열릴 기미는 전혀 보이지 않았다. 잠시 무거운 침묵이 흐르고 난 후, 부사인이 더는 참지 못하겠다는 듯 형주 사족을 향해 달려가 패검을 집어 들고 가일을 향해 달려갔다.

가일은 그와 10여 걸음을 남겨두고도 여전히 칼을 뽑아 들지 않았다. 그 순간 슉 소리와 함께 검은색 화살 하나가 날아와 부사인의 발 앞에 꽂혔다. 부사인은 다리의 힘이 풀린 듯 휘청거리며 털썩 주저앉았다. 그가 두려움에 떨며 주섬주섬 일어나 사방을 둘러보았다. 그때 대문이 끼이익 소리를 내며 활짝 열리더니 수십 개의 횃불이 몰려 들어오며 주위를 대낮처럼 환하게 밝혔다.

우청이 연갑을 두른 채 허리춤에 찬 칼자루에 손을 얹고 안으로 걸어 들어왔다.

부사인은 이마에 흐르는 땀방울을 훔쳐내며 허둥지둥 그녀를 향해 달려 갔다.

"우 교위! 우 교위! 저놈이 요망한 말로 사람을 현혹하고 있네. 자네는 저자와 원한이 있지 않은가? 당장 저자를 죽여주게! 당장!"

부사인이 그녀의 앞까지 다가오자 우청이 칼을 뽑아 부사인의 가슴에 내리꽂았다. 부사인은 휘청거리는 발걸음으로 자신의 가슴을 관통한 검을 내려다보며 말을 잇지 못했다.

"어떻게…… 지금까지 가일을 죽이고 싶어 그리 안달을 하더니…… 어찌……."

우청이 칼을 뽑아 다시 그의 배를 찔렀다.

"부사인, 나는 사사로운 원한과 나랏일을 구분하지 못할 정도로 멍청하지 않다."

부사인이 두어 걸음 뒷걸음질을 치다 그녀에게 손가락질을 하며 무슨 말을 하려 했다. 그러자 우청이 앞으로 성큼 다가가 또 한 번 칼을 그의 목에 찔러 넣었다. 부사인이 목을 감싸 쥐며 공포에 질린 눈빛으로 털썩 주저앉아 그대로 쓰러졌다.

가일이 우청 앞으로 다가가 예를 갖추었다.

"지난 원한을 뒤로한 채 이리 나서주어 고맙소."

우청이 차갑게 그를 노려보았다.

"가일, 내가 지난 원한을 잊었다고 생각하면 오산이다. 오늘 네놈을 죽이지 않은 건 너를 죽여선 안 되기 때문이다. 알겠느냐?"

"내가 어떻게 하면 우 교위와의 오해를 풀 수 있겠소?"

우청은 아무 말도 하지 않은 채 돌아서서 허리춤의 장검을 뽑아 들었다. 그녀는 수십 명의 해번위와 태수부에 있던 군병들과 함께, 얼이 빠져 멍하니 서 있는 형주 사족들을 향해 돌진했다.

가일이 뒤돌아 원래 앉아 있던 자리로 돌아가려는데, 그곳에 손몽이 턱을 괴고 앉아 있는 것이 보였다. 그는 피곤한 듯 한숨을 내쉬며 그녀의 옆에 가서 앉았다. 손몽의 시선을 따라가보니 부진이 좀 전의 그곳에 그대로 서서 고개를 갸우뚱한 채 흥미진진한 표정으로 여몽을 바라보고 있었다. 그의 왼편에서는 검광이 번쩍이며 피와 살이 튀는 처참한 살육전이 벌어지고 있었다. 형주 사족들은 반항조차 하지 못한 채 비명을 지르며 그 자리에서 죽어갔다.

"당신의 말을 듣고 나서야 손 군주와 육손이 왜 당신을 그렇게 살리려 했는지 알 것 같았어요. 당신은 동료의 도움 없이도 혼자 모든 사실을 밝혀냈으니, 정말 대단한 능력자가 분명해요."

손몽이 그를 치켜세웠다.

"아직 밝히지 못한 것들이 남아 있소."

가일이 탄식을 내뱉었다.

손몽이 눈을 깜빡이며 물었다.

"어떤 거죠?"

"예를 들면 백의검객이 도대체 누구인지, 당신의 진짜 신분이 무엇인지, 그런 것 말이오."

"아하."

손몽이 앞을 향해 입을 삐죽였다.

"저길 봐요. 부진이 저기에 서서 여몽에게 도전장을 내밀려는 걸까요?"

가일은 더 이상 묻지 않았다.

"여몽의 병이 깊다 해도 실력 차이가 워낙 크니 부진은 상대가 되지 않을 것이오."

바로 그때 부진이 여몽을 향해 절을 하며 말했다.

"여 장군, 진심으로 자신의 목을 바치실 작정이십니까?"

여몽이 기침을 하며 자리에서 일어섰다.

"살날이 이미 얼마 남지 않았는데, 무엇을 두려워하겠는가?"

"훌륭하십니다. 장군처럼 천하를 호령하던 분은 병석에서 죽음을 기다리는 것보다 전쟁터에서 장렬하게 죽는 편이 더 어울리십니다."

부진이 다시 공손하게 고개를 숙였다.

"소인 공안성 도위 부진이 여 장군의 수급을 거두고자 하옵니다."

여몽이 웃으며 말했다.

"젊은이, 내 비록 지금은 병든 호랑이에 불과하나, 아직 날카로운 발톱이 남아 있다네. 자네가 이 기회를 틈타 명예를 얻고 공을 세우고자 하는 마음은 알겠으나, 그 뜻을 이루기 힘들 걸세. 자네의 능력으로 나를 죽이려 덤벼봐야 결국 죽는 건 자네가 될 것일세."

"명예를 얻고 공을 세운다 하셨습니까?"

부진도 따라 웃었다.

"제가 그런 것에 연연했다면 10여 년 동안 무능하고 못난 놈인 척 자신을 숨기고 살지 않았을 테지요."

"무슨 사연이 있는 것인가?"

"복수를 위해서지요."

부진이 담담하게 말을 이어갔다.

"여몽 장군, 아직 기억하십니까? 이 공안성에 또 하나의 태수부가 있다는 사실을?"

"또 다른 태수부? 황조가 태수로 있던 시절의 그 태수부 말인가? 그렇다면 자네가 황조의 핏줄이라는 건가? 그래서 지금 나에게 복수를 하려 하는 것인가?"

부진이 고개를 돌려 손몽을 향해 웃어 보였다.

"칼을 내게 빌려주시오."

손몽이 칼을 풀어 부진 쪽으로 던졌다. 부진이 칼을 뽑아 들고 손가락으로 칼날을 튕겨보았다. 맑은 울림 소리가 밤공기를 타고 퍼져 나갔다. 그가 칼을 여몽에게 던지며 뒤로 돌아 걸어갔다. 형주 사족들은 이미 모두 죽었고, 해번위와 군병들은 우청의 지휘 아래 활 모양으로 주위를 에워쌌다.

가일이 일어서며 말했다.

"부 도위, 자네가 복수하려던 자가 여몽 장군이었나?"

부진이 가일을 향해 눈을 깜빡였다.

"가 교위, 잠시 앉아 계십시오. 가 교위는 이미 그 역할을 충분히 했으니, 이제 마무리는 내가 직접 하도록 하겠소이다."

가일은 더 이상 그를 막을 수 없다는 것을 직감했다.

"정 그렇다면, 자네가 늘 쓰던 창이라도 들고 싸워야 하지 않겠나?"

"필요 없소."

부진이 가일을 향해 손을 내저은 후 형주 사족의 시체 더미 근처로 걸어갔다. 그곳은 시체와 탁자가 이리저리 널려 있고, 아직도 피가 흘러내리며 주위를 붉게 물들이고 있었다. 부진은 탁자 위에 엎어진 시체를 발로 밀친 후 꽂혀 있던 칼을 뽑아냈다.

"피가 강을 이루고 시체가 산을 이루는 이곳의 광경이 11년 전과 너무나 닮아 있군."

부진이 칼을 몇 번 휘두르며 묻은 피를 털어냈다. 이 장검은 검신에 몇 군데 흠이 있고 검 끝도 잘린 것으로 보아 좀 전에 해번위가 형주 사족을 죽일 때 버린 칼이 분명했다.

부진이 고개를 끄덕였다.

"나는 이 검을 쓰겠소이다."

가일은 부진의 침착하면서도 냉정한 표정을 보며 불현듯 한 가지 생각이 뇌리를 스치고 지나갔다. 하지만 그는 이내 고개를 가로저었다. 비록 지금 부진의 모습이 자신을 구해준 백의검객과 비슷하다 해도, 부진은 창을 쓰는 자였다. 반면에 백의검객의 검술은 가일도 따라잡을 수 없을 만큼 이미 입신의 경지에 도달해 있었다. 그것은 부진이 흉내 낼 수 있는 경지가 아니었다.

모두의 시선을 한몸에 받으며 부진이 단 위로 뛰어 올라갔다.

"나와 황조는 친척이라 할 수 있으나, 그를 위해 복수를 하는 것은 아닙니다. 11년 전 옛 태수부에서 감녕이 나의 고모를 죽였고, 여 장군이 나의 사촌 누이를 죽였소. 내 복수는 그 두 사람을 위한 것입니다."

여몽은 그때 기억을 떠올려보려는 듯 고개를 들어 허공을 바라보았다. 잠시 후 그가 고개를 내저으며 말했다.

"기억이 나지 않네. 성을 함락하고 주둔하다 보면 멸문지화를 피하기 어렵지. 만약 내가 그들을 죽여 복수를 하는 거라면 그 또한 하늘의 뜻이겠지. 다만 내 칼에 비해 자네의 칼이 너무 형편없으니 불공평하다는 생각이 드는군."

"대신 여 장군은 병에 걸렸으니 그걸로 비긴 셈 치면 됩니다. 여 장군, 괜히 봐주고 그러실 필요 없습니다. 그러셨다간 일격도 견디지 못할 테니 말입니다."

여몽이 호탕한 웃음을 터뜨리다 이내 콜록콜록 기침을 해댔다. 그가 눈을 가늘게 뜨고 눈앞에 서 있는 흥미로운 젊은이를 쳐다보았다.

"자, 시작하게."

부진이 왼발을 성큼 내디디며 검을 눈썹까지 들어 올리고 왼손가락을 모아 뻗으며 저만치 떨어져 있는 여몽을 가리켰다. 이런 무술 형태는 세도가 공자들이 검무를 할 때 쓰는 흔한 자세로, 멋스러워 보이기는 하지만 실전에는 아무 소용이 없었다. 가일은 자기도 모르게 고개를 절레절레 흔들었다. 누가 봐도 실력 차이가 너무 큰 싸움에서 무술 고수를 상대로 이런 정면 승부는 피해야 한다. 어쨌든 복수가 목적이라면 그 과정은 중요하지 않았다. 가일은 무의식적으로 앞으로 몇 걸음을 옮겼다. 그는 부진이 위험하다고 생각되면 언제라도 나설 생각이었다.

"그럼 갑니다."

부진이 여몽을 향해 고개를 끄덕였다.

"오게. 싸울 준비가 되었네."

여몽이 웃으며 말했다.

"정말 준비가 되셨습니까?"

부진이 다시 물었다.

눈앞의 젊은이가 일부러 술수를 부리는 거라 해도 여몽은 여전히 진지하게 대답을 해주었다.

"그렇네."

그 말이 떨어지기 무섭게 부진이 몸을 날리더니 눈 깜짝할 사이에 여몽의 눈앞까지 가 있었다. 눈부신 불꽃이 두 사람 사이에서 터져 나오고, 촤앙 소리와 함께 둘의 몸이 서로 엇갈리며 떨어졌다. 부진이 칼로 둥근 원을 그리며 돌아서 여몽을 담담하게 쳐다봤다. 여몽은 허리를 굽힌 채 연신 기침을 해댔고, 딱 봐도 적잖은 공력을 소모한 듯했다. 그가 다시 고개를 들었을 때 단 아래에서 사람들의 놀라는 소리가 들려왔다. 피였다. 여몽의 턱이 베여, 상처에서 피가 배어 나오고 있었다.

설사 여몽이 병중이라 해도, 첫 초식에서 상처를 입을 줄 누구도 예상하지 못했다. 모두의 시선이 부진에게로 향했다. 초식을 하나 끝냈는데도 부진은 전혀 변함이 없었다. 그의 차분하고 느긋한 모습에서 고수의 분위기가 느껴졌다.

가일이 혼잣말처럼 중얼거렸다.

"뜻밖이군. 내가 공안성에서 만난 백의검객이 부진일 줄이야."

손몽이 이해가 안 간다는 눈빛으로 물었다.

"부진은 계속 창을 쓰지 않았나요? 그런데 어떻게 검술이 저렇게 뛰어날 수 있죠?"

"신분을 숨기기 위해서였소."

"왜 그래야 했죠?"

가일은 그 답을 알았지만 손몽에게 솔직히 말해줄 수 없었다. 부진의 신분은 한선의 객경이었다. 그가 그동안 보여주었던 실력, 늘 써왔던 무기, 산만한 성격은 모두 거짓이었다. 자객은 너무 큰 명성을 얻어서는 안 된다. 심지어 늘 쓰는 무기와 무술 자세조차 사람들에게 알려져서는 안 된다. 그러지 않으면 얼마 못 가 꼬리를 밟히게 되기 때문이다. 하물며 부진은 피맺힌 원한을 품고 살아온 자였다.

여몽이 손을 들어 턱에 흐르는 피를 닦아냈다.

"자네의 이름이 어찌 되는가?"

"지금은 부진이라 불리고 있으나, 진짜 이름은……."

부진이 고개를 가로저었다.

"그는 11년 전에 이미 죽었습니다."

"자네의 검술이 가히 놀라운 실력이군. 만약 내가 병에 걸리지 않았다면 서로 필적할 만한 실력이네. 하나 안타깝게도……."

"착각이십니다."

부진이 말했다.

"여 장군은 병에 걸리지 않았다 해도 저를 이길 수 없습니다."

여몽이 고개를 끄덕였다.

"그럴지도 모르겠군. 감녕은…… 자네가 죽인 것인가?"

"그렇소이다."

부진은 더 이상 아무것도 숨기지 않았다.

"여 장군이 천하의 명장이라 하나, 무공은 감녕보다 한 수 아래시군요."

"그를 몇 초식 만에 죽였는가?"

"열 초식을 넘기지 않았습니다."

주위가 쥐죽은 듯 조용해졌다. 감녕은 용맹한 무장으로 이름을 날렸고, 동오 안에서 손꼽히는 맹장이었다. 설사 급작스럽게 자객의 습격을 받았다 해도 이름 없는 자객의 손에 열 초식도 넘기지 못하고 죽었다니, 정말이지 상상도 못 할 일이 벌어진 셈이었다.

손몽이 나지막이 물었다.

"이봐요, 저자의 허풍이 너무 센 거 아니에요?"

가일이 고개를 저었다.

"부진 같은 자객이 연마한 살수는 상대를 죽이기 위한 것이니, 절대 살아남을 여지를 남겨두지 않소. 감녕이 필적할 자가 없는 천하 명장이라 하나 부진 같은 절세 고수를 만났으니 결국 그리된 것이겠지."

손몽이 코웃음을 쳤다.

"그 말은 천하 맹장의 무공이 자객만도 못하다는 거네요?"

"맹장이든 자객이든 그게 누구냐에 달린 거뿐이오."

사실 가일은 손몽과 입씨름을 벌일 기분이 아니었지만, 이상하게 자꾸 꼬박꼬박 말상대를 하며 설명을 하고 있었다.

"지금 부진의 검술은 당대 대검사 왕월의 경지에 거의 도달해 있소. 예전에 내가 왕월과 칼을 겨룬 적이 있는데, 한 초식도 당해내지 못할 정도였지. 일대일로 상대했을 때 왕월과 어깨를 나란히 할 만한 당대 장수가 있다면 아마 여포·마초·조운·전위(典韋)·장비(張飛) 정도일 거요. 물론 천하제일의 무술 실력을 가지고 있다 해도, 병법에 무지하고 군대를 통솔할 능력이 없다면 천하를 정벌하고 공을 세워 세상에 이름을 떨칠 수 없소. 그래서 당대 천하 4대 검술 종사(宗師) 왕월·한용(韓龍)·축공도(祝公道)·동연(童淵)이라 할지라도 명장의 칭호를 얻지 못한 것이오."

손몽이 고개를 끄덕였다.

"그런 거군요. 근데 부진은 칼도 쓰고 창도 다룰 줄 아는 걸 보니까, 문득 딱 한 사람이 떠오르네요."

"조운."

가일이 말했다.

"부진과 조운이 비슷한 면이 많기는 하오."

조운은 동연의 제자였다.

동연의 검술은 4대 종사 중 맨 마지막이었지만, 창술만큼은 천하제일이었다. 부진의 실력을 보니, 동연이 아니라면 이렇게 검술과 창술의 절대 고수를 키워낼 수 없었다. 동연은 세 명의 제자를 받아들였고, 그들이 바로 장임(張任)·장수(張繡)·조운이었다. 이들 중 조운만이 검술과 창술을 동시에 연마해 최고 경지에 이르렀다. 들리는 소문에 따르면 조운이 하산한 후 동연은 일선에서 물러났다고 했다. 그런 그가 뜻밖에도 부진을 제자로 받아들인 것이다.

가일이 높은 단 위를 바라보니, 두세 번의 대결을 거치는 동안 여몽은 몇 군데 상처를 입었고 호흡도 흐트러졌으며 연신 기침을 해댔다. 반면에 부진은 칼을 들고 서서 한 치의 흐트러짐도 없었다. 거의 모든 사람이 여몽의 패배를 직감했다.

"자네는 복수를 위해 부사인의 양아들로 들어간 건가?"

여몽이 숨을 몰아쉬며 부진에게 물었다.

"맞습니다. 공안성 부근 상수는 오나라 땅과 인접해 있지요. 부사인의 양아들이 된 덕에 나는 이곳에서 하릴없이 빈둥대는 도위 자리에 앉아 누구의 눈치도 볼 필요 없이 하고 싶은 일을 하며 산 겁니다. 사실 여 장군을 죽일 정도의 실력은 이미 4년 전에도 충분했습니다. 하나 내가 복수해야 될 자들이 한둘이 아니었기에 서두르기보다 신중하자고 마음을 다잡았습니다."

"지난 몇 년 동안 동오 변경에서 연이어 수십 명의 장교와 병사가 죽었네. 이들은 전부 단번에 목이 찔려 죽었더군. 해번영에서 줄곧 수사를 해왔지만 아무런 수확이 없었네. 설마 자네의 짓이었는가?"

"그들은 모두 지난날 옛 태수부에 쳐들어온 자들이었지요. 나는 10년 동안 아직 살아 있는 자를 찾아내 하나씩 죽여왔지요. 이제 여 장군만 남았습니다."

여몽이 허리를 숙여 기침을 몇 번 하고 웃으며 말했다.

"중모(仲謀: 손권의 자)의 계획이 순조롭게 진행될 수 있게 만들기 위해 제 발로 찾아온 연회에서 내 숨통을 끊어줄 절세 고수를 만나게 될 줄 몰랐군. 이것도 나쁘지 않다는 생각이 드네. 절세 고수의 검에 죽는 것도 명예로운 일이겠지. 부진, 이번 초식은 내 필생을 걸고 연마한 것이니, 나와 함께 명부로 가지 않으려면 조심해야 할 것이네."

높은 단 위로 미풍이 불어오고 사방이 쥐죽은 듯 고요한 가운데 화로에서 타 들어가는 장작 소리만이 타닥타닥 들려올 뿐이었다.

장수가 전쟁터에서 싸우다 죽는 것은 필생의 영광이듯, 여몽은 이미 이 싸움에 마지막을 걸었다. 그는 온몸을 이완시키며 장검을 가슴 높이로 가로 들었다. 내뱉는 호흡도 안정되어 마치 일체의 사물과 나를 잊는 경지에 오른 듯 보였다. 부진은 칼을 뒤로 돌리며 고개를 살짝 숙이고 눈을 감았다.

두 사람은 꼼짝도 하지 않은 채 잠시 대치했다. 단 아래에 있는 사람들의 심장이 점점 쪼그라들 정도로 긴장감이 팽팽한 가운데, 그 적막을 깨고 누군가 재채기를 했다. 곧바로 단상의 화로 속 화염이 흔들리며 화르르 타오르는가 싶더니 부진이 이미 여몽 앞에 나타났다. 여몽이 팔을 뻗자 칼끝이 공기를 가르며 날카로운 바람소리를 내더니 부진의 목을 찔렀다. 이것은 여몽이 모든 기를 쏟아부어 기교 아닌 속도로 승부를 가르고자 했던 일격이었다. 별다른 기교는 없어 보이지만 그 안에 엄청난 내공이 숨어 있었다. 칼끝이 목에 닿자 부진은 몸을 뒤로 기울이며 칼을 들어 여몽의 검을 막았다. 칼끝이 위로 밀려 올라가자 여몽은 돌연 초식을 바꿔 칼을 세우고 부진의 칼을 위에서 아래로 밀어냈다.

순식간에 검법을 바꾸는 고수의 경지에 다들 입을 벌린 채 감탄을 금치 못했다. 막상막하의 대결이 이어지는 가운데 부진의 입가에 돌연 미소가 떠올랐다. 그가 왼팔을 들어 올리자 소매에서 서늘한 빛이 번쩍이며 번개처럼 빠른 속도로 날아갔고, 뒤이어 여몽이 뒤로 몇 발자국 밀려났다. 바로 그 순간 환호성과 감탄이 여기저기서 터져 나왔다.

여몽은 다리 힘이 풀린 듯 한쪽 무릎을 꿇고 앉아 피를 토해냈다. 그는 가슴에 난 상처를 내려다보았다. 창이 이미 그의 가슴을 관통했다.

여몽은 허리를 굽혀 격렬하게 기침을 하며 말했다.

"검술과 창술을 겸비한 천하제일의 자객이로구나. 과연 내 실력이 자네보다 못하군."

부진이 손을 모아 예의를 갖췄다.

"여 장군, 잘 가십시오."

여몽이 한바탕 크게 웃으며 바닥에 누워 하늘을 쳐다보았다.

"참으로 통쾌한 싸움이었다! 부 도위, 나는 가네!"

부진이 허리를 숙여 절을 하며 예를 행했다.

다들 놀란 눈으로 그 광경을 지켜볼 뿐이었다. 비록 부진의 실력을 알고 있었다 해도, 다들 이 상황이 믿기지 않았다. 그들은 부진이 이길 거라 예상했지만, 두 사람 다 치명적인 상처를 안고 싸움이 끝날 거라고 생각했다.

가일은 불현듯 한 가지 의문점이 풀렸다. 일전에 조루가 감녕의 상처에 대해 말해주었을 때, 목에 칼에 찔린 상처가 있고 가슴에도 창상이 있는데 그 모양이 조금 이상하다고 했다. 짧은 창으로 찌른 거라면 상처가 편평해야 하는데 그 상처는 동그란 모양이었다. 마치 단창으로 찌른 후 창을 돌려 모양을 바꾼 그런 모양새였다. 당시 조루는 그 상처가 마음에 걸려 가일에게까지 조언을 구했지만 가일 역시 이해가 안 가기는 마찬가지였다. 그런데 방금 부진의 공격을 보고 나서야 모든 의문이 풀렸다. 분명 그때도 부진은 이 방법으로 감녕을 죽였을 것이다. 다만 상처가 창상이라는 것이 밝혀지면 자신의 신분이 금방 들통날 것을 걱정해 감녕의 단창으로 상처를 교묘하게 바꿔놓은 것이다.

백의검객…… 만약 허도에서의 경험이 아니었다면 백의검객이 왕월이라는 선입견도 생기지 않았을 것이다. 만약 부진이 계속 긴 창을 쓰며 검술을 숨기지 않았다면 가일은 분명 일찌감치 백의검객의 정체를 밝혀낼 수 있었다. 어쨌든 공안성에서 그를 가장 많이 도와주었던 이는 바로 부진이었다.

태수부 안이 술렁이고, 해번위가 단상 위로 뛰어 올라가 여몽 곁으로 다가갔다. 그곳에서 여몽은 까만 하늘을 바라보며 웃는 모습으로 숨을 거뒀다. 해번위 한 명이 그의 맥박을 짚어본 후 우청을 향해 고개를 가로저었다. 우청은 오른손을 허리춤에 찬 장검에 올리고 부진을 바라보며 아무 말이 없었다.

비록 부진의 무공이 뛰어나다 해도 성 밖에 주둔 중인 여몽의 부하 장병이 만여 명이고, 이 태수부 안에만도 해번위와 군병의 수가 적어도 3백 명은 되었다. 만약 우청이 명을 내리기만 하면 부진은 이곳에서 죽을 수밖에 없는 운명이었다. 그러나 부진은 이런 것 따위에 전혀 개의치 않는 듯, 들고 있던 칼을 내던지고 단상에서 뛰어내려 곧장 가일에게 왔다.

가일이 곧바로 목소리를 높여 소리쳤다.

"부진과 여몽의 대결은 오후의 뜻이었다. 지금 여몽 장군께서는 뜻하는 바를 이루신 것이니, 여기 있는 누구도 부진에게 칼을 겨눠서는 안 된다. 그러지 않으면 나 가일이 그 누구라도 용서치 않을 것이다!"

부진이 어느새 가일 앞에 서서 웃으며 말했다.

"무기도 없으면서 큰소리는 참 잘도 치시오. 설마 나랑 같은 해, 같은 달, 같은 날에 죽고 싶은 겁니까?"

가일은 그의 농담을 들은 체 만 체하며 우청을 쳐다보았다. 우청이 짜증스러운 듯 그를 향해 손을 내저었다.

"오늘만 너희 두 놈의 목숨을 살려주는 것이니, 당장 꺼져라!"

가일이 안도의 한숨을 내쉬며 손 모아 인사를 한 후 손몽에게 함께 그곳을 빠져나가자는 몸짓을 했다. 그러자 손몽이 손사래를 쳤다.

"좀 있으면 손 군주가 오후를 모시고 이리 올 거예요. 여몽이 형주 사족이 쳐놓은 함정에 걸려들어 죽었으니, 그들이 이참에 남은 잔당까지 모조리 없애라는 명을 내리겠죠. 나는 여기 남아서 손 군주가 그 일을 처리하도록 도와야 해요."

부진이 가일의 어깨를 잡으며 말했다.

"미인이 배웅을 거부하니 형님이라도 이 아우의 가는 길을 배웅해주셔야지요."

가일은 어쩔 수 없이 부진과 함께 문을 나섰다. 그들이 걸어가자 해번위와 군병들이 앞다투어 길을 열어주었다. 태수부 대문을 나온 후 가일은 자신도 모르게 뒤로 돌아 그곳을 한번 쳐다보았다.

"왜요? 또 나랑 같이 안 가겠다고 떼를 쓰고 싶으신 겁니까? 손 낭자랑 잠시 헤어지는 게 그리도 싫으신 겁니까?"

부진은 좀 전에 보여주었던 고수의 모습은 온데간데없이 여전히 장난기가 가득한 눈으로 그를 놀려대고 있었다.

가일은 그저 웃으며 아무런 변명도 하지 않았다.

"어디로 갈 것인가?"

"위나라 변경에 있는 천수군(天水郡) 기현(冀縣)입니다. 다음에 보게 되면 내 성이 강(姜)씨가 되어 있겠군요."

"또 다른 사람의 양자가 되는 것인가? 천수군 쪽에서 또 누구를 죽여야 하는 것인가?"

가일의 미간이 좁아졌다.

"호적상으로는 친아들이 될 겁니다. 자객의 신분은 이곳에서 이미 끝이 났습니다."

부진이 눈을 깜빡였다.

"나의 다음 신분은 간객(間客)입니다. 조조군에 들어가 참군(參軍) 직을 맡게 되니, 어쩌면 나중에 전쟁터에서 만나게 될지도 모르겠군요."

"더 이상 자객이 아니라고?"

가일은 무의식적으로 그 말을 되물었다. 이렇게 뛰어난 실력을 썩히는 게 아깝다는 생각도 들었다.

"한선이 내게 간객이 되라 하더군요."

부진이 손가락을 입에 대고 휘파람을 불었다. 어둠 속에서 덩치 큰 사내가 백마 두 필을 끌고 와 그들에게 건넨 후 바로 사라졌다.

가일이 말에 오르며 물었다.

"한선의 휘하에 있는 모객·간객·자객·공객을 다 합치면 몇 명이나 되는가?"

"모르지요."

"한선의 객경이 된 자는 모두 어떤 방면으로든 뛰어난 능력이 있더군. 그런데 자네의 신분을 왜 자객이 아닌 간객으로 바꾼 것인가? 신분을 바꾸는 게 옷을 갈아입는 것처럼 그리 간단한 일이란 말인가?"

"내가 지나치게 잘나서 그런 거지요."

부진은 그 말을 남긴 채 고삐를 흔들며 텅 빈 거리를 따라 질주했다.

가일도 어쩔 수 없이 그를 따라 말을 몰았다. 옅은 안개가 서서히 흩어지며 밤하늘을 수놓은 별이 보이고 바람소리가 귓가에 스쳤다. 그 순간 가일은 장제를 따라 끝없이 펼쳐진 수풀 속에서 사냥을 하던 그날 밤이 떠올랐다. 고작 1년이 흘렀을 뿐인데, 모든 것이 꿈처럼 느껴졌다. 영문도 모른 채 소용돌이에 휩쓸려 물결치는 대로 표류하고, 살기 위해 싸우다 보니 어느새 공안성에서 반년의 세월을 보냈다.

그 시간 동안 가장 큰 변화를 겪은 것은 그의 마음이었다. 그렇게 많은 일을 겪다 보니 가일은 이미 자신이 앞으로 무엇을 해야 하는지를 깨닫게 되었다.

그는 달빛 아래서 말을 몰며 부진을 따라 성을 나섰다. 보아하니 나루터 방향으로 달려가는 듯했다.

"이렇게 빨리 떠나려는 건가? 모든 일이 마무리되고 나면 자네와 술이나 진탕 마실 생각이었네."

부진이 웃으며 말했다.

"사내 두 명이 마주 앉아 이별주나 홀짝이는 것도 꼴불견입니다. 다시는 못 볼지라도, 먼 곳에서나마 서로를 생각하며 달빛을 벗 삼아 술잔을 기울이면 되지요."

"사실 자네에게 물어보고 싶은 말이 많았네. 손몽…… 그녀의 진짜 신분이 무엇인가?"

"그건 나도 잘 모릅니다. 하나 평범한 여인은 아닌 듯하니, 조심하셔야 할 겁니다."

"그녀와 나를 두고 그리 짓궂게 농을 해대더니, 이제 와서 왜 조심을 하라는 건가?"

"그건 그거고, 어쨌든 손 낭자는 속에 너무 많은 걸 감추고 있는 것처럼 보입니다."

장제의 밀신(密信)에도 손몽의 신상 정보가 모두 거짓이라고 적혀 있었다. 세상은 넓으니 전천과 비슷하게 생긴 사람도 있을 수 있다. 하지만 전천이 죽은 후 얼마 안 돼 그런 여인이 그의 곁에 나타났다는 것이 우연치고는 너무 수상했다. 왠지 모르게 음모의 냄새가 났다. 한선의 능력을 빌려 조사를 좀 해봐야 할까? 가일의 마음속에 이런 생각이 떠올랐다.

"도착했소."

부진이 말고삐를 당기고 강가의 얕은 물목 근처에 섰다.

달빛이 비치는 이곳은 강가에 만든 작은 나루터였다. 수풀 더미 속으로 돌을 깔아 만든 길은 물까지 이어졌고, 그 옆에 목선이 정박해 있었다. 몽동 정도 되는 크기였고 장식도 그리 화려하지 않은 것이, 평범한 관선(官船)처럼 보였지만 이름이 쓰여 있지 않았다.

가일이 몸을 이리저리 뒤적여봤지만 가진 게 아무것도 없었다.

"그럼 부 도위, 잘 가시게. 천수에 도착하면…….."

"배에 탈 사람은 내가 아니라 가 교위입니다."

가일이 황당한 표정으로 그를 쳐다봤다.

"뭐라?"

"이제 객경이 되었으니 어떤 일들에 대해 좀 더 자세한 지시를 받게 될 겁니다. 자, 저 배에서 기다리는 이가 있으니, 어서 타십시오."

가일이 의심스러운 눈빛으로 부진을 쳐다본 후 말에서 뛰어내려 돌길을 따라 걸어갔다. 목선 옆에 도착한 후 가일이 아쉬운 듯 부진을 돌아보자 그가 미소 띤 얼굴로 손을 흔들어준 후 말 머리를 돌려 어둠 속으로 사라졌다. 가일은 삐걱거리는 나무판을 밟고 배에 올라탔다. 배 위에는 노 젓는 이나 선장도 없이 온통 적막만 흐를 뿐이었다. 배 앞쪽에 놓인 화로에서 장작만이 활활 타고 있었다.

가일이 천천히 선실로 걸음을 옮겼다. 이 몽동의 선실은 꽤나 널찍한 공간이었지만, 안은 그야말로 텅텅 비어 있었다. 중간에 대나무 주렴이 쳐져 있고 그 앞에 방석이 하나 놓여 있었다. 가일이 방석으로 가서 앉아 실눈을 뜨고 주렴 뒤를 유심히 쳐다봤다. 어렴풋이 사람의 윤곽이 보였다.

자리에 앉자 곧 배가 움직이는 것이 느껴졌다. 그 방향은 분명 동쪽일 것이다.

그가 나지막이 물었다.

"제 생각에 그쪽에 계신 분은 전객(典客)이시겠군요. 부진의 말로는, 한선은 내가 공을 세울 수 있도록 형주로 보낸 거라 하더군요. 손상향을 위해 나를 해번영의 조력자로 키우기 위해서 말입니다. 이제 곧 손권이 나의 공을 치하해 상을 내릴 텐데, 어째서 나를 미리 돌려보내려 하는 것입니까?"

주렴 뒤에서 나이가 꽤 들어 보이는 중후한 목소리가 들려왔다.

"가 교위는 그런 번거로운 일을 별로 좋아하지 않는 사람이라 보았네. 우청이 보는 앞에서 가 교위가 오후에게 무릎을 꿇고 충성을 맹세하라고 해도 상관없겠는가?"

가일이 헛웃음을 지었다.

"더구나 오후가 공안에 도착했다 해도 가장 먼저 할 일은 여몽의 장례를 치르는 것이니, 당분간 가 교위를 신경 쓸 여력이 없을 것이네. 공안성에서 다시 한 달이 넘는 시간을 기다리느니, 차라리 먼저 건업으로 돌아가 적응을 하는 편이 나을 테지."

"그 말은, 제가 이미 시험을 통과해서 한선의 객경이 되었다는 뜻이겠군요?"

"가 교위의 신분은 간객이네. 해번영에서의 관직은 여전히 교위지만 손상향에게 직속되어 있으니, 더 이상 좌·우 부독(部督)의 관할을 받지 않고 사건을 단독으로 처리할 수 있네."

주렴이 흔들리며 매끄럽고 가늘고 긴 나무 막대기가 작은 나무 상자를 가일 쪽으로 밀어냈다. 가일이 상자를 열어보니 정교하게 세공이 된 영패(令牌)가 들어 있었다. 잎이 다 떨어진 나뭇가지에 매미 한 마리가 앉아 있는 그림이 새겨져 있었다.

"한선의 영패네. 객경의 신분을 증명하는 증표이기도 하네."

가일이 영패를 품안에 넣고 물었다.

"이제 제가 한선의 객경이 되었으니, 손몽의 진짜 신분을 알려주실 수 있습니까?"

주렴 뒤에서 아무 말도 들리지 않았다.

가일이 잠시 후 다시 물었다.

"손권이 제 진짜 신분을 압니까? 한선의 존재는 아는지요? 또한 손상향이 앞으로 제 상관이 된다면 자연히 그녀의 명을 따라야 하겠지요. 만약 그녀의 명이 한선의 이익과 상충한다면 내가 어찌 처신해야 합니까?"

"한선의 사람이 아니라면 한선이 무엇인지 아는 사람은 아무도 없네. 이들은 세상에서 각양각색의 이름과 신분으로 존재하지. 손권 쪽에는 단양 호족의 이름으로 나타나는 걸세. 자네는 단양 호족이 손권에게 충성을 바치는 상징적 인물이 되는 거네. 그리고 가 교위, 자네는 허도와 공안 두 곳에서 이미 두 번의 대란을 겪었으니, 자신이 어떻게 처신해야 하는지 그 답을 누구보다 잘 알고 있을 것이네."

"이제까지 한선은 전면에 나서지도, 원대한 계획을 주도하지도 않았습니다. 그저 때가 되면 파란을 일으켜 천하의 대세가 자신의 이익에 부합하는 방향으로 기울게 만들 뿐이지요. 어르신의 말뜻은, 평소에는 해번영 교위로 지내다 한선의 명이 떨어지면 그때는 그 무엇을 막론하고 한선의 이익을 위해서만 움직여야 한다는 것입니까?"

"그들은 도처에 패를 숨겨놓았지. 어떤 패는 자주 사용하고, 또 어떤 패는 가끔 움직이기도 한다네. 심지어 어떤 패는 평생 한 번도 쓰임을 받지 못하기도 하지. 한선의 밀령이 없을 때는 가 교위가 무엇을 하든 상관없네. 다만 끝까지 살아남아야 하고, 해번영에서 자리를 지키고 있어야 하네."

주렴 뒤 노인이 무언가 생각이라도 난 듯 몇 마디 덧붙였다.

"자네가 알아야 할 것이 있네. 한선은 언제 어디서나 존재하는 전지전능한 존재가 아니라는 것일세. 그러니 자네에게 문제가 생기면 스스로 해결해야 할 때가 더 많을 걸세. 이들이 고작 패 하나 때문에 조직 전체가 위험에 처하는 모험을 감수할 리 없네."

가일이 미간을 찌푸렸다.

"그 말은, 한선이 지정한 임무가 아니라면 평소 한선의 인맥과 자원을 전혀 활용할 수 없다는 것입니까?"

"맞네. 이들은 자신의 객경이 벌이는 일에 너무 많이 연루되는 것을 원하지 않네."

가일의 침묵이 이어졌다. 예상했던 말이었기에 그리 놀라울 것도 없었다. 허도와 공안성에서 장제든 부진이든 자신의 뒤에 강한 세력이 버티고 있다는 기미를 전혀 드러내지 않았다. 그렇다면 한선의 객경은 결정적인 순간에 한선을 위해 움직이는 꼭두각시에 불과했다. 객경의 신분이 노출되거나 심지어 생포된다 해도 절대 한선과 연루될 수 없다. 한선의 조직은 일방통행이라, 객경이 다른 사람에게 연락을 취할 방도가 전혀 없었다.

"허도에서 장제 주부께서 말씀하시기를, 천하가 셋으로 나뉘어야 한선의 이익에 가장 부합한다 하였지요. 그러니 한중 전투에서 조조의 패배는 한선이 조조 세력을 약화시키기 위한 한 수였습니다. 그렇다면 관우가 맥성에서 패하고 손권이 형주를 빼앗은 것은 한선이 유비 세력을 제압하고 가장 약한 손권을 지원해……."

"틀렸네, 가 교위. 한선은 천하의 흐름을 자기 뜻대로 쥐고 흔들 수 있는 그런 존재가 아니네. 한중에서 조조가 패하고 형주 관우가 죽은 것은 모두 한선이 예측한 결과가 아니었네. 그들이 대세를 원하는 방향으로 돌리기 위해 이런저런 일을 했지만 그 결과까지 결정할 수는 없었지. 이번 형주 전투에서 한선이 원했던 결말은 손권이 형주를 점령하고, 관우가 서촉으로 돌아가고, 유비가 서량을 점령하는 것이었네."

가일의 눈빛이 흔들렸다. 만약 한선이 생각하는 결론에 도달했다면 그것이야말로 세 개의 세력이 균형을 이루며 한동안 안정된 형국을 이루는 길이 되었을 것이다. 그러나 지금 형주는 손권의 손에 들어갔고 관우는 죽었으며 유비의 영토는 줄고 있으니, 형제의 정이든 서촉의 이익을 위해서든 유비가 군대를 이끌고 동쪽을 향해 손권을 공격할 가능성이 높다. 두 개의 약한 세력이 서로를 공격하게 되니 결국 양쪽 모두 피해를 볼 것이고, 조위는 어부지리를 얻고 그 틈을 타 남하해 천하를 통일할 수 있는 기회를 얻게 되겠군.

가일이 한숨을 내쉬었다.

"내년은 건안 25년이 되는 해이니, 올해보다 더 견디기 어렵겠군요."

"건안이라는 연호를 내년에도 쓸 수 있을지 장담하기 어렵군."

가일이 대경실색해 물었다.

"무슨 소립니까? 조조가 황제 자리에 앉기라도 한단 말입니까?"

"황제 자리를 노리는 자는 조조가 아니네. 조조는 낙양에 있고, 극심한 두통에 시달리느라 병세가 이미 깊어졌으니 올겨울을 넘길 수 있을지 모르겠군. 지금 세자 조비의 지위가 견고해졌으니, 조조가 죽고 나면 자연히 그가 왕위에 오를 것이네."

노인이 잠시 말을 멈췄다 다시 말을 이어갔다.

"그의 사람됨에 관해서라면 가 교위가 더 잘 알고 있을 테지."

조비…… 만약 그가 위왕이 된다면 한제가 계속 황위를 지키는 일은 불가능해질 것이다.

조비든 사마의든 이제 나와는 너무 먼 사람들이다. 더구나 천하 대사의 변화도 더 이상 그의 흥미를 일으키지 못했다. 가일이 침묵을 깨고 다시 물었다.

"전천은…… 정말 죽은 게 맞습니까?"

주렴 쪽에서 아무런 움직임이 느껴지지 않았다.

가일은 잠시 주저하다 자리에서 일어나 주렴을 들어 올렸다. 그곳은 이미 텅 비어 있었고, 쓸쓸한 달빛만이 창문으로 쏟아져 들어왔다. 그가 선실을 서둘러 빠져나가 사방을 둘러보았다. 혼탁한 강물 위로 삼판선 한 대가 서쪽으로 움직이는 것이 보였다. 누비장삼을 입고 짚신을 신은 마른 체구의 노승이 뱃머리에 서서 가일을 향해 살짝 고개를 숙이며 인사를 했다. 전객이 득도한 노승이었단 말인가? 두 배의 사이는 점점 멀어지고 삼판선은 어느새 어둠 속으로 사라졌다.

가일은 어찌할 도리 없이 뱃머리를 배회하다 아예 나무 계단을 따라 선실 지붕으로 올라가 사방을 둘러보았다. 동쪽을 내다보니 까만 물과 하늘이 이어진 곳에 잿빛 불빛이 어렴풋이 보이는 듯했다.

건업성이 이미 가까워지고 있었다.

뒷이야기

◆

낙양의 추설(秋雪)

10월이 갓 지났을 뿐인데, 낙양에는 큰 눈이 내렸다.

저잣거리에는 늦가을에 큰 눈이 내리는 것을 보니 한나라의 운이 다한 거라는 소문이 돌기 시작했다. 하지만 낙양성 안에서 유생 몇 명이 주루와 찻집에서 의분에 차서 한 차례 설전을 벌인 것 말고는 금세 그 열기가 식어갔다. 위나라 백성은 지난 10여 년 동안 한실이 하루하루 몰락해가는 것을 지켜보았다. 조대(朝代)가 바뀌고 세상이 변해도 탈 없이 먹고살 수만 있다면 백성들은 상관이 없었다. 황궁 안을 지키는 사람이 유씨든 조씨든 이들에게 하등 다를 바 없었다.

다만 위왕 조조가 얼마 전 낙양성을 잠시 떠나 있자 적잖은 소문이 돌기 시작했다. 누군가는 궁에서 들은 소식이라고 호언장담하며, 위왕이 한실을 엎어버리고 도성을 낙양으로 옮길 거라고 떠벌이고 다녔다. 이런 소문이 돌아도 관아에서는 아무 제재도 하지 않은 채 내버려두었다. 11월에 접어들어 낙양에는 또 폭설이 내렸다. 허도에 있던 조비는 드디어 조조의 부름을 받고 낙양으로 향했다.

이제 막 묘시(卯時: 오전 5~7시 사이)를 지났을 무렵, 조비는 이미 왕부의 문밖에 서 있었다. 추운 날씨에 함박눈이 쏟아져 내리니 금세 그의 어깨 위에 쌓이며 살얼음처럼 변해갔다. 그런데도 조비는 손을 비벼서라도 추위를 견딜 생각조차 하지 않은 채 한 치의 흐트러짐도 없이 예를 갖춰 서 있었다. 그렇게 또 반 시진이 지나 눈발이 점점 가늘어질 때쯤이 되어서야 문이 열리는 소리가 들렸다. 문이 열리자 호분위 한 무리가 의자 달린 커다란 가마를 들고 나왔다.

조비는 그제야 얼어붙은 팔을 흔들며 고개를 숙여 예를 올렸다.

"소자, 부왕을 알현하옵니다."

조조가 비단 등받이에 기대 물었다.

"언제 당도하였느냐?"

"부왕의 부름을 받자마자 허도에서 밤새 달려 오늘 묘시에 막 도착했사옵니다. 하나 시간이 아직 일러 행여 아버님의 잠을 방해할까 염려되어 호분위에게 보고를 올리지 말라 하였습니다."

조조가 그를 물끄러미 바라보았다.

"비야, 앞으로는 그리 애쓰지 않아도 된다. 식(植)은 성정이 과격하고 창(彰)은 국정을 다스려본 경험이 없으니, 나의 뒤를 이을 아들이 너밖에 더 있겠느냐?"

조비의 표정이 싹 바뀌며 눈밭에 무릎을 꿇었다.

"부왕, 소자의 죄를 용서해주시옵소서. 소자가 어찌 그런 과분한 욕심을 부리겠나이까!"

"일어나거라."

조조가 지친 기색으로 손짓을 했다.

"내 너를 부른 건 무슨 급한 용무가 있어서가 아니다. 나와 함께 갈 곳이 있느니라."

가마가 방향을 바꿔 북쪽으로 움직이자, 조비가 얼른 일어나 고개를 숙이고 두 손을 드리우며 공손하게 오른쪽에 붙어 따라갔다. 비록 배도 고프고 피곤했지만 감히 그런 기색을 드러낼 수 없었다. 가마에 탄 조조는 이미 늙고 중병에 걸렸지만, 아직은 그의 말 한마디면 언제든지 세자의 자리에서 폐위될 수 있었다.

"비야, 얼마 전에 손권이 관우의 수급을 보내왔느니라. 너라면 어찌하겠느냐?"

"부왕, 만약 저라면 격식을 갖춰 장례를 치르고 사당을 지어 제를 지내 그 충의를 높이 기릴 것이옵니다."

조비가 공손하게 대답했다.

"좋은 생각이다. 과연 너의 생각이 식이나 창이보다 훨씬 깊구나. 손권이 사신을 보내 공물을 바치며 내게 굴복하고 황제 자리에 오르라 권하니, 안팎으로 군신들이 모두 그 말에 힘을 실어주었다. 비야, 너의 생각이 듣고 싶구나."

조비가 한참을 고심하다 조심스레 대답했다.

"소자는 그리 생각하지 않사옵니다."

"왜지?"

조조가 웃으며 물었다.

"손권은 관우를 죽이고 형주를 차지해 유비와의 동맹을 깬 자입니다. 유비는 줄곧 인의(仁義)를 표방하던 자이니, 아우의 복수를 위해 당연히 군대를 이끌고 손권을 치러 갈 것입니다. 손권이 이보다 앞서 관우의 수급을 보냈다는 것은 우리에게 화를 전가하려는 얕은 수입니다. 더구나 부왕께 황제 자리를 권한 것 또한 대의를 이용해 유비와 우리 위나라를 적으로 만들기 위해 압박하는 것이옵니다. 이런 비열한 야심에 절대 넘어가면 아니 되옵니다."

조조가 고개를 끄덕였다.

"제대로 보았구나. 한데 네가 내 자리에 앉아서도 과연 황제 자리에 앉고 싶은 유혹을 견뎌낼 수 있겠느냐?"

조비가 황급히 대답했다.

"소자가 드린 말 속에 소홀한 부분이 있다면 부디 너그러이 용서해주시옵소서."

조조가 가볍게 웃으며 말했다.

"도착했느니라."

조조는 가마에서 몸을 일으키고 눈앞의 폐허가 된 관아를 똑바로 바라봤다. 벽은 허물어졌고, 편액도 어디로 갔는지 보이지 않았다. 대문 안쪽 마당에는 잡초만 무성한 채 눈이 덮여 있고 담벽은 여기저기 무너져 있었다. 들개 한 마리가 눈밭에 서서 담장 밖에 서 있는 사람들을 경계했다.

"부왕, 이곳은…… 북부위부(北部尉府)가 아니옵니까?"

조비가 나지막이 물었다.

"맞다. 45년 전에 이 애비가 낙양에서 북부위를 지냈느니라. 당시 나는 혈기왕성해 조정의 간신들을 모두 없애고 한제를 도와 조정의 기강을 다시 잡을 수 있다고 여겼지."

조조는 지난 일을 떠올렸다.

"하나 환관의 후손이었던 나는 조정에서도 배척을 당해야 했다. 훗날 황건적의 난이 일어나자 나는 재산을 털어 의병 3천 명을 모아 반란을 일으켰고, 지난 45년 동안 원술·여포·원소·유표를 제거하고 천하를 평정했다. 나는 한제를 허도로 모셨지만, 호사가들은 나를 두고 한제를 옆에 끼고 천하를 호령하는 간웅이라 욕했다. 그런 자들이 한제의 조서(詔書)를 거부한 채 할거하고 스스로를 왕후라 부르더구나. 만약 한실에 나 위왕이 없었다면 과연 얼마나 많은 자가 황제의 자리를 노렸을지 미루어 짐작할 수 있을 것이다. 내가 만약 황제가 되고 싶었다면 일찍이 원술보다 앞서 그리했을 것이다. 무슨 이유로 지금까지 기다린단 말이냐?"

"부왕의 한실에 대한 충정을 범인의 머리로 어찌 이해하겠나이까?"

조비가 목소리를 낮췄다.

"하오나 만약 내년에 한실의 운이 다하고 천명이 위나라를 향해 있다면 부디 그 하늘의 뜻을 거역하지 마시옵소서."

조조는 그 대답에 만족한 듯 고개를 끄덕였다. 그가 길게 탄식을 내뱉으며 말했다.

"살아 있는 동안 나는 한실의 신하였다. 만약 하늘의 뜻이 정히 그렇다면 따라야 할 것이고, 필요하다면 주(周) 문왕(文王)을 본받아야겠지. 내 말뜻을 알아들었느냐?"

조비가 고개를 들어 대답했다.

"네, 부왕."

조조는 폐허가 된 관아를 바라보며 한참을 침묵했다.

"사람을 불러 이 북부위부를 수리하도록 하거라."

조조는 조비의 대답을 듣고 난 후 손을 내저었다.

"그만 가보거라. 아비는 여기 좀 더 있다 갈 것이니."

조비는 허리를 깊이 숙여 절을 올리고 그 모습 그대로 열 발자국을 뒷걸음질 친 후에야 뒤돌아 길을 따라 걸어갔다. 모퉁이를 돌아 또 수십 걸음을 걷고 주위에 아무도 없는 것을 확인한 후 작은 골목으로 들어갔다. 검은 옷차림의 종복 둘이 얼른 다가와 조비가 입고 있던 철갑을 벗기고 금포(錦袍)와 모피로 만든 외투를 입혀준 후 따뜻하게 데운 수건을 건넸다. 조비는 걸어가며 얼굴에 묻은 눈 찌꺼기를 닦아내고 곧장 골목으로 걸어 들어갔다. 골목에는 평범한 마차 한 대가 서 있었다. 마부는 팔짱을 낀 채 잠깐 잠을 자는 듯 보였다. 조비가 마차에 올라타자 화로에 숯이 발갛게 타며 봄날처럼 따뜻한 온기로 안을 채워주었다.

조비가 겉옷을 벗고 손발을 쭉 뻗으며 의자에 등을 기대고 잠시 눈을 붙였다. 한참 후 눈을 뜬 그가 마차 벽을 가볍게 두드렸다. 그러자 마차가 천천히 움직이기 시작했다. 조비는 마차 안에 준비해둔 음식으로 간단하게 요기를 한 후 옆에 벗어둔 외투에 대충 손을 닦고 나무 상자에서 문서를 한 장 꺼냈다. 그 위에 이름이 빼곡하게 적혀 있었다.

부왕은 이제 살날이 얼마 안 남았어. 부왕이 돌아가신 후 어떻게 조정의 눈엣가시들을 숙청해야 할지 미리 계획을 세워놔야 한다. 조비는 붉은 먹을 묻힌 붓을 들고 그 명단을 훑어 내려가며 이름 앞에 갈고리 모양의 표시를 한 뒤 다른 상자에 그것을 던져 넣었다.

뒤이어 그는 또 다른 문서를 집어 들었다. 이 문서는 먼저 것보다 좀 더 상세했다. 이름뿐 아니라 주소와 신분까지도 적혀 있었다. 앞의 것이 거취를 결정하는 것이었다면, 이번 것은 생사를 결정해야 했다. 조비의 손에 들린 주필(朱筆)이 거침없이 움직이며 이름 위에 동그라미와 작대기를 그려 표시를 했다. 그렇게 빠른 속도로 표시를 해 내려가던 순간, 이름 하나가 그의 눈에 들어와 뇌리에 딱 박혔다. 그 순간 조비는 입가에 희미한 미소를 지었다.

그것은 너무나 눈에 익은 이름이었다.

'가일, 건업성, 해번영 응양교위.'

주필이 그 이름 위에서 한참을 멈춰 있었다. 붓끝으로 흘러내린 주사(朱砂)가 한데 모이더니 어느 순간 가일의 이름 위로 붉은 방울이 뚝 떨어져 아름다운 꽃모양으로 흔적을 남겼다.

그는 붓으로 그 이름 위에 수도 없이 작대기를 그어댔다.

〈제2권 끝〉

삼국지 첩보전 제2권 안개에 잠긴 형주

펴낸날	초판 1쇄 2020년 3월 10일

지은이	허무
옮긴이	홍민경
펴낸이	심만수
펴낸곳	(주)살림출판사
출판등록	1989년 11월 1일 제9-210호

주소	경기도 파주시 광인사길 30
전화	031-955-1350 팩스 031-624-1356
홈페이지	http://www.sallimbooks.com
이메일	book@sallimbooks.com

ISBN	978-89-522-4188-7 04820
ISBN	978-89-522-4191-7 04820 (전 4권)

※ 값은 뒤표지에 있습니다.
※ 잘못 만들어진 책은 구입하신 서점에서 바꾸어 드립니다.

이 도서의 국립중앙도서관 출판시도서목록(CIP)은 서지정보유통지원시스템 홈페이지
(http://seoji.nl.go.kr)와 국가자료공동목록시스템(http://www.nl.go.kr/kolisnet)에서
이용하실 수 있습니다.(CIP제어번호: CIP2020006794)

책임편집·교정교열 **이재황 서상미**